GOLDHOUSE

BERND HEIM

DIE WOCHE,

IN DER ALLES ANDERS WURDE ...

ROMAN

GOLDHOUSE

2015

Erstausgabe
Veröffentlicht als Taschenbuch 2015
2015 GoldHouse Verlag e.K., Mannheim,
Alle Rechte vorbehalten
Autor: Bernd Heim
Umschlaggestaltung & Satz: im Verlag
Lektorat: Corinna-Jasmin Kopsch
Umschlagabbildungen: Bernd Heim
ISBN: 978-3-9816096-5-3
www.7vor8.de - www.goldhouse-verlag.de

"Er war sehr arm, er hatte nur Geld."

Afrikanisches Sprichwort

Freitag, 6. Juli

Zufrieden blickte Marla Harper auf den kleinen Jungen neben sich und ein mildes Lächeln huschte über ihre Lippen. „Dafür, dass du noch nie eine Kartoffel geschält hast, machst du das schon ganz gut", lobte die Köchin.

„Es ist auch gar nicht so schwer", entgegnete der kleine Junge stolz. „Marla, wenn ich groß bin, werde ich die Kartoffeln bestimmt genauso schnell schälen wie du. Vielleicht sogar noch ein bisschen schneller."

Für einen Moment legte die Köchin den Kartoffelschäler auf den Tisch und strich mit ihrer Hand sanft über den Kopf des Jungen. „Ach, Noah", seufzte sie sanft. „Wenn du mal groß bist, wirst du die Firma deines Vaters leiten oder vielleicht sogar eine eigene gründen. Aber du wirst ganz gewiss keine Kartoffeln schälen."

„Warum nicht? Du sagst doch selbst, dass ich es schon ganz gut kann und außerdem macht es Spaß", erwiderte Noah unwillig.

„Jetzt macht es dir vielleicht noch Spaß, aber in 15 oder 20 Jahren wirst du lieber schnelle Autos fahren wollen."

„Natürlich werde ich das", entgegnete Noah wie selbstverständlich. „Aber mit dir zusammen hier in der Küche Kartoffeln schälen werde ich auch."

„Dein Vater wird sicher etwas dagegen haben", wandte die Köchin ein. „So wie ich ihn kenne, kommen Arbeiten in der Küche für dich ganz bestimmt nicht infrage. Er sieht dich in Zukunft auf seinem Sessel sitzen, nicht hier neben mir in der Küche."

„Ich mag sein Büro aber gar nicht", wandte Noah ein.

„Warum nicht? Ich habe mir sagen lassen, es muss sehr schön und sehr modern eingerichtet sein."

Noah schüttelte heftig den Kopf. „Es ist so hoch. Ich habe immer Angst, wenn ich aus dem Fenster schaue. Außerdem ist alles so kalt dort." Noahs Augen begannen zu leuchten. „Hier bei dir in der Küche ist es nie kalt. Außerdem riecht es hier viel besser."

Marla legte den Kartoffelschäler erneut zur Seite, griff nach den Händen des Kindes und drehte sie leicht. „Schau mal, Noah! Wenn du die Kartoffel so hältst, geht es etwas leichter."

Willig ließ der kleine Junge sich führen und strahlte im nächsten Moment über das ganze Gesicht. „Du hast recht, Marla. Ich muss gar nicht so fest drücken."

„Eigentlich musst du mehr ziehen als drücken", lachte die Köchin. „Aber du hast schon recht. Wenn du die Hand richtig hältst, brauchst du weniger Kraft und alles geht viel, viel schneller." Sie wies mit dem Finger kurz auf einige Stellen, an denen noch Reste der Schale zu sehen waren. „Jetzt musst du nur noch hier schälen und hier und hier die dunklen Augen herausschneiden, dann ist die Kartoffel fertig und du kannst sie zu den anderen in den Topf legen."

„Werden wir sie dann gleich kochen?", fragte Noah ungeduldig.

Die Köchin warf einen kritischen Blick auf die Uhr. „Noch ist es ein wenig zu früh. Dein Vater will erst um sieben zu Abend essen und bis dahin ist noch etwas Zeit. Außerdem werden wir zwei wohl noch ein paar mehr Kartoffeln schälen müssen. Von einer allein, wirst du vielleicht satt, Noah, aber dein Vater und deine Mutter ganz bestimmt nicht", lächelte Marla sanft.

„Warum sollen wir uns um sie kümmern?", fragte der kleine Junge verärgert.

„Weil es unsere Aufgabe ist – zumindest meine. Dein Vater und deine Mutter haben mich nur angestellt, weil sie wollen, dass immer um sieben das Abendessen auf dem Tisch steht. Nur dafür bezahlen sie mich.

„Du meinst, ansonsten kümmern sie sich um dich genauso wenig wie um mich?", fragte Noah enttäuscht.

„Die Küche und meine Arbeit hier ist bestimmt das Letzte, um das dein Vater sich jemals kümmern wird", war sich Marla sicher. „Dein Vater ist der Ansicht, dass es Williams Aufgabe ist, hier unten nach dem Rechten zu sehen und damit hat er in gewisser Weise auch recht." Sie sah einen Moment nachdenklich durch die Weite der Küche, bis ihr Blick an der gegenüberliegenden Wand zu zerbrechen schien. „Weißt du, Noah, ich bin jetzt schon über zwanzig Jahre in eurem Haus, aber ich kann mich nicht an einen einzigen Tag erinnern, an dem dein Vater oder deine Mutter jemals zu mir in die Küche gekommen sind."

„Aber warum nicht? Es ist doch schön hier. Außerdem komme ich doch auch jeden Tag hierher", rebellierte der Junge.

„Für dich ist es ein Spiel", lachte die Köchin. „Für dich gibt es hier noch etwas zu entdecken und an Tagen wie heute lernst du sogar, wie man eine Kartoffel schält. Aber für deine Mutter wäre es unter ihrer Würde, wenn sie hier in der Küche mit mir spricht."

„Sie spricht auch mit mir nur wenig", bestätigte Noah bekümmert. „Wenn sie etwas von mir will, sagt sie es immer William oder dem Kindermädchen."

Marla Harper nickte. Einen kurzen Moment zögerte sie, dann sprach sie aus, was dem Jungen und ihr eigentlich schon lange klar war. „Ich weiß, Noah. Deine Eltern sind sehr darauf bedacht, ihren Status zu wahren. Wahrscheinlich ein bisschen zu sehr. Vielleicht ist das der Grund, warum sie dich und mich wie Luft behandeln und immer nur über William mit uns reden."

„William behandeln sie auch nicht besser", erwiderte Noah unbekümmert. „Vater sagt immer, William ist nur ein Butler. Er kann nur 'Jawohl, Herr Parker' sagen."

„Hat dein Vater das so gesagt?", fragte die Köchin nicht wirklich überrascht.

Der kleine Junge neben ihr am Tisch nickte verschämt.

„Wir sind für ihn alle nicht sonderlich wichtig", erwiderte Marla nachdenklich und holte tief Luft. „Wahrscheinlich merkt dein Vater nicht einmal, wenn einer von uns plötzlich nicht mehr da ist. William hat mir erst neulich erklärt, wie unwichtig wir sind. Wir sind alle ersetzbar, hat er gemeint.

Wahrscheinlich hat er sich das nicht mal selber ausgedacht, sondern nur von deinem Vater gehört."

„Was meint er damit?", fragte der kleine Junge irritiert.

„Dass wir alle gehen können, wenn wir nicht mehr gebraucht werden", erwiderte Marla kalt und wirkte für einen Moment wie abwesend.

* * *

Erschöpft stieg Tim vom Rad und näherte sich dem großen Tor. Von innen hörte er schon die Hunde bellen. Mit wedelndem Schwanz erwarteten sie ihn, als er Sekunden später das Tor öffnete und sein Fahrrad in das Dunkel der überdachten Einfahrt hineinschob.

Zunächst hatten die laut bellenden Schäferhunde ihn noch instinktiv drei Schritte zurückgehen lassen. Das waren die Tage, an denen er sich hier vorgestellt und wenig später seine Tätigkeit auf dem Reit- und Turnierhof aufgenommen hatte.

Nur einige wenige Wochen lagen sie zurück und doch wollte es ihm scheinen, als sei eine halbe Ewigkeit seit damals vergangen. Viel hatte sich nicht geändert, denn seine Tage verliefen recht eintönig und gleichmäßig. Er fuhr morgens zur Arbeit und kam abends todmüde heim, meist deutlich später als erhofft.

Seine Freunde sah er nur noch selten, manchmal auch tagelang gar nicht, und die Welt, in die er jeden Morgen eintauchte, war nicht die seine. Er hatte gelernt, sich in ihr zurechtzufinden. Doch irgendwie fremd und unwirklich wirkte sie noch heute auf ihn.

Oberflächlich betrachtet glichen sich die Tage wie ein Ei dem anderen und doch, tief in seinem Innern, spürte Tim, dass seine kleine, überschaubare Welt immer mehr aus den Fugen geriet. Was gestern noch galt und in Stein gemeißelt zu sein schien, war heute ein einziges, überdimensioniertes Fragezeichen. Die Hunde zum Beispiel: Erst ließen sie mit ihrem Gebell sein Herz bis zu den Knien in die Hose rutschen. Jetzt kamen sie ihm beinahe vor wie seine einzigen Freunde.

Das Geld war ein anderes Beispiel: Noch vor wenigen Wochen war er ihm blind hinterhergelaufen. Nur seinetwegen hatte er den Ferienjob überhaupt angenommen. Jetzt spürte er tagein, tagaus, dass Geld längst nicht alles war und zu viel Geld leicht den Charakter verderben konnte.

Er schob das Fahrrad durch die Einfahrt in den Hof und stellte es unter dem Vordach an der Wand ab. Regnen würde es heute zum Glück nicht. Trotzdem achtete er darauf, dass sein Rad weder auffiel noch störte.

'Hier ist es wie bei mir zu Hause. Im Zweifelsfall hat immer jemand irgendetwas zu meckern und man kann es keinem recht machen', ärgerte er sich still und wandte sich den Ställen und seiner Arbeit zu. 'Das große Geld ist hier ganz gewiss zu Hause. Respekt und Achtung vor dem Rest der Welt eher nicht.'

„Du kommst spät heute", begrüßte die Pferdepflegerin ihn, ohne von ihrer Arbeit auch nur einen Moment aufzusehen.

Entsetzt und ein wenig schuldbewusst blickte Tim auf seine Uhr. Hatte er auf der knapp einstündigen Fahrt wirklich getrödelt? Hatte er sich verkalkuliert und zu lange gebraucht? Nein, hatte er nicht. Er war nicht zu spät, er war sogar zu früh, viel zu früh, um genau zu sein.

„Martina, ich weiß nicht, was du willst. Es ist gerade mal zehn vor sieben und meine Arbeit beginnt erst um sieben."

„Während du noch faul im Bett liegst, bin ich schon seit einer halben Stunde hier zugange", erwiderte die Pferdepflegerin unbekümmert. „Du kannst gleich mal mit dem Ausmisten der hinteren Ställe beginnen und lass dir nicht wieder so viel Zeit wie gestern, sonst werden wir hier nie fertig."

'Der Tag beginnt ja schon wieder gut', ärgerte sich Tim, während er seine Tasche in den Pausenraum brachte und anschließend sofort nach Mistgabel und Schubkarre griff.

'Eigentlich sollte ich noch bis um sieben warten', schimpfte er still in sich hinein. Doch er wusste, dass es sinnlos war, auf sein Recht zu pochen. 'Die Arbeit muss gemacht werden und Feierabend ist erst, wenn das letzte Pferd gewaschen und gebürstet ist. Keine Minute vorher.'

Dabei war es gerade heute wichtig, früh Feierabend zu machen und rechtzeitig nach Hause zu kommen. Er wollte mit Freunden ins Kino gehen und anschließend noch etwas um die Häuser ziehen.

'Hier in diesem verdammten Pferdepalast weiß man leider nie, wann Schluss ist', ärgerte er sich und dachte mit Schrecken an die vielen Tage zurück, an denen er in den letzten Wochen den ganzen Tag über auf einen frühen Feierabend gehofft hatte und am Ende bitter enttäuscht worden war. 'Kurz bevor ich gehen will, kommt sicher irgendein Heini wieder auf die Idee, ein Pferd, das eigentlich schon fertig ist, noch einmal reiten zu wollen und dann heißt es für uns warten und später Feierabend machen.'

Tim öffnete das Tor zur ersten Box, schob die Schubkarre hinein und machte sich an die Arbeit. Nicht mit Elan und großer Begeisterung, eher gleichmütig und stoisch, denn er wusste, dass der Morgen noch jung war und der Tag noch recht lang und anstrengend werden konnte.

'Klinko' war eigentlich ein ganz liebes Pferd. Deshalb hatte man ihn am ersten Tag gleich in seine Box geschickt und es seitdem jeden Morgen so gehalten, doch heute hatte der Schimmel einfach nur die unangenehme Eigenschaft, ständig im Weg zu stehen. Er bewegte sich grundsätzlich dorthin, wo Tim gerade den Boden säubern wollte. Ein ums andere Mal musste er den Hengst erst zur Seite dirigieren, damit er seine Arbeit überhaupt beginnen konnte.

Nach einer gefühlten Ewigkeit war es endlich geschafft. Tim öffnete das Tor, schob seine Schubkarre hinaus in den Gang und öffnete die Tür zur nächsten Box. Er hatte sie gerade geschlossen und seine Arbeit wieder aufgenommen, als Martina den Gang entlangkam und einen kritischen Blick in 'Klinkos' Box warf.

„Das nennst du sauber machen?", herrschte sie ihn an.

„Was ist denn jetzt schon wieder los?", fragte Tim sich keiner Schuld bewusst.

„Komm mal raus und schau dir den Mist an, den du hier zurückgelassen hast."

Tim verdrehte genervt die Augen. Dass man ihm nie direkt sagen konnte, was er falsch gemacht hatte. Immer gab es zunächst diese subtilen Vorwürfe. Er stellte die Mistgabel gegen die steinerne Wand und machte sich daran, die Box zu verlassen.

„Bring die Gabel und deine Schubkarre gleich mit! Die wirst du hier brauchen", kommandierte Martina scharf und wies mit der Hand auf einen großen Haufen. „Wenn der Fiebig das sieht, explodiert der garantiert. Der war gestern schon sauer, weil die Boxen, die du sauber gemacht hast, so schmutzig aussahen."

Als Tim auf den Gang hinausgetreten war und einen Blick durch die Gitterstäbe in 'Klinkos' Box geworfen hatte, sah auch er, was Martina gerade zur Weißglut brachte. Einer Schuld war er sich dennoch nicht bewusst. Er wusste, dass er die Box nicht in diesem Zustand verlassen hatte.

Zum Glück erinnerte sich Martina bald danach daran, dass auch noch ihre eigene Arbeit auf sie wartete. Das ersparte Tim weitere überflüssige Kommentare, die zu hören er ohnehin keine große Lust verspürte, denn er wusste, dass sie weder positiv ausfallen würden, noch angemessen wären.

„Morgen tust du mir bitte den Gefallen und verrichtest dein Geschäft, bevor ich zu dir in die Box komme. Einverstanden?", sagte Tim Augenblicke später zu 'Klinko' und klopfte ihm mit der flachen Hand freundlich auf den Hals. „Wegmachen muss ich es hinterher ja sowieso, aber mit etwas Glück bleiben mir dann wenigstens Martinas blöde Kommentare erspart."

* * *

13

„Ich sehe aus wie ein verdammter Neger", sagte Aiguo und blickte entsetzt in das müde Gesicht, das ihm aus dem Spiegel entgegenblickte.

„Wir sehen alle so aus", lachte Kollege Xiang am Waschtisch neben ihm. „Wir sehen alle so aus und wir werden uns immer wie Neger fühlen, wenn wir aus dem Bergwerk wieder nach oben kommen."

„Du hättest nicht Bergmann werden sollen, Aiguo, wenn dich der viele Staub und der ewige Dreck stören", lachte ihn Xiaotong frech von der anderen Seite an. „Du hast immer gewusst, auf was du dich einlässt. Du kannst nicht behaupten, dass du es nicht gewusst hättest."

Aiguo nickte bekümmert. „Ich habe es gewusst, das ist wahr. Aber ich habe nicht gedacht, dass sie uns jeden Tag so schinden werden."

„Was hast du denn erwartet?", fragte Xiang überrascht. „Jeder in China weiß, wie es in den Bergwerken zugeht. Die Chefs und die Eigentümer verdienen das große Geld und wir können froh sein, wenn wir am Ende der Schicht das Tageslicht wiedersehen dürfen."

„Wisst ihr, ich möchte auch einmal mit dem Bus in die Stadt zurückgefahren werden. Nur einmal", bekannte Aiguo.

„Mit dem Bus?", lachte Xiaotong. „Träumst du? Aiguo, du weißt genau, dass das nie geschehen wird. Um im Bus zu sitzen, musst du im Büro arbeiten und ein Manager sein, zumindest ein kleiner."

„Du musst einen feinen Anzug tragen und darfst dich bei der Arbeit nicht schmutzig machen", schimpfte Xiang. „Ansonsten fährst du wie alle anderen auch hier mit dem Zug – und immer nur mit dem Zug."

„Ich weiß, und wenn ich die altersschwache Dampflok sehe, die ihn zieht, dann weiß ich, wie wichtig wir sind", ärgerte sich Aiguo.

„Die Kohle ist viel wichtiger, als wir es sind", erklärte Xiang verbittert. „Wäre es anders, würden die neuen Diesellokomotiven unseren Zug ziehen und nicht die Waggons mit der Kohle."

„Für die Kohlenzüge ist die alte Dampflok nicht mehr zu gebrauchen. Aber für uns einfache Arbeiter ist sie immer noch gut genug. Uns muss reichen, was an anderer Stelle schon lange nicht mehr reicht", motzte Xiaotong verärgert und erntete ein zustimmendes Nicken auf den Gesichtern der anderen.

„Dabei sind wir es, die diese verdammte Kohle aus dem Berg holen. Wir allein sind es, die dafür sorgen, dass unsere Firma überhaupt etwas zu verkaufen hat", machte Aiguo seinem in langen Jahren aufgestauten Ärger Luft.

„Eigentlich hast du recht", bekannte Xiaotong verbittert.

„Ohne uns keine Kohle und ohne unsere Kohle kein einziger Yuan Umsatz. Aber du weißt selbst, wie die Dinge hier sind. Für uns gibt es nur den Dreck und die alte Dampflok. Alle anderen, die meinen, etwas Besseres zu sein, fahren im Bus oder in den schwarz lackierten Limousinen."

„Wenn ich später einmal reich bin, kaufe ich mir auch eines dieser schwarzen Autos", träumte Xiang mit leuchtenden Augen und halb offenem Mund. „Am besten eines aus dem Westen, aus Japan, Amerika oder Deutschland." Das Leuchten in seinen Augen wurde stärker. „Dann lasse ich mich auch den ganzen Tag lang nur durch die Stadt kutschieren und schaue hinter verdunkelten Scheiben zu, wie ihr zwei Faulpelze arbeitet", lachte er schließlich.

„Das könnte dir so passen", schimpfte Xiaotong wie ein Rohrspatz. „Du nimmst uns entweder mit oder du arbeitest mit uns. Aber einen dritten Weg wird es nicht geben. Du kannst uns doch nicht einfach im Stich lassen."

„Ihr kommt auch schon ohne mich klar", verteidigte Xiang seinen kurzen Tagtraum.

„Das mag schon sein. Aber mit dir kommen wir sicher besser zurecht, als ohne dich", erwiderte Aiguo und legte seinen Arm freundschaftlich auf Xiaotongs Schulter. „Doch jetzt lasst uns gehen, sonst fährt der verdammte Zug noch ohne uns ab."

Sie packten ihre Sachen zusammen und eilten zum wartenden Zug. Einer nach dem anderen stiegen die Arbeiter in den Zug und setzten sich auf die harten Holzbänke. Müde Köpfe lehnten sich an Wände und Fenster, bis der ruckelnde Zug sie bei der Abfahrt unsanft weckte.

„Wie geht es Fang?", fragte Xiaotong, nachdem sie einige Zeit schweigend aus dem Fenster gesehen hatten.

„Sie macht ihrem Namen alle Ehre und riecht von Tag zu Tag besser", erzählte Aiguo, ohne seinen Blick von der kahlen, schmutzig braunen Landschaft zu lösen, die langsam an ihnen vorbeizog. „Aber seit sie aus dem Krankenhaus zurück ist, geht es ihr von Tag zu Tag schlechter."

„Kaufst du ihr keine Medizin mehr?", wollte Xiang wissen.

„Ich kaufe ihr so viel Medizin, wie ich kann. Aber es ist alles so teuer", bekannte Aiguo traurig. „Ich könnte das Doppelte verdienen und wir hätten immer noch nicht genügend Geld, um im Krankenhaus die Operation für sie zu bezahlen."

Die Falten in Xiaotongs Gesicht wurden tiefer. „Was ist mit deiner Familie? Kannst du bei ihr Geld borgen?"

Resigniert schüttelte Aiguo den Kopf. „Sie können nicht helfen. Sie haben selbst kaum genug zum Leben und selbst, wenn sie helfen könnten, wüsste ich nicht, ob sie es tun würden."

„Aber warum nicht? Sie ist immerhin deine Frau und das schon seit vielen Jahren", rebellierte Xiang gegen das soeben Gehörte.

„Ja, sie ist schon seit Jahren meine Frau, und wenn ich darüber nachdenke, liebe ich sie von Jahr zu Jahr mehr. Aber meine Familie liebt Fang nicht. Meine Eltern nehmen ihr übel, dass sie ihnen noch immer keinen Enkelsohn geboren hat und jetzt ist es wahrscheinlich zu spät, weil sie den Tumor in ihrem Kopf gefunden haben."

„Deine Eltern sind grausam", wandte Xiaotong sich angewidert ab. „Sie denken nur an sich selbst. Sie sollten auch mal an andere denken, an Fang zum Beispiel."

Schwarzer, giftiger Rauch stieg aus den Schornsteinen

einer der Metallschmelzen auf, als der Zug sie passierte. Für einen Moment löste Aiguo seinen Blick von der Schmelze und wandte sich den Freunden zu. „Das tun sie doch. Sie denken den ganzen Tag darüber nach, was andere wohl über sie sagen und denken werden, weil ich nun schon seit sieben Jahren mit Fang verheiratet bin und sie noch immer keine richtigen Großeltern sind. Nur deshalb machen sie Fang die ganze Zeit Vorwürfe."

„Eines Tages werden sie Fang mit ihrem dummen Gerede noch ins Grab bringen", warnte Xiaotong.

„Sie haben es schon längst getan", erwiderte Aiguo kalt. „Schon vor Jahren haben sie ihre Herzen verschlossen und Fangs Herz damit gebrochen. Jetzt wartet sie nur noch auf ihren Tod."

Xiang war entsetzt. „Du meinst, sie will wirklich nicht mehr leben?"

Aiguo schüttelte traurig den Kopf. „Fang wartet nur noch auf ihren Tod. Sie weiß, er wird sie erlösen. Angst vor ihm hat sie schon lange nicht mehr. Nur, dass ich anschließend nicht mehr bei ihr sein kann, das macht sie traurig. Nur das hält sie noch am Leben."

* * *

Sharifas Puls raste. In immer schnellerer Folge klatschte ihre Hand auf die weiche Kinderhaut. Doch so sehr sie auch schlug, das kleine Kind in ihrer Hand schrie und zappelte nicht. Wie ein lebloser Fleischklumpen hing es an ihren Händen.

„Nein, bitte nicht", stammelte Sharifa, dann nahm ihr der Arzt das Kind schnell aus den Händen.

Er legte es auf den hölzernen Tisch, der von einem dünnen, ausgebleichten Tuch bedeckt war, steckte sich die beiden Enden seines Stethoskops ins Ohr und tastete mit dem Brustkopf über den Körper des Neugeborenen. Auch sein Blick verhieß nichts Gutes.

Lange tastete er und horchte, dann nahm er die Ohrbügel heraus und hängte sie um den Hals. Als er auf die ihn umgebenden Schwestern schaute, vermochte keine seinem Blick lange standzuhalten.

„Wir haben es auch verloren", sagte er traurig. „Wir haben die Mutter verloren und das Kind dazu." Er blickte kurz auf. Wut und Verärgerung machten sich in seinem Gesicht bemerkbar. „Es ist wie immer. Der Weg zu unserem Krankenhaus ist zu weit, und wenn sie es endlich geschafft haben, ist es zu spät und wir haben nicht einmal die Spur einer Chance."

Seine Hand glitt langsam auf Sharifas Schulter nieder, die sich neben dem Tisch auf einen Stuhl gesetzt hatte und das Gesicht nun hinter ihren Händen verbarg. „Es ist nicht unsere Schuld, Sharifa, deine schon gar nicht. Wir konnten ihr nicht mehr helfen. Ihr nicht und dem Kind auch nicht. Wir haben getan, was wir konnten, und du hast dir am allerwenigsten einen Vorwurf zu machen."

„Das sagst du immer, Kani." Mühsam brachte Sharifa die Worte hinter ihren Händen hervor.

„Weil es die Wahrheit ist, auch wenn es eine sehr traurige Wahrheit ist", erklärte der Arzt ruhig.

„Das ist deine Wahrheit, Kani. Meine Wahrheit ist eine andere", rebellierte Sharifa gegen die Worte ihres Vorgesetzten. „Wir kommen nicht nur einmal zu spät. Wir kommen immer wieder zu spät – nicht nur heute, Kani. Wir verlieren den Kampf gegen die Zeit viel zu oft."

„Du hast recht, die Regierung müsste mehr Krankenhäuser bauen. Vor allem hier draußen in den entlegenen Teilen des Landes", stimmte Kani ihr vorsichtig zu.

„Warum bauen sie die modernen Krankenhäuser nur in den großen Städten. Warum nur in der Hauptstadt? Warum nicht auch hier?"

„Die Regierung hat nicht genug Geld", mahnte der Arzt. „Du weißt, wie schwierig es ist, selbst die notwendigsten Dinge für unser kleines Hospital zu bekommen."

„Geld für Waffen und die Milizen haben sie genug", schimpfte Sharifa aufgebracht. „Warum haben sie dann nicht auch Geld für die Armen und Kranken? Warum, Kani? Warum bekommen wir nur Ausrüstung, wenn Militärkolonnen durchs Land ziehen und uns einer der Militärärzte etwas von den Dingen dalässt, die er selbst im Überfluss hat? Warum, Kani? Warum nur dann?"

„Ich weiß es nicht", entgegnete der Arzt und zuckte hilflos mit den Schultern. „Ich weiß es wirklich nicht. Ich weiß nur, dass wir beide an dieser Situation nicht viel ändern können. Wir tun ohnehin schon, was wir tun können. Wir behandeln die Patienten, die zu uns kommen, sobald die Sonne aufgeht und du weißt, es gibt viele Tage, da sind wir nach Sonnenuntergang immer noch nicht mit unserer Arbeit fertig."

„Ich weiß, Kani. Ich weiß, dass wir beide kaum mehr tun können, als wir ohnehin schon tun", bestätigte Sharifa ruhig. „Aber die Regierung könnte mehr tun. Sie kann die Steuern für die Reichen erhöhen und uns und den anderen Krankenhäusern etwas von dem vielen Geld geben. Ich will es ja nicht für mich. Ich will es nur für das Hospital."

„Sie haben die Steuern erst im letzten Jahr erhöht", erinnerte sich Kani verbittert. „Aber gebracht hat es nichts, zumindest uns nicht. Die Steuern wurden erhöht, aber unser Krankenhaus bekommt von der Regierung noch weniger Geld als im Vorjahr."

„Ach, Kani, das sind doch alles nur billige Ausreden", schimpfte Sharifa. „Du weißt, dass die Reichen sich einen Teufel um das scheren, was die Regierung von ihnen fordert. Sie bestechen ein paar korrupte Beamte in der Verwaltung. Das kostet sie weniger als nichts und mit dem ersparten Geld fliegen sie anschließend lieber zum Shoppen ins Ausland als hier bei uns Steuern zu zahlen, damit Krankenhäuser wie dieses gebaut und bezahlt werden können."

„Im Grunde hast du recht. Aber wir zwei, wir haben ganz gewiss nicht die Macht, dieses System zu brechen. Wir haben nicht einmal die Kraft, hier in diesem kleinen Krankenhaus etwas zum Besseren zu wenden", sagte Kani niedergeschlagen.

„Unser Krankenhaus ist nur noch ein Sterbehaus, Kani“, erwiderte Sharifa verbittert. „Wie viele Leute müssen wir wieder wegschicken, weil wir ihnen nicht helfen können. Wir weisen sie nicht ab, aber wirklich helfen können wir ihnen auch nicht. Es sind viele, Kani. Wenn du mich fragst, viel zu viele.“

„Wir können aber auch nicht einfach aufgeben“, mahnte der Arzt. „Wenn wir beide aufgeben, Sharifa, wer hilft dann den Leuten da draußen noch? Die Reichen werden es ganz bestimmt nicht tun. Die haben garantiert anderes im Sinn.“

„Kani, ich will helfen, ja, das will ich. Ich will aber auch nicht Tag für Tag aufstehen und erleben, wie hilflos ich im Grunde bin.“ Ihre ausgestreckte Hand wies auf den Tisch mit dem Körper des toten Kindes. „Wenn ich selbst die letzte Nacht nicht überlebt hätte, wäre mir das heute alles erspart geblieben. Und nun sag selbst: Hätte ich etwas verpasst? Hätte ich wirklich etwas verpasst, wenn mir dieser Anblick heute erspart geblieben wäre?“

* * *

Das Büro der 'Lebensagentur' lag im Zentrum der Stadt. Man hatte es in einem der vornehmsten Viertel gebaut. Der Eingang zur U-Bahn war direkt vor dem Haus und sternförmig verliefen von hier die Boulevards in alle Richtungen.

Für die Agentur besonders wichtig war jener, der zum Flughafen führte. Tag für Tag trafen Repräsentanten aus allen Teilen der Welt hier ein, besonders dann, wenn es darum ging, die neuen Verträge auszuhandeln und zu unterschreiben. Die Zentrale glich an jenen Tagen immer einem kleinen Bienenschwarm und auf den Fluren und in den Konferenzräumen und Vorzimmern herrschte ein reges Treiben.

Im obersten Stockwerk des schlanken, mit spiegelndem Glas verzierten Gebäudes blickte der Agenturleiter vom Fenster aus auf das geschäftige Treiben auf der Straße tief unter sich. Menschen, Autos, Busse, selbst die meisten Häuser wirkten von hier oben klein und unscheinbar.

Alles wirkte so vertraut und beständig. Eine feine, unsichtbare Ordnung schien eine Welt zu steuern, die sich in immer schnelleren Kreisen nur noch um sich selbst drehte.

Zufrieden mit sich und dem, was er über Jahre hinweg aufgebaut und geschaffen hatte, trat Herr Gott langsam vom Fenster zurück. Die schon recht tief stehende Sonne umstrahlte seinen schlanken, hochgewachsenen Körper wie eine aus sich heraus leuchtende Kugel.

Ein freundliches, mildes Lächeln umspielte seine Lippen, als er sich den im Raum anwesenden Regionalleitern zuwandte. „Nun, meine Herren, ich hoffe, Sie haben den weiten Weg in die Zentrale nicht gemacht, um mir schlechte Nachrichten zu bringen. Schlechte Nachrichten hatte ich in der letzten Zeit mehr als genug. Ein bisschen 'Business as usual' wäre jetzt genau das Richtige für mich." Sein ausgestreckter Arm wies auf den in der Mitte des Raumes stehenden Konferenztisch. „Aber bitte, nehmen Sie doch erst einmal Platz."

Die versammelten Männer gingen an den Tisch und nahmen ihre Plätze ein. Nur einer blieb leer.

„Was ist mit dem Kollegen Raffael?", fragte Herr Gott verwundert, als er sah, dass der für die USA zuständige Bereichsleiter der Konferenz ferngeblieben war. „Hat er keine Einladung bekommen?"

„Wie alle anderen auch hat Raffael seine Einladung bereits vorgestern über unser agentureigenes Kommunikationssystem erhalten", berichtete Herr Ezechiel, der persönliche Referent des Agenturleiters. „Er hat sich auch sogleich zu uns auf den Weg gemacht. Aber seit die Amerikaner als Reaktion auf verschiedene Terrorangriffe ihre Sicherheitskontrollen an den Grenzen und Flughäfen massiv verschärft haben, muss bei Raffaels Dienstreisen leider immer mit unvorhersehbaren Verzögerungen gerechnet werden."

Herr Gott biss sich nachdenklich auf die Unterlippe. „Das ist ärgerlich, mehr als ärgerlich." Einen Moment zögerte er, dann wandte er sich wieder an seinen persönlichen

Referenten. „Können Sie abschätzen, wie lange es noch dauern wird? Haben wir eine ungefähre Vorstellung davon, wann Raffael zu uns stoßen kann?"

Der persönliche Referent verzog das Gesicht, als habe er eine Portion giftiger Pilze gegessen. „Bedaure, das ist gerade in Raffaels Fall nicht möglich. Wenn er wie der Kollege Uriel aus China anreisen würde, dann könnte man davon ausgehen, dass er sich um mindestens zwei Stunden verspäten wird, weil das Stempeln der vielen Formulare für die Ausreise so viel Zeit in Anspruch nimmt. Wenn er wie der Kollege Gabriel aus Rom kommen würde, müsste man die zu erwartende Verspätung schon auf eine halbe Ewigkeit ansetzen, weil das Personal am Flughafen streikt oder der Zoll wieder mal Dienst nach Vorschrift macht und die Pässe besonders gründlich kontrolliert. Aber da Raffael, wie wir alle wissen, aus den USA zu uns kommen wird, ist zu befürchten, dass es mindestens doppelt so lange dauern wird."

„Doppelt so lange? Zweimal eine halbe Ewigkeit?", wiederholte Herr Gott entsetzt die ihm gerade vorgelegte Prognose. „Das ist zu viel. So lange können wir nicht warten", entschied er kurzerhand. „Wir fangen schon mal ohne den Kollegen Raffael an. Er wird zu uns stoßen, sobald er hier eintrifft." Mit der rechten Hand wies er kurz auf eine Mappe mit Dokumenten, die jeder vor sich auf dem Tisch liegen hatte. „Das sind die heutigen Gerichtsakten. Es waren zum Glück nicht allzu viele Fälle zu verhandeln und die Vergehen bewegten sich im normalen Rahmen. Naja, meine Herren, ich denke, Sie wissen, was ich meine: Mord, Totschlag, einige Vergewaltigungen, recht viele Ehebrüche, unzählige Lügen und dann die ganzen Betrügereien sowie die leichten und schweren Vergehen im Geschäftsleben."

Herr Gabriel hatte interessiert den Aktendeckel geöffnet und ein wenig in den Unterlagen geblättert. „Und das Strafmaß bleibt auch weiterhin so niedrig?", fragte er verwundert. „Trotz der vielen Vergehen?"

Herr Gott räusperte sich kurz. Man sah ihm an, dass ihm die Frage ein wenig peinlich und unangenehm war. „Ich kann leider nicht gut über meinen Schatten springen", gab er unumwunden zu. „Wir haben zwar verlauten lassen, dass eher ein Kamel durch ein Nadelöhr geht, als dass ein Reicher in den Himmel kommt, aber ich habe trotzdem in den meisten Fällen Gnade vor Recht ergehen lassen und das Strafmaß sehr niedrig angesetzt."

„In den meisten Fällen? So weit ich das auf die Schnelle aus den Akten erkennen kann, gab es heute wieder nur Freisprüche und das gefällt mir sehr gut", merkte Herr Michael zufrieden an.

„Du hast schon immer auf der Seite der Menschen gestanden", ärgerte sich der Kollege Uriel auf der gegenüberliegenden Seite des Tisches. „Ich hingegen plädiere schon lange für ein etwas härteres Durchgreifen. Den Menschen muss endlich mal ein Licht aufgehen."

„Meine Herren, nicht schon wieder diese alte Diskussion. Die hatten wir nun schon oft genug hier in diesem Raum", beendete Herr Gott rigoros mit einem Machtwort die Debatte, bevor sie überhaupt richtig begonnen hatte. „Meine Entscheidung steht und was ich gesagt habe, das gilt. Sie wissen, ich habe zwar vor etlichen Jahren auch mal für einige Zeit als Mensch gelebt, aber diese durch und durch menschliche Schwäche, einmal gefällte Grundsatzentscheidungen immer wieder infrage zu stellen, werden Sie bei mir nicht finden. Mein Wort gilt und es gilt heute genauso wie morgen. Und wenn ich mich dazu entschließe, mit diesem reichen und steinreichen Gesinde Gnade zu haben, ist es nicht an Ihnen, diese Entscheidung erneut infrage zu stellen."

„So war der Einwand vom Kollegen Uriel auch ganz sicher nicht gemeint", beeilte sich Ezechiel zu versichern. „Trotzdem haben wir jetzt ein Problem: Weil wir einige der Reichen in den Himmel vorgelassen haben, müssen wir jetzt nur noch dafür sorgen, dass wir dieses Kamel auch durch das verflixte Nadelöhr bekommen, ansonsten leidet unsere Glaubwürdigkeit."

„Das dürfte schwierig werden", wagte Gabriel eine erste

Prognose.

„Meine Herren, lassen Sie das mal meine Sorge sein", erstickte Herr Gott auch diese Diskussion schon im Ansatz. „Lassen Sie uns lieber über unser dringenderes Problem sprechen. In der nächsten Woche stehen wieder viele Verträge zur Verlängerung an und ich möchte, dass wir unserem Firmennamen 'Lebensagentur' alle Ehre machen und wieder viele Abschlüsse vorzuweisen haben." Er blickte erwartungsvoll in die Runde. „Wie sieht es aus? Wie weit sind Sie mit Ihren Sondierungen gekommen? Wie viele Vorabschlüsse haben wir schon in der Tasche?"

„In Asien sieht es ganz gut aus", meldete sich Herr Uriel als Erster zu Wort. „Ich habe bislang nur mit den Reichen und Wohlhabenden gesprochen, weil sie in den vergangenen Jahren der mit Abstand schwierigste Teil unserer Kundschaft waren, aber alles in allem sieht es recht gut aus. Die meisten haben den Vorvertrag bereits unterschrieben und selbst die, die noch nicht unterschrieben haben, sind sich im Grunde schon darüber klar, dass sie verlängern wollen. Ihnen geht es nur noch um einzelne Details in den Vertragsbedingungen."

„In Europa ist die Lage ähnlich", berichtete Herr Gabriel aus seinem Bereich. „Das Murren in der Mittel- und Unterschicht wird zwar beständig größer, aber ich denke, das hat nicht viel zu bedeuten."

Geziert hob Herr Gott die Braue über dem rechten Auge an. „Sie sagen, das Murren wird stärker, Herr Gabriel? Und das ausgerechnet in Ihrem Bereich, in Europa? Dem Teil der Welt, dem es immer noch am besten geht?"

Herr Gabriel nickte. „Also, ich würde dieses Murren nicht überschätzen. Aber zu behaupten, es wäre nicht da, wäre gelogen. Unter der Oberfläche gärt es. Noch vor einigen Jahren waren die Gesellschaften in Europa sehr homogen. Die Schichten zwischen den einzelnen Klassen waren im Westen noch vergleichsweise durchlässig und die Unterschiede zwischen den einzelnen Gruppierungen noch nicht sehr groß. Wer sich anstrengte, wer fleißig war und aus sich und seinem Leben etwas machte, der konnte es durchaus schaffen. Das geht heute nicht mehr so leicht. Sie wissen, die Reichen haben die Politik längst gekauft und auf einen unentschlossenen Politiker kommen mindestens drei Lobbyisten, die ihm tagein und tagaus in den Ohren liegen und ihm sagen, was er zu tun hat. Im Osten war die Situation schon immer anders. Da hatten über Jahrzehnte hinweg alle mehr oder weniger nichts und nur die Bonzen aus der Partei lebten auf einem anderen Stern. Heute sind die Zustände auch hier anders und die Gesellschaften fallen immer weiter auseinander. Einige haben immer noch nichts, die Masse hat ein wenig mehr als früher und die reichen Oligarchen leben immer noch in ihrer eigenen Welt."

„Ich weiß, die Zustände werden langsam unhaltbar, und wenn die Mächtigen in der alten Welt nicht aufpassen, erleben sie bald so etwas wie eine Neuauflage der Französischen Revolution", plagten Herrn Gott erste dunkle Vorahnungen.

„Die moderne Marie Antoinette ist bereits gefunden", warnte Herr Gabriel.

„Wie meinen Sie das? Was genau ist passiert?", fragte Herr Gott beunruhigt.

„Eine junge Dame aus dem französischen Geldadel soll kürzlich in Paris einem Clochard geraten haben, zur Bank zu gehen, wenn er am Automaten kein Geld mehr ziehen kann."

„Das ist unerhört", empörte sich Herr Uriel. „Das sind Zustände wie bei uns in China. Hat sie das wirklich so gesagt?"

Herr Gabriel schüttelte entschieden den Kopf. „Sie hat es ebenso wenig gesagt, wie Marie Antoinette den Parisern vor zweihundert Jahren geraten hat, Kuchen zu essen, wenn sie kein Brot hätten. Aber das Volk glaubt trotzdem, dass die Worte so und nicht anders gefallen sind. Es ist wie damals im Vorfeld der Französischen Revolution. Ich denke, wir sollten die Lage auf jeden Fall ernst nehmen und aufmerksam beobachten."

„Das sollten wir in der Tat", bestätigte Herr Gott den Vorschlag seines europäischen Bereichsleiters. „Schade, dass Raffael noch nicht da ist, um uns detailliert über die Situation in den Vereinigten Staaten zu unterrichten. Wenn die Zustände sich dort ähnlich zuspitzen, müssen wir handeln, bevor es zu spät ist." Er wandte sich an den für den afrikanischen Raum zuständigen Regionalleiter. „Michael, wie ernst ist die Situation in Afrika? Wie sieht es dort aus?"

„Bedrohlich ist die Situation noch nicht, aber Grund, die Hände in den Schoss zu legen, haben wir auch nicht. Wenn ich die Lage in einem passenden Bild umschreiben sollte, würde ich sagen, die Herde blökt gewaltig und die Schafe beginnen immer lauter zu meckern. Aber noch folgen sie ihrem Hirten."

Die Falten auf der Stirn des Agenturleiters wurden tiefer. „Uriel, wie ist die Lage in Asien? Was machen die Armen in Indien und China?"

„Sie werden langsam unruhig. Das ist in der Tat kaum zu übersehen", bestätigte auch Herr Uriel unumwunden die gefährliche Entwicklung, von der auch die anderen Regionalleiter bereits berichtet hatten. „Allerdings ist die Richtung ihres Protests in Asien eine andere. Der Zorn des einfachen Volkes richtet sich bislang in erster Linie nur gegen die Regierungen. Vor allem die chinesische schwitzt und hat mehr Angst vor dem eigenen Volk als vor Amerika und Russland zusammen. Unsere Agentur ist bis jetzt zum Glück noch nicht zum Ziel diverser Attacken und Beschimpfungen geworden. Deshalb sehe ich für die in der nächsten Woche neu abzuschließenden Verträge keine Gefahr."

„Möge die Wahrheit mit Ihnen sein, Uriel", sagte Herr Gott mit einer Stimme, die schwächer und brüchiger klang als in den Minuten zuvor. „Aber wenn sie es nicht ist, haben wir schon bald alle ein gewaltiges Problem."

* * *

Verärgert legte Alexander Parker beim Abendessen den Löffel zur Seite und tupfte sich mit der Serviette den Mund ab. „Ist unsere Marla verliebt oder warum ist die Suppe heute so versalzen?"

„Ich finde, die Suppe schmeckt wie immer", hatte seine Frau Mühe, die Aufregung ihres Mannes nachzuvollziehen.

„Charlotte, wenn ich sage, die Suppe ist versalzen, dann ist sie versalzen und anstatt mir zu widersprechen, solltest du lieber in die Küche eilen und dafür sorgen, dass in deinem Haushalt wieder Ordnung herrscht", entgegnete ihr Mann unwillig.

„Du willst mich allen Ernstes in die Küche schicken?", fragte Charlotte Parker irritiert. „Das ist nicht dein Ernst, Alexander."

„Wenn du nicht selbst in die Küche gehen willst, dann lässt du eben William kommen und ihn dafür sorgen, dass hier im Haus die Dinge endlich wieder so laufen, wie es sich gehört." Alexander Parker drehte sich leicht um und gab dem hinter ihm an der Türe wartenden Dienstmädchen ein Zeichen. „Räumen Sie die Teller ab und dann bringen Sie uns den Hauptgang. Ich hoffe, wenigstens der ist heute zu genießen. Nicht genug damit, dass ich in der Firma heute einen anstrengenden Tag hatte, muss mir Marla am Abend auch noch die Suppe versalzen."

„Aber die Suppe ist nicht versalzen, Dad!", meldete sich Noah schüchtern zu Wort.

„Woher willst ausgerechnet du Dreikäsehoch das beurteilen können?", fragte Alexander Parker gereizt. „Hast du inzwischen kochen gelernt?"

„Marla und ich haben die Suppe heute zusammen vorbereitet", verkündete der Junge stolz. „Auch die Kartoffeln haben wir heute zusammen geschält."

„Du hast dich den halben Tag in der Küche herumgetrieben?", fragte Alexander Parker schockiert und wandte sich an seine Frau. „Charlotte, wie kann das sein?"

„Mich darfst du das nicht fragen", wies seine Frau jede Verantwortung sofort von sich. „Ich habe den Nachmittag im Museum verbracht. Dort ist heute der neue Rembrandt vorgestellt worden, den der Direktor dank unserer großzügigen Spende endlich kaufen konnte."

„Ach ja, das hatte ich ganz vergessen", erinnerte sich Alexander Parker. „Teddy Manson hat mir zwar vor Wochen auch eine Einladung zukommen lassen, aber ich musste ihm absagen. Für so unwichtige Dinge habe ich einfach keine Zeit. Insofern war es gut, dass wenigstens du da warst und die Firma angemessen vertreten hast. Es ist wichtig, dass die Welt mitbekommt, wem allein sie es zu verdanken hat, dass dieses außergewöhnliche Bild nun in unserer Stadt beheimatet ist. Fürs Geschäft ist diese Art von Publicity von unschätzbarem Wert." Er sah seine Frau eindringlich an. „Teddy Manson hat hoffentlich ausreichend darauf hingewiesen, wem er seinen Kauf überhaupt zu verdanken hat?"

„Oh ja, das hat er", versicherte Charlotte schnell. Er hat unsere Firma immer wieder erwähnt und mindestens dreimal betont, wie schade es sei, dass du nicht selbst zur Einweihung des neuen Rembrandtraums kommen konntest."

Alexander Parker strahlte zufrieden. „Das höre ich gerne. War mein alter Freund Tony Young auch zugegen?"

Charlotte Parker schüttelte den Kopf. „Nein, diese Blöße hat er sich nicht gegeben. Ich habe weder ihn selbst noch irgendjemand aus seiner Familie oder einen seiner leitenden Angestellten im Museum gesehen."

„Das ist für diesen alten Galgenvogel mal wieder typisch", kommentierte Alexander Parker zufrieden den Bericht seiner Frau. „Intellektuell hat Tony nichts auf der Pfanne und finanziell hat er nicht annähernd unsere Kragenweite. Das sind genug Gründe, um sich an einem Tag wie dem heutigen, wo allein wir als Kunstkenner und Sponsoren im Mittelpunkt stehen, nicht im Museum sehen zu lassen."

„Weil du heute nicht dabei sein konntest, hat Teddy Manson angeboten, dir und mir im Museum einen privaten Vortrag zur Entstehungsgeschichte des neuen Gemäldes zu halten."

„Er sucht nach einem geeigneten Weg, mir seine lange Wunschliste zu überreichen", lachte Alexander Parker vergnügt auf. „Nur deshalb will er sich mit dir und mir allein im Museum treffen. Dann kann er dezent auf die vielen leeren Stellen an den Wänden deuten und ganz nebenbei anklingen lassen, dass hier ein Picasso und dort ein van Gogh hervorragend wirken würden."

„Du willst nicht dazu beitragen, die Sammlung des Museums weiter zu vergrößern?", fragte Charlotte überrascht.

„Meine Pläne bezüglich des Museums ändern sich gerade ein wenig", bekannte ihr Mann. „Ich frage mich, ob es für uns nicht besser ist, in der Stadt ein eigenes Museum zu bauen. Eines, das unseren Namen trägt und von allen nur mit uns und unserem Geld in Verbindung gebracht wird. Ich denke, das wird viel besser wirken und auch weitaus stärker Eindruck machen, als wenn wir immer nur den Ankauf eines neuen Gemäldes oder einer neuen Skulptur finanzieren."

„Das ist wahr. 'Alexander Parker Museum für moderne Kunst', das klingt wirklich viel besser und nobler als 'Städtische Kunstgalerie'", pflichtete Charlotte ihrem Mann bei.

„Ich denke, wir werden die Idee schon in Kürze umsetzen", erklärte Alexander Parker und nickte bedächtig. „Teddy Manson, der alte Schleimer, kann von mir aus gerne das neue Museum leiten. Wichtig ist nur, dass mir Tony Young oder eine der anderen Stadtgrößen nicht zuvorkommt und die Idee vor der Nase wegschnappt."

„Das wird sicher nicht geschehen", glaubte Charlotte. „Die Kunst ist nicht ihre Welt und ihre Unternehmen sind nur halb so groß wie deines."

„Da hast du sicher recht", entgegnete ihr Mann und warf einen besorgten Blick auf seinen Sohn. „Aber wir sollten dafür sorgen, dass Noah etwas Vernünftiges lernt. Marla und die Küche sind nicht der richtige Umgang für ihn. Sprich mit William und sorge dafür, dass Noah die wirklich wichtigen Dinge im Leben lernt."

„Aber Kartoffeln schälen ist wichtig, Daddy", entgegnete

Noah fassungslos. „Was sollen wir essen, wenn niemand mehr unsere Kartoffeln schält?"

Alexander Parker lächelte überlegen. „Du hast recht, Noah, es ist wichtig, aber diese einfachen Arbeiten wird immer jemand für dich verrichten. Es gibt genügend Leute, die sich nach Arbeiten wie der von Marla die Finger lecken. Deshalb solltest du dich auf die wirklich wichtigen Dinge konzentrieren und tun, was andere Kinder in deinem Alter niemals werden tun können."

„Und was ist das?", schien Noah alles andere als überzeugt.

Alexander Parker überlegte einen Augenblick, dann hatte er eine Idee gefunden, die ihm weit besser behagte, als seinen Sohn in der Küche Kartoffeln schälen zu sehen. „Du solltest Geige spielen lernen. Ja, genau. Lerne Geige spielen."

* * *

'Auch an Freitagen sollte in den Büros länger gearbeitet werden. Dann hat die Welt weniger Zeit zum Reiten und ich kann früher gehen', fluchte Tim genervt und blickte erneut auf die Uhr, die unbarmherzig voranschritt und all seine hochfliegenden Pläne vom Morgen zu zerstören schien.

Der Tag war heiß, die Luft stickig und die Stimmung im Stall angespannter als sonst, denn ein Turnier stand an. Ein großes, wichtiges Turnier, wie man ihm seit Tagen immer wieder versichert hatte. Nur die Besten der Besten würden dort antreten und für sie sei es eine Ehre, dass 'Godot' dort an den Start gehen durfte.

Ausgerechnet 'Godot', ausgerechnet er. Wie Tim den Hengst hasste, den alle hier so überschwänglich vergötterten, weil er die Hindernisse besser bezwang als jedes andere Pferd aus ihrem Stall. Dabei war 'Godot' für Tim nichts anderes als die vierbeinige Version all der menschlichen Drecksäcke, die er in seinem kurzen Leben bereits kennenlernen durfte.

'Charakter hat 'Godot', aber leider keinen angenehmen', klagte Tim still, als er sah, dass das Pferd aus seiner Box heraus zum Wagen geführt wurde. 'Ich werde ihn die nächsten Tage ganz gewiss nicht vermissen und die anderen Pferde vermutlich auch nicht.'

Er fragte sich einen Moment, wie 'Klinko' und all die anderen Pferde in ihren Boxen sich wohl fühlen mussten, wenn sie sahen, dass 'Godot' bei der Fütterung immer als Erster bedacht wurde, weil er die Angewohnheit hatte, ungeduldig und kräftig mit den Hufen gegen die hölzernen Seitenwände seiner Box zu schlagen, sobald der Wagen mit dem Futter in den Gang geschoben wurde.

'Jedes Pferd weiß, was es bedeutet, wenn ich den grünen Wagen mit dem Futter in den Gang rolle', überlegte Tim. 'Und sobald ich den Deckel öffne, werden alle unruhig, nicht nur 'Godot'. Aber keiner macht so viel Radau wie er. Wenn es nach mir ginge, bekäme 'Godot' grundsätzlich als Letzter sein Futter. Aber eine Extrawurst für ihn braten, würde ich nicht.'

Tim ärgerte sich, dass er inzwischen, ohne es zu wollen und ohne es verhindern zu können, Teil eines Systems war, dass asoziales Verhalten, wie das von 'Godot' auch noch förderte, indem es die stillen und angepassten Pferde benachteiligte und einem notorischen Krawallmacher immer die größte Aufmerksamkeit zuteilwerden ließ.

Als die Wagen mit 'Godot' und den anderen Pferden, die zum Turnier nach Heidelberg fuhren, den Hof endlich verlassen hatten, lag eine merkwürdige Stille über dem Stall. Der Hausmeister beeilte sich, nach Hause zu kommen. Er war ohnehin schon über der Zeit. Für Tim standen noch mindestens zwei weitere Stunden an, wenn er es denn bis um sechs schaffen würde. Dann wäre er um sieben wieder daheim, könnte sich schnell umziehen und gegen halb acht bei den Freunden aufschlagen. Das würde knapp, aber gerade noch reichen. Es durfte nur nichts mehr dazwischen kommen.

Als gegen fünf ein dicker Mercedes vor dem Haus hielt und Herr Fiebig mit zwei Geschäftsfreunden der Limousine entstieg, ahnte Tim sogleich, dass der Abend anders verlaufen könnte, als ursprünglich geplant.

Zunächst zeigte der Besitzer seinen Gästen mit stolz geschwellter Brust die Anlage, dann gab er die Anweisung, 'Klinko' und zwei weitere Pferde zum Ausritt zu satteln.

Tim brauchte gar nicht erst auf die Uhr zu schauen. Er wusste, dass der unerwartete Ausritt mindestens eine Stunde dauern würde und ihm der Plan für die Gestaltung des eigenen Feierabends gerade wie Sand durch die Finger rieselte.

***

Die alte Dampflok schnaufte, nachdem der Zug im Bahnhof der Stadt endlich zum Stehen gekommen war. Noch auf dem Bahnsteig trennte sich Aiguo von seinen Kollegen. Er hatte es eilig, denn er wollte schnell noch einige Besorgungen machen und zu Hause wartete seine kranke Frau.

Auf dem Markt nahe dem Bahnhof hätte er gerne noch etwas mehr eingekauft. Doch die Preise waren wieder gestiegen und das Geld, das er hatte, reichte gerade für das Allernötigste.

'Wenn ich etwas mehr verdienen würde, könnte ich Fleisch kaufen und Fang eine kräftige Suppe kochen', dachte er traurig, als er die Stände der Metzger passierte und auf das rot schimmernde, frisch geschlachtete Fleisch sah.

So reichte es wieder nur für Brot, Gemüse und ein wenig frisches Obst. Wie einen kleinen Schatz trug er die dünne, durchsichtige Plastiktüte anschließend nach Hause. Aiguo war glücklich über seine Käufe, denn er hatte noch recht viel für sein Geld bekommen. Trotzdem war es ein beklemmendes Gefühl, mit nur einer kleinen Tüte nach Hause zu gehen, während ihm Frauen und Männer entgegenkamen, die zumindest in beiden Händen eine oder mehrere Tüten trugen.

'Ein jeder kann sehen, wie wenig ich für Fang gekauft habe und ich kann genau sehen, wie viel mehr die anderen vom Markt mit nach Hause nehmen', machte er sich still Vorwürfe.

Der Weg nach Haus war nicht allzu lang. Doch heute kam er ihm länger vor als an anderen Tagen.

'Vielleicht liegt es daran, dass die Plastiktüte so schwer ist', sagte er sich still, als er die Türe zu ihrer Wohnung aufschloss. Schummriges Licht und ein leises Stöhnen aus dem Schlafzimmer empfingen ihn im Innern der Wohnung.

Hastig hängte Aiguo seine Mütze an den Haken und stellte seine Tasche und die Tüte vom Markt in der kleinen Küche auf dem Boden ab. „Geht es dir nicht gut, Fang?"

Schweigen und ein schweres Atmen war die Antwort, die er auf seine Frage erhielt.

Ängstlich blickte Aiguo durch die Tür zu ihrem Schlaf- und Wohnraum. Er sah die Schwäche im Gesicht seiner Frau, doch ihre Augen leuchteten. Vorsichtig beugte er sich zu ihr hinab und seine Sorge wurde stärker. „Geht es dir gut, Fang?"

„Ich bin froh, dass du da bist", antwortete sie endlich mit schwacher Stimme.

„Nach der Arbeit war ich noch auf dem Markt. Ich habe dir etwas Obst und frisches Gemüse mitgebracht." Aiguo verzichtete darauf, seine Frage noch einmal zu stellen. Er kannte die Antwort, auch ohne dass Fang ihm ihr Leid geklagt hatte.

„War es wieder gefährlich im Bergwerk?" Mit Mühe richtete Fang ihren Oberkörper im Bett etwas auf. „Ich habe wieder solche Angst um dich gehabt", bekannte sie leise.

„Du brauchst dir um mich keine Sorgen zu machen", beschwichtigte Aiguo schnell. „Die Arbeit im Bergwerk ist gefährlich. Aber ich pass' schon auf mich auf."

„Das haben die anderen ihren Frauen sicher auch gesagt", vermutete Fang und sah ihren Mann traurig an. „Trotzdem ist keiner von ihnen nach Hause zurückgekommen. Ich will nicht, dass es dir genauso geht."

„Du darfst nicht vergessen: Ich habe Xiang und Xiaotong in meiner Gruppe. Sie sind immer um mich herum und sie helfen mir, wo sie nur können", versicherte Aiguo verlegen. „Von Xiaotong soll ich dich übrigens ganz lieb grüßen."

„Ich wünschte, wir könnten ihn bald wieder zum Essen zu uns einladen."

„Er wird sicher gerne kommen. Aber zunächst musst du erst wieder ganz gesund werden. Das ist jetzt das Wichtigste für uns beide", erwiderte Aiguo und bemühte sich verzweifelt um ein Lächeln und etwas Zuversicht.

* * *

„Was ist mit dem Vater des Kindes?", fragte Kani nach einiger Zeit.

„Er wartet noch immer draußen vor dem Hospital. Wahrscheinlich ist er vor Angst schon halb gestorben", antwortete Sharifa und erschrak über ihre eigenen Worte.

Der Arzt nickte und blickte auf die anderen Schwestern im Raum. „Wusste er, wie schlimm es um seine Frau stand?"

Die Schwestern schüttelten der Reihe nach den Kopf.

„Dann hofft er vermutlich noch immer. Aber einer von uns muss ihm die Wahrheit sagen", sprach der Arzt laut aus, was alle in diesem Moment dachten.

„Sagst du es ihm, Kani? Ich kann das nicht mehr", bat Sharifa.

Der Arzt nickte erneut und wandte sich an Schwester Afifa. „Weißt du, wer es ist?"

Sie nickte kurz und wagte anschließend den Kopf kaum zu heben.

„Dann bring mich bitte zu ihm", entgegnete Kani und verließ Sekunden später mit Schwester Afifa den Raum.

Die Sonne stand hoch und eine drückende Hitze lag über dem Platz vor dem kleinen Hospital. Unter einem dünnen

Baum, etwas abseits des alten Brunnens, hatten die Angehörigen der Patienten vor der Hitze des Tages Zuflucht genommen.

Entschlossen gingen Kani und Afifa auf die Gruppe der Wartenden zu. Ihre Schritte waren schwer. Nur zu gerne hätten beide in diesem Moment eine andere Nachricht überbracht. Unruhe kam unter den Wartenden auf, denn es kam nicht oft vor, dass der Arzt begleitet von einer Schwester zu ihnen nach draußen kam.

„Der Mann außen rechts mit dem dunkelblauen Hemd: Das ist der Vater", flüsterte Afifa kaum hörbar, als sie den Baum fast erreicht hatten.

Kani ging direkt auf ihn zu, Afifa folgte ihm zögerlich. Der Mann sprang freudig erregt auf, als er merkte, dass der Arzt zu ihm auf dem Weg war.

„Ist es ein Junge oder ein Mädchen?", fragte er ungeduldig.

Kani und Afifa blieben die Antwort auf seine Frage zunächst schuldig. Sie nahmen ihn vorsichtig auf die Seite und redeten leise auf den Mann ein.

Auch ohne ein Wort zu verstehen, war den Menschen unter dem Baum schnell klar, dass etwas Besonderes vorgefallen sein musste, denn die breiten Schultern des Mannes sackten schon im nächsten Moment kraftlos in sich zusammen, während er die Hände schützend vor das Gesicht schlug.

„Sagen Sie mir, dass das nicht wahr ist", flehte er Kani an. „Sagen Sie mir, dass meine Frau noch lebt und dass es noch Hoffnung gibt."

„Ich würde Ihnen gerne eine andere Nachricht überbringen", sagte Kani und richtete seinen wässrigen Blick in die Weite der afrikanischen Savanne. „Aber das wäre gelogen. Wir haben die Schlacht gegen den Tod heute gleich zweimal verloren. Weder Ihre Frau noch das Kind konnten wir retten."

„Was bleibt mir dann noch?", fragte der Mann, nachdem er sich halbwegs wieder gefangen hatte. „Sagen Sie, Doktor

Kani, was soll ich jetzt tun?"

„Haben Sie noch andere Kinder?", fragte Kani vorsichtig.

Der Mann schüttelte den Kopf. „Baya und ich sind noch nicht lange verheiratet. Es ist gerade mal ein Jahr her, dass ich sie zu mir in meine Hütte geholt habe."

Kani musterte den Mann eingehend. Er war noch jung, viel jünger als er zunächst gedacht hatte. „Ich weiß, dass Sie heute viel verloren haben. Aber Sie sind noch jung. Sie werden eine neue Frau finden und mit ihr Kinder haben", versuchte er ihm etwas Hoffnung zu schenken.

„Herr Doktor, Sie kannten Baya nicht", widersprach der Mann leise. „Sie war anders als andere Frauen. Für Sie geht das Leben morgen weiter. Aber ich, ich habe alles verloren. Baya war alles, was ich hatte. Ohne sie ist nicht nur meine Hütte leer, mein Leben ist es auch."

„Ich kann Ihren Schmerz gut verstehen", sagte Kani und legte seine Hand vorsichtig auf die Schulter des Mannes. „Es ist immer schwer, wenn man jemanden verliert, den man sehr geliebt hat."

Kani wollte noch etwas sagen, doch seine Zunge blieb starr und unbeweglich. Sie weigerte sich auszusprechen, was nicht auszusprechen war und eine Hoffnung zu verkünden, an die er selbst nicht mehr glaubte.

„Wissen Sie, was komisch ist, Doktor?", sagte der Mann nach einiger Zeit.

Kani schüttelte verlegen den Kopf.

„Erst gestern war ein Repräsentant der Lebensagentur bei mir. Er hat mir angeboten, meinen Vertrag zu verlängern." Der Mann blickte einen Moment auf. Er sah Kani an und sah im gleichen Moment einfach durch ihn hindurch. „Ich wollte es tun. Ich wollte es wirklich tun. Es ist kaum zu glauben, aber ich wollte diesen verdammten Vertrag tatsächlich verlängern. Die Anzahlung habe ich ihm sogar schon gegeben. Aber der Fremde hat mich betrogen. Er hat mir nicht sagen wollen, dass Bayas Vertrag heute auslaufen würde. Gewusst hat er es ganz sicher, aber er wollte sich das

36

Geschäft nicht vermasseln. Deshalb hat er immer geschwiegen, wenn ich ihn nach Bayas Vertrag oder dem des Kindes gefragt habe. Nur deshalb."

„Die Leute der Lebensagentur sind nicht berechtigt, Details über fremde Verträge weiterzugeben", gab Kani vorsichtig zu bedenken. „Sie bekommen eine Menge Ärger mit dem Datenschutzbeauftragten der Regierung, wenn sie es tun."

„Ich pfeif' was auf den Datenschutz und den Beauftragten der Regierung", erklärte der junge Mann verbittert. Sein Fuß drehte sich über dem staubigen Sand unter den Sohlen seiner abgenutzten Schuhe. „Ich will nicht leben, weil die Sonne hier jeden Tag so heiß vom Himmel herabscheint. Ich will auch nicht leben, weil hier das Gras unter unseren Füßen so üppig wächst", sagte er verbittert. „Baya war der Grund, warum ich weiterleben wollte. Baya ganz allein. Jetzt ist sie fort und jetzt sagen Sie mir bitte, was ich hier noch soll?"

Bevor Kani etwas antworten konnte, griff der Mann in seine Tasche und holte einen Beutel mit Münzen hervor. Seine Hände schnellten vor. Sie griffen nach denen des Arztes, öffneten eine und schlossen den Beutel fest in sie ein.

„Das ist das Geld für die Verlängerung meines Vertrages. Hier, nehmen Sie es. Nehmen Sie es für sich selbst oder für Ihr Hospital, Doktor. Es ist nicht viel Geld, ich weiß, aber Sie können es sicher besser gebrauchen als ich. Jetzt, wo Baya nicht mehr lebt, brauche ich das Geld nicht mehr. Mein Vertrag endet am nächsten Freitag."

Samstag, 7. Juli

Ein kurzes, helles Klingeln ließ Marla in der Küche einmal um die eigene Achse herumwirbeln. Mit einem Löffel holte sie das einzelne Ei aus dem kochenden Wasser, schreckte es ab und bedeckte es anschließend mit dem Eierwärmer.

„Auf die Sekunde genau vier Minuten, nicht eine Sekunde kürzer oder länger", sagte sie zufrieden. „Genau so, wie Herr Parker es sich wünscht."

Sie stellte die vorbereiteten Teller und die Kanne mit dem Kaffee auf das Tablett und brachte es zum Aufzug. Dann begann sie damit, Töpfe und Pfannen zu spülen und den Herd zu reinigen.

Eine gute halbe Stunde später ging sie erneut zum Aufzug und entnahm ihm das Tablett mit dem schmutzigen Geschirr. Das Ei war nur zur Hälfte gegessen worden.

„Er scheint heute Morgen mit dem falschen Bein zuerst aufgestanden zu sein", sagte die Köchin enttäuscht zu sich selbst und brachte das Tablett wieder zurück an ihren Arbeitsplatz. Dort entsorgte sie das Ei und die Reste des Frühstücks, stellte die Butter in den Kühlschrank und machte sich daran, das benutzte Geschirr zu spülen.

Sie hatte diese Arbeiten gerade abgeschlossen und wollte dazu übergehen, den Speiseplan für die neue Woche zu entwickeln und die Liste mit den benötigten Lebensmitteln und Zutaten zusammenzustellen, als William unvermittelt vor ihr stand.

„Sag mir nicht, dass du noch Hunger hast und ein weiteres Brötchen von mir willst", lachte sie ihn frech an.

Der Butler schüttelte stumm den Kopf und trat einen Schritt näher. „Marla, wir müssen reden", sagte er nach einem recht langen Moment der Stille.

„Gerne, was hast du auf dem Herzen", erwiderte die Köchin unbekümmert.

Einen Moment schwieg der Butler. Unruhig stieg er von

einem Bein aufs andere.

„Nun sag schon, was los ist", forderte Marla ungeduldig.

„Das Ei ..."

Die Köchin beschlich eine erste Vorahnung. „Was ist mit dem Ei, William?"

„Es war nicht so, wie Herr Parker es sich wünscht. Du weißt, dass er nur Eier zum Frühstück will, die exakt vier Minuten im Wasser kochen."

„Genau so eines hat er heute Morgen bekommen", verteidigte sich die Köchin.

„Herr Parker sagt, das Ei war zu hart. Außerdem hat er etwas dagegen, wenn sich Noah bei dir in der Küche herumtreibt."

„Geht es jetzt um Noah oder um das Ei?", versucht Marla etwas Ordnung in ihre Gedanken zu bringen.

„Es geht um beides", antwortete der Butler bestimmt. „Das Ei war zu hart und Noah hat hier in der Küche nichts mehr zu suchen."

„Aber er kommt immer von ganz alleine", wunderte sich die Köchin. „Außerdem gefällt es ihm hier anscheinend besser als bei all seinen teuren Spielsachen."

„Wenn er wiederkommen sollte, schickst du ihn fort", forderte William. „Auch Frau Parker wünscht, dass der Junge die Küche nicht mehr betritt."

„Will sie ihm jetzt das Kochen beibringen?", erkundigte sich Marla schnippisch.

Der Butler entschloss sich die Spitze zu überhören. „Noah wird Geige spielen lernen", sagte er ruhig und bestimmt.

„Geige?", wiederholte die Köchin wie vor den Kopf geschlagen. „Noah will wirklich Geige lernen? Sag mal, William, willst du mir einen Bären aufbinden? Hat er dir das selbst gesagt?"

„Hier geht es nicht darum, was der Junge will oder du für ihn als gut und richtig empfindest, sondern hier geht es alleine um das, was sich Herr und Frau Parker für Noah wünschen", erklärte der Butler kategorisch.

„Na fein, und sie wollen jetzt also einen Wolfgang Amadeus Parker aus ihm machen?", schüttelte die Köchin verständnislos ihren Kopf.

„Sich darum zu kümmern, ist nicht deine oder meine Aufgabe, sondern die des neuen Geigenlehrers. Er wird morgen seine Arbeit aufnehmen und du, Marla, sorgst dafür, dass der Junge die Küche nicht mehr betritt", forderte William, drehte sich auf dem Absatz um und verließ den Raum.

Marla hatte den Tag wie jeden anderen begonnen. Fröhlich und guter Dinge hatte sie sich an ihre Arbeit gemacht. Jetzt spürte sie, wie Ärger und eine ohnmächtige Wut in ihr aufstiegen und sich ihrer Gedanken zunehmend bemächtigten.

Nur mit Mühe konnte sie sich auf ihre Arbeit konzentrieren.

„Das Ei heute Morgen war in Ordnung. Es war das beste Vier-Minuten-Ei, das ich ihm je gekocht habe und aus dem Kleinen wird eher ein Sternekoch als ein Geigenvirtuose", schimpfte sie den halben Tag lang immer wieder verärgert vor sich hin.

* * *

Zur Arbeit zu fahren, kostete Tim an diesem Morgen besonders viel Überwindung. Nicht allein, dass Samstag war und die Mehrheit seiner Freunde ausschlafen und zu Hause herumlungern konnte, verärgerte ihn. Viel schwerer wog, dass er sie am Tag zuvor gar nicht mehr gesehen hatte, weil er erst nach sieben mit seiner Arbeit fertig geworden und sie ohne ihn ins Kino gefahren waren.

Verübeln konnte er ihnen diese Entscheidung nicht. Es war abgesprochen, dass sie nur eine begrenzte Zeit lang auf ihn warten würden und in dieser Zeit war er nicht erschienen, weil Martina mit zum Turnier nach Heidelberg gefahren und die viele Arbeit im Stall an ihm allein hängen geblieben war.

„Wenigstens ist sie heute nicht da und kann ihren Unmut nicht an mir auslassen", führte er sich die positiven Aspekte des Tages vor Augen, als er vom Rad stieg und das große Tor öffnete.

Wie in den Tagen zuvor wurde er von den Hunden bereits sehnsüchtig erwartet und gleich am Eingang freudig begrüßt.

„Wenigstens einer, der sich hier über meine Anwesenheit freut", lachte er verbittert und strich dem ältesten Hund sanft durch das Feld. „In der Mittagspause werde ich dich heute ein wenig trainieren. Wenn du wieder so gut drauf bist wie in den letzten Tagen, dann fährst du in Zukunft zu den Turnieren und die ganzen verzogenen Springböcke bleiben hier."

Der Stall wirkte sehr ruhig an diesem Morgen, fast schon ein wenig zu ruhig, doch Tim genoss es, seiner Arbeit nachzugehen, ohne permanent unterbrochen und für jede noch so kleine Belanglosigkeit zurechtgestaucht zu werden.

Er zählte die Boxen, sechs auf jeder Seite, dazu noch mal drei auf der anderen Seite der überdachten Torhalle und eine auf der gegenüberliegenden Seite der großen Reithalle. 16 Boxen und in keiner stand ein Pferd, das auf weniger als 10.000 Euro taxiert wurde. Die guten, schon recht weit entwickelten Pferde für die Dressur und das Springreiten erreichten locker einen sechsstelligen Wert und für Stars wie 'Godot' oder 'Nigra' waren 150.000 Euro und mehr auf den Tisch zu legen.

'Das muss man sich erst einmal leisten können', überlegte Tim, während er in der Mittagszeit still durch die Anlage schlenderte. 'Dazu die große überdachte Reithalle. Viele Vereine wären froh, wenn sie über so eine große Halle verfügen würden. Hier hat sie eine Familie ganz für sich allein. Draußen gibt es noch den großen Dressur- und Springplatz und auf dem Hügel im Osten der Anlage die große Koppel. Alles in allem ein Vermögen', befand Tim anerkennend.

Dass vor dem Haus immer nur die dicken Wagen parkten und das direkt an den Stall grenzende Wohnhaus nach

Martinas Bericht ein eigenes Schwimmbad haben sollte, verwunderte ihn längst nicht mehr. Auch die Finanzierung dieses beeindruckenden Luxus war für Tim längst kein Buch mit sieben Siegeln mehr.

„Wenn man drei Firmen hat, in denen die Leute tagein, tagaus bis zum Umfallen für einen schuften, und wenn man sie alle so mies bezahlt wie mich, dann bleibt am Ende viel Geld für Pferde und Schwimmbäder übrig", war Tim sich sicher.

Neid für den Reichtum, mit dem er jeden Tag aufs Neue konfrontiert wurde, empfand er keinen. Bewunderung aber auch nicht. Im Gegenteil: Je mehr er sah und je öfter er mitbekam, wie herablassend der Umgang mit Mensch und Tier eigentlich vollzogen wurde, desto mehr schwand seine Achtung vor den Besitzern dieser Anlage.

„Dass sie Leute wie mich nicht sonderlich mögen, ist klar. Ich bin für sie nur ein Nichts. Ein Niemand, dem keiner groß Beachtung schenkt", fasste Tim die Erfahrung der letzten Wochen für sich zusammen. „Aber auch Martina, der Hausmeister oder der Reitlehrer brauchen sich auf ihre Positionen nicht allzu viel einzubilden. Ist schon wahr: Mich können sie Tag für Tag durch die Boxen scheuchen und ihren Unwillen spüren lassen. Aber wenn der Fiebig mal wieder einen schlechten Tag hat und gerade nach einem Blitzableiter für seine miese Stimmung sucht, dann müssen auch die anderen mächtig aufpassen. Im Zweifelsfall werden sie genauso schnell entsorgt wie alle anderen auch. Keiner ist sicher hier, nicht mal die Pferde. Sicher ist nur, dass alle, die hier im Grunde nichts zu melden haben, in diesem Pferdepalast furchtbar gefährlich leben."

* * *

Aufgeregt kam Xiang am Morgen auf Aiguo zu. Er zog ihn von den anderen Kollegen weg in eine ruhigere Ecke der Umkleide. „Hast du schon gehört? Die Kommission vom Bergbauministerium in Beijing ist da."

„Hast du mit ihnen geredet oder woher weißt du das?"

„Der Direktor soll gestern mit ihnen essen gegangen sein. Ins beste Restaurant der Stadt hat er sie geführt. Es heißt, er habe ziemlich viel spendiert und sich nur von seiner besten Seite gezeigt", berichtete Xiang weiter.

„Er soll die Herren von der Kommission mal lieber in unsere Stollen führen", ärgerte sich Aiguo. „Wenn diese sogenannten Experten nicht auf beiden Augen blind wären, und ihre Ohren nicht beständig mit Wachs verstopft hätten, würden sie sehr schnell wissen, warum es bei uns immer wieder zu Unfällen kommt."

„Der Direktor wird den Teufel tun und die Kommission in den Stollen führen", war sich Xiang sicher.

Aiguo nickte. „Sie werden es so wie immer machen und das Unglück als einen persönlichen Fehler von uns Bergleuten darstellen. Als wenn wir einen Vorteil davon hätten, unsere eigene Sicherheit zu gefährden."

„Aber genau so stellen sie es dar. Du weißt, der Direktor macht nie einen Fehler. Es sind immer wir, die dummen Arbeiter, die permanent alles falsch machen", schimpfte Xiang.

„Ich hasse diese Leute, die mit unserem Leben spielen wie Kinder mit Murmeln. Für zwölf Stunden schicken sie uns in das Dunkel des Schachts, und wenn wir Glück haben, kommen wir am Ende sogar wieder lebend heraus", ärgerte sich Aiguo maßlos.

„Wenn ich das verfluchte Geld nicht so bitter nötig hätte, keinen Tag mehr würde ich noch zur Arbeit kommen", versicherte Xiang.

„Ihr solltet nicht so laut reden. Das ist gefährlich", mahnte Xiaotong, der zu ihnen gekommen war und mitbekommen hatte, worüber gerade gesprochen wurde. „Der Direktor hat überall seine Spione – auch hier bei uns - und für ein paar Yuan mehr werden sie ihm sicher brühwarm erzählen, dass du wieder mächtig Unruhe stiftest und zu wilden Streiks aufrufst."

„Ich stifte keine Unruhe und ich rufe auch ganz sicher

nicht zu wilden Streiks auf", verteidigte sich Xiang. „Ich fordere nur, dass sie sich nicht nur um die verdammte Kohle, sondern auch mal um uns und um unsere Sicherheit kümmern."

„Träum weiter", lachte Aiguo frech und drückte Xiang mit der rechten Hand den Helm tiefer ins Gesicht. „Was du gesagt hast, wird am Ende keinen wirklich interessieren. Sie werden dir deine Worte so lange im Mund herumdrehen, bis am Ende genau das herauskommt, was der Direktor von dir hören will. Also sei vorsichtig!"

„Keine Sorge, Aiguo, ich bin vorsichtig. Nicht nur hier oben, auch unten im Stollen. Ich habe keine Lust, einer von den dreizehn Kumpeln zu sein, die man Tag für Tag tot aus Bergwerken dieses Landes holt. Ihr zwei sicher auch nicht."

„Ich kann mir gewiss Schöneres vorstellen", versicherte Xiaotong. „Und ihr könnt mir glauben, wenn der Verdienst hier nicht so hoch wäre, bliebe ich nicht einen einzigen Tag länger als nötig in dieser Mine."

„Das verfluchte Geld wird uns noch alle umbringen", fürchtete Aiguo, während sie sich langsam zum Schacht begaben. „Es ist wahr, man verdient hier als Bergmann zwar in einem Monat so viel Geld wie in meinem Heimatdorf als Bauer in einem ganzen Jahr, trotzdem wäre ich jetzt lieber daheim auf dem Feld, wo die Sonne scheint oder der Regen fällt."

„Wer wäre jetzt nicht lieber draußen unter freiem Himmel?", fragte Xiaotong und stieg als Erster in den Fahrstuhl.

Rasselnd schloss sich das Gitter hinter ihnen und die Fahrt in die Tiefe begann. Aiguo hatte die Fahrt in die Dunkelheit des Berges schon oft angetreten. Er kannte ihren Schrecken und ihren Zauber. Trotzdem beschlich ihn jedes Mal ein dumpfes Gefühl, wenn sich das Gitter hinter ihrem Rücken schloss und der Fahrstuhl Sekunden später in die Tiefe sauste.

Apokalyptische Ängste und eine latente Furcht stiegen in ihm empor. Er wusste, dass die Ängste zum Teil überzogen, die grundlegende Furcht jedoch durchaus real war. Er hatte gelernt, mit ihr zu leben. Sie wirklich beherrschen konnte er nicht. Er hatte eher das Gefühl, dass die Furcht ihn beherrschte, denn immer wieder stiegen die gleichen bangen Fragen in ihm auf.

'Was, wenn das Seil reist und der Fahrstuhl unkontrolliert in die Tiefe rast? Was, wenn wir stecken bleiben und der Korb weder hochgezogen noch abgelassen werden kann? Was, wenn der Stollen sich plötzlich mit Gas füllt und wir es nicht rechtzeitig bemerken? Was, wenn Wasser in ihn eindringt und uns den Rückweg abschneidet?'

Er spürte die Ängste, wie er sie immer spürte, wenn die Enge des Fahrstuhls ihm die Gefahren seiner Arbeit im Bergwerk besonders deutlich vor Augen führte. Doch heute war das Gefühl, das diese dumpfe Furcht verbreitete, ein leicht anderes. Heute hatte er nicht nur Angst um sich selbst. Heute war die Angst um Fang stärker – viel stärker.

'Was, wenn der Direktor mich entlässt und wir uns die Miete nicht mehr leisten können? Was, wenn Fang bald mehr Medikamente braucht? Das Geld reicht heute schon nicht, um ihr eine Behandlung im Krankenhaus zu ermöglichen. Was, wenn sie stirbt und ich morgen ohne sie dastehe? Sie sah gestern schon so schwach aus und ihr Zustand wird von Tag zu Tag schlechter.'

Das erneute Rasseln des Aufzuggitters weckte Aiguo aus seinem fiebrigen Traum. Er trat hinaus in die Dunkelheit des Gangs. Schwaches Licht leuchtete von der Decke. Der Berg war still. Nicht der Hauch eines Luftzugs drang zu ihnen vor.

Durch den Matsch auf dem Boden kämpften sie sich langsam vor. Je weiter sie sich vom Schacht entfernten, desto verlorener fühlte Aiguo sich. Er war einer von vielen, umgeben von Kollegen und Freunden und doch fühlte er sich einsamer, hilfloser und verlassener als je zuvor.

'Ich sollte jetzt besser bei Fang sein. Sie braucht mich mehr als die Kohle.'

Die Vorstellung eines Tages von der Arbeit nach Hause zu kommen und sie tot im Bett liegen zu sehen, raubte ihm fast den Verstand. Er wollte umkehren, wollte sich sofort wieder nach oben befördern lassen, seinen Arbeitsplatz aufgeben und auf das viele Geld verzichten, wenn er dadurch nur näher bei ihr sein könnte.

Doch eine unsichtbare Hand zog ihn unbeirrt vorwärts. Sie ließ ihn über Stunden den rüttelnden Presslufthammer umfassen, bis seine Finger taub und ohne jedes Gefühl waren. Sie ließ ihn seinen Körper mit aller Kraft gegen die schweren Loren stemmen, um sie dem Förderschacht ein Stück näher zu bringen.

Sie ließ ihn am Ende wie einen kleinen, verängstigten Jungen mit zitternden Händen und rasendem Herz auf den hölzernen Bänken der Umkleide sitzen. Zwölf Stunden waren vergangen. Nur zwölf Stunden, doch Aiguo hatte das beklemmende Gefühl, um Jahre gealtert zu sein.

„Beeil dich, Aiguo!", rüttelte Xiaotong an seinen Schultern. „Der Zug wird nicht auf uns warten. Du weißt, wenn wir zu spät am Bahnsteig sind, kommen wir heute gar nicht mehr zurück in die Stadt."

* * *

Nachdenklich sah Kani auf den Beutel in seiner Hand. Er fühlte sich schwer an und es war nicht das Gewicht der Münzen, das ihn so schwer machte. Ursprünglich hatte er das Geld nicht annehmen wollen, doch der Hartnäckigkeit des jungen Mannes hatte er am Ende nichts entgegenzusetzen.

Vielleicht, weil der Mann recht hatte und das gleich in doppelter Hinsicht. Er brauchte das Geld, nicht für sich selbst, wohl aber für das kleine Krankenhaus, in dem er seit Jahren versuchte, die Welt um sich herum ein bisschen liebenswerter und ein wenig besser zu machen.

Eine große Summe hatte der junge Mann, den das Leben schon so früh zu einem Witwer gemacht hatte, ihm nicht übergeben, doch Kani wusste, dass er auch mit dem Wenigen viel bewegen konnte, wenn er es maßvoll und geschickt einsetzte.

Für einen Moment hatte er das Bild des Mannes wieder vor Augen. 'Er ist eigentlich zu jung zum Sterben', überlegte Kani still und sah wieder auf den Beutel in seiner Hand. 'Gestern noch war er voller Lebensfreude und Hoffnung und vor zwei Tagen wollte er seinen eigenen Vertrag bei der Lebensagentur noch verlängern, um mit seiner Frau zusammen ein Kind großziehen und jetzt? Jetzt halte ich all seine Ersparnisse in meinen Händen und fühle mich schuldig wie ein Dieb, obwohl er mir das Geld geschenkt hat.'

Kani überlegte, ob er mehr hätte tun müssen, um den Mann zum Bleiben und zum Abschluss eines neuen Kontrakts mit der Lebensagentur zu bewegen. „Er hatte die Vorfälligkeitsgebühr für die Option schon bezahlt. Er hatte das Geld, das er brauchte; er hatte es, aber er wollte das Leben nicht mehr, das die Agentur ihm angeboten hatte", murmelte er halblaut vor sich hin.

Etwas tief in seinem Innern wollte dem jungen Mann Vorwürfe mache, wollte ihn einen Verräter schimpfen. Doch seine innere Stimme blieb relativ schwach. Das Wort 'Verräter' fiel trotzdem, aber nicht so, wie Kani es erwartet hatte.

„Vielleicht bin ich selber der Verräter, weil ich meinen Vertrag mit der Lebensagentur wieder und wieder verlängere, obwohl ich eigentlich schon lange weiß, dass sich nichts mehr verändern wird und ich nicht die Kraft habe, die Welt so zu ändern, dass sie endlich besser wird."

Er sah wieder auf den Beutel in seiner Hand. Er wirkte schwer. Fast glaubte er, Blut aus ihm austreten zu sehen.

Später am Vormittag berichtete er Sharifa von dem Geld, das der junge Mann ihm anvertraut hatte und den vielen Fragen, die es in ihm aufgeworfen hatte. Ruhig und in sich gekehrt hörte sie zu. Lange Zeit sagte sie nichts, dann sprach sie einen Satz, der ihn wie ein Messerstich traf.

„Die Leute bewundern uns, weil wir uns so verzweifelt gegen die Not und das Leid stellen. Aber vielleicht sind nicht wir es, die ihre Bewunderung verdienen, sondern nur die, die beizeiten einen Schlussstrich ziehen, wenn sie sehen, dass sie einen Kampf kämpfen sollen, den sie unmöglich gewinnen können."

„Du meinst, es ist richtig, dass er sich gegen die Vertragsverlängerung entschieden hat?", fragte Kani mit brüchiger Stimme.

Sharifa zuckte kurz mit den Schultern und seufzte. „Ich weiß nicht, was richtig ist, Kani. Ich weiß nur, dass ich ihn nicht verurteilen kann. Irgendwie bewundere ich ihn sogar. Er ist so klar und geradlinig in seinen Entscheidungen, er weiß genau, was er tut. Er geht, und es ist irgendwie schade, dass er geht. Auf der anderen Seite lebt er auch eine Klarheit, die mir in meinem Leben fehlt. Ich bin nicht annähernd so klar in meinen Entscheidungen." Sie sah kurz auf und blickte Kani direkt in die Augen. „Vielleicht würde ich deshalb gerne ein wenig so sein wie er."

Der Morgen war noch jung, doch es war schon wieder heiß und eine drückende Hitze lag über dem Hospital. Trotzdem hatte Kani für einen Moment das Gefühl, vor Kälte zu zittern. „Sharifa, wenn du recht hast, wenn dieser junge Mann recht hat, mit dem, was er tut, dann müssten wir eigentlich alle gehen. Dann sollten wir alle unsere Verträge auslaufen lassen und sie nicht mehr verlängern."

Sharifa nickte zustimmend. „Wäre das wirklich so schlimm, Kani? Fehlt dir etwas, wenn du morgens nicht mehr aufwachst, um Leute, denen du nicht helfen kannst, hier in unserem Hospital sterben zu sehen?"

* * *

In der Zentrale der Lebensagentur strahlten Herr Gott und die um ihn herum versammelten Regionalleiter um die Wette.

„Raffael, Sie verlorener Sohn, haben die Amerikaner Sie endlich ausreisen lassen?" Die Hand des Agenturleiters streckte sich dem für die USA zuständigen Bereichsleiter entgegen. „Kommen Sie herein und setzen Sie sich zu uns an den Tisch. Wir haben wieder viel zu besprechen."

Raffael setzte sich zu den anderen an den Tisch. Zwei dicke Aktenmappen waren auf der Unterlage hinter seinem Namensschild abgelegt worden. Mit dem Finger deutete er kurz auf die Unterlagen. „Die Gerichtsakten der letzten beiden Tage?"

„Wer zu spät kommt, den bestraft das Leben mit seinem Papierkrieg", lachte Kollege Gabriel vergnügt. „Aber kein Grund zur Sorge. Die Akten sind zwar dick, aber lange beschäftigen wirst du dich mit ihnen nicht müssen." Er lächelte wissend. „Der Chef war wieder großzügig. Sind alles nur Freisprüche."

„Meine Herren, bevor sich der Kollege Gabriel noch länger ausführlich über die von mir gestern und heute gesprochenen Urteile auslässt und sich dabei womöglich gar noch in Einzelheiten vertieft, lassen Sie uns lieber mit unserer Arbeit beginnen", riss Herr Gott die Gesprächsführung wieder an sich. „Wir haben heute ein umfangreiches Programm vor uns. Zunächst müssen wir alle wichtigen Aspekte zur Abwicklung der anstehenden Vertragsverlängerungen klären, und wenn danach noch Zeit ist, sollten wir uns noch einmal der Frage widmen, die wir gestern schon ein wenig erörtert haben." Seine rechte Hand griff zum Knoten seiner Krawatte und lockerte diesen ein wenig. „Ich muss gestehen, dass mich die neuen Berichte aus Europa und Asien gestern doch ein wenig beunruhigt haben und mein Schlaf in der letzten Nacht nicht der Beste war, denn wenn es in Europa und Asien wirklich unter der Oberfläche bereits mächtig kriselt, dann dürfen wir den Dingen keinesfalls ihren Lauf lassen. Wir müssen etwas tun, und zwar rechtzeitig, ansonsten gefährden wir die Stellung und das allgemeine Image der Lebensagentur. Meine Herren, Sie wissen, ich lege viel Wert darauf, dass unsere Verträge verlängert werden. Dieser Punkt ist für mich sehr wichtig. Aber eine Verlängerung um jeden Preis will ich nicht. Ich wünsche mir, dass unsere Kunden sich aus freien Stücken und mit Überzeugung zur Verlängerung ihrer Verträge entschließen."

„Ohne ein gewisses Maß an Werbung wird es aber wohl kaum gehen", wandte Uriel ein. „Bei uns in China ist das Werbefernsehen bei den Zuschauern mittlerweile viel beliebter als die Acht-Uhr-Abendnachrichten. Die Leute sagen, wenn ich mich in meiner Freizeit schon belügen lassen muss, dann will ich dabei wenigstens meinen Spaß haben."

„Gegen ein gewisses Maß an Überzeugungsarbeit ist wirklich nichts einzuwenden", warf Michael ein. „Aber ich denke, wir sollten doch darauf achtgeben, dass unsere Argumente nicht wie plumpe Propaganda wirken und von den Menschen am Ende nicht mehr geglaubt werden."

„Das ist ein sehr wichtiger Punkt", hakte Gabriel unmittelbar ein. „Nicht nur in China verliert die Regierung das Vertrauen. In Europa ist es ähnlich. In Frankreich gehen die Menschen gegen die Beschlüsse der Regierung auf die Straße und selbst im trägen Deutschland, wo man Revolutionen und Aufständen noch nie sehr viel hat abgewinnen können, wettert man inzwischen gegen die sogenannte 'Lügenpresse' und wittert Manipulation und Verrat hinter beinahe jeder Ecke."

„Deshalb ist es für uns umso wichtiger, dass wir mit den Mächtigen nicht in einen Topf geworfen werden", forderte Herr Gott entschieden. „Uns darf nicht passieren, was dem Vatikan und den islamischen Mullahs widerfahren ist. Nur weil es ihnen nicht gelungen ist, ein paar vom Weg abgekommene Schäflein rechtzeitig wieder zur Herde zurückzuführen, kämpfen sie nun fast mit der Bedeutungslosigkeit. So etwas darf der Agentur auf keinen Fall passieren. Das müssen wir unbedingt verhindern."

„Dann sollten wir die Flucht nach vorne antreten und ganz gezielt in die Offensive gehen", regte Raffael an.

„Eine bemerkenswerte Idee. Was genau schwebt Ihnen dabei vor, Raffael?", fragte Herr Gott interessiert.

„Ich denke, wir müssen es genau so machen, wie die amerikanischen Politiker im Wahlkampf es tun. Auch sie nehmen erst einmal viel Geld in die Hand. Das holen sie sich als Spenden von den Reichen, denn die profitieren am meisten von ihrer Politik. Anschließend überziehen sie nicht das ganze Land mit ihren TV-Spots, sondern konzentrieren ihre Kampagne genau auf die Personen und Regionen, die gerade im Mittelpunkt des öffentlichen Interesses stehen. Meiner Meinung nach sollten wir es ähnlich halten. Auch wir sollten nicht mehr mit Hinz und Kunz sprechen, sondern uns nur noch auf die wirklich wichtigen Multiplikatoren konzentrieren."

„Raffael hat recht. Eine solche Vorgehensweise wird uns eine Menge Zeit, Geld und Energie sparen", pflichtete Gabriel dem Kollegen sofort bei.

„Hm, damit würden wir uns aber von einer Strategie trennen, die mein persönlicher Freund Simon vor einiger Zeit mit großem Erfolg angewandt hat", entgegnete Herr Gott und fuhr sich mit der Hand nachdenklich über das Kinn. „Man kann über diesen Petrus sagen, was man will, aber eines muss man ihm lassen: Er hat ganz klein angefangen und am Ende eine wirklich schlagkräftige Organisation auf die Beine gestellt."

„Das war aber noch vor dem Zeitalter des Internets", gab Uriel kritisch zu bedenken. „In China, Korea und auch in den meisten anderen Teilen Asiens braucht man den Menschen mit so antiquierten Vorstellungen inzwischen nicht mehr zu kommen. Hip ist, was modern ist. Die Lösung von Ihrem Freund Simon mag früher vielleicht sehr effektiv gewesen sein, aber ich bezweifele, dass sie auch heute noch in unsere moderne Zeit passt."

„Was um alles in der Welt soll daran falsch sein, die Menschen heute nicht mehr persönlich anzusprechen?", ärgerte sich Michael. „Aus meiner bescheidenen Sicht auf unser Problem haben sich die Dinge über die Jahrhunderte hinweg nicht wirklich entscheidend geändert. Schon vor etlichen Jahren haben Simon und seine Kollegen die Menschen einzeln angesprochen und heute versucht die Werbung den gleichen Weg zu gehen. Wäre es anders, gäbe es keine personalisierten E-Mails und den ganzen Quatsch."

„Michael, es geht nicht um Quatsch, sondern es geht um Effizienz, nackte Effizienz. Der Schnellere gewinnt heute das Rennen, nicht der, der sich die Freiheit nimmt, für einen Moment aus seinem Alltag herauszutreten und in Ruhe über ein gegebenes Problem nachzudenken", brauste Uriel auf.

„Was soll daran effizient sein, in fünf Minuten eine Lösung zu entwickeln, die sich schon nach zehn Minuten als vollkommen unbrauchbar herausstellt?", konterte Michael. „Das ist keine Effizienz, sondern nur operative Hektik. Gut fürs eigene Macher-Image. Aber ansonsten zu nichts zu gebrauchen."

„Trotzdem bin ich der Meinung, dass wir bei unseren Aktionen und Programmen unbedingt eine höhere Schlagzahl entwickeln müssen", gab Uriel sich noch lange nicht geschlagen. „Wir sollen die Segnungen der modernen Technik nicht vorschnell in Grund und Boden verdammen, sondern sie für uns nutzen und sie überall dort einsetzen, wo es für uns notwendig und sinnvoll ist."

Entschieden schüttelte Michael den Kopf. „Ich bevorzuge eher einen gegenteiligen Ansatz, der Klasse statt Masse hervorbringt. Wir verkaufen weder hochgezüchtete Tomaten, die besonders rot aussehen müssen, noch Hochgeschwindigkeitsreisen zu anderen Planeten. Unser Produkt ist das Leben, das reine Leben an und für sich. Es hat seinen Wert aus sich heraus."

„Michael, über den Wert unseres Produkts brauchen wir nicht groß zu diskutieren. Der steht vollkommen außer Frage", entgegnete Uriel. „Wäre es anderes, hätten wir nicht diese hohen Abschlusszahlen für unsere Verträge vorzuweisen. Aber heute ist die Welt leider eine andere geworden. Alles dreht sich ein bisschen schneller und bald werden auch die Menschen herausfinden, dass der Tag keine 24 Stunden mehr hat, weil wir inzwischen die Erdrotation ein wenig erhöht haben."

„Dann sehe ich nicht, wo das Problem sein soll."

„Das Problem, mein lieber Michael, ist, dass sich kein Produkt heute noch über sich selbst verkauft", mahnte

Uriel. „Auch unseres nicht. Niemand kauft eine Ware oder eine Dienstleistung noch um ihrer selbst willen. Das war in früheren Jahrhunderten vielleicht einmal der Fall. Aber heute ist es anders. Heute wollen alle nur noch den Zusatznutzen. Der ist inzwischen in den meisten Fällen wichtiger als das Produkt selbst. Jedes Auto bringt dich von Punkt A nach B. Aber das ist längst nicht mehr entscheidend. Viel wichtiger ist, welche Farbe der Wagen hat, welches Logo auf dem Kühler prangt und ob die Scheiben getönt sind. Das ist wichtig. Komm mal zu uns nach China und sprich eine Stunde mit den Autohändlern. Die werden dir schnell erklären, wie recht ich habe."

„Vielleicht ist die Welt bei uns in Afrika wirklich noch eine andere", sagte Michael nachdenklich. „Bei uns ist jeder froh, der von Punkt A nach B nicht zu Fuß gehen muss."

* * *

„Marla, Marla, Daddy hat mir eine Geige geschenkt", kam Noah am Nachmittag in die Küche gerannt.

Das Herz der alten Köchin verkrampfte sich augenblicklich, denn sie wusste, sie hatte Noah entweder unverzüglich wieder fortzuschicken oder sie hatte über kurz oder lang Ärger mit William zu erwarten und zog sich außerdem den Zorn seiner Eltern zu.

„Sag mal, freust du dich denn nicht für mich?", bemerkte auch Noah sofort die Veränderung.

„Doch, ich freue mich für dich", lächelte Marla angestrengt.

„Aber irgendetwas ist mit dir", ließ der kleine Junge nicht locker.

„Noah, dein Vater wünscht nicht, dass du zu mir in die Küche kommst", erklärte Marla ihm schließlich doch den Grund für ihre Zurückhaltung.

„Er will auch, dass ich Geige spielen lerne", entgegnete Noah leise und in sich gekehrt. Dann sah er auf und seine

Augen leuchteten, wie sie in Marlas Küche bislang immer geleuchtet hatten. „Aber was ist mit dir, Marla? Willst du auch, dass ich nicht mehr zu dir in die Küche komme?"

„Von mir aus kannst du kommen, so oft du magst, und du kannst auch bleiben, solange du willst", antwortete Marla ruhig. „Aber was ich will, das zählt hier in diesem Haus nicht viel. Dein Vater will nicht, dass du zu mir in die Küche kommst und daran werden wir beide uns wohl halten müssen."

„Ich will aber weiter zu dir in die Küche kommen", entgegnete Noah trotzig.

„Wie stellst du dir das vor, Junge? Was, wenn William oder irgendjemand anderes hier vorbeikommt und dich bei mir sieht? Was dann?"

„Dann werde ich mich hinter dem Herd oder in der Speisekammer verstecken", erklärte Noah mit leuchtenden Augen.

„Du bist so wunderbar unkompliziert", lachte Marla und strich ihm mit der Hand sanft über den Kopf.

Noah hob keck den Kopf. „Dann machen wir es so? Ich kann hier bleiben, und wenn jemand kommt, verstecke ich mich schnell irgendwo?"

„Es ist gefährlich, gefährlich für uns beide", gab die Köchin zu bedenken.

„Aber es macht Spaß und ich will bei dir sein", ließ Noah nicht locker.

„Also gut, lass mich ein wenig darüber nachdenken. Morgen sage ich dir, wie wir es machen werden."

„Prima! Und heute?"

„Heute bleibst du. Aber sobald du auf der Treppe Schritte oder im Gang Stimmen hörst, springst du auf und versteckst dich, damit dich keiner sieht."

„Wo soll ich mich dann verstecken, Marla?"

Ihre Blicke schweiften gemeinsam durch die Küche.

„Viele gute Möglichkeiten hast du nicht, aber hier im Besenschrank oder dort hinter der Tür zur Speisekammer könnte es klappen. Da kann dich keiner sehen, wenn du dich ganz ruhig und unauffällig verhältst."

„Von mir wird niemand etwas hören und es wird mich auch keiner sehen", versprach Noah, packte die Geige aus dem Kasten und zeigte ihr wenig später die ersten Griffe, die der neue Geigenlehrer ihm beigebracht hatte.

Ein Ohrenschmaus war es nicht, was Marla in den nächsten Minuten zu hören bekam, doch sie lächelte zufrieden, lobte Noah für sein Können und ermunterte ihn, in seinen Anstrengungen nicht nachzulassen.

Sie war gerade dabei, das Verbot ihres Dienstherrn zu vergessen, als Noah plötzlich aufsprang und im nächsten Moment in der Speisekammer verschwand. Als auch Marla die Schritte auf der Treppe hörte, war sie sofort im Bilde. Sie griff hastig nach der Geige und ihrem Kasten und verstaute beide in einen ihrer Schränke.

„Du hörst neuerdings Musik bei der Arbeit?", fragte William und belegte sie mit einem strengen Blick.

„Nur manchmal, wenn mir danach ist", versuchte die Köchin die missratene Situation noch halbwegs zu retten.

Der Butler ließ seinen suchenden Blick rastlos durch die Küche kreisen, entdeckte den Jungen aber nicht. „Hast du Noah gesagt, dass er nicht mehr zu dir in die Küche kommen soll?"

Marla nickte stumm.

„Das ist gut. Es ihm zu verschweigen, wäre ein großer Fehler", mahnte der Butler streng. „Du weißt, Herr Parker schätzt es nicht, wenn seine Anweisungen nicht befolgt werden und seine Anordnungen bezüglich Noah und deiner Küche waren klar und deutlich."

Marla nickte erneut, schuldbewusster als zuvor. „Gesagt habe ich es ihm, aber ich weiß nicht, ob Noah es versteht."

„Er muss es nicht verstehen", entgegnete William unbeeindruckt. „Noah muss nur den Wunsch seines Vaters respektieren und das müssen wir beide auch, Marla, sonst gibt es mehr Ärger, als dir und mir lieb sein kann." Er ließ seinen Blick noch einmal suchend durch den Raum gleiten, schien aber immer noch keine Ahnung zu haben, wo Noah sich versteckte. „Gegen Musik bei der Arbeit ist sicher nichts einzuwenden, auch nicht hier in der Küche." Der Butler lächelte überlegen. „Aber für die Zukunft würde ich dir doch Mozart oder die Violinkonzerte von Brahms empfehlen."

* * *

„Tim, ich will ausreiten. Satteln Sie 'Diego' auf Kandare!", befahl Hans-Günter Fiebig kurz nach dem Ende der Mittagspause. „'Klinko', 'Fernando' und 'Sulla' müssen heute auch unbedingt bewegt werden. Machen Sie die Tiere fertig und bringen Sie sie zur Führmaschine!"

„Aber man hat mir noch nicht gezeigt, wie man Sattel und Zaumzeug anlegt", zeigte sich Tim von der Anweisung mehr als überrascht.

„Ach, wirklich nicht?", fragte Hans-Günter Fiebig geziert und musterte den Stalljungen herablassend von oben nach unten. „Nun, es wird schon seinen Grund haben, wenn Martina und die anderen Ihnen so viel Verantwortung nicht zutrauen." Er wies mit dem ausgestreckten Arm den Gang entlang auf den Raum, in dem das Sattel- und Zaumzeug gelagert wurde. „Dann werde ich 'Diego' eben selbst satteln. Holen Sie mir die Kandare und meinen Sattel." Er lächelte süffisant. „Das heißt natürlich nur, falls Sie inzwischen wissen, was eine Kandare ist und der Sattel für ein Leichtgewicht wie Sie nicht zu schwer ist."

Innerlich kochend zog Tim von dannen und kehrte wenig später mit Sattel und Zaumzeug zurück. Hans-Günter Fiebig war in der Zwischenzeit zu 'Diego' in die Box gegangen und hatte den Wallach für den beabsichtigten Ausritt vorbereitet.

'Diego' selbst schien dem Ausritt mit gemischten Gefühlen entgegenzusehen. Er war deutlich unruhiger als sonst.

„Nun bleib endlich stehen!", herrschte Fiebig das Tier an, als er ihm den Sattel über den Rücken warf. 'Diego' wich aus und Hans-Günter Fiebigs Ungeduld wuchs, weil er einen neuen Anlauf zum Auflegen des Sattels unternehmen musste. „Halten Sie ihn hier am Zügel und sorgen Sie dafür, dass er ruhig bleibt", wies er Tim an.

Das war leichter gesagt als getan. Doch Tim tat sein Bestes. Er hielt den Zügel und strich 'Diego' mit der freien Hand beruhigend über Hals und Nase.

„Halten Sie ihn noch kurz", sagte der Reiter zu Tim, bevor er die Box noch einmal kurz verließ, um Kappe und Jacke zu holen.

'Diegos' Nervosität wuchs und mit seiner Unruhe wuchs auch Tims Unsicherheit, denn das Pferd stand kurz davor, sich loszureißen.

„Bleib ganz ruhig, mein Lieber, und mach mir keinen Ärger", redete Tim beschwörend auf den Wallach ein. „Der Alte hat mich heute schon genug geärgert."

Zum Glück beruhigte sich das Pferd wieder und auch sein Reiter kam schneller wieder, als Tim es erwartet hatte. Obwohl das Wetter warm und sonnig war, führte er 'Diego' zunächst in die Reithalle und nicht nach draußen, so wie es Tim erwartet hatte.

„Sie können die anderen Pferde nun zur Führmaschine bringen!", wurde Tim wenige Augenblicke später entlassen und machte sich sogleich an die Arbeit.

Nachdem er auch das dritte Pferd vorbereitet und zu der sich beständig im Kreis drehenden Maschine geführt hatte, gab es für Tim nichts mehr zu tun. Er kehrte zur Reithalle zurück, lehnte Arme und Kopf auf die hohe Bande und schaute 'Diego' und Hans-Günter Fiebig zu.

Tim verstand nicht viel von Pferden und vom Reiten schon gleich gar nichts, aber selbst für ihn war auf den ersten Blick zu erkennen, dass Reiter und Pferd nicht besonders gut miteinander harmonierten.

Nach nicht einmal zehn Minuten unterbrach der Reiter die Übung zum ersten Mal. Tim wurde hereingerufen und angewiesen, das Pferd am Zügel zu halten, während Hans-Günter Fiebig noch einmal zum Stall zurückging.

Wild und kräftig zerrte 'Diego' an der Leine. Tim versuchte, den Wallach zu beruhigen. Vergeblich. Am Ende riss 'Diego' sich los und drehte in der großen Halle einige einsame Runden.

Erschrocken von der Kraft, mit der 'Diego' sich losgerissen hatte, war Tim zunächst zurückgewichen und hatte als Erstes das schwenkbare Tor geschlossen. Schlimm genug, dass er 'Diego' nicht hatte halten können, aber vollkommen stiften gehen sollte ihm der Hengst nicht.

Nach einiger Zeit kehrte 'Diego' langsam wieder zur Bande zurück. Leider zu langsam, als dass Tim die Zügel aufnehmen und das Geschehen vor dem gerade aus dem Stall zurückkehrenden Reiter geheim halten konnte.

Bissige Bemerkungen für ihn und ein zorniger Blick in Richtung 'Diego' waren die unmittelbare Folge. Danach setzte sich die Übung noch eine Weile fort, doch Pferd und Reiter hatten auch weiterhin keine rechte Freude aneinander.

Wütend und mit hochrotem Kopf stieg Hans-Günter Fiebig bereits wenige Minuten später von seinem Pferd. Er führte 'Diego' zurück in seine Box, nahm den Sattel ab und warf ihn vor der Box auf den Boden. Anschließend ging er wieder hinein, griff zornig nach der Kandare, hielt das Pferd in der einen und schlug mit der Peitsche in der anderen Hand wütend auf das Tier ein.

'Diego' riss sich sofort los. Er versuchte in die Ecke auszuweichen, doch die Box war zu klein, um sich der Peitsche zu entziehen und ihren Hieben zu entkommen.

„Ich werde dir helfen, noch mal so bockig zu sein", schrie der aufgebrachte Reiter, während er mit der Peitsche wieder und wieder auf das verzweifelt nach einem Ausweg suchende Tier einschlug.

Pferd und Reiter schrien, sie griffen an und wichen einander aus. Die Peitsche knallte unentwegt und Tim litt mit, als wäre er selbst der Geschlagene. Ihm war, als würden sich die ganzen Schikanen der letzten Wochen zu einem einzigen Bild verdichten und als erlebe er jeden einzigen Hieb körperlich.

Erschöpft von den vielen Schlägen, die er 'Diego' verabreicht hatte, aber immer noch wütend und aufgebracht verließ Hans-Günter Fiebig die Box. Er scheuchte Tim in der nächsten Stunde verärgert durch den Stall und ließ nicht ein gutes Haar an ihm und seiner Arbeit.

Was immer Tim tat, es war falsch und inkompetent und selbst, wenn Tim nichts tat, war es ein Fehler. Als Tim schon nicht mehr an eine Wende zum Besseren glauben mochte, verließ Hans-Günter Fiebig endlich die Anlage.

Eine beklemmende Stille legte sich über den Stall. Alles sah so ruhig und friedlich aus. Doch die Ruhe trog. Tim brauchte nur einen Moment auf sein aufgewühltes Inneres zu hören, um zu wissen warum.

Der Hausmeister erschien gegen vier im Stall. Tim war erstaunt ihn zu sehen, denn es war Wochenende und er hatte eigentlich keinen Dienst.

„Ich habe Frau Fiebig nur eine Kiste Erdbeeren von zu Hause gebracht", erklärte er Tim sein überraschendes Erscheinen und war fast schon wieder verschwunden. In der Türe drehte er sich noch einmal um, griff in seine Taschen und zog vier Äpfel hervor. Die beiden Besten drückte er Tim zuerst in die Hand. „Hier, diese Äpfel sind für dich und diese hier gibst du den beiden Pferden, die du am liebsten hast", sagte er und war im nächsten Moment schon wieder verschwunden.

Tim brauchte nicht lange zu überlegen, um zu wissen, welches Pferd einen Apfel bekommen würde. Den Ersten brachte er 'Klinko'. Er hatte ihn verdient, weil er sich nie an seiner Unerfahrenheit und Unbeholfenheit gestört hatte.

Den zweiten Apfel trug er vor, bis er die erste Box neben dem Eingang erreicht hatte. Vorsichtig öffnete er das Tor und schloss es in seinem Rücken. Als er sich wieder umdrehte, kam 'Diego' langsam auf ihn zugetrabt, das schwere Haupt gesenkt und das braune Fell an manchen Stellen noch immer gezeichnet von den Ereignissen des Nachmittags.

Eine Weile sahen sie sich schweigend an, steckten die

Köpfe zusammen, wie alte Freunde es tun, und rieben Nase und Stirn aneinander.

„Wir haben hier beide keine Freunde, 'Diego', nur Leute, die uns zeigen, dass wir der letzte Dreck für sie sind", sagte Tim traurig, griff mit der Hand in die Hosentasche und holte den zweiten Apfel hervor. „Hier, ich hab dir was mitgebracht. Magst du ihn?"

Dankbar schob 'Diego' Mund und Lippen vor und tastete gierig nach dem Apfel, den Tim in seiner offenen Hand hielt.

„Er scheint dir zu schmecken", freute sich Tim und strich mit der flachen Hand sanft über den Hals des Wallachs. „Ich weiß, du willst deine Freiheit, so wie ich meine. Aber die gibt es hier nicht. Hier wohnen nur die Gier, das Geld und die Gewalt."

* * *

Das Geschrei der Händler auf dem Markt war laut und fordernd. Sie verkauften wie immer Obst, Gemüse, Brot und Fleisch. Doch egal, was sie verkauften, egal, wie laut sie ihre Waren anpriesen, Aiguo hörte sie immer nur „Geld! Geld! Gib uns endlich dein Geld!", fordern.

„Gib uns dein Geld! Gib uns endlich dein Geld! Ein jeder reduziert mich nur auf mein Geld", sagte er sich, als er den Markt verließ und weiter nach Hause ging. „Warum fragen sie alle nur nach meinem Geld? Warum fragt keiner: 'Aiguo, wie heißt deine Frau und wie geht es ihr?' Warum interessieren sie sich alle nur für mein Geld?"

Die Straße vor dem Markt war eng und belebt. Autos hupten, standen mehr, als dass sie fuhren. Fußgänger schlängelten sich zwischen ihren Stoßstangen hindurch. Wo immer eine Lücke war, strömten sie hindurch. Auch Aiguo suchte nach einer Lücke. Als er sie fand und hindurchgehen wollte, fuhr der Fahrer noch etwas dichter auf den Wagen vor ihm auf.

Für einen Moment sah Aiguo ihn an. Nicht eine Regung

zeigte sich auf seinem Gesicht. 'Er weiß, dass er nicht eine einzige Minute früher nach Hause kommen wird, wenn er mir den Weg versperrt. Aber er tut es trotzdem, weil er sich gut fühlt, wenn er mich spüren lässt, dass ich zu Fuß gehen muss, während er im Auto sitzt.'

Statt vorne ging er hinten herum am Fahrzeug vorbei. Es war kein großer Umweg und viel Zeit hatte er nicht verloren, trotzdem spürte er die Wirkung dieser wenigen Schritte überdeutlich.

'Ich werde wütend, weil er das Geld hat, das mir fehlt', sagte Aiguo verärgert zu sich selbst und merkte plötzlich, wie viel Macht dieser Fahrer, den er eigentlich gar nicht kannte und den er auch gewiss nicht näher kennenlernen wollte, schon über ihn hatte.

'Du darfst dich über ihn nicht aufregen!', mahnte er sich selbst. 'Du darfst es nicht tun, sonst verlierst du nur noch mehr deine Achtung vor dir selbst.' Er beschloss, die Gesichter der Fahrer zu ignorieren, nahm sich vor, ihre Schikanen und Nickeligkeiten zu übersehen. So recht gelingen wollte es ihm nicht.

'Verdammt, es sitzt tiefer in mir drin, als mir lieb ist und ich weiß nicht, wie ich es loswerden kann', erkannte er schließlich die Gefährlichkeit des Kreislaufes, aus dem er sich zu befreien suchte. Nach einer Weile hatte er eine Idee: 'Du darfst dich nicht mehr mit ihnen vergleichen, Aiguo! Du darfst es nicht tun. Und wenn du es doch tust, dann denk an die Dinge, die du hast und die ihnen fehlen!'

Er hob den Kopf etwas an und sein Gesicht entspannte sich. Ein wenig lächelte er sogar, als er sich vorstellte, dass auf den Mann im Auto zu Hause nur eine nörgelnde Frau warten würde. 'Er bringt viel mehr Geld nach Hause als ich. Aber egal, wie viel er auch bringt, es ist ihr nie genug. Sie wird immer mehr von ihm fordern, und wenn er es nicht bringen kann, wird sie ihn verlassen', sagte er kalt.

Er wusste nicht viel über den Mann im Auto. Doch eines war Aiguo klarer als alles andere. Die Chance, dass dieser Mann genau das Leben führte, das er sich gerade für ihn vorstellte, war sehr groß.

Ein warmes Gefühl durchströmte ihn und er sog die Luft mit den Gerüchen der vielen Garküchen besonders tief in sich ein, als er bemerkte, um wie viel besser er es doch mit seiner Fang angetroffen hatte.

'Sie hat sich noch nie beklagt', erinnerte er sich. 'Selbst jetzt, wo es ihr von Tag zu Tag schlechter geht, kommt nicht ein Vorwurf über ihre Lippen.' Für einen Moment schimmerten seine Augen feucht. 'Fang ist nicht so wie die anderen. Sie sorgt sich mehr um mich und meine Sicherheit im Bergwerk als um ihre eigene Gesundheit.'

Eine stickige, schmutzige Luft lag über der Stadt. Der Verkehr war laut und die Bürgersteige voller Menschen. Wie geschäftige, hypernervöse Ameisen gingen sie ihren Besorgungen nach, doch Aiguo fühlte sich mit einem Mal frei und allen Zwängen und Einschränkungen enthoben. Er war noch immer in der Stadt, war immer noch ein Teil von ihr und gehörte doch schon längst nicht mehr zu ihr.

Er sah sich mit Fang an der Hand barfuß über eine saftige Wiese gehen. Über ihm schien die Sonne und unter ihren Füßen bog sich das weiche Gras. 'Ja, das ist die Freiheit, die ich brauche. Das ist die Welt, die ich liebe', sagte er nach einiger Zeit und bemerkte, dass er die Tür zu seinem Haus schon erreicht hatte.

„Gestern bin ich den gleichen Weg gegangen, gestern war ich nicht eine Minute schneller oder langsamer zu Hause als heute und doch kommt es mir so vor, als sei die Zeit heute verflogen, während sie sich gestern noch zu einer Ewigkeit gedehnt hat.'

* * *

„Sharifa, hast du noch mal über das Geld nachgedacht, über das ich heute Morgen mit dir gesprochen habe?", fragte Kani die Schwester, mit der er am besten über diese Dinge reden konnte.

Sharifa schüttelte den Kopf. „Kani, du weißt viel besser

als ich, was wir am nötigsten brauchen und welche Dinge wir zuerst kaufen sollten."

„Das ist es nicht, was ich meine."

„Was ist es dann?", fragte Sharifa verwundert.

„Ich meine, wir sollten das Geld schnell ausgeben. Viel schneller als sonst."

„Ich bin überrascht", bekannte Sharifa. „Sonst plädierst du eher dafür das Geld, das wir haben, zu sparen, damit wir immer etwas zur Verfügung haben und auch die unerwarteten Rechnungen bezahlen können."

„Das stimmt, aber dieses Mal möchte ich das Geld schnell ausgeben."

„Warum diese Eile, Kani? Wir kommen ohnehin erst im nächsten Monat wieder in die Hauptstadt und nur dort bekommen wir die Arzneien und die medizinischen Geräte, die wir hier für unsere tägliche Arbeit brauchen."

„Ich hatte schon daran gedacht, dich vorzeitig in die Stadt zu schicken", berichtete der Arzt. „Du gewinnst mal ein wenig Abstand und wir können unsere Vorräte etwas früher als sonst wieder auffüllen."

„Nein, das möchte ich nicht", lehnte Sharifa den Vorschlag ab. „Mir ist nicht wohl bei der Sache. Ich möchte keine Sonderbehandlung, Kani, und das Geld, das ich für die zusätzliche Fahrt in die Stadt benötige, das sollten wir lieber für etwas Sinnvolles ausgeben. Etwas, das wir wirklich brauchen und das uns alle weiterbringt." Sie sah ihn eindringlich an. „Du hast gestern selbst gesagt, dass der junge Mann dir nicht allzu viel Geld übergeben hat. Also sollten wir uns nicht reicher fühlen, als wir wirklich sind", lachte sie übermütig.

„Ich wäre das Geld trotzdem gerne los", bekannte Kani, nachdem er einige Zeit über ihre Worte nachgedacht hatte. „Der junge Mann hat uns etwas Gutes tun wollen, als er mir die Münzen gab. Aber mir liegt das Geld wie ein Stein auf der Seele."

„Das musst du mir erklären, Kani", forderte Sharifa.

„Es ist nicht viel Geld, das ist wahr. Aber auf mich wirkt

es wie eine übergroße Last", bekannte der Arzt. „Jedes Mal, wenn ich auf den Beutel schaue oder ihn in meinen Händen habe, sehe ich die Frau und das tote Kind vor mir."

„Du meinst, das Geld erinnert dich an unser Scheitern?"

„Ja, das tut es. Aber das ist nicht der einzige Grund, warum ich mich dem falschen Zauber dieser Münzen gerne entziehen würde. Nach einiger Zeit wandelt sich das Bild vor meinem inneren Auge und ich sehe mich mit Afifa wieder auf den jungen Mann zugehen."

„Du hast Schuldgefühle ihm gegenüber?"

Kani schüttelte entschieden den Kopf. „Nein, Schuldgefühle nicht. Ich weiß, dass wir getan haben, was in unserer Macht stand. Deshalb fühle ich mich nicht schuldig."

„Was ist es dann?"

„Ich neide dem Mann seine Freiheit."

„Seine Freiheit?", fragte Sharifa verwundert. „Was meinst du damit, Kani? Du bist auch frei. Du kannst gehen, wohin du willst, genauso wie er."

„Nein, Sharifa, er ist in einer Weise frei, wie ich es für mich noch nicht erreicht habe", widersprach Kani ruhig. „Du vermutlich auch noch nicht und bei all den anderen hier im Hospital bin ich mir recht sicher, dass sie diese Freiheit nicht einmal kennen, geschweige denn für sich erreicht haben."

Sharifa legte ihren Kopf leicht auf die Seite. „Und welche Freiheit soll das sein?"

„Die Freiheit, 'nein' zu sagen, wenn alle meinen, 'Ja'-Sagen zu müssen."

„Wozu 'Nein'-Sagen, Kani?"

„Zu dem, was sie uns versprechen und bieten, Sharifa", antwortete der Arzt traurig. „Es ist für die meisten von uns zum Leben zu wenig und zum Sterben zu viel. Der junge Mann gestern hat das klar erkannt. Er hat verstanden, dass die Reichtümer dieser Welt für ihn keinen Wert mehr haben, wenn er sie nicht mit seiner Frau und seinen Kindern teilen kann."

„Willst du dich bei den Vertretern der Lebensagentur beschweren? Hegst du die Hoffnung, dass sie dir etwas mehr bieten werden, wenn du ihnen drohst?"

Kani schüttelte den Kopf, langsam aber bestimmt. „Ich will niemandem etwas wegnehmen. Ich will mich auch nicht beschweren oder jemandem drohen. Ich will nur noch einen Schlussstrich ziehen. Genau so, wie der junge Mann gestern seinen Schlussstrich gezogen hat."

Sorge machte sich auf Sharifas Gesicht breit. „Was genau willst du tun, Kani?"

„Nichts, wovor du oder die anderen Angst haben müsstet", beruhigte sie der Arzt. „Ich bin mir über mich selbst noch nicht ganz schlüssig. Aber seit gestern spiele ich mit dem Gedanken, es dem jungen Mann gleichzutun und meinen Vertrag bei der Lebensagentur auch nicht zu verlängern."

Sharifa war im ersten Moment entsetzt. „Und was wird dann aus uns und dem Krankenhaus?"

„Ihr werdet ganz normal weiterarbeiten und die Regierung wird einen neuen Arzt schicken", antwortete Kani ruhig.

„Für das Krankenhaus ist damit gesorgt, aber was ist mit dir? Warum willst du alles aufgeben, Kani?"

„Aus dem gleichen Grund, aus dem auch du dich gestern zurückziehen wolltest: Ich möchte morgens nicht mehr aufwachen müssen, um anschließend meine eigene Hilflosigkeit erleben zu müssen. Da mache ich es lieber, wie der junge Mann es mir vorgemacht hat, und trete beizeiten freiwillig ab."

„Verstehe, lieber in Würde frühzeitig zurücktreten als durch sein eigenes Wirken einen Zustand künstlich am Leben erhalten, der alles andere als lebenswert ist", erklärte Sharifa.

„Ich bin mir noch nicht ganz sicher, wie ich mich entscheiden werde. Aber falls ich zu dem Entschluss komme, dass es für mich besser ist, meinen Vertrag mit der Agentur nicht zu verlängern, dann solltest du wenigstens wissen warum", erklärte Kani ruhig. „Du kannst es den anderen dann mitteilen und ich bin sicher, ihr werdet es alle verstehen."

„Verstehen werden wir es auf jeden Fall", erwiderte Sharifa nachdenklich. „Aber ich bin mir nicht sicher, ob ich die Richtige bin, um deine Entscheidung den anderen mitzuteilen."

„Warum nicht? Ich konnte mich bislang doch immer auf dich verlassen."

„Ja, das konntest du. Aber dieses Mal, Kani, könnte ich mich wie du entscheiden und dann werden hier im Hospital gleich zwei Verträge mit der Lebensagentur nicht mehr verlängert werden."

Sonntag, 8. Juli

Das Dienstmädchen stellte das Tablett mit dem abgeräumten Geschirr auf die Ablage in der Küche und begann, die schmutzigen Teller und Tassen in die Spülmaschine einzuräumen.

Marla warf einen kurzen Blick auf die Reste des Frühstücks, das sie eine gute Stunde zuvor vorbereitet hatte. „Hat ihm das Ei wieder nicht geschmeckt?", fragte sie enttäuscht.

„Er sagt, es wäre zu weich", berichtete das Dienstmädchen von den Kommentaren aus dem Esszimmer.

„Gestern war es ihm noch zu hart. Dabei waren beide Eier exakt vier Minuten im Wasser", schüttelte Marla verwundert den Kopf.

„Er denkt sicher, dass das Wasser gestern zu heiß und heute nicht heiß genug gewesen ist", tröstete sie die Kollegin. „Aber mach dir nichts draus. Er hat auch an mir und allen anderen beständig etwas auszusetzen. Egal, was du tust, es ist falsch und er weiß selbstverständlich immer alles besser."

„Ich dachte, er würde nur meine Arbeit nicht mehr schätzen", entgegnete die Köchin verwundert. „William hat mir gegenüber nie anklingen lassen, dass er mit euch auch unzufrieden ist."

„William ist zu oft mit ihm zusammen und guckt sich zu viele Dinge von ihm ab", schimpfte das Dienstmädchen. „Wäre es anders, würde er nicht ständig versuchen, uns alle gegeneinander auszuspielen."

„Du glaubst, dass es Absicht ist?", fragte Marla schockiert.

„Natürlich ist es Absicht. 'Teile und herrsche!' ist das Motto. Nicht nur bei Alexander Parker, sondern auch bei unserem Bill. Er versucht, uns zu isolieren und uns alle gegeneinander auszuspielen."

„Was verspricht er sich davon?"

„Das Gleiche, was sich auch ein Alexander Parker von dieser Strategie verspricht", antwortete Marlas Kollegin. „Mehr Macht über uns alle."

„Von der Warte aus hatte ich es noch nicht betrachtet", bekannte die Köchin. „Wir sollten mit William mal reden und ihm sagen, dass uns dieser Stil nicht gut gefällt."

Das Dienstmädchen machte mit der rechten Hand eine fahrige Bewegung. „Ach, Marla, hör auf zu träumen! Unser Herr wird sich, was das angeht, nie ändern, und dass sich bei William noch etwas zum Besseren wendet, daran mag ich auch nicht mehr glauben."

„Mir kann es fast egal sein, ich habe nur noch knapp zwei Jahre bis zur Rente", seufzte Marla. „Aber du wirst, wenn du recht hast, noch lange mit diesem Zustand leben müssen."

„Nicht unbedingt", entgegnete die Kollegin. „Ich überlege, ob ich nicht bald etwas ändere."

„Willst du wechseln und zu einer anderen Familie gehen?"

„Das wäre eine Möglichkeit", bekannte das Dienstmädchen. „Immerhin würde ich zwei Fliegen mit einer Klappe schlagen und sowohl neue Herrschaften als auch einen neuen Chef bekommen."

„Ehrlich gesagt, ich glaube nicht, dass ein Wechsel die Lösung unseres Problems ist. Als ich noch so jung war wie du, da habe ich gedacht, es würde sich etwas ändern, wenn ich den einen Haushalt verlasse und in einem anderen neu anfange. Aber jetzt weiß ich, dass es nur eine Illusion war", erinnerte sich Marla traurig. „Die Namen der Herrschaften wechseln, aber ihre Verachtung uns gegenüber ist immer die Gleiche. Die ändert sich nie."

„Aber Williams arrogante Art könnte mir in Zukunft wenigstens erspart bleiben", hoffte das Dienstmädchen.

Marla schüttelte kurz ihren Kopf. „William ist nicht arrogant. Nein, das ist er wirklich nicht. Aber seine Kälte ist an manchen Tagen schon beängstigend."

„Arrogant oder kalt? Macht das am Ende für uns beide noch einen Unterschied?", fragte das Dienstmädchen und stellte den letzten Teller zum Spülen in die Maschine.

„Einen Unterschied macht es nicht. Da gebe ich dir recht. Aber uns beiden würde es das Leben leichter und die Tage angenehmer machen, wenn sie unsere Arbeit endlich einmal zu schätzen wüssten", klagte Marla.

* * *

Als Tim am nächsten Morgen die Tür der ersten Box öffnete, hatte er spontan das Gefühl, der Stall gehöre ihm allein. Ein gedämpftes Licht lag über den Boxen und die Ruhe des frühen Morgens war ebenso ungewöhnlich wie angenehm.

Er machte sich wie gewohnt an seine Arbeit und schüttelte dennoch verständnislos den Kopf. „Dass ich mich nach einem Sonntag mit reichlich Arbeit im Stall einmal sehnen würde, hätte ich mir vor drei oder vier Wochen auch noch nicht träumen lassen", sagte er schockiert und warf einen kurzen Blick auf 'Klinko'.

„Alter, du weißt gar nicht, wie gut du es hast", lachte er verbittert in Richtung des Schimmels. „Bei dir kommt jeden Morgen jemand vorbei und macht den Dreck weg. Futter gibt es außerdem auch immer reichlich."

Er wendete das Stroh und entsorgte die verschmutzen Halme auf seiner Schubkarre. „Wenn ich das von mir doch auch einmal behaupten könnte", seufzte er unzufrieden. „Entweder mischt sich dein arroganter Besitzer aktiv in meine Freizeitplanung ein und macht sie, ohne mit der Wimper zu zucken, mit einem Federstrich zunichte, oder mein Alter macht zu Hause so viel Stress, dass auch gleich die Nachbarn wissen, was los ist."

Tim warf einen neidischen Blick auf den Schimmel. „Sei bloß froh, dass du deine Box für dich hast und sie nicht mit deinem Erzeuger teilen musst. Wer weiß, ob ihr zwei es gut miteinander aushalten würdet."

'Klinko' schnaubte kurz, schien aber sonst an seinem Leid keinen großen Anteil zu nehmen.

„Bei mir klappt das nie. Klappt heute nicht, hat früher nie geklappt und wird auch in Zukunft nie klappen! Es ist zum Kotzen, absolut zum Kotzen! Weißt du: Im Vergleich zu mir und meinem Alten sind selbst die schlimmsten verfeindeten Hunde und Katzen noch immer ein Traumpaar. Manchmal frage ich mich, wer eigentlich schlimmer ist? Dein Hans-Günter Fiebig oder mein Alter. Ja, 'Klinko', da kannst du ruhig gucken. Ist echt schwer zu entscheiden, die Frage. Und wird sicher auch ein echt spannendes Kopf-an-Kopf-Rennen werden, wenn demnächst der Titel 'Tyrann des Monats' mal wieder zur Neuvergabe ansteht."

Tim hatte die erste Box gesäubert. Er öffnete die Tür und klopfte dem Schimmel zum Abschied freundlich auf den Hals. „Dein Fiebig war ja gestern schon gut in Form und unser armer 'Diego' hat einiges abbekommen. Aber um meinen Alten aus dem Feld zu schlagen, hat es immer noch nicht gereicht. Der war gestern sogar noch ein bisschen besser drauf."

Langsam arbeitete sich Tim in der nächsten Stunde in den vorderen Teil des Stalls vor. Er war immer noch allein im Stall und die ganze Arbeit blieb auch weiterhin an ihm hängen. Doch das war bei Weitem nicht so schlecht, wie es im ersten Moment klingen mochte, denn ohne nörgelnde Kollegen lebte es sich leichter und Tim war nicht unzufrieden mit sich und seiner Situation.

'Lieber ein wenig mehr Arbeit und dafür die Freiheit, sie so tun zu dürfen, wie ich es für richtig halte', sagte er aufmunternd zu sich selbst.

Auf der anderen Seite fühlte er sich ein wenig verloren an diesem Sonntagmorgen. Alleine zwölf Hengste und Stuten zu versorgen, das war, für einen in der Pferdezucht so unerfahrenen Studenten wie ihn, schon eine recht anspruchsvolle Aufgabe.

'Aber was tut man nicht alles, um in den Ferien ein wenig Geld zu verdienen?', schmunzelte er still in sich hinein, während er das Stroh wendete und den Pferdekot auf der Schubkarre entsorgte.

Als er das Ende des Gangs endlich erreicht hatte und 'Diegos' Box öffnete, kam der Wallach sogleich auf ihn zu.

„Hey, so freundlich bin ich von dir morgens ja noch nie begrüßt worden", freute er sich und strich dem Pferd zufrieden über Hals und Nase. „Hast du gut geschlafen? Oder hat dich gestern wieder jemand geschlagen?"

Tim wusste, dass er auf seine Fragen keine Antwort erhalten würde, aber es tat irgendwie gut, mit 'Diego' zu sprechen wie mit einem alten Freund.

'Diego' schien den gestrigen Tag ebenfalls nicht vergessen zu haben. Beständig schnupperte er an ihm herum.

„Du, ich habe heute leider keinen Apfel für dich", lachte Tim und hatte mehr Mühe als sonst, die Box zu säubern. Weil 'Diego' partout nicht von seiner Seite wich, stand der Wallach entweder immer im Weg oder lief Gefahr, von Tims Mistgabel getroffen zu werden, wenn Tim sie mit Schwung zur Schubkarre führte.

Wieder und wieder drängte Tim 'Diego' in eine freie Ecke der Box ab und hoffte, die andere Seite der Box für einige Minuten allein zur Verfügung zu haben. Es wurden allerdings meist eher Sekunden als Minuten.

„Ach 'Diego', wenn du mir immer so geschickt im Weg stehst, werde ich mit deiner Box heute nie mehr fertig", seufzte Tim und wusste nicht, ob er sich über 'Diegos' zärtliche Aufdringlichkeit freuen oder ärgern sollte.

Am Ende entschied er sich für die Freude, denn Ärger hatte er ohnehin genug, und dass 'Diego' es doch eigentlich nur gut mit ihm meinte, stand für Tim vollkommen außer Frage. Außerdem hatte er immer noch die schrecklichen Bilder vom Vortag vor Augen, und wenn er sich gestern eines geschworen hatte, dann dass er den Hengst niemals so behandeln würde, wie er es am Tag zuvor erlebt hatte.

'Mein 'Diego' und ich, wir sind Freunde', dachte sich

Tim. 'Und Freunde schlägt man nicht. Erst recht nicht, wenn sie so treu und zutraulich sind wie er.'

* * *

Wieder und wieder zählte Aiguo das Geld, das ihm noch geblieben war. Es war nicht viel und es war lange nicht genug, um Fang einen zweiten Krankenhausaufenthalt zu ermöglichen.

„Ich muss irgendwie an Geld kommen", überlegte er krampfhaft. „Fang geht es von Tag zu Tag schlechter. Ich selbst kann ihr nicht helfen und die Medizin, die ich ihr in der Apotheke gekauft habe, hilft ihr nicht. Wenn ich Fang nicht bald ins Krankenhaus bringe, wird sie sterben und dann ..."

Aiguo wagte nicht, den Gedanken zu Ende zu denken. Zu schrecklich war schon sein Beginn. Eine Zeit lang überlegte er unschlüssig, was zu tun sei.

'Ich will sie nicht alleine lassen, gerade jetzt nicht. Wenn ich im Bergwerk bin, lasse ich sie schon viel zu oft und viel zu lange allein', sagte er still zu sich selbst und sah traurig auf den dünnen Körper auf dem Bett unter ihm hinab. 'Fang wirkt so schwach und zerbrechlich. Selbst unter der dicken Decke wirkt sie wie ein dünnes Blatt im Wind.'

Aiguo nahm ihre Hand, strich sanft über sie und fühlte ihren Puls. Er schlug ruhig und gleichmäßig. Trotzdem wurde Aiguo das Gefühl nicht los, dass das Ende mit jedem Tag näherkommen würde.

Nachdem er sie einige Minuten still angesehen hatte, öffnete sie für einen Moment die Augen. Lange hielt sie seinem Blick nicht stand, dann schlossen sich die müden und schweren Lider wieder.

'Wenn sie mich ansieht, ist es wie damals am ersten Tag', erinnerte er sich an die Zeit, als sie sich kennengelernt hatten. 'Damals hatten wir noch Pläne. Wir waren glücklich und voller Hoffnung.'

Das Glück hatte sie schnell verlassen, die Hoffnung am Ende auch. Verzweiflung war an ihre Stelle getreten, und während Aiguo sich und Fang langsam nicht mehr zu helfen wusste, wuchs der Tumor in ihrem Kopf von Tag zu Tag. Eine starke innere Unruhe erfasste ihn, sie trieb ihn wie ein dunkler Schatten vor sich her.

„Ich muss noch einmal zu Xiaotong", sagte er sanft, als sie die Augen wieder einmal für einige Sekunden öffnete.

„Ja, geh nur zu ihm", antwortete sie lächelnd. „Es ist nicht gut, wenn du die ganze Zeit bei mir bleibst. Du musst auch mal an dich denken und ein wenig abschalten, du kannst nicht nur zur Arbeit gehen und danach immer für mich da sein."

„Ich komme bald wieder", versprach Aiguo und drückte ihr zum Abschied sanft die Hand. Dann zog er seine Schuhe an und eilte aus dem Haus.

Xiaotong rief er von unterwegs auf dem Handy an. Er war zum Glück zu Hause und er war, das war Aiguo sofort klar, im Grunde seine einzige Hoffnung.

„Du musst mir helfen und mir Geld leihen", redete er erst gar nicht lange um den heißen Brei herum, als er den Freund endlich erreicht hatte. „Ich muss Fang ins Krankenhaus bringen, bevor es zu spät ist. Ihr Zustand wird immer kritischer. Sie wird von Tag zu Tag schwächer."

Xiaotong nickte kurz. „Wie viel Geld brauchst du?"

„Ich weiß es nicht", gestand Aiguo. „Ich weiß nicht, was sie im Krankenhaus mit ihr machen werden und ich weiß auch nicht, was es kosten wird."

Wieder nickte Xiaotong nur kurz. „Ist ja auch egal, wie viel du brauchen wirst. Ich gebe dir alles, was ich habe."

Aiguo zögerte einen Moment. „Und wenn ich es dir nicht zurückgeben kann?

Xiaotong zuckte wie abwesend mit den Schultern. „Dann ist das Geld eben weg." Er stand auf, ging zum Schrank, öffnete ihn und kramte eine kleine Schachtel hervor. „Hier sind 300 Yuan. Das ist alles, was ich hier im

Haus habe. Aber auf dem Konto in der Bank ist auch noch etwas. Das gebe ich dir auch." Mit dem Kopf wies er Aiguo an aufzustehen und ihm zu folgen. „Komm mit, wir gehen zur Bank!"

„Und wovon willst du leben, wenn du mir alles gibst?", fragte Aiguo ängstlich.

Xiaotong lächelte zuversichtlich. „Mach dir darüber mal keine Sorgen. Bald ist der Monat zu Ende und der Direktor gibt uns neues Geld."

„Aber heute ist erst der Achte", stammelte Aiguo, als ihm klar wurde, was Xiaotong gerade im Begriff zu tun war.

„Sag ich doch, dass der Monat bald schon wieder zu Ende ist", lachte Xiaotong verwegen. „Und nun komm schon. Die Bank wird nicht ewig auf uns warten."

Mit Tausend geliehenen Yuan in der Tasche stand Aiguo eine Stunde später wieder an Fangs Bett. Er fühlte sich besser, aber immer noch schwach und hilflos.

„Du siehst so ernst aus", bemerkte auch Fang, dass ihr Mann im Begriff stand eine schwerwiegende Entscheidung zu treffen.

„Ich werde dich wieder ins Krankenhaus bringen", antwortete Aiguo ruhig. „Hier bei uns zu Hause kannst du nicht gesund werden."

„Und das viele Geld, das die Behandlung kosten wird?", sorgte sich Fang.

„Das hat Xiaotong uns geliehen", antwortete Aiguo mit einem zufriedenen Lächeln, verschwieg ihr aber, dass auch Xiaotongs großzügiger Kredit sehr bald aufgebraucht sein würde.

„Es ist gut, dass Sie mit Ihrer Frau wieder zu uns gekommen sind", bestätigte der behandelnde Arzt Aiguos Entscheidung, nachdem die Formulare in der Verwaltung ausgefüllt und Fang ein Bett zugewiesen worden war. „Ich hoffe, es ist noch nicht zu spät."

„Wir können uns die Behandlung kaum leisten", entschuldigte sich Aiguo für ihre zeitweilige Flucht aus der Therapie.

„Der Tumor war schon recht groß, als Sie Ihre Frau vor einigen Wochen wieder mit nach Hause genommen haben, erinnerte sich der Arzt, nachdem er einen Blick in die Akte geworfen hatte. „Wir werden morgen als Erstes prüfen, ob er sich verändert hat und wie stark er gewachsen ist."

„Sie gehen also davon aus, dass der Tumor gewachsen und alles nur noch schlimmer geworden ist?", fragte Aiguo besorgt.

Der Mediziner nickte. „Ich wünschte, der Tumor im Kopf Ihrer Frau wäre kleiner geworden, aber sehr realistisch ist dieser Wunsch nicht. Entschuldigen Sie bitte, dass ich Ihnen das so offen und ehrlich sage. Ich weiß, es ist gegen den Stil Ihres Landes."

„Was hat mein Land mit dem Tumor meiner Frau zu tun?", hatte Aiguo Mühe, dem Gedanken zu folgen.

„Der Tumor hat mit China überhaupt nichts zu tun", lachte der Arzt kurz auf. „Aber Sie sind Chinese und Ihre Frau ist auch eine Chinesin. In ihrer Kultur ist es üblich, auch in schwierigen Situationen weiter Harmonie zu verbreiten und Spannungen nach Möglichkeit zu überdecken. Aber ich komme aus Australien. Bei uns ist das Streben nach Harmonie nicht so verbreitet. Wir sind es eher gewohnt, die Dinge klar beim Namen zu nennen, gerade wenn es wie bei Ihrer Frau nichts zu beschönigen gibt und alles auf des Messers Schneide steht."

„Sie brauchen auf mich und meine Herkunft keine besondere Rücksicht zu nehmen", erklärte Aiguo. „Ich bin unwichtig und es geht nicht um mich. Fang ist wichtig. Versuchen Sie sie zu retten."

„Das werden wir versuchen", versicherte der Arzt. „Aber versprechen kann ich Ihnen leider nichts. Wie gesagt, vor sechs Wochen war der Tumor schon sehr groß."

* * *

„Draußen ist ein Mann mit einem Kind. Es hat hohes Fieber", stammelte Schwester Afifa, als sie am späten Vormittag zu Kani und Sharifa in den Operationssaal kam.

„Ich kümmere mich gleich um das Kind", versicherte Kani und wunderte sich doch über Afifas ungewöhnliche Reaktion. „Aber ist das ein Grund, gleich die Fassung zu verlieren?"

„Der Mann ist ... also der Mann ist der ..."

„Afifa, ganz langsam und für alle zum Mitdenken. Wer ist dieser Mann?"

„Er war vor ein paar Tagen schon da", brachte Schwester Afifa endlich wieder einen vernünftigen Satz hervor. „Seine Frau wollte hier entbinden. Sie und das Kind sind aber hier gestorben."

Sharifa und Kani sahen einander entsetzt an.

„Er hat doch noch weitere Kinder?", rief Kani entsetzt. „Warum hat er mir das nicht gesagt?" Der Arzt schüttelte den Kopf, als wolle er dunkle Gedanken vertreiben. „Ich kümmere mich um ihn, sobald ich hier fertig bin", sagte er zu Afifa und wandte sich dann an Sharifa. „Komm, lass uns keine Zeit mehr verlieren und das hier schnell abschließen. Er darf nicht schon wieder umsonst gekommen sein."

Sie beendeten die Behandlung, bei der Afifa sie gerade unterbrochen hatte, und standen keine zehn Minuten später vor dem jungen Mann, dessen Schicksal sie in den letzten Tagen so aufgewühlt hatte.

„Sie haben doch noch Kinder?", begrüßte ihn Kani und warf einen ersten kritischen Blick auf das Kleinkind, das er schützend in seinen Armen hielt.

„Es ist die Tochter meines Nachbarn", erklärte der Mann, schüttelte kurz den Kopf und lachte. „Er hat eine große Familie und viel Verantwortung, aber leider nur wenig Zeit. Ich hingegen habe keine Familie und auch keine Verantwortung mehr, dafür aber viel, viel Zeit. Zumindest bis nächsten Freitag."

„Verstehe", sagte Kani und legte dem Kind prüfend die Hand auf die Stirn. „Deshalb haben Sie es übernommen, das Kind zu mir zu bringen und das war ein weiser Entschluss, denn das Fieber ist schon sehr hoch."

Sie geleiteten den Mann in das Behandlungszimmer und untersuchten das Kind eingehend. Lange sagte Kani nichts, sondern konzentrierte sich nur auf seine Arbeit. Doch Sharifa kannte ihn lange genug, um auch ohne eine konkrete Bemerkung ihres Chefs erkennen zu können, dass dieser Fall ihm wieder all sein Können abverlangte.

„Wann ist das Fieber zum ersten Mal aufgetreten?", wollte Kani wissen. „Können Sie sich daran erinnern oder haben es Ihnen die Eltern gesagt?"

„Vor etwas mehr als einer Woche", berichtete der Mann.

„Schade, dass Sie mir das kleine Mädchen nicht schon vor ein paar Tagen gebracht haben, als Sie mit Ihrer Frau hier waren", sagte Kani nach einiger Zeit. „Es ist eine schwere Infektion. Sie hat sich entzündet und es sieht wieder nicht gut aus."

„Sie fürchten, Panya wird auch sterben?", fragte der Mann entsetzt.

„Wie gesagt: Das Fieber ist recht hoch und das Mädchen schon sehr geschwächt. Ich weiß nicht, ob wir sie durchbringen werden. Wir tun natürlich, was wir können, aber der Erreger ist uns gegenüber im Vorteil. Er hatte schon viel Zeit, in Panyas kleinem Körper Schaden anzurichten."

„Ist es eine sehr gefährliche Krankheit?", fragte der junge Mann besorgt. „Ist sie ansteckend?"

„Das kann ich im Moment noch nicht abschätzen", antwortete Kani ausweichend. „Um diese Frage beantworten zu können, muss ich erst weitere Untersuchungen durchführen. Aber warum fragen Sie? Sind noch mehr Leute in Ihrem Dorf von diesem Fieber befallen?"

„Das halbe Dorf ist daran erkrankt. Nicht eine einzige Familie ist nicht betroffen", berichtete der Mann, während Kani eine dunkle Ahnung beschlich.

„Die kleine Panya muss sofort in Quarantäne und wir beide müssen zusehen, dass wir schnell in sein Dorf kommen", forderte Kani von Sharifa. „Wir müssen auch die anderen unbedingt untersuchen."

„Ja, das müssen wir", bestätigte Sharifa und war doch zugleich in großer Sorge. „Aber wie sollen wir dort hinkommen? Wir haben nicht einmal einen Esel, der unsere Ausrüstung tragen kann, geschweige denn ein Auto."

„Stimmt, das hatte ich ganz vergessen. Der Wagen ist zur Reparatur und wird uns frühestens in der nächsten Woche wieder zur Verfügung stehen", wurde Kani mit einem Mal die ganze Dramatik ihrer Lage bewusst.

„Wir könnten zu Fuß gehen, aber dann müssten wir die Station und die Kranken hier für einige Tage allein zurücklassen. Das ist auch nicht gut", überlegte Sharifa.

Kanis Hände verkrampften sich in den Taschen seines Kittels, während tief in seinem Innern eine ohnmächtige Wut in ihm aufstieg. „Warum muss das ausgerechnet jetzt passieren? Warum konnte das Auto nicht eine Woche früher oder später ausfallen?" Er wandte sich erneut an Sharifa. „Zu Fuß zu gehen, würde dir und mir sicher nichts ausmachen. Aber es ist absolut keine Lösung für unser Problem. Wir sitzen furchtbar in der Klemme und ich selbst habe nicht die geringste Ahnung, wie wir aus dieser misslichen Situation wieder herauskommen sollen. Es ist zum Verrücktwerden: Egal, wie wir uns entscheiden, irgendjemand wird immer leiden und wir beide können es nicht einmal verhindern."

* * *

In einer Pause zwischen zwei Sitzungen führte Bereichsleiter Michael ein dringendes Telefonat mit Ernst Malachim. Ernst Malachim war nicht irgendein nachgeordneter Mitarbeiter der Lebensagentur. Er war auch außerhalb seines eigenen Bereichs gut bekannt, denn er galt innerhalb der Agentur als der Repräsentant mit den besten Abschlussquoten in Afrika.

„Malachim, altes Haus, ich hoffe, es geht Ihnen gut", begann Herr Michael in gewohnt lockerer Weise das Gespräch.

„Ich kann nicht klagen, Chef", antwortete der Mitarbeiter aus der Provinz nicht minder gut gelaunt.

„Wo Sie gerade vom Chef reden, Malachim: Unser aller Chef wird mich sicher gleich fragen, wie es um die Abschlüsse steht? Haben Sie schon neue Zahlen zur Hand? Sind gestern wieder neue Verträge hereingekommen?"

„Wir tun uns im Moment gerade etwas schwer, Herr Michael. Die Postzustellung klappt nicht so, wie wir es uns wünschen. Viele Briefe mit den Verträgen sind noch unterwegs."

„Erst unterwegs zum Kunden oder schon unterschrieben auf dem Weg zu uns zurück?", bohrte Michael weiter nach.

„Schwer zu sagen, aber ich bin recht zuversichtlich und ich denke, die Masse der Briefe ist bereits unterschrieben und auf dem Weg zu uns zurück."

„Ihr Wort im Ohr des Agenturleiters", lachte der Bereichsleiter. „Wie sieht es mit den Gebühren aus? Konnten Sie schon Zahlungseingänge verzeichnen?"

„Naja, Herr Michael, Sie kennen ja das Geschäft und Sie wissen besser als ich, wie es hier in Afrika läuft. Wenn nicht gerade wieder Regenzeit ist, ist Trockenzeit und egal, ob Regen- oder Trockenzeit, die Devise der Menschen ist stets 'Komm ich heut' nicht, komm ich morgen'. Diesen Schlendrian kriegt man aus den Leuten nun mal nicht raus."

„Ja, ich weiß, damit sagen Sie mir nichts Neues, Malachim. Aber die Zeit drängt. Nicht nur für uns, auch für die, die ihren Kontrakt verlängern wollen."

„Schon richtig, Herr Michael, aber den Leuten fehlt das nötige Problembewusstsein. Sie waren doch selbst oft genug vor Ort und wissen, dass die Leute hier alles haben, nur keine Angst vor dem Tod."

„Ich weiß, ich weiß, trotzdem sollte den meisten doch nicht erst am Donnerstag einfallen, dass ihr Vertrag ausläuft und sie einen neuen abschließen müssen."

„So und nicht anders ist es aber. Ob Sie es glauben oder

nicht, Herr Michael, aber ich habe bis jetzt erst eine einzige Anzahlung bekommen. Das muss man sich mal vorstellen: eine einzige Anzahlung für einen ganzen Kontinent."

„Das ist in der Tat der blanke Horror", bestätigte Michael. „Ich wünschte, England und Frankreich wären als frühere Kolonialmächte vor Jahren mal mit etwas mehr preußischer Gründlichkeit vorgegangen, als sie die Eingeborenen an die Segnungen der modernen Verwaltungsabläufe herangeführt haben."

„Wäre in der Tat wünschenswert gewesen. Lässt sich aber heute leider nicht mehr ändern", bestätigte Ernst Malachim.

„Dann machen Sie mir mal einen Vorschlag, was ich unserem Chef gleich sagen soll. Ich kann ihm doch unmöglich berichten, dass wir bis jetzt nur einen Vorvertrag unter Dach und Fach haben. Der alte Mann fällt glatt vom Glauben ab und Kollege Gabriel lacht sich halb tot, weil seine Leute bei den Preußen die Verträge immer schon drei Wochen vor Fälligkeit einsammeln können."

„Sie haben mir mal erzählt, dass der Chef seine eigenen Thesen gerne anhand von Geschichten illustriert", kam Malachim eine brillante Idee.

„In der Tat, das hat er früher gerne mal gemacht", bestätigte der Bereichsleiter. „Aber was bringt uns das? Worauf wollen Sie hinaus?"

„Ich denke, wir sollten den Chef mit seinen eigenen Waffen schlagen, äh, ich meine natürlich mit seinen eigenen Techniken überzeugen. Erzählen Sie ihm von Doktor Kani und Schwester Sharifa. Ich habe beide erst letzte Woche in ihrem kleinen Krankenhaus besucht. Sie betreiben es mit Liebe und ausgesprochen viel Hingabe, aber sie sind ständig im Stress."

„So sehr im Stress, dass sie sogar das Ende ihres eigenen Vertrages vergessen?", wunderte sich Michael.

„Nun, das Ende ihres Vertrages werden sie ganz sicher nicht vergessen. Dazu leben die beiden viel zu gern und opfern sich viel zu sehr für ihre Patienten auf. Aber im Eifer des Gefechts ist ihnen ein krankes Kind näher als der Kugelschreiber mit dem sie die Verlängerung ihres eigenen Vertrages unterschreiben müssten."

„Verstehe, Malachim, verstehe, und ich muss sagen, die Geschichte wirkt richtig gut. Nicht nur mir gefällt sie. Ich glaube, der Chef wird sie auch gerne hören. Er muss sich nur sicher sein können, dass die Verträge am Ende auch unterzeichnet werden."

„Das werden sie, Herr Michael. Keine Sorge! Ich bin mir hundert Prozent sicher, dass Doktor Kani und Schwester Sharifa ihre Verträge verlängern werden. Und nicht nur sie werden verlängern. Alle anderen werden es auch. Das ganze Krankenhaus wird unterschreiben und alle, die dort in den vergangenen Tagen und Wochen gepflegt wurden, werden es auch tun, und weil sie es tun, werden am Ende auch ihre Familien mitziehen. Sie werden sehen, Herr Michael: Der Zug braucht etwas, bis er ins Rollen kommt. Aber wenn er einmal rollt, dann stoppt ihn nichts mehr."

„Das gefällt mir, Malachim. Ich sehe, Sie kennen Ihre Pappenheimer. Sie kennen sie und Sie wissen auch um ihre Stärken und Schwächen und wissen diese für uns und unsere Agentur geschickt zu nutzen", freute sich Michael. „Ich werde dem Chef die Geschichte von Doktor Kani und Schwester Sharifa erzählen und ihn so an unsere Problematik und die Besonderheiten des afrikanischen Kontinents heranführen. Es muss schon mit dem Teufel zugehen, wenn wir ihn auf diese Art nicht überzeugen und beruhigen können."

„Keine Sorge, die Verträge werden kommen", war sich Ernst Malachim seiner Sache vollkommen sicher. „Morgen reise ich übrigens in die Hauptstadt, um die neuen Verträge mit den reichen Familien zu besiegeln. Schwierigkeiten erwarte ich auch hier keine, und wenn erst einmal die Reichen unterschrieben haben, dann sieht auch unser Zahlenwerk schnell wieder besser aus."

„Genauso machen wir es!", freute sich der Bereichsleiter und gab Herrn Gott ein Zeichen, dass er verstanden habe.

„Malachim, der Chef winkt schon. Ich muss los in die Sitzung. Halten Sie mich weiter auf dem Laufenden und machen Sie ihrer Truppe Dampf, dass die Jungs endlich Gas geben. Wir sind lange genug mit angezogener Handbremse gefahren. Jetzt wird es Zeit, dass wir endlich Vollgas geben!"

* * *

„Sie haben mich gerufen, Herr Parker?"

„Ja, William, kommen Sie bitte herein und setzten Sie sich. Wir müssen heute ein ernstes Problem miteinander besprechen."

„Um was geht es, Herr Parker?"

„Es geht um unsere Marla. Ich weiß nicht, wie ich es ausdrücken soll, William, aber so geht das nicht länger weiter."

„Seit unserem letzten Gespräch über Marla habe ich sie jeden Tag mindestens einmal darauf hingewiesen, dass Sie es nicht wünschen, dass sich Noah bei ihr in der Küche aufhält", versuchte der Butler Schuldzuweisungen an ihn selbst schon im Keim zu ersticken."

„Ach, um Noah geht es mir heute gar nicht", erklärte Alexander Parker und wirkte für einen Moment wie abwesend. „Auf den passt schon der neue Geigenlehrer auf, und wenn der das Kind stundenlang neue Griffe üben lässt, dann wird Noah hinterher kaum mehr die Lust verspüren, zu Marla in die Küche zu laufen und sich auch noch am Kartoffelschäler zu vergreifen."

„Worum geht es dann, Herr Parker?"

„Um mein Ei natürlich. Sie wissen, William, ich lege Wert auf ein solides Frühstück und zu dem gehört nun einmal ein Ei, das exakt vier Minuten im Wasser gekocht hat. Exakt vier Minuten und nicht eine Sekunde kürzer oder länger."

„Auch das habe ich Marla erst vorgestern eindringlich in Erinnerung gerufen", beeilte sich der Butler zu versichern.

„Ich gewinne in den letzten Wochen immer mehr den Eindruck, dass Marla nicht mehr nach Rezept, sondern nur noch nach Gefühl kocht", klagte Alexander Parker. „Ich meine, ich kann es zu einem gewissen Grad sogar verstehen. Sie ist jetzt 63 und in dem Alter hat man eine Menge Erfahrung gewonnen. Das verleitet dazu, diese Erfahrungen auch einsetzen zu wollen. Bei der Suppe und beim Gemüse mag das ja noch gehen, William. Aber bei meinem Frühstücksei hört der Spaß definitiv auf."

„Herr Parker, ich werde Marla gleich nach unserem Gespräch noch einmal darauf hinweisen, dass sie Ihr Frühstücksei morgen unbedingt vier Minuten im Wasser kochen muss", versprach der Butler.

„Das ist das Mindeste, was ich von Ihnen erwarte, William. Aber im Vertrauen unter uns Männern: Ich glaube nicht, dass das reichen wird."

„Soll ich einen scharfen Verweis aussprechen und ihr mit dem Verlust der Stelle drohen?"

Alexander Parker sah für einen Moment nachdenklich aus dem Fenster. „Ein Verweis könnte in der Tat für zwei oder drei Wochen helfen, aber danach stehen wir wieder an dem Punkt, an dem wir jetzt schon stehen und die Eier sind entweder zu hart oder zu weich. Deshalb habe ich mich entschlossen, das Problem von einer sehr viel grundsätzlicheren Warte aus zu betrachten.

„Ja, selbstverständlich, von der grundsätzlicheren Warte aus."

„Marla wird uns in ein paar Jahren ohnehin verlassen und in Rente gehen. Deshalb betrifft das ganze Problem nicht nur sie, sondern die Küche im Allgemeinen."

„Was genau haben Sie vor, Herr Parker?"

Ein triumphierendes Lächeln zog über Alexander Parkers Gesicht. „Ich habe mich dazu entschlossen, das Frühstück outsourcen zu lassen. In meinen Firmen habe ich mit dieser Methode bislang nur gute Erfahrungen gemacht und zudem noch eine Menge Geld gespart." Er sah seinen Butler eindringlich an. „Sie wissen, William, ich habe meine

Buchhaltung, die Lagerverwaltung, den Sicherheitsdienst und einen Teil des Personalmanagements outsourcen lassen. Was spricht also dagegen, es mit dem Frühstück in Zukunft ähnlich zu handhaben?"

„Das Ei, Herr Parker."

„Wie meinen Sie?"

„Ich meine, das Ei spricht in erster Linie dagegen, dass das Frühstück extern angeliefert wird", konkretisierte der Butler seine Bedenken.

„Sie meinen, dass es kalt geworden ist, bevor es hier ankommt?" Er schüttelte überlegen den Kopf. „Das ist ein Problem der Logistik und der Technik und damit absolut lösbar."

„Ich dachte eher an den Ursprung des Eis", präzisierte der Butler noch einmal seine Bedenken. „Marla kauft nicht einfach nur Eier aus dem Supermarkt. Sie kauft die Lebensmittel, die wir in unserer Küche verwenden, nur bei ausgesuchten Bio-Bauern. Sie achtet streng darauf, dass alles, was hier im Haus auf den Tisch kommt, ausgesprochen gesund ist und höchsten Qualitätsansprüchen genügt."

„Das ist ein wichtiger Punkt, William", erkannte Alexander Parker den Einwand an. „Wir müssten den neuen Anbieter natürlich auf die gleichen Qualitätsansprüche verpflichten. Das wird möglicherweise zwar etwas teuer, sollte sich aber dennoch realisieren lassen."

„Verlieren wir dann nicht unseren Kostenvorteil?", fragte der Butler besorgt.

„Zu teuer darf es natürlich auch nicht werden. Da gebe ich Ihnen vollkommen recht, William. Wir müssen einen Weg finden, der uns beides bietet: ein sehr hohes Maß an Qualität und einen ordentlichen Preisvorteil."

„Wie stellen wir sicher, dass wir auch weiterhin Qualität beziehen, nachdem wir uns einmal für einen Anbieter entschieden haben?"

„Das ist wieder eine sehr gute Frage, William", befand Alexander Parker anerkennend und überlegte einen Moment. „Die Qualität meines Eis kann ich jeden Morgen am

Frühstückstisch selbst überprüfen. Allerdings wird es schwer sein zu verifizieren, ob das Ei, das man uns bringt, auch wirklich biologisch korrekt von den Hühnern gelegt wurde."

„Wenn ich ehrlich bin, treibt auch mich diese Sorge gerade um, Herr Parker. Wir hatten in den letzten Jahren eine ganze Reihe von Lebensmittelskandalen und für einen externen Anbieter ist es ein Leichtes, uns minderwertige Eier unterzujubeln, weil die Eier einander, erst recht nach dem Kochen, nun einmal wie ein Ei dem anderen gleichen."

„Das ist in der Tat ein wichtiger Punkt, über den ich leider noch nicht ausreichend nachgedacht habe", gestand Alexander Parker. „Marla wird sich aus Erfahrung sicher auch in Zukunft die eine oder andere Freiheit herausnehmen. Aber sie wird nicht auf die Idee kommen, Eier aus der Fabrik von zu Hause hier einzuschleusen und mir und meiner Familie unter das Essen zu mischen."

„Wie wollen wir in der Frage dann weiter verfahren? Soll ich Marla sagen, dass sie ab morgen nicht mehr für Ihr Frühstück zuständig ist und einen externen Ersatz für Sie organisieren?"

„Nein, William, überstürzen Sie die Dinge noch nicht. Unser heutiges Gespräch war wichtig für mich, weil es mir gezeigt hat, dass ich noch nicht über alle Aspekte ausreichend nachgedacht habe. Bevor wir eine endgültige Entscheidung treffen, müssen wir den Markt noch einmal gründlich sondieren und das Problem in aller Offenheit diskutieren."

„Soll ich Ihre Frau über diese Entscheidung auch in Kenntnis setzten, damit sie sich in den nächsten Tagen an unserem Meinungsbildungsprozess beteiligen kann, Herr Parker?"

Alexander Parker schaute erneut aus dem Fenster in den Garten. Er dachte kurz nach und schüttelte dann den Kopf. „Nein, William, schicken Sie meine Frau um zehn ins Museum und sorgen Sie anschließend dafür, dass sie nicht vor zwölf Uhr wieder herauskommt. Aber Marla, die Küche und die wichtige Eierfrage, lassen Sie besser unsere Aufgabe sein."

„Sehr wohl, Herr Parker."

„Ich glaube, dann hätten wir die wichtigsten Punkte für heute besprochen", freute sich Alexander Parker.

„Was ist mit Marla selbst? Soll ich ihr von unserem Gespräch berichten? Immerhin geht es um ihren ureigenen Bereich und sie ist seit mehr als 20 Jahren für die Küche und den Speiseplan in unserem Haus verantwortlich."

„Erzählen Sie von unserem Gespräch und berichten Sie ihr ruhig ausführlich von unseren weiterführenden Überlegungen. Das trägt sicher mit dazu bei, dass meine Frühstückseier den Topf in Zukunft wieder nach exakt vier Minuten verlassen und nicht schon nach dreieinhalb oder erst nach fünf Minuten."

* * *

„Was ist los Tim? Du siehst so niedergeschlagen aus. Hat dir einer deiner neuen Zöglinge mit den Hufen einen kräftigen Kuss verpasst?", lästerte Albert und legte Tim zur Begrüßung freundlich den Arm um die Schulter.

„'Diego' ist seit zwei Tagen richtig zutraulich zu mir. Er reibt seine Nase an meiner Schulter so oft er kann. Das ist fast wie küssen", antwortete Tim und lachte. „Wenn du das mit 'küssen' meinst, dann werde ich im Moment wohl recht oft und ziemlich intensiv geküsst."

„Ich dachte eigentlich eher an die etwas unsanfteren Küsse mit den Hufen", grinste Albert.

„Die gibt es bei uns auch, allerdings weniger von den Pferden", ärgerte sich Tim. „Es sind eher die arroganten Zweibeiner, die beständig nach rechts und links austreten."

„Dein Chef?"

„Nicht nur, aber auch. Er gibt den Ton vor und irgendwie haben sich alle nicht nur an den Ton gewöhnt, sondern sich diesen auch noch gleich selbst zu eigen gemacht. Bei uns wird das Wort 'Hackordnung' jeden Tag neu buchstabiert, damit es auch keiner vergisst."

„Ist es wirklich so schlimm?"

„Es ist eigentlich noch viel schlimmer. Albert, wenn ich es nicht selbst jeden Tag erleben würde, hätte ich gedacht, so etwas gibt es heute nicht mehr. Vielleicht vor hundert oder hundertfünfzig Jahren, aber heute nicht mehr." Tim sah den Freund traurig an. „Nur leider ist es genau umgekehrt."

Alberts Gesicht mutierte zu einem Fragezeichen. „Wie meinst du das?"

„Ich vermute mal, vor hundert Jahren hatten die Drecksäcke dieser Welt noch Stil und jeder hergelaufene Schweinehund hatte mehr Achtung vor seiner Umwelt als mein Chef vor einem ganzen Fußballstadion", schimpfte Tim.

„Sie müssen dich wirklich ziemlich mies behandeln", sagte Albert. „Wenn jemand wie du so abfällig über sie redet, dann muss ordentlich was vorgefallen sein. Ich kenn dich gar nicht wieder."

„Es ist ordentlich was vorgefallen, Albert", bestätigte Tim und erzählte ihm von den schlimmsten und unangenehmsten Erfahrungen der letzten Wochen.

„Hört sich für mich so an, als würde das Theater, das du zu Hause beständig erlebst, nun auch auf der Arbeit seine Fortsetzung finden", sorgte sich Albert.

Tim nickte traurig. „Du kannst Martina, den Fiebig und meinen Alten in einen Sack stecken und kräftig draufhauen. Die Gefahr, den Falschen zu treffen, ist absolut nicht vorhanden."

„Was willst du nun tun? Kündigen?", fragte Albert, nachdem er Tims Bericht bis zum Ende angehört hatte.

Tim sah ihn traurig an. „Kündigen, das wäre mit Sicherheit eine Alternative, wenn es anderswo besser wäre. Aber ist dem wirklich so?"

„Du wirst überall auf Dreckskerle erster und zweiter Klasse treffen", mahnte Albert.

„Das ist es nicht, was ich meine", widersprach Tim. „Dieses Verhalten geht tiefer. Weißt du, wenn sie nur mich so behandeln würden, dann könnte ich es vielleicht noch verstehen. Ich bin als Letzter gekommen, ich verstehe am wenigsten von der Materie und bin somit der Hintern, in den jeder meint, reintreten zu müssen. Das ist zwar nicht schön und es ist auch voll daneben, aber verstehen könnte ich es irgendwie schon. Aber es geht ja nicht nur um mich, Albert. Die Tiere behandeln sie, wenn es darauf ankommt, genauso."

„Die sollten sie doch eigentlich hegen und pflegen?", wunderte sich Albert. „Für die wird der ganze Aufwand doch veranstaltet."

„Falsch! Vollkommen falsch, Albert! Die Pferde sind nur Mittel zum Zweck. Mit 'Diego' und den anderen Tieren beschäftigt sich niemand, weil es Spaß macht, mit ihnen zu arbeiten."

„Wozu hält man sie dann?"

„Nur zur eigenen Selbstdarstellung und wenn sie nicht mitspielen und wie ein geöltes Rädchen im Getriebe funktionieren, gibt es die Peitsche, so wie für 'Diego' in dieser Woche."

„Du bist nicht der Meinung, dass das ein Ausrutscher war und dieser 'Diego' einfach nur Pech gehabt hat?"

„Nein, Albert, das glaube ich inzwischen nicht mehr", antwortete Tim resigniert und schüttelte den Kopf. „Am Anfang habe ich es noch geglaubt, aber jetzt weiß ich, dass das keine Ausrutscher sind. Das hat alles System und das System ist, wenn du mich fragst, einfach nur zum Kotzen."

„Was ist dann der Sinn der ganzen Veranstaltung?"

„Das kann ich dir leicht sagen: Der Reitlehrer, die Pfleger, die Tiere und ich natürlich auch, wir dienen alle nur einem einzigen Zweck: Wir sollen Hans-Günter Fiebig Tag für Tag zeigen, was für ein unheimlich toller Hecht er doch ist."

* * *

„Hast du mit dem Arzt sprechen können?", fragte Fang, nachdem Aiguo wieder zu ihr ans Bett getreten war.

„Ja, ich habe mit ihm gesprochen", antwortet Aiguo und überlegte, ob es gut sei, mit Fang in der gleichen offenen Weise zu sprechen, mit welcher der Arzt ihm begegnet war.

„Was sagt er? Er ist sicher enttäuscht, weil ich die Behandlung damals abgebrochen und das Krankenhaus verlassen habe", fürchtete Fang.

„Er versteht, warum du damals gehen musstest", versuchte Aiguo seine Frau zu beruhigen.

„Trotzdem, was wird er jetzt von mir denken?"

„Das, was er von allen seinen Patienten denkt. Er wird nach einem Weg suchen, dir zu helfen und wenn er ihn endlich gefunden hat, wird es dir schnell wieder besser gehen. Sei ganz unbesorgt, mein Schatz", bemühte sich Aiguo, ihre Aufmerksamkeit in eine andere Richtung zu lenken.

Fang schüttelte ganz leicht den Kopf. „Er wird wissen, dass wir das Geld nicht haben, um ihn zu bezahlen. Er wird auf mich herabsehen, weil wir arm sind und er wird sich um mich ganz bestimmt nicht so intensiv kümmern wie um die anderen."

Aiguo wusste nur zu gut, wie Recht seine Frau mit ihrer Befürchtung hatte, trotzdem glaubte er Grund zu haben, ihr etwas Mut machen zu können. „Fang, dieser Arzt ist nicht wie die anderen Ärzte. Er ist aus Australien, nicht aus China. Wenn es ihm nur um das viele Geld gehen würde, dann würde er heute in Australien oder in Amerika seine Patienten behandeln, aber nicht hier bei uns in der chinesischen Provinz."

„Du musst es wissen, du hast mit ihm gesprochen", entgegnete Fang, schien seinen Worten aber nicht ganz zu trauen.

„Glaub mir, Fang, er ist anders als die anderen. Er ist auf unserer Seite", unternahm Aiguo erneut einen Anlauf, seine Frau zu überzeugen.

„Was macht dich so sicher?"

Einen Moment zögerte Aiguo, dann entschloss er sich

mit seiner Frau zu reden, wie der Arzt zuvor mit ihm gesprochen hatte. „Er weiß, dass dein Zustand kritisch ist und er weiß auch, dass es besser für dich gewesen wäre, wenn du das Krankenhaus im Frühjahr nicht verlassen hättest. Aber er kennt auch unsere Lage. Er weiß, dass wir nicht viel Geld haben."

„Hast du ihm davon erzählt?"

Aiguo schüttelte den Kopf. „Nein, er weiß es auch so. Er ist nicht erst seit gestern hier und er weiß, mit welchen Schwierigkeiten Leute wie wir in China zu kämpfen haben. Er macht dir und mir keinen Vorwurf deswegen."

„Trotzdem fühle ich mich nicht ganz wohl."

„Das kann ich verstehen. Aber deine Sorge ist unbegründet. Er hat mir versprochen, dass er gleich morgen früh als Erstes prüfen wird, ob sich der Tumor in deinem Kopf vergrößert hat."

„Er wird sicher größer geworden sein", fürchtete Fang.

„Das ist noch keineswegs sicher", entgegnete Aiguo. „Der Arzt sagt, dass so ein Tumor auch kleiner werden kann."

„Ich glaube nicht, dass der Tumor kleiner geworden ist."

„Warum sagst du so etwas?", fragte Aiguo betrübt.

„Weil ich spüre, wie er ständig wächst und mir von Tag zu Tag meine Kraft nimmt", erklärte Fang ruhig. „Wenn der Arzt mir morgen nur sagen würde, dass der Tumor nicht größer geworden ist, wäre ich die glücklichste Frau der Welt."

„Der Arzt fürchtet auch, dass er größer geworden ist", erzählte Aiguo in einem Anflug von Offenheit, der ihn beinahe vor sich selbst erschrecken ließ. „Aber ich hoffe, dass er unrecht hat und der Tumor kleiner geworden ist."

„Du bist der liebste Mann auf der ganzen Welt", sagte Fang berührt und schloss für einen Moment die Augen. „Wenn du recht hast und ich schnell wieder gesund werde, dann gehen wir schon bald wieder über die Wiesen."

„Wir werden Äpfel pflücken oder im Herbst das bunte Laub der Bäume durchstöbern", griff Aiguo ihren Gedanken sogleich auf. „Und im Winter baue ich dir einen großen Schneemann."

Die Schwester kam herein, maß bei den sechs Patienten im Raum das Fieber und notierte die Werte auf einem Schreibbrett, mit dem sie von Bett zu Bett ging.

„Ist alles in Ordnung?", fragte Aiguo besorgt, nachdem sie sich Fangs Werte notiert hatte.

„Die Temperatur ist normal. Sie können heute ruhig nach Hause gehen", antwortete sie kurz, bevor sie zum nächsten Bett weiterging.

„Hörst du, Fang, es ist alles in Ordnung. Wir können ganz beruhigt sein", griff Aiguo die Worte der Krankenschwester dankbar auf und entschloss sich kurze Zeit später, zu gehen. „Es ist schon spät und ich muss mich beeilen. Ich werde morgen früh wiederkommen und von hier aus zur Arbeit gehen. Du weißt, ich habe die zweite Schicht."

„Denk nicht so viel an mich, Aiguo. Sieh lieber zu, dass du genug zu essen hast. Du brauchst viel Kraft für deine schwere Arbeit im Bergwerk."

„Ja, die brauche ich. Aber dich brauche ich noch viel mehr."

* * *

Erschöpft wischte sich Kani mit dem Ärmel den Schweiß von der Stirn. Er trat zum Waschbecken, wusch sich die Hände und trocknete sie ab. Sein Kopf war schwer, die Augen fielen ihm fast von alleine zu und er wusste, dass er unbedingt eine Pause machen musste. 'Wenn du weiterarbeitest, wirst du bald einen Fehler machen und Menschen werden sterben', mahnte er sich selbst.

Er trat hinaus ins Freie und sah blinzelnd in die untergehende Abendsonne. Wie ein blutiger, roter Feuerball schien sie die Erde verschlingen zu wollen. Unter dem Baum, unweit des Brunnens, sah er den jungen Mann sitzen. Langsam ging Kani auf ihn zu. Als er ihn erreicht hatte, sah der Mann gespannt von unten zu ihm auf.

„Haben sie etwas gefunden, Doktor?"

Kani schüttelte müde und erschöpft den Kopf. „Nein, leider noch nicht. Es muss ein Virus sein. Das ist alles, was ich im Moment weiß."

Der Mann nickte verständnisvoll. Er schien zu wissen, in welcher Gefahr sich die Tochter seines Nachbarn befand. „Ist es sehr gefährlich?"

„Ich weiß es nicht. Aber ich nehme es an."

„Dann gibt es für Panya sicher nur wenig Hoffnung", entgegnete er ruhig. „Sie wird sterben wie all die anderen auch."

„Warum sagen Sie so etwas?", fragte Kani schockiert. „Noch wissen wir nicht einmal, um welches Virus es sich handelt und wie gefährlich es ist. Wie können Sie da sagen, dass das Mädchen wie alle anderen sterben wird?"

„Verzeihung, ich wollte Ihre Arbeit gewiss nicht in Zweifel ziehen", entschuldigte sich der Mann. „Ich weiß, wie viel Sie und die Schwestern hier für uns tun. Aber ich habe auch die Leute in meinem Dorf sterben gesehen. Wie die Fliegen wurden sie vom Fieber dahingerafft."

„Wir müssen im Augenblick nicht nur Panya helfen, sondern wir müssen auch ganz schnell zu Ihrem Dorf fahren", war sich Kani der Schwere seiner Aufgabe nur zu gut bewusst. „Wie weit ist es von hier bis zu Ihrem Dorf?"

„Knapp dreißig Meilen. Vielleicht auch etwas weniger."

„Sie müssen gerannt sein, so schnell, wie Sie mit Panya wieder hier waren."

„In meinem Dorf gibt es nichts mehr für mich zu tun", antwortete der Mann ruhig. „Sie wissen, Doktor, mein Vertrag mit der Lebensagentur läuft aus und ich werde ihn nicht verlängern. Ich werde am Freitag gehen. Es gibt für mich nichts mehr zu tun. Ich muss keine Felder mehr bestellen und auch keine Vorräte mehr anlegen. Ich kann meine Zeit vertrödeln oder ich kann sie der kleinen Panya schenken und sie zu Ihnen ins Krankenhaus bringen."

„Ich bin froh, dass Sie sich für das Kind entschieden haben", bekannte Kani. „Aber Ihre Entscheidung, den Vertrag mit der Lebensagentur nicht wieder zu verlängern, beunruhigt mich."

„Das ist interessant", erwiderte der Mann. „Nicht nur Sie sind beunruhigt über meine Entscheidung. Alle anderen sind es auch. Jeder, dem ich in den letzten beiden Tagen von meinem Plan erzählt habe, war beunruhigt. Nicht einer hat sich für mich gefreut oder nach meinen Gründen gefragt."

„Und Sie selbst? Wie leben Sie mit Ihrer Entscheidung? Macht es Sie nicht traurig, dass am Freitag schon Schluss sein soll?"

„Nein, Doktor, mir geht es blendend und ich habe meinen Entschluss noch nicht eine Sekunde bereut."

„Aber Ihnen bleiben nur noch wenige Tage", rebellierte der Arzt und hob mit der Hand etwas Staub vom Boden auf. „Sie müssen das Gefühl haben, dass Ihnen die Minuten wie Sand durch die Finger rieseln."

„So ein Gefühl hatte ich erwartet, Doktor. Aber es hat sich nie eingestellt", erwiderte der junge Mann und sah entspannt und glücklich über den Platz vor dem Hospital auf die Berge im Hintergrund. „Ich genieße jede Minute und alles, was ich tue. Das Essen am Morgen, jetzt das Gespräch mit Ihnen. Mir ist, als hätte ich noch nie so bewusst und intensiv gelebt wie jetzt. Aber ob Sie es glauben oder nicht: Vermissen tue ich nichts und ich habe auch nicht das Gefühl, etwas zu verlieren. Ich weiß nicht, was kommen wird. Aber ich habe eher den Eindruck zu gewinnen als zu verlieren."

„Sie machen mir Angst", gestand Kani. „Große Angst sogar."

„Entschuldigung, das war nicht meine Absicht. Ich wollte Sie nicht ängstigen, Doktor. Vielleicht habe ich nur ein bisschen zu viel von meiner neuen Freiheit geschwärmt."

„Ihre neue Freiheit ist, was mir Angst macht", sagte der Doktor nach einer Weile und zeichnete mit einem dünnen Ast wirre Kreise in den Staub vor seinen Füßen.

„Warum? Weil Sie jetzt keine Macht mehr über mich haben?"

Kani warf den kleinen Ast achtlos fort. „Nein, deshalb nicht. Macht über Sie oder andere ist das Letzte, was ich mir für mich und mein Leben wünsche."

„Was ist es dann?"

Kani richtete seine Augen für einen Moment auf den Fremden, der für ihn eigentlich schon lange kein Fremder mehr war, und blickte dann auf die Hügel im Hintergrund. „Wenn Sie mit Ihrer Entscheidung, den Vertrag nicht zu verlängern, recht haben und die bessere Alternative wählen, dann ist mein Lebensentwurf falsch und Sie wissen, was das bedeutet. - Deshalb machen Sie mir Angst, nur deshalb."

Montag, 9. Juli

„Ich habe nicht oft die Gelegenheit, meine Kunden an ihre Arbeitsplätze zu begleiten, aber Ihrer ist ausgesprochen hübsch und ansprechend", lobte Egon Elohim, als er Marla in ihre Küche folgte.

„Lassen Sie sich vom ersten Eindruck nicht täuschen", mahnte die Köchin. „Viele Dinge im Leben sind oft ganz anders, als sie uns auf den ersten oder zweiten Blick erscheinen."

„Das ist schon richtig, aber Sie, Frau Harper, haben es wirklich gut angetroffen. Das große, herrschaftliche Haus, die schönen satten Rasenflächen, der Swimmingpool im Garten. Ich glaube nicht, dass Sie Grund haben, sich zu beklagen.

„Im Swimmingpool haben wir Angestellten nichts zu suchen und das große Haus macht zunächst einmal viel Arbeit. Bevor die nicht getan ist, gibt es hier gar nichts zu genießen."

„Das alles will ich gar nicht in Abrede stellen, Frau Harper", entgegnete der Vertreter der Lebensagentur. „Aber eines werden auch Sie zugeben müssen: Nur wenige Köche erfreuen sich an einem so herrlichen Blick aus dem Fenster, wenn sie ihrer Arbeit nachgehen."

Marla warf einen kritischen Blick aus dem Fenster über den grünen Rasen in den Garten. „Schon richtig, im Herbst bei der Arbeit auf die bunt gefärbten Bäume zu sehen, das ist recht angenehm. Aber es ist nicht das ganze Jahr über Herbst, und wenn ich nur einen Augenblick zu lange an das Klima hier in diesem Haus denke, dann würde ich sogar sagen, es herrscht ganzjährig strengster Winter."

„Na, na, Frau Harper. Jetzt übertreiben Sie aber gewaltig. Ich glaube, ich sollte Sie noch einmal daran erinnern, dass sie nicht im kalten Sibirien oder im afrikanischen Dschungel Ihrer Arbeit nachgehen, sondern in den Vereinigten Staaten.

Verträge wie den Ihren könnten die Kollegen in Afrika und China zu Hunderten verkaufen."

„Na prima, warum tun Sie es dann nicht?", fragte die Köchin schnippisch. „Warum, Herr Elohim, machen Sie sich solch eine Mühe, mich vom Abschluss eines Vertrages zu überzeugen, wenn die Kunden Ihnen angeblich die Türen einrennen."

„Amerika, Frau Harper, ist immer noch das Gelobte Land. Das war vor 200 Jahren so, ist heute so und wird sich auch in 200 Jahren nicht groß geändert haben. Die Menschen wollen in dieses Land kommen, weil sie hier Perspektiven finden, die ihnen anderswo nicht geboten werden. Aber leider sind die Einwanderungsgesetze heute nicht mehr so, wie sie noch vor 200 Jahren waren und wenn das so weitergeht, frage ich mich, ob die Regierung in 200 Jahren überhaupt noch jemanden ins Land lassen wird. Was ich damit sagen will, ist Folgendes: Auch wir von der Agentur müssen uns an die Gesetze dieses Landes halten. Deshalb kann ich Ihnen heute eine Verlängerung Ihres laufenden Vertrags um fünf Jahre zu gleichbleibenden Konditionen anbieten, aber es ist mir von der Regierung strengstens untersagt, diese Stelle einem Inder, Pakistani oder Afrikaner anzubieten."

„Das ist ungünstig für die Agentur, aber mit ein wenig mehr Lobbyarbeit sollte es Ihnen gelingen, auch dieses Problem aus der Welt zu schaffen."

„Frau Harper, Sie machen mir die Sache heute ausgesprochen schwer", bekannte der Vertreter der Lebensagentur und schien ein wenig nervös, denn er hatte keine Idee, wie er die schwere Nuss knacken und die Köchin von einer Verlängerung ihres auslaufenden Vertrages überzeugen sollte."

„Warum sollte ich Ihnen die Sache leicht machen?", antwortete Marla mit einer Gegenfrage. „Schade, dass Sie nicht schon heute Morgen um sechs oder sieben hier bei mir vorbeigekommen sind, sonst hätte ich Sie mal ein wenig meine Arbeit machen lassen."

„Kochen und Backen sind eher nicht so meine Stärke. Einen guten Automechaniker würde ich vielleicht abgeben. Aber in der Küche bin ich definitiv fehl am Platz", gab der Agenturvertreter freimütig zu.

„Kaffee kochen muss heute jeder Praktikant können und ein Vier-Minuten-Ei wird Sie doch wohl nicht vor allzu große Probleme stellen?"

Ein feines Schmunzeln legte sich über Egon Elohims Lippen. „Nun, das sollte ich sicher noch hinbekommen."

„Hier in diesem Haus dürfte selbst das schwer werden, denn Sie kennen meinen Chef nicht", orakelte die Köchin.

„William ist ein überdurchschnittlich charmanter Butler und Herr Parker in der Stadt und im ganzen Land als ausgesprochen aufmerksam und liebenswürdig bekannt."

„Nun, wenn Williams Kälte überdurchschnittlich charmant sein soll und die Art, wie Herr Parker mit mir umspringt, ausgesprochen liebenswürdig ist, dann möchte ich nicht wissen, was es bedeutet, einen furchtbaren Chef zu haben."

„Das sage ich doch die ganze Zeit", glaubte Egon Elohim endlich den passenden Aufhänger für seine Argumente gefunden zu haben. „Sie haben es sehr gut hier, Marla. Für Sie gibt es nicht den geringsten Grund, nicht zu verlängern. Sie sollten den neuen Vertrag bald unterschreiben. Bei den Konditionen, die wir Ihnen bieten, können Sie einfach nichts falsch machen."

* * *

„Tim, du bist wieder zu langsam", herrschte Martina ihn schon nach zehn Minuten an. „So wird das mit dir heute nie was."

'Blöde Kuh! Es soll auch mit mir nichts werden, denn ich habe nicht die geringste Lust, mein Leben lang auf deine Kommandos zu hören', fraß Tim den aufkommenden Ärger still in sich hinein.

„Außerdem hängen die Leinen hier an der falschen Stelle, und wenn du mit 'Klinko' und den anderen Boxen fertig bist, musst du unbedingt das Zaumzeug waschen. Und spar' nicht schon wieder an der Seife!"

„Hast du nicht auch den Eindruck, dass es hier am Wochenende angenehm ruhig war?", flüsterte Tim in 'Klinkos' Richtung und schob den Hengst ein wenig zur Seite. „Lass mich da mal hin, bevor Madame vorbeikommt und wieder etwas zu meckern hat."

„War eigentlich was los hier am Wochenende?", rief Martina von der anderen Seite des Stalles.

„Nein, es war alles ruhig hier", berichtete Tim und zog es vor, 'Diegos' Schmerzen vom Samstag Martina gegenüber unerwähnt zu lassen.

„Dann hast du viel verpasst", stichelte Martin. „Das Turnier war großartig. 'Godot' hat das Springreiten gewonnen und 'Nigra' hat in der Dressur den zweiten Platz belegt. Wir waren alle hellauf begeistert."

Dass ausgerechnet 'Godot' das Turnier gewinnen musste, behagte Tim gar nicht. 'Nun werden ihn alle nur noch viel mehr anhimmeln und je höher er steigt, umso tiefer fallen die, die sein Niveau nicht halten können.'

„In Heidelberg gab es für 'Godot' schon ein besonderes Futter zur Belohnung und der Fiebig hat gestern Abend bei unserer Rückkehr entschieden, dass er es die ganze Woche über bekommen soll", wusste Martina weiter zu berichten.

Tim war es egal. Er konnte die überschwängliche Begeisterung für 'Godot' ohnehin nicht nachvollziehen, geschweige denn ihr etwas abgewinnen.

Box um Box arbeitete sich Tim auf seiner Seite langsam von hinten nach vorne vor. Als er die zweite Box betrat, um dort für Ordnung zu sorgen, schaute 'Diego' durch die Gitterstäbe bereits interessiert zu. Es schien, als könne er Tims Besuch in seiner eigenen Box gar nicht mehr erwarten.

Minuten später war es dann so weit und es begann, was Tim bereits am Vortag erlebt hatte. 'Diego' wich ihm nicht von der Seite und engte den ihm für seine Arbeit zur Verfügung stehenden Platz mehr und mehr ein.

„Kannst du nicht aufpassen", schrie Martina plötzlich von der anderen Seite. „Wenn du so weitermachst, stichst du 'Diego' mit deiner Mistgabel noch ein Auge aus."

Leugnen wollte Tim die Gefahr auf keinen Fall. Er war sich allerdings sicher, dass nicht nur er stets ein Auge auf seinen 'Diego' haben würde. Umgekehrt war es genauso. Auch der Wallach registrierte jede seiner Bewegungen genau.

'Wir sind uns nah, für Martinas Geschmack sogar zu nah', schmunzelte Tim still in sich hinein. 'Aber passieren wird am Ende doch nichts, weil wie bei guten Freunden immer der eine auf den anderen aufpasst.'

Der Vormittag verging ohne besondere Höhepunkte und er brachte Tim Arbeiten, die diesen immer weniger forderten oder vor große Probleme stellten. Tim war nicht unzufrieden mit sich und seiner kleinen Welt.

Nur Martinas beständige Kritik, die er immer wieder als unpassend und ungerecht empfand, stellte ihn mehr und mehr vor ein Problem. Er wusste, für ihn war es besser zu schweigen und die Ruhe zu bewahren. Doch das fiel ihm schwerer als zunächst gedacht. Immer wieder wünschte er sich die Ruhe und Einsamkeit des Sonntags zurück. Doch der Sonntag war längst Geschichte und die neue Woche noch jung.

In der langen Mittagspause spielte er mit den Hunden auf dem Hof. Für ihn war es eine verlorene Zeit. Im Prinzip hatte er zwei Stunden lang frei und konnte in dieser Zeit tun und lassen, was er wollte. Doch wirklich anzufangen wusste er mit sich und seiner Zeit in diesen Stunden nichts, weil er den Hof schlecht verlassen konnte. Im Ort gab es für ihn nichts zu tun und für eine Fahrt nach Hause war der Weg zu lang.

So setzte er sich auf die Bank an der Rückseite der Halle, blinzelte zufrieden in die warme Mittagssonne und scheuchte die Hunde über den Platz. Tim baute für sie ein Hindernis auf und war überrascht, mit welcher Leichtigkeit und

Schnelligkeit sie es überwanden. Stange um Stange legte er auf, doch stets sprangen die Hunde, bis die Hürde schließlich zu hoch wurde und sie es vorzogen, außen um das Hindernis herum zu laufen.

So verging die Zeit nicht unbedingt schneller, doch Tim hatte zumindest das Gefühl, dass sie etwas schneller und angenehmer verging, denn er war beschäftigt und das, womit er beschäftigt war, schien nicht nur ihm Freude zu bereiten. Auch die Hunde hatten ihren Spaß. Ein ums andere Mal brachten sie die geworfenen Stöcke zurück, gingen vor ihm in die Hocke, wedelten begeistert mit dem Schwanz und hofften auf einen erneuten Wurf.

Martinas Begeisterung hielt sich in Grenzen. Ihr schien zu missfallen, dass die Hunde so einseitig auf Tim konzentriert waren. Nach einiger Zeit stand sie auf, rief die Tiere beim Namen und zog ab.

Zwei der drei Hunde folgten ihr sofort. Nur einer blieb bei Tim zurück. Er wedelte weiterhin erfreut mit dem Schwanz und starrte abwechselnd auf Tim und den vor ihm liegenden Stock.

Dass zwei der drei Hunde Martina gefolgt waren, überraschte Tim nicht. Sie arbeitete schon seit Jahren im Stall und war den Hunden viel vertrauter als er selbst. Da lag es auf der Hand, dass die Hunde ihr folgten und nicht bei ihm blieben. Dass dennoch einer geblieben war, freute ihn umso mehr.

Tim wusste auch, warum gerade er geblieben war: Keiner der Hunde sprang so oft und so ausdauernd über die Hindernisse, die Tim für sie aufgebaut hatte, wie er. Das war Ansporn und Verpflichtung zugleich und Tim sorgte dafür, dass der Hund bis zum Ende der Mittagspause noch reichlich Gelegenheit hatte, sein Können unter Beweis zu stellen.

* * *

Als Aiguo an diesem Morgen den Bahnsteig betrat, um den Zug zu besteigen, der ihn wie jeden Tag zur Arbeit bringen sollte, wurde er von Xiaotong bereits erwartet.

„Hast du Fang gestern noch ins Krankenhaus gebracht?"

Aiguo nickte. „Nachdem ich von dir zurückgekommen bin, bin ich mit ihr gleich in die Klinik gefahren.

„Wie geht es ihr? Haben die Ärzte sie schon untersucht?"

„Man hat ihr ein schönes Bett gegeben und ich denke, sie ist dort in guten Händen", berichtete Aiguo dem Freund. „Der Doktor wird sie heute genauer untersuchen. Er will als Erstes herausfinden, ob der Tumor gewachsen ist. Gestern hat er sich nur ihre Akte angesehen."

„Das freut mich für Fang", zeigte Xiaotong sich ein wenig erleichtert. „Die Zeit in der Klinik wird für sie sicher nicht leicht werden."

„Nein, das wird sie ganz bestimmt nicht und ich habe Sorge, dass sie dieses Mal gar nicht mehr wieder nach Hause kommen wird."

„Du darfst so etwas nicht denken und schon gar nicht sagen", forderte Xiaotong. „Deine Fang wird wieder gesund werden. Ganz bestimmt wird sie das."

„Ich wünschte, du hättest recht. Aber die Chancen stehen eher gegen sie."

„Wer sagt das? Der Arzt?"

Aiguo schüttelte den Kopf. „Der Arzt ist ein ganz vernünftiger Mann. Er sagt nur etwas, wenn er sich seiner Sache ganz sicher ist."

„Und was sagt er über Fang?", drang Xiaotong weiter in ihn ein.

„Er muss sie erst eingehend untersuchen. Vor sechs Wochen war der Tumor aber schon sehr groß." Aiguo sah Xiaotong verzweifelt an. „Er hat es nicht so deutlich gesagt. Aber wir müssen damit rechnen, dass er weiter gewachsen ist. Ich weiß, er hat mir nicht grundlos Hoffnung machen wollen und ich habe deswegen die letzte Nacht schlecht geschlafen."

„Um Himmels willen, mach dich nicht verrückt, Aiguo. Du musst schlafen, sonst schläfst du noch während der Arbeit ein oder machst einen Fehler. Wie konnte der Arzt nur so dumm sein, dir so etwas zu erzählen."

„Er ist nicht dumm, Xiaotong. Er ist nur aufrichtig. Ich weiß, er wird mir sagen, wenn es für Fang keine Hoffnung mehr gibt."

„Wenn es für Fang wirklich keine Rettung mehr geben sollte, dann ist es besser, du erfährst davon erst als Letzter", wetterte der Freund. „Wie sollen wir unsere schwere Arbeit machen, wenn du die ganze Zeit nur an Fang denken musst. Das wird nicht gut gehen."

„Ich muss jetzt schon die ganze Zeit an sie denken. Tag und Nacht denke ich an sie."

„Deshalb wäre es besser, wenn der Arzt dir etwas Hoffnung schenken würde, damit du etwas hast, an dem du dich festhalten kannst."

Ganz leicht schüttelte Aiguo den Kopf. „Mir ist ganz recht, wenn ich die Wahrheit erfahre und wenn ich sie früh erfahre. Je eher ich weiß, wie es mit Fang weitergehen wird, umso leichter kann ich mich für einen neuen Vertrag bei der Lebensagentur entscheiden. Sie haben mir schon vor Wochen ein neues Angebot geschickt, aber ich habe den Antrag noch nicht ausgefüllt und zurückgeschickt. Ich hatte zu viel Stress und außerdem wusste ich nicht, wie es mit Fang weitergehen wird."

„Bis wann musst du dich für einen neuen Vertrag entschieden haben?"

„Bis zum Freitag und vielleicht sollte ich besser nicht bis zum allerletzten Moment warten", lächelte Aiguo verwegen.

„Es ist wie mit unserem Zug zur Arbeit, ständig kommst du erst auf den letzten Drücker", lästerte Xiaotong und wurde im nächsten Moment sofort wieder ernst. „Ich habe auch noch nicht unterschrieben."

„Dein Vertrag läuft in dieser Woche auch aus?", wunderte sich Aiguo.

„Das ganze Bergwerk braucht neue Verträge. Alle müssen verlängert werden. Unser Direktor soll seinen neuen Vertrag sogar schon unterschrieben haben."

„Der Direktor verdient gut, viel besser als wir zwei. Kein Wunder, dass er den neuen Vertrag sofort unterschreibt", bemerkte Aiguo grimmig.

„Ein Funktionär von der Gewerkschaft hat mir erzählt, dass der Direktor für sich noch bessere Konditionen ausgehandelt haben muss als beim letzten Mal."

„Wenn das so ist, wundert mich seine Eile nicht. Aber was ist mit dir, Xiaotong? Warum hast du noch nicht unterschrieben? Du bist zwar nicht der Direktor, aber einen Grund zum Zögern hast du doch auch nicht."

„Doch, habe ich."

„Welchen?", fragte Aiguo überrascht.

Xiaotong rückte ganz dicht an ihn heran. „Also gut, ich werde es dir sagen, aber du musst mir versprechen, niemandem davon zu erzählen", flüsterte er beinahe.

„Klar verspreche ich es. Niemand erfährt von mir auch nur ein einziges Wort, nicht einmal Fang."

Xiaotong sah sich noch einmal vorsichtig um, wie jemand, der fürchtete, beobachtet zu werden. Schließlich rückte er ganz dicht an Aiguo heran und flüsterte ihm sein kleines Geheimnis ins Ohr.

Aiguo blieb einen Moment still. Dann schüttelte er fassungslos den Kopf. „Auf deine Seele hat sich zu viel Staub gelegt? Was um alles in der Welt meinst du damit?"

* * *

„Du siehst müde aus. Du solltest mal eine Pause machen", sagte Schwester Sharifa, als Kani von draußen wieder ins Hospital zurückkam.

„Müde? Ja, ich bin ein wenig müde. Das ist wahr. Aber im Grunde habe ich gar keine Zeit, um wirklich müde zu sein. Die Lage ist viel ernster, als ich ursprünglich gedacht hatte, Sharifa."

„Was meinst du damit, Kani?", fragte die Krankenschwester besorgt.

„Ich habe draußen noch einmal ausführlich mit Kadiri gesprochen."

„Kadiri?"

„Der junge Mann, der uns die kleine Panya gebracht hat. Es war unhöflich von mir, ihn erst vor ein paar Minuten zum ersten Mal nach seinem Namen zu fragen, aber daran kannst du sehen, wie viele verschiedene Dinge mir gerade gleichzeitig durch den Kopf gehen."

„Nicht nur du warst unhöflich, Kani. Ich habe gestern auch nicht nach seinem Namen gefragt", gestand Sharifa.

„Kadiri hat mir mehr von seinem Dorf erzählt. Er ist nur ein einfacher Farmer. Viel Land hat er nicht, aber einen sehr scharfen Verstand. Kadiri versteht nicht viel von Medizin, aber er kann gut beschreiben und alles, was er mir erzählt hat, deutet darauf hin, dass sein Dorf in großer Gefahr ist. Ich hoffe, ich täusche mich, aber wenn mich mein Eindruck nicht trügt, dann sind die Menschen dort nicht nur von einem harmlosen Virus bedroht."

„Du fürchtest, das Virus ist tödlich?", fragte Sharifa mit zitternder Stimme. „Eine Krankheit, die uns alle dahinraffen kann?"

Kani nickte langsam. „Ich fürchte eine Epidemie, Sharifa, und du weißt, was das bedeutet."

„Kani, ich weiß nicht, ob ich das durchstehen werde", gestand die Schwester. „Erst Kadiris Frau und ihr Kind, jetzt Panya und du sagst, es gibt wohlmöglich noch mehr Tote?"

„Nicht nur noch mehr Tote, Sharifa, sondern noch viel mehr Tote", mahnte Kani eindringlich.

„Wie sollen wir uns dem entgegenstellen? Wir sind eine kleine Station draußen im Busch. Ein Arzt und eine Handvoll Schwestern. Das ist so gut wie nichts, Kani, und du sagst, wir müssen damit rechnen, dass Kadiris Dorf gerade von einer Epidemie hinweggerafft wird?"

„Wie gesagt, ich hoffe, ich täusche mich und ich bin nur etwas übermüdet und überarbeitet. Aber nach allem, was ich bis jetzt weiß, muss ich sagen, die Gefahr einer Epidemie ist nicht nur real, sondern extrem real."

„Dann müssen wir so schnell wie möglich aufbrechen", forderte Sharifa. „Wir müssen Kadiris Dorf erreichen, solange wir noch etwas für die Menschen dort tun können."

„Ohne Wagen wird das schwer, wenn nicht gar unmöglich. Kadiri hat zwei volle Tage gebraucht, um von hier zum Dorf und wieder zurückzukommen und er ist noch jung, viel jünger als wir beide."

„Du musst deinen Freund Chimalsi anrufen. Er ist unsere einzige Hoffnung. Er hat einen Wagen und er hat uns schon oft geholfen."

„Aber Chimalsis Haus ist mehr als fünfzig Meilen von hier entfernt. Er lebt im Süden und Kadiris Dorf liegt von hier aus gesehen weiter nach Norden."

„Trotzdem, er ist unsere einzige Chance", beharrte Sharifa auf ihrem Vorschlag. „Er muss uns helfen und du musst ihn unbedingt anrufen."

„Was soll ich ihm sagen? Und um was soll ich ihn bitten?", überlegte Kani halblaut. „Wenn ich ihm sage, es droht eine Epidemie und meine Befürchtung stellt sich am Ende als falsch heraus, wird er uns böse sein und uns in Zukunft nicht mehr helfen wollen."

„Er soll uns einen Wagen und einen seiner Fahrer zur Verfügung stellen. Das ist nicht zu viel verlangt und das wird sicher möglich sein, denn Chimalsi ist reich. Auf seinem Hof stehen viele Autos und Leute, die sie fahren können, hat er auch genug. Einer von ihnen soll uns in Kadiris Dorf und wieder zurückbringen. Anschließend fährt er die Probe, die wir von Panya gezogen haben, zusammen mit den neuen Proben, die wir in Kadiris Dorf noch ziehen werden, in die Provinzhauptstadt. Dort kann man sie viel besser und auch viel schneller analysieren, als wir das hier können."

Einen Augenblick lang dachte Kani angestrengt über das

Gehörte nach, dann blickte er auf. „Dein Vorschlag ist gut, Sharifa. Mit Chimalsis Hilfe können wir es schaffen. Er muss uns nur einen seiner Wagen zur Verfügung stellen und du hast recht, Autos hat er nun wirklich mehr als genug. Ich werde ihn sofort anrufen."

* * *

Helles, gleißendes Licht drang durch die großen Fenster in den Konferenzraum im obersten Stockwerk der Zentrale der Lebensagentur. Als sich alle Teilnehmer der Nachmittagssitzung im Raum versammelt hatten, trat der Agenturleiter abrupt von der Fensterfront zurück. Er ging nicht direkt zu seinem Platz am Kopf des Tisches, sondern machte sich daran, diesen langsam zu umkreisen.

„Meine Herren, der Kollege Michael hat gestern das Bild eines langsam anrollenden Zuges bemüht, um damit auszudrücken, wie sich der Stand der Vertragsabschlüsse für unsere Agentur augenblicklich darstellt. Mir gefällt diese Analogie sehr gut, denn sie charakterisiert nicht nur unsere aktuelle Situation hervorragend, sondern sie wirft auch ein bezeichnendes Licht auf unsere Chancen. Chancen, die wir im Augenblick zwar erkannt haben, aber noch überhaupt nicht angemessen zu nutzen in der Lage sind. Das ist wie eine schöne Blume am Wegrand, die man zwar pflücken könnte und auch pflücken möchte, aber am Ende doch nicht pflückt, weil es im Rücken schmerzt, wenn man sich zu ihr herunterbeugt."

Er blieb einen Augenblick an der schmalen Seite des Tisches stehen und musterte die Runde seiner Bereichsleiter eingehend. Alle Augen waren auf ihn gerichtet, doch niemand wagte seine Rede zu unterbrechen oder eine Frage an ihn zu richten. Nachdem er seine Augen einmal um den Konferenztisch hatte kreisen lassen, setzte Herr Gott seinen Weg um den Tisch fort und entwickelte seinen bereits zur

Hälfte ausgesprochenen Gedanken weiter.

„So wie es bei einer Lokomotive notwendig ist, dass man Kraft aufwendet, um die Bewegung anzustoßen und in Gang zu halten, so müssen auch wir unserem Rücken jetzt Schmerz zufügen und die schöne Blume am Wegesrand endlich pflücken. Meine Herren, ich nehme an, Sie wissen, was gemeint ist und Sie sind mit mir alle einer Meinung, dass es nun an der Zeit ist, einen Gang höher zu schalten und das Tempo unserer Bewegung zu forcieren."

Er hatte seinen Platz am Kopf des Tisches erreicht und blickte fordernd in die Runde. „Dazu erwarte ich nun Ihre Vorschläge."

„Die entscheidende Frage ist meiner Meinung nach nicht, ob wir einen Gang höher schalten, sondern nur wann wir es tun und wo wir es tun", meldete sich Gabriel als Erster zu Wort. „Ich vertrete den Standpunkt, wir sollten jetzt das Tempo erhöhen und wir sollten ein Zeichen setzen. Ein Zeichen, das so deutlich ist, dass es die noch zögernden Menschen alle erreicht und jeden von ihnen auf den langsam anrollenden Zug aufspringen lässt, bevor der den Bahnhof endgültig verlässt."

„Ein solches Zeichen wäre in der Tat sehr wünschenswert", stimmt Uriel sogleich zu. „Ich frage mich aber, von welchem Kontinent es ausgehen soll und wie wir hier in der Zentrale sicherstellen wollen, dass das Zeichen auch von allen erkannt und als der finale Startschuss angesehen wird."

„Den Startschuss nur von einem Kontinent ausgehen zu lassen und dann darauf zu hoffen, dass der Funke langsam auf die übrigen überspringt, halte ich für keine gute Idee", wandte Raffael ein. „Wir verlieren viel Zeit, wenn wir so vorgehen. Ich möchte deshalb anregen, dass wir uns nicht nur auf einen bestimmten Kontinent oder eine bestimmte Region konzentrieren, sondern eine attraktive Gruppe auswählen, an der sich alle Menschen orientieren werden."

„Eine hochinteressante Idee", kommentierte Herr Gott begeistert. „Welche Gruppe sollte das Ihrer Meinung nach sein, Raffael?"

„Ich würde die Latte bewusst sehr hoch anlegen und mit der Gruppe der Milliardäre beginnen", begann Raffael den Kollegen seinen Plan im Detail zu erläutern. „Dabei stelle ich mir unser Vorgehen in der Art einer Kaskade vor. Das Wasser schwappt von oben kommend immer eine Stufe tiefer und erreicht so nach und nach auch den letzten Brunnen."

„Aber warum willst du ausgerechnet mit den Milliardären beginnen?", fragte Michael und schien von dem Plan noch nicht ganz überzeugt zu sein. „Von denen gibt es bei uns in Afrika zwar einige, aber es sind nicht so viele, dass ich mir von ihnen eine große Signalwirkung verspreche."

„Der Grund, warum ich ganz bewusst oben bei den Milliardären ansetzen möchte, ist folgender: Die Leute schauen immer auf das, was in der Klasse vor sich geht, die eine Stufe über ihnen liegt. Wenn Sie Millionär sind, interessieren Sie sich nicht mehr für die Sorgen und Nöte der normalen Leute. Da stehen Sie inzwischen drüber. Sie schauen aber ganz genau auf das, was die Multimillionäre tun, denn das ist die Gruppe der Personen, zu der Sie schon bald gehören möchten. Also gleichen Sie sich und Ihr Verhalten dieser Gruppe an. Für die Multimillionäre ist nicht mehr wichtig, was die einfachen Millionäre tun, aber ein Milliardär zu werden, das ist noch immer ein Traum, der auch hier gerne geträumt wird."

„Sie wollen, wenn ich Sie recht verstehe, Raffael, den Neid der Menschen nutzen, um unseren Zug in Bewegung zu setzen?", fragte Herr Gott etwas irritiert.

„Nicht den Neid, denn er ist eine eher unangenehme und im Zweifelsfall störende Komponente", konkretisierte Raffael seinen Plan. „Neben dem Neid gibt es auch noch das Bedürfnis, dazu gehören zu wollen. Es ist bei Weitem nicht so materiell besetzt, wie der Neid es ist. Ich denke, hier sollten wir ansetzen."

„Das ist eine brillante Idee!", stimmte Gabriel dem Vorschlag enthusiastisch zu. „Ich sehe es ähnlich: Wenn man sich dazu entschließt, der Fan einer erfolgreichen Fußballmannschaft oder eines starken Hockey-Teams zu werden, dann verfolgt man damit nicht unbedingt materielle Ziele. Aber man will auf jeden Fall dazugehören und nicht abseitsstehen."

„Alles gut und richtig, meine Herren. Nur wie wollen wir diese Erkenntnis für uns und unsere Agentur einsetzen?", war Herr Gott von der Strategie noch nicht vollkommen überzeugt.

„Wenn es uns gelingt, die Milliardäre zur Unterschrift zu bewegen, werden die vielen Multimillionäre nicht lange abseitsstehen wollen und ebenfalls ihre Verträge mit uns verlängern. Und haben wir erst die Multimillionäre, sind auch die Millionäre so gut wie gebongt. Danach wird es für uns kein großes Problem mehr sein, die unteren Einkommensschichten recht zügig und zeitnah zu erreichen", umriss Raffael die später folgenden Phasen seiner Strategie.

„In China wird die Methode garantiert funktionieren", war sich Uriel sofort sicher. „In Indien könnte es wegen der Kasten an den Grenzen der Schichten das eine oder andere Problem geben. Aber ich denke, damit werden wir schon fertig."

„Und Sie glauben, dass die Strahlwirkung der oberen Zehntausend groß genug sein wird?", hatte Herr Gott immer noch Zweifel. „Ich meine, vom moralischen Standpunkt aus betrachtet sind diese Herrschaften ja nun oftmals alles andere als leuchtende Vorbilder."

„Sie gehen, wenn es sein muss, über Leichen, da gebe ich Ihnen vollkommen recht", bemühte sich Uriel den Einwand des Agenturleiters zu entkräften. „Bei uns in Asien genießt die Ethik schon lange nicht mehr die hohe Wertschätzung, die sie früher zu Recht einmal hatte. Wer kümmert sich heute noch um einen Laotse, einen Konfuzius oder um Buddha, wenn es darum geht, die Schätze dieser Welt schnell an sich zu bringen? Im Zweifelsfall niemand. Wenn es darum geht, im Leben schnell vorwärtszukommen, fahren am Ende alle ihre Ellenbogen aus und stürmen los."

„Und wenn sie schon losstürmen, dann sollen sie als

Erstes zu uns kommen und uns die neuen Verträge aus den Händen reißen", lächelte Raffael überlegen.

„Irgendwie gefallen mir die Würste nicht ganz, die Sie den Menschen vor die Nase hängen wollen. Aber eine bessere Alternative fällt mir auf die Schnelle auch nicht ein", bekannte Herr Gott.

„Da sind wir wieder bei dem Aspekt, den wir schon vor einigen Tagen diskutiert haben", meldete sich Uriel noch einmal zu Wort. „Kein Produkt verkauft sich heute noch um seiner selbst willen. Auch nicht das Leben. Für uns und unsere Agentur heißt das: Wir schließen unsere Verträge nicht ab, weil die Menschen das Leben wollen, sondern sie wollen leben, weil sie davon träumen, reich und mächtig zu werden. Außerdem muss vorhandener Reichtum gelebt werden. Oder wie man bei uns in China sagt: Status ist dazu da, um anderen unter die Nase gerieben zu werden, auf dass sie vor Neid platzen und beständig niesen müssen. Man kann es also drehen und wenden, wie man will, aber wenn man all dies zusammennimmt und es den Menschen ordentlich erklärt, dann führt an unseren Verträgen am Ende kein Weg mehr vorbei."

* * *

Der Blick in zwei unglückliche Kinderaugen beunruhigte Marla sehr. „Was ist los, Noah? Du siehst so traurig aus."

„Ich bin auch traurig."

Marla legte das Küchenmesser zur Seite und beugte sich zu ihm herab. „Willst du mir erzählen, was los ist?"

„Ich mag nicht mehr Geige spielen", berichtete Noah nach einem kurzen Moment des Zögerns. „Jeden Tag muss ich Geige spielen. Aber ich will nicht mehr."

„Was ist so schlimm daran, Geige zu spielen? Dein Vater hat dir ein besonders schönes Instrument geschenkt und ich bin sicher, es war nicht ganz billig."

„Mir ist egal, was die Geige gekostet hat. Ich will sie nicht."

„Warum nicht, Noah? Als du mir vor ein paar Tagen zum ersten Mal etwas auf deiner neuen Geige vorgespielt hast, da klang das doch schon ganz gut und so, wie ich dich kenne, übst du fleißig und wirst bestimmt von Tag zu Tag besser."

„Der Geigenlehrer ist nie mit mir zufrieden", schimpfte der Junge. „Immer hat er etwas zu meckern. Immer sagt er, ich mache etwas falsch."

„Er will sicher nur das Beste für dich", versuchte Marla den Lehrer in Schutz zu nehmen. „Ich denke, er will nicht nur, dass du ein guter Geigenspieler wirst, sondern ein ganz besonders Guter."

„Ich will aber kein guter Geigenspieler werden", entgegnete Noah trotzig.

„Warum nicht? Du kannst später einmal berühmt werden", sagte Marla und suchte nach Wegen, dem Jungen das Spiel doch noch schmackhaft zu machen. „Dann gibst du Konzerte. Du stehst mit deiner Geige allein auf der Bühne und die Leute sehen dir zu oder du spielst mit anderen zusammen in einem großen Orchester."

„Wirst du auch kommen, wenn ich oben auf der Bühne stehe?"

Marla lachte vergnügt. „In Konzerte gehe ich zwar nur selten. Aber wenn du eines gibst, dann werde ich sicher eine Ausnahme machen und kommen. Du wirst sicher viele Fans haben, aber vielleicht gibt es irgendwo in den hinteren Reihen noch ein Plätzchen für mich."

„Nein, du darfst nicht hinten sitzen, Marla. Du musst ganz vorne in der ersten Reihe sitzen, sonst kannst du mich doch gar nicht sehen."

„Das ist wohl wahr", schmunzelte die Köchin. „Aber in der ersten Reihe, da werden dein Vater und deine Mutter sitzen und so wie ich die kenne, werden die neben dem Bürgermeister sitzen wollen, aber nicht neben Leuten wie William oder mir."

„William braucht nicht zu kommen. Der Geigenlehrer kann von mir aus auch zu Hause bleiben. Aber du musst auf jeden Fall kommen, Marla. Du bist wichtig, alle anderen nicht."

„Du bist so herrlich unkompliziert", sagte Marla und strich dem Jungen mit ihrer Hand sanft über den Kopf.

Noah stellte sich auf die Zehnspitzen und zog sich an der Kante des Herds hoch, um einen Blick in Marlas Töpfe zu werfen. „Was gibt es heute? Was kochst du uns für das Abendessen?"

„Es wird ein saftiges Steak geben", machte Marla dem Jungen den Mund wässrig. Dazu etwas Gemüse und natürlich Kartoffeln. Bei den Kartoffeln überlege ich noch. Da kannst du mir helfen, Noah. Willst du sie lieber als Kroketten oder als Pommes?"

„Lieber als Pommes", antwortete Noah, nachdem er einen Moment über ihre Frage nachgedacht hatte. „Die schmecken mir besser."

„Gut, dann gibt es zu den Steaks heute Pommes", lachte die Köchin vergnügt.

Flehende Augen sahen Marla eindringlich an. „Kann ich dir wieder helfen?"

„Und was ist mit der Geige und deinem Spiel?"

„Die kann warten. Jetzt will ich dir lieber beim Kochen helfen."

Marla wollte ihm gerade ihre Einwilligung geben, als Stimmen im Gang und auf der Treppe Noah schlagartig aus der Küche vertrieben. Durch das offene Küchenfenster entschwand er blitzschnell in den Garten.

Lieferanten brachten die bestellten Lebensmittel in die Küche. William hatte sie ins Haus gelassen und zu Marla in die Küche geführt. Die Köchin kontrollierte kurz die Bestellung und überprüfte die gelieferten Waren. Augenblicke später war sie wieder allein.

'Da hat man einmal netten Besuch bei sich in der Küche und schon kommt jemand vorbei, um ihn gleich wieder zu vertreiben.'

Marla überlegte, ob Noah wohl noch einmal zu ihr zurückkehren werde. Er kam an diesem Tag nicht mehr. Sie war wieder allein und sie blieb es auch für die nächsten zwei Stunden.

* * *

Theodor Aschim löste sich von dem Laternenpfahl, gegen den er die letzten Minuten gelehnt hatte und ging auf die Einfahrt zu.

„Du kommst spät heute", sagte er zu Tim, als dieser erschöpft von seinem Rad stieg, das Garagentor aufschloss und das Fahrrad hineinschob.

„Besser spät als gar nicht", erwiderte Tim, als er aus der dunklen Garage wieder ins Freie trat und das Tor hinter sich schloss. „Aber um mir zu erzählen, dass ich Tag für Tag später von der Arbeit nach Hause komme, haben Sie doch wohl nicht so lange auf mich gewartet."

„Nein, mein Erscheinen hier hat einen anderen Grund", lächelte Aschim vorsichtig.

„Darf ich fragen welchen?", erkundigte sich Tim, denn er hatte noch immer keine Ahnung, was der Fremde wohl von ihm wollen könnte.

„Es geht um deinen Vertrag."

„Sie meinen die Immatrikulation an der Uni in Hamburg?"

„Wenn ich von dem Vertrag rede, meine ich nicht deine Einschreibung in Hamburg", entgegnete der Mann etwas ungehalten, hatte sich aber sofort wieder im Griff und legte das gewohnte Lächeln eines Verkäufers auf. Nicht unbedingt sehr überzeugend, dafür aber reflexartig und über die Jahre gut einstudiert. „Es geht um deinen Vertrag bei der Lebensagentur, Tim."

„Ach den, den hatte ich ganz vergessen", bekannte Tim freimütig.

„Wir haben uns schon darüber gewundert, dass wir bislang noch keine Antwort von dir erhalten haben."

„So? Warum das? Seit wann ist ein unbedeutender kleiner Student, der gerade mal das akademische Laufen lernt, für eine Gesellschaft wie die Ihre von Bedeutung?"

„Jeder ist für die Agentur von Bedeutung, jeder Vertrag zählt, auch der deine", erklärte Theodor Aschim und bemühte sich Gesicht und Stimme den Charakter von Schwere und Bedeutung zu geben.

„Ach ja? Das ist eine ganz neue Erfahrung für mich", entgegnete Tim ungläubig. „Eine völlig Neue sogar. Normalerweise pflegt man mir immer nur zu zeigen, wie unwichtig und unbedeutend ich bin."

„Für die Lebensagentur bist du wichtig", wiederholte Aschim noch einmal seine Bemerkung. „Wir möchten keinen unserer Kunden verlieren und wir kämpfen um jeden Vertrag."

„Das ist schön. Und wenn Sie ihn verlieren?"

„Warum sollten wir das tun? Wir bieten all unseren Kunden attraktive Konditionen und du kannst mir glauben, Tim, es kommt ausgesprochen selten vor, dass sich mal jemand gegen uns und eine Verlängerung seines Vertrags entscheidet."

„Dann könnte ich gleich mal den Anfang machen", entgegnete Tim trotzig.

Theodor Aschim lächelte nachsichtig. „Bei allem Verständnis für deine aktuelle Situation und deine jugendliche Unbekümmertheit. Aber dazu hast du nicht die geringste Veranlassung, Tim. Du bist noch jung. Das Leben steht dir offen und du hast alle Chancen der Welt."

„So, habe ich das? Warum sehe ich diese Chancen, von denen Sie sprechen, dann nicht?", entgegnete Tim unwillig.

„Du solltest nicht undankbar sein", mahnte der Repräsentant.

„Stimmt, ich sollte dem Himmel dafür danken, dass er mir das Leben Tag für Tag zur Hölle macht", erwiderte Tim höhnisch und grinste frech. „Ich habe einen wirklich verständnisvollen Chef und so einen fürsorglichen Erzeuger,

114

wie ich ihn habe, findet man auch nicht alle Tage."

„Tim, du hast es wirklich nicht schlecht angetroffen. Die Agentur hat dir schon vor Jahren bei deiner Geburt einen Vertrag hier in Europa angeboten. Andere haben nicht dieses Glück, und während du hier wohlbehütet aufgewachsen bist, mussten andere Jungen in deinem Alter mit Bürgerkriegen und Hungersnöten fertig werden."

„Ich habe nie behauptet, dass mein Vertrag der schlimmste sei. Wir wissen beide nur zu gut, dass die Agentur weiß Gott noch viel, viel Schlimmere im Repertoire hat. Auf die habe ich erst recht keine Lust."

„Na siehst du. Wenn du schon selbst einsiehst, wie gut du es im Grunde hast, dann sollte es für dich auch kein Problem sein, den neuen Anschlussvertrag endlich zu unterschreiben." Er reichte Tim einen Stift und das schon fertig ausgefüllte Formular mit seinem Namen.

Tim warf einen abschätzigen Blick auf die ausgestreckte Hand, die sich ihm so aufdringlich entgegenstreckte, und schüttelte den Kopf. „Nein, so unterschreibe ich den Vertrag ganz sicher nicht. So einen Vertrag, wie den von Hans-Günter Fiebig, den können Sie mir gerne geben. Aber diese Zumutung nehmen Sie besser wieder mit zurück in die Agentur. Die unterschreibe ich Ihnen auf keinen Fall."

„Einen Vertrag wie den von Hans-Günter Fiebig kann ich dir unmöglich geben."

„Warum nicht? Warum soll nur er Geld haben? Warum darf nur er das Recht haben, anderen zu zeigen, wie überlegen er ist? Warum nur er? Warum nicht auch andere? Ich zum Beispiel."

„Tim, so kommen wir leider nicht weiter", seufzte Theodor Aschim. „Du weißt, dass ich dir keine Zusagen geben kann, die weit über meine Kompetenz hinausgehen und du weißt im Grunde deines Herzens auch, dass ein Vertrag, wie der von Hans-Günter Fiebig, alles ist, nur ganz bestimmt nicht deine Kragenweite."

„Was ist denn meine Kragenweite?"

„Nun, mit Sicherheit nicht der Turnierreitsport", lächelte

der Repräsentant der Agentur überlegen.

„Nein, der ganz bestimmt nicht", bestätigte Tim ruhig. „Trotzdem will ich auch so einen Vertrag."

„Das ist unmöglich, Tim", wurde Theodor Aschim langsam ungeduldig.

„Dann geben Sie mir wenigstens 'Diego'."

Der Repräsentant schüttelte verstört den Kopf. „Was willst du mit einem einzigen Pferd, Tim? Du kannst weder reiten, noch hast du die Möglichkeit, es angemessen unterzubringen. In wenigen Wochen beginnst du dein Studium in Hamburg. Ich hab mir sagen lassen, die Wohnungen sind teuer dort und du wirst jeden Euro zweimal umdrehen müssen. Dass du in deiner neuen Wahlheimat auf großem Fuß leben wirst, kann ich mir deshalb nur sehr schwer vorstellen. Also: Was um alles in der Welt willst du in Hamburg mit einem Pferd? Und dann auch noch mit einem so störrischen wie 'Diego'?"

„Kennen Sie 'Diego'? Haben Sie ihn schon einmal geritten?"

„Nein, ich kenne ihn selbstverständlich nicht. Ich war nur gestern bei deinem Chef und der hat mir gesagt, dass ich ihm mit so einem störrischen Bock wie diesem 'Diego' nicht mehr zu kommen brauche."

„Lassen Sie mich raten: Dieser alte Nimmersatt will nur die 'Godots' dieser Welt, nur Pferde, die ihm einen Triumph nach dem anderen bescheren."

„Ja, so etwas Ähnliches hat er gesagt."

„Dann richten Sie es so ein, dass Hans-Günter Fiebig seine 'Godots' und ich meinen 'Diego' bekomme", forderte Tim.

„Ich sagte doch schon, dass das nicht gehen wird", entgegnete Theodor Aschim genervt. „Verträge wie diese haben wir nur selten zu vergeben und die Führung der Agentur hat sich schon vor Jahren festgelegt. Es gibt eine lange Warteliste und du, Tim, stehst leider nicht auf dieser Liste."

Tims zog den Haustürschlüssel aus der Tasche seiner Hose hervor und wandte sich langsam ab. „Damit sagen Sie mir nichts Neues. Diese Erfahrung mache ich jeden Tag aufs Neue. Ich weiß, ich stehe nur auf der langen Liste der Leute, denen man jeden Tag ordentlich Knüppel zwischen die Beine wirft."

* * *

Stunden waren vergangen, seit sie in den Schacht eingefahren und sich an ihre Arbeit gemacht hatten. Tiefer und tiefer drangen Aiguo und seine Kollegen in die Kohle ein, Stück um Stück brachen sie mit ihren schweren Hämmern aus dem Flöz heraus und verluden es in die Loren.

Die Gesichter waren von einer dichten schwarzen Staubschicht überzogen und die Arme längst müde geworden, doch noch immer lagen fünf Stunden Arbeit vor ihnen. Fünf lange Stunden, die sich wie ein zäher Film über Aiguo und seine Gedanken legten.

Nicht nur die Sorge um seine Fang bedrückte ihn an diesem Tag. Auch Xiaotongs Geheimnis lastete seit dem Beginn der Schicht wie ein übergroßer Stein auf seinen Schultern.

Im Zug hatte Xiaotong nur einige wenige Andeutungen gemacht und auf der Fahrt in diese Tiefe und ihrem langen Fußweg durch den Stollen hatte für Aiguo nicht mehr die Gelegenheit bestanden, das Geheimnis des Freundes wirklich zu ergründen.

Jetzt arbeiteten sie schon seit Stunden nebeneinander, sprachen auch das eine oder andere Wort miteinander und waren doch seltsam sprachlos und in sich gekehrt, denn die eine Frage, die Aiguo mehr beschäftigte als alles andere, konnte er hier und jetzt nicht stellen und selbst, wenn er sie gestellt hätte, wäre es Xiaotong unmöglich gewesen, sie ihm zu beantworten.

So stellte Aiguo sich die Frage zwangsläufig selbst. Wieder und wieder überlegte er, was Xiaotong wohl gemeint haben könnte, als er sagte, dass sich zu viel Staub auf seine Seele gelegt hätte.

'Er kann unmöglich den Dreck hier unten im Stollen meinen', sagte Aiguo sich nach einiger Zeit. 'Der Staub hier legt sich auf Hände und Augen und ganz sicher auch auf unsere Lungen. Aber auch auf unsere Seelen?'

Dass die Arbeit im Bergwerk gefährlich und anstrengend war, wussten sie beide. Sie hatten es gewusst und für sich akzeptiert, bevor sie das erste Mal in das Dunkel der ewigen Nacht eingefahren waren.

'Auch das kann Xiaotong nicht gemeint haben. Aber was ist es dann? Ihm geht es ganz gut. Seine Frau ist wohlauf und seine Tochter ist auch gesund. Gewiss, er hätte sich wie alle Chinesen lieber einen Sohn gewünscht, aber soll das der Staub sein, der sich auf seine Seele gelegt hat?' Aiguo konnte es sich nicht vorstellen.

Er überlegte, ob er mit dem Freund tauschen würde, wenn er das Angebot bekäme. 'Unsere Arbeit ist die gleiche und der Direktor bezahlt uns beide gleich schlecht. Im Gegensatz zu Fang ist seine Frau noch nie schwer krank gewesen und eine Tochter hat Xiaotong auch.' Er schüttelte verständnislos den Kopf. 'Schlechter als ich hat er es nicht, eher sogar besser, und wenn sich einer von uns über Staub auf der Seele beklagen könnte, dann sollte ich es sein, denn Fang ringt mit dem Tod und ein Kind hat sie mir auch noch nicht geschenkt.'

Das Ende der Schicht kam für ihn wie eine Erlösung, denn es beendete die quälenden Selbstgespräche, die Aiguo seit Stunden geführt hatte.

„Wenn wir wieder oben sind, müssen wir reden", hatte er den Freund noch im Stollen wissen lassen.

Sie fuhren wie die anderen mit dem Zug heim, doch am Bahnsteig trennten sich ihre Wege an diesem Tag nicht, denn sie gingen noch ein paar Schritte schweigend durch die dunklen Straßen der Stadt, bis sie einen kleinen Park erreicht hatten. Hier ließen sie sich auf einer verwaisten Bank am Rande des Weges nieder.

„Ich habe die ganze Schicht an dich denken müssen", kam Aiguo gleich auf den Kern seines Anliegens zu sprechen. „Was ist das für ein Staub, der sich auf deine Seele gelegt hat?"

„Du weißt, dass meine Eltern im letzten Jahr gestorben sind", begann Xiaotong ruhig seinen Bericht.

Aiguo nickte. „Ja, das weiß ich."

„Jetzt habe ich nur noch Cai, Hong und dich."

„Du hast eine wunderbare Familie", lobte Aiguo.

„Sag besser, ich hatte eine wunderbare Familie", korrigierte Xiaotong ihn traurig. „Cai wird mich verlassen."

„Warum will sie das tun?", fragte Aiguo verständnislos. „Sie verliert einen guten und verständnisvollen Ehemann. Es gibt nicht viele Männer, die ihre Frauen so auf Händen tragen, wie du es tust."

„Mag sein, Aiguo, aber das reicht ihr nicht mehr", entgegnete Xiaotong traurig. „Cai will mehr und sie hat auch schon einen Weg gefunden, wie sie mehr bekommen kann."

„Was will sie tun? Was hat sie vor?", fragte Aiguo fassungslos.

„Sie trifft sich heimlich mit dem Bruder des Direktors. Er sagt, er will sie heiraten und reich beschenken."

Aiguo war im ersten Moment wie vor den Kopf gestoßen. „Wie kann sie dir das nur antun?"

Xiaotong zuckte resigniert mit den Schultern. „Sie tut das, was alle Frauen tun, wenn ihre Männer zu arm sind. Sie sucht sich einen Neuen, einen, der mehr Geld hat."

„Was ist mit Hong? Wird sie Hong mitnehmen?"

„Nein, Hong stört nur. Sie sagt, sie will einen Neuanfang und von einem Kollegen habe ich gehört, dass der Bruder des Direktors in seinem Haus nur eigene Kinder will. Er will nicht das, was er hat, auch noch mit anderen teilen müssen."

„Aber er hat auch sehr viel. Ihm gehören sogar zwei Bergwerke und nicht nur eines", rebellierte Aiguo verständnislos.

„Trotzdem, er will Hong nicht haben. Sie soll bei ihrem armen Vater bleiben."

„Aber du hast jetzt schon kaum Zeit, dich um sie zu

kümmern. Du allein wirst es kaum schaffen und deine Eltern sind tot. Sie können sich nicht um Hong kümmern, wenn du im Bergwerk arbeitest."

„Verstehst du jetzt, warum so viel Staub auf meiner Seele liegt?", fragte Xiaotong traurig. „Ich muss eine neue Frau finden, die sich um Hong kümmert, kann ihr aber selbst nicht viel bieten. Welche Frau lässt sich schon darauf ein, und selbst wenn sich eine darauf einlassen sollte, wer sagt mir, dass sie bei mir bleibt und nicht auch nach einigen Jahren fortgehen wird?"

* * *

„Kani, das ist aber schön, dass du anrufst. Wie geht es dir?"

„Ich bin ein bisschen müde und überarbeitet, aber es geht schon."

„Du solltest ein paar Tage ausspannen und Urlaub machen", schlug die Stimme am anderen Ende der Leitung vor. „Warum kommst du nicht für eine Woche zu uns. Du weißt, mein Haus ist groß und es ist für dich immer ein Zimmer frei."

„Vielen Dank, Chimalsi. Das ist alles sehr nobel und großzügig von dir. Aber ich kann dein Angebot leider nicht annehmen. Im Hospital gibt es im Moment deutlich mehr Kranke als sonst und dreißig Meilen nördlich von hier ist ein ganzes Dorf schwer erkrankt."

„Was denn, gleich ein ganzes Dorf? Mach dich nicht verrückt, Kani. Du musst auch mal ein wenig an dich denken, sonst stirbst du irgendwann, ohne vorher jemals richtig gelebt zu haben."

„Das Fieber im Dorf scheint gefährlich zu sein. In jeder Familie soll es einen Kranken geben. Deshalb muss ich möglichst schnell hin."

„Die Leute werden auch sterben, ohne dass du neben ihrem Bett stehst und ihnen die Hand hältst", entgegnete Chimalsi. „Wenn es ihnen bestimmt ist zu sterben, bist du der Allerletzte, der es verhindern kann."

„Chimalsi, ich will trotzdem hin und nachsehen, was ich für das Dorf tun kann. Aber dazu brauche ich dringend ein Auto und du weißt, mein Wagen ist gerade in der Stadt zur Reparatur und kommt erst in drei Tagen wieder. Deshalb wollte ich dich fragen, ob du mir eines deiner Fahrzeuge und vielleicht auch einen deiner Fahrer zur Verfügung stellen kannst?"

„Das lässt sich sicher arrangieren. Wann willst du aufbrechen, Kani? Wann soll der Wagen bei dir sein?"

„So schnell als möglich, denn es eilt. Eigentlich hätte ich schon gestern hinfahren sollen und mit etwas Glück bin ich morgen endlich vor Ort."

„Morgen? Nein, morgen ist denkbar schlecht. Ich gebe am Wochenende ein großes Fest, zu dem du übrigens auch ganz herzlich eingeladen bist, Kani. Ich erwarte rund einhundert Gäste und bis zum Freitag muss noch viel vorbereitet werden. Für die vielen Besorgungsfahrten in die Stadt brauche ich jeden Wagen. In der nächsten Woche kann ich dir gerne einen Wagen mit Fahrer zur Verfügung stellen, aber in dieser Woche ist es denkbar ungünstig."

„Ich brauche den Wagen jetzt, Chimalsi und ich brauche auch nur einen Wagen. In der nächsten Woche brauche ich deine Hilfe nicht mehr. Da steht mir mein eigenes Auto wieder zur Verfügung und da ist es vielleicht schon zu spät."

„Tut mir leid, Kani. Wie gesagt, im Moment brauche ich all meine Fahrzeuge selber. Du kannst dir gar nicht vorstellen, wie viel Arbeit es ist, ausreichend Wein und Bier für mehr als hundert Gäste aus der Stadt hierher auf meine Farm zu schaffen. Du weißt selbst, wie anspruchsvoll die Leute aus der Stadt sein können."

„Ja, das ist sicher eine Menge Arbeit", bestätigte Kani wie beiläufig. „Aber ich bin sicher, du schaffst das."

„Klar werde ich es schaffen. Von diesem Fest hängt sehr viel für mich ab. Wenn es gelingt, wird mein Name auch in der Stadt endlich einen guten Klang haben und die Leute schauen nicht mehr so hochnäsig und mitleidig auf mich herab, weil ich ein kleiner Farmer bin."

„Du ein kleiner Farmer?", wiederholte Kani kopfschüttelnd die Worte, die er soeben gehört hatte. „Die kleinen Farmer leben hier und in dem Dorf, zu dem ich will. Aber du, Chimalsi, du gehörst ganz bestimmt nicht zu ihnen."

„Es freut mich, dass du es so siehst und du kommst am Wochenende hoffentlich auch zu meiner bescheidenen Feier."

„Ich werde sehen, was sich machen lässt", antwortete Kani ausweichend und wusste in diesem Moment schon, dass er nicht die geringste Lust dazu hatte, der Schickeria der Provinz am Wochenende auf Chimalsis Farm zu begegnen.

Niedergeschlagen und verbittert machte er sich auf den Weg zurück ins Hospital.

„Hast du Chimalsi erreichen können?", fragte Sharifa, als Kani wenig später wieder vor ihr stand.

„Ja, ich habe ihn gesprochen", berichtete der Arzt niedergeschlagen. „Er veranstaltet am Wochenende auf seiner Farm eine kleine Feier. Uns hat er auch eingeladen."

„Und der Wagen?", fragte Sharifa entsetzt. „Was ist mit dem Wagen? Wird er uns eines seiner vielen Autos zur Verfügung stellen?"

Kani schüttelte traurig den Kopf. „Nein, sie werden alle gebraucht, um die Feier vorzubereiten und die Getränke heranzuschaffen."

„Und Kadiris Dorf?"

„Das Dorf? Kadiris Dorf ist die milde Gabe, die zur Feier des Tages geopfert wird", sagte Kani sarkastisch und vergrub sein Gesicht enttäuscht hinter den Händen.

Sharifa setzt sich zu ihm an den Tisch. „Was machen wir nun?", fragte sie ratlos und strich ihm mit der Hand tröstend über die Schulter.

Für einige Sekunden war Stille im Raum, dann löste Kani die Hände vom Gesicht und sah die Krankenschwester eindringlich an. „Wir haben nur noch uns selbst, Sharifa."

„Wir können Kadiri und sein Dorf nicht im Stich lassen", mahnte Sharifa.

„Es ist eine schwierige Entscheidung, vor der wir stehen", sagte Kani und blickte wie abwesend durch den Raum. „Wenn wir in Kadiris Dorf wollen, können wir wie er selbst nur noch zu Fuß gehen."

„Das heißt, wir verlieren drei Tage."

„Drei Tage, in denen hier keiner ist, der im Hospital unsere Arbeit machen und die Patienten behandeln kann", machte Kani sich die Konsequenzen ihrer Entscheidung bewusst.

„Wenn wir uns aufteilen, könnte es gehen", überlegte Sharifa. „Ich gehe mit dir in Kadiris Dorf und Afifa und die anderen bleiben hier und kümmern sich so gut es geht um die Station."

„Und was machen sie, wenn neue Patienten ankommen, während wir beide noch unterwegs sind? Du darfst nicht vergessen, wir werden mindestens drei volle Tage unterwegs sein. Je einer für den Hin- und Rückweg und für die Behandlung in Kadiris Dorf sollten wir auch wenigstens einen ganzen Tag kalkulieren. Das ist eine lange Zeit, in der sehr viel passieren kann."

„Wenn wir nicht gehen, wird auch eine Menge passieren", war sich Sharifa sicher. „Vielleicht nicht hier in der Station, Kani, aber in Kadiris Dorf ganz bestimmt."

Dienstag, 10. Juli

Zögerlich betrat der Butler die Küche. Er blickte sich vorsichtig um und vergewisserte sich zunächst, dass sie alleine waren. Einen Moment schwieg er. Unruhig wankte William von einem Bein auf das andere. Dann gab er sich einen Ruck und brachte endlich das Anliegen vor, das ihn an diesem Tag zu Marla in die Küche geführt hatte.

„Herr Parker hat gestern Abend und heute Morgen recht ausführlich mit mir über dein Essen gesprochen", eröffnete er der überraschten Köchin.

„War das Ei etwa schon wieder nicht in Ordnung?"

„Über sein Frühstücksei hat Herr Parker mir gegenüber heute nicht gesprochen. Das scheint wohl in Ordnung gewesen zu sein, aber das Steak gestern war wohl nicht so ganz nach seinem Geschmack."

„Das Fleisch war eine spezielle Lieferung aus Argentinien und das Gemüse stammte wie immer von ausgesuchten Gemüsebauern", zeigte sich die Köchin über die Kritik mehr als verwundert.

„Herr Parker sagt, du hättest den vorgeschlagenen und mit ihm abgesprochenen Speiseplan nicht eingehalten", berichtete der Butler.

Für einen Moment glaubte Marla, sie habe sich vielleicht im Wochentag geirrt, doch ein rascher Blick auf ihr Küchenbrett zeigte, das dem nicht so war. „Hier hängt der Plan noch. Er sieht für den Montagabend 'Argentinisches Rindersteak mit lokalem Gemüse' vor", verteidigte sich Marla und deutet mit ihrer Hand auf den noch immer am Küchenbrett hängenden Speiseplan.

„Herr Parker sagte, der Plan habe Kroketten als Beilage vorgesehen und auch hier lese ich, dass ursprünglich Kroketten zum Fleisch serviert werden sollten. Du hast den Herrschaften jedoch Pommes frites gereicht", sagte William, nachdem er den Plan und seine Einzelheiten noch einmal eingehend studiert hatte.

„Haben den Herrschaften die Pommes frites etwa nicht geschmeckt?"

„Es geht hier nicht um geschmeckt oder nicht geschmeckt, sondern wieder einmal ums Prinzip. Die vorgesehenen Kroketten gegen die Pommes auszutauschen, das, Marla, ist eine Eigenmächtigkeit, zu der dich hier im Haus niemand autorisiert hat", entgegnete der Butler streng. „Was glaubst du, wofür wir hier erst aufwendig Pläne machen und sie von den hohen Herrschaften absegnen lassen, wenn sich am Ende doch niemand an sie hält? Ist das etwa dein Verständnis von Dienstleistung und Service, Marla?"

„Ich habe Noah am Nachmittag gefragt, was ihm lieber sei und er hat sich für die Pommes frites entschieden", erklärte die Köchin, warum es überhaupt zur Änderung des Speiseplans gekommen war.

William warf einen strengen Blick auf seine Küchenangestellte. „Noah war schon wieder bei dir in der Küche?"

„Noah ist mir zufällig im Garten begegnet. Er war neugierig und hat sich bei mir danach erkundigt, was es zum Abendessen geben wird. Bei der Gelegenheit habe ich ihn gefragt, ob ihm Pommes frites oder die Kroketten als Beilage lieber wären und der Junge hat sich für die Pommes entschieden. Deshalb gab es am Abend dann für alle Pommes statt Kroketten", log Marla geschwind, um die Situation nicht noch weiter zu verschlimmern.

„Der Garten ist eigentlich ein Bereich, in dem du nichts zu suchen hast", mahnte der Butler streng.

„Das steht aber so nicht in meinen Arbeitsvertrag", verteidigte sich die Köchin.

„In deinem Arbeitsvertrag steht, dass du die Privatsphäre der Familie zu schützen hast und der Garten ist ein Refugium, das eindeutig zu ihrer Erholung dient. Damit ist dieser Bereich des Hauses für dich eigentlich tabu."

'Das sollte William auch mal Herrn Elohim von der Agentur sagen, bevor der sich das nächste Mal über die Schönheit des Gartens und die besonderen Reize meiner

Arbeit hier in der Küche auslässt', ärgerte sich Marla still über den Verweis und die Art und Weise, wie er in diesem Moment ausgesprochen wurde.

„Wenn du dem kleinen Noah eine Freude machen willst, dann ist da grundsätzlich nichts gegen einzuwenden, sofern du die hohen Herrschaften und mich vorher um Erlaubnis fragst", fuhr der Butler fort.

„Ist das nicht viel zu viel Aufwand für so eine kleine Änderung?", wunderte sich Marla. „Als Nächstes wirst du noch von mir verlangen, dass ich mir jedes Gewürz, das ich benutze, von dir absegnen lasse."

„Marla, für Herrn und Frau Parker bin allein ich hier im Haus der für das Personal zuständige Ansprechpartner, und solange die Küche noch zum Haus gehört, geht mich auch jede Änderung des Speiseplans selbstverständlich etwas an.

'Herr Gott, wird das langsam kompliziert. Bald muss ich mir für jedes Gericht, für das es mehr als ein Rezept gibt, eine schriftliche Genehmigung einholen, dass es so und nicht anders gekocht werden darf', schäumte Marla und tröstete sich mit dem Hinweis, dass sie bald in Rente gehen und dieses absurde Theater nicht mehr über sich ergehen lassen müsse.

„Herr Parker überlegt ohnehin, die Küche oder Teile der Küchendienste outsourcen zu lassen", legte der Butler noch einmal nach.

„Er will was?", glaubte Marla im ersten Moment nicht richtig zu hören.

„Herr Parker will in erster Linie ein ordentliches Frühstückei, und weil er das von dir seit Wochen nicht mehr bekommt, überlegt er Ei und Frühstück von einer externen Firma anliefern zu lassen."

Die Köchin war fassungslos. „Er glaubt wirklich, dass er auf diese Art ein besseres Frühstück bekommt?"

„Herr Parker will mir mit dieser kritischen Bemerkung zu verstehen geben, dass ich als sein Butler meinen ureigenen Bereich nicht angemessen führe. Marla, diese Idee, das Frühstück extern anliefern zu lassen, ist nicht nur eine harsche Kritik an dir und deiner Kochkunst, sondern auch eine massive Infragestellung von mir als Butler und Führungsperson hier in diesem Haushalt."

„So hatte ich es noch nicht gesehen", gab die Köchin unumwunden zu. „Aber ich würde das nicht überbewerten, William. Das renkt sich sicher schnell wieder ein."

„Nicht überbewerten? Marla, Herr Parker hat schon recht, wenn er sagt, du seist mit den Jahren zu eigensinnig geworden. Dir fehlt es inzwischen an Respekt und Achtung vor jedermann. Nur deshalb glaubst du tun und lassen zu können, was du willst. Nur deshalb! Aber da bist du bei mir an der falschen Adresse. Ich werde nicht zulassen, dass du mich und meine Position hier im Haus unterwanderst. Bevor ich mich von dir und deinem aufmüpfigen Wesen in den Abgrund ziehen lasse, ziehe ich lieber rechtzeitig die notwendigen Konsequenzen und sorge dafür, dass deine Arbeit hier in diesem Haus in Zukunft von deutlich jüngeren Händen erledigt wird. Haben wir uns verstanden?"

* * *

Nachdenklich schlenderte Tim in der Mittagspause durch den Stall. Das Licht war gedämpft, die Pferde gefüttert und er mit seinen Gedanken weit, weit weg. Was hielt ihn eigentlich in diesem Stall und ließ ihn Morgen für Morgen wiederkommen? Viel war es nicht und die Antworten, die Tim sich selbst auf seine Frage gab, waren mehr als bescheiden.

'Die Bezahlung ist eine Frechheit und die Arbeit ist monoton und langweilig. Sie ist nun wirklich nicht das, was man eine Erfüllung nennen könnte. Wenn ich mit den Tieren arbeiten dürfte, dann wäre das vielleicht etwas anderes. Aber so?'

Die Hunde in der langen Mittagspause ein wenig zu fordern, war unterhaltsam und schön. Aber es war kein Ersatz für das beklemmende Gefühl in den zähen Stunden davor und danach, wenn Tim sich so überflüssig fühlte wie das sechste oder siebte Rad eines Wagens. Er wusste, er hatte nicht die Qualifikation, die Martina und die anderen mitbrachten, die schon jahrelang im Stall arbeiteten und im Umgang mit den Tieren viel geübter waren als er selbst. Doch auch als einfacher Stalljunge wollte er nicht den Fußabtreter abgeben, den hier jeder in ihm zu sehen schien.

Tim sehnte sich nach ehrlicher Anerkennung auch für seine Arbeit, mochte sie auch noch so klein und gering sein und er träumte davon, in einem Team zu arbeiten, das einander schätzte und achtete.

Er war an 'Diegos' Box angekommen und schaute hinein. Trotz Mittagsruhe machte sich der Wallach sofort auf den Weg, ihn zu begrüßen. Tim ließ sich nicht zweimal bitten. Er öffnete die Türe und ging hinein.

„Schade, dass ich keinen Apfel für dich habe, aber ich hab den Eindruck, dass du dich auch ohne Apfel freust, mich zu sehen", sagte er schmunzelnd und strich dem Pferd sanft über das glänzende Fell.

Tim überlegte, ob sie wohl auch außerhalb der Box als Pferd und Reiter ein gutes Gespann abgeben würden. 'Ob er mich tragen und auf seinem Rücken dulden würde?' Er wusste, dass er auf diese Frage nie eine Antwort bekommen würde, denn er konnte nicht reiten, und dass man es zulassen würde, einen Anfänger wie ihn auf ein „störrisches Pferd" wie 'Diego' zu setzen, das war vollkommen illusorisch.

„Aber ich brauche dich auch gar nicht zu reiten", flüsterte Tim nach einiger Zeit in 'Diegos' Ohr. „Kein Pferd begrüßt mich am Morgen so begeistert, wie du es tust, und wenn meine Zeit hier abgelaufen ist und ich gehe, dann werde ich sicher nicht viel vermissen. Aber du wirst mir schon ein wenig fehlen. Das spüre ich jetzt schon genau."

Er ließ seine Hand wieder über 'Diegos' Rücken kreisen und dachte einen Moment an das Gespräch mit dem Vertreter der Agentur vom Vortag. „Dich will er mir nicht geben. Das hatte ich auch nicht unbedingt erwartet. Aber auch sonst haben sie mir nicht viel zu bieten." Seine Augen folgten der Hand, die langsam über das weiche Fell strich. „Am Ende werde ich noch so wie mein alter Herr, ein beruflich gescheiterter kleiner Haustyrann. Der lässt im Zweifelsfall auch die Peitsche kreisen, wenn etwas nicht gleich so läuft, wie er sich das vorstellt."

Enttäuscht schüttelte Tim den Kopf. „Am Ende sind sie doch alle gleich. Mit der Peitsche in der Hand und einem Pferd oder Mercedes unter dem Hintern fühlen sie sich gut und glauben, unheimlich wichtig zu sein. Aber hinter der schlecht gestrichenen Fassade lauert im Grunde doch nur das nackte Elend einer ziemlich armseligen Existenz."

Tim lachte kurz auf. „Sie nennen sich 'Lebensagentur', aber es ist eher eine Krankheit zum Tode als eine Agentur, die mehr Lust auf 'Leben' macht."

Er klatschte dem Wallach, der ihn gerade wieder einmal angestupst hatte, liebevoll auf den Hals. „Davon verstehst du nichts, nicht wahr, 'Diego'? Dir reicht es, wenn du dreimal am Tag dein Futter bekommst, tagsüber ein wenig Auslauf hast, dir abends jemand das Fell bürstet. Und wenn dir dann auch noch die Peitsche erspart bleibt, hast du das beste Pferdeleben, das man sich wünschen kann." Er nickte kurz, als gelte es, sich selbst und seine eigenen Worte noch einmal zu bestätigen. „Aber für mich ist das zu wenig. Mir reicht das nicht. Ich will nicht groß und berühmt werden. Reich werden will ich auch nicht." Mit dem rechten Arm machte er eine ausladende Geste. „Aber ein wenig mehr Sinn als das hier darf es schon sein."

Tim überlegte, was wohl geschehen würde, wenn er seinen neuen Vertrag nicht unterschreiben und in der nächsten Woche nicht mehr zur Arbeit erscheinen würde. „Würde es dir auffallen? Würdest du mich vermissen, 'Diego'?" Er sah den Wallach einen Moment an, dann war er sich sicher. „Du würdest mich vermissen, vielleicht sogar mehr, als ich dich vermissen werde. Aber alle anderen werden es im ersten Moment gar nicht bemerken. Dass ich nicht mehr da bin, stellen sie erst fest, wenn sie in einen Hintern treten wollen und keiner zum Treten mehr da ist."

Dunkle Ahnungen stiegen in ihm auf und eine beklemmende Sorge erfasste ihn. Als gelte es alte Wunden zu ertasten, strich er in langen Bahnen gedankenversunken über 'Diegos' Rücken.

„Hoffentlich werden sie sich dann nicht an dir vergreifen und sich mit der Peitsche dafür rächen, dass ich nicht mehr da bin."

Tim spürte plötzlich eine neue Verantwortung, die er in den Tagen zuvor noch nicht wahrgenommen hatte. Er wusste, dass sie real war, er wusste aber nicht, wie er mit ihr umgehen sollte.

„Sie lassen ihre Wut hier immer an dem aus, der sich nicht wehren kann. Deshalb muss ich dafür sorgen, dass du nicht bestraft wirst, wenn ich nicht mehr zur Arbeit in den Stall komme", sagte er zu 'Diego' und fasste einen Entschluss.

„Es ist sicherer für dich, wenn niemand von unserer Freundschaft weiß. Sie ist unser kleines Geheimnis. Du weißt davon, ich weiß davon, aber erzählen werden wir es niemandem."

* * *

Nach dem langen Gespräch mit Xiaotong vom Vorabend verbrachte Aiguo eine Nacht, die so unruhig und aufwühlend war, dass er sich am nächsten Morgen geradezu freute, aufstehen und zu Fang in die Klinik gehen zu dürfen.

Als er den Aufzug verließ und in den langen Gang einbog, der ihn zu Fangs Zimmer führte, lief er dem behandelnden Arzt direkt in die Arme.

„Es ist gut, dass Sie heute Morgen gekommen sind", sagte der Australier und bat ihn für einen Moment in sein Besprechungszimmer.

„Ich habe Ihrer Frau noch nichts gesagt, aber es sieht nicht gut aus", begann der Arzt, nachdem Aiguo die Türe des Raums hinter sich geschlossen hatte.

„Der Tumor ist gewachsen?", fragte Aiguo vorsichtig.

Der Australier nickte. „Ja, das ist er und er ist sogar noch stärker gewachsen, als ich es befürchtet hatte."

„Können Sie ihr noch helfen?" Aiguos Stimme zitterte vor Angst, während die Worte seine Lippen überschritten.

Der Arzt sah ihn traurig an. „Sie wollen von mir eine ehrliche Auskunft?"

Aiguo beschränkte seine Antwort auf ein stummes Nicken.

„Ich fürchte, die Schlacht ist verloren und der Tumor hat gesiegt. Er ist bereits sehr groß, wahrscheinlich schon zu groß. Er war schon im Frühjahr sehr groß und er ist in der Zwischenzeit weiter gewachsen."

„Können Sie Fang operieren? Ich meine, können Sie den Tumor aus ihrem Kopf herausschneiden?", suchte Aiguo krampfhaft nach einem Ausweg.

Der Arzt schüttelte den Kopf. „Dazu ist es zu spät und mit einer Bestrahlung oder mit einer Chemotherapie kommen wir auch nicht weiter. Der Körper Ihrer Frau ist bereits sehr geschwächt. Egal, was wir machen, ich kann mir nicht vorstellen, dass sie den Eingriff überleben wird."

„Dann gibt es also keine Hoffnung mehr?"

Der Arzt schüttelte den Kopf. „Ich würde Ihnen gerne eine andere Mitteilung machen, aber ich kann nicht. Ihre Frau wird schon in wenigen Tagen sterben. Auch wir hier in der Klinik können ihr nicht mehr helfen."

„Liegt es am Geld? Brauchen Sie mehr Geld für die Behandlung? Ich werde es für Sie besorgen", stammelte Aiguo verzweifelt, obwohl er in diesem Moment selbst gar nicht wusste, wie er sein Versprechen je hätte einlösen können.

Der Arzt trat einen Schritt auf ihn zu. Mit den Händen umfasste er Aiguos Schultern. „Kein Geld der Welt kann Ihre Frau noch retten. Freuen Sie sich über jeden Tag, den sie noch lebt. Viele werden es nicht mehr sein."

„Was soll ich jetzt tun?"

„Ich an Ihrer Stelle würde Fang mit nach Hause nehmen und sie dort sterben lassen. Gehen Sie mit ihr, wenn Sie können, noch einmal in den Park oder auf den Balkon in die Sonne. Aber lassen Sie ihre Frau nicht hier im Krankenhaus wie eine alte Blume achtlos verwelken. Das hat sie nicht verdient."

„Was soll ich ihr sagen?"

„Das können Sie besser entscheiden als ich, denn Sie kennen Ihre Frau viel besser. Sagen Sie ihr die Wahrheit oder sagen Sie ihr nichts. Das macht keinen großen Unterschied mehr. Sorgen Sie nur dafür, dass ihre letzten Stunden angenehme Stunden sein werden. Das ist alles, was Sie noch für Ihre Frau tun können."

Schwer wie Blei waren seine Beine, als Aiguo sich wenig später auf den Weg in das Krankenzimmer machte. Selbst, als er die Klinke der Tür zum Zimmer schon in seiner Hand hatte und langsam niederdrückte, wusste er immer noch nicht, wie er sich entscheiden sollte.

Schweigend ging er auf ihr Bett zu. Er versuchte zu lächeln und normal zu wirken, doch er war immer ein schlechter Schauspieler gewesen, und dass seine Vorstellung in diesem Moment besonders schwach war, blieb keinem verborgen.

„Sie wollten mir nicht sagen, wie es um mich steht, und wenn ich dich jetzt so sehe, dann weiß ich auch so, was der Arzt und die Schwestern mir nicht sagen wollen."

„Sie raten mir, dich wieder mit nach Hause zu nehmen", sagte Aiguo mit schwacher Stimme.

„Dann lass uns gehen und keine Zeit mehr verlieren! Es gibt schönere Plätze, um aus dem Leben zu scheiden, als dieses Zimmer hier."

* * *

132

Früher als sonst waren Kani und Sharifa an diesem Morgen aufgestanden. Sie hatten ihre Ausrüstung noch einmal überprüft und sie dann auf die Taschen verteilt.

„Viel ist es nicht, dass wir mitnehmen können", ärgerte sich Kani. „Wenn wir doch nur etwas mehr Medikamente in der Station hätten."

„Ihr könnt nicht die ganze Medizin mitnehmen. Einen Grundbestand müsst ihr uns schon noch dalassen", mahnte Afifa.

„Was wir nicht brauchen, werden wir selbstverständlich wieder mit zurückbringen", erklärte Kani ruhig. „Das ist am Ende nicht das Problem. Lieber trage ich ein paar Kilogramm mehr sinnlos durch die Savanne, als dass ich in Kadiris Dorf feststellen muss, dass uns wichtige Ausrüstung fehlt, die wir hier im Hospital zur Verfügung gehabt hätten."

Noch während der Tag langsam dämmerte, zogen sie los. Schweigend reihten sie sich hinter Kadiri ein, der sich zügig vom Hospital entfernte und Kurs auf die Berge nahm.

„Sagt mir Bescheid, wenn ich zu schnell bin", sagte er nach einiger Zeit, als er sich das erste Mal zu ihnen umdrehte. „Aber wir sollten uns bemühen, die Berge zu erreichen, bevor es Mittag wird. Dort sind wir der Sonne nicht ganz so schutzlos ausgeliefert wie hier in der offenen Savanne."

Widerspruch erntete er von Sharifa und Kani nicht, nur ein dankbares Nicken, das ihm zeigte, dass sie im Grunde genauso dachten wie er. Sie alle wussten, dass der Marsch lang und beschwerlich werden würde und die größten Strapazen noch vor ihnen lagen. Trotzdem war es sinnvoll, gerade jetzt am frühen Morgen, wo sie noch frisch und ausgeruht waren, schnell Strecke zu machen.

Nach etwas mehr als zwei Stunden hatten sie die den Bergen vorgelagerten Hügel erreicht. Dort machten sie eine kurze Rast, tranken etwas Wasser und steuerten dann auf die Berge zu, die sich wie ein schroffes Hindernis quer über ihren Weg gelegt zu haben schienen.

„Das Wetter ist gut heute. Wenn wir oben sind, werden

wir das Dorf sicher schon sehen können", machte Kadiri den anderen Mut, während der Anstieg steiler und der eigene Atem schneller wurde.

Gegen Mittag standen sie auf dem Kamm des Berges. Kadiris ausgestreckter Arm wies in die Ferne. „Seht ihr die Hütten dort hinten? Das ist mein Dorf."

Die Luft flimmerte, eine glühende Hitze lag über der Landschaft und Sharifa ahnte das Dorf mehr, als dass sie die niedrigen Hütten wirklich sah. Ihre Beine schmerzten und die schwere Ausrüstung lastete drückend auf ihren Schultern. Früher hatten ihr Märsche wie dieser weniger Probleme gemacht. Nun hieß es, verborgene Kräfte zu mobilisieren und die Zähne zusammenzubeißen. Das Ziel ihres anstrengenden Weges in der flimmernden Mittagshitze zumindest schon einmal gesehen zu haben, gab ihr zusätzliche Kraft.

„Wir sollten hier noch einmal eine Pause einlegen", schlug Kadiri vor, nachdem sie auf der anderen Seite den Ausgang des Gebirges erreicht hatten und die Landschaft sich wieder in eine offene, von kleinen Hügeln durchzogene Hochebene weitete.

Kani nahm den schweren Rucksack ab und ließ ihn neben sich langsam zu Boden gleiten. Als er sicher war, dass der Rucksack nicht umfallen und ihre medizinische Ausrüstung keinen Schaden nehmen würde, folgte auch er nur noch den Gesetzen der Schwerkraft und sank müde ins Gras.

„Sie werden der erste Arzt sein, Doktor Kani, der jemals zu Fuß in mein Dorf gekommen ist", sagte Kadiri nach einer Weile.

„War noch nie ein Arzt dort?", wunderte sich Kani.

„Als ich jung war, ist hin und wieder mal jemand mit dem Auto gekommen. Damals gab es die Station noch nicht. Aber zu Fuß ist nie einer gekommen."

„Vermutlich wird auch so schnell keiner wieder kommen", lächelte Sharifa erschöpft, denn wenn unser Reisebericht erst einmal um die Welt geht, wird sicher so schnell keiner mehr einen neuen Anlauf starten."

„Ist der Weg so beschwerlich?", fragte Kadiri überrascht.

„Er ist zumindest länger und beschwerlicher, als ich es mir zunächst vorgestellt hatte", musste Sharifa zugeben.

„Hoffentlich bereut ihr nicht schon, dass ihr Euch mit mir auf den Weg gemacht habt."

„Das ganz bestimmt nicht", versicherte Kani und warf einen zufriedenen Blick auf Sharifa und ihren Führer. „Hier draußen brennt die Sonne und unsere Kehlen sind beständig trocken. Aber wenn wir nicht gegangen und in der Station geblieben wären, dann würden jetzt sicher ganz andere Gedanken in uns brennen und ich bin mir nicht sicher, ob sie für uns einfacher zu ertragen wären."

„Das wären sie ganz bestimmt nicht, Kani", war auch Sharifa seiner Meinung. „Wir hatten im Grunde immer nur eine Wahl und die war, sich auf den Weg zu machen. Dass wir es heute zu Fuß tun müssen, weil uns kein Wagen zur Verfügung steht, ist ärgerlich. Aber es gibt Schlimmeres."

* * *

„Lassen Sie uns in den Park gehen und uns ein wenig die Beine vertreten", schlug Herr Gott seinem persönlichen Referenten vor und warf einen kritischen Blick auf den Terminkalender. „Am Nachmittag jagt ohnehin wieder eine Besprechung die andere und deshalb möchte ich nicht auch noch den Mittag im Büro verbringen müssen."

Sie fuhren mit dem Aufzug in die Tiefe, verließen die Zentrale und gingen in den kleinen Park auf der anderen Seite des großen Boulevards.

„Schön ist es hier, vor allem jetzt im Sommer, wenn all die Blumen blühen, die von der Stadtverwaltung im letzten Jahr gepflanzt wurden", sagte Herr Gott und sog die frische Luft dankbar in seine Lungen. „Schade nur, dass nicht viele Leute in diesen Park kommen, um sie zu genießen."

„Sie sind alle zu beschäftigt", stimmte Ezechiel traurig

zu. „Die meisten Menschen können das Gute und das Schöne erst schätzen, wenn es Geschichte ist und sie plötzlich merken, dass sie etwas vermissen und ihnen etwas fehlt."

„Ich frage mich, ob wir ihnen diese Unaufmerksamkeit jemals werden austreiben können?", überlegte Herr Gott. „Warum suchen sie das Glück auch dann noch in der Ferne, wenn es schon längst zum Greifen nahe ist und sie nur noch ihre Hände öffnen und entschlossen zupacken müssen?"

„Vielleicht hat die viele Werbung sie aus dem Gleichgewicht gebracht?"

„Die viele Werbung? Nun ja, die ist wirklich ein Problem. Immer will sie uns erzählen, dass uns nur das, was wir noch nicht haben, glücklich machen wird. Immer sollen wir etwas Neues kaufen. Natürlich noch größer und noch teurer als das, was wir uns gestern erst gekauft haben."

„Aber je mehr wir kaufen, umso weniger Zeit haben wir, es zu genießen", ärgerte sich Herr Gott. „Ich habe es erst heute Morgen bei Gericht wieder deutlich gespürt. Wenn es die ganzen Unachtsamkeiten nicht gegeben hätte, die entstehen, weil mal wieder jemand zu sehr mit seinen Träumen und Wünschen und zu wenig mit der Realität beschäftigt war, wäre viel Streit erst gar nicht entstanden. Der ganze Ärger wäre gar nicht erst aufgekommen und wir müssten uns nicht Woche für Woche mit diesem Zirkus herumschlagen und vor Gericht so viele Altlasten aufarbeiten."

„Früher haben wir den Menschen von Zeit zu Zeit einen längeren Stromausfall geschickt, damit sie das eigenständige Denken nicht ganz verlernen und sich auf die wirklich wichtigen Dinge im Leben konzentrieren", erinnerte sich Herr Ezechiel. „Doch heute scheint es mir, als seien unsere vielen gut gemeinten Ratschläge nur Schüsse gewesen, die allesamt nach hinten losgegangen sind. Heute gibt es in nahezu jeder Stadt eine eigene Notstromversorgung und egal ob Gewitter, Sturm oder Hagel: Der Fernseher läuft immer."

„Er läuft immer und er füttert die Gehirne permanent

mit den falschen Gedanken", ärgerte sich Herr Gott. „Erinnern Sie sich noch an die erste Verhandlung von heute Morgen?", fragte er seinen persönlichen Referenten.

„Die Frau mit den vielen Schuhen?"

„Ja, genau die. Ihre Schränke sind von Jahr zu Jahr voller geworden. Aber ihr Herz wurde immer leerer und am Ende hat sie sich gewundert, warum sich das Glück nicht zwingen lässt."

„Der Mann, der gemeint hat, bei jedem Auto, das er gekauft hat, unbedingt den Auspuff tieferlegen zu müssen und der am Ende sogar den Nachbarn erschlagen hat, weil der sich über den Lärm der dröhnenden Auspuffrohre aufgeregt hat, war auch mehr als schräg", erinnerte sich der persönliche Referent an einen weiteren Fall vom Vormittag. „Der hat echt geglaubt, er wäre alleine auf der Welt oder jeder müsse ihm täglich neu beweisen, was für ein toller Hecht er doch sei."

„Mein lieber Ezechiel, man darf es gar nicht laut aussprechen, aber ausgerechnet diese Pfeifen erster und zweiter Klasse sind die Kunden unserer Agentur."

„Stimmt, und ausgerechnet bei dieser Art Publikum setzen wir unsere Verträge am leichtesten ab."

„Deshalb ist mir ein wenig unwohl, wenn ich an unsere neue Marketingstrategie denke", bekannte Herr Gott.

„Sie meinen Raffaels Vorschlag, das Pferd regelrecht von hinten aufzuzäumen und die Milliardäre und Millionäre als Erste für die Vertragsverlängerung zu gewinnen?"

„Ja, genau die", bestätigte Herr Gott. „Die Vorgehensweise klingt im ersten Moment sehr klug und sehr logisch. Sie könnte sich aber auch leicht als ein Irrweg erweisen und dann haben wir sofort ein gewaltiges Problem."

„So wie ich höre, läuft die Kampagne sehr gut an. Uriel hat mir berichtet, dass in China die Milliardäre vor seiner Niederlassung Schlange gestanden haben. Das müssen Sie sich mal vorstellen: Über hundert Milliardäre stehen geduldig in einer Schlange und warten und das einfache Volk geht vorbei und guckt interessiert zu."

„Das war natürlich auch ein geschickter Zug von Uriel, die Milliardäre nicht selbst aufzusuchen, sondern ihnen zu sagen, sie müssten sich selbst in die Niederlassung bemühen, wenn sie wieder so einen guten Vertrag haben wollten", lobte Herr Gott die Vorgehensweise seines asiatischen Bereichsleiters.

„Uriel hat gemeint, so schnell wie die angewackelt kamen, konnte man gar nicht gucken, geschweige denn bis drei zählen", schmunzelte Ezechiel zufrieden.

„Also eines muss man Uriel und seiner Mannschaft lassen: Aufmerksamkeit haben sie eine Menge erzielt. Jetzt muss nur noch der zweite Teil des Plans funktionieren und alle anderen müssen es ihnen gleichtun."

„Das wird er ganz sicher", war Ezechiel recht zuversichtlich. „Der Kollege Uriel jedenfalls scheint keine Zweifel daran zu haben, dass seine Strategie aufgehen und uns am Ende sehr hohe Abschlusszahlen bringen wird."

$$* * *$$

Nach und nach füllte sich der Raum mit den geladenen Gästen. Alles, was in der Stadt Rang und Namen hatte, war gekommen, um dem Redner zu lauschen, der an diesem Abend extra aus der Zentrale angereist war.

Als der letzte Gast eingetroffen und die Türen des Saals geschlossen waren, trat Egon Elohim an das Rednerpult. Er begrüßte die Milliardäre und Millionäre der Stadt und dankte ihnen für ihr Kommen. Eine lange Rede zu halten, lag ihm eher weniger und so zog er es vor, seinen Chef den anwesenden Gästen kurz vorzustellen und das Mikrophon schnell an den Bereichsleiter zu übergeben.

„Ich freue mich, dass es mir vergönnt ist, gerade in diesem Augenblick zu Ihnen, meine sehr verehrten Damen und Herren, sprechen zu dürfen. Ich hatte schon oft das Vergnügen, mit Einzelnen von Ihnen sprechen zu können", begann der Bereichsleiter seine Ansprache, für die er ganz bewusst die Form einer freien Rede gewählt hatte. „Ich spreche heute zu Ihnen, weil die Agentur sich entschlossen hat, die heiße Phase der Vertragsabschlüsse gewissermaßen mit einem Paukenschlag zu eröffnen. Früher haben wir verstärkt das individuelle Gespräch gesucht, um mit unseren Kunden zu einer Übereinkunft zu gelangen. Heute wählen wir bewusst einen anderen Weg, denn wir sind uns nicht nur der Größe unserer Aufgabe, sondern auch der Größe unserer Verantwortung bewusst. Ja, Verantwortung ist meiner Ansicht nach das passende Stichwort, denn wenn sich jetzt große Teile der Menschheit wieder für oder gegen einen neuen Vertrag mit der Lebensagentur entscheiden müssen, dann geht es nicht nur um einige Jahre mehr oder weniger für jeden Einzelnen, sondern es geht auch um die Gesellschaft als Ganzes. Sie wissen, ich bin ein Mann des klaren Wortes und es ist nicht mein Stil, lange um den heißen Brei herumzureden. Deshalb lassen Sie mich die Brisanz der Frage, vor der die Welt im Augenblick steht, einmal so ausdrücken: Es geht nicht nur um einen neuen Vertrag mit der Agentur, sondern es geht auch um die Frage: 'Wollen wir so weiterleben wie bisher, oder wollen wir Veränderungen?' Vielleicht sogar große Veränderungen."

Er sah seine Zuhörer für einen Moment besonders eindringlich an. „Veränderungen, meine Damen und Herren, sind oftmals sehr schmerzhaft, hin und wieder aber auch sehr schön anzusehen. Die Verwirklichung des uramerikanischen Traums, also selbst mit ansehen zu dürfen, wie ein Tellerwäscher zum Millionär aufsteigt, das ist eine wunderbare Geschichte, die nicht nur Hollywood zu Tränen rührt. Auch wir, hier in diesem Raum, werden uns ihr ganz gewiss nicht verschließen."

Kurzer Applaus brandete auf und auch Charlotte und Alexander Parker glaubten dem Redner spontan ihre Zustimmung mitteilen zu müssen, nachdem sie gesehen hatten, dass James West und Benjamin Young kräftig applaudierten.

„Vom entgegengesetzten Weg, dem Abstieg vom Millionär zum Tellerwäscher wird man das wohl nicht in der gleichen Weise behaupten können", setzte Bereichsleiter Raffael seinen Vortrag fort, nachdem es im Publikum wieder ruhig geworden war. „Es wird an die Lebensagentur schon seit Jahren die Forderung herangetragen, für einen größeren Ausgleich und mehr Bewegung zu sorgen. Es versteht sich von selbst, dass diese Forderung eher von den unteren als von den oberen Schichten an die Agentur herangetragen wird. Wir von der Lebensagentur stehen diesem Ansinnen nicht generell ablehnend gegenüber, wir müssen aber zu bedenken geben, dass wir besonders im Segment der gehobenen Vermögensklassen nur über ein begrenztes Kontingent an Plätzen verfügen. Auf einen Platz kam schon in der Vergangenheit in der Regel eine hohe sechsstellige Zahl an Bewerbern, von denen je nach Land oder Region zwischen 200 und 500 in die engere Auswahl kamen. Hin und wieder hat es Kandidaten gegeben, die diesen Aufstieg erfolgreich gemeistert haben. Aus Ihrem Kreis hat es in den letzten zehn Jahren beispielsweise Benjamin Young durch eine sehr forsche Strategie geschafft, vom Millionär zum Multimillionär aufzusteigen, während James West und seiner Familie im gleichen Zeitraum der Sprung in die Gruppe der Milliardäre gelungen ist."

Erneut brandete Beifall auf, an dem sich Alexander Parker jedoch nicht beteiligte, denn er empfand es beinahe wie einen persönlichen Affront, dass Benjamin Young für seine geschäftlichen Erfolge in den vergangenen zehn Jahren namentlich erwähnt wurde, während seine eigene Leistung mit Stillschweigen übergangen wurde.

„Die Lebensagentur", fuhr Bereichsleiter Raffael Augenblicke später fort, „sieht es nicht als ihre Aufgabe an, beständig neu zu würfeln. Wir stehen für Konsequenz und Konstanz. Wir verfolgen konsequent den Weg, unseren Topkunden erlesene Verträge zu konstanten Konditionen anzubieten."

Spontaner Applaus unterbrach den Redner und ließ ihn dankbar lächeln. Auch Charlotte und Alexander Parker hatten wieder kräftig geklatscht, denn sie waren beide der Meinung, dass Konstanz und Konsequenz auch in ihrem Leben eine ganz besondere Rolle spielten.

„Sie, meine sehr verehrten Damen und Herren, haben heute Abend die Möglichkeit, sich früher als mancher andere für oder gegen den Abschluss eines neuen Vertrages mit unserer Agentur zu entscheiden. Wir knüpfen dieses besondere Vorrecht nicht an irgendwelche Bedingungen. Alles, was wir uns von Ihnen, liebe Millionäre und Milliardäre, wünschen, ist ein klares Bekenntnis zu Ihrem Leben und natürlich auch zum Abschluss eines neuen Vertrages mit der Agentur. Vielleicht hat auch der eine oder andere von Ihnen die Güte, unseren neuen Aufsteigerfonds, mit dem wir zwei oder drei relativ mittellosen Amerikanern in den kommenden Jahren den Aufstieg in Ihre Gruppe ermöglichen möchten, mit einer kleinen Spende zu unterstützen. Die Lebensagentur wird Ihnen im Gegenzug ein langes Leben, frei von finanziellen Nöten, garantieren und diese Garantie selbstverständlich auch in Ihre neuen Verträge aufnehmen. Wenn Sie diesen Vertrag unterzeichnen, können Sie sicher sein, dass es Ihnen in Zukunft an Geld niemals mangeln wird, egal, was auf der Welt auch noch alles passieren wird."

Der Applaus des Publikums wurde stürmisch und Herr Raffael hatte Mühe, den Saal wieder zu beruhigen. Mit dem ausgestreckten Arm wies er auf eine Reihe von Tischen am Ende des Saals, an denen die Mitarbeiter der Lebensagentur bereits Aufstellung genommen hatten.

„Sollte ich Sie mit dem Angebot unserer Agentur wieder einmal überzeugt haben, dann zögern Sie jetzt nicht, sich an meine freundlichen Kolleginnen und Kollegen dort hinten am Ende des Saals zu wenden und Ihre neuen Verträge mit der Agentur zu unterzeichnen, solange sie noch druckfrisch sind."

Wieder brandete Applaus auf, der jedoch von einer neu aufkommenden Unruhe schnell hinweggefegt wurde.

„Komm, Charlotte, heute ist es möglicherweise ein Fehler, in der ersten Reihe zu sitzen", drängte Alexander Parker seine Frau zum raschen Handeln. „Du hast es ja selbst gehört, die Agentur verspricht uns Geld im Überfluss."

„Aber wir wissen doch jetzt schon nicht mehr wohin mit dem ganzen Geld", gab Charlotte Parker vorsichtig zu bedenken.

„Geld kann man im Zweifelsfall nie genug haben", wischte Alexander Parker den Einwand seiner Frau schnell zur Seite. „Man weiß nie, wofür man es später einmal brauchen wird. Vielleicht lege ich mir in Zukunft drei Küchen zu und stelle drei Marlas an, damit mir wenigstens eine morgens ein vernünftiges Frühstücksei auf den Tisch bringt", schwärmte er von seinen neuen Möglichkeiten und griff ungeduldig nach der Hand seiner Frau. „Nun komm schon, siehst du nicht, dass James West und Benjamin Young schon dabei sind, zu unterschreiben. Ich will mir weder vom einen noch vom anderen später einmal sagen lassen, dass ich zu spät gekommen bin, weil ich zu lange gezögert hätte."

* * *

'Heute Morgen müssen alle mal wieder mit dem falschen Bein zuerst aufgestanden sein', schimpfte Tim still in sich hinein.

Der Arbeitstag war noch keine zwei Stunden alt, aber er hatte schon alle Chancen, zu einem der unangenehmsten des gesamten Monats zu werden. Nichts wollte Tim so richtig gelingen und nichts von dem, was er tat, war gut genug, um vor den strengen Augen der anderen bestehen zu können.

Mal arbeitete er zu schnell und zu flüchtig, dann wieder zu langsam. Falsch war es in jedem Fall und mit jeder Bemerkung, die ihm zeigte, wie überflüssig er in dieser Welt doch eigentlich war, wuchs sein Wunsch, endlich gehen zu dürfen.

Tim sehnte sich nicht nach einer neuen Aufgabe, auch nicht nach mehr Geld oder einem Neuanfang in einer anderen Firma. Er hatte längst erkannt, dass es ihm anderswo kaum besser ergehen würde. Eine Zeit lang hatte er mit dem Gedanken gespielt, zu kündigen und sich einen neuen Arbeitgeber zu suchen. Am Ende hatte er ihn verworfen, weil er sich vor der Teilnahmslosigkeit der Menschen um ihn herum mehr fürchtete als vor allem anderen, und weil er nur zu gut wusste, dass er sie überall dort antreffen würde, wo man gewillt war, ihn zu einem Rädchen im System zu degradieren. Solange er funktionierte, wie das System es von ihm erwartete, wurde er geduldet, sobald er die Erwartungen der anderen nicht mehr erfüllte, zeigte man ihm, dass er überflüssig war und gehen konnte.

Tim hatte auch lange überlegt, ob es sinnvoll wäre, gegen das System und seine menschenverachtende Sicht anzukämpfen. Doch auch diesen Gedanken hatte er schnell verworfen. Was konnte er als Einzelner gegen die Vielen schon ausrichten? Was hatte er gegen sie in der Hand, wenn es darauf ankam, die Segel zu setzten und das Steuer des Bootes zu übernehmen? So überließ er das Steuer denen, die sich dazu berufen fühlten, und wusste zugleich, dass der Kurs, den sie steuerten, nur ins Verderben führen konnte.

Von Tag zu Tag wurde er schweigsamer. Das brachte ihm zwar nicht den Respekt und die Anerkennung der anderen, ersparte ihm aber zumindest ihre Schläge. Je passiver er wurde, desto leichter und gelassener verbrachte er seine Tage. Sorgen, die er gestern noch gehabt hatte, fielen plötzlich von ihm ab, weil er sich darüber klar geworden war, dass es nicht mehr seine eigenen waren.

'Nichtteilnahme als Lebenskonzept', sagte er sich wieder und wieder, wenn er aus lauter Gewohnheit in alte Verhaltensmuster zurückzufallen drohte. Die Aussicht, gehen zu dürfen und nicht mehr dazu gehören zu müssen, wirkte auf ihn wie eine Befreiung. Je mehr er sich ihr öffnete, desto leichter und gelassener verbrachte er seine Tage.

Hin und wieder dachte er an Theodor Aschim und den Vertrag der Lebensagentur, den dieser ihm aufdrängen wollte. 'Mag sein, dass ich es besser habe als andere', sagte er in diesen Momenten zu sich selbst. Doch nie spürte er, dass diese bessere Alternative, die man ihm angeblich zugesprochen hatte, gut genug war, um ihn zum Bleiben zu bewegen.

So rückte der Tag näher, an dem sein alter Vertrag auslief und er eigentlich hätte einen neuen abschließen müssen. Doch der Gedanke, bald nicht mehr zu sein, bald das Spielfeld zu verlassen und nicht mehr mit von der Partie zu sein, schreckte ihn viel weniger, als er es ursprünglich erwartet hatte.

Tim hatte mit Furcht gerechnet und wurde mit Furchtlosigkeit belohnt. Der Tod, vor dem alle um ihn herum so zitterten, war längst nicht mehr der Quell des Schreckens, sondern eher die Sehnsucht seiner unerfüllten Träume.

'Nichtteilnahme und Verweigerung als Lebenskonzept'. Wie ein Brandzeichen hatten sich die Worte in den vergangenen Tagen und Wochen in sein Innerstes eingebrannt. Er war noch nicht ganz bereit zu gehen, denn etwas Hoffnung hatte er noch und seine Zuversicht war noch nicht vollkommen erloschen.

Doch der Wunsch, bleiben zu können, wurde von Tag zu Tag schwächer. Angst vor dem großen Nichts am Ende seines nun bald auslaufenden Vertrags hatte er nicht, Angst vor dem Bleiben schon.

'Meinen 'Diego' würde ich gerne mitnehmen', sagte er still zu sich selbst, während er den Gang zwischen den Boxen entlangging und mit den Fingern der ausgestreckten Hand langsam an den Gitterstäben entlangglitt. „Ja, 'Diego' würde ich wirklich sehr gerne mitnehmen, aber alles andere kann bleiben, wo es ist.'

* * *

„Jetzt bin ich doch noch einmal nach Hause gekommen", sagte Fang und lächelte zufrieden, als Aiguo ihr die Wohnungstüre aufgeschlossen hatte und sie zu einem Stuhl in der Küche führte.

„Setz dich und ruh' dich erst einmal aus", sagte er. „Du hast einen langen und schweren Weg hinter dir."

„Er war kürzer und leichter, als ich es erwartete hatte", lächelte sie erschöpft und lehnte ihren Kopf für einen Moment gegen die harte Wand. „Außerdem warst du bei mir und wir sind schon lange nicht mehr zusammen irgendwohin gegangen."

„Wir werden morgen zusammen in den Park gehen", versprach Aiguo schnell.

„Der Park ist so schön um diese Jahreszeit. Die vielen duftenden Blumen und das kräftige Grün der Bäume", schwärmte Fang verträumt.

„All das werden wir uns morgen wieder zusammen ansehen", versicherte Aiguo.

„Aber der Park ist recht weit weg. Wir werden ihn kaum erreichen können, jetzt wo ich so schwach bin."

„Mach dir darüber mal keine Sorgen, Fang. Wir werden ein Taxi nehmen."

„Und deine Arbeit? Was ist mit deiner Arbeit?"

„Wenn wir früh in den Park gehen, habe ich anschließend noch genug Zeit, um zum Bahnhof zu gehen und von dort ins Bergwerk zu kommen", zerstreute er schnell ihre Bedenken. „Jetzt koche ich dir erst einmal etwas zu essen. Aber vorher bringe ich dich noch ins Bett, damit du dich etwas ausruhen kannst."

„Nein, lass mich hier sitzen und dir noch ein wenig bei der Arbeit zusehen", bat sie. „Schlafen kann ich später noch genug, wenn du im Bergwerk bist."

„Erinnerst du dich noch an den Tag, an dem wir zum ersten Mal zusammen gekocht haben?", fragte Aiguo, nachdem sie ihm einige Zeit schweigend bei seiner Arbeit zugesehen hatte.

„Natürlich erinnere ich mich noch daran", sagte Fang und lächelte. „Du warst so nervös, weil du Angst hattest, mir könnte nicht schmecken, was du für mich vorbereitet hattest. Aber mir hat immer geschmeckt, was du für mich gekocht hast."

„Bald kann ich nicht mehr für dich kochen", sagte er traurig.

„Du wirst für jemanden anderes kochen."

Aiguo schüttelte den Kopf. „Nein, Fang, das werde ich ganz sicher nicht tun. Ich weiß noch nicht, was ich tun werde, aber zu kochen, das wird mir sicher keine Freude mehr machen, wenn du nicht mehr zuguckst."

„Jemand anderes wird dir zusehen."

„Aber nicht so, wie du es immer gemacht hast. Das ist etwas anderes", beharrte Aiguo auf einem Unterschied, von dem er wusste, dass er da war und den er doch nicht recht in Worte fassen konnte.

Es war ein einfaches und hastiges Essen, das er ihnen bereitet hatte, denn die Zeit, die ihnen noch blieb, war begrenzt und die Minuten rannen wie Sand durch ihre Finger.

Trotzdem war es eines der schönsten und intensivsten Essen, die sie je genossen hatten. Vor ihnen auf dem Tisch dampften die kleinen Schälchen, in die Aiguo den Reis und das Gemüse gefüllt hatte. Gemeinsam tauchten sie ihre Stäbchen wieder und wieder in sie ein und leerten sie langsam.

Nach dem Essen räumte Aiguo den Tisch schnell ab, brachte sie ins Bett und deckte sie zu. Dann hatte er keine Zeit mehr zu verlieren. Er küsste sie und verließ beinahe fluchtartig das Haus. Seine Lunge brannte wie Feuer, während er durch die Straßen zum Bahnhof lief.

Den alten, von der betagten Dampflok gezogenen Zug erreichte er im allerletzten Moment. Keuchend ließ er sich auf einem der noch freien Sitze nieder. Er schloss die Augen und sah sich wieder zu Hause mit Fang am Küchentisch sitzen.

'Morgen gehe ich mit ihr noch einmal in den Park und übermorgen vielleicht wieder.'

Er wusste, dass er ihr jeden noch verbleibenden Tag zu einem Festtag und jede ihnen noch geschenkte Minute zu einem Erlebnis machen würde.

Als der Zug vor dem Eingang zum Bergwerk hielt und

die Kollegen zu den Türen drängten, wäre er am liebsten auf seinem Platz sitzen geblieben und mit den Männern der Frühschicht gleich wieder zurück in die Stadt, zurück zu seiner Fang, gefahren.

Am Ende stieg er doch aus. Nicht aus Überzeugung, eher aus reiner Gewohnheit. Mechanisch wechselte er die Kleidung, setzte den Helm auf und fuhr mit dem alten Förderkorb in die Tiefe.

In der Dunkelheit des Bergs fühlte er sich plötzlich sicher, weil niemand die Tränen in seinen Augen sah und der Kohlenstaub die tiefen Ränder unter ihnen schnell überdeckte.

'Nicht nur auf Xiaotongs Seele liegt eine Menge Staub", sagte er in einem Moment, in dem er besonders fest und intensiv an seine Fang denken musste. 'Auf meiner Seele liegt er genauso. Bald wird sie fort sein, bald bin ich wieder allein. Dann gibt es nicht mehr viel, was mich hier noch hält.'

* * *

Unbarmherzig brannte die Sonne auf den kleinen Trupp herab, der sich durch die offene Savanne langsam seinem Ziel näherte. Sie gingen hintereinander in einer Reihe und sprachen die meiste Zeit kaum ein Wort. Ein jeder hing seinen eigenen Gedanken nach und kämpfte verbissen mit der Schwere der Last, die sich über die verschwitzen Gurte schneidend in Schulter und Rücken presste.

Die heiße Luft flimmerte und ihre Kehlen brannten wie Feuer, doch unbeirrt hielten sie Kurs auf das einsame Dorf weit draußen im afrikanischen Busch, dessen Besuch ihnen Ruhe und Erlösung versprach.

„Ich schätze, wir werden das Dorf in gut drei Stunden erreichen", sagte Kadiri mit einem zufriedenen Lächeln und drehte sich zu seinen ihm keuchend folgenden Begleitern um. „Mit etwas Glück schaffen wir es auch in zwei oder zweieinhalb Stunden, wenn wir das Tempo halten können."

„Wenn wir dein Dorf erreicht haben, werde ich wohl tot umfallen, so müde werde ich dann sein", lachte Sharifa frech. „Aber besser, ich falle dort tot um, als hier irgendwo auf halbem Weg."

„Wir können gerne noch einmal eine Pause machen", regte Kadiri an und zeigte mit dem ausgestreckten Arm auf einen einsamen Affenbrotbaum. „Dort hinten unter dem Baobab sollten wir rasten und uns für das letzte Stück noch einmal stärken."

Gut zehn Minuten später hatten sie den Baum erreicht und lehnten erschöpft gegen seinen Stamm. Wasser benetzte ihre trockenen Kehlen und die erschöpften Körper kamen ein wenig zur Ruhe.

„Die Sonne steht schon recht tief. Ich schätze, dass wir nur noch für zwei Stunden Tageslicht haben werden", vermutete Kani und warf einen besorgten Blick auf ihren Führer. „Wird das reichen, Kadiri?"

„Ich denke schon, dass es reichen wird und wenn wir erst einmal im Dorf sind, wird schnell etwas gegessen und dann legen wir uns schlafen, denn morgen wird sicher ein anstrengender Tag für euch beide werden", entgegnete Kadiri ruhig.

„Ich würde mich nach meiner Ankunft gerne schon einmal im Dorf etwas umsehen", erklärte Kani. „Vielleicht kann ich schon irgendetwas tun."

„Im Dunkeln werden Sie kaum etwas sehen können, Doktor Kani", mahnte Kadiri. „Die Leute in meinem Dorf sind arm und vergessen Sie bitte nicht, dass Strom und elektrisches Licht ein Luxus sind, den sich längst nicht alle leisten können."

„Ja, das wird sicher ein Problem sein", bekannte Kani. „Trotzdem, mich stört die Vorstellung, nach unserem langen Marsch endlich im Dorf anzukommen und dann stundenlang nichts zu tun, nur weil es draußen dunkel ist."

„Ich wollte Ihnen und Schwester Sharifa eigentlich anbieten, heute Nacht in meiner Hütte zu schlafen. Sie ist nicht sehr groß, aber jetzt wo Baya nicht mehr lebt, sollte der Platz für uns drei sicher reichen."

„Das Angebot nehmen wir gerne an, nicht wahr, Kani?", erklärte Sharifa, ohne auch nur einen Moment zu zögern.

„Aber es gibt in der Hütte keinen elektrischen Strom und nur ein paar schwache Lampen", warnte Kadiri.

„Das bringt uns sicher nicht um", hatte auch Kani nicht die geringsten Bedenken. „Sharifa und ich wissen deine Gastfreundschaft sehr zu schätzen."

„Wenn meine Hütte näher am Hospital wäre, würde ich sie Ihnen schenken", sagte Kadiri nach einer Weile. „Sie könnten ein paar Betten dort hineinstellen und weitere Kranke oder ihre Angehörigen dort schlafen lassen. Ich habe für die Hütte ja ohnehin keine Verwendung mehr."

„Ein Haus oder eine Hütte für die Angehörigen könnten wir neben dem Hospital wirklich sehr gut gebrauchen. Das ist wahr", befand Kani. „Aber du solltest doch besser einen neuen Vertrag mit der Agentur unterschreiben und deine Hütte selber nutzen."

„Das werde ich nicht tun, Doktor Kani. Ich brauche keinen neuen Vertrag von der Agentur und Sie werden mich auch nicht mehr umstimmen können. Ich weiß, Sie sind ein guter Arzt und sie wollen nur das Beste für mich. Aber in diesem Fall ist zu bleiben nicht die beste Lösung für mich."

„Was macht dich da so sicher, Kadiri?", fragte Sharifa mit erregter Stimme. „Warum ist Gehen besser als Bleiben?"

„Weil es hier für mich nichts mehr zu gewinnen gibt, nachdem ich bereits alles, was mir wichtig war, verloren habe", entgegnete Kadiri hart. „Die Lebensagentur ist nicht gerecht. Sie lässt viele leiden, damit einige wenige es gut haben."

„Ich kann die Entscheidungen der Lebensagentur auch schon lange nicht mehr gutheißen", bekannte Sharifa traurig. „Bislang habe ich gedacht, ich könnte mit meinen bescheidenen Möglichkeiten ein wenig dagegenhalten und die Welt ein Stück besser machen. Aber je länger ich kämpfe, umso mehr habe ich das Gefühl, ständig nur gegen Windmühlen zu kämpfen."

„Du meinst, dass Kadiri die richtige Entscheidung getroffen hat und unsere bisherige Sicht auf die Dinge falsch war?", fragte Kani vorsichtig.

„Für sich hat er sicher die richtige Entscheidung getroffen", war Sharifa überzeugt. „Ob es generell der bessere Weg ist, sich diesem ungerechten System zu verweigern, indem man seine Verträge mit der Agentur nicht mehr verlängert, das weiß ich noch nicht."

„Wenn hochanständige Leute wie du und Kadiri schon nicht mehr kämpfen, weil sie den Sinn ihres Kampfes nicht mehr erkennen können, ist es dann überhaupt noch sinnvoll, am Morgen aufzustehen und wieder in eine Schlacht zu ziehen, von der man sowieso weiß, dass man sie nicht gewinnen kann?", fragte Kani mehr sich selbst als die anderen.

„Seit mir klar ist, dass ich diese verlogenen Kämpfe nicht gewinnen kann und sie auch eigentlich gar nicht führen will, hat der Vertrag mit der Agentur schnell seinen Reiz für mich verloren", berichtete Kadiri. „Ich will mich nicht mehr länger an einem System beteiligen, das nur darauf ausgerichtet ist, andere zu übervorteilen und selbst Schätze zu sammeln." Er sah sie eindringlich an. „Große Schätze habe ich zum Glück nie besessen. Aber seit mir klar ist, dass ich auch dieses Wenige bald verlieren werde, ist mein Rücken nicht mehr krumm und meine Schultern leiden nicht mehr unter einem Gewicht, dass ich eigentlich gar nicht tragen möchte." Er stand auf und griff nach dem schweren Rucksack mit der Medizin für sein Dorf. „Aber nun lasst uns gehen, sonst erreichen wir das Dorf bestimmt nicht mehr, bevor es dunkel wird."

Mittwoch, 11. Juli

„Marla, wie lange haben wir uns schon nicht mehr gesehen?", fragte Debora Ward ihre alte Freundin, nachdem diese im kleinen Café an der 24. Straße zu ihr an den Tisch gekommen war.

„Viel zu lange, Debora, viel zu lange", lachte Marla vergnügt und setzte sich zu ihr an den Tisch. „Aber frag mich bitte nicht nach den Einzelheiten, die vergisst eine alte Frau wie ich so leicht."

„Sag nicht, dass du alt bist, Marla. Das stimmt überhaupt nicht und selbst, wenn es stimmen würde, heißt das noch lange nichts. Die Jüngeren mögen vielleicht weniger Falten haben als wir beide. Aber dass sie deswegen gleich unsere Klasse erreichen sollen, das möchte ich mal bezweifeln. Wirkliche Klasse fängt meist erst da an, wo die straffe Haut endet."

„Ach Debora, sag das doch bitte mal meinem Herrn und unserem William", seufzte Marla schwer.

„Warum? Stehen die beiden so sehr auf diese jungen Dinger?"

„Das kann ich dir gar nicht so genau sagen, Debby. Nur dass sie mir im Zweifelsfall keine Träne nachweinen werden, das weiß ich genau."

„Was denn: So kritisch die beiden Herrschaften?"

„So kritisch und auch so ungerecht", nickte Marla traurig und erzählte ihrer Freundin einige Begebenheiten aus den letzten Tagen.

„Und wegen dieser Kleinigkeiten gibt es dann so einen Aufstand?", konnte Debora Ward die Erzählungen ihrer alten Freundin kaum glauben. „Sie sollen froh sein, dass du dich um den kleinen Noah kümmerst und der auch mal etwas Praktisches lernt, wenn er zu dir in die Küche kommt."

„Herr Parker sieht das leider etwas anders als du und

William unterstützt ihn, wo er nur kann."

„Warum tut er das? Warum bläst er sich auf, als wäre er zum Bürgermeister einer mittleren Kleinstadt aufgestiegen? Er ist selbst nur ein armer kleiner Angestellter, der vor seinem großen Herrn kuschen muss. Aber vor dir und den anderen Angestellten im Haus markiert er den großen Macker."

„William war halt auf einer renommierten englischen Butlerschule und ich bin nur eine einfache amerikanische Köchin. Da musst doch auch du zugeben, Debora, dass es da gewisse Unterschiede in Herkunft und Status geben muss", entgegnete Marla mit bissiger Ironie.

„Dein William ist genauso nackt auf diese Welt gekommen, wie wir beide Marla, und wenn er einmal gehen muss, dann wird selbst der große Alexander Parker nichts von seinem extremen Reichtum mitnehmen können. Er kann sich auf den Kopf stellen und kräftig mit den Ohren wackeln, er kann von mir aus auch den alten ägyptischen Pharaonen nacheifern und sich eine Pyramide mit eingebauter Schatzkammer in den Garten stellen lassen. Aber die Schätze, die er angehäuft hat, die bleiben definitiv hier", schimpfte Debora. „Wenn jemand überhaupt etwas mitnehmen wird, dann hinterher vielleicht die Grabräuber."

„Ach Debora, es tut so gut, mit dir über diese Dinge zu reden", freute sich Marla. „Manchmal denke ich, ich bin die Einzige, die sich an dem ganzen Wahnsinn stört und die noch halbwegs normal geblieben ist."

„Die Einzige bist du zum Glück nicht, Marla, aber du hast schon recht, viele sind wir gerade nicht, obwohl ich den Eindruck habe, dass wir von Tag zu Tag mehr werden."

„Wie meinst du das?", fragte Marla interessiert.

„Vor einigen Tagen hatte ich wieder mal Besuch von der Agentur."

„Sie waren auch bei dir?", unterbrach Marla sie überrascht.

„Ja, mein alter Vertrag läuft in dieser Woche aus und sie wollen mir unbedingt einen neuen vermitteln. Aber die liebe

Debora will nicht so, wie die hohen Herrschaften in der Agentur es gerne hätten."

„Was hast du ihnen gesagt?", fragte Marla neugierig.

„Dass ich den neuen Vertrag nicht unterschreiben werde. Schon gar nicht zu den miesen Konditionen, die sie mir geboten haben."

„Was genau hast du von ihnen gefordert?"

„Im Grunde nichts Besonderes", erklärte Debora verbittert. „Ich bin eine einfache Köchin wie du, Marla. Ich mache meine Arbeit und ich bin auch der Meinung, dass ich sie ganz ordentlich erledige. Aber was ist der Dank für all meine Mühe? Als Dank gibt es ein wenig Geld, das gerade so zum Überleben reicht, und spätestens alle zwei Tage einen ordentlichen Anpfiff."

„Sie sind mit dir auch nicht mehr zufrieden?"

Debora schüttelte verbittert den Kopf. „Anerkennung ist eine Währung, mit der bei uns im Haus ganz selten bezahlt wird. Ordentlich zusammengestaucht wirst du aber wegen jeder Kleinigkeit." Sie sah ihre Freundin traurig an. „Früher habe ich immer wieder mal etwas Neues ausprobiert. Es hat mir richtig Spaß gemacht, nach neuen Rezepten zu suchen und den Speiseplan abwechslungsreicher zu gestalten. Aber diese kleine Freude hat man mir in den letzten Jahren gründlich ausgetrieben."

„Das kommt mir irgendwie ziemlich bekannt vor", bestätigte Marla mit einem feinen Nicken und spürte eine ohnmächtige Wut in sich aufsteigen. „Hast du der Agentur davon erzählt?"

„Klar habe ich das", erwiderte Debora und verdrehte geziert die Augen.

„Und was haben Sie gesagt?"

„Nichts. Sie haben mir nur zehn weitere Jahre angefüllt mit diesem Mist geboten."

„Aber das ändert doch nichts an deiner unbefriedigenden Situation und weniger leiden wirst du auch nicht", rebellierte Marla verstört gegen das Gehörte.

„Das habe ich ihnen auch gesagt und darauf gedrungen,

153

dass sie endlich etwas ändern, bevor ich etwas ändern werde."

„Das war richtig", befand Marla. „Sie sollen nicht nur den Reichen jeden Wunsch von den Lippen ablesen. Für Leute wie uns beide könnten sie auch endlich mal etwas tun."

„Das werden sie aber nicht", ärgerte sich Debora. „Der Vertreter der Agentur meinte nur, er wolle mal sehen, was er nach meinem endgültigen Vertragsende für mich tun könne."

„Vorher wollen sie nichts für dich tun?", fragte Marla schockiert.

Debora Ward schüttelte enttäuscht den Kopf. „Vorher sind sie mit den Reichen und Mächtigen viel zu beschäftigt, als dass sie die Zeit finden, sich auch mal mit uns und unseren Problemen auseinanderzusetzen."

„Und nun?"

„Und nun wird sich der smarte Herr West wohl schon bald nach einer neuen Köchin umsehen müssen. Ich für meinen Teil habe von dem ganzen Theater langsam genug. Deshalb habe ich mich entschlossen, zu gehen, und zwar endgültig."

„Dann ist das heute unsere letzte Begegnung?", entgegnete Marla erschrocken.

„Wenn sich die Lebensagentur nicht noch auf die letzten Minuten besinnt und mir einen deutlich besseren Vertrag anbietet, dann werden wir uns wirklich heute zum letzten Mal sehen, Marla. Deshalb freue ich mich auch so, dass du gekommen bist und wir noch einmal zusammen Kuchen essen können. Du bist übrigens eingeladen, mein Geld brauche ich ja schließlich nicht mehr."

„Und du hast keine Angst zu gehen?", fragte Marla überrascht.

„Nun, ich würde lügen, wenn sage, ich bin ganz ohne Ängste", bekannte Debora. „Aber je länger ich den Gedanken auf mich wirken lasse, umso entspannter bin ich und umso mehr gefällt er mir."

„Nur was hast du davon, wenn du jetzt gehst?"

„Meine Ruhe, Marla. Meine Ruhe und meinen Stolz. Ich bin es so satt, mich vor ihnen in den Staub zu werfen. Ich meine, wenn es wirklich Personen wären, zu denen man mit Achtung aufschauen könnte, dann wäre das vielleicht etwas anderes. Aber einem notorischen Wichtigtuer weiterhin die Füße küssen, das muss nicht sein. Dazu bin ich mir zu schade und du solltest dir auch gründlich überlegen, ob das Leben, das du im Moment lebst, wirklich das ist, was du für dich willst."

„Nein, Debora, das ist es ganz bestimmt nicht. Da brauche ich gar nicht lange nachzudenken", antwortete Marla, ohne zu zögern.

„Und warum bleibst du dann da und lässt dich von Alexander Parker und deinem William wie ein alter Putzlappen durch die Küche scheuchen?"

„Das ist eine Frage, die ich mir auch schon lange stelle", bekannte Marla. „Vielleicht ist es nur die Macht der Gewohnheit, die mich bleiben lässt."

„Gewohnheiten, meine liebe Marla, kann man ändern und schlechte Gewohnheiten sollte man sogar ändern, und zwar so schnell wie möglich."

* * *

Der Vormittag brachte für Tim die gewohnten Abläufe, Boxen ausmisten, füttern und dann die Pferde für den Gang zur Führmaschine fertigmachen. Alles längst vertraute Tätigkeiten, die Tim in der gewohnten Weise ausführte und der Tag hätte gute Chancen gehabt, als einer der langweiligeren in seine persönliche Lebensgeschichte einzugehen, wäre Hans-Günter Fiebig nicht am späten Vormittag zusammen mit zwei Geschäftsfreunden in den Stall gekommen.

Stolz schritt der Hausherr durch den Stall und blieb immer wieder vor einzelnen Boxen stehen. Er erwähnte die Namen der Tiere und berichtete von ihren größten Erfolgen. Natürlich vergaß er nicht hinzuzufügen, wie groß der Anteil seines Stalls und der hier vermittelten Ausbildung am Turniererfolg der Pferde war.

„Ich kann Ihnen nicht versprechen, dass zukünftig Olympiasieger auf dem Rücken Ihrer Pferde reiten werden, aber eines kann ich Ihnen auf jeden Fall versichern: Hier bei uns im Haus werden die Tiere so gut behandelt wie in kaum einem anderen Stall und es fehlt ihnen an nichts. Wir entwickeln für jedes Pferd ein eigenes Trainings- und Entwicklungsprogramm und setzen dies konsequent um."

Tim hörte die Worte und ihm war, als habe er ein überlautes Klingeln in seinem Ohr. Hatte Hans-Günter Fiebig wirklich davon gesprochen, dass in seinem Stall die Pferde besser behandelt würden als in anderen Ställen?

'Vielleicht ist 'Diego' kein Pferd, sondern nur eine zu groß gewachsene Ameise, deren individuelles Entwicklungsprogramm nun mal die Peitsche ist', ärgerte er sich still.

Am liebsten hätte er den Redner zur Rede gestellt und seinen Geschäftsfreunden ein wenig von den wahren Hintergründen hier im Stall berichtet, doch Hans-Günter Fiebig war gerade erst dabei, sich warmzureden.

„Wenn Sie sich dazu entschließen, Ihre eigenen Sprösslinge hier im Stall von uns pflegen und weiterentwickeln zu lassen, dann kann ich Ihnen garantieren, dass nur ausgewählte Fachkräfte mit Ihren Pferden arbeiten werden."

'Prima', dachte Tim, 'dann werde ich mich mit möglichen Neuankömmlingen gar nicht groß beschäftigen müssen und die Arbeit bleibt allein an Martina und den anderen hängen. Mir soll es recht sein. Je weniger ich nach neuen Hengsten und Stuten sehen muss, umso eher bin ich fertig und umso mehr Zeit habe ich für meine eigenen Favoriten. 'Diego' wird ganz bestimmt nichts dagegen haben.'

„Egal, ob einfacher Pferdepfleger oder versierter Reitlehrer: Wir bilden unser Mitarbeiter sorgfältig aus und wir sorgen dafür, dass nur besonders erfahrene Kräfte zu uns kommen."

„Das alles hat sicher seinen Preis", entgegnete einer der Gäste und schaute Tim derweil interessiert bei der Arbeit zu.

„Natürlich", entgegnete Hans-Günter Fiebig mit einem überlegenen Lächeln. „Alles hat seinen Preis und echte Qualität ist nie zum Nulltarif zu bekommen. Natürlich können Sie Ihre Pferde in irgendeinem Allerweltsstall billiger unterbringen als hier bei uns. Sie sparen dabei vielleicht fünfhundert oder tausend Euro pro Monat, aber dass diese Rechnung aufgehen wird, das möchte ich doch sehr bezweifeln."

„Wir sprechen immerhin von sechs- bis zwölftausend Euro im Jahr", gab der zweite Gast zu bedenken. „Für diesen Preis kann man schon einiges erwarten."

„Das können Sie in der Tat und ich zeige Ihnen auch warum", lächelte Hans-Günter Fiebig überlegen und ließ im nächsten Augenblick in Stall und Reithalle Hektik ausbrechen. 'Godot' musste von Martina umgehend gesattelt werden und Tim wurde in die große Reithalle beordert, um mit dem Hausmeister in aller Schnelle dort einige Hindernisse aufzubauen.

Als der kleine Parcours aufgebaut war und das gesattelte Pferd aus der Box geführt wurde, kam auch Hans-Günter Fiebig aus seiner Privatwohnung zurück. In seiner eleganten, schwarzen Reithose, die er sich übergezogen hatte, wirkte er wie ein frisch gestiefelter Kater. Stolz spazierte er den Gang zwischen den Boxen entlang.

Er übernahm 'Godot' von Martina, führte das Pferd durch die Vorhalle zur großen Reithalle und stieg auf. Auf eine langsame Runde durch die Halle folgte eine schnellere und im dritten Durchgang setzte er zum ersten Sprung an.

Tim hoffte instinktiv auf einen Abwurf und im Anschluss ein paar ordentliche Peitschenhiebe für 'Godot'. Doch die Stangen, die sie aufgelegt hatten, waren offensichtlich nicht hoch genug, um den Hengst wirklich in Schwierigkeiten zu bringen.

So beendete Hans-Günter Fiebig seinen Ritt ohne Fehler

und konnte seinen Gästen anschließend erläutern, wie auch ihre Sprösslinge zu solch einer Klasse aufsteigen könnten.

Die Einzelheiten der Verhandlung besprach er jedoch im Büro, wo Tim gerne einmal zugehört hätte, um genau in Erfahrung zu bringen, wie viele Euros ein gutes Pferd pro Monat mehr Wert war, als er selbst mit seiner stundenlangen Arbeit im Stall.

Dieser kleine Ausflug in fremde Gefilde blieb ihm natürlich verwehrt. Er durfte mit dem Hausmeister die aufgebauten Hindernisse wieder aus der Halle tragen und anschließend die Pferde von der Führmaschine zurück in ihre Boxen bringen.

Als er das zweite Pferd gerade in die Vorhalle zurückgeführt hatte und ihm Hufe und Gelenke kurz mit Wasser abspritzen wollte, stand Hans-Günter Fiebig unvermittelt neben ihm. Er war alleine in den Stall zurückgekommen und schien nicht besonders glücklich zu sein. Tim vermutete spontan, dass der Vertragsabschluss wohl doch noch nicht zustande gekommen war.

Als Hans-Günter Fiebigs Blick auf die um die Gelenke der Pferde gelegten ledernen Schoner traf, rastete er aus. „Wie kann man nur so blöd sein, den rechten Schoner um das linke Bein zu legen?", schrie er Tim an, der in diesem Moment gar nicht wusste, wie ihm geschah. „Das muss man doch sehen, dass die Schoner nicht zum Bein passen", tobte er und wandte sich ab.

Martina eilte herbei, begutachtete die Situation und erklärte Tim etwas, das er eigentlich schon vor drei bis vier Wochen hätte erfahren sollen, wenn man denn wirklich an einer soliden Ausbildung auch für ihn interessiert gewesen wäre: Es gab zwei verschiedene Schoner, einen für jedes Bein und sie unterschieden sich nur in einem winzigen Detail. Wenn man diesen feinen Unterschied kannte, war der Fehler, den er gemacht hatte, durchaus zu vermeiden. Doch ihm hatte nie einer etwas gesagt. Wozu auch? Er war ja nur eine unwichtige Aushilfe, die man bei Bedarf nach Belieben zurechtstauchen konnte.

Still fraß Tim seinen Ärger in sich hinein, brachte das zweite Pferd zurück in die Box und holte das Dritte von der Führmaschine. Als er mit ihm die überdachte Vorhalle erreichte, rastete nun auch Martina aus.

„Die Schoner sind ja schon wieder falsch aufgelegt!", schrie sie verärgert und schien zu vergessen, dass sie Tim erst vor fünf Minuten über jenen feinen Unterschied, der jetzt wieder Stein des Anstoßes war, informiert hatte, die Maschine die Tiere zuvor aber über eine Stunde lang im Kreis geführt hatte.

* * *

Müde, erschöpft und wie immer total verdreckt entstiegen Aiguo, Xiaotong und Xiang mit ihren Kollegen dem Förderkorb, der sie wieder an die Oberfläche befördert hatte. Sie wandten sich schnell den Waschräumen zu und hofften auf einen angenehmen Feierabend.

Doch sie hatten ihre Rechnung ohne Direktor Hua gemacht. Der hatte am Vorabend seinen neuen Vertrag mit der Lebensagentur besiegelt und drang nun darauf, dass auch die Angestellten des Bergwerks seinem Beispiel folgten.

Auf eine kleine Kiste als Podest gestellt, bemühte er zahlreiche Vergleiche und Hinweise, um ihnen den Abschluss nahezulegen. Er verwies auf die Partei und die Erwartung ihrer obersten Führung, die Bedeutung ihrer Arbeit für die Mine und natürlich ließ er auch das Geld, das sie im Bergwerk verdienten, nicht unerwähnt.

„Es ist viel Geld, das ihr hier am Ende eines jeden Monats mit nach Hause nehmt", schärfte er seinen Zuhörern ein. „Viele Bauern und auch sehr viele Arbeiter in den Fabriken im Osten des Landes verdienen nicht das, was ihr hier Monat für Monat verdient. Ihr seid auserwählt, ihr seid privilegiert und so ein Privileg, das wirft man nicht achtlos fort, sondern das pflegt man und sichert es sich, bevor es ein anderer für sich nimmt."

Die Resonanz im Publikum war gering. Mehr aus Höflichkeit denn aus aufrichtigem, echtem Interesse hörten ihm die Männer zu. Sie wurden unruhig, weil seine Rede nicht enden wollte und sie nicht nach Hause gehen konnten.

Als Direktor Hua spürte, dass seine Worte nicht zündeten und seine Aufforderungen wirkungslos verhallten, griff er zu stärkeren Mitteln und begann zu drohen. „Ihr alle wisst, wie beliebt und begehrt eure Arbeitsplätze hier sind. Wenn morgen einer geht, stehen übermorgen zwanzig neue Bewerber vor mir", tönte er selbstsicher. „Sie alle wollen das, was ihr habt und nun fast im Begriff seid aufzugeben. Sie wollen lange leben und gutes Geld verdienen."

„Lange leben wollen wir auch", schrie Xiang von hinten und hatte sofort die Blicke aller auf sich gezogen. „Deshalb fordern wir mehr Sicherheit für uns und unsere Arbeit. Wir wollen den Bericht lesen, den die Kommission aus Beijing nach ihrem Besuch verfasst hat, und wir wollen wissen, warum in der Öffentlichkeit nie erwähnt wurde, dass es die leitenden Manager aus der Verwaltung waren, die unsere toten Kollegen zum Einreißen der Wand aufgefordert haben. Sie wissen, Direktor Hua, ich meine die Wand, hinter der sich das Methangas befand, das kurze Zeit später explodierte und so viele unserer Kollegen in den Tod riss."

„Ja genau, das wollen wir wissen", schrie ein anderer dazwischen. „Wir wollen nicht mehr belogen werden. Wir wollen die Wahrheit und wir wollen sie schnell!"

„Wenn wir diese Informationen nicht bekommen, werden wir streiken und unsere Verträge bei der Lebensagentur garantiert nicht verlängern", brüllte ein anderer. „Außerdem werden wir uns selbst an die Regierung wenden."

Direktor Hua schien mit vielem gerechnet zu haben, mit solch einem Tumult nicht. Hilflos stand er auf seiner Kiste zwischen den aufgebrachten Arbeitern. Er bemühte sich, für Ruhe zu sorgen, um seine Ansprache fortsetzen zu können, doch die Arbeiter waren viel zu aufgebracht und erregt, als dass sie sich noch um die Wünsche ihres Direktors gekümmert hätten. Wild schrien sie durcheinander. Ein jeder stellte seine eigenen Forderungen und Direktor Hua hatte längst sein Gesicht und die Kontrolle über die Veranstaltung verloren.

Einer der leitenden Manager wurde schließlich nervös und rief die Polizei. Die rückte schnell an und schützte den Direktor vor weiteren unangenehmen Fragen. Nur das verlorene Gesicht konnte sie ihm nicht zurückgeben.

Er rächte sich für die Demütigung auf seine Weise: Die alte Dampflok und der Zug in die Stadt fuhren in dieser Nacht nicht.

„Wir sind Gefangene und können hier nicht weg", schimpfte Xiaotong, nachdem sich der Tumult ein wenig aufgelöst und die aufgebrachte Menge zerstreut hatte. „Der Direktor behandelt uns, als wären wir seine Sklaven. Er lässt uns nicht zurück in die Stadt. Morgen aber sollen wir wieder normal arbeiten und die neuen Verträge mit der Lebensagentur unterschreiben sollen wir auch noch."

„Was sollen wir nun tun?", fragte Xiang, der mit seiner unbedachten Bemerkung den Stein ins Rollen gebracht hatte.

„Ich werde zu Fuß in die Stadt gehen", entschied Aiguo nach einiger Zeit. „Die Nacht im Bergwerk verbringen werde ich nicht. Kommt ihr mit?"

„Aber der Weg ist weit. Wir werden Stunden brauchen, bis wir die Stadt erreichen", zögerte Xiang zunächst, sich ihm anzuschließen.

„Die Nacht wird auch hier sehr lang und kalt werden", entgegnete Aiguo. „Was willst du hier im Bergwerk machen? Wo willst du schlafen und wo kaufst du dir etwas zu essen?"

„Aiguo hat recht, hier im Bergwerk gibt es nichts und am Ende holen wir uns nur den Tod, weil wir die Nacht im Freien verbringen müssen und wenn wir ohnehin sterben, dann brauchen wir die verdammten Verträge der Agentur auch nicht mehr", zürnte Xiaotong verbittert und griff nach seiner Tasche. „Also, was ist, Xiang, kommst du mit, oder willst du dem Direktor noch einen Triumph schenken?"

„Ich komme mit", sagte Xiang nach einiger Zeit und rief auch die anderen auf, ihnen zu folgen.

Über die unbeleuchtete, abschüssige Straße zogen die Männer an kahlen Hügeln und schroffen Felsen vorbei ins Tal. Je länger sie gingen, desto lebhafter wurden ihre Diskussionen und wilder ihre Pläne.

„Aiguo, was wirst du tun?", fragte Xiaotong nach einiger Zeit. „Wirst du einen neuen Vertrag abschließen und unterschreiben?"

„Eigentlich will ich keinen neuen Vertrag mehr, denn auch auf meiner Seele liegt inzwischen viel zu viel Staub. Aber Fang braucht mich. Ich kann doch nicht einfach so weggehen, während sie stirbt."

„Weißt du, wann ihr Vertrag mit der Agentur ausläuft?"

Aiguo schüttelte in schneller Folge mehrmals den Kopf. „Nein, sie hat es mir nie gesagt."

„Dann weißt du auch nicht, wie viel Zeit du noch für dich selbst brauchst", konnte sich Xiaotong sehr gut in die Lage des Freundes einfühlen. „Ich für meinen Teil habe mich schon entschieden: Ich werde nicht verlängern. Da kann mich Direktor Hua noch so oft bitten."

„Und was ist mit Hong?", fragte Aiguo entsetzt.

„Wir haben gestern lang miteinander gesprochen", berichtete Xiaotong. „Sie will nur bei mir bleiben. Wenn ich gehe, geht sie mit. Zu ihrer Mutter kann sie nicht gehen und alleine will sie auf keinen Fall zurückbleiben."

„Aber sie ist doch noch ein Kind", rebellierte Aiguo gegen das soeben Gehörte.

„Auch ein Kind spürt, ob das Leben noch lebenswert ist", erwiderte Xiaotong leise. „Ich weiß erst seit gestern, wie sehr Hong darunter leidet, dass Cai gehen wird und unsere Ehe gescheitert ist. Bisher hat sie eisern geschwiegen und ihre Tränen tapfer vor Cai und mir verborgen gehalten. Aber auch Hong ist mittlerweile so weit, dass sie ein Ende mit Schrecken einem Schrecken ohne Ende vorzieht."

„Dann kann ich sehr gut verstehen, dass ihr beide bei der Agentur nicht wieder unterschreiben werdet", sagte Aiguo nachdenklich. „Ich an eurer Stelle würde es wahrscheinlich genauso machen."

Der Weg in die Stadt schien endlos, doch um vier Uhr morgens sahen sie zum ersten Mal von Ferne die Lichter der Laternen in den Straßen. Zwei Stunden später hatten sie die äußeren Bezirke erreicht.

Nach und nach löste sich der nächtliche Zug auf, als ein Arbeiter nach dem anderen in eine der Seitenstraßen einbog und alleine weiter nach Hause ging.

„Bis zu dir ist es noch sehr weit", sagte Aiguo nach einiger Zeit. „Willst du mit zu mir kommen und heute Nacht bei mir übernachten?"

„So bekomme ich wenigstens noch ein paar Stunden Schlaf", überlegte Xiaotong und willigte kurze Zeit später ein.

Sie bemühten sich, besonders leise zu sein und Fang durch ihre Ankunft nicht zu wecken, doch als Aiguo sich vorsichtig über ihr Bett beugte, um kurz nach ihr zu sehen, bemerkte er, dass Fang niemand mehr aus dem Schlaf aufwecken würde, den sie seit einigen Stunden schlief.

Sie hatte ihre Augen geschlossen. Ruhig und entspannt schien sie eingeschlafen zu sein. Die Vorstellung, dass seine Fang ihre Augen dennoch nie mehr öffnen und er ihr zartes Lächeln nie mehr sehen würde, raubten Aiguo fast den Verstand.

Seine Hände zitterten wie die eines alten Mannes. Die Knie waren weich wie Pudding und die feuchten Augen unfähig, ein klares Bild der Situation zu vermitteln.

Aiguo schloss die Augen. Er hielt sich die Hände schützend vors Gesicht und öffnete den Mund. Laut schreien wollte er, seinem Schmerz Ausdruck verleihen, und ihn der Welt mit all seiner ohnmächtigen Wut direkt vor die Füße werfen.

Nicht einmal das gelang. Der Schrei, den er in seinem Innern so laut und deutlich vernahm, verstarb eines schnellen Todes, noch bevor er seine Lippen übersprang.

Nicht einmal ein leises Schluchzen vernahm Xiaotong,

als er dem Freund Augenblicke später die Hand auf die Schulter legte und ihn vorsichtig vom Bett fortzog. „Du kannst nichts mehr für sie tun."

Aiguo nickte kaum merklich. An Xiaotongs Schulter vorbei sah er schweigend aus dem Fenster. Schon lange hatte eine Nacht nicht mehr so kalt und dunkel auf ihn gewirkt wie diese.

* * *

Todmüde war Kani am Abend in den Schlaf gefallen. Kadiri hatte sie noch kurz dem Dorfältesten vorgestellt und ihnen eine warme Mahlzeit zubereitet, doch sowohl Kani als auch Sharifa waren da schon zu müde zum Essen. Sie waren mit ihren Kräften am Ende und stehend k.o.

Jetzt drang das erste Tageslicht zögerlich in die Hütte und Kani fürchtete sich vor dem neuen Tag, wie er sich schon lange nicht mehr vor einem heraufziehenden Tag gefürchtet hatte. Er wusste nicht, was ihn erwarten würde, er hoffte das Beste und rechnete instinktiv doch mit dem Schlimmsten, ohne zu wissen, wie er sich das Schlimmste konkret vorstellen sollte.

In einer ruhigen Minute, kurz bevor sie ihre Arbeit begannen, berichtete er Sharifa von seinen Sorgen und Ängsten. Ihr ging es ähnlich. Auch sie hätte in der letzten Nacht sicher schlecht geschlafen, wenn die Müdigkeit nicht stärker gewesen wäre.

Man hatte sich darauf verständigt, in der Mitte des Dorfes aus ein paar Stühlen und Tischen ein kleines Behandlungszimmer im Freien einzurichten. Recht schnell füllte sich der Platz in der Mitte zwischen den einfachen Häusern und Kani erkannte, dass Kadiri nicht untertrieben hatte, als er davon berichtete, dass beinahe das ganze Dorf erkrankt sei.

Sharifa kümmerte sich eigenständig um die leichteren Fälle und Kani hatte Kadiri gebeten, ihm ein wenig zur Hand zu gehen. Eine Aufgabe, die der junge Mann, obwohl medizinisch vollkommen unerfahren, mit Bravour erledigte.

Sie behandelten die einzelnen Patienten gewissenhaft und untersuchten sie gründlich. Trotzdem wurde Kani das ungute Gefühl nicht los, Fließbandarbeit zu leisten und dem einzelnen Menschen kaum mehr gerecht zu werden.

Gegen Mittag gönnten sie sich eine kurze Pause von gerade mal zehn Minuten. Sie tranken ein wenig Wasser und wischten sich den Schweiß von der Stirn. Hunger hatte Kani keinen. Bei all dem Leid, das er an diesem Tag sah, war ihm der Appetit schon am Morgen vergangen.

Am Vortag hatten sie die Apotheke des kleinen Hospitals beinahe geplündert und nur Afifas entschiedenem Widerstand war es zu verdanken gewesen, dass wenigstens ein Teil der Arznei im Krankenhaus zurückgeblieben war. Kani wusste, er wurde auch dort dringend gebraucht, doch schon am Mittag ärgerte er sich, dass er Afifas Bitte entsprochen und viele Packungen und Spritzen in der Station zurückgelassen hatte. Sie fehlten ihm nun und waren durch guten Willen allein nicht zu ersetzen.

Auch Sharifa war der rasante Schwund ihrer Vorräte nicht verborgen geblieben. In immer kürzeren Abständen warf sie Kani einen besorgten Blick zu, den er nur mit einem hilflosen Schulterzucken zu beantworten wusste.

„Kani, was sollen wir tun? Die Medikamente gehen zur Neige. Die Schlange der Wartenden ist noch lang und wir haben noch nicht einmal einen Blick auf die Kranken in den Hütten werfen können."

Für einen Moment erinnerte sich der Arzt an die wenigen ethischen Vorlesungen, die er während seines Studiums besucht hatte. Damals hatten die Professoren ihnen eingeschärft, dem rettbaren Leben den Vorzug vor dem Unrettbaren zu geben.

Er wusste, dass das Prinzip hinreichend begründet und legitim war. Es auch hier in dieser angespannten Situation zur Anwendung zu bringen, lag mehr als nahe. Dennoch widerstrebte es ihm, sich zum Richter über Leben und Tod aufzuschwingen und für viele, die mit nichts als einem kleinen Rest Hoffnung in den Augen zu ihm gekommen waren, den Todesengel zu spielen.

'Verdammt, ich bin in Kadiris Dorf gekommen, um Leben zu retten und jetzt stelle ich faktisch Totenscheine aus, weil ich einigen Medizin gebe und anderen nicht', schrie er still seine Verzweiflung in die Welt hinaus.

Sharifa erging es kaum anders und selbst Kadiri spürte die angespannte Situation, die sich erst löste, als die letzte Spritze gesetzt und die letzte Tablette verabreicht war.

Nun hatten sie nichts mehr und mit dem Nichts fiel auch die Anspannung von ihnen ab, denn die schwierige Frage, wem sie die Medizin geben sollten und wem sie sie verweigern sollten, stellte sich nicht mehr. In ihren Händen war nichts mehr, über dessen Verteilung sie noch hätten nachdenken können.

Am Ende traf es die, für die ohnehin kaum mehr Hoffnung bestand, weil sie die Hütten ihrer Familien schon nicht mehr verlassen konnten. Als Kani begleitet von Sharifa und Kadiri in ihre Hütten kam, hatte er außer einem Stethoskop und leeren Händen nichts mehr vorzuweisen.

In jeder Hütte, in die sie kamen, sah er die Hoffnung in den Augen der Erkrankten zunächst leuchten und dann eines qualvollen Todes sterben, als die Menschen registrierten, dass der Arzt, der sie besuchte, seine Kräfte verausgabt und nur noch einige gute Ratschläge für sie übrig hatte.

Am Ende des Tages schmeckte selbst das frische Wasser aus dem Brunnen schal und abgestanden. Sharifa schlug die Hände verzweifelt vors Gesicht, während Kani in der Ecke hockte und sich fragte, ob es wirklich eine gute Idee gewesen sei, den weiten Weg in Kadiris Dorf anzutreten.

Kani und Sharifa hatten genug gesehen und sie verfügten über genug Erfahrung, um zu wissen, dass die Schlacht bereits verloren war, bevor sie richtig begonnen hatte.

„Selbst wenn wir morgen zurückgehen und übermorgen oder in der neuen Woche sofort wieder hierher zurückkommen, wird es doch zu spät sein", vermutete Sharifa. Das halbe Dorf werden wir dann nur noch auf dem Friedhof antreffen können."

„Das halbe Dorf trefft ihr schon jetzt nur noch auf dem Friedhof", sagte Kadiri, ohne den Hauch eines Vorwurfs in seiner Stimme. „Ihr habt getan, was ihr konntet und wir haben gestern vielleicht sogar mehr Medizin mitgenommen, als für das Hospital gut war und doch war es viel zu wenig, um hier etwas ausrichten zu können."

„Es ist eine Epidemie und diese Epidemie wird sich ausweiten", war sich Kani sicher. „Schon bald wird sie die anderen Dörfer erreichen und von dort ist es nicht mehr weit bis zu unserer Station."

„Dann ist die ganze Region so gut wie verloren", sagte Sharifa bestürzt.

„Wir werden keine Schulen mehr brauchen, weil es keine Kinder zum Unterrichten mehr gibt, denn sie sind die schwächsten Glieder der Kette", vermutete Kani.

„Die Alten und Kranken wird es auch schnell dahinraffen", fürchtete Sharifa.

Kani nickte stumm und starrte wie abwesend durch den Raum. „Ihnen allen können wir fast nur noch beim Sterben zusehen. Aber wirklich für sie etwas tun, das können wir nicht."

„Was bleibt uns dann noch?", fragte Kadiri leise.

„Nichts, nichts bleibt uns", entgegnete Kani mit brüchiger Stimme und schlug die Hände vors Gesicht. „Wir können nur noch das Leid mit ansehen, bis wir es satt sind und es uns selbst zerbricht. Aber helfen? Helfen können wir nicht mehr. Nicht mal uns selbst, geschweige denn den anderen.

* * *

„Das Rennen geht in die heiße Phase. Es wird ernst und jeder noch so kleine Fehler könnte von nun an unangenehme Konsequenzen haben", eröffnete Herr Gott am Morgen die Sitzung in der Lebensagentur. Er blickte zufrieden in die Runde. „Es freut mich, dass alle wieder da sind und niemand an den Grenzen lange aufgehalten wurde. Aber am meisten freut mich der hohe persönliche Einsatz, mit dem Sie alle unsere gemeinsame Sache vorangetrieben haben."

„Aber das ist doch selbstverständlich, oder etwa nicht?", fragte Gabriel verwundert in die Runde und sah seine Kollegen zustimmend nicken.

„Egal, ob selbstverständlich oder nicht: Mich freut dieser hohe persönliche Einsatz, denn ich denke, er ist der aktuellen Situation und den Zielen unserer Agentur nur angemessen. Deshalb möchte ich zuerst erfahren, welche Eindrücke Sie vor Ort gewonnen haben?" Er sah als Erstes auf seine für Europa und die USA zuständigen Bereichsleiter. „Wie ist die Lage in der alten und der neuen Welt?"

Raffael, der die neue Marketingstrategie im Wesentlichen entwickelt hatte, übernahm es, als Erster zu antworten. „Die Aktion läuft phantastisch und ich kann nur sagen, wir haben den Hebel exakt an der richtigen Stelle angesetzt. In den USA gibt es nicht einen einzigen Milliardär oder Millionär, der nicht schon unterschrieben hätte."

„Das höre ich in der Tat sehr gern", lobte der Agenturleiter. „Wie war die Stimmung auf den Veranstaltungen in den einzelnen Städten?"

„Ich habe selbst auf einigen Veranstaltungen gesprochen und ich kann nur sagen, die Stimmung war großartig. Die Leute haben uns die neuen Verträge regelrecht aus den Händen gerissen. Keiner wollte dem anderen den Vortritt lassen." Er lächelte überlegen. „So etwas Ähnliches hatte ich im Vorfeld schon erwartet und deshalb dafür gesorgt, dass bei jeder Veranstaltung auch immer genügend freie Tische und eigene Mitarbeiter zur Verfügung standen, damit jeder schnell seinen neuen Vertrag unterzeichnen und an sich nehmen konnte. Ich würde vorschlagen, dass wir dieses

Verfahren auch in den kommenden Wochen beibehalten und am Personal nicht sparen. Ich würde sogar so weit gehen, zu sagen: Sobald der Wunsch nach einem neuen Vertrag mit der Agentur auch nur ansatzweise aufkommt, muss auch schon einer unserer Mitarbeiter mit einem Stift bereitstehen, um diesen Wunsch sofort Wirklichkeit werden zu lassen.

„Das ist eine gute Idee. Aber ist sie auch praktikabel?", überlegte Herr Ezechiel. „Ich meine, in den kommenden Tagen werden die Anforderungen an unser Personal nur noch größer, denn wir werden immer imposantere Veranstaltungen haben und auch der logistische Aufwand wird enorm zunehmen. Mit den Milliardären und Millionären treffen wir uns in erlesenen Hotels. Das ist ein kleiner, überschaubarer Kreis. Aber wenn es demnächst um die Verträge der Mittel- und Unterschicht geht, werden wir eher große Fußballstadien als noble Hotelsäle anmieten müssen, um all unsere Interessenten gleichzeitig ansprechen zu können."

„Das ist in der Tat ein Problem, gerade bei uns in Indien und China", bestätigte Herr Uriel.

„Ich halte dieses Problem aber für lösbar", zeigte sich Raffael zuversichtlich. „Wenn es uns gelingt, alle unsere Mitarbeiter zu mobilisieren, können wir es schaffen."

„Vielleicht kann die Zentrale vorübergehend aushelfen und einige Mitarbeiter aus der Verwaltung zu uns in die Regionen senden", schlug Gabriel vor.

„Ungern, Herr Kollege Gabriel, denn dann verzögert sich die Bearbeitung der neuen Verträge erheblich", widersetzte sich der persönliche Referent des Agenturleiters dem Vorschlag. „Wir müssen auch auf unser langfristiges Image achten und aus diesem Grund sollten wir nicht zulassen, dass überall auf der Welt der Eindruck entsteht, die Agentur sei unzuverlässig, weil die neuen Anträge nur so zögerlich bearbeitet und die Urkunden erst recht spät verschickt werden."

„Das ist in der Tat ein gewichtiges Argument", bestätigte Herr Gott und suchte nach einem Kompromiss. „Vielleicht hilft es beiden Seiten, wenn wir die Zentrale zunächst in den Regionen aushelfen lassen und uns die einzelnen Bereiche, wenn die neuen Verträge erst einmal da sind, einen Teil ihrer Mitarbeiter zur Verfügung stellen, damit wir hier im Haus der Papierflut schnell Herr werden."

„Das können wir gerne so machen", stimmte Raffael sofort zu. „Wir sollten nur darauf achten, dass wir den Menschen schon beim Vertragsabschluss etwas Griffiges in die Hand drücken können." Er lächelte wieder nachsichtig. „Wir wissen ja, wie die Menschen sind. Sie halten sich gerne an etwas fest und wenn es wie beim Geld nur ein Stückchen Papier ist. Ob sie dafür hinterher noch etwas Vernünftiges bekommen werden, ist egal. Hauptsache, sie haben erst einmal etwas in der Hand."

„Wir rüsten die Mitarbeiter im Vertrieb mit den entsprechenden Formularen aus und schicken die von der Agentur beglaubigten Urkunden dann erst ein paar Tage später raus", schlug Michael vor. „Ich denke, das sollte reichen, um sowohl die Menschen zu beruhigen als auch unsere eigene Verwaltung nicht zu überlasten."

„So werden wir es machen", entschied Herr Gott und wandte sich Gabriel zu. „Wie sieht es in der alten Welt aus? Ist unsere Aktion dort genauso gut angelaufen wie in der Neuen?"

Herr Gabriel nickte zufrieden. „Auch in Europa läuft die Aktion ausgesprochen rund und wir haben keinen Grund, uns zu beklagen oder unzufrieden zu sein. Nur einige wenige Millionäre waren krankheitsbedingt verhindert und konnten zunächst nicht unterschreiben. Wir werden sie in den nächsten Tagen persönlich aufsuchen. Aber die Milliardäre haben wie in den USA bereits alle unterschrieben."

„Also wirklich ein Erfolg auf der ganzen Linie", freute sich Herr Gott und blickte nach links. „Uriel, wie ist die Lage in Asien?"

„Unsere Kunden haben genau so reagiert, wie ich es im Vorfeld erwartet hatte", begann der Bereichsleiter zufrieden seinen Bericht. „Sie haben sich um die neuen Verträge regelrecht geschlagen und im einen oder anderen Hotelsaal ging es fast tumultartig zu, so groß war der Andrang. Schon auf den Zufahrtsstraßen zu den Hotels gab es in China Tote und Verletzte, weil die reichen Herrschaften nicht schnell genug zu uns kommen konnten. Sie sind alle von dem Wunsch beseelt, noch mehr Geld zu besitzen und einen noch größeren Reichtum anzuhäufen. Von daher war es für uns überhaupt kein Problem, die neuen Verträge zu platzieren."

„Von den Toten höre ich zwar nicht so gern, aber manchmal sind Kollateralschäden leider nicht zu vermeiden. Aber immerhin ist es uns gelungen, auch in Asien eine hundertprozentige Abschlussquote zu erreichen. Das ist ein großer Erfolg für uns und unsere Agentur", freute sich Herr Gott und wandte sich dem letzten, noch nicht zur Sprache gekommenen Kontinent zu. „Michael, nun zu Ihnen. Wie stehen die Dinge in Schwarzafrika? Wie hat man dort auf unsere Angebote reagiert?"

„Bei uns in Afrika hielt sich das Gedränge vergleichsweise in Grenzen, weil die Zahl der Millionäre und Milliardäre noch nicht so groß ist, aber auch wir konnten sie alle zur Unterschrift bewegen", berichtete Michael aus seinem Zuständigkeitsbereich. „Bei den unteren Schichten werden wir allerdings nicht so erfolgreich sein."

„Wieso das, Michael? Warum sollten die Armen unsere neuen Verträge nicht genauso bereitwillig unterschreiben?", wunderte sich Herr Gott.

„In einigen Ländern ist in den letzten Tagen die medizinische Versorgung regelrecht zusammengebrochen. Epidemien sind ausgebrochen und ich würde die Lage in manchen Regionen als durchaus kritisch bezeichnen. Wir werden viele Verträge verlieren, weil viel Geld, das für medizinische Programme und die Infrastruktur vorgesehen war, durch die massive Korruption in anderen Kanälen versickert ist."

„Es ist immer das gleiche Problem", stöhnte Herr Gott. „Wenn wir die neuen Verträge abgeschlossen haben, müssen wir uns unbedingt stärker darum kümmern, dass meine allgemeinen Betriebsanleitungen wieder eingehalten werden. Unter den Punkten sieben und zehn habe ich ausdrücklich darauf hingewiesen, dass sich keiner an Dingen vergreifen soll, die ihm nicht gehören."

„Unsere 'Allgemeine Betriebsanleitung' ist eigentlich recht kurz und praxisnah ausgefallen, sie umfasst gerade mal zehn Punkte. Aber gegen die Vergesslichkeit der Menschen ist einfach kein Kraut gewachsen", ärgerte sich Ezechiel. „Die meisten Leute können sich nicht einmal die ersten drei Punkte merken und bis zu den Punkten sieben, acht oder neun dringen viele beim Lesen gar nicht erst vor."

* * *

Alexander Parker richtete sich unruhig in seinem Stuhl auf und zog diesen an den Tisch vor. „Wie kann es sein, dass sie in der Stadt so negativ über uns reden, Charlotte? Wir unterstützen die Stadt mit Unsummen an Geld, wir finanzieren die Gemäldesammlung im Museum fast im Alleingang und dann so etwas."

„Ich weiß nicht, was du willst, Alexander? Mir sind keine negativen Äußerungen über uns zu Ohren gekommen und gestern beim Empfang der Lebensagentur war auch ein jeder versessen darauf, unsere Hände zu schütteln."

„Der Empfang der Agentur war etwas anderes. Da waren wir unter uns. Keiner der geladenen Gäste war nicht mindestens eine Million Dollar schwer und wir beide waren mit Abstand die schwersten Gäste dieser erlesenen Gesellschaft. Kein Wunder, dass dort jeder unbedingt mit uns sprechen wollte. Was ich meine, ist aber etwas ganz anderes."

„Wer hat dir denn erzählt, dass wir in der Stadt nicht mehr so angesehen sein sollen?", fragte Charlotte Parker leicht beunruhigt.

„William hat mir in den letzten Tagen einige vertrauliche

Berichte zugetragen, die eindeutig darauf schließen lassen, dass schlecht über uns gesprochen wird."

„Und was sagt man über uns?"

„Dass wir eigensinnig sind und nur noch auf unser Geld und unser eigenes Fortkommen bedacht seien. Im Zweifelsfall sollen wir sogar über Leichen gehen. Kannst du dir das vorstellen? Wir, die wir erst kürzlich dem Museum der Stadt über 80 Millionen Dollar für den neuen Rembrandt geschenkt haben, sollen über Leichen gehen. Ausgerechnet wir. Dabei wäre dieser schleimige Direktor die erste Leiche, auf die ich meinen Fuß setzen würde, wenn an diesem blöden Gerede auch nur irgendein Funken Wahrheit wäre."

„Diese Anschuldigungen sind absurd", war auch Charlotte Parker seiner Meinung. „Die Leute sind einfach hinterhältig und undankbar. Statt uns ihre Meinung direkt ins Gesicht zu sagen, fangen sie hinter unserem Rücken an über dich und mich zu reden und zu tratschen."

„Ich überlege, ob es nicht an der Zeit ist, dieser Stadt und ihren eingebildeten und arroganten Bürgern zu zeigen, wo der Hammer hängt und ein Exempel zu statuieren, an das sie alle noch lange zurückdenken werden."

„Was schwebt dir vor? Wie willst du ihnen zeigen, dass wir unzufrieden sind, ohne dieses dumme Gerede noch weiter anzuheizen?"

„Das ist genau das Problem", bekannte Alexander Parker, stand auf und kehrte kurze Zeit später mit einem zusammengerollten Plan in der Hand zurück. Er entrollte die Zeichnung und bat seine Frau näherzutreten. „Hier, Charlotte, schau mal. Das sind die Pläne für unser neues Museum. Das wird der Eingangsbereich mit Garderobe und Cafeteria, hier in diesem Teil des Erdgeschosses sollen die von uns finanzierten Wechselausstellungen stattfinden und wer die ständige Sammlung besuchen will, der geht über diese frei schwebende Treppe hinauf in den ersten und zweiten Stock."

„Der Plan ist wundervoll", schwärmte Charlotte Parker bereits, bevor ihr Mann die Zeit fand, ihr all die architektonischen Finessen zu zeigen, die Stararchitekt Henry Chaplin in den Entwurf eingearbeitet hatte.

„Der größte Clou meines Plans ist in diesem Architektenentwurf aber noch gar nicht enthalten", freute sich Alexander Parker und stemmte wie ein überlegener Feldherr die Hände selbstbewusst in die Hüften.

„Es gibt noch einen Nebenbau?", vermutete seine Frau.

„Nein, einen Nebenbau haben Henry Chaplin und ich nicht geplant. Aber wir werden die Latte hoch hängen und zwei oder drei Städte gegeneinander ausspielen und nur die Stadt, die uns den besten Bauplatz zur Verfügung stellt, wird am Ende als Sieger aus dem kleinen Wettstreit um unsere Gunst hervorgehen."

„Diese Idee ist brillant", lobte Charlotte Parker, „und für dummes Gerede sollte es einen kräftigen Abzug geben."

„Den wird es ganz sicher geben und ich bin mir auch noch gar nicht sicher, ob wir das Museum wirklich hier in Boston bauen werden. Warum nur hier Ruhm und Ehre sammeln, wo uns ohnehin schon jeder kennt, aber leider nicht alle schätzen? Warum nicht auch in New York, Chicago, Orlando oder San Francisco Punkte sammeln und eine entsprechende Reputation aufbauen?" Alexander Parkers Augen begannen zu leuchten. „Die Krönung wäre natürlich, wenn wir den Sprung nach Washington schaffen würden. Das würde meine Geschäfte mächtig nach vorne bringen."

„Washington DC, wir dinieren mit Ministern und Kongressabgeordneten", begann Charlotte Parker zu träumen. „Der Dunstkreis des Präsidenten würde dir und mir sicher sehr gut stehen. Wir stünden endlich an dem Platz, an den wir gehören, und genießen dann endlich die Aufmerksamkeit, die uns gebührt."

„Ja, es ist wirklich an der Zeit für einen Sprung dieser Güte", bestätigte Alexander Parker. „Boston ist zwar ganz nett, aber gewiss nicht der Nabel der Welt und wir beide sollten uns bemühen, dem Zentrum der Macht immer näher zu kommen."

„Wann willst du dich endgültig festlegen, wo das neue

Museum, das allein unseren Namen tragen wird, gebaut wird?"

„Sobald Henry Chaplin und sein Büro ihre Planungen abgeschlossen haben, werden wir den nächsten Schritt vollziehen und die einzelnen Städte zum Kampf um unsere Gunst antreten lassen", erklärte Alexander Parker zuversichtlich. „Du wirst sehen, sie werden sich Arme und Beine ausreißen, um unseren Ansprüchen zu genügen und wir beide, Charlotte, wir werden nur noch über rote Teppiche schreiten."

* * *

„Das ist wirklich eine schöne Anlage", sagte Olympiasieger Hermann Hasthoff zu Hans-Günter Fiebig, nachdem dieser ihm seinen Hof präsentiert hatte. „Alles ist sehr schön und den Pferden fehlt es hier wirklich an nichts."

„Es freut mich, dass Ihnen unser kleiner Hof so gut gefällt", erwiderte der Besitzer der Anlage mit sichtbarem Stolz.

„Ja, der Hof gefällt mir wirklich. Aber wie Sie schon sagten, Herr Fiebig, der Hof ist allerdings recht klein und für einen Olympiastützpunkt ist er leider zu klein."

Man sah Hans-Günter Fiebig an, dass er sich eine andere Antwort gewünscht hätte und nach einem Weg suchte, seinen prominenten Gast doch noch von seinem Plan zu überzeugen. „An eine Erweiterung der Anlage hatten wir natürlich auch schon gedacht. Die Pläne sind noch nicht ganz abgeschlossen, aber sie sind schon recht weit gediehen."

„Eine einfache Erweiterung wird wohl nicht reichen", mahnte der Olympiasieger. „Sie müssten neben dem bestehenden Hof noch einmal eine Anlage der doppelten Größe errichten, um zu einem nationalen Zentrum des Pferdesports aufzusteigen und ich frage mich, ob Sie das stemmen können?"

„Meine finanziellen Möglichkeiten sollten Sie nicht unterschätzen, Herr Hasthoff", entgegnete Hans-Günter Fiebig leicht angesäuert.

„Das tue ich auch nicht", bekannte der Gast. „Nicht nur Sie haben sich auf den heutigen Tag gut vorbereitet. Ich habe es auch und ich habe herausgefunden, dass Ihre finanziellen Möglichkeiten in der Tat hervorragend sind, denn Sie besitzen drei gut laufende mittelständische Unternehmen, die sicher eine Menge Profit abwerfen. Allein von der finanziellen Seite aus betrachtet werden Sie sich das Projekt also sicher leisten können."

„Dann sehe ich nicht, wo das Problem sein soll?", glaubte Hans-Günter Fiebig die Bedenken seines Gastes nun endgültig ausgeräumt. „Wir gründen ein Joint-Venture und schon in wenigen Jahren werden auch hier auf dieser Anlage Pferde und Reiter für Olympia und andere wichtige Wettkämpfe trainieren."

„Ein gemeinsames Joint-Venture Unternehmen ist schnell gegründet, da bin ich mit Ihnen einer Meinung. Der geplante Ausbau der Anlage dürfte sich aber sicher noch etwas hinziehen. Sie wissen ja selbst: Die Mühlen der öffentlichen Verwaltung sind vielleicht für ihre Gründlichkeit, aber ganz gewiss nicht für ihre Schnelligkeit bekannt. Eine fehlende Genehmigung, und der ganze Zeitplan kommt gehörig ins Stocken", mahnte der noch immer nicht vollkommen überzeugte Olympiasieger.

Hans-Günter Fiebig lächelte überlegen. „Keine Angst, Herr Hasthoff. Die zum Ausbau der Anlage notwendigen Genehmigungen stellen für mich nun wirklich kein Problem, geschweige denn eine Herausforderung dar. Bei meinen exzellenten Verbindungen in den hiesigen Stadtrat ist die Erweiterung schneller genehmigt als jedes andere Bauprojekt in diesem Bundesland."

„Ihre guten Verbindungen möchte ich gar nicht in Zweifel ziehen. Gut vernetzt zu sein, hat noch nie geschadet. Es gibt aber noch einen weiteren Punkt, den ich im Moment kritisch sehe, und das sind Ihre Fähigkeiten zum organisatorischen Ausbau der Anlage. Sie dürfen nicht vergessen, einen Olympiastützpunkt zu führen, das ist ein ganz anderes Kaliber als einen kleinen Reitstall am Waldrand zu managen." Er schaute sich kurz um und wies mit dem ausgestreckten Arm auf die Boxen und den Gang. „Bei Ihnen scheint man der Arbeit mit den Tieren noch etwas hemdsärmelig nachzugehen. Die Professionalität eines Olympiastützpunkts suche ich hier noch vergebens."

„Ich pflege in meinen Stall einen lockeren und kameradschaftlichen Umgangston, das ist wahr", bekannte Hans-Günter Fiebig. „Aber auch wenn die Atmosphäre locker ist, heißt das noch lange nicht, dass wir der Arbeit nicht gewissenhaft nachgehen."

Hermann Hasthoff trat etwas dichter an seinen Gastgeber heran. „Nun, dann verstehe ich nicht, warum Sie einen Stalljungen beschäftigen, der den Eindruck macht, als habe er gerade gelernt, wo bei einer Mistgabel oben und unten ist?"

Hans-Günter Fiebig biss sich verlegen auf die Unterlippe. „Tim ist wirklich momentan die Schwachstelle in unserer Mannschaft. Aber ich kann Sie beruhigen. Er ist nur vorübergehend und als Aushilfe bei uns beschäftigt. Sobald im September das neue Ausbildungsjahr beginnt, werde ich mir einen engagierteren und fähigeren Jungen als Auszubildenden besorgen. Tim kann dann bleiben, wo der Pfeffer wächst."

„Verstehe, Aushilfen sind immer ein gewisses Problem. Man braucht sie schnell und nur für kurze Zeit und nicht immer stehen qualifizierte Leute zur Verfügung. Dieses Problem hat früher oder später auch jeder Olympiastützpunkt einmal. Aber gerade mit Blick auf das hohe Ziel der Teilnahme an internationalen Wettbewerben muss darauf geachtet werden, dass auch die Aushilfen ins Team passen und jeder ein gewisses Maß an Qualität und Engagement an den Tag legt. Sie sind doch selbst Sportsmann genug, um zu wissen, dass ein Team immer nur so stark sein kann wie das schwächste Glied, und dass der Reitsport eine absolute

Teamsportart ist, das werden zwei Fachleute wie wir doch wohl nicht ernsthaft bestreiten wollen."

„Nein, auf keinen Fall will ich das bestreiten", beeilte sich Hans-Günter Fiebig seinem Gast zu versichern, dass er mit ihm auf der gleichen Wellenlänge funkte. „Reiter, Pferd und Pflegekräfte müssen sich als eine verschworene Einheit verstehen und mit all ihrer Kraft am gleichen Strang ziehen." Er lächelte überlegen. „Weil wir diese Maxime jederzeit leben, hat Tim uns am Wochenende auch nicht zum Turnier nach Heidelberg begleitet. Dort waren nur erfahrene, alte Hasen am Start und immerhin ist es mir gelungen, mit 'Godot' das Springen für mich zu entscheiden, und wenn ich mich recht erinnere, waren unter den Pferden, die das Nachsehen hatten, auch zwei aus Ihrem Stall."

„Ja, Ihr 'Godot' hat schon seine Klasse. Das kann man nicht abstreiten", bestätigte Hermann Hasthoff ein wenig unwillig. „Aber hat auch der Rest Ihrer Tiere dieses Format?"

„Natürlich hat er das. Hier im Stall halte ich es wie in meinen drei Firmen: Mit Nieten umgebe ich mich nicht und für schlechtes Personal gibt es ausreichend Türen in den Wänden, damit sie bei Bedarf jederzeit und schnell gehen können."

* * *

Aiguos Herz war gebrochen. Er hatte gewusst, dass dieser Moment kommen würde und er hatte versucht, sich angemessen auf ihn vorzubereiten. Nun war er da und er traf ihn mit einer Wucht, die all seine Vorbereitungen zu verhöhnen schien.

Xiaotong saß still neben ihm. Er hatte seinen Arm um Aiguos Schultern gelegt und wich nicht von seiner Seite. Zu sagen gab es ohnehin nichts, denn Worte vermochten nicht auszudrücken, was beide in diesem Augenblick fühlten und dass der Tod für Fang eher eine Befreiung als eine Strafe gewesen war, das wussten sie nur zu genau.

Die Nacht verging nur langsam. Tausend Erinnerungen zogen an Aiguos innerem Auge vorbei. Er sah sie gemeinsam am Fluss über die Wiesen gehen, spürte, wie ihre Lippen die seinen zum ersten Mal berührten, sah sie am Ende müde und schwach in der Küche sitzen und ihm beim Zubereiten der letzten gemeinsamen Mahlzeit zusehen.

„Wir wollten morgen eigentlich noch mal in den Park gehen", berichtete er dem Freund nach einiger Zeit. „Ich hatte gehofft, ihr noch einmal einen schönen Tag schenken zu können. Nicht einmal mehr dazu ist es gekommen."

„Du hast ihr trotzdem einen schönen letzten Tag geschenkt, auch wenn ihr nicht im Park gewesen seid", glaubte Xiaotong. „Sie ist hier ganz ruhig eingeschlafen und sie wusste, du würdest sie finden, wenn du wieder nach Hause kommst."

„Wäre ich doch nur rechtzeitig nach Hause gekommen. Vielleicht hätte sie noch gelebt. Wenn der Zug normal gefahren und ich pünktlich nach Hause gekommen wäre, hätte ich sie vielleicht zum Abschied noch einmal küssen können", überlegte Aiguo und registrierte einmal mehr, dass das Leben selten auf seiner Seite zu stehen schien. „Warum musste der Direktor seine Rede unbedingt heute halten? Warum musste Xiang ihn mit seiner Bemerkung zur Weißglut bringen? Warum gibt es nur diesen einen Zug mit der alten Dampflok, der uns in die Stadt bringen kann?"

„Direktor Hua geht immer über Leichen", erklärte Xiaotong verbittert. Heute war es die von Fang und sie war noch unschuldiger als die Kollegen, die vor einigen Wochen gestorben sind."

Aiguo stand auf, ging zum Schrank und holte einen Umschlag aus ihm hervor. „Hier, diese 300 Yuan sind noch übrig. Den Rest gebe ich dir, sobald ich das Geld gespart habe."

„Wofür brauche ich noch 300 Yuan, Aiguo?", schüttelte Xiaotong verständnislos den Kopf. „Du weißt, dass mein Vertrag am Freitag ausläuft und ich ihn nicht verlängern werde. Also behalte das Geld. Du kannst es viel besser gebrauchen als ich."

„Nein, ich brauche es auch nicht mehr."

„Wie kannst du das sagen? Die Beerdigung wird sehr teuer sein und in den Tagen danach bist du sicher sehr froh, wenn du noch etwas Geld zur Verfügung haben wirst."

„Wer sagt dir, dass es die Tage danach für mich geben wird?", fragte Aiguo kraftlos.

Xiaotong hob vorsichtig den Kopf. „Du willst deinen Vertrag mit der Agentur auch nicht verlängern?"

„Gibt es dazu noch einen Grund, jetzt, da Fang tot ist?

„Du kannst dazu beitragen, den Direktor und seine Familie noch reicher zu machen, indem du noch für einige Jahre ins Bergwerk gehst", antwortete Xiaotong grimmig.

„Der Direktor und seine Familie sind mir egal. Er ist mir mindestens genauso egal wie ich ihm. Uns verbindet nichts, außer dass wir zufälligerweise zur gleichen Zeit leben."

„Das ist nicht viel und das ist viel zu wenig, um damit gemeinsam die Straße entlang zu gehen", befand Xiaotong.

„Außerdem darfst du nicht vergessen, dass, wenn überhaupt, immer nur einer die Straße entlanggehen wird und das bin nun mal ich. Direktor Hua fährt ganz sicher mit dem Wagen."

„Was werden wir in den letzten Stunden nun tun? Viel Zeit bleibt uns nicht mehr."

Aiguo überlegte einen Moment. „Ich werde Fang würdig bestatten und mich dann noch von meinen Freunden verabschieden. Viel Zeit für anderes wird ohnehin nicht mehr sein."

„Nein, Zeit haben wir wirklich nicht mehr viel. Aber das ist lustig, Aiguo: Zum ersten Mal im Leben gehören wir zu den Leuten, die zu viel Geld, aber viel zu wenig Zeit haben", schüttelte Xiaotong verwundert den Kopf. „Ich hätte nie gedacht, dass ich jemals in so eine Lage kommen würde."

„Wirst du noch einmal ins Bergwerk gehen?"

Einen Augenblick war es totenstill, dann nickte Xiaotong. „Ja, das werde ich. Nur dort kann ich die Kollegen alle noch einmal sehen und dann wird es mir eine Freude sein, vor Direktor Hua zu treten und ihm zu sagen, dass ich meinen Rücken nicht mehr länger krumm machen werde, nur damit er schneller reich wird."

„Dann werde ich dich begleiten", entschied Aiguo. „Direktor Hua ist mir egal. Der kann von mir aus machen, was er will. Aber mich von den Kollegen verabschieden, das möchte ich schon."

„Dann haben wir beide in den nächsten Stunden ein sehr dichtes Programm", sagte Xiaotong nachdenklich. „Erst erweisen wir Fang die letzte Ehre, dann gehen wir ein letztes Mal zu den Kollegen."

* * *

Die Dunkelheit der Nacht empfand Kani an diesem Abend wie eine Befreiung. Er ging nach draußen vor die Hütte, blickte zu den Sternen auf und war froh, dass die schwarze Nacht nun endlich verdeckte, was er den ganzen Tag hatte mit ansehen müssen.

Er fühlte sich schuldig. Schuldig, weil er gescheitert war, denn er war gekommen, um Leben zu retten und konnte mit Mühe doch nur einige wenige Leben verlängern. Er fühlte sich aber auch schuldig, weil er selbst noch lebte, gesund war und all das hatte, was den Menschen, denen er den Tag über begegnet war, fehlte.

'Sie haben Grund, neidisch zu sein und mich zu hassen', sagte er still zu sich selbst und rief sich die markantesten Gesichter wieder in Erinnerung. Wie ein Film, dessen Farben langsam in der Sonne verblassen, zogen sie an ihm vorbei.

Kani fragte sich, warum sie nicht rebellierten, warum sie nicht gegen ihn direkt oder das Leben allgemein ihre Stimme erhoben. Er hätte es verstehen können, sogar gut verstehen können.

'Es war keiner wütend auf mich, obwohl sie Grund dazu gehabt hätten, weil ich zu spät gekommen bin und nicht genug Medizin mitgebracht habe.'

Er hörte Schritte hinter sich, drehte sich um und sah angestrengt in die Dunkelheit. Sharifa war zu ihm herausgekommen. Als sie ihn erreicht hatte, richtete auch sie ihren Blick zunächst zu den Sternen, ganz so, wie er es Momente zuvor getan hatte.

„Ich habe Angst vor dem Rückweg", sagte Sharifa nach einer Weile.

Kani nickte verständnisvoll. „Ich würde ihn am liebsten gar nicht mehr gehen."

„Jeder Schritt wird uns nur an unser Scheitern erinnern. Auf dem Hinweg hatten wir noch ein Ziel. Aber jetzt? Jetzt gibt es kein Ziel mehr, das uns noch vorwärtstreiben könnte und wenn wir nach Stunden im Hospital angekommen sind, werden wir uns doch nur als gescheiterte Verlierer fühlen", sagte Sharifa traurig.

Sie schauten wieder eine Weile in den nächtlichen Himmel und schwiegen.

„Ich denke, Kadiri sollte uns morgen besser nicht mehr begleiten. Wir werden den Weg auch ohne ihn finden", sagte Kani. „Wenn er den Vertrag mit der Agentur wirklich nicht verlängert, dann ist morgen der letzte Tag seines Lebens und wir können ihm nicht zumuten, mit uns sinnlose Wege zu gehen, während ihm die letzten Minuten wie Sand durch die Finger rinnen."

„Er wird deinen Vorschlag nicht akzeptieren", war sich Sharifa sicher. „Er hat nicht viel in seiner Hütte, aber er gibt jedem etwas von seinem Besitz, wenn er meint, dass er es gebrauchen könnte. Mich hat er auch die ganze Zeit gebeten, in seinem Haus nach Dingen zu suchen, die wir für unser Krankenhaus gebrauchen können."

„Ein Mensch wie er darf eigentlich nicht sterben", rebellierte Kani.

„Er wird aber sterben", entgegnete Sharifa verbittert, weil sie spürte, dass sie unter diesem Verlust weit mehr leiden würde als Kadiri selbst.

„Die Welt wird arm, schrecklich arm, wenn ausgerechnet die Kadiris dieser Welt sich entscheiden zu gehen und nur die Chimalsis bleiben", ärgerte sich Kani.

„Du bist sauer auf ihn, weil er uns keinen Wagen zur Verfügung gestellt hat?"

„Ich bin in erster Linie enttäuscht", erklärte Kani und massierte sich mit den Fingern die müden Augen. „Mir kann Chimalsi viel erzählen, aber nicht, dass alle seine Fahrzeuge beständig im Einsatz sind, um Getränke und Lebensmittel für seine große Feier am Wochenende herbeizuschaffen."

„Mit etwas mehr gutem Willen hätte sich sicher eine Lösung finden lassen, mit der wir alle gut hätten leben können", ärgerte sich Sharifa. „Von Chimalsis Farm bis zum Hospital brauchen die Wagen eine knappe Stunde, von dort bis hierhin sind es noch einmal zwei. Das sind hin und zurück gerade mal sechs Stunden Fahrt. Die Zeiten für das Be- und Entladen noch dazugerechnet und wir kommen auf acht bis maximal neun Stunden und Chimalsi will uns wirklich erklären, dass seine wichtige Party zu einer Katastrophe verkommt, wenn ihm einer seiner vielen Wagen für diese kurze Zeit fehlt? Ich kann das nicht glauben."

„Es war eine Ausrede und eine ganz billige noch dazu." Kani legte den Kopf tief in den Nacken und blickte lange hinauf zu den Sternen. „Vielleicht sollte ich ihm wünschen, dass seine Feier am Wochenende ein großer Flop wird. Aber nicht einmal das kann ich, weil mir die ganze Veranstaltung vollkommen egal ist."

„Es reicht, wenn du dich das nächste Mal zu Fuß zu ihm auf den Weg machst, wenn er krank ist und deine Hilfe braucht. Vielleicht lernt er dann, wie wichtig es ist, dass ein Arzt schnell zu seinen Patienten gelangt."

„Das ist das klassische, alte 'Auge um Auge, Zahn um Zahn'-Prinzip, das ich auch nicht sonderlich mag", bekannte Kani. „Selbst wenn ich den Chimalsis dieser Welt auf diese Art ihre Hochnäsigkeit vergelten würde, ich glaube nicht, dass sie anschließend etwas lernen und ihr Verhalten grundlegend ändern werden."

„Du hast recht, Kani. Sie werden nicht nur nichts lernen, sondern das 'Auge um Auge, Zahn um Zahn'-Prinzip auch noch auf ihre Art zur Anwendung bringen und überlegen, wie sie dir die erlittene Demütigung später wieder heimzahlen können", vermutete Sharifa.

„Das könnte leicht geschehen und am Ende kommt alles nur noch schlimmer als es ohnehin schon ist", teilte Kani ihre Einschätzung. „Gerade deshalb gefällt mir Kadiris Weg so gut. Er zieht sich einfach zurück und lässt die anderen gewähren. Das ist ebenso einfach wie effektiv. Niemand kann ihm wirklich einen Vorwurf machen und jeder, der ihn auffordert zu bleiben, muss sich fragen lassen, ob er diesen Gedanken nicht nur deshalb an Kadiri heranträgt, weil er ihn später für sich in irgendeiner Art und Weise instrumentalisieren und benutzen will."

„Ich kann Kadiri gut verstehen und einen Vorwurf mache ich ihm ganz bestimmt nicht. Im Gegenteil: Ich bewundere ihn viel eher, als dass ich ihn und seine Entscheidung in Grund und Boden verdamme", erklärte Sharifa anerkennend.

„Würdest du von mir genauso denken, wenn ich mich wie Kadiri gegen einen neuen Vertrag mit der Agentur entscheide?", fragte Kani nach einem kurzen Moment der Stille.

„Das ist eine schwierige Frage", antwortete Sharifa und überlegte lange. „Ich würde dich mehr vermissen, als ich Kadiri in ein paar Tagen vermissen werde, weil wir beide so lange und intensiv zusammengearbeitet haben und ich dich viel länger kenne als ihn. Aber enttäuscht wäre ich wohl nicht und wirklich böse sein könnte ich dir auch nicht."

Donnerstag, 12. Juli

„Irgendetwas ist seltsam heute Morgen", wunderte sich Marla, während sie wie gewohnt das Frühstück vorbereitete. „Die frische Milch wurde nicht geliefert und Eier haben wir heute auch keine bekommen."

Sie ging zum Kühlschrank, öffnete ihn und warf einen kritischen Blick hinein. „Wie gut, dass ich meine Küche nach einem etwas altmodischen Stil führe und meine Vorräte habe", sagte sie erleichtert. „Drei Eier sind noch da und die Milch dürfte für den Vormittag auch noch reichen." Marla lächelte überlegen. „Ein Glück, dass mich das Ganze ab morgen nichts mehr angeht. Meine Entscheidung ist gefallen und zum ersten Mal seit Langem fühle ich mich richtig gut und befreit. Debora hat schon recht: Wenn man nicht gewünscht ist, sollte man sich die Freiheit nehmen, beizeiten zu gehen." Ihre Augen durchstreiften noch einmal den bereits sichtlich geleerten Kühlschrank. „Bis zum Nachmittagstee wird die heutige Lieferung hoffentlich da sein, sonst gibt es an meinem letzten Tag noch einmal ordentlich Stress und den wollte ich mir eigentlich ersparen."

Sie stellte das Frühstück wie gewohnt zusammen und sah am Ende mit einem gewissen Stolz auf das vor ihr stehende Tablett. „Wer nicht weiß, wie viele frische Zutaten und Lebensmittel mir heute Morgen gefehlt haben, der kann gar nicht ermessen, was für eine Herausforderung dieses Frühstück war."

Dass Alexander und Charlotte Parker die Mühe, die sie sich gemacht hatte, nicht zu schätzen wussten, davon ging die Köchin aus. Wichtig war es ihr nicht mehr. „Wenn nur der kleine Noah ordentlich satt wird und eine gute Grundlage für den neuen Tag hat, dann bin ich zufrieden und meine Aufgabe ist erfüllt", sagte sie unbekümmert und stellte das Tablett in den Aufzug, der es umgehend ins Speisezimmer beförderte. „Ab morgen soll ein anderer sich um diese Dinge kümmern."

Eine gute Stunde später nahm sie das Tablett mit dem schmutzigen Geschirr wieder aus dem Aufzug und stellte es auf die Anrichte. „Schade, er hat auch mein letztes Ei nicht gewollt", sagte sie teilnahmslos, als ihre Augen das verschmähte Frühstücksei entdeckten. Sie zuckte kurz mit den Schultern. „Ein Grund mehr, heute zu gehen und morgen nicht mehr wiederzukommen. Morgen kann er sich sein Ei selbst kochen und es nach exakt vier Minuten aus dem Wasser nehmen. Mein Problem ist das dann nicht mehr."

Gegen zehn stand William unvermittelt in ihrer Küche. Er machte ein leicht ratloses Gesicht. Marla kannte zwar nicht den Grund und interessierte sich auch nicht wirklich für diesen, fand aber, dass es nicht ganz unangebracht sei, sich bei William für die in den vergangenen Monaten erlittenen Demütigungen ein wenig zu rächen. So entschloss sie sich, ihm seine Sorgen durch einen Bericht von der nicht gelieferten Milch und den fehlenden Eiern noch ein wenig zu vergrößern.

„Ich weiß auch nicht, was los ist. Die Milch und die Eier hätten heute eigentlich ganz normal angeliefert werden müssen", entgegnete der Butler verstört und konnte sich keinen Reim aus den Informationen machen, die ihn an diesem Morgen erreichten. „Hast du den Milchmann und den Gemüsebauern schon angerufen?"

„Wie komme ich dazu?", wies Marla das Ansinnen sogleich von sich. „Ich bin nicht einmal befugt, den Speiseplan ohne deine Erlaubnis abzuändern. Die Verträge und die Details zur Lieferung hast immer du ausgehandelt. Ich sage dem Bauern nur, wie viele Liter Milch wir benötigen und wie viele Eier er mir bringen soll. Für alles andere bist du zuständig, William, und ich werde den Teufel tun, mich in deine Belange einzumischen."

„Heute kannst du den Lieferanten ruhig selbst einmal anrufen", gestattete der Butler ihr eine Ausnahme und war mit seinen Gedanken längst irgendwo anders. „Mark ist auch nicht zur Arbeit erschienen. Er müsste eigentlich dringend den Rasen vor dem Haus mähen. Weißt du zufälligerweise, wo er ist?"

„Nein, ich habe ihn seit gestern nicht mehr gesehen", berichtete Marla. „Aber warum rufst du nicht einfach zu Hause bei ihm an?"

„Das habe ich schon mehrfach gemacht, aber es hebt nie jemand ab. Hat er zu dir nichts gesagt?"

„Nein, zu mir hat er nicht gesagt, dass er heute nicht mehr zur Arbeit erscheinen wird. Er hat sich gestern nur ausgesprochen freundlich und liebenswürdig von mir verabschiedet", erinnerte sich die Köchin.

William war viel zu beschäftigt, um ihrer Bemerkung eine besondere Bedeutung beizumessen, doch Marla wunderte sich schon ein wenig darüber, dass der Gärtner, der Milchmann und der Gemüsebauer am gleichen Tag ihrer Arbeit nicht mehr wie gewohnt nachgekommen waren.

„Sollte Debora recht haben und wir sind tatsächlich nicht die Einzigen, die die Nase voll haben und gehen?" Sie dachte kurz an den Besuch, den Egon Elohim ihr noch vor Kurzem in ihrer Küche abgestattet hatte und schmunzelte. „Es scheint, als würde ich dieses absurde Theater keinen Tag zu spät verlassen. Wenn nun auch Mark seiner Arbeit im Garten nicht mehr nachkommt, hat der wortgewandte Vertreter der Agentur gar kein Argument mehr, mit dem er mir seinen neuen Vertrag schmackhaft machen kann."

Der Milchmann kam auch den restlichen Vormittag nicht und Williams Versuche, ihn oder den Gemüsebauern telefonisch zu erreichen, blieben alle erfolglos. So schickte er Marla am Nachmittag notgedrungen selbst in den Supermarkt, um die Dinge zu kaufen, die sie für ihre Arbeit in der Küche benötigte.

Der Markt war gut gefüllt, was man von den Regalen nicht behaupten konnte. Vor den Kassen bildeten sich lange Schlangen.

„Sie könnten Ihre Regale ruhig einmal wieder füllen", hörte Marla einen Kunden mit der Filialleiterin schimpfen, während sie in einer der vielen Schlangen vor den Kassen geduldig wartete. „So leergefegt wie heute habe ich diesen Supermarkt schon lange nicht mehr erlebt."

„Es tut mir sehr leid, dass unsere Regale so schlecht gefüllt und unsere Kassen nur so spärlich besetzt sind. Aber wir kämpfen heute mit außergewöhnlich ungünstigen Umständen", erklärte die Filialleiterin. „Ein gutes Drittel unserer Belegschaft ist krank und heute Morgen nicht zur Arbeit erschienen und auch die bestellte Ware wurde nur teilweise geliefert."

* * *

Mit großen Augen trat Tim hinaus auf die Galerie und ließ seinen Blick durch das weite Rund des Stadions gleiten. 'In so einer großen Arena hätte ich auch gerne mal gespielt.'

In Gedanken sah er sich mit Albert und den Freunden als Mannschaft zusammen aufs Feld laufen, den begeisterten Zuschauern kurz zuwinken und sich dann auf ihre alten Gegner von 'Viktoria 07' stürzen und sie ein für alle Mal vom Feld schlagen.

'Dazu wird es nun leider nicht mehr kommen', dachte Tim und fühlte sich gar nicht so unwohl bei diesem Gedanken. 'Wer weiß, ob die vielen Zuschauer uns wirklich zugejubelt hätten. Vielleicht hätten wir auch einfach nur einen schlechten Tag gehabt und wären gnadenlos ausgepfiffen worden.'

Er schaute kurz auf die Anzeige mit der großen Uhr. Es war bereits kurz vor zehn. In wenigen Minuten sollte die Veranstaltung eigentlich beginnen, doch die Ränge waren alle nur spärlich besetzt.

„Wenn das die beeindruckende Riesenveranstaltung ist, die man uns seit Tagen groß angekündigt hat, dann möchte ich nicht wissen, wie das erst ist, wenn man sich im kleinen, vertrauten Kreis trifft?"

Er ging langsam die Stufen hinab und setzte sich auf einen der roten Schalensitze.

„Eigentlich ist es reine Zeitverschwendung, hier noch hinzukommen", hörte er eine Stimme neben sich.

Er sah kurz auf und schaute in das Gesicht eines etwa gleichaltrigen Jungen. Tim kannte ihn nicht und war doch sofort von ihm fasziniert, denn alles an diesem Jungen hatte jenen revolutionären Touch, der ihn schon immer so tief berührt hatte.

„Warum bist du dann überhaupt gekommen?"

„Weil mein alter Herr sonst zu nervig wird und ich die ganzen Schwachköpfe mal live sehen möchte, die sich hier in der nächsten Stunde von der Agentur einen neuen Vertrag aufschwatzen lassen wollen."

„Du selbst unterschreibst also nicht?", fragte Tim interessiert.

„Hältst du mich für total bescheuert, Mann?" Er sah Tim mit einer Mischung aus Zorn und Unverständnis an. „Ich acker doch nicht wochenlang wie ein Gestörter und mach Stimmung gegen diese Saubande, nur um im letzten Moment einzuknicken und vor denen zu Kreuze zu kriechen. Nee nee Alter, den Gefallen tu ich denen nicht."

„Guten Tag, Tim! Schön, dass du heute den Weg zu uns gefunden hast", begrüßte ihn Theodor Aschim plötzlich von der anderen Seite.

Im ersten Moment wusste Tim gar nicht, was er sagen sollte. Die ganze Situation war ihm irgendwie unangenehm. Während sich der rebellische Junge neben ihm vor Lachen krümmte, machten Theodor Aschim und sein Begleiter ein Gesicht, als wäre der Weltuntergang gerade beschlossen worden.

„Darf ich dir übrigens Herrn Gabriel vorstellen", überspielte Theodor Aschim gekonnt die peinliche Stille. „Er ist der für ganz Europa zuständige Bereichsleiter."

Reflexartig streckte sich Tim eine Hand entgegen. „Freut mich, dich kennenzulernen, Tim."

Tim erhob sich von seinem Sitz und schlug zögerlich ein. „Ja, ähm, guten Tag, Herr Gabriel", sagte er verlegen.

„Wir sollten nachher noch einmal ein paar Takte miteinander reden, wenn du Zeit hast", schlug der Bereichsleiter vor.

„Ja, gerne. Ich weiß zwar nicht worüber. Aber warum nicht."

„Über deinen neuen Vertrag natürlich, Tim. Soviel ich weiß, hast du dich noch nicht endgültig entschieden. Aber das wird dir im Anschluss an diese Veranstaltung sicher recht leicht fallen."

„Wir müssen jetzt los, sonst schaffen wir es nicht rechtzeitig aufs Podium", drängte Theodor Aschim mit Blick auf die Uhr.

„Also gut, Tim. Man sieht sich später. Ich freu mich auf unser Gespräch", entgegnete der Bereichsleiter und zog im nächsten Moment von dannen. Wie eine Fata Morgana starrte Tim ihm lange nach.

„Alle Achtung! Du musst ein furchtbar wichtiges Tier hier in der Stadt sein, wenn sogar der Bereichsleiter der Agentur selbst mit dir sprechen will", sagte der Junge neben ihm, nachdem die Männer gegangen und außer Hörweite waren.

„Ich? Wichtig? Nein, ich bin total unwichtig. Weiß selbst nicht, was der Typ von mir will."

„Einen neuen Vertrag natürlich. Was sonst? Nur deshalb ist der heute hier."

„Den wird er von mir aber nicht bekommen", antwortete Tim hart.

„Warum nicht? Dein Alter hat doch sicher Kohle oder du selbst hast 'nen riesigen Freundeskreis auf Facebook und die von der Agentur brauchen dich unbedingt als Multiplikator. Aber ohne Grund legen die dir garantiert keine Schleimspur."

„Hey Alter, komm mal zurück und versuch's mal wieder mit ein bisschen mehr Bodenhaftung. Ich hab weder 'nen großen Freundeskreis noch 'nen riesigen Fanclub im Internet. Ich bin auch nicht reich und wichtig. Ich bin nur ein kleiner idiotischer Stalljunge, den jeder nach Belieben herumkommandieren kann", antwortete Tim verärgert.

„Nur ein kleiner Stalljunge? Und den will der große Herr Gabriel sprechen", wunderte sich der rebellische Junge neben ihm. „Du, ich sag dir was. Entweder quatschst du gerade den größten Blödsinn aller Zeiten oder denen muss der Arsch ganz schön auf Grundeis gehen, wenn sich schon der Bereichsleiter persönlich um Leute wie dich und mich kümmern muss."

„Was meinst du damit?"

Ein feines, zufriedenes Lächeln zog über das Gesicht des Jungen. „Unsere Bewegung setzt ihnen doch mehr zu, als wir gedacht hatten und viel mehr, als der Agentur lieb ist."

„Eure Bewegung?"

„Klar, unsere Bewegung. Hast du noch nie von der gehört?"

„Nein, noch nicht", musste Tim zu seiner Schande gestehen.

„Diese Bewegung", erklärte der Junge und machte mit der Hand das Siegeszeichen. „Nur, dass bei uns das 'V' nicht für 'Victory', sondern für 'Verweigerung' steht."

„Verweigerung? Verweigerung wogegen oder wofür?"

„Gegen alles. Verweigerung gegenüber den Reichen, den Mächtigen, der Werbung und natürlich auch Verweigerung gegenüber dieser verlogenen Agentur mit ihren beschissenen 'Lebensverträgen', die eigentlich besser 'Todesverträge' heißen müssten."

„Du musst sie sehr hassen?", sagte Tim, nachdem er einen Moment über die Worte des Jungen nachgedacht hatte.

„Sagen wir mal so: Ich habe keinen Grund mehr, sie zu mögen. Aber das beruht wenigstens auf Gegenseitigkeit."

„Und warum bist du dann ausgerechnet hier?"

„Um ihnen die Show zu vermasseln und ihnen vielleicht auch noch den einen oder anderen Vertrag abspenstig zu machen – deinen zum Beispiel."

„Meinen Vertrag? Den kannst du ihnen nicht abspenstig machen, weil sie ihn gar nicht bekommen werden", erklärte Tim kategorisch.

„Warum nicht? Bieten sie dir nicht genug?"

„Sie bieten mir das, was sie allen anderen auch bieten, die nicht gerade mit Geld und Glück gesegnet sind: Ein Leben aus zweiter Hand und das will ich nicht mehr."

Ein zufriedenes Lächeln umspielte das Gesicht des Jungen. „Und ich hatte gedacht, du bist auch so ein verspieltes Muttersöhnchen, das sich von denen kinderleicht um den Finger wickeln lässt, wenn sie ihm ein neues Smartphone oder ein gebrauchtes Auto versprechen."

„Keine Sorge. Zu den Typen, die auf diesen Mist abfahren, habe ich noch nie gehört. Eigentlich wollte ich in ein paar Wochen anfangen zu studieren, aber inzwischen habe ich es mir anders überlegt."

„Was spricht auf einmal gegen das Studium? Ist doch an sich 'ne feine Sache."

„Das Studium selbst ist nicht das Problem. Das ist 'ne feine Sache, da sagst du nichts Falsches. Aber die Zeit danach, wenn du erst einmal in dem System steckst und für das System arbeiten sollst, die ist voll daneben."

„Und was machst du jetzt?

„Jetzt ziehe ich einen Schlussstrich. Ich lass die anderen machen, was sie wollen. Aber ich bin nicht mehr dabei. Die Arbeit im Stall hat mir endgültig die Augen geöffnet."

„Ich versteh gerade nur Bahnhof. Was ist so toll und so erhellend an deiner Arbeit im Stall?", fragte der Junge schockiert.

„Nichts! Nichts ist an der toll. Aber wenn du nicht ganz auf den Kopf gefallen bist, merkst du schnell, wie das System funktioniert und dann siehst du plötzlich, dass dich manches Pferd mit viel mehr Würde und Respekt behandelt als deine lieben Mitmenschen. Und wenn du einmal an dem Punkt angekommen bist und weißt, dass du im Grunde nichts mehr zu verlieren hast, dann ist es sehr leicht, 'Nein' zu den Angeboten der Agentur zu sagen."

* * *

Aiguo begann den Tag in einer merkwürdigen Mischung aus Trauer und Freude. Es war der erste Tag ohne Fang und entsprechend leer und traurig fühlte er sich an. In der Wohnung und in den Straßen der Stadt war noch alles so, wie es in den letzten Tagen gewesen war. Alles schien gleich und doch war alles anders.

Die frischen Schnittblumen in den Geschäften, an denen er vorbeikam, wirkten blass und verwelkt, obwohl sie gerade erst in der Fülle ihrer Pracht standen. Auf den Straßen und den Bürgersteigen der Stadt waren die Lücken größer als sonst. Viel weniger Menschen als sonst schienen sie zu bevölkern und doch war jeder Einzelne von ihnen für Aiguo einer zu viel, weil der eine Mensch, der ihm immer so unendlich viel bedeutet hatte, plötzlich nicht mehr da war.

An Fang zu denken und ihren Tod zu beklagen, bedrückte ihn. Aiguo hatte immer gewusst, dass er sie liebte. Wie sehr, das spürte er an diesem Morgen besonders stark. In jedem Gesicht, das ihn anlächelte, erkannte er sie wieder und der Schmerz brannte fürchterlich.

Sich auf den bevorstehenden eigenen Abschied zu konzentrieren, half ungemein. Ein ums andere Mal tröstete Aiguo sich mit dem Gedanken, dass sein eigenes Leiden bald ein Ende haben werde. Wenn er daran dachte, lächelte er sanft und zufrieden in sich hinein.

Aiguo wusste, er hatte ein bescheidenes und unspektakuläres Leben gelebt. Viele würden es als langweilig und gewöhnlich bezeichnen. Es war ihm in diesem Moment egal. Er erfreute sich an den schönen Erinnerungen, die er sich bewahrt hatte und er verdrängte die hässlichen Momente, so gut er konnte. Sie wirkten blass und kraftlos und vermochten ihn nicht mehr wie früher herunterzuziehen, weil er wusste, dass schon in weniger als 24 Stunden alles vorbei sein würde.

Er ging ohne Groll und auch ohne das Gefühl, etwas verpasst zu haben oder in Zukunft zu verpassen. Was er erlebt hatte, genügte ihm. Mehr für sich zu wünschen, lag ihm fern, gar mehr zu verlangen, erschien ihm unangebracht.

Xiaotong wich den ganzen Vormittag nicht von seiner Seite. Sie sprachen nicht viel und wenn doch, dann sagte ein Blick mehr als tausend Worte. Wann immer ihn die Trauer zu überwältigen drohte, sah Aiguo für einen Moment auf den Freund. 'Er wird mit mir abtreten. Auch Xiaotong hält nichts mehr hier', sagte er sich immer wieder.

Am Nachmittag gingen sie gemeinsam ein letztes Mal ins Bergwerk. Sie fuhren mit dem Zug hin, so wie sie es immer gemacht hatten. Doch in den Kabinen zogen sie sich nicht um und setzten auch nicht ihre Helme auf. Sie verabschiedeten sich einfach nur der Reihe nach von Freunden und Kollegen.

Diese waren überrascht. Sie fragten irritiert nach den Gründen und schnell machte im Bergwerk die Runde, dass Fang gestorben und der Bruder des Direktors Xiaotong die Frau ausgespannt hatte.

Ein Mann aus dem mittleren Management stellte sie zur Rede, weil sie nicht arbeiten wollten, den Betriebsfrieden störten und die Kollegen angeblich auf falsche Gedanken brachten.

Aiguo öffnete das Netz, in dem seine eigene Ausrüstung verstaut war. Er griff nach dem Helm und setzte ihn dem verdutzten Manager auf den Kopf. „Geh selbst nach unten und bring die Kohle nach oben, wenn du der Meinung bist, dass es hier oben zu wenig davon gibt."

Die Kollegen lachten und der Manager wechselte seine Gesichtsfarbe in immer schnelleren Abständen von leichenblass auf revolutionsrot. Als er ihnen drohte und sie an die möglichen Konsequenzen erinnerte, lachten Xiaotong und Aiguo ihn aus. Als er es wenig später mit Milde und Überredungskunst erneut versuchte, lachten nur die Kollegen.

„Wenn du weinen willst, geh zu Direktor Hua. Vielleicht weint er mit dir, weil ihr ab heute keine Macht mehr über uns habt", sagte Aiguo und fühlte sich zum ersten Mal in seinem Leben wirklich frei.

Die Kollegen hätten eigentlich den Förderkorb besteigen

und in die Tiefe hinabfahren müssen, doch eine seltsame Kraft ließ sie bleiben und warten. Der Fahrstuhl brachte stattdessen die Kollegen der Frühschicht. Auch sie erfuhren schnell, was Xiaotong und Aiguo widerfahren war.

Wütender Protest und ein wildes Gerede waren die unmittelbare Folge. Der Manager war verzweifelt. Er hatte die Situation längst nicht mehr im Griff und suchte sein Heil in der Flucht.

Vermisst wurde er nicht, weil die Männer ihre Aufmerksamkeit sofort auf Xiaotong und Aiguo richteten und lebhaft die Frage diskutierten, ob beide richtig handelten, wenn sie ihre Verträge mit der Lebensagentur nicht mehr verlängerten.

Auf dem Höhepunkt der wilden Diskussion erschien Direktor Hua mit seinem Gefolge. Zornig schritt er auf Xiaotong und Aiguo zu. Er forderte sie auf, sich bei ihm zu entschuldigen und ihn um Verzeihung zu bitten.

„Wofür soll ich mich entschuldigen?", erregte sich Xiaotong. „Dass ich nicht noch mehr Kohle aus dem Berg geholt habe, damit ohnehin steinreiche Leute wie Sie noch reicher werden? Oder dafür, dass ich um meine Frau gekämpft habe und sie nicht schon am ersten Tag an Ihren Bruder abgetreten habe? Soll ich mich etwa dafür entschuldigen?"

„Was ihr tut, ist Verrat. Es ist ein schändlicher Verrat an den hehren Zielen unserer Gemeinschaft", zischte der Direktor. „Ihr verratet alle, unser Land, unser Volk, unser Bergwerk und all eure Kollegen."

Aiguo schüttelte langsam den Kopf. „Es ist wahr, Direktor Hua, ich habe wirklich über viele Jahre hinweg jemanden schändlich verraten. Aber dieser 'Jemand' war ich selbst. Mich selbst und meine ureigenen Ziele und Wünsche habe ich verraten, weil ich zu viel auf Leute gehört habe, die immer nur ihren eigenen Vorteil im Blick hatten." Er wandte sich an die Kollegen, die ihre Blicke wie gebannt auf ihn gerichtet hatten. „Jetzt ist mit diesem Verrat Schluss und ich verrate mich selbst nicht mehr. Und was passiert? Der größte Verräter und Wichtigtuer in diesem Bergwerk stellt sich in unsere Mitte, bläst sich vor mir auf und nennt mich einen Verräter an euch. Dabei ist er es, der die Kommission aus Beijing getäuscht hat, damit seine Profite weiterhin hoch bleiben, auch wenn eure Sicherheit massiv darunter leidet."

„Ja genau! Der Direktor ist der Verräter, nicht Aiguo oder Xiaotong", rief einer aus dem Hintergrund.

„Ich befehle euch allen, sofort an die Arbeit zu gehen", schrie der Direktor. „Wer nicht augenblicklich zum Fahrstuhl geht, bekommt morgen seine Papiere und kann sehen, wo er bleibt."

Stille und eine extreme Spannung lagen plötzlich über dem Raum. Niemand sagte ein Wort, niemand machte sich auf den Weg zum Fahrstuhl, bis Direktor Hua schließlich die Nerven verlor.

„Ihr habt es nicht anders gewollt. Nicht nur für Xiaotong und Aiguo ist heute der letzte Tag. Für alle anderen auch!", drohte er und stampfte verärgert von dannen.

Die Männer schauten ihm lange nach, schweigend die einen, kopfschüttelnd die anderen.

„Für uns gibt es hier nichts mehr zu tun", sagte Aiguo zu Xiaotong. „Komm lass uns den Zug nehmen und in die Stadt fahren. Morgen läuft mein Vertrag aus und ich habe nicht die geringste Lust, meine letzten Stunden ausgerechnet hier im Bergwerk zu verbringen."

Xiaotong nickte und auch Xiang griff nach seinen Sachen und eilte herbei. „Wartet! Ich gehe mit. Nicht nur ihr habt hier nichts mehr zu suchen. Für mich gilt das Gleiche."

„Für mich auch", rief einer nach dem anderen und die Gruppe der Arbeiter, die zum Ausgang drängte, wurde von Minute zu Minute größer. Am Ende gingen fast alle und der Zug, der sie zurück in die Stadt brachte, war so voll wie schon lange nicht mehr.

* * *

Der Abschied von den Menschen im Dorf am nächsten Morgen war herzlich und doch einer der bedrückendsten Momente, die Kani in seinem ganzen Leben je erlebt hatte. Sharifa und Kadiri erging es kaum anders.

„Ein jeder weiß, dass wir nicht wiederkommen werden und trotzdem winken sie bis zum Schluss", sagte Sharifa traurig, als sie sich ein letztes Mal zu den bis zum Dorfrand mitgegangenen Bewohnern umgedreht hatte.

„Trotzdem ist es gut, dass wir gehen", war Kadiri sich sicher. „Zu bleiben ist keine Alternative. Erst recht, wenn man wie wir vollkommen machtlos ist und nichts mehr tun kann."

„Haben wir versagt oder war unser Scheitern zwangsläufig?", stellte Kani die eine Frage, die jedem von ihnen in diesem Moment durch den Kopf ging.

„Wir haben versagt, aber nicht gestern und vorgestern", bekannte Sharifa sich schuldig. „Wir haben zu lange gezögert. Das Leid gesehen, haben wir schon lange. Seine wahren Ursachen erkannt haben wir auch. Aber getan haben wir nichts."

„Also schuldig in allen Punkten", fasste Kani ihre Worte in einem einzigen Satz zusammen und spürte, wie bitter und ungenießbar er schmeckte.

„Ihr beide solltet euch nicht zu sehr belasten", riet Kadiri seinen Begleitern. „Schon gar nicht mit der Vergangenheit. Denkt lieber an eure Zukunft."

„An unsere Zukunft?", fragte Kani höhnisch. „Ist das noch eine Zukunft, die wir drei haben? Kann man das, was wir vor uns haben, wirklich noch 'Zukunft' nennen? Du, Kadiri, willst deinen Vertrag mit der Agentur nicht verlängern und hast damit gar keine Zukunft, zumindest keine im klassischen Sinn. Ich selbst würde es dir am liebsten gleichtun. Aber ich weiß nicht, ob ich nicht am Ende vor mir selbst und meiner Feigheit davonlaufen und einfach aus reiner Gewohnheit so weitermachen werde wie bisher."

„Meine Zukunft ist die der Ruhe", war Kadiri überzeugt. „Ich kann dir nicht sagen, was auf mich zukommen wird.

Aber es wird ruhiger und angenehmer sein als das, was ich in den letzten Tagen durchlebt habe."

„Ist es nicht eine seltsame Ironie des Schicksals, dass ausgerechnet wir drei für den Erhalt von Leben kämpfen und dabei zugleich den Tod weniger fürchten als das Leben selbst? Keiner von uns hat Angst vor dem Tod. Aber vor dem morgigen Tag fürchten wir uns wie kleine Kinder vor der Nacht."

„Wir haben auch allen Grund, uns vor dem morgigen Tag zu fürchten", gab Kani zu bedenken. „Was als scheinbar harmloses Fieber begann, wird sich schon bald zu einer Epidemie ausgeweitet haben und wir haben nicht die Kraft und nicht die Mittel, uns ihr entgegenzustellen."

„Darum geht es doch eigentlich schon längst nicht mehr, zumindest mir nicht", beklagte Sharifa. „Es gibt nichts, vor dem ich mich mehr fürchte als vor dem Spiegel, in den ich Morgen für Morgen hineinschauen muss. Ich werde in mein Gesicht blicken und mich vor der Person ekeln, die mir im Spiegel entgegentritt, weil sie dieses durch und durch verlogene System viel zu lange gestützt hat."

„Die Furcht ist mehr als berechtigt und ich frage mich, ob es noch einen Ausweg für uns gibt", bestätigte Kani.

„Wenn es ihn gibt, dann ist es eher der Weg, den Kadiri für sich gewählt hat, als der, den wir beide in den vergangenen Jahren gegangen sind", vermutete Sharifa.

„Diesen Eindruck habe ich langsam auch", bestätigte Kani.

„Und was ist mit der Angst vor dem Tod?", wollte Sharifa wissen.

„Die bildet sich langsam zurück", berichtete Kani. „Am Anfang war sie noch stark und dominant. Das waren die Tage, in denen ich Kadiri noch nicht verstehen konnte und seine Entscheidung auch nicht gutgeheißen habe. Aber heute kann ich ihn sehr gut verstehen und inzwischen kann ich mir sogar vorstellen, es ihm gleichzutun."

„Dann ist es also gar nicht so sicher, dass wir drei den morgigen Tag alle überleben werden", sagte Sharifa nachdenklich.

„Nein, sicher ist es nicht und schlecht ist es vielleicht auch nicht", erwiderte Kani ruhig. „Kadiri hat schon recht: Jeder von uns hat schon zu viel verloren, als dass es wirklich noch etwas zu verlieren gibt. Er hat Baya vor ein paar Tagen verloren und wir beide haben unsere Unschuld schon vor langer Zeit verloren, als wir uns und unsere Kraft gedankenlos an ein System verkauft haben, das keine Skrupel trägt, im Zweifelsfall auch über Leichen zu gehen."

„Möglicherweise haben schon andere für uns die endgültige Entscheidung getroffen", überlegte Sharifa und schien gar nicht so unglücklich über ihren Gedanken.

„Wie meinst du das?", fragte Kani interessiert.

„Nun, wir werden wieder den ganzen Tag brauchen, um die Station zu erreichen und bis wir dort ankommen, wird es sicher schon Abend sein. Ich glaube nicht, dass wir dann noch einen Vertreter der Lebensagentur vorfinden werden, um mit ihm einen neuen Vertrag abzuschließen."

„Du meinst, das Problem regelt sich quasi von selbst, weil wir die neuen Verträge eigentlich schon ab morgen brauchen, aber erst heute ankommen und rein technisch betrachtet gar keinen neuen Vertrag mit der Agentur mehr abschließen können, womit der Zug faktisch für uns abgefahren ist?"

„Ich glaube nicht, dass die Vertreter der Lebensagentur extra auf uns warten werden. Also könnte es am Ende genau so kommen und unsere Entscheidung, Kadiri in sein Dorf zu begleiten, war dann auch gleichzeitig eine Entscheidung gegen die Agentur und gegen einen neuen Vertrag."

„Das ist ja geradezu eine wunderbare Aussicht", freute sich Kani. „Ich hätte in der Tat nichts dagegen, wenn mir die Schwere der Entscheidung auf diese Art und Weise abgenommen würde."

„Die Agentur wird Sie sicher nicht vergessen, Doktor Kani", gab Kadiri zu bedenken. „Man wird ganz bestimmt nach Ihnen suchen und Sie notfalls auch hier draußen in der

Savanne finden."

„Da ist viel Wahres dran und deshalb sollte ich wissen, wie ich mich entscheiden werde, wenn ich heute Abend die Station wieder erreiche und du, Sharifa, solltest es auch wissen."

„Ich habe mich im Grunde schon entschieden, Kani. Ich werde Kadiris Beispiel folgen und keinen neuen Vertrag mehr unterschreiben", erklärte Sharifa fest entschlossen.

* * *

„Herr Gott, entschuldigen Sie bitte die Störung, aber aus unseren Niederlassungen dringen sehr ungewöhnliche und alarmierende Nachrichten zu uns in die Zentrale vor."

„Keine Ursache, Ezechiel", entgegnete der Leiter der Lebensagentur freundlich. „Was gibt es denn? Wo drückt der Schuh?"

„Es scheint, dass die Resonanz auf unsere neuen Verträge in der breiten Masse der Bevölkerung nicht besonders hoch ist."

„Lassen Sie mich raten, Ezechiel: Es sind mal wieder Uriels Chinesen, die den Hals nicht voll genug bekommen und uns nun Schwierigkeiten machen", lachte Herr Gott befreit auf.

„Aus China gibt es in der Tat sehr besorgniserregende Berichte", bestätigte der persönliche Referent. „Aber es sind augenblicklich nicht allein die Chinesen, die unseren Mitarbeitern vor Ort Probleme bereiten. Auch in Afrika dauern die Dinge wieder mal deutlich länger als gedacht."

„Aber mein lieber Ezechiel, das ist doch kein Grund, gleich nervös zu werden. Ständig nörgelnde Chinesen, übervorsichtige Japaner, trödelnde Inder und unmotivierte Thais, das sind wir doch eigentlich gewöhnt, von den massiven Verzögerungen, die wir in Afrika immer wieder erleben, mal ganz zu schweigen. Ich denke, Sie sind ein wenig überarbeitet und sehen die Lage zu kritisch. Gönnen Sie sich lieber mal eine gute Tasse Tee und warten Sie in Ruhe ab. Ich bin mir sicher, in ein paar Stunden wird sich die Lage schon wesentlich entspannter darstellen."

„Mit Verlaub, Herr Gott, ich glaube nicht, dass in Ruhe 'Abwarten und Teetrinken' eine Strategie ist, die auch bei hohen Stornoquoten helfen wird."

„Hohe Stornoquoten?", fragte der Agenturleiter verwundert. „Die hatten wir in den letzten 300 Jahren so selten, dass Sie mir schon fast wieder erklären müssen, was es mit dem Wort 'Stornoquote' überhaupt auf sich hat."

„In diesem Jahr werden wir sie aber haben", fürchtete der persönliche Referent. „Von den Anträgen, die uns aus Asien bis gestern erreicht haben, wurden bereits mehr als ein Drittel wieder storniert."

„Mehr als ein Drittel", wiederholte der Agenturleiter nachdenklich. „Dabei war der Rücklauf an abgeschlossenen Verträgen gestern und vorgestern ohnehin schon schlechter als erwartet und Sie sagen, ein Drittel von denen ist schon wieder von den Kunden storniert worden."

Ezechiel nickte betrübt. „Kaum haben wir die neuen Verträge mühsam bearbeitet und in unsere hausinterne Datenverarbeitung eingepflegt, können wir sie auch schon wieder herauslöschen, weil der Kunde es sich inzwischen anders überlegt hat."

„Dieses Verhalten ist in der Tat ungewöhnlich und bemerkenswert", wunderte sich der Agenturleiter. „Liegt es an neuen gesetzlichen Bestimmungen oder worauf führen Sie die hohe Zahl an Widersprüchen zurück?"

„Ich habe eher das Gefühl, dass unser Vertrieb ein wenig unsauber gearbeitet hat und den Menschen zu viele haltlose Versprechungen gemacht wurden."

„Das sieht diesen Brüdern mal wieder ähnlich", ärgerte sich Herr Gott. „Nur um einen Kunden am Ende doch noch zur Unterschrift zu bewegen, werden ihm alle möglichen Versprechungen gemacht, und wenn die dann nicht eingehalten werden können, müssen wir hier in der Zentrale die Suppe wieder auslöffeln und die ganzen Verträge rückabwickeln. Um welche Verträge konkret geht es denn? Haben sich unsere lieben Millionäre und Milliardäre etwa schon wieder ein paar neue Sonderwünsche überlegt, die wir ihnen leider nicht erfüllen können?"

„Die Milliardäre und Millionäre sind diesmal augenscheinlich nicht das Problem. Es sind die unteren Schichten, die aufbegehren und uns in Scharen davonlaufen."

„Das müssen Sie mir näher erklären, Ezechiel."

„In China scheinen wir entweder die Unterstützung der Partei und ihrer lokalen Kader verloren zu haben oder es bahnt sich so etwas wie die Neuauflage der Französischen Revolution an", berichtete der persönliche Referent.

„Bei der extremen Neigung der Chinesen, alles und jedes zu kopieren, war nie ganz auszuschließen, dass sie sich nicht eines Tages auch mal an der Französischen Revolution vergreifen werden", schüttelte Herr Gott verständnislos den Kopf. „Aber wie kommen Sie darauf, dass wir die Unterstützung der Partei verloren haben? Wir sind mit den Reichen und Mächtigen dieser Welt doch auch sonst immer ganz gut ausgekommen, egal, ob sie sich als Kommunisten, Liberale oder Neokonservative gebärdet haben."

„In einzelnen chinesischen Provinzen haben sich ganze Bergwerke und Fabriken geweigert, unsere neuen Verträge zu unterschreiben."

„Wie kann das sein? Haben die Direktoren und Manager etwa gegen uns opponiert?", fragte Herr Gott entsetzt.

„Soviel ich weiß, haben sie in den meisten Fällen sogar versucht, ihre Arbeiter zum Abschluss eines neuen Vertrages zu bewegen. Aber ohne nennenswerten Erfolg, weil es Aufrührer gab, die sich gegen das leitende Management gestellt haben und auch unsere Aktionen mit Erfolg sabotiert haben."

„Wie ist die Lage in den anderen Kontinenten? Sind wir hier auf ähnliche Probleme und Schwierigkeiten gestoßen?", fragte Herr Gott, die Stirn in tiefe Falten gelegt.

„Eine offene Rebellion wie in China gab es in Afrika bislang nicht. Aber der Kollege Michael berichtete bereits gestern davon, dass der Rücklauf an unterschriebenen Verträgen außerordentlich spärlich ist. Unterschrieben haben wie in Asien und den anderen Kontinenten bislang fast nur die Reichen. Sie konnten wir wie immer mit überwältigender Mehrheit zum Abschluss eines neuen Vertrages bewegen. Aber die breite Masse reagiert ausgesprochen träge. Sie sagt nicht 'Ja', sie sagt aber auch nicht direkt 'Nein' zu den neuen Verträgen, sondern lässt die Entscheidung in einem merkwürdigen Zustand der Unentschiedenheit. Alles ist in der Schwebe und damit ist im Guten wie im Schlechten für uns immer noch alles möglich."

„Das ist in der Tat ein sehr sonderbares Verhalten, dass ich so von den Afrikanern nicht erwartet hätte", bekannte Herr Gott. „Ist denn wenigstens auf die Preußen noch Verlass? Meldet zumindest der Kollege Gabriel aus Europa noch gute Ergebnisse?"

Ezechiel schüttelte enttäuscht den Kopf. „Der Kollege Gabriel ist noch immer selbst vor Ort, um die Dinge mit anzuschieben. Aber allem Anschein nach tut auch er sich schwer. Er meldet, dass es schwierig ist, insbesondere die jüngeren Jahrgänge vom Abschluss neuer Verträge zu überzeugen."

„Das kann ich mir bei der Höhe der Staatsverschuldung in Europa gut vorstellen. Die möchte ich als junger Mensch auch nicht bezahlen müssen, ohne selbst je etwas davon gehabt zu haben", murmelte Herr Gott konsterniert. „Aber trotzdem: Wir dürfen uns jetzt von diesen zeitweiligen Rückschlägen und Widerständen nicht beirren lassen, sondern müssen den einmal eingeschlagenen Weg konsequent zu Ende gehen. Nur so kommen wir erfolgreich zum Ziel."

„Wir sollten darauf dringen, dass die Milliardäre und Millionäre unsere Aktion mit flankierenden Maßnahmen unterstützen", regte Ezechiel an. „Diese Herrschaften profitieren schließlich am meisten davon, wenn wir viele neue Verträge akquirieren können und alles so bleibt, wie es ist."

„Ja, das ist eine gute Idee. So sollten wir es machen", stimmte Herr Gott sogleich zu und berief für den nächsten Tag eine Dringlichkeitssitzung seiner wichtigsten Berater und Mitarbeiter ein. „Ach und noch etwas, Ezechiel, sagen Sie den Bereichsleitern, dass ihr Erscheinen hier von größter Bedeutung ist. Ich möchte unbedingt aus erster Hand über die Zustände in den einzelnen Regionen informiert werden."

* * *

„Sie haben nicht gelogen, Herr Elohim, der Ausblick in diesen Garten ist wirklich eine Augenweide", bestätigte Bereichsleiter Raffael und wandte sich wieder an Marla. „Wenn man mir die Möglichkeit geben würde, in so einer schönen Küche zu arbeiten, dann würde ich es sicher tun."

„Tun Sie sich keinen Zwang an, Herr Raffael, hier wird morgen schon eine Stelle frei. Auf die können Sie sich gerne bewerben. Sie sollten allerdings in der Lage sein, für Herrn Parker jeden Morgen ein ausgezeichnetes Vier-Minuten-Ei kochen zu können. Darauf wird in diesem Haus sehr viel Wert gelegt. Ansonsten dürften Ihre Aussichten, die Stelle zu erhalten und den herrlichen Blick aus dem Fenster in den Garten zu genießen, eher gering sein."

„Ihre feine Ironie haben Sie sich bis ins hohe Alter erhalten, Frau Harper", lächelte der Bereichsleiter gekonnt über die in der Antwort enthaltenen Spitzen hinweg. „Doch meine Kochkünste sind nicht annähernd so gut wie die Ihren. Deshalb sind Sie für diese Stelle die weitaus bessere Besetzung."

„Auch meine Kochkünste sind für die in diesem Haus gestellten Ansprüche leider nicht mehr gut genug. Deshalb ist es nur angemessen, dass ich meinen Platz räume und ihn für andere freimache", erwiderte Marla gelassen.

„Wie lange arbeiten Sie schon in diesem Haus, Frau Harper?", fragte Raffael.

„Oh, schon weit mehr als zwanzig Jahre."

„Das sind mehr als zwei Vertragsverlängerungen mit der Agentur und die gingen in den vergangenen Jahren, wenn ich recht informiert bin, immer sehr einfach und problemlos über die Bühne." Bereichsleiter Raffael trat bis auf einen Schritt an die Köchin heran. „Was macht es Ihnen heute so schwer, wieder einen Vertrag mit der Lebensagentur abzuschließen?"

„Ich glaube nicht, dass ich Ihnen darüber in irgendeiner Weise Rechenschaft schuldig bin", entgegnete Marla ruhig.

„Das ist wahr, Rechenschaft schulden Sie mir nicht, aber mich würden Ihre Gründe trotzdem interessieren, weil ich sie verstehen will."

„Was gibt es daran zu verstehen, dass ein Mensch nicht mehr weiter essen will, wenn er satt ist?", antwortete Marla mit einer Gegenfrage. „Wer satt ist, dem können Sie das schönste Essen auftischen, er wird es trotzdem nicht anrühren, einfach weil er satt ist."

Der Bereichsleiter schüttelte entschieden den Kopf. „Sie gehören aber nicht zu den Menschen, die satt sind. Von denen kenne ich einige und ich muss Ihnen sagen, die wirken ganz anders auf mich, als Sie es tun."

Marla lächelte nachsichtig. „Vielleicht bin ich wirklich noch nicht ganz satt, habe dieses Leben aber satt, und zwar vollkommen satt. Gefällt Ihnen diese Antwort besser, Herr Raffael?"

„Leider nur zum Teil", antwortete der Bereichsleiter ausweichend. „Diese Antwort scheint mir etwas näher an den Kern der Wahrheit heranzureichen. Aber gefallen, ich meine wirklich gefallen, tut auch sie mir nicht."

„Eine andere Antwort habe ich für Sie allerdings nicht", entschuldigte sich Marla mit einem kurzen Achselzucken. „Das können Sie Ihrem Chef ruhig sagen."

„Mein Chef ist ein weiser Mann. Er versteht und akzeptiert jede Antwort, solange sie ehrlich ist."

„Meine Antwort ist ehrlich", versicherte Marla. „Ich bin die Welt, wie ich sie erlebe, einfach nur satt. Ich bin auch das Leben, das Sie und Ihre Agentur mir bieten, nur noch satt. Es gibt schon lange nichts mehr, was mich an ihm noch reizt. Aber es gibt ungemein viel, das mich an ihm stört und massiv abschreckt. Wenn ich nun beide Aspekte gegeneinanderstelle und sie abwäge, gibt es für mich keinen Grund mehr, einen Anschlussvertrag abzuschließen." Sie lächelte selbstbewusst. „Oder um es in der Sprache einer einfachen Köchin auszudrücken: Ja, ich würde in der Tat gerne Wein trinken. Aber die Gläser, die mir Ihre Agentur kredenzt, enthalten nur Essig und jetzt fragen Sie mich, warum ich keine Lust mehr habe, weiteren Essig zu trinken, während andere vom Wein betrunken durch die Straßen torkeln?"

„Was muss Ihnen die Agentur bieten, damit auch Sie das Gefühl haben, Wein zu bekommen und nicht nur Essig? Was konkret wollen Sie für Ihr Leben, das Sie jetzt noch nicht haben?"

„Ich will nicht nur das Gefühl haben, Wein zu trinken, sondern ich will Wein trinken und Sie und Ihre klugen Verkäufer sollten endlich aufhören, mir einreden zu wollen, dass Essig, der als gefühlter Wein verpackt wird, mit echtem Wein zu vergleichen ist."

„Das wird sich sicherlich einrichten lassen", war der Bereichsleiter überzeugt.

„Außerdem will ich mich nicht mehr manipulieren und instrumentalisieren lassen. Da mein augenblicklicher Chef, der Herr Parker, genau dieses Ziel für sich persönlich verfolgt, kann nur einer von uns beiden hier auf dieser Welt glücklich werden." Sie sah den Bereichsleiter fordernd an. „Er oder ich, aber einer von uns beiden ist hier definitiv fehl am Platz."

„Sie könnten in einen anderen Haushalt wechseln", schlug Egon Elohim spontan vor. „Die Agentur wird Ihnen bei der Suche nach einem neuen Beschäftigungsverhältnis sicher behilflich sein."

„Warum um alles in der Welt sollte ich wechseln wollen, Herr Elohim? Um dort auf einen neuen Herrn Parker zu treffen, der zwar einen anderen Familiennamen führt, aber ansonsten die gleichen Ziele verfolgt wie der liebe Herr Parker hier im Haus? Nein, nein", schüttelte die Köchin mit Nachdruck den Kopf. „Sie können es drehen und wenden, wie Sie wollen: Meine Wünsche und die von Herrn Parker passen nicht zusammen und sie werden auch nie zusammenpassen. Weshalb einer so klug sein sollte, zu gehen, solange noch die Zeit und die Gelegenheit dazu gegeben sind." Sie sah ihre Gesprächspartner lächelnd an: „Nun, da Herr Parker bei Ihnen schon seinen neuen Vertrag unterschrieben hat, ist es wohl besser, wenn ich gehe. Was ich in den kommenden Stunden tun werde und Sie, meine Herren, werden mich bestimmt nicht mehr umstimmen."

„Sie verlieren viel, Marla", warnte der Bereichsleiter.

„Meine Illusionen habe ich in den letzten Jahren schon verloren, meine Hoffnung auch. Jetzt bleibt mir nur noch das letzte Bisschen Ehre und Selbstachtung, das mir geblieben ist und bevor ich das auch noch verliere, gehe ich lieber."

„Sie sind im Begriff, einen schweren Fehler zu machen, den Sie sicher schon bald bereuen werden", fürchte Egon Elohim.

„Ach was, nun malen Sie mal nicht den Teufel an die Wand", entgegnete Marla zuversichtlich. „Zu verlieren habe ich nichts mehr, zu gewinnen jedoch eine ganze Menge und was spricht dagegen, nach diesem Gewinn meine Hand auszustrecken?" Sie sah ihre beiden Gäste eindringlich an. „Und jetzt sagen Sie mir bitte nicht, dass die Ziele des ehrenwerten Herrn Parker dem entgegenstehen. Ich bin Marla Harper, eine freie Frau in einem freien Land, die jetzt so frei ist, endlich 'Nein' zu etwas zu sagen, zu dem sie viel zu lang ohne innere Überzeugung 'Ja' gesagt hat. Aber diese Zeiten, meine Herren, sind ab heute vorbei. Endgültig vorbei! Und jetzt entschuldigen Sie mich bitte, ich habe noch ein wenig zu tun. Sie können, wenn Sie wollen, gerne noch bleiben und ein wenig die wundervolle Aussicht aus meinem Küchenfenster genießen."

* * *

Gut gelaunt kam Tim kurz vor dem Beginn der Mittagspause als Erster in den Stall zurück. Von Martina, dem Hausmeister und dem Reitlehrer war noch nichts zu sehen. 'Wahrscheinlich braucht die Lebensagentur so lange, ihnen das Kleingedruckte in ihren neuen Verträgen zu erklären', lachte er still in sich hinein. 'Sie können es gerne tun. Mir brauchen sie nichts mehr zu erklären. Ich bin mit dem Verein durch und mich wird keiner mehr umstimmen.'

Das Gespräch mit dem jungen Rebellen im Stadion hatte ihm gut getan. Er kannte ihn und seine Organisation nicht, fühlte sich ihr aber irgendwie dennoch verbunden, wie jemand, der dazugehört, ohne offiziell dazuzugehören.

Viel Zeit, sich mit ihren Zielen zu beschäftigen, hatte er nicht mehr und das war auch nicht nötig, denn Tim faszinierten an dem rebellischen Jungen und der Organisation, für die er stand, im Grunde nur das Zeichen und das geheime Motto. Beide war er nur zu gern bereit, für sich zu übernehmen.

Die Finger zum 'V' gespreizt, ging er zu 'Diego' in die Box und lachte ihn an. „Moin, moin, Alter. Für uns heißt das Motto jetzt nur noch 'V wie Verweigerung'." Er klopfte dem Wallach zufrieden auf Hals und Rücken. „Du suchst dir in Zukunft deine Reiter besser aus und ich mir meine Vertragspartner. Einverstanden?"

Wie gewohnt rieb 'Diego' seine Nase an Tims Schulter, was Tim in diesem Moment spontan als begeisterte Zustimmung auffasste. „Wusste ich doch, dass wir immer einer Meinung sind", lachte er zufrieden und warf einen prüfenden Blick in die Mulde für das Futter. „Du musst recht hungrig sein. Naja, bald ist Mittag. Ich schau mal, ob ich etwas Futter für dich finde."

Er hatte 'Diegos' Box gerade verlassen, als ihm Hans-Günter Fiebig über den Weg lief. Unruhig glitten seine Augen durch den Stall.

„Haben Sie Martina und den Reitlehrer gesehen?", fragte er Tim nach einer Weile.

„Nur heute Morgen, bevor wir die Veranstaltung der Lebensagentur besucht haben."

„Sie sind also noch bei der Agentur", überlegte Hans-Günter Fiebig. „Das kann dauern, und bis Martina wieder zurück ist, werden die Pferde verhungert sein." Er sah Tim kritisch an. „Haben Sie die Tiere schon einmal gefüttert?"

„Nahezu jeden Tag, immer mit Martina zusammen."

„Gut, dann werden Sie diese Aufgabe heute eben mal alleine erledigen. Geben sie den Pferden die gewohnten Rationen und denken Sie daran, 'Godot' sein Futter als Ersten zu geben. Er wird sonst nervös. Außerdem hat er es mehr als verdient."

Tims Antwort wartete Hans-Günter Fiebig erst gar nicht ab, sondern drehte sich auf dem Absatz um, verließ den Stall und fuhr Augenblicke später mit seiner prächtigen Limousine vom Hof.

Tim war wieder mal allein und erneut mit einer neuen Aufgabe betraut. Doch anders als sonst freute er sich auf sie, war sie doch gleichsam sein Abschiedsgeschenk für 'Godot' und diesen Stall.

Er schob den Wagen mit dem Futter in den Stall. Die Pferde registrierten sofort, was nun bevorstand und wurden nervös. Einige wieherten und schnauften begeistert, andere bewegten sich erwartungsvoll zu der Seite ihrer Box, in der die Futtermulde integriert war. Trotz der allgemeinen Aufregung blieb es weitgehend ruhig im Stall. Nur 'Godot' ließ seine Hufe in schneller Folge krachend gegen die hölzernen Wände seiner Box schlagen. Tim ließ ihn gewähren. Er hatte andere Pläne. Als Erster bekam 'Diego' sein Futter.

„Na, mein Lieber! Wer in der ersten Box steht, der soll auch ruhig als Erster bedient werden", sagte Tim mit einem Lächeln im Gesicht und erfreute sich an der Begeisterung, mit der sich der Wallach auf seinen Hafer stürzte. „Ich wusste doch, dass du hungrig bist", lächelte Tim zufrieden und machte sich daran, einem Pferd nach dem anderen Hafer und Roggen in die Futtermulde zu schütten.

Als er 'Godots' Box erreicht hatte, war der Hengst fast außer sich und führte in seiner Box einen wilden Tanz auf.

„Willst du mir damit sagen, dass du Hunger hast oder zeigen, dass du wichtig bist?", fragte Tim in Richtung der Box und gab sich wenig später selbst die passende Antwort. „Nun, Hunger haben die anderen auch. Aber das ist kein Grund, dich immer zu bevorzugen und wichtig bist du mir schon lange nicht mehr. Deshalb wirst du heute warten, bis ich mit den anderen Pferden durch bin. Wenn dann noch etwas Futter im Wagen ist, bekommst sogar du notorischer Krachschläger etwas zu fressen. Wenn nichts mehr da ist, hast du leider Pech gehabt."

Er fütterte die Stute in der gegenüberliegenden Box und schob den Wagen, ohne sich um 'Godots' fortgesetzten Terror zu kümmern, weiter. Kurz bevor er die letzten Boxen im Gang erreicht hatte, ebbte der Lärm im Stall langsam ab.

„Oh, welch eine angenehme Ruhe", lachte Tim und füllte 'Klinko' seine Portion in die Mulde. „Sogar unser 'Godot' hat inzwischen geschnallt, dass er bei mir alles spielen kann, nur nicht die erste Geige."

Die Fütterung war so gut wie beendet. Alle Tiere erfreuten sich an ihrem Fressen, nur in der dritten Box stand ein gekränkt wirkender Hengst. Als Tim seine Box mit dem Wagen passierte, schaute 'Godot' kurz in seine Richtung, schlug aber nicht mehr mit den Hufen gegen die Wände seiner Box.

„Solltest du etwa gelernt haben, dass man mit Terror und wilden Aufständen nichts erreicht?", wunderte sich Tim. „Wenn ja, dann wäre das doch mal ein schöner Lernerfolg."

Er öffnete noch einmal den Wagen mit dem Futter und maß auch für 'Godot' eine Portion ab. Gierig stand der Hengst an der Wand mit der Mulde. Als Tim das schmale Gitter, das sie von außen erreichbar machte, nach innen schob, legte 'Godot' den Kopf quer und versuchte, seine Schnauze durch die schmale Öffnung zu schieben. Er scheiterte, denn sein Kopf war zu breit und die Öffnung zu schmal.

„Geduld wird nie eine deiner starken Seiten werden",

schüttelte Tim verständnislos den Kopf und befüllte die Mulde mit 'Godots' Portion.

Gierig versenkte der Hengst im nächsten Moment seinen Kopf in der Mulde. Doch statt zu fressen und sein Futter in Ruhe zu genießen, schleuderte der Hengst es im hohen Bogen triumphierend umher. Die Hälfte der Körner landete wie kaum anders zu erwarten außerhalb des Trogs auf dem Boden.

„Ja genau, verstreu' nur das, was du endlich bekommen hast, achtlos auf dem Boden. Das macht zwar überhaupt keinen Sinn, gibt aber anschließend ein lange anhaltendes Sättigungsgefühl", kommentierte Tim belustigt, schüttelte wieder den Kopf und brachte den Wagen mit dem Futter zurück an seinen Platz.

Der Nachmittag war für Tim eine einzige Abschiedstour, allerdings eine ohne Tränen und Wehmut, zumindest solange, bis 'Diego' an der Reihe war, von ihm gebürstet zu werden.

„Jetzt wirst du von mir noch einmal so richtig herausgeputzt, 'Diego'. Aber danach trennen sich unsere Wege. Ich werde heute gehen. Dich, mein Lieber, kann ich leider nicht mitnehmen." Er hatte nicht den Eindruck, dass der Wallach ihn verstand, trotzdem redete er unbekümmert weiter. „Es wird mir nicht schwerfallen zu gehen, aber du bist der einzige Freund, den ich hier zurücklassen werde. Um dich tut es mir echt leid und die Stupser deiner Nase werde ich wohl schwer vermissen. Sieht so aus, als sei das der Preis, den ich für meine Freiheit bezahlen muss. Hoffentlich kommt bald einer, mit dem du dich wieder so gut verstehst, wie wir beide uns immer verstanden haben." Er strich 'Diego' noch einmal gedankenversunken durch das weiche Fell. „Wir beide waren immer die getretenen Hunde dieses Stalls. Das hat uns zusammengeschweißt und schnell zu Freunden gemacht. Jetzt werde ich gehen und irgendwie fühle ich mich dir gegenüber wie ein Verräter, weil ich gehen kann, während du hier alleine zurückbleiben musst."

Er gab dem Wallach, nachdem er ihn in seine Box zurückgeführt hatte, noch einen Apfel. „Hier, das ist mein Abschiedsgeschenk für dich, 'Diego'. Mit einem Apfel hat unsere schöne Freundschaft begonnen und mit einem Apfel wird sie nun auch enden."

* * *

Eigentlich hatten Aiguo und Xiaotong sich vorgenommen, ihre letzten Stunden zu genießen, doch der Tag hielt noch einmal einige schwere Stunden für sie bereit.

Eine große Trauergemeinde hatte sich nicht zusammengefunden, um Fang die letzte Ehre zu erweisen. Aiguo war es vergleichsweise egal. Er rief sich noch einmal all die schönen Momente in Erinnerung, die er mit Fang zusammen hatte erleben dürfen. So träumte er sich durch den Tag, erinnerte sich an längst vergangene Zeiten und freute sich zugleich auf das Ende.

Xiaotong und Hong unterstützten ihn, so gut sie konnten, und alle drei verbrachten trotz des herannahenden Endes recht angenehme und sorglose Stunden, bis sie am Nachmittag ein lautes Klopfen an der Wohnungstüre vernahmen.

„Erwartest du noch Besuch?", fragte Xiaotong überrascht.

Aiguo schüttelte den Kopf. „Nein, ich erwarte heute keine Besucher mehr und ich will auch eigentlich niemanden mehr sehen." Er hielt den Freund, der aufgestanden war, um an der Türe nachzusehen, wer geklopft hatte, kurz am Ärmel fest. „Wenn es die Mitarbeiter von der Agentur sind, schickst du sie gleich wieder fort. Mit denen habe ich nichts mehr zu besprechen."

Xiaotong nickte kurz und erlebte Sekunden später an der Tür eine faustdicke Überraschung. „Direktor Hua ist gekommen. Er will mit dir reden."

Auch Aiguo fühlte sich im ersten Moment wie vom Pferd getreten. „Was will er von mir?", fragte er noch, während er aufstand und zögerlich zur Türe ging.

Wie verbitterte Kontrahenten standen sie sich im Türrahmen einige Sekunden sprachlos gegenüber, dann ergriff der Direktor als Erster das Wort.

„Ich möchte mit Ihnen reden und Sie um einen kleinen Gefallen bitten. Darf ich hereinkommen?"

Begeistert war Aiguo von der Idee, den Direktor in seine Wohnung zu lassen, zwar nicht, doch er willigte ein. Er wies seinem ehemaligen Chef einen Stuhl zu und servierte ihm einen heißen Tee.

„Was für einen kleinen Gefallen soll ich Ihnen noch tun, Direktor Hua?", kam Aiguo sogleich auf den Punkt. „Sie wissen, mein Vertrag läuft aus und meine Zeit wird knapp."

„Genau deshalb wäre ich Ihnen sehr verbunden, wenn Sie noch einmal mit Ihren Kollegen sprechen würden."

„Was soll ich den Männern sagen? Ich habe ihnen weder politische Botschaften zu verkünden, noch gibt es Neuigkeiten, die sie noch nicht wissen."

„Die Leute hören auf Sie. Sagen Sie ihnen, dass sie ihre neuen Verträge unterschreiben und auch weiterhin zur Arbeit ins Bergwerk kommen sollen", forderte der Direktor.

„Aber Sie haben unsere Kollegen doch alle erst vor wenigen Stunden selbst gefeuert", wunderte sich Xiaotong.

„Ich war ein wenig nervös und habe etwas zu scharf reagiert", verteidigte sich der Direktor. „Im Grunde bin ich ein guter Mensch. Ich will den Arbeitern nichts Böses, deshalb will ich sie nicht um ihre gutbezahlten Jobs im Bergwerk bringen."

„Wenn Sie den Männern wirklich nichts Böses wollen, warum tun Sie dann nicht mehr für die Kollegen? Warum kümmern Sie sich dann nicht mal endlich auch um die Sicherheit in den Stollen und nicht nur um ihren eigenen Profit?", wunderte sich Aiguo.

„Die Sicherheit in unserem Bergwerk ist gut. Jahr für Jahr investieren wir eine sehr hohe Summe in die Sicherheit unserer Anlage. Deshalb haben wir heute einen viel höheren Standard als viele andere Minen."

„Etwa die Ihres Bruders?", fragte Xiaotong verärgert und glaubte dem Mann nicht ein einziges Wort.

„Für die Bergwerke meines Bruders trage ich keine Verantwortung", antwortete der Direktor mit einem überlegenen Lächeln. „In unserer Familie geht jeder seinen eigenen Geschäften nach."

„Was, wenn wir das hier genauso handhaben, und uns um Ihre Belange genauso wenig kümmern, wie Sie sich um die Geschäfte Ihres Bruders kümmern?", fragte Aiguo interessiert.

„Wenn es Sinn macht, arbeiten natürlich auch mein Bruder und ich recht eng zusammen", erwiderte Direktor Hua mit einem feinen Lächeln.

Aiguo nickte verständnisvoll. „Und dann schmieden Sie mit Ihrem Bruder Pläne, wie Sie die Kommission aus Beijing täuschen und noch mehr Geld verdienen können", ärgerte sich Aiguo maßlos. „Lassen wir die Spielchen, Direktor Hua. Alles, was Sie wollen, ist Geld. Alles, was ich will, ist nicht mehr von Blutsaugern wie Ihnen und Ihrem Bruder belästigt zu werden."

„Wie können Sie es wagen, mich, einen angesehenen Unternehmer dieser Stadt und ein verdientes Parteimitglied noch dazu, als einen Blutsauger zu bezeichnen?"

„Ich nehme mir einfach das Recht heraus, die Wahrheit zu sagen, auch wenn sie Ihnen nicht gefällt. Aber was wollen Sie noch tun? Ihre Macht über mich haben Sie längst verloren. Gefeuert haben Sie mich schon und mich in ein Umerziehungslager zu stecken, macht auch keinen Sinn mehr, wo ich doch schon morgen ohne Vertrag von der Agentur dastehe", lachte Aiguo frech. „Also, Direktor Hua, was wollen Sie tun?"

„Keine Sorge, ich will Sie nicht überreden zu bleiben." Er lächelte süffisant. „Es ist für mich und mein Geschäft sicher förderlicher, wenn solche Unruhestifter wie Sie beide nicht mehr in meinem Bergwerk arbeiten."

„Den Gefallen werden wir Ihnen gerne tun", versicherte Xiaotong grimmig. „Macht es einen großen Unterschied, ob ich morgen freiwillig gehe oder übermorgen in Ihrem Bergwerk verschüttet werde, weil Ihnen Ihr eigener Profit wichtiger ist als meine Sicherheit?"

„Sie können gerne gehen. Aber bevor Sie gehen, sagen Sie den Kollegen noch, dass sie weiterhin für mich arbeiten sollen", forderte der Direktor erneut.

Aiguo und Xiaotong schüttelten synchron den Kopf. „Warum sollten wir das tun? Sie werden sicher auch ohne unsere weitere Hilfe noch sehr viel mehr Geld anhäufen", entgegnete Aiguo. „Genießen Sie es, denn wenn Sie den letzten Freund verloren und übers Ohr gehauen haben, wird Ihr Geld das Einzige sein, das Ihnen noch geblieben ist."

„Ich werde euch Geld geben, sogar viel Geld geben, wenn Ihr die anderen davon überzeugt, zu bleiben und weiterhin im Bergwerk zu arbeiten."

„Sparen Sie sich Ihr Geld lieber für die Kommissionen aus Beijing, Direktor Hua. Bei der ist es sicher viel besser angelegt", entgegnete Aiguo angewidert. „Xiaotong und ich haben keine Verwendung mehr dafür. Und jetzt gehen Sie besser wieder, bevor ich noch meine Geduld verliere, so wie Sie gestern im Bergwerk Ihr Gesicht verloren haben." Aiguos ausgestreckter Arm wies zur Tür. „Hier entlang bitte."

* * *

„Ich kann das Krankenhaus schon sehen, aber ich weiß nicht, ob ich mich wirklich freuen soll", bekannte Sharifa, als sie der Krankenstation am Abend immer näher kamen.

„Wir sind gekommen, um unsere letzten Dispositionen zu treffen", entgegnete Kani ohne eine Spur Resignation oder Traurigkeit in seiner Stimme. „Ich bin froh, dass ich die viele Verantwortung endlich abgeben kann."

„Mir geht es ähnlich", bekannte Kadiri. „Ich habe euch sicher in mein Dorf und auch wieder zurückgeführt. Damit habe ich alles getan, was mir noch zu tun blieb, und jetzt kann ich befreit von allen Sorgen und Nöten abtreten." Er öffnete die Arme und breitete sie weit aus. „Ist das nicht ein großartiges Gefühl?"

„Es ist ein wunderbares Gefühl", bestätigte Sharifa. „Endlich fühle ich mich leicht und frei, so wie ein Vogel oder eine Feder im Wind."

Sie erreichten die kleine Krankenstation und wurden von den Kollegen und Freunden freudig begrüßt.

„Die Leute von der Lebensagentur waren beinahe täglich hier und haben nach euch gefragt", berichtete Schwester Afifa. „Sie sind offenbar in großer Sorge um euch."

„Ach, sind sie das wirklich?", fragte Sharifa belustigt.

Afifa nickte und schien ein wenig besorgt. „Sie sagen, ihr hättet eure Verträge noch nicht unterschrieben und es sei sehr wichtig, dass ihr es tut, sobald ihr aus Kadiris Dorf wieder zurückkommt."

„Danke für deinen Hinweis, Afifa", sagte Kani mit einem verständnisvollen Lächeln. „Aber die Herren von der Agentur haben sich ihre Mühe umsonst gemacht, denn ich werde meinen Vertrag nicht verlängern und Sharifa wird es vermutlich auch nicht tun."

„Ist das wahr, Sharifa?", fragte Afifa sichtlich überrascht. „Was soll ich dann noch hier in der Station alleine mit den anderen?", fragte sie, nachdem Sharifa ihr mit einem Nicken die Richtigkeit von Kanis Aussage bestätigt hatte.

„Das ist eine Frage, die du dir selbst beantworten musst, meine Liebe", antwortete Kani ruhig. „Aber stell dir diese Frage ruhig, auch wenn sie dir im ersten Moment furchtbar unheimlich ist. Sharifa, Kadiri und ich haben es auch getan."

„Und ihr seid alle zu dem Ergebnis gekommen, nicht verlängern zu wollen?", stellte Afifa eine Frage, deren Antwort sie im Grunde schon längst kannte.

Die Angesprochenen nickten stumm und lächelten zufrieden.

„Schlecht zu gehen scheint es euch mit eurer Entscheidung aber nicht", bemerkte Afifa überrascht.

„Ich habe mich nie besser gefühlt, Afifa", erklärte Sharifa und berichtete der Kollegin von den Veränderungen, welche die Reise in Kadiris Dorf bei ihr bewirkt hatte.

„Aber das ist doch eine Katastrophe. Ihr sagt, eine Epidemie rollt auf uns zu und ihr werdet eure Verträge mit der Agentur nicht mehr verlängern. - Und was mache ich jetzt?", stammelte Afifa beunruhigt.

„Hast du dich etwa schon für einen neuen Vertrag entschieden?", erkundigte sich Kani vorsichtig.

Afifa nickte betrübt. „Ja, gestern haben die Vertreter der Agentur mir so lange zugesetzt, dass ich am Ende unterschrieben habe. Ich habe natürlich gedacht, dass ihr auch verlängern werdet", sagte Afifa und spürte, wie eine wachsende Unruhe in ihr aufstieg. „Wenn ich gewusst hätte, dass ihr nicht unterschreibt ..."

„Hättest du dich wahrscheinlich anders entschieden", vermutete Kani.

„Ja, das hätte ich definitiv. Ich will doch hier nicht alleine gegen unbesiegbare Krankheiten kämpfen", bekannte Afifa nervös. „Mit euch bestimmt, aber ohne euch will und werde ich das nicht durchstehen." Hilflos pendelte ihr Blick zwischen Sharifa und Kani. „Was mache ich nun? Ich wollte diesen nervigen Vertrag von der Agentur eigentlich nicht und unter diesen Umständen will ich ihn schon gleich dreimal nicht."

„Dann solltest du dir überlegen, ob du nicht besser vom Vertrag zurücktrittst und ihn umgehend stornierst", riet Kani und lachte. „Aber sag den feinen Herrschaften von der Agentur bitte nicht, dass diese Empfehlung von mir kommt."

„Da brauche ich gar nicht lange zu überlegen", erklärte Afifa und fiel Kani im nächsten Moment erleichtert um den Hals. „Danke für den guten Tipp, Kani. Aber jetzt muss ich schnell los und sofort meinen Vertrag stornieren. Ich mag mir gar nicht vorstellen, was passiert, wenn ich zu spät bin."

Sharifa, Kani und Kadiri sahen ihr lange schmunzelnd nach. Kadiri fand seine Sprache als Erster wieder. „Sieht aus, als wären die Verträge der Agentur gar nicht so beliebt, wie man uns immer weismachen will", sagte er zufrieden.

„Die Herren von der Agentur werden sich grün und blau ärgern", vermutete Kani.

„Du rechnest damit, dass nicht nur Afifa ihren Vertrag kurzfristig stornieren wird?", fragte Sharifa.

„Afifa wird sicher eine Welle in Bewegung setzten. Sie wird auf die anderen hier in der Station wirken, so wie Kadiri in den vergangenen Tagen auf uns beide gewirkt hat", war sich Kani sicher. „Räder, die einmal in Bewegung gekommen sind, stoppt so leicht nichts mehr."

Freitag, 13. Juli

Als Alexander Parker am Morgen endlich erwachte, schien die Sonne bereits unter den schweren Vorhängen hindurch ins Zimmer. Er richtete sich im Bett auf und warf einen verstörten Blick auf die Uhr auf seinem Nachttisch.

„Nicht möglich: schon nach halb neun. Warum hat mich keiner geweckt? Ich hatte doch angeordnet, dass ich wie immer um halb sieben geweckt werden wollte."

„Charlotte, steh auf! Wir sind viel zu spät dran."

Er schlug die Bettdecke zurück, zog sich den Morgenmantel über und ging ins Bad. Nicht ein Geräusch war im Haus zu vernehmen. Nichts regte sich und über allem lag eine beinahe beängstigende Stille.

„Seltsam, als wäre ich allein im ganzen Haus", wunderte er sich und stieg die Stufen der Treppe hinab, die ihn ins Erdgeschoss führte. Auch hier wirkte das Haus leer und verlassen. Er warf einen Blick in das Frühstückszimmer. Vom Dienstmädchen war nichts zu sehen und sein Frühstück auch nicht vorbereitet.

„Komisch, kein Frühstück, kein Personal? Sollten über Nacht plötzlich alle krank geworden sein?"

Er ging die Treppe wieder hinauf, um sich anzukleiden. Von William, der ihm dabei für gewöhnlich zur Hand ging, war auch nichts zu sehen.

„Charlotte, nun komm doch endlich! Du musst aufstehen!"

„Was ist denn nur los, Alexander?", konnte Charlotte Parker die ganze Aufregung nicht verstehen.

„Das ganze Haus ist leer. Niemand ist da und keiner hat uns geweckt", schimpfte Alexander Parker verärgert.

„So konnten wir wenigstens mal in Ruhe ausschlafen", befand seine Frau. „Wann können wir das schon mal? Immer diese vielen frühen Termine. Wer soll das auch aushalten."

„Ich muss sofort in der Firma anrufen und ihnen sagen, dass ich heute etwas später komme", durchfuhr es Alexander Parker plötzlich. Hektisch suchte er nach seinem Handy, fand es aber zunächst nicht. Normalerweise hätte er nun William gefragt, wo er es gestern abgelegt hatte oder gleich diesen im Büro anrufen lassen. Doch William war nicht zu finden. Er schien an diesem seltsamen Morgen ebenfalls wie vom Erdboden verschluckt zu sein.

„Na, da haben wir ja mal wieder den Salat: Freitag, der Dreizehnte", schüttelte er verständnislos den Kopf. „Kein Wunder, dass heute gleich alles schiefgehen muss, was überhaupt schiefgehen kann und der Tag fängt gerade erst an."

Er rief wieder nach seiner Frau: „Charlotte, was ist denn nun? Kommst du endlich?"

Erleichtert stellte er fest, dass es seine Frau zu guter Letzt doch noch geschafft hatte, das Bett zu verlassen. „Wurde ja auch Zeit", murmelte er halblaut vor sich hin.

Als er sein Mobiltelefon endlich gefunden hatte, wählte er sofort die Nummer seiner Sekretärin und wartete. Er wartete lange, legte auf und wählte erneut. Doch egal wie lange er wartete und wie oft er einen neuen Wählversuch startete: Seine Sekretärin nahm das Gespräch nicht entgegen.

„Was ist denn nur los? Funktioniert denn heute einfach gar nichts mehr?", wunderte er sich von Minute zu Minute mehr.

Er eilte wieder ins Bad, sprang unter die Dusche und wäre auf dem nassen Boden fast noch ausgerutscht. „Dass Charlotte und Noah immer gleich das ganze Bad unter Wasser setzen müssen, wenn sie einmal kurz den Wasserhahn aufdrehen", ärgerte er sich.

Als er seine verkürzte Morgentoilette beendet und das Wasser wieder abgedreht hatte, öffnete er die Tür der Duschkabine und griff nach dem Handtuch. Es war nicht an seinem angestammten Platz und seine Hand griff ins Leere.

„Auch das noch. Nichts, aber auch wirklich nichts ist heute Morgen an seinem Platz", fluchte er unwillig, schnappte sich eines der kleineren Handtücher, die in Reichweite waren, trocknete sich damit notdürftig ab und eilt noch immer tropfend zurück ins Schlafzimmer.

„Alexander, deine Haare sind immer noch nass. Außerdem tropfst du. Sei vorsichtig! Mit deinen vielen Tropfen versaust du uns sonst noch das schöne Parkett", mahnte ihn seine Frau. „Lass dir doch von William einfach ein größeres Handtuch geben und trockne dich damit ab."

„Aber William ist doch nicht da. Das versuche ich dir doch nun schon die ganze Zeit zu erklären", fuhr er fast aus der Haut.

Hose, Strümpfe und Hemd waren schnell angezogen. Nur der Knoten der Krawatte wollte ihm nicht so recht gelingen. „Ich hasse Freitage, erst recht wenn sie auf einen Dreizehnten fallen und zu allem Überfluss auch noch so spät beginnen."

Sein Magen knurrte und erinnerte ihn daran, dass er schon seit Stunden nichts mehr gegessen hatte. „Hoffentlich ist jetzt wenigstens jemand in der Küche, damit das Frühstück nicht auch noch ausfällt", flehte er inständig. Doch sein Flehen war nicht erhört worden, wie er Minuten später selbst feststellte.

Die Küche war leer und von Marla war ebenso wenig etwas zu sehen wie von den Brötchen und seinem Vier-Minuten-Frühstücksei.

„Ich werde mich hier erst gar nicht lange aufhalten, sondern sofort in die Firma fahren", entschied er schnell. „Dort kann Susan mir über einen Lieferservice mein Frühstück ins Büro bringen lassen. So verliere ich wenigstens nicht ganz so viel Zeit, als wenn ich jetzt hier auf Marla warte."

Er war gerade dabei, sich sein Jackett überzuziehen und das Haus zu verlassen, als Charlotte die Treppe herunterkam.

„Du willst schon aufbrechen, Alexander? Aber wir haben doch noch gar nicht gefrühstückt."

„Dazu haben wir jetzt keine Zeit", lehnte er kategorisch ab. „Ich muss sehen, dass ich jetzt schnell in die Firma komme. Meine Termine warten und die Zeit drängt."

„Und was ist mit mir und Noah?", fragte Charlotte irritiert und wirkte ein wenig hilf- und orientierungslos.

„Ihr wartet auf Marlas Ankunft und lasst euch dann von ihr euer Frühstück machen. Ich muss jetzt unbedingt fort."

Er drückte seiner Frau einen flüchtigen Kuss auf die Lippen und eilte zum Wagen. Der war zum Glück noch dort, wo er ihn gestern Abend abgestellt hatte. Über nicht allzu belebte Straßen ging es zügig voran und Alexander Parker sah die Möglichkeit, zumindest einen Teil der am Morgen verlorenen Zeit durch die kürzere Fahrt wieder aufzuholen.

Er erreichte den Sitz seiner Holding eine gute halbe Stunde später und registrierte zufrieden, dass die Fahrt zehn Minuten weniger Zeit in Anspruch genommen hatte als an normalen Tagen.

„Ein Hoch auf die freien Straßen", kommentierte er euphorisch seine Beobachtung. „So sollte man es eigentlich an jedem Morgen halten und immer nur die Hälfte der Autofahrer zur Fahrt mit dem eigenen Wagen zulassen. Dann sind die Straßen wenigstens immer frei und man kommt ordentlich voran." Er strahlte zufrieden, als ihm die ganzen Vorteile des neuen Systems plötzlich bewusst wurden. „Das wäre doch mal eine Anregung für unsere Stadtplaner und den Stadtrat. Die, die es sich leisten können, fahren jeden Tag und alle anderen immer nur jeden Zweiten."

* * *

Als Hans-Günter Fiebig am späten Vormittag in den Stall kam und wie gewohnt einen Blick durch die Gitter in die Quartiere der Pferde warf, traute er im ersten Moment seinen Augen nicht. Der Vormittag war schon fast vorüber, doch die Boxen waren noch nicht ausgemistet und ihr Futter bekommen hatten die Tiere offenbar auch noch nicht.

„Was geht denn hier vor? Außer mir selbst scheint heute niemand mehr seine Arbeit zu machen und alle liegen irgendwie krank im Bett oder im Freibad auf der faulen Haut. Aber Martina, Tim und die anderen können sich warm anziehen. Ich lasse diese Schlamperei nicht durchgehen. Mit mir kann man so etwas nicht machen", schwor er sich.

Er durchsuchte die gesamte Anlage, fand aber weder seinen Hausmeister noch den Reitlehrer oder die Pferdepflegerin. Nach Tim hatte er zunächst gar nicht gesucht. Erst als er die anderen nicht finden konnte, suchte er auch nach ihm und rief sogar seinen Namen.

Zeit, sich selbst um die vielen noch nicht gesäuberten Boxen zu kümmern, hatte er nicht. In aller Eile gab er den Pferden Futter und selbst diese bescheidene Tätigkeit im Stall empfand der reiche Unternehmer als Angriff auf seine Würde und seinen dichtgedrängten Terminkalender.

Über nur schwach befahrene Straßen fuhr er wenig später in eine seiner drei Firmen, nur um auch dort kaum jemanden anzutreffen. Die wenigen Mitarbeiter, die noch an ihren Arbeitsplätzen erschienen waren, stöhnten unter einer ungewöhnlich hohen Belastung und wirkten missmutig und schlecht gelaunt wie er selbst.

Was an diesem Morgen geschehen war, schienen einige von ihnen zu wissen oder zumindest zu ahnen. Doch niemand machte ihm gegenüber auch nur die geringste Andeutung.

„Ja haben sich denn heute alle gegen mich verschworen?", fragte er sich verärgert und ging in sein Büro. Das E-Mail Postfach enthielt nicht einmal die Hälfte der Nachrichten, die sich an einem normalen Arbeitstag bis um diese Zeit anzusammeln pflegten. Er nahm es dankbar zur Kenntnis. Auch das Telefon klingelte seltener, und wenn es sich meldete, waren nur Leute am anderen Ende der Leitung, mit denen er ohnehin regelmäßig und häufig in Kontakt stand.

Am späten Vormittag hatte er überraschend Hermann

Hasthoff in der Leitung. Über seinen Anruf hätte er sich eigentlich freuen müssen, konnte es aber nicht, denn an diesem merkwürdigen Tag war ihm beinahe jeder Anruf, der hereinkam, irgendwie unangenehm und lästig, weil er wusste, dass er aufgrund des fehlenden Personals nur unzureichend auf ihn reagieren konnte. Trotzdem bemühte er sich gerade dem ehemaligen Olympiasieger gegenüber um ein besonders professionelles und routiniertes Auftreten.

Hermann Hasthoff schien ebenfalls an diesem außergewöhnlichen Tag mit Zeit auch nicht gerade gesegnet zu sein und kam zum Glück sofort zum Thema. „Herr Fiebig, wir haben hier ein kleines Problem und brauchen Ihre Hilfe."

Die Worte des international bekannten Springreiters waren wie Balsam für seine geschundene Seele. 'Endlich erkennt dieser arrogante Pinkel, dass nicht nur ich ihn brauche, sondern er mich auch', jubelte er still und leise.

Nach außen bemühte Hans-Günter Fiebig sich jedoch, die Fassade zu wahren und möglichst neutral und unaufgeregt zu klingen, so schwer ihm das in diesem Moment auch fiel.

„Was kann ich für Sie tun, Herr Hasthoff? Womit kann ich Ihnen helfen?"

„Wir haben in unserem Stützpunkt ein akutes Problem bei der Unterbringung unserer Pferde. Uns sind einige wichtige Mitarbeiter und Pferdepfleger ausgefallen und wir müssen kurzfristig einen Teil unserer Tiere auf andere Ställe verteilen und sie dort unterbringen. Dabei musste ich spontan an Ihren Hof denken, Herr Fiebig, weil der mir in dieser Woche bei meinem Besuch bei Ihnen so positiv aufgefallen ist", erklärte der Olympiasieger.

„An wie viele Pferde hatten Sie denn gedacht?", fragte Hans-Günter Fiebig vorsichtig und wusste zugleich nicht, wie er sich verhalten sollte. Auf der einen Seite freute er sich aufrichtig über die Anfrage, die ihm einen Zugang zu Kreisen zu eröffnen schien, in die er bislang noch nicht vorgedrungen war. Auf der anderen Seite mahnte die angespannte Situation in seinem eigenen Stall ein wenig zur Vorsicht, denn bevor er nicht wirklich wusste, was an diesem Tag gerade vor sich ging und warum so viele seiner Mitarbeiter krankfeierten und nicht zur Arbeit erschienen waren, lag es nahe, sich nicht zu früh und vor allem nicht zu weit aus dem Fenster zu lehnen.

„So viele Pferde, wie Sie im Moment aufnehmen können", ließ Hermann Hasthoff die Brisanz seiner eigenen Lage so deutlich durchscheinen, dass Hans-Günter Fiebig im ersten Moment regelrecht zusammenzuckte.

„Dann müssen Sie aber mit einem wirklich schwerwiegenden Problem konfrontiert sein", zeigte er sich überrascht.

„Das sind wir auch. Ich bin normalerweise kein Freund von aufgeblasenen Reden, aber heute ist es wirklich angemessen zu behaupten, dass bei uns die Hölle los ist", bekannte der Olympiasieger freimütig. „Gerade mal 40 Prozent unsere Mitarbeiter sind heute Morgen zur Arbeit erschienen. Können Sie sich das vorstellen, Herr Fiebig? Gerade mal 40 Prozent! Der Rest ist krank oder fehlt aus anderen Gründen, die uns leider noch nicht bekannt sind."

Verblüfft und auch etwas erleichtert nahm Hans-Günter Fiebig zur Kenntnis, dass nicht nur seine eigenen Unternehmen von einer unerwarteten Krankheitswelle betroffen waren, sondern es anderen Ställen und Firmen ähnlich zu ergehen schien. Das war einerseits beruhigend, denn es machte seine eigene Lage weniger speziell und gab ihm zudem das Gefühl, nicht alleine mit einer besonders außergewöhnlichen Herausforderung konfrontiert zu sein. Offenbar hatten auch andere Unternehmer mit ähnlichen Problemen zu kämpfen. Auf der anderen Seite war er lange genug im Geschäft, um zu wissen, dass die ungewöhnliche Häufung von Krankmeldungen und Fehlzeiten nichts Gutes verhieß und zu befürchten war, dass sich die angespannte Personallage kurzfristig nicht bessern werde.

„Bei mir fehlen heute auch einige Leute", berichtete er freimütig. „Die meisten sogar vollkommen unentschuldigt."

Er hatte den Satz gerade ausgesprochen, da bereute er

seine offenen Worte auch schon wieder. Sie waren zwar ehrlich und aufrichtig und brachten seine momentane Problematik treffend auf den Punkt, doch was sollte Hermann Hasthoff nun von ihm denken? Musste er ihn nun nicht für einen Schmalspurmanager halten, jemanden, der ein Pferd zwar reiten, aber einen hochprofessionellen Reitstall nicht ordentlich führen konnte?

'Er hat schon bei seinem Besuch im Stall anklingen lassen, dass er von meinen Managementfähigkeiten nicht sonderlich überzeugt ist und jetzt präsentiere ich ihm meine Unfähigkeit beinahe auch noch auf dem Präsentierteller. Er muss denken, dass in meinem Stall mittlerweile jeder machen kann, was er will.'

„Dann sind wir sozusagen natürliche Verbündete, weil wir überraschend mit den gleichen Herausforderungen zu kämpfen haben", versuchte sein Gesprächspartner ihm eine emotionale Brücke zu bauen. „Ich möchte Ihnen deshalb vorschlagen, dass wir unsere im Moment geschwächten Kräfte bündeln und uns gegenseitig so gut wie möglich unterstützen", regte Hermann Hasthoff an.

„Gerne, was konkret schlagen Sie vor?" Hans-Günter Fiebig wusste, dass er sich mit dieser Frage auf ein gefährliches Terrain begab, denn er musste damit rechnen, dass sein Gesprächspartner nun mit einem konkreten Vorschlag oder einem Wunsch auf ihn zukommen werde, den er ihm nur schwer ausschlagen, aber selbst kaum erfüllen konnte, weil ihm die notwendigen Mitarbeiter fehlten. Mit Hermann Hasthoff ins Geschäft zu kommen, war Hans-Günter Fiebig jedoch so wichtig, dass er am Ende all seine Bedenken über Bord warf und die gefährliche Frage dennoch stellte.

„Ich würde gerne zehn Hengste und Stuten aus meinem Stall vorübergehend bei Ihnen unterbringen und sie von Ihren Mitarbeitern betreuen lassen. Sehen Sie das Ganze ruhig schon einmal als kleinen Testlauf für das angedachte Joint Venture an. Klappt die Zusammenarbeit hier, bin ich sehr zuversichtlich, dass wir in Zukunft auch ein Olympiazentrum gemeinsam werden managen können."

Da war es endlich, das Stichwort, auf das Hans-Günter Fiebig so lange gewartet und so sehnsüchtig gehofft hatte. Trotzdem spürte er ein leichtes Unbehagen in sich, weil Hermann Hasthoff die gemeinsame Zusammenarbeit derart forsch und zielstrebig vorantrieb. Für Hans-Günter Fiebig stand außer Frage, dass er den Test schlecht mit einem positiven Ergebnis für sich und seinen Stall abschließen konnte, solange in seinem Stall noch nicht einmal die Boxen der eigenen Pferde vernünftig gereinigt wurden.

„Sagen Sie mir nur, wie viele Pferde ich Ihnen anvertrauen darf und die Wagen mit den Anhängern werden sich noch in der nächsten Stunde zu Ihnen auf den Weg machen."

'Der hat es aber verdammt eilig', wurde Hans-Günter Fiebig das Telefonat langsam unheimlich. „Herr Hasthoff, zehn fremde Pferde kann ich im Moment unmöglich bei mir im Stall aufnehmen. Ich will die armen Tiere ja schließlich nicht stapeln. Wir haben nur noch eine Box frei und ich frage mich, ob sich der ganze Aufwand lohnt? Schließlich müssen Sie das Pferd, das Sie bei mir im Stall unterbringen wollen, mehr als 300 Kilometer durch die Landschaft kutschieren."

„Den Transport lassen Sie ruhig mal meine Sorge sein. Für mich zählt im Moment jeder einzelne Platz, an dem ich einen meiner Schützlinge unterbringen kann. Deshalb nehme ich Ihr Angebot an und schicke Ihnen heute noch einen Wagen vorbei, der 'Monica' zu Ihnen bringen wird. Die Stute ist gerade mal vier Jahre alt, aber bereits sehr erfahren. Ich würde mich nicht wundern, wenn sie schon bei den nächsten oder übernächsten Olympischen Spielen mit am Start ist."

„Also gut, schicken Sie mir Ihre 'Monica' vorbei. Sie wird es gut bei uns haben und sich sicher bei uns sehr wohlfühlen."

Herr Hasthoff war nach einer kurzen Verabschiedung schnell aus der Leitung, doch Hans-Günter Fiebig fühlte sich nach dem Gespräch alles andere als wohl, denn in nicht einmal vier Stunden brauchte er für den Neuankömmling eine freie Box und in den restlichen Boxen seines Stalls herrschte vermutlich noch immer das blanke Chaos.

* * *

Direktor Hua wischte sich mit einem Tuch den Schweiß von der Stirn. Die Herren von der Bergbaukommission in Beijing, die ihren Besuch ursprünglich für den heutigen Tag angekündigt hatten, würden nicht kommen. Man hatte den geplanten Besuch kurzfristig und ohne Angabe von Gründen abgesagt.

Über die Motive der Absage lange nachzudenken, lag dem Direktor fern. Er war einfach nur froh, dass an diesem Tag niemand aus der Hauptstadt anreisen und das große Chaos in seinem Bergwerk bemerken würde.

Auf seinem Schreibtisch stapelten sich die Berichte der Abteilungs- und Schichtleiter, die von Krankmeldungen und unentschuldigten Fehlzeiten berichteten. Mehr als ein Drittel aller Beschäftigten war an diesem Tag nicht zur Arbeit erschienen, und ob die anderen morgen wiederkommen würden, war eine berechtigte Frage, denn innerhalb der Belegschaft rumorte und brodelte es und Direktor Hua wusste nur zu gut, wem er diese Palastrevolution zu verdanken hatte.

„Sie leben nicht mehr, aber wenn sie noch leben würden, würde ich sie eigenhändig in Stücke reißen", schäumte er, wenn er an Xiaotong und Aiguo dachte. „Sie haben mich vor meinen eigenen Angestellten vorgeführt und mich zum Gespött der Bauern gemacht. Allein dafür hätten sie den Tod dreimal verdient."

Die erlittene Schmach und der massive Gesichtsverlust waren das eine Problem. Die zweite Herausforderung war, dass Aiguo und seine Freunde es geschafft hatten, die Glaubwürdigkeit des Managements infrage zu stellen und einen Keil zwischen die Arbeiter zu treiben.

„Es gibt zwar noch genügend Arbeiter, die alleine wegen der guten Löhne, die wir zahlen, weiter in den Berg einfahren werden. Aber ihre Zahl wird von Stunde zu Stunde kleiner und die Kritik an mir und meiner Führung wird immer lauter. Das kann sich schnell zu einem großen Problem für mich ausweiten."

Er war sich im Klaren darüber, dass er unbedingt etwas unternehmen musste. Nur was? Keine der Möglichkeiten, die ihm zur Auswahl standen, vermochten ihn wirklich zu befriedigen.

„Wenn ich die verbleibenden Aufrührer, die heute noch zum Dienst erschienen sind, von der Arbeit ausschließe, wird es zwar innerhalb der Belegschaft ruhiger werden, aber damit sinken auch zwangsläufig die Produktionszahlen und mit denen stehen und fallen unweigerlich meine Gewinne."

Direktor Hua wollte sowohl Geld als auch Macht und er wollte im Grunde beides zur gleichen Zeit. Sich nur für eines der beiden Ziele zu entscheiden und das andere dabei für eine begrenzte Zeit aus dem Auge zu verlieren, lag ihm fern.

Er träumte von Härte und war im nächsten Moment bereit, Milde walten zu lassen, wenn das die Aussicht auf weitere Gewinne erhöhte. Am Morgen hatte er deshalb eine folgenschwere Entscheidung getroffen und auch jene Arbeiter, die eigentlich für die Überwachung der Sicherheitsvorschriften zuständig waren, zum Abbau der Kohle in die Stollen geschickt.

„Ein, zwei Tage wird es schon gut gehen und bis dahin werden sicher auch einige der streikenden Bergleute wieder zur Vernunft gekommen sein", machte er sich selbst Mut.

Unmittelbare Konsequenzen für sich und sein Bergwerk fürchtete er nicht, zumal die Kommission aus Beijing ihr Erscheinen kurzfristig abgesagt hatte.

„Das passt mir wunderbar ins Konzept, denn so wird keiner bemerken, dass ich die Vorschriften bewusst etwas lockerer auslege, um die Produktionsmenge nicht zu sehr absinken zu lassen."

Nachdenklich ging er in seinem Büro vor seinem Schreibtisch auf und ab. Schon seit über einer Stunde beschäftigte ihn die Frage, ob er sich zunächst um die Rebellen innerhalb der Belegschaft oder um die Erhöhung der Produktionsmenge kümmern sollte und kam zu keinem brauchbaren Ergebnis.

„Es könnte heute alles in bester Ordnung sein, wenn Aiguo und Xiaotong gestern auf mich gehört und noch zu ihren Kollegen gesprochen hätten. Ihre Ansprache hätte die allgemeine Lage sicher deutlich beruhigt. Doch diese Verräter wollten einfach nicht auf mich hören."

Ohnmächtige Wut stieg in ihm auf. Er wollte sich an den rebellischen Arbeitern rächen und wusste dennoch nicht wie. „Sie selbst haben es vorgezogen, keine neuen Verträge mit der Agentur zu schließen. Das sieht diesen Feiglingen mal wieder ähnlich. Ihre Familien sind entweder auch schon gestorben oder zerbrochen. Mich an ihnen schadlos zu halten, macht überhaupt keinen Sinn, denn damit treffe ich sie nicht mehr." Wütend stampfte er mit dem Fuß auf den Boden. „Wie konnten sie sich nur mir und meiner Macht entziehen?"

Erneut hatte er das Gefühl, vor aller Welt das Gesicht zu verlieren und im Grunde doch nichts dagegen tun zu können. „Am Ende werden alle über mich lachen und mich für einen ausgekochten Weichling halten, dem seine eigenen Mitarbeiter wie hustende Flöhe auf der Nase herumtanzen."

Es verstand sich von selbst, dass diese äußerst schädliche und für ihn selbst und sein Ansehen bedrohliche Entwicklung unter allen Umständen verhindert werden musste. Nur wie?

„Ich werde die Eigendynamik dieser versteckten Rebellion brechen, indem ich mir neue Arbeiter ins Bergwerk hole und die Anführer des Aufruhrs unter Tage an besonders gefährlichen Stellen arbeiten lasse", fasste er schließlich einen Plan. „Wenn der eine oder andere nicht wieder lebend an die Oberfläche zurückkommen sollte, trifft es ganz bestimmt nicht den Falschen, und wenn die Arbeiter einander wieder als Konkurrenten um mein gutes Geld ansehen, steigt am Ende auch wieder ihre Achtung vor mir und damit meine persönliche Macht über sie."

* * *

Unruhig wankte Ernst Malachim von einem Bein aufs andere, während seine Hand eine ausladende Geste vollzog. „Doktor Kani, all diese Menschen werden sterben, wenn Sie sich weiterhin weigern, ihnen zu helfen."

„Sie meinen, diese vielen Menschen werden ohne meine Hilfe genauso sterben, wie wenn ich versuche, ihnen zu helfen?", antworte Kani verbittert. „Da könnten Sie durchaus recht haben. Die negativen Erfahrungen aus der Vergangenheit sprechen eindeutig für diese Annahme."

Ernst Malachim sah den Doktor eindringlich an. „Seien Sie nicht so zynisch, Doktor. Und vor allem nicht so hartherzig. Geben Sie Ihrem Herzen lieber endlich einen Ruck! Stehen Sie nicht länger abseits und helfen Sie diesen verzweifelten Menschen wieder, so wie sie es früher schon immer gemacht haben!"

„Helfen Sie ihnen doch, Herr Malachim. Die Agentur verfügt über ganz andere Mittel und Möglichkeiten als ich mit meinem kleinen Hospital."

„Auf die Größe kommt es nicht an", widersprach der Mitarbeiter der Agentur. „Es ist allein die Tat an sich, die zählt. Jede noch so kleine Hilfe ist ein Tropfen und alle Tropfen zusammen ergeben den großen Ozean, in dem wir die Schrecken und das Leid dieser Welt gerne versenken würden."

„Das haben Sie aber schön gesagt", entgegnete Kani reichlich geziert. „Jetzt müssen Sie mir nur noch die Leute bringen, die diesen Unsinn glauben, den Sie gerade von sich gegeben haben."

„Unsinn, Herr Doktor? Das ist meine feste Überzeugung."

„Auch feste Überzeugungen können blanker Unsinn sein", ließ Kani sich nicht von seiner Meinung abbringen.

„Sie haben sich sehr verändert, Doktor", erklärte Ernst Malachim traurig. „Wie kann es sein, dass Sie heute Ziele verraten, für die Sie jahrelang gekämpft haben?"

„Vielleicht waren es die falschen Ziele."

Der Mitarbeiter der Agentur schüttelte nachdrücklich den Kopf. „Nein, die falschen Ziele waren es gewiss nicht."

„Dann waren es möglicherweise die falschen Ziele für mich", führte Kani den einmal entwickelten Gedanken weiter. „Ich will nicht mehr das arme unscheinbare Leben eines einfachen Landarztes für mich. Das ist mir inzwischen nicht mehr genug. Ich will auch reich und berühmt sein. Ich will auch ein luxuriöses Leben führen und extravagante Partys feiern."

„Sie scherzen, Doktor Kani. Wenn ich einem Mann wie Ihnen irgendetwas nicht abnehme, dann sind es Worte wie diese."

Kani lächelte überlegen. „Es kommt nicht darauf an, was Sie glauben, werter Herr Malachim. Wichtig ist, was ich glaube."

Ernst Malachim konnte kaum glauben, was er soeben gehört hatte. Er wirkte verstört und entsetzt. „Sie reden wie einer dieser neureichen Schnösel."

„Warum nicht? Was spricht dagegen? Warum soll nicht auch ich zuerst mal an mich, dann lange Zeit an gar nichts und dann vielleicht auch mal an die anderen denken?"

„Weil es nicht zu Ihnen passt, Doktor."

„Das mag sein, ist aber keine logische Begründung und damit für mich nicht wirklich akzeptabel. Ich nehme mir nur die Rechte heraus, die sich auch die Reichen und Mächtigen dieser Welt für sich herausnehmen. Bei denen drückt die Agentur doch auch immer beide Augen gleichzeitig zu und lässt Dinge geschehen, die sie eigentlich besser verhindern sollte. Nur bei mir macht man plötzlich so einen Aufstand. Warum?" Er sah den Agenturvertreter eindringlich an. „Warum wird auf einmal mit zweierlei Maß gemessen?"

„Die Agentur misst nicht mit zweierlei Maß", widersprach Ernst Malachim mit Nachdruck. „Denken Sie bitte immer daran, das hier ist nur das Vorspiel, der Hauptteil kommt erst noch."

Kani schüttelte ungläubig den Kopf. „Das Vorspiel wofür?"

„Für eine bessere Zukunft."

„Mag sein, vielleicht aber auch nur das Vorspiel zu einem gigantischen Betrug und hinterher sind wir dann alle schlauer."

„Betrug durch wen?"

„Durch die Agentur natürlich, Herr Malachim. Was, wenn die goldene Zukunft, die Sie uns dauernd versprechen, nichts anderes ist als eine unendliche Fortschreibung der elendigen Vergangenheit?" Er sah den Agenturvertreter eindringlich an. „Sie und ich, wir beide wissen nur zu gut, was das bedeutet: Das Leben ist Leid und ewig zu leben bedeutet dann nichts anderes als ewiges Leid. Der Rest ist nur Marketing. Völlig absurdes Gerede, um die Masse bei Laune zu halten. Schön anzusehen, aber leider doch nichts anderes als ein gigantisches Wolkenkuckucksheim. Eine Illusion, die sofort zerbricht, wenn man sie mit der harten Realität konfrontiert."

„Sie sind ungerecht und verbittert, Doktor Kani."

„Verbittert bin ich in der Tat", bekannte Kani freimütig. „Jahrelang habe ich gekämpft und gehofft. Genützt hat es nichts, mir nichts und meinen Patienten auch nicht. Wir haben mit ansehen müssen, wie das Leben uns beständig Knüppel zwischen die Beine wirft, während es die, die das ganze Elend auch noch beständig vergrößern, fortwährend auf Händen trägt. Und ausgerechnet diese Leute werden von Ihrer Agentur gehegt und gepflegt."

„Die Agentur kümmert sich um jeden, Doktor Kani."

„Mag schon sein, aber bestimmt nicht um jeden gleich."

„Selbstverständlich auch um jeden gleich", versicherte Egon Malachim.

„Ach, warum sieht man dann an vielen Stellen von dieser beeindruckenden Fürsorge nichts, während sie anderswo überdeutlich zutage tritt?"

* * *

Die Stimmung in der Zentrale der Lebensagentur war gedrückt. Man hatte sich seit Tagen intensiv darauf vorbereitet, die vielen Anträge zu bearbeiten, von denen man hoffte, dass sie waschkörbeweise zur Tür hereingetragen würden. Jetzt saß man vor einem Berg an Kündigungen und alles, was die zahlreichen Kisten enthielten, die von den Postboten im Eingangsbereich der Zentrale abgestellt wurden, waren weitere Stornos und Reklamationen.

Im obersten Stockwerk der Zentrale war weder die Stimmung besser noch die Aussicht vorteilhafter, denn die hier sonst mit Herrn Gott zusammenkommenden Regionalleiter weilten zwar noch im Ausland, drohten dort aber an der Größe ihrer Aufgabe zu verzweifeln und waren faktisch mit ihrem Latein am Ende.

„Ich verstehe nicht, wie uns das passieren konnte", sagte Herr Gott und schüttelte konsterniert den Kopf. „Einen derartigen Einbruch bei den Abschlusszahlen haben wir in all den Jahren, in denen ich an der Spitze der Agentur stehe, noch niemals erlebt. Unsere neuen Vertragsabschlüsse fallen auf geradezu unterirdische Niveaus zurück und die Stornierungen erreichen ungeahnte Ausmaße."

Er blickte seinen persönlichen Referenten mit einer Mischung aus Verzweiflung und Wut fassungslos an. „Wie konnte das passieren, Ezechiel? Wir haben auf der ganzen Linie komplett versagt. Ich meine, wenn es eine einzelne Region oder ein einzelnes Land gewesen wäre, in dem unsere Ergebnisse schwach sind, dann könnte ich das ja alles noch irgendwie verstehen. Man müsste dann davon ausgehen, dass eine lokale Unzufriedenheit zu einem deutlichen Rückgang unserer Abschlusszahlen geführt hat. Das wäre zwar ärgerlich, aber immer noch verständlich und nachvollziehbar. Aber das, was wir jetzt gerade erleben, das scheint mir doch etwas gravierend Anderes zu sein."

Der persönliche Referent des Agenturleiters nickte zustimmend. „Alles, was wir im Moment schon sagen können, ist, dass es sich um ein weltweites Phänomen handelt, das vor allem auf die unteren und mittleren Schichten konzentriert ist. Wenn man es pointiert ausdrücken will, könnte man sagen: egal, ob in Afrika oder Amerika: Die Reichen bleiben und die Armen laufen uns in Scharen davon."

„Die Berichte aus dem Vertrieb sind eine einzige Katastrophe", schimpfte Herr Gott und trat ratlos vor das große Fenster. „Aus Asien werden zahlreiche wilde Streiks gemeldet und in Afrika scheint die halbe Bevölkerung mal eben zu vergessen, dass ihre Verträge gestern ausgelaufen sind. Sieht es denn wenigstens in Europa und Amerika besser aus?"

„Leider nicht", antwortete Ezechiel. „Bereichsleiter Gabriel hat mir schon am späten Vormittag eine Nachricht geschickt, aus der hervorgeht, dass die großen Stadien, die wir für unsere Veranstaltungen angemeldet haben, nicht einmal zur Hälfte besucht sind."

„Wie kann das? Ist das Fernsehprogramm plötzlich so gut geworden oder warum meinen neuerdings so viele, unseren Einladungen nicht mehr folgen zu müssen?", wunderte sich Herr Gott.

„Wir müssen dringend eine Gegenstrategie entwickeln", forderte Ezechiel. „Tun wir es nicht, überlassen wir den negativen Kräften quasi kampflos das Feld und das würde sicher nichts anderes als neue Stornos und weniger Vertragsabschlüsse bedeuten."

„Was mich am meisten beunruhigt ist, dass die Masse der Verträge noch nicht gestern ausgelaufen ist, sondern erst heute und morgen zur Verlängerung ansteht. Da könnte noch eine Menge Ärger auf uns zukommen."

„Leider ist noch nicht ganz klar, ob der Protest sorgsam organisiert oder doch eher spontaner Natur ist", ärgerte sich der persönliche Referent. „Für beide Annahmen gibt es im Augenblick erste Indizien."

„Die Ereignisse in China und anderen asiatischen Ländern sprechen stärker für die spontane Variante, während die Proteste in Europa einen hohen Organisierungsgrad erkennen lassen", sagte Herr Gott nachdenklich.

„In Europa steckt garantiert mehr dahinter. Da bin ich vollkommen Ihrer Meinung", bestätigte der persönliche Referent. „Allein schon die Idee, sich die 'Verweigerer' zu nennen und das Victory-Zeichen für die eigene Bewegung zu vereinnahmen. All das spricht klar dafür, dass wir es hier mit einer gut organisierten und schlagkräftigen Opposition gegen uns und unsere Verträge zu tun haben."

„Wie können wir die Macht dieser Gruppe brechen, wenn es uns nicht einmal mehr gelingt, ein keines Fußballstadion zu füllen?", fragte Herr Gott in sich gekehrt. „Wir träumen davon, über 7,3 Milliarden Menschen innerhalb einer Woche mit neuen Verträgen auszustatten und schaffen es nicht einmal, lausige 80.000 Zuschauer in einem kleinen Stadion zu versammeln."

„Deutlicher hätte man uns unser Scheitern nun wirklich nicht vor Augen führen können", bestätigte Ezechiel.

Auf dem Absatz schnellte Herr Gott herum. Eindringlich sah er seinen persönlichen Referenten an. „Es hilft nichts, Ezechiel. Wir müssen handeln. Wir müssen handeln und wir müssen es schnell tun. Jeder Tag, den wir länger warten und untätig sind, spielt nur den Verweigerern in die Hände. Rufen Sie alle Bereichsleiter für morgen zu einer Dringlichkeitssitzung in die Zentrale zurück. Ich brauche Informationen und ich brauche sie aus erster Hand. Alles andere hilft uns nicht weiter."

* * *

Die Zentrale seines eigenen Firmenimperiums erkannte Alexander Parker kaum wieder, als er dort endlich eintraf.

Die sonst stark belegten Parkplätze vor dem Haus waren leer und auch in der Tiefgarage taten sich große Lücken auf. Zahlreiche Bürotüren blieben verschlossen, andere waren zwar geöffnet, doch die Schreibtische hinter den Türen nur zum Teil besetzt.

„Viele Kollegen sind heute nicht zum Dienst erschienen", erklärte ihm einer der wenigen Mitarbeiter, die er in der Personalabteilung antraf.

„Haben sie alle Urlaub genommen?", fragte Alexander Parker verwundert.

Der Mitarbeiter schüttelte den Kopf. „Nein, Urlaub genommen haben nur sehr, sehr wenige Kollegen. Die meisten fehlen unentschuldigt. Auch die Zahl der offiziellen Krankmeldungen ist vergleichsweise gering."

„Sehen Sie zu, dass Sie diese unhaltbaren Zustände schnell wieder beenden", forderte Alexander Parker. „Wer einen Tag freinehmen will, der soll offiziell einen Urlaubsantrag einreichen, und wenn der von uns genehmigt wird, kann anschließend der Tag freigenommen werden. Aber ungenehmigter Urlaub, das ist eine Frechheit, die wir nicht durchgehen lassen können. Wo kommen wir denn hin, wenn hier am Ende jeder macht, was er will?"

„Weil wir momentan in allen Abteilungen so schwach besetzt sind, habe ich schon eine Anweisung herausgegeben, die alle Mitarbeiter darüber informiert, dass in der gesamten Firma ab sofort bis auf Weiteres eine generelle Urlaubssperre besteht", berichtete Ben Johnson, der Leiter der Personalabteilung, den Alexander Parker umgehend zu sich in sein Büro gerufen hatte, eine halbe Stunde später.

„Das ist die erste vernünftige Idee, die mir heute zugetragen wurde", freute sich Alexander Parker aufrichtig. „Konnten Sie schon herausfinden, warum ausgerechnet heute so viele Kollegen gleichzeitig nicht zur Arbeit erschienen sind? Ich meine, das ist doch ungewöhnlich, dass alle zufällig am gleichen Tag der Meinung sind, einen Tag blaumachen zu müssen. "

„Konkrete Motive konnten wir noch nicht ermitteln",

bekannte der Personalleiter. „Nur eines ist auffällig: Innerhalb der Belegschaft beobachten wir eine auffällige Sprachlosigkeit, eine Mauer des Schweigens und der Verweigerung, die wir bislang noch nicht durchbrechen konnten."

„Eine Mauer des Schweigens? Was meinen Sie damit, Ben?", fragte Alexander Parker verwundert.

„Ich habe schon seit einigen Tagen das Gefühl, dass einige Mitarbeiter deutlich mehr über die Pläne und Absichten der mit ihnen befreundeten Kollegen wissen, als wir es tun. Sie behandeln diese Informationen aber absolut diskret und vertraulich."

Alexander Parker wirkte im ersten Moment wie vor den Kopf gestoßen, registrierte aber sofort die existentielle Gefahr, die der Personalleiter soeben vorsichtig umrissen hatte: „Ist das Sabotage oder versteckte Rebellion oder am Ende gar beides? Ben, was zum Teufel wird hier wirklich gespielt?"

„Das wissen wir noch nicht, Herr Parker", erklärte der leitende Mitarbeiter. „Aber an so eine Häufung von Zufällen mag ich beim besten Willen nicht glauben."

„An Zufall glaube ich auch nicht. Es wird etwas anderes dahinterstecken", vermutete Alexander Parker. Er hielt einen Moment inne und ging nachdenklich in seinem Büro auf und ab. „Oder sollte etwa mein alter Freund Michael Hobbs hinter dieser Aktion stehen? Zuzutrauen wäre es diesem hinterhältigen Dreckskerl auf jeden Fall." Er wandte sich wieder an den Personalleiter. „Wir müssen sofort herausbekommen, was hier gespielt wird. Gehen Sie der Sache auf den Grund, Ben, und trennen Sie sich umgehend von allen Mitarbeitern, deren Loyalität wir uns nicht absolut sicher sein können. Feuern Sie lieber einen zu viel als zu wenig! Wir müssen diese Rebellion ersticken, solange sie noch klein und überschaubar ist."

„Entsprechende Maßnahmen sind bereits angelaufen", versicherte Ben Johnson stolz. „Die eine Hälfte meiner Mitarbeiter schreibt seit dem frühen Morgen eine Abmahnung nach der anderen. Es wird bereits herausgeschickt, was die

Drucker ausspucken. Der andere Teil der Abteilung stellt bereits Listen mit den Namen der Mitarbeiter zusammen, von denen wir uns notfalls auch präventiv trennen sollten."

„Hervorragend! Wenn Teile der Belegschaft uns den Krieg erklären, dann sollten wir uns nicht lange mit überflüssigen Verhandlungen aufhalten, sondern gleich scharf zurückschießen", bestätigte Alexander Parker die Maßnahmen der Personalabteilung und wirkte für einen Moment höchst zufrieden.

Doch schon in der nächsten Sekunde wurden neue dunkle Wolken hinter seiner Stirn sichtbar. „Susan, meine Sekretärin, ist auch nirgends zu finden. Können Sie mal bei ihr zuhause anrufen und fragen, was los ist? Ohne funktionierendes Sekretariat fühle ich mich schon ein wenig gehandicapt."

„Selbstverständlich, Herr Parker. Ich werde mich sofort persönlich um den Fall kümmern", versicherte Ben Johnson und war schon im nächsten Moment in der Tür verschwunden.

„Ein guter Mann", freute sich Alexander Parker, als die Türe sich hinter dem Leiter der Personalabteilung schloss. „Ben ist auf Zack und er denkt mit. Naja, das ist ja auch das Mindeste, was man von einem Mann, der mich pro Jahr mehr als eine Million Dollar kostet, erwarten kann."

Er widmete sich in den nächsten Minuten seinem Terminkalender und versuchte auch ohne Susans Hilfe einen Überblick über die an diesem Tag anstehenden Aufgaben zu gewinnen. Zehn Minuten später klopfte der Personalleiter erneut an seine Türe.

„Haben Sie mit Susan sprechen können, Ben?", fragte Alexander Parker gespannt.

Der Personalleiter schüttelte den Kopf. „Mit Susan leider nicht. Ihre Mutter war am Telefon. Sie wirkte ziemlich verwirrt und schien mir heute irgendwie ein bisschen durch den Wind zu sein. Sie meinte, sie könne mir zwar nicht sagen, wo Susan jetzt sei, aber dass sie nie mehr wiederkommen werde, das sei wohl sicher?"

Alexander Parker schüttelte sich, als gelte es den Kopf von störenden Gedanken zu befreien. „Sprechen heute alle so kryptisch oder will sie uns durch die Blume sagen, dass Susan zu unserem schlimmsten Feind übergelaufen ist?"

„Ich kann mir nicht vorstellen, dass ausgerechnet eine so charakterstarke Person wie Susan sich von einem Michael Hobbs um den Finger wickeln lässt."

„Vorstellen kann ich es mir eigentlich auch nicht", bekannte Alexander Parker. „Aber zu früh ausschließen soll man bekanntlich auch nichts."

„Das wäre für uns dann allerdings der absolute Super-GAU", entgegnete der Leiter der Personalabteilung geschockt. „Susan hatte durch die Nähe zu Ihnen zwangsläufig Zugang zu Informationen, die als vertraulich und geheim einzustufen sind. Wenn die jetzt brühwarm an einen Konkurrenten wie Michael Hobbs weitergereicht werden, na dann gute Nacht. Wenn das passiert, können wir uns auf einiges gefasst machen."

„Sie sagen es, Ben. Wir sind geliefert, wenn sich meine Susan mit ihrem exklusiven Wissen ausgerechnet einem Michael Hobbs an den Hals wirft. Der Schaden wäre in der Tat immens." Er ging zu seinem Schreibtisch zurück und griff mit leicht zitternder Hand zum Telefon. „Ich muss sofort mit Tom sprechen. Der Sicherheitsdienst muss sich umgehend um die Sache kümmern. Stellen Sie für Tom und seine Mitarbeiter eine Liste mit den Namen der Personen zusammen, die Zugang zu sensiblen und besonders vertraulichen Informationen hatten. Toms Leute müssen sie anschließend sofort überprüfen – jeden Einzelnen. Kein einziger darf uns durchs Raster fallen."

* * *

Mit einem Lagerarbeiter, einem Praktikanten aus der Buchhaltung und dem Pförtner der Zentrale erschien Hans-Günter Fiebig am Nachmittag im Stall. Seine schlimmsten

Befürchtungen bestätigten sich beim Blick durch die Gitter der Boxen. Den ganzen Tag über hatte sich niemand um die Pferde gekümmert.

„Sie schnappen sich jetzt als Erstes mal Schubkarren und Mistgabeln und beginnen damit, die Boxen zu säubern!", wies er den Pförtner und den Lagerarbeiter an. Seine Hand deutete auf den Teil des Stalles, der jenseits der überdachten Vorhalle lag. „Alles, was Sie für ihre Arbeit brauchen, finden Sie dort hinten."

„Aber so eine Arbeit habe ich noch nie gemacht. Mit Pferden habe ich keinerlei Erfahrung", erklärte der Lagerarbeiter verunsichert.

„Na und wenn schon. Einmal ist immer das erste Mal", sah Hans-Günter Fiebig keine Veranlassung, seine Anweisung zu überdenken. „Tim hatte anfangs auch nicht die Spur einer Ahnung." Er wandte sich an den Praktikanten aus der Buchhaltung. „Tim ist das passende Stichwort für uns beide. Sie kommen mit und suchen drüben im Büro nach seiner Anschrift und Telefonnummer. Ich muss wissen, warum der Bengel heute nicht gekommen ist."

Er führte den Praktikanten in das kleine Büro, das zwischen Stall und Wohnhaus für die anfallenden Schreibarbeiten eingerichtet worden war. Hans-Günter Fiebigs Hand wies auf eine Regalreihe mit verschiedenen Aktenordnern. „Hier muss Tims Adresse irgendwo abgelegt worden sein. Suchen Sie nach ihr und wenn sie die Adresse gefunden haben, dann rufen Sie dort an und fragen nach, warum der Junge heute nicht zur Arbeit erschienen ist."

„Können Sie mir auch den Nachnamen dieses Tims mitteilen?", bat der Praktikant schüchtern.

„Tim wurde hier immer nur Tim genannt. Mir ist nicht bekannt, dass er auch einen Familiennamen haben soll und wenn doch, dann kennt ihn hier keiner. Also machen Sie sich endlich auf die Suche und lassen Sie sich nicht zu viel Zeit. Sie werden hinterher noch im Stall gebraucht!", erwiderte Hans-Günter Fiebig.

Der Praktikant machte sich umgehend an die Arbeit,

doch man sah ihm an, dass er dem Versuch, die Stecknadel im Heuhaufen zu finden, nur wenig abgewinnen konnte. Nach einer halben Stunde fand er eine Gehaltsabrechnung aus dem letzten Monat, die für einen Mitarbeiter mit dem Vornamen 'Tim' ausgestellt war.

„Das muss er sein", sagte er erleichtert.

Er machte sich gar nicht erst die Mühe, bei Hans-Günter Fiebig nachzufragen, ob der gefundene Tim auch der gesuchte Tim sein könnte, sondern griff sogleich zum Hörer und wählte kurzentschlossen die Nummer, die er im Telefonbuch zu dieser Adresse gefunden hatte.

Die Suche im Telefonbuch und den Griff zum Hörer hätte er sich sparen können, denn obwohl er das Telefon minutenlang klingeln ließ, nahm am anderen Ende der Leitung niemand das Gespräch entgegen.

„Ich habe einen gewissen Tim Rohrbach gefunden und bei der angegebenen Nummer angerufen. Doch es hebt keiner ab", berichtete er kurze Zeit später seinem Chef.

„Tim Rohrbach? Kann schon sein, dass das unser Tim ist", entgegnete Hans-Günter Fiebig mit einem teilnahmslosen Achselzucken. „Ist aber auch egal, wie der Junge heißt. Bringen Sie ihn einfach nur her, und zwar pronto!"

„Es hebt wie gesagt keiner ab", wiederholte der Praktikant noch einmal seine zuvor gemachte Aussage, von der er annahm, dass sein Chef sie überhört hatte.

„Das hat uns gerade noch gefehlt", schimpfte Hans-Günter Fiebig, blickte nervös auf seine Uhr und sah sich im Stall kurz um. „Wir müssen uns beeilen. In nicht einmal einer Stunde wird Hermann Hasthoff mit 'Monica' hier sein und wir haben noch nicht einmal eine Box für sie vorbereitet." Er wandte sich wieder an den Praktikanten. „Bringen Sie den Zettel wieder in das Büro. Wir versuchen später noch einmal, diesen Tim zu erreichen. Danach kommen Sie zurück, schnappen sich Schubkarre und Mistgabel und unterstützen die anderen beim Reinigen der Boxen." Er wies mit der Hand kurz auf die erste Box hinter der Türe. „Fangen Sie gleich hier bei 'Diego' an.

Der Praktikant tat wie befohlen und öffnete wenig später vorsichtig und respektvoll die Türe zu 'Diegos' Box. Neugierig kam der Wallach auf ihn zu und rieb die Nase an seiner Schulter. Instinktiv wich der Praktikant einen Schritt zurück, was 'Diego' nur dazu veranlasste, selbst einen Schritt mehr auf den Fremden zuzugehen und ihn mit dem Kopf kurz anzustupsen.

„Sie sollen vor 'Diego' nicht ängstlich davonlaufen, sondern anfangen, seine Box sauberzumachen", wurde Hans-Günter Fiebig schnell ungeduldig. „Legen Sie endlich los und wenn 'Diego' wieder Schwierigkeiten macht, dann geben Sie ihm mit der Peitsche ordentlich eins über!"

Die Peitsche kam an diesem Tag nicht mehr zum Einsatz. Doch so sehr sich 'Diego' auch bemühte, mit dem neuen Pfleger Freundschaft zu schließen, seine Mühe war umsonst. Ein ums andere Mal wurde er ängstlich abgewiesen und der unfreiwillig zum Tierpfleger mutierte Praktikant war am Ende einfach nur froh, 'Diegos' Box wieder verlassen zu dürfen.

Hermann Hasthoff und seine 'Monica' erreichten den Stall am späten Nachmittag. Nicht eine Minute zu früh, wie Hans-Günter Fiebig erleichtert feststellte, denn ihre Box war gerade erst fertig geworden.

„Sie können sich wirklich glücklich schätzen, dass bei Ihnen noch normal gearbeitet wird", sagte der Olympiasieger anerkennend, nachdem sie 'Monica' in ihre neue Box geführt und das Tor hinter der Stute geschlossen hatten. „Eins, zwei, drei fleißige Mitarbeiter, die sich nur um die Pferde kümmern, davon träume ich im Moment."

„Man tut, was man kann", erwiderte Hans-Günter Fiebig stolz.

„Ja, das muss ich neidlos anerkennen: Sie tun wirklich sehr viel für das Wohl Ihrer Pferde. Hier werden die Ställe nicht nur morgens, sondern auch nachmittags ein zweites Mal ausgemistet. So viel Sauberkeit ist absolut vorbildlich." Sein Blick fiel für einen Moment auf den Praktikanten aus der Buchhaltung. „Aber meinen Sie nicht, dass das Tragen von Krawatten bei der Stallarbeit ein bisschen zu viel des Guten ist?"

* * *

Der Förderkorb brachte an diesem Tag nur wenige Arbeiter zurück an die Oberfläche. Wie gewohnt gingen sie zunächst in die Waschräume und bestiegen dann den von der betagten Dampflok gezogenen Zug, der sie in die Stadt zurückbringen sollte.

Die Männer ließen sich auf den harten Bänken nieder und diskutierten lebhaft die Ereignisse der vergangenen Tage. Man hatte sich gerade Aiguo und seinem Beispiel zugewandt, als einem der Arbeiter plötzlich auffiel, dass der Zug immer noch nicht abgefahren war.

„Reg dich nicht auf. Du weißt, dass die Strecke nur ein Gleis hat und wir immer als Letzte fahren dürfen, wenn mehrere Züge gleichzeitig auf die Strecke müssen", beruhigte ihn einer der Kollegen.

„Schon wahr. Trotzdem lassen die sich mit unserer Abfahrt heute besonders viel Zeit."

Die Diskussion wandte sich schnell wieder Aiguo und Xiaotong zu und kam erst auf den Zug zurück, nachdem eine weitere halbe Stunde verstrichen war, ohne dass sie abgefahren waren.

Männer schauten in immer kürzeren Abständen aus dem Fenster und versuchten zu erkennen, warum sich ihre Heimfahrt an diesem Tag so lange verzögerte. Einen Grund zu erkennen, vermochten sie nicht. Am Ende stieg einer aus, um sich beim Lokführer nach dem Grund für die Verzögerung zu erkundigen.

Der Bahnsteig war leer und verlassen. Alles wirkte wie ausgestorben und auch auf dem Führerstand der alten Lokomotive war niemand zu entdecken.

„Es ist keiner da, der den Zug fahren kann", erklärte der Mann verwundert, als er einige Augenblicke später wieder zu seinen Kollegen zurückkam.

„Der Lokführer wird sich noch einen Tee kochen", sorgte sich einer nicht groß um den Bericht und weitere zehn Minuten gingen ins Land, ohne dass etwas geschah.

Als der Mann zum zweiten Mal ausstieg, zur Lok vorging und auf dem Führerstand vergeblich nach dem Lokführer suchte, wurden die Männer langsam unruhig.

Viele stiegen aus und einige machten sich auf den Weg ins Hauptgebäude, in dem die Büroangestellten gerade dabei waren, ihre Arbeitsplätze zu verlassen und mit dem Bus zurück in die Stadt zu fahren.

Viele waren es nicht mehr. Ihre Augen wirkten müde, die Wangen eingefallen und die Gesichter insgesamt kraft- und antriebslos. Sie bestiegen den Bus, lehnten ihre Köpfe erschöpft gegen die weichen Lehnen, schlossen die Augen und warteten auf die Abfahrt.

Die Fragen der Bergleute beantworten mochten sie nicht. Sie fühlten sich nicht zuständig oder waren einfach unwillig, sich mit den Problemen anderer Leute zu beschäftigen.

Am Ende ging doch einer mit den Bergleuten ins Hauptgebäude zurück. Sie klopften an verschiedene Türen, hinter denen ihnen wieder und wieder erklärt wurde, dass man über den Verbleib des Lokführers keine Informationen hätte und im Übrigen für die ganze Angelegenheit überhaupt nicht zuständig sei.

Die letzte Tür, an die geklopft wurde, war die von Direktor Hua. Auch er gab an, für die Abfahrt des Zuges nicht zuständig zu sein.

„Aber irgendjemand muss uns nach Hause bringen", schimpfte der Kumpel.

„Es wird schon einer kommen. Der Lokführer kann nicht für immer zur Toilette gegangen sein", hoffte Direktor Hua die Krise über die Zeit lösen zu können.

„Wir wollen aber jetzt zurück in die Stadt und zurück zu unseren Familien!"

„Ihr könnt zu Fuß gehen, wenn ihr meint, dass ihr so

schneller ankommt", erwiderte der Direktor zornig.

„Wir sind schon vor einigen Tagen zu Fuß zurückgegangen und haben mehr als vier Stunden gebraucht", erinnerte sich der Bergmann. „Noch einmal wird uns das nicht passieren. Eher fahren wir auch mit dem Bus zurück in die Stadt. Der Bus ist groß und es sind noch viele Plätze frei."

„Nein, im Bus dürft ihr nicht mitfahren. Der ist allein für die Angestellten in der Verwaltung reserviert", widersprach einer der Sachbearbeiter.

„Ihr seid so wenige, dass wir niemandem einen Platz wegnehmen werden. Keiner von euch muss stehen, wenn wir heute ausnahmsweise auch einmal mit dem Bus zurück in die Stadt gefahren werden."

„Nein, das geht nicht. Wir verlieren unser Gesicht, wenn jetzt auch die Leute aus dem Schacht mit bei uns im Bus sitzen."

Das Gesicht des Bergmanns bekam zunehmend Farbe. „Direktor Hua, sprechen Sie ein Machtwort und sagen Sie dem Busfahrer, dass er uns auch mit in die Stadt nehmen soll."

Der Direktor biss sich verlegen auf die Unterlippe. Er wusste, dass die Forderung der Kumpel, schnell in die Stadt zurückgebracht zu werden, mehr als berechtigt war. Dennoch wagte er nicht, das fein austarierte Hierarchiesystem im Bergwerk durch eine leichtfertig getroffene Entscheidung infrage zu stellen und es womöglich noch aus dem Gleichgewicht zu bringen.

„Wenn Sie uns nicht bald zurück in die Stadt bringen, kommt morgen gar keiner mehr zur Arbeit", drohte der Bergmann. „Dann können Sie in den nächsten Tagen selbst in den Schacht einfahren, um ihre Kohle zu fördern."

Direktor Hua lief hochrot an. „Sie drohen mir?", erregte er sich, während sein Kehlkopf unruhig auf- und niederfuhr.

„Die ganze Gruppe diskutiert bereits, ob sie morgen noch einmal zur Arbeit kommen soll. Viele Verträge laufen heute Nacht aus."

„Dann unterschreiben Sie gefälligst die neuen Verträge

und verschonen Sie mich mit Ihren belanglosen Problemen", schimpfte der Direktor.

Ein breites Lächeln zog über das Gesicht des Bergmanns. „Wie soll das gehen, Direktor Hua? Um die Verträge unterschreiben zu können, müssen wir zunächst einmal in die Stadt zurückkommen."

„Dann nehmen Sie heute den Bus", sagte Direktor Hua, weil er jeden Vertrag, der nicht mehr unterschrieben würde, mehr fürchtete als Störungen im ausgeklügelten Hierarchiesystem seines Bergwerks.

„Wenn diese Leute heute mit unserem Bus fahren, werden wir morgen nicht mehr zur Arbeit erscheinen", drohte der Verwaltungsangestellte und wies mit der ausgestreckten Hand auf den neben ihm stehenden Bergmann.

„Dann fährt der Bus halt zweimal und bringt zuerst die Verwaltungsangestellten und dann die Bergleute in die Stadt", entschied Direktor Hua verärgert.

Während er den Eindruck hatte, dass der Bergmann mit der vorgeschlagenen Lösung leben konnte, schüttelte der Sachbearbeiter entschieden den Kopf. „Wir werden nicht zulassen, dass wir auf diese Weise unser Gesicht verlieren. Der Bus ist allein für uns reserviert. So war es immer und so muss es auch bleiben, andernfalls wird hier morgen nicht eine einzige Rechnung mehr bearbeitet."

Direktor Hua zog ein Tuch aus der Tasche und wischte sich den Schweiß von der Stirn. Als wenn er nicht auch schon so genug Probleme hätte. „Der Bus soll sofort fahren und die Arbeiter müssen warten, bis der Lokführer wieder an seinem Arbeitsplatz erscheint", entschied er den leidigen Streit im Sinn der Hierarchie.

* * *

Regionalleiter Michael griff in seine Hosentasche, zog ein Taschentuch hervor, hielt es sich vor den Mund und versuchte, den starken Brechreiz in seinem Hals zu unterdrücken. „Der Gestank dieser vielen Leichen ist einfach furchtbar", sagte er zu Ernst Malachim, nachdem er sich und seinen Magen wieder einigermaßen im Griff hatte. „Egal, wohin wir kommen, überall erwarten uns Berge von Leichen, die keiner mehr bestattet, weil selbst die Totengräber zu früh gestorben sind."

„Es ist wirklich ein Jammer", bestätigte Ernst Malachim traurig die Worte seines Vorgesetzten. „Ich darf gar nicht an all die vielen Verträge denken, die wir hier hätten abschließen können."

„Die Dinge sind nun mal so, wie sie sind, Malachim, und wir beide werden sie kaum noch ändern können", antwortete Michael und blickte auf seine Uhr. „Wir müssen aufbrechen, sonst schaffe ich es nicht mehr rechtzeitig zum Flughafen."

„Wenigstens dieser Wagen funktioniert in diesem Land noch", sagte Ernst Malachim zynisch. „Alles andere bricht von Minute zu Minute immer mehr zusammen."

„Mensch, Malachim, malen Sie den Teufel nicht an die Wand. Sagen Sie mir lieber, wie ich dem Chef morgen auf der Dringlichkeitssitzung dieses Drama erklären soll."

„Vermutlich war es ein Fehler, sich so einseitig auf die Wünsche und Bedürfnisse der Reichen zu kümmern und darauf zu hoffen, dass alle anderen sich schon an ihnen orientieren werden."

„Da könnten Sie recht haben. Mir war diese Strategie immer etwas unheimlich, aber die für die USA und Asien zuständigen Kollegen waren schwer beeindruckt von dem Plan", berichtete Michael.

„Dort wird er sicher funktioniert haben", vermutete Malachim. „Aber wir hier in Afrika wären besser einen eigenen Weg gegangen."

„Soviel man hört, soll der Plan in Asien, Europa und in den USA auch auf massive Schwierigkeiten bei der Umsetzung gestoßen sein. Genaueres weiß ich zwar noch nicht, aber der Kessel muss ganz schön unter Dampf stehen, sonst wären wir nicht alle unverzüglich zu einer Dringlichkeitssitzung in die Zentrale zurückgerufen worden. Ginge es nur um unsere Schwierigkeiten hier in Afrika, hätte der Chef allein mich zum Rapport bestellt. Aber es müssen alle anrücken und das heißt für mich, es muss auch überall massive Schwierigkeiten geben", teilte Michael einen Teil seines Wissens mit seinem Mitarbeiter.

„Was, glauben Sie, wird die Zentrale nun von uns erwarten?"

„Na was wohl? Dass wir wenigstens die restlichen Verträge abschließen und die Katastrophe damit nicht ganz so groß ausfallen lassen", entgegnete Michael.

„Mit Verlaub, Herr Michael, aber diese Vorstellung halte ich für reichlich illusorisch. Wenn Sie mich fragen, haben wir die Schlacht verloren, und zwar so gründlich und vollkommen verloren, wie man eine Schlacht nur verlieren kann", erwiderte Ernst Malachim niedergeschlagen.

„Nun resignieren Sie mir mal nicht zu früh, Malachim. Mutlosigkeit und Resignation sind das Letzte, was wir jetzt noch gebrauchen können."

„Was wollen wir denn noch tun, wenn sogar Leute wie Doktor Kani und Schwester Sharifa keine Veranlassung mehr sehen, einen neuen Vertrag mit uns zu schließen?" Er warf einen enttäuschten Blick auf seinen Beifahrer. „Wenn Sie mir vor fünf Wochen eine Wette angeboten und mich gefragt hätte, welche Verträge wir auf gar keinen Fall verlieren werden, hätte ich die Wette angenommen und Ihnen die Verträge von Sharifa und Doktor Kani benannt."

„Mich hat ihre Entscheidung auch auf dem vollkommen falschen Fuß erwischt", bekannte Michael. „Auch wenn ich zugeben muss, dass ich Leute wie Doktor Kani, Sharifa und diesen Kadiri sehr gut verstehen kann. Wenn man den ganzen Tag nur Dreck in den unterschiedlichsten Formen vorgesetzt bekommt, wird irgendwann selbst das spannendste Leben reichlich fad und uninteressant."

„Was werden Sie dem Chef nun von Ihrer Reise berichten?"

„Die Wahrheit natürlich. Was bleibt uns auch anderes

übrig. Große Teile Afrikas werden schon in Kürze ausgestorben sein", fürchtete Michael spontan. „Alle hundert Kilometer ein Millionär, alle tausend ein Milliardär, das wird am Ende alles sein, was von 1,3 Milliarden Menschen übrig bleiben wird, es sei denn, wir ändern noch einmal radikal unsere Strategie."

„Ausgerechnet auf der Zielgeraden noch mal die Strategie wechseln?"

„Sie sagen es, Malachim. Auch ich könnte mir bessere Zeitpunkte vorstellen, um noch einmal einen Neustart zu versuchen. Aber haben Sie eine bessere Idee und haben wir überhaupt noch eine andere Chance?"

250

Samstag, 14. Juli

„Heute musst du Noah und mir aber endlich wieder ein ordentliches Frühstück organisieren", erklärte Charlotte Parker ihrem Mann, nachdem beide am Morgen aufgewacht waren.

„Du erwartest, dass ich mich um dein Frühstück kümmere?", entgegnete Alexander Parker überrascht. „Ich dachte eigentlich, dass die Küche Frauenarbeit sei."

„Es ist doch nur das Frühstück, Alexander. Mittags werden wir in der Stadt essen und am Abend sind wir bei den Chaplins eingeladen."

„Wir sind heute bei den Chaplins eingeladen?", wunderte sich ihr Mann.

„Ja, du wolltest mit ihm weitere wichtige Details zum Entwurf für das neue Museum besprechen und mir bei der Gelegenheit auch gleich mal das kleine Modell der Anlage zeigen, das sein Büro vorbereitet hat. Hat William dir davon nichts gesagt?"

„Doch, hat er", erinnerte sich Alexander Parker dunkel. „Aber ich habe mir den Termin nicht gemerkt, weil normalerweise Susan und William diese Dinge für mich regeln."

„Nun, wenn William nicht mehr zu uns zurückkommt, wirst du uns entweder einen neuen Butler organisieren oder dich in Zukunft wieder selbst um deine vielen Termine kümmern müssen", vermutete Charlotte Parker.

„Ja, William und Marla fehlen uns schon sehr hier in diesem Haus. Aber dass beide auch unbedingt zur gleichen Zeit das Haus verlassen mussten. Hätte nicht der eine erst in drei Monaten gehen können? Das hätte uns die Suche nach einem Nachfolger sicher erleichtert."

„Wo du gerade von einem Nachfolger redest: Einen neuen Gärtner brauchen wir auch."

„Ja, das ist wahr. Ein neues Dienstmädchen, eine neue Köchin, einen neuen Gärtner und einen neuen Butler ...

Langsam macht es Sinn, eine Liste zu erstellen mit den Posten, die wir nicht neu besetzen müssen. Die ist wesentlich kürzer", ärgerte sich Alexander Parker.

„Ich habe gestern im Garten viele verblühte Blumen und einige verwelkte Blätter an den Bäumen entdeckt. Außerdem müsste der ganze Garten wieder mal gegossen werden. Es war sehr heiß in den letzten Tagen."

„Hast du die verwelkten Blätter wenigstens gleich von den Ästen gezupft?"

„Bin ich der Gärtner, Alexander?", fragte Charlotte schockiert. „Ich wollte dir nur mitteilen, wie dringend wir einen neuen Gärtner benötigen. Auch die neue Köchin darfst du auf keinen Fall vergessen. Wir brauchen sie unbedingt, sonst essen wir bald nur noch trockenes Brot."

„Wenn wir überhaupt noch welches bekommen", antwortete ihr Mann. „In den Nachrichten wurde gestern gemeldet, dass die Versorgung mit frischen Lebensmitteln in einigen Bundesstaaten schon kritisch geworden sein soll."

„Ja, davon habe ich auch gehört. In New Orleans sollen diese unzuverlässigen Schwarzen schon wieder die ersten Supermärkte geplündert haben."

„Das wird hier sicher auch passieren, falls die Stadtverwaltung nicht achtsam ist oder sich die Lage bald wieder normalisiert", fürchtete Alexander Parker.

Sie warfen die Bettdecken zurück und entschlossen sich aufzustehen. Das ging schon wesentlich leichter als am Vortag, denn inzwischen wusste auch Alexander Parker, wo in seinem großen Haus die Handtücher für die Dusche zu finden waren.

Das Frühstück hingegen war nach wie vor eine große Herausforderung. Charlotte Parker fürchtete die Küche wie der Teufel das Weihwasser und war bestrebt, einen möglichst großen Bogen um sie zu machen und ihr Mann musste erst Henry Chaplin, seinen Architekten, anrufen oder die Baupläne studieren, um zu wissen, wo sich in seinem Haus die Küche befand.

Nur für Noah waren Berührungsängste mit Marlas ehemaligem Reich ein Fremdwort. „Lasst mich doch das Frühstück für uns alle machen", sagte er forsch und starrte anschließend in zwei total verblüffte Gesichter.

Am Ende setzte er sich durch, nicht zuletzt deshalb, weil der Hunger stärker war als Bedenken und andere Argumente. So kam Alexander Parker doch noch zu seinem Vier-Minuten-Frühstücksei, wenn auch deutlich später als gewohnt. Dem Geschmack tat das keinen Abbruch, wie er bei Tisch wenig später überrascht feststellte.

Es war in erster Linie dem kleinen Noah zu verdanken, dass das Drama 'Verhungern am Wochenende' in Alexander Parkers Haus an diesen kritischen Tagen nicht zur Aufführung kam, denn er hatte in der Küche alle Schränke durchsucht und bemerkt, dass die Vorräte fast aufgebraucht waren.

„Wir müssen unbedingt einkaufen gehen", forderte er nachdrücklich. „In der Küche gibt es nicht mehr viel, das wir noch essen können."

Charlotte und Alexander Parker sahen sich fassungslos an. „Im Supermarkt zum Einkaufen war ich schon seit Jahren nicht mehr", bekannte seine Mutter verlegen. „Ich weiß gar nicht mehr, ob er immer noch da steht, wo er früher einmal stand."

„Wir müssen trotzdem hin, Mum", ließ Noah ihre Ausflüchte nicht eine Minute lang gelten. „Notfalls finden wir halt einen anderen."

„Du hast leicht reden. Aber wenn dein Vater dich begleitet, werdet ihr sicher noch einen finden", delegierte Charlotte Parker die schwere Verantwortung sogleich auf Schultern, die ihr tragfähiger erschienen als ihre eigenen.

Alexander Parker war im ersten Moment fassungslos. Schon lange hatte er nicht mehr erlebt, dass jemand so dreist über ihn und seine Zeit verfügt hatte. Nicht einmal Susan, seine abtrünnige Sekretärin, hatte sich derartige Freiheiten erlaubt. Dennoch fügte er sich in das Unvermeidliche, denn am Sonntag hungern, weil die Schränke in seinem Haus leer waren, wollte er auch nicht.

Als er mit Noah zusammen zwei Stunden später einen der wenigen noch offenen Supermärkte erreichte, fühlte er sich spontan wie im falschen Film. Parken musste er seinen Wagen an einem Platz, von dem aus man das große Shoppingcenter gerade noch sehen konnte.

Die Regale im Markt waren bereits halb leer. 'Gefüllt hat man sie zuletzt im späten Mittelalter', fluchte er still in sich hinein und machte sich mit Noah daran, die Dinge zu kaufen, von denen beide meinten, dass sie sie gebrauchen könnten.

Dass ausgerechnet ihm, dem edlen Spender des neuen Rembrandt-Gemäldes im städtischen Museum, jemand das letzte Brot vor der Nase wegschnappte, empfand er als einen Affront erster Güte.

„Wir können statt Brot auch Kekse essen. Die schmecken auch gut", hatte Noah mit der ganzen Affäre weit weniger Probleme.

Vor den Kassen hatten sich wie bereits am Vortag lange Schlangen gebildet. Für Noah kein großes Problem, er rannte immer wieder zurück und legte noch einige Packungen in den Wagen, die sie sicher gut würden gebrauchen können. Alexander Parker hatte weit mehr Probleme, sich mit der elenden Warterei abzufinden. Er hasste nicht nur, dass andere ungefragt über seine Zeit verfügten. Viel ärgerlicher war, dass sie auch noch den Großteil seiner Zeit sinnlos vergeudeten.

'Was ich jetzt in meinem Büro alles tun könnte', führte er sich die ganze Zeit die Absurdität seiner eigenen Lage immer wieder vor Augen. 'Statt Sinnvolles zu tun und mit Henry Chaplin die Pläne für das neue Museum voranzutreiben, stehe ich mir hier an der Kasse die Beine in den Bauch', fluchte er still vor sich hin.

Da auch das längste Warten irgendwann einmal ein Ende hat, drang sogar Alexander Parker wider Erwarten doch noch bis zu den Kassen vor. Er bezahlte und wollte sich die schweren Tüten anschließend von einer Servicekraft zu seinem gefühlt in der Nachbarstadt parkenden Auto tragen lassen. Doch es war niemand da, der ihm diese Arbeit hätte abnehmen können.

Notgedrungen trug er die schweren Tüten mit Noah selbst zum Auto und machte sich wieder auf den Weg nach Hause. Dort angekommen, fühlte er sich erschöpft und müde wie nach einem langen, harten Arbeitstag. Er hatte nicht viel mehr getan als einen gewöhnlichen Einkauf zu tätigen. Trotzdem war ihm, als hätte er sich den ganzen Tag Arme und Beine ausgerissen.

* * *

Das Wochenende war angebrochen und eigentlich hätte Hans-Günter Fiebig mit 'Godot' auf dem Anhänger zu einem Turnier nach Braunschweig reisen wollen. Die Startgebühr hatte er schon vor Wochen überwiesen. Jetzt ärgerte er sich darüber, dass er sich und das beste Pferd im Stall überhaupt zu diesem Springen angemeldet hatte.

„Mit etwas Glück hätten 'Godot' und ich diesen Wettkampf wieder gewinnen können, aber so, wie die Dinge nun sind, ist es wohl besser, dass wir die lange Reise in den Norden gar nicht erst angetreten haben", sagte er zu sich selbst, um mit der Enttäuschung etwas leichter fertig zu werden.

Gleich früh um sieben setzte er sich zum ersten Mal ans Telefon und wählte die Nummer, die der Praktikant am Vortag herausgefunden hatte. Bei den Rohrbachs im Nachbarort hob aber wieder keiner ab.

„Der Vogel scheint ausgeflogen zu sein", ärgerte er sich maßlos und überlegte, ob es überhaupt noch Sinn machen würde, weitere Wählversuche zu starten. „Schon gestern habe ich mir im Stundentakt die Finger wund gewählt und es hat trotzdem nichts genützt."

Verärgert legte er auch dieses Mal wieder den Hörer auf die Gabel. Dass er einer banalen Aushilfe wie Tim einmal so hartnäckig hinterhertelefonieren würde, hätte er sich noch vor zwei Wochen nicht träumen lassen.

Schwerfällig erhob er sich von seinem Stuhl und ging in den Stall. Ruhig und still lag er vor ihm. Doch die Ruhe trog, denn es war die Ruhe vor dem Sturm und der Sturm an diesem Tag eine Flut an Arbeit, die in den nächsten Stunden unweigerlich über ihn hereinbrechen würde.

Hans-Günter Fiebig hatte geplant, einen großen Teil der Arbeiten wieder an die drei zwangsverpflichteten Mitarbeiter vom Vortag zu delegieren, doch der Plan hatte eine gewaltige Schwäche: Zwei der erwarteten Mitarbeiter kamen erst gar nicht. Nur der Praktikant aus der Buchhaltung hatte sich wie besprochen früh um sieben wieder im Stall eingefunden.

Das war der erste Fehler, den der arme Praktikant an diesem Morgen gemacht hatte, denn nun musste er Hans-Günter Fiebigs Wutausbruch über sich ergehen lassen, obwohl ihn selbst nicht die geringste Schuld an der Misere traf.

„Wieso beschäftige ich eigentlich nur Leute, die zu dumm sind, sich am Abend den Wecker zu stellen? Um Punkt sieben sollten sie hier sein und nicht erst um halb acht oder gar um neun", tobte Hans-Günter Fiebig ungehalten. „Aber die können sich auf ein gewaltiges Donnerwetter gefasst machen, wenn sie nachher hier aufschlagen."

„Ich würde mich nicht wundern, wenn sie gar nicht mehr kommen", wagte sich der Praktikant mit einer eigenen Einschätzung aus der Deckung.

Sein Chef sah ihn verwundert an. „Wieso das? Haben die beiden gestern noch etwas gesagt?"

Der Praktikant schüttelte den Kopf. „Nein, gesagt haben sie nichts. Aber Sie wissen doch sicherlich, dass heute und morgen viele Verträge bei der Lebensagentur auslaufen und verlängert werden müssen."

„Na und? So einen Vertrag unterschreibt man und geht dann sogleich wieder seinen Verpflichtungen nach", war Hans-Günter Fiebig nicht bereit, das Argument gelten zu lassen und aus dem Vertragsabschluss eine Begründung für das Fehlen zweier seiner Mitarbeiter abzuleiten.

„Wenn man ihn denn unterschreibt", sagte der Prakti-

256

kant leise und machte sich an die ihm übertragenen Arbeiten.

An einer ebenso langen wie unergiebigen Diskussion des leidigen Themas der Vertragsabschlüsse mit Hans-Günter Fiebig hatte er nicht das geringste Interesse. Aus diesem Grund verschwieg er seinem Chef auch, dass er sich am Vorabend wie viele seiner Freunde und Bekannten dazu entschlossen hatte, den Anschlussvertrag nicht mehr zu unterschreiben.

„Er wird schon früh genug merken, dass ich nicht mehr zur Verfügung stehe, um ihm die Drecksarbeit zu machen. Dann kann er seinen Saustall selbst in Ordnung bringen und die Arbeit im Büro muss am Montag auch jemand anderes machen. Das heißt, wenn am Montag überhaupt noch einer da ist."

Für einen Moment dachte er an Tim, den anzurufen und an seine Pflicht zur Arbeit im Stall zu erinnern, er Stunde für Stunde den Auftrag hatte. „Wenn der dieses Theater hier jeden Tag erleben musste, kann ich gut verstehen, dass er gleich bei der ersten sich bietenden Gelegenheit gegangen ist."

Langsam arbeitete sich der Praktikant beginnend mit 'Klinkos' Box im hinteren Teil des Stalls nach vorne vor. 'Godots' Box durfte er nicht betreten. Das war Hans-Günter Fiebig zu gefährlich, denn wenn sein Lieblingspferd einen Schaden nahm und bei zukünftigen Wettkämpfen nicht mehr antreten konnte, hatte er selbst keine Chance mehr, auf dem Siegerpodest zu stehen.

So machte er die Reinigung von 'Godots' Box kurzerhand zur Chefsache, überließ dem Praktikanten aber großzügigerweise die Masse der anderen Boxen.

'Die Pferde brauchen auch Auslauf', sagte er sich selbst, während er 'Godot' sattelte und für einen zweistündigen Ausritt fertigmachte.

Als der Praktikant 'Diegos' Box am anderen Ende des Stalls endlich erreicht hatte, war sein Bedarf an Mist für den Tag bereits mehr als gedeckt. Seine Motivation war auf unterirdische Niveaus abgerutscht und von Pferden im Allgemeinen und 'Diego' im Besonderen wollte er nichts mehr wissen. Die Versuche des Wallachs, sich mit dem neuen Pfleger anzufreunden, blieben deshalb ebenso erfolglos wie am Vortag.

* * *

Von Wochen wie der hinter ihm liegenden hatte Direktor Hua ein für alle Mal genug. Wilde Streiks, der Verlust seines Gesichts und die stark rückläufige Kohleproduktion lasteten schwer auf seinem Gemüt. Positive Erlebnisse hatte ihm die Woche nur sehr wenige geboten. Die unerwartete Absage der Kommission aus Beijing war zweifellos das Wichtigste.

„Nicht auszudenken, wenn diese Hyänen auch noch über mich hergefallen wären und die bedenklichen Sicherheitsstandards in der Mine bemängelt hätten." Er dachte für einen Moment an die Konsequenzen. „Es hätte mich viel Geld gekostet, den Leiter der Kommission davon zu überzeugen, bestimmte Mängel nicht mit in seinen Bericht aufzunehmen."

Da der kurzfristig abgesagte Besuch im Prinzip jederzeit nachgeholt werden konnte, war die Gefahr noch nicht abschließend gebannt und Direktor Hua hatte allen Grund, weiterhin besorgt zu sein. Er überlegte fieberhaft, wie er die Konsequenzen für sich und sein Bergwerk möglichst gering halten konnte.

Viel Geld ausgeben wollte er nicht, weder für die Bestechung der Kommission noch für die Sicherheit seiner Arbeiter.

„Egal, wie ich es anstellen werde, viel Geld kosten darf mich die Lösung auf keinen Fall. Es gibt weitaus bessere Verwendungen für mein Geld, als es der Kommission oder diesem faulen Arbeiterpack in den Hals zu schieben. Beide sind nichts anderes als die moderne Form des Aasgeiers. Sie stellen immer nur Forderungen und reicht man ihnen einmal nur den kleinen Finger, fordern sie beim nächsten Mal ungeniert gleich die ganze Hand."

Schnell war ihm klar, dass er Härte zeigen wollte. „Ich muss meine Gefühle hart wie eine Wand machen, damit ich unempfänglich werde für ihre Einflüsterungen. Wenn mir das gelingt, werden all ihre Forderungen am Ende an mir abprallen, wie Bälle, die man gegen eine Wand wirft."

Er war jedoch lange genug im Geschäft, um zu wissen, dass die Kommission einige Druckmittel gegen ihn in der Hand hatte und er war erfahren genug, um zu ahnen, dass der Leiter der Kommission gewiss nicht zögern würde, die Asse zu ziehen, die in seinem Ärmel steckten.

„Wenn ich nur wüsste, wie ich ihn erpressen und in meine Hand bekommen könnte? Dann würde ich mir sein Schweigen mit meinem eigenen erkaufen und das eine oder andere Problem mit der Sicherheit würde garantiert sehr schnell von der Bildfläche verschwinden."

Leider hatte er diesen Trumpf gegenüber dem Leiter der Kommission nicht in seiner Hand und diese unverzeihliche Schwäche war geeignet, ihm beinahe den Verstand zu rauben.

„Hoffentlich hat Jie eine Idee", wünschte er sich inständig, als er sich am späten Vormittag zu seinem Bruder auf den Weg machte. „Jie hatte vor einem halben Jahr ähnliche Schwierigkeiten mit der Kommission und ist doch mit einem blauen Auge davongekommen."

„Du solltest auch den Weg gehen, den ich damals gegangen bin", riet der Bruder, nachdem sie sich in einem noblen Lokal der Nachbarstadt zum Essen niedergelassen hatten. „Es ist nicht ganz billig, das weiß ich, aber es ist äußerst effektiv."

„Was hast du gemacht?", fragte Direktor Hua interessiert.

„Dem Leiter der Kommission eine heimliche Beteiligung angeboten", lachte Jie. „Seit ihm ein Prozent meiner Bergwerke gehört, hat dieser Mann plötzlich die gleichen Interessen und Ziele wie ich und die Berichte, die das Ministerium in der Hauptstadt zu lesen bekommt, sind nicht zu beanstanden. In Beijing ist man inzwischen der Meinung, dass die Anordnungen der Regierung und die Wünsche der Partei in meinen Bergwerken besonders schnell umgesetzt werden."

„Diese Lösung ist sehr teuer", scheute sich Direktor Hua zunächst, dem Vorschlag seines Bruders sofort zu folgen.

„Sie ist vor allem sehr effektiv", mahnte der Bruder. „Wenn die Arbeiter mit den Zuständen in den Bergwerken ein Problem haben, lasse ich sie jetzt immer direkt mit dem Leiter der Kommission sprechen. Das kommt bei ihnen gut an und ich bin fein raus, denn diese Vollidioten wissen nicht, dass sie eigentlich zu einem ihrer Chefs sprechen, wenn sie sich über die unhaltbaren Zustände in den Stollen beklagen."

„Und der Leiter der Kommission spielt mit?"

„Das muss er doch. Oder glaubst du wirklich, dass dem das Gehalt der Regierung genug ist?" Jie schüttelte vehement den Kopf. „Der spielt sogar besser mit, als jeder Schauspieler vom Nationaltheater es könnte. Gegenüber den Arbeitern gibt er immer den Fürsorglichen. Er hört sich ihre Klagen aufmerksam an und lässt die Arbeiter in Ruhe ausreden. Das sind sie nicht gewohnt. Deshalb denken sie, sie wären endlich mal auf jemanden gestoßen, der sie ernst nehmen würde." Jie lachte überlegen. „Aber wie dumm muss man eigentlich sein, um so einen Unsinn zu glauben?"

„Was machst du, während die Arbeiter sich beschweren? Bist du dabei?"

„Wo denkst du hin? Ich will doch nicht, dass sie sich meinetwegen zurückhalten. Nein, nein, sie sollen ruhig schimpfen wie die Rohrspatzen. Je mehr sie sich in Rage reden, umso schneller weiß ich, wer die Anführer sind. Ihre Namen erfahre ich immer vom Leiter der Kommission, und wenn dieser wieder abgereist ist, beginnt das große Saubermachen. Dann sind die aufmüpfigen Arbeiter schneller aussortiert, als sie gucken können und bei mir in den Bergwerken herrscht wieder Ruhe."

„Diese Lösung hat wirklich ihre Vorteile", sagte Direktor Hua anerkennend. „Wenn sie mir in dieser Woche auch zur Verfügung gestanden hätte, wäre das Problem 'Aiguo' sicher gar nicht erst aufgekommen."

* * *

Chimalsi warf einen verzweifelten Blick auf seine Frau. „Unser großes Fest droht zu einer gigantischen Katastrophe zu werden, Jamila."

Jamila nickte traurig. „Wir wollten das Fest als Chance nutzen, um in die besseren Kreise der Hauptstadt aufzusteigen und jetzt können wir nur noch hoffen, dass die vielen Gäste, die wir eingeladen haben, heute Abend nicht kommen werden."

„Je mehr Gäste kommen, umso größer wird am Ende das Gespött sein", fürchtete auch Chimalsi. „Und wir haben nicht die Spur einer Chance, dagegen noch etwas zu unternehmen."

„Rechnest du immer noch damit, dass all unsere Gäste kommen werden?"

Chimalsi nickte erneut. „Von den über einhundert Gästen hat bislang noch kein einziger abgesagt. Wir müssen also damit rechnen, dass sie alle kommen werden. Aber unser Personal ist faktisch nicht mehr vorhanden. Gestern fehlte schon gutes Drittel. Heute ist nur noch ein Fünftel überhaupt da und von denen haben mir viele im Vertrauen bereits gesagt, dass sie ihre Verträge mit der Agentur nicht verlängern werden."

„Vor einer Woche wäre unser Fest ein voller Erfolg geworden", ärgerte sich Jamila. „Das Wetter war gut und all unsere Angestellten haben noch für uns gearbeitet. Jetzt ist fast keiner mehr da. Wie konnten sie uns das nur antun? Sie wussten doch alle von unseren Planungen für heute und morgen."

„Das ist ein Punkt, den ich auch nicht verstehe. Wir waren immer offen und ehrlich zu ihnen. Alle Details unserer Planungen lagen immer für alle sichtbar offen zutage. Jeder wusste, was wir planten, und jeder kannte seine Aufgabe", bestätigte ihr Mann.

„Was machen wir jetzt, Chimalsi? Sagen wir das Fest ganz kurzfristig doch noch ab oder versuchen wir, es irgendwie durchzuziehen?"

„Egal, wie wir uns entscheiden, Jamila: Fatal ist es in jedem Fall. Wenn wir das Fest durchziehen, haben wir gerade mal ein Fünftel unserer Bediensteten zur Verfügung. Das wird kaum reichen. Du weißt selbst, dass wir die vielen Aufgaben nur mit Mühe werden stemmen können und jetzt muss einer faktisch die Arbeit von vier anderen mit übernehmen." Chimalsi schüttelte verzweifelt den Kopf. „Ich glaube ja an viel, aber dass unsere Bediensteten über Nacht zu Supermännern und Superfrauen mutiert sind, nein, das glaube ich beim besten Willen nicht."

„Dann ist das Debakel heute Abend wohl nicht mehr zu verhindern", fürchtete Jamila und verbarg das Gesicht hinter ihren Händen.

„Für dich tut es mir besonders leid", bekannte Chimalsi. „Ich wollte dir den Aufstieg in andere Kreise ermöglichen. Die Leute in der Stadt sollten auf dich nicht mehr länger herabschauen. Sie sollten dich nicht länger als das arme Mädchen vom Land behandeln. Aber genau das wird jetzt geschehen."

„Mit etwas Glück werden sie uns gegenüber schweigen. Aber hinter unserem Rücken werden sie reden und sich über unsere Unfähigkeit das Maul zerreißen. Schaut mal, da kommen Chimalsi und Jamila, die armen Schlucker vom Land. Sie sind so arm und mittellos, sie können sich nicht einmal genügend Diener leisten, um eine kleine Party zu organisieren", vermutete Jamila. „Chimalsi, kannst du dir vorstellen, was das für dich und mich bedeutet?"

„Natürlich kann ich das, Liebling", versicherte Chimalsi schnell. „Die ganze letzte Nacht habe ich deshalb schon schlecht geschlafen."

„Ich glaube, ich werde heute Nacht auch sehr schlecht schlafen", fürchtete Jamila. „Diese Katastrophe wird mich in ein menschliches Wrack verwandeln. Ich kann dann nur noch hoffen, dass Dr. Kani die passende Medizin für mich hat. Hat er sie nicht, bin ich wohl hoffnungslos verloren."

„Doktor Kani wird dir vermutlich nicht mehr helfen können", befürchtete Chimalsi. „Mir ist zu Ohren gekommen, dass in der Station kaum noch jemand leben soll."

„Sie sind alle gestorben?"

„Es muss unweit der Krankenstation eine Epidemie gegeben haben. Kani hatte mich deswegen vor einigen Tagen um einen meiner Wagen gebeten. Aber ich konnte seiner Bitte beim besten Willen nicht entsprechen, weil ich die Vorbereitungen für unsere Feier nicht gefährden wollte."

„Jetzt fürchtest du, dass er auch ein Opfer dieser Epidemie geworden ist?" Jamila hielt sich die Hände schützend vors Gesicht. „Wie schrecklich!"

„Er ist entweder auch ein Opfer dieser schrecklichen Krankheit geworden oder er hat wie viele andere auch seinen Vertrag mit der Agentur nicht verlängert."

„Dass Doktor Kani seinen Vertrag nicht verlängert haben soll, das kann ich mir gar nicht vorstellen", erklärte Jamila und schüttelte leicht ihren Kopf. „Er war immer ein sehr optimistischer und lebensfroher Mensch. Er hatte es gut. Die Leute haben ihn geachtet, manche ihn sogar wie einen Gott verehrt und außerdem hatte er treue Freunde wie dich und mich. Nein, ein solcher Mensch entschließt sich nicht einfach, das Leben leichtfertig aufzugeben und seinen Vertrag mit der Lebensagentur nicht zu verlängern. Das passt nicht ins Bild. Glaub mir, Chimalsi, Doktor Kani muss auch an diesem gefährlichen Fieber gestorben sein."

* * *

„Meine Herren, ich kann nicht anders, als die gegenwärtige Lage unserer Agentur als dramatisch zu bezeichnen", begann Herr Gott am Nachmittag die Besprechung mit den Regionalleitern im obersten Stockwerk der Zentrale. „Ich stehe dieser Agentur ja nun schon eine ganze Reihe von Jahren vor. Aber was wir in den vergangenen Tagen erlebt haben, ist mir in der ganzen Zeit hier an der Spitze der Lebensagentur noch nicht untergekommen. Unsere Zahlen sind nicht nur schlecht oder grottenschlecht. Nein, sie sind nicht einmal existent. Wir haben nicht einmal mehr positive Zahlen vorzuweisen. Nicht einen einzigen Vertragsabschluss hatten wir in den letzten drei Stunden noch vorzuweisen." Der Blick des Agenturleiters fiel auf seinen persönlichen Referenten. „Ezechiel, schildern Sie den Kollegen bitte noch einmal die Lage, damit auch jeder weiß, wie kritisch die Lage inzwischen geworden ist."

„Die heute zu Ende gehende Woche lief für uns eigentlich zunächst recht gut an", begann Ezechiel seinen Bericht. „Doch wenn wir ehrlich sind, müssen wir zugeben, dass schon vor einigen Tagen erste Anzeichen einer Krise deutlich wurden, die wir leider übersehen haben. Die hier in diesem Raum beschlossene Marketingstrategie hat nur teilweise funktioniert und uns deshalb nicht die Erfolge gebracht, die wir uns alle gewünscht haben. Sehr gut auf die Strategie angesprochen haben die Milliardäre und Multimillionäre. Sie haben sehr schnell ihre neuen Verträge unterzeichnet und schwierige Nachverhandlungen hatten wir mit ihnen auch nicht zu führen. In dieser Personengruppe war unsere Aktion somit ein voller Erfolg. Sehr erfolgreich war die Strategie auch bei den Millionären. Auch sie haben die ihnen angebotenen neuen Verträge sehr schnell unterzeichnet. Es wurde aber die eine oder andere Kritik an den angebotenen Verträgen vorgebracht, sodass sich zusätzliche Verhandlungen nicht immer ausschließen ließen. Was gar nicht geklappt hat, war die Akquirierung der Mittel- und Unterschicht. Der von uns erhoffte Vorbildeffekt der Millionäre und Milliardäre war einfach nicht gegeben."

„Es ist anscheinend nicht nur so, dass die Vorbildfunktion der Reichen nicht gegeben war. Ich gewinne immer mehr den Eindruck, dass die Reichen und Mächtigen sogar abschreckend gewirkt haben", unterbrach Herr Gott den Vortrag seines persönlichen Referenten. „Aber das ist ein Punkt, über den wir heute ausführlich sprechen sollten, denn er könnte der Schlüssel zum Verständnis der aktuellen Krise sein. Aber bitte, Ezechiel, fahren Sie mit Ihrem Bericht fort."

„Wir sind ursprünglich davon ausgegangen, dass beginnend mit dem Dienstag und Mittwoch die neuen Anträge zur Bearbeitung hier bei uns in der Zentrale eingehen würden. Den Höhepunkt der Antragsflut hatten wir ursprünglich für den Donnerstag und Freitag erwartet. In der Rückschau muss ich sagen, wir hätten eigentlich schon hellhörig werden müssen, als am Dienstag und Mittwoch deutlich weniger Anträge zur Bearbeitung bei uns eingingen als erwartet. Zu dieser Zeit waren wir jedoch noch der Ansicht, dass eine gewisse Vergesslichkeit und Nachlässigkeit der Menschen für diese auffällige Verzögerung verantwortlich sei. Dem war leider nicht so, denn was wir zunächst als Verzögerung angesprochen haben, war Ausdruck einer massiven Verweigerung." Er warf einen kurzen Blick in die Runde. „Ich bin mir immer noch nicht ganz darüber im Klaren, wann und wo die Verweigerung ihren Anfang genommen hat. Doch eines ist inzwischen nicht mehr zu leugnen: Wir haben es hier nicht nur mit einem globalen Phänomen zu tun. Auch die Verweigerung, die wir in allen Teilen der Welt derzeit beobachten, ist inzwischen eine Totale geworden. Es laufen uns nicht nur in einigen Ländern die Armen in Scharen davon. Überall auf der Welt drehen uns, von den Reichen einmal abgesehen, mehr oder weniger alle den Rücken zu."

„Sie wollen damit sagen, dass nicht nur Afrika bald menschenleer ist, sondern alle anderen Kontinente auch?", fragte Michael überrascht.

„Genau das will ich damit ausdrücken", bestätigte Ezechiel. „Man kann es sich kaum vorstellen, aber wenn diese Entwicklung noch ein paar Tage so weitergeht, ist die Antarktis im Vergleich zu den übrigen Kontinenten bald dicht besiedelt."

„Eine derartige Entwicklung hätte ich mir selbst in meinen schlimmsten Alpträumen nicht vorstellen können", bekannte Herr Gabriel.

„Ich denke, das geht uns allen so", stimmte Herr Gott dem für Europa zuständigen Bereichsleiter sogleich zu. „Deshalb möchte ich Ezechiel bitten, uns noch kurz einen Überblick über die Zahlen der beiden letzten Tage zu geben, damit wir alle auf dem gleichen Stand sind und anschließend in die Diskussion der aktuellen Lage einsteigen können."

„Die aktuellen Zahlen deuten auf eine komplette Verweigerung der unteren und mittleren Schichten hin", setzte Ezechiel seinen Bericht fort. „Bis Freitag standen weltweit rund dreißig Prozent aller Verträge zur Verlängerung an. Heute steht sogar die Hälfte aller laufenden Verträge auf dem Spiel und morgen sind es noch einmal knapp zwanzig Prozent. Die Ergebnisse vom Freitag selbst und den Tagen zuvor waren eine einzige Katastrophe. Verlängert haben nur die Reichen. Alle anderen haben es vorgezogen, keinen neuen Vertrag mehr mit uns abzuschließen. Also mit anderen Worten: Von gestern auf heute ist die Weltbevölkerung mal eben um ein Fünftel zurückgegangen." Der persönliche Referent blickte auf und sah einen Augenblick auf die am Tisch versammelten Vertriebsleiter. „Wenn die Einschätzungen, die Sie, meine Herren, in den vergangenen 24 Stunden an die Zentrale übermittelt haben, zutreffen, wird sich die Lage heute noch einmal dramatisch verschärfen, denn wir drohen rund die Hälfte aller noch laufenden Verträge zu verlieren, und dass sich die angespannte Lage morgen grundlegend verbessern soll, das kann ich mir im Moment nicht wirklich vorstellen."

„Damit wäre das absolute Horrorszenario umschrieben", übernahm Herr Gott wieder die Leitung des Gesprächs.

„Wenn es uns auch heute und morgen nicht gelingt, das Blatt schnell zu wenden, steht die Welt am Dienstag fast ohne Bevölkerung da, weil bis auf die Reichen niemand mehr einen neuen Vertrag abgeschlossen hat."

„In Afrika werden wir die Wende zum Besseren in einer so kurzen Zeit wohl nicht mehr herbeiführen können", äußerte sich Michael skeptisch. „Die Verweigerer sind zwar keine in sich geschlossene Gruppe und ich würde auch nicht so weit gehen, von einer organisierten Form des Protests zu sprechen. Doch es ist nicht zu verkennen, dass die Verweigerer über ein vergleichsweise hohes Ansehen verfügen. Diese Leute sind nicht materiell reich und sie sind im politischen Sinn nicht gerade mächtig. Aber ihr Einfluss ist nicht zu unterschätzen. Ihr Reichtum ist ein innerer Reichtum und die Macht, über die sie verfügen, ist eine eher informelle Macht. Die Menschen schätzen die Verweigerer ungemein, weil sie diese Männer und Frauen als besonders ehrlich und aufrichtig erlebt haben. Wenn einer von ihnen geht oder sich entschließt zu gehen, gibt es in ihrem Umfeld gleich zwei- oder dreihundert andere, die spontan ihrem Beispiel folgen."

„Das ist in der Tat eine sehr bemerkenswerte Entwicklung", bemerkte Herr Gott überrascht. „Das hatte ich so nicht erwartet."

„Wenn mich nicht alles täuscht, bildet sich die Vorbildfunktion, die wir anfangs eigentlich den Reichen zugedacht hatten, nun in der entgegengesetzten Richtung aus", fürchtete Ezechiel.

„Wenn dem so ist, können wir unseren ursprünglichen Plan vergessen", fürchtete Uriel und rieb sich mit der Hand nachdenklich über das Kinn. „In Asien spricht derzeit leider viel dafür, dass es so ist. Deshalb ist die vom Kollegen Ezechiel gerade benannte Gefahr meines Erachtens sehr real."

„Nicht nur in Asien und Afrika ist diese Gefahr unsere größte Herausforderung. Bei uns in Amerika stehen die Dinge ebenfalls nicht zum Besten und ich fürchte, dass wir die unteren Schichten bereits mehrheitlich verloren haben", erklärte Herr Raffael enttäuscht.

„Mensch, Raffael, machen Sie bloß keine Witze", entgegnete Herr Gott schockiert. „Irgendwo in der Welt muss unser ursprünglicher Plan doch funktionieren."

„Ich war anfangs auch sehr für diesen Plan und habe ihn begeistert mitgetragen", erklärte der für die Vereinigten Staaten zuständige Bereichsleiter. „Aber es sieht so aus, als hätten wir die Menschen komplett falsch eingeschätzt. Bislang wollten sie einfach nur möglichst lange leben und dabei erstens schnell und zweitens sehr reich werden. Das scheint sich in der Zwischenzeit geändert zu haben."

„Der Konsum allein macht die Menschen nicht mehr glücklich", unterstützte Herr Gabriel die vom Kollegen Raffael geäußerte Ansicht. „Eine Zeit lang haben die Menschen versucht, intensiver zu leben, indem sie mehr und schneller konsumiert haben. Inzwischen fällt auch dem Letzten auf, dass Shoppen allein nicht glücklich macht, und dass das Leben mehr ist, als nachmittags Ersatz für die Dinge zu kaufen, die man am Morgen achtlos weggeworfen hat."

„An sich ist diese Entwicklung durchaus zu begrüßen", merkte Herr Gott zufrieden an. „Aber ich verstehe noch nicht ganz, warum die Menschen gleich vom einen Extrem ins andere verfallen. Ihren Konsum können sie ja gerne einschränken, da spricht in der Tat nichts dagegen. Aber deswegen müssen sie doch nicht alle gleich auf die Idee kommen, auch unsere Verträge nicht mehr zu verlängern."

„Ich bin auch der Meinung, dass das eine mit dem anderen nicht viel zu tun hat", stimmte Michael zu. „Ich kann wieder nur für meinen Zuständigkeitsbereich in Afrika sprechen: Aber bei uns ist die Wegwerfgesellschaft noch nicht angekommen. Noch herrscht in vielen Ländern ein viel zu großer Mangel. Trotzdem werden unsere Verträge nicht mehr verlängert."

„Der Einwand ist berechtigt", stimmte Herr Gott zu. „Wenden wir uns deshalb wieder den Verträgen zu. Sie sind zunächst unser größtes Problem. Den Ursachen wenden wir uns später in einem gesonderten Schritt noch einmal zu.

Jetzt aber interessiert mich zunächst einmal die Frage, ob wir die Krise kurzfristig noch abwenden und zumindest für die heute und morgen zur Verlängerung anstehenden Verträge noch halbwegs vernünftige Ergebnisse erreichen können." Sein Blick fiel auf den für Europa zuständigen Bereichsleiter. „Gabriel, wie ist die Situation in der alten Welt? Dass in Südeuropa der eine oder andere Vertragsabschluss regelrecht verschlafen wird, weil man zu lange Siesta gemacht hat, kann ich verstehen. Aber wie sieht es mit den Ländern im Norden aus? Was ist mit den Engländern und Schweden?"

„In England sind unsere Abschlusszahlen vergleichsweise gut", berichtete Herr Gabriel stolz. „Die Regierung hat in den vergangenen Jahren dafür gesorgt, dass die Reichen kaum Steuern bezahlen. Aus diesem Grund haben sich sehr viele Millionäre und Milliardäre aus dem Ausland in England niedergelassen. Jeder, der meint, etwas Besseres zu sein, braucht heute einen luxuriösen Erst- oder Zweitwohnsitz in London und die Immobilienpreise in der Stadt sind nicht ohne Grund in schwindelerregende Höhen gestiegen. Außerdem sind in der City die ganzen Finanzjunkies der Banken, Fonds und Investmentgesellschaften tätig. Sie lieben es, mit Geld um sich zu werfen, erstens, weil sie es haben und zweitens, weil sie meinen, dann besonders wichtig zu sein. Für uns war es deshalb relativ leicht, ihnen einen neuen Vertrag schmackhaft zu machen. Die Aussicht, reich zu bleiben oder schnell noch reicher zu werden, hat sie alle sofort unterschreiben lassen."

„Und die normalsterblichen Engländer?", fragte Herr Gott besorgt.

„Die sind in der Tat das Problem, denn sie zögern noch oder haben sich bereits in den vergangenen Tagen klar gegen unsere Verträge entschieden", berichtete Herr Gabriel.

Herr Gott presste die Lippen verärgert aufeinander. „Das gefällt mir gar nicht und ich fürchte, die Lage in Osteuropa und Russland wird ähnlich sein."

„Die Lage in Russland und im Osten Europas ist nicht

nur ähnlich, sondern sie ist sogar vollkommen die Gleiche wie in London oder Monaco. Die reichen Oligarchen konnten gar nicht schnell genug unterschreiben, während die Armen sich noch zieren und nicht bereit sind, über ihren Schatten zu springen", berichtete Herr Gabriel weiter.

„Was ist mit den Deutschen?", fragte Herr Gott ungeduldig. „Revolutionen, Aufstände und wilde Streiks waren nie deren Ding. Können Sie wenigstens aus Deutschland vernünftige Abschlusszahlen präsentieren?"

Herr Gabriel schüttelte verschämt den Kopf. „Die Preußen sind leider auch nicht mehr so preußisch, wie sie mal waren. Mit den Zuständen vor hundert oder zweihundert Jahren ist das alles nicht mehr zu vergleichen. Damals waren die Deutschen noch auf Zack. Ein einziges Wort, eine einzige Anweisung von oben genügte und sofort kam das ganze Land in Bewegung. Aber heute?" Herr Gabriel verdrehte genervt die Augen. „Heute kann man sie stundenlang bitten und am Ende kommt immer noch nichts Zählbares dabei heraus."

„Das ist mehr als ärgerlich, denn bei den letzten Kampagnen zum Abschluss neuer Verträge kamen die Kisten mit den Anträgen aus Deutschland immer als Erste bei uns in der Zentrale an und ich hatte gehofft, dass es dieses Mal ähnlich sein wird", erinnerte sich der persönliche Referent des Agenturleiters.

„Diese Zeiten sind leider vorbei und ich fürchte, sie werden auch nicht wieder zurückkommen", erklärte Herr Gabriel. „Wenn die Deutschen vor hundert Jahren eine Straße oder eine Bahnlinie bauen wollten, dann haben sie diese einfach geplant und anschließend gebaut. Heute fragen sie erst einmal jeden Frosch, wo er die Straße überqueren möchte, bilden eine Kommission und machen eine europaweite Ausschreibung für Bedenken aller Art. Diese werden meist schon kurze Zeit später erhoben, sehr oft in Griechenland und in der Türkei, weil man in beiden Ländern trotz der großen Entfernung glaubt, von den Auswirkungen besonders unmittelbar betroffen zu sein. Anschließend geben sich die Deutschen besorgt. Sie gründen zwei Bürgerinitiativen, der Ordnung halber eine dafür und die andere dagegen. In den nächsten zwei oder drei Jahren schauen alle interessiert und fasziniert zu, wie sich deren angeregte Diskussionen entwickeln. Falls sich die Initiative mit den Argumenten dagegen durchsetzt, wird gar nicht mehr gebaut, erweist sich die andere als stärker, wird trotzdem nicht gebaut, weil sich erst einmal die Gerichte mit dem Fall beschäftigen müssen. Ich will jetzt nicht behaupten, dass es uns mit unseren neuen Verträgen genauso geht, aber ganz unter uns: Unter dieser institutionalisierten Entscheidungsschwäche leidet inzwischen nicht nur die deutsche Industrie. Jeder, der in diesem Land irgendeine Entscheidung herbeiführen will, muss erst einmal warten lernen und sich in Geduld üben – wir leider auch."

„Diese Zeit haben wir aber nicht mehr, weder in Deutschland noch in irgendeinem anderen Teil der Welt", kommentierte Herr Gott den Bericht seines europäischen Bereichsleiters.

„Wir sollten unsere Vertriebsaktivitäten heute und morgen noch einmal verstärken", forderte Raffael. „Ein einzelner schlechter Freitag darf uns nicht entmutigen. Die Masse der Verträge steht ohnehin erst heute und morgen zur Verlängerung an. Es gibt für uns also keinen Grund, die Flinte zu früh ins Korn zu werfen."

„Was schlagen Sie vor?", fragte Ezechiel.

„Da gestern viele Verträge nicht wieder verlängert wurden und ganze Familien quasi über Nacht ausgestorben sind, gibt es viel Besitz, der neu verteilt werden muss. Ich schlage vor, dass wir die Neuverteilung dieser Wertgegenstände mit dem Abschluss unserer Verträge kombinieren", regte Uriel an.

„Sie denken an einen direkten Tausch von ehemals fremdem Besitz gegen unsere Verträge?", fragte Herr Gott wenig begeistert.

„Nein, so plump dürfen wir es auf keinen Fall angehen", korrigierte Uriel sogleich den entstandenen Eindruck. „Ich denke, es genügt, die Menschen daran zu erinnern, dass es nun wieder viel mehr zu verteilen gibt, weil einfach weniger von ihnen auf der Welt sind."

„Diese Logik müsste in der Tat jedem einleuchten", pflichtete ihm Herr Raffael bei.

„Nur was nutzt einem Afrikaner der herrenlose Besitz eines Amerikaners, Europäers oder Asiaten? Der ist doch vollkommen außer Reichweite. Oder wollen wir etwa eine neue Völkerwanderung initiieren?"

„Wie das Vermögen der Leute, die ihre Verträge mit uns nicht verlängert haben, zu verteilen ist, das sollten die Menschen am besten selbst entscheiden", riet Herr Gabriel. „Für uns ist es besser, wenn wir uns in diese Frage nicht einmischen. Das passt auch besser zum Aspekt der menschlichen Freiheit, der vonseiten der Agentur zu Recht immer wieder in den Vordergrund gerückt wird. Es genügt meines Erachtens, wenn wir verstärkt darauf hinweisen, dass es derzeit herrenlosen Besitz gibt, der zur Verteilung ansteht."

„Verstehe, wer etwas von diesem Besitz will, der muss sich auch für und nicht gegen seinen Anschlussvertrag mit der Agentur entscheiden", lächelte Herr Uriel überlegen. „Mir gefällt diese indirekte Form des Marketings wieder einmal sehr gut und ich sehe gute Chancen, dass es uns so quasi durch die Hintertüre gelingen wird, in das Haus einzudringen."

„Diese Chance sehe ich in der Tat auch. Gerade bei uns in den USA sollte dieser Plan gut funktionieren", zeigte sich Herr Raffael überzeugt. „Er ist so etwas wie eine unverhofft auftauchende, schnelle Abkürzung auf dem beschwerlichen Weg zum amerikanischen Traum."

„In Asien werden viele diese Abkürzung gehen wollen", war sich Uriel sicher. „Wenn wir diesem Plan folgen, schlagen wir gleich zwei Fliegen mit einer Klappe: Wir geben unseren Kunden eines der stärksten Argumente für einen neuen Vertrag an die Hand und wir nehmen damit zugleich das Heft des Handelns wieder in unsere eigene Hand und überlassen nicht den Verweigerern kampflos das Feld."

„Dann sollten wir nicht länger zögern und die Umsetzung dieser Idee sofort in Angriff nehmen", entschied Herr Gott, nachdem er einige Augenblicke über die gemachten Vorschläge nachgedacht hatte. „Meine Herren, setzten Sie sich umgehend mit unseren Mitarbeitern vor Ort in Verbindung und sorgen Sie dafür, dass insbesondere Kunden, deren Verträge heute auslaufen, von der Möglichkeit, fremden Besitz an sich zu bringen, als Erste erfahren."

* * *

„Charlotte, Sie sehen auch von Tag zu Tag jünger aus", begrüßte Henry Chaplin seine Gäste am frühen Abend an der Türe seines Hauses.

„Ach, Henry, Sie schmeicheln mir wieder mehr, als es mir gut tut", freute Charlotte Parker sich aufrichtig über das Kompliment und betrat das Haus. Sie hatte erwartet, dass nun der Butler herbeieilen und ihr den Hut abnehmen würde, doch an diesem Abend übernahm ihr Gastgeber selbst diese Aufgabe.

Alexander Parkers Blick schweifte derweil andächtig durch die beeindruckende Eingangshalle. „Henry, ich war ja schon oft hier. Aber dieser Raum ist so mächtig und so imposant, dass er mich jedes Mal aufs Neue beeindruckt, wenn ich hierher komme. Ein solches Raumempfinden wünsche ich mir auch für mein neues Museum. Auch dort sollen die Besucher eintreten und mit offenem Mund staunen, noch bevor sie das erste Gemälde oder die erste Skulptur betrachtet haben."

„Dieses Ziel zu verwirklichen wird schwer", bekannte der Architekt. „Man braucht dazu Platz, viel Platz, um genau zu sein. Aber der steht bei den meisten Projekten inzwischen nicht mehr zur Verfügung, weil die Grundstücke so beengt sind."

„Die Grundstücke und ihre Preise werden bald nicht mehr das Problem sein", versicherte Alexander Parker.

„Erst heute Morgen hat mir ein Vertreter der Agentur mitgeteilt, dass in den letzten beiden Tagen viele Verträge nicht verlängert wurden. Für die Agentur ist das natürlich eine handfeste Katastrophe und ich kann gut verstehen, dass man dort jetzt etwas besorgt ist. Aber ich muss sagen, ich vermisse diese ganzen Leute nicht. Ich habe es erst vor fünf Minuten im Auto zu Charlotte gesagt: Seit der Pöbel die Straßen nicht mehr verstopft, kommt man endlich mal vernünftig voran und hat wieder die Möglichkeit, seine Termine einzuhalten, ohne gleich Stunden vorher anreisen zu müssen."

„Nun, meinen Butler vermisse ich schon ein wenig", gestand Henry Chaplin und bat sie mit der Hand in sein Arbeitszimmer. „Aber grundsätzlich gebe ich Ihnen recht, Alexander. Den zusätzlichen Platz, den wir gewinnen, können wir gut gebrauchen und Leute wie wir, werden ihn selbstverständlich auch zu nutzen wissen."

Sie folgten ihrem Gastgeber in sein Arbeitszimmer, in dem bereits ein Modell des neuen Museums für sie auf dem Tisch aufgebaut war. Alexander Parker trat sofort näher, um es eingehend zu betrachten.

„Wo ist Ihre Frau, Henry? Wird Olivia diesen Abend nicht mit uns verbringen?", fragte Charlotte Parker überrascht, nachdem sie sich einmal im Raum umgesehen hatte und die Frau des Architekten nirgendwo entdecken konnte.

„Olivia ist in der Küche. Sie bereitet das Essen für uns vor. Ich nehme an, sie wird gleich zu uns stoßen."

„Ihr habt keinen Koch und auch keine Köchin?", wunderte sich Charlotte Parker.

Henry Chaplin lächelte verlegen. „Wir hatten einen Koch und wir hoffen, bald wieder einen Neuen zu haben. Doch in der Zwischenzeit werden wir uns wohl selbst helfen müssen, denn der alte Koch hat seinen Dienst quittiert, ohne uns ein Wort zu sagen. Er ist einfach gegangen."

„Wie meine Marla", wunderte sich Alexander Parker für einen Moment über die auffällige Parallelität. „Sie ist auch wie vom Erdboden verschluckt."

„Mein Koch war vom einen auf den anderen Tag plötzlich weg. Er ist gegangen, ohne ein Wort zu sagen", ärgerte sich Henry Chaplin. „Aber eines kann ich Ihnen versichern, Alexander: Dieses absolut stillose Verhalten wird Konsequenzen haben."

„In welcher Form? Was haben Sie vor, Henry?"

Der Architekt lächelte hintersinnig. „Mein Anwalt hat bei Gericht bereits eine Klage auf Schadensersatz eingereicht."

„Henry, Sie meinen wirklich, dass bei einem kleinen Angestellten viel zu holen ist?", fragte Charlotte Parker überrascht.

„Charlotte, es geht mir allein um das Prinzip, nicht um das Geld. Geld habe ich genug. Da gebe ich Ihnen vollkommen recht. Aber Prinzipien, die einem wichtig sind, muss man schützen, vor allem gegenüber Leuten, die ihnen nicht den notwendigen Respekt entgegenbringen. Deshalb habe ich mich entschlossen, meinen Anwalt ohne Ausnahme gegen jeden Bediensteten vorgehen zu lassen, der seiner Arbeit nicht mehr nachkommt." Er wandte sich kurz an Alexander Parker. „Das gilt übrigens auch für die Firma, in der am Freitag ebenfalls sehr viele unentschuldigt gefehlt haben. Sie alle werden für ihr stilloses Verhalten bezahlen und die Konsequenzen tragen müssen."

„Ihre Forderung ist mehr als berechtigt, Henry", bestätigte Alexander Parker die Ansicht seines Gastgebers. „Nur lohnt sich der ganze Aufwand überhaupt?"

Henry Chaplin lächelte überlegen. „Normalerweise würde ich sagen, Sie haben recht, der viele Aufwand lohnt den geringen Ertrag nicht. Bei meinem Koch jedoch ist es anders. Seine Familie besitzt ein sehr interessantes Grundstück am Rand der Stadt, auf dem ich einem meiner Kunden sehr gerne eine neue Villa bauen würde." Das verwegene Lächeln in seinem Gesicht wurde stärker. „Aus diesem Grund habe ich mich entschlossen, zwei Hasen mit einem Schuss zu erledigen: Meinen Koch werde ich mit Forderungen konfrontieren, die er niemals wird bezahlen können, und sollte ich vor Gericht gewinnen, wovon ich nach Lage der Dinge und bei meinen guten Beziehungen zur Justiz ausgehe, pfände ich ihm das hübsche, kleine Grundstück regelrecht unter dem Hintern weg."

„Das ist aber nicht die feine englische Art, Henry", schmunzelte Alexander Parker.

„Nicht unbedingt die feine englische, wohl aber die effektive italienische Art", lachte der Architekt gehässig. „Alexander, wer sich bei mir stillos aus dem Haus schleicht, der sollte nicht unbedingt erwarten, dass ich ihn anschließend mit Samthandschuhen anfassen werden. Erst recht nicht, wenn es für mich so ein interessantes Grundstück zu gewinnen gilt."

* * *

„Sie spielen auch mit dem Gedanken, Ihren Vertrag mit der Agentur nicht mehr zu verlängern", stotterte Theodor Aschim und sah den Praktikanten entsetzt an.

„Ich spiele nicht nur mit dem Gedanken, Herr Aschim. Ich werde ihn auch umsetzen und Sie werden mich ganz bestimmt nicht mehr von meinem Vorhaben abbringen. Um Mitternacht ist für mich Schluss und ich bleibe hier in diesem Stall nicht eine Sekunde länger als nötig", entgegnete der Praktikant scharf.

Der Mitarbeiter der Agentur schüttelte verwundert den Kopf. „Was hat die heutige Jugend nur gegen die Arbeit im Stall?"

„Der Traum meiner schlaflosen Nächte ist sie gewiss nicht", erwiderte der Praktikant schnippisch.

„Sie werden gewiss bald wieder Ihrer normalen Arbeit nachgehen."

„Die hat für mich in den letzten Tagen auch sehr viel von ihrem Reiz verloren", gestand der Praktikant traurig.

„Der Reiz kommt sicher bald wieder, und da Buchhalter auf dem Arbeitsmarkt derzeit sehr gefragt sind, haben Leute wie Sie glänzende Aussichten."

„So glänzend, wie Sie behaupten, sind die Aussichten auch nicht mehr", widersprach der Praktikant. „Am Freitag hat jeder von uns schon für drei arbeiten müssen und ich als das schwächste Glied der Kette wurde auch noch hier in den Stall geschickt. Ich möchte nicht wissen, was erst am Montag los ist. Besser wird es wohl kaum werden."

„Wenn Sie sich verweigern, wird es bestimmt nicht besser werden", ärgerte sich Theodor Aschim. „Dabei könnte ich Ihnen eine glänzende Zukunft organisieren. Sie wollten sich doch immer schon ein neues Handy kaufen. Schon in Kürze werden viele gebrauchte Smartphones auf den Markt kommen."

„Ein neues Handy wäre schon eine feine Sache", bestätigte der junge Mann. „Aber wer hat Ihnen gesagt, dass ich von einem gebrauchten träume?"

„Auch die Preise für die neuen Smartphones werden schon in Kürze deutlich sinken", prophezeite der Mitarbeiter der Agentur.

„Weil schon wieder neue Modelle herausgebracht werden?", fragte der Praktikant und schüttelte ablehnend den Kopf. „Wenn das geschieht, will ich ohnehin nur eines der neuen Modelle haben und für die werden in den Geschäften weiterhin die hohen Preise gefordert werden."

„Einmal zu kurz gedacht", lächelte Theodor Aschim überlegen. „Sie vergessen, dass nicht nur wir von der Agentur in den letzten Tagen viele Kunden verloren haben. Für die Hersteller von Mobiltelefonen gilt das Gleiche. Auch denen sind über Nacht sehr viele Kunden abhandengekommen. Und nun überlegen Sie mal ganz genau: An wen wollen diese Hersteller in Zukunft noch ihre neuen Produkte verkaufen, wenn nicht an Kunden wie Sie?"

„Sie meinen, dass die Werbung noch aggressiver werden wird? Nun, damit könnten Sie recht haben."

„Ich meine in erster Linie, dass Sie sich schon bald Ihre Wünsche schneller und auch viel günstiger erfüllen können. Wer bleibt und einen neuen Vertrag bei der Agentur unterzeichnet, sichert sich diese Vorteile, wer nicht unterschreibt, geht am Ende leider leer aus."

„Das ist fraglos ein durchaus ernst zu nehmender Punkt", erkannte der Praktikant an. „Aber manchmal ist es echt von Vorteil, nicht immer und überall erreichbar zu sein. Denken Sie nur mal an diesen Tim. Ich meine, ich kenne ihn nicht, aber eines muss ich sagen: Der Typ hat einen genialen Weg gefunden, wie er den Fiebig immer wieder ausmanövriert. Das System ist einfach nur clever. Zuhause hebt nie einer ab, wenn wir dort anrufen, und sein Handy ist entweder die ganze Zeit ausgeschaltet oder er stört sich einfach nicht an unseren Anrufen und den vielen Kurznachrichten und E-Mails, die wir ihm dauernd schreiben. Hätte ich vielleicht auch mal so machen sollen, dann würde hier jetzt nicht ich, sondern irgendein anderer Dummkopf diese Schubkarre mit Mist befüllen."

* * *

„Wann wirst du den Leiter der Kommission das nächste Mal treffen?", fragte Direktor Hua seinen Bruder, nachdem sie ihr üppiges Essen beendet und das Lokal verlassen hatten.

„Du würdest ihn auch gerne einmal kennenlernen?", fragte Jie.

„Natürlich, du musst mir den Kontakt unbedingt herstellen. Je schneller ich ihn treffe und mit ihm handelseinig werde, umso besser für mich und mein Bergwerk."

„Wenn du willst, kann ich ihn in den nächsten Tagen mal anrufen", schlug Jie vor. „Du triffst ihn dann, wenn er das nächste Mal hier in der Provinz ist oder wir beide besuchen ihn in Beijing."

„Ja, so können wir es machen. Ruf ihn schnell an. Je früher ich weiß, dass mir die Kommission aus Beijing nicht mehr gefährlich werden kann, umso besser für mich und meinen Schlaf."

Jie lächelte süffisant. „Wenn er ein guter Geschäftsmann

ist, wird er sicher nichts dagegen haben, sich auch einmal an einem Sonntag außerhalb seiner klassischen Bürozeiten mit dir über die Sicherheitsprobleme deines Bergwerks zu unterhalten."

„Es wäre finanziell sicher nicht zu seinem Schaden", lächelte Direktor Hua.

„Wir beide sollten ihm eine intensivere Kooperation vorschlagen", entwickelte Jie spontan eine neue Idee.

„Was schwebt dir vor?"

„Die Bergwerke, die zwischen deinem und meinen liegen, sollten wir uns auch noch sichern."

„Das hätte in der Tat große Vorteile für uns beide, weil wir den lokalen Markt dann endgültig kontrollieren", überlegte Direktor Hua.

„Erst kaufen wir die anderen Bergwerke und dann senken wir die Löhne und Gehälter der Angestellten", entwickelte Jie die Idee weiter. „Wenn wir erst einmal die einzigen Bergwerksbetreiber in diesem Distrikt sind, bestimmen wir allein, wo es lang geht. Jeder, der bei uns arbeiten will, arbeitet entweder zu unseren Konditionen oder er arbeitet überhaupt nicht."

„Die Idee ist brillant, aber warum willst du den Leiter der Kommission in deinen Plan mit einbinden? Wir können diese Idee doch auch alleine umsetzen. Dann müssen wir nicht mit ihm teilen und für jeden von uns bleibt am Ende mehr."

„Um billiger an die Bergwerke der anderen zu kommen", lachte Jie überlegen. „Wenn die Kommission ihnen Fehler nachweist und damit droht, die Bergwerke zu schließen, müssen die Besitzer entweder viel Geld in die Hand nehmen, um die Sicherheit in ihren Stollen zu erhöhen oder sie verkaufen schnell an uns, bevor die Mine ganz geschlossen wird und sie gar nichts mehr für ihre Bergwerke bekommen. Ich sage dir, wenn der Druck, den wir erzeugen, nur groß genug ist, akzeptieren sie am Ende jeden Preis und das wenige Geld, das wir beide ihnen bieten werden, wird ihnen vollkommen ausreichen."

„Hast du keine Angst, dass der Plan nicht funktionieren wird?"

„Keine Sorge, er wird funktionieren", beruhigte ihn Jie. „Was meinst du eigentlich, wie ich zu meinem zweiten Bergwerk gekommen bin?"

* * *

„Ein wirklich schönes Fest, Jamila", lobte Abdalla und drehte sich einmal kurz um die eigene Achse. „Die Vorbereitung wird euch sicher eine Menge Zeit und Energie gekostet haben."

„Ja, es war wirklich eine Menge Arbeit. Chimalsi und ich waren in den letzten Tagen mit nichts anderem mehr beschäftigt.

„Ihr hättet euch ein paar mehr Mitarbeiter gönnen sollen. Dann wäre weniger Arbeit an euch hängen geblieben und ihr hättet auch heute deutlich mehr Zeit für eure Gäste zur Verfügung gehabt", erwiderte der reiche Gast aus der Hauptstadt. „Jamila, wäre ich der Gastgeber einer so großen Veranstaltung, hätte ich sicher fünf Mal so viel Personal eingesetzt. Schade, dass ihr euch diesen Luxus noch nicht ganz leisten könnt und immer noch selbst Hand anlegen müsst."

Seine Worte trafen Jamila wie ein Schlag ins Gesicht. Sie fühlte sich arm, hilflos und reichlich deplatziert und hätte das Gespräch am liebsten sofort abgebrochen. Doch die Achtung vor dem Gast gebot es ebenso, dem Fluchtgedanken zu trotzen, wie der Respekt vor ihr selbst. 'Eines Tages werde ich mich für seine Worte rächen', sagte sie still zu sich selbst, während sie das unschuldigste Lächeln auflegte, zu dem sie in diesem Moment noch fähig war.

„Hier draußen auf dem Land ist es sicher schon ungewöhnlich, ein Fest mit so vielen Gästen zu veranstalten", ließ Abdalla seinen Gedanken weiter freien Lauf. „Aber bei uns in der Stadt sind Gäste und Personal mehr gewöhnt.

Chimalsi hat mir erzählt, dass ihr beide euch mit dieser Feier einen Zugang in die Hauptstadt eröffnen wollt." Er lächelte überlegen. „Die Idee ist gar nicht so verkehrt. Aber bei der Durchführung hättet ihr etwas weniger sparen sollen. Ich an eurer Stelle hätte heute deutlich mehr Personal aufgeboten."

„Viele unserer Bediensteten sind kurzfristig ausgefallen", entschuldigte sich Jamila und wäre vor Scham am liebsten im Boden versunken.

„Warum habt ihr euch nicht kurzfristig aus den umliegenden Dörfern Ersatz besorgt? Jetzt müssen alle denken, dass ihr nicht viel Geld habt. Die Landbevölkerung muss es glauben, weil ihr sie nicht beschäftigen konntet und die Gäste aus der Stadt werden es glauben, weil in eurem Haushalt weit weniger Bedienstete herumspringen als in ihrem eigenen. Ich zum Beispiel habe allein in der Stadt eine Villa und zwei große Appartements. Schon um die Villa kümmert sich ein Personalstamm, der größer ist als alles, was ich hier heute gesehen habe und wenn ich mal ein richtig großes Fest gebe, dann muss die halbe Firma anrücken und Sonderschichten schieben, während die Spitzenmanager des Unternehmens selbstverständlich zu den geladenen Gästen gehören. Das, meine liebe Jamila, ist die Liga, in der ihr spielen müsst, wenn ihr von den anderen Größen des Landes wirklich ernst genommen werden wollt."

Einen Augenblick lang überlegte Jamila, ob sie ihrem Gast aus der Stadt von der drohenden Epidemie erzählen sollte. Am Ende verwarf sie den Gedanken, denn sie wollte nicht, dass Abdalla und die anderen Gäste mit dem Eindruck in die Stadt zurückfuhren, Chimalsi und sie selbst seien mit einer gefährlichen Krankheit infiziert. 'Es reicht, wenn sie denken, wir sind bettelarm. Sie müssen uns nicht auch noch als wandelnde Anschläge auf ihre Gesundheit sehen.'

Als der Abend hereinbrach und die Gäste sich einer nach dem anderen lieber in die Stadt zurückfahren ließen, als in ihrem Haus zu übernachten, waren Jamila und Chimalsi gebrochene Leute.

„Der Weg in die Stadt ist weit und gefährlich, besonders jetzt, wo es Nacht ist und die wilden Tiere draußen umherschleichen. Aber sie wollen um keinen Preis bei uns übernachten", sagte Jamila verständnislos.

„Man will uns zeigen, dass wir noch immer nicht zu ihnen gehören", hatte auch Chimalsi die Botschaft klar verstanden. „Wir zählen zu den reichsten Farmern dieses Landes. Aber was ist eine gut gehende Landwirtschaft, die uns reichlich Profit abwirft, gegen all die Öl- und Rohstoffmagnaten dieses Landes?"

„Glaubst du, dass wir jemals dazugehören werden?", fragte Jamila besorgt.

Chimalsi dachte einen Augenblick nach. „Solange wir finanziell nicht in der gleichen Liga spielen, werden sie uns immer spüren lassen, dass es Unterschiede zwischen ihnen und uns gibt."

Sonntag, 15. Juli

„Was darf ich euch heute Mittag zu Essen kochen?", fragte der kleine Noah am Morgen übermütig, nachdem er für seine Eltern wieder das Frühstück vorbereitet hatte.

„Du brauchst uns heute gar nichts zum Essen zu kochen", lächelte seine Mutter zufrieden und strich dem Kind mit ihrer Hand sanft über die Wange. „Dein Vater und ich werden heute wieder auswärts essen."

Überrascht blickte Alexander Parker auf. „So, werden wir das?"

„Wir sind am Nachmittag vor Halifax zum Hochseefischen eingeladen. Hast du das vergessen, Alexander?"

„Wen sollen wir zum Hochseefischen eingeladen haben?"

Charlotte Parker lächelte nachsichtig. „Also ohne Susan und William bist du wirklich nur ein halber Mensch. Wir selbst haben niemanden eingeladen, Alexander. James West und seine Frau wollen uns heute auf ihrer Jacht begrüßen. Du weißt, das Schiff kreuzt gerade in kanadischen Gewässern."

„Stimmt, davon hatte James erzählt", erinnerte sich Alexander Parker dunkel.

„James meinte, die Gewässer vor Halifax wären sehr fischreich, und weil ich noch nie die Gelegenheit hatte, mir seine Jacht aus der Nähe anzusehen, hat er uns beide für heute auf die 'Calypso' eingeladen."

„Er will sich nur künstlich aufblasen und wichtigmachen. Wahrscheinlich hofft er, uns bei jeder sich bietenden Gelegenheit unter die Nase reiben zu können, dass seine Jacht zwei Meter länger und einen halben Meter breiter ist als unsere eigene. Du weißt, dass James nie jemanden ohne Hintergedanken auf sein Schiff einlädt."

„Wir sollten ihm den Spaß gönnen und in der Werft gleich in der nächsten Woche eine neue Jacht für uns ordern", regte Charlotte Parker an.

„Das wäre in der Tat eine angemessene Art, auf seine ebenso aufdringliche wie überzogene Art der Selbstdarstellung zu reagieren", pflichtete ihr Mann ihr bei.

„Hast du dich schon entschieden, wann wir aufbrechen werden?"

„Charlotte, wir werden gar nicht aufbrechen, weil wir gar nicht aufbrechen können", sagte Alexander Parker, nachdem er einen Moment über ihre Frage nachgedacht hatte.

„Du willst James absagen?", fragte sie entrüstet. „Nein, das können wir nicht tun, Alexander. Ich weiß, wir beide mögen sein neureiches Gehabe überhaupt nicht. Aber diese Einladung auszuschlagen, wäre sicher ein fataler Fehler, den wir uns mit Blick auf unsere gesellschaftliche Stellung eigentlich nicht leisten können."

„Auf unsere gesellschaftliche Stellung können wir in diesem Moment leider nur wenig Rücksicht nehmen, Charlotte."

„Aber warum denn? Wir haben noch genügend Zeit, unsere Angeln aus dem Keller zu holen und den Hubschrauber betanken zu lassen."

„Es geht trotzdem nicht. Der Pilot ist heute nicht mehr zur Arbeit erschienen, und selbst wenn er gekommen wäre, könnten wir heute nicht nach Halifax fliegen, weil der Mechaniker den Helikopter seit Donnerstag nicht mehr gewartet hat", sagte Alexander Parker zu seiner Frau.

„Du hättest vor einigen Jahren selbst einen Lehrgang besuchen und eine Ausbildung zum Hubschrauberpiloten machen sollen", trauerte Charlotte einer verlorenen Chance nach.

„Das würde uns heute auch nur begrenzt weiterhelfen, weil wir beide nicht wissen, ob der Helikopter betankt ist."

„Aber es muss hier in diesem Haus doch irgendjemanden geben, der unseren Hubschrauber wieder flugfähig machen kann", ärgerte sich Charlotte Parker maßlos darüber, dass ihre schon seit Wochen geplante Angeltour buchstäblich ins Wasser zu fallen drohte.

„Früher war das mal so, aber seit ein paar Tagen sind wir mehr oder weniger vollkommen auf uns alleine gestellt", erklärte Alexander Parker.

„Aber der Pilot war doch gestern noch da. Ich habe ihn doch selbst gesehen", rebellierte seine Frau.

„Der Pilot war gestern noch da, das ist richtig. Aber der Mechaniker war da schon weg und in einem nicht gewarteten Hubschrauber abzuheben, das ist nun wirklich nicht das sonntägliche Abenteuer, das wir beide suchen sollten." Alexander Parker sah seine Frau eindringlich an. „Außerdem hat mir der Pilot gestern im Vertrauen mitgeteilt, dass nicht nur er selbst heute nicht mehr zum Dienst erscheinen wird. Auch andere Piloten und Mechaniker werden seinem Beispiel folgen. Sie sind alle mit den neuen Verträgen unzufrieden, die ihnen von der Lebensagentur angeboten wurden. Es ist noch nicht ganz raus. Aber wahrscheinlich wird keiner von ihnen unterschreiben. Deshalb brauchen wir ab Montag nicht nur einen neuen Butler und eine neue Köchin. Auch das für den Hubschrauber und den Learjet zuständige Personal werden wir komplett ersetzen müssen."

„Er soll sich nicht so zieren", hatte Charlotte nicht das geringste Verständnis für die Entscheidung des Piloten. „Außerdem hatte er es doch immer gut bei uns."

„Das alles habe ich ihm auch gesagt", seufzte Alexander Parker. „Aber erreicht habe ich ihn mit meinen Worten leider nicht mehr."

„Und was machen wir nun?"

„Ich werde James West gleich anrufen und ihm die Situation erklären."

„Du willst ihm wirklich sagen, dass unsere Angestellten einer nach dem anderen die Flucht ergreifen und alle weglaufen?", fragte Charlotte Parker schockiert.

„Wo denkst du hin! Ich werde ihm sagen, dass du wieder einen starken Migräneanfall hast und dich unwohl fühlst."

* * *

Übermüdet und unausgeschlafen betrat Hans-Günter Fiebig gegen kurz nach acht den Stall. Es war Sonntag und er hatte eigentlich noch eine Stunde länger schlafen wollen, doch die Sorge um seine teuren Vierbeiner trieb ihn aus dem Bett.

„Es ist nicht gut, wenn ein unerfahrener Praktikant aus der Buchhaltung alleine im Stall ist und nicht weiß, was er zu tun hat. Ich muss runter und ihm sagen, was er zu tun hat, sonst streift der sich noch die Ärmelschoner über und vergreift sich eher am Taschenrechner als an der Mistgabel."

Obwohl Hans-Günter Fiebig spürte, wie wichtig seine persönliche Anwesenheit im Stall gerade an diesem Morgen war, wirkte er dennoch vergleichsweise ruhig und gelassen. Er duschte sich und frühstückte in Ruhe, bevor er in seine schwarzen Reitstiefel schlüpfte und in den Stall ging.

Dort wollte er zunächst seinen Augen kaum trauen. Im Stall war es vollkommen still. Es war so ruhig, dass man im ersten Moment annehmen konnte, die Nacht sei immer noch nicht vergangen. Nicht einmal das Licht war eingeschaltet worden.

Ärger und eine ohnmächtige Wut krochen langsam in ihm empor, während er an den Boxen vorbeiging und kritische Blicke in sie hineinwarf.

„Nun hat auch dieser Vollidiot verschlafen", schimpfte Hans-Günter Fiebig und hatte das Bild des Praktikanten wieder vor Augen. „Der war gestern schon nicht der Hellste. Kein Wunder, dass der ausgerechnet in unserer Buchhaltung anfangen will. Der glaubt wohl, er könnte da täglich seinen gesunden Büroschlaf genießen. Aber da hat er seine Rechnung ohne mich gemacht."

Am Ende des Stalls angekommen, schaltete er zunächst einmal das Licht an. „Die Tiere werden langsam unruhig. Ist ja auch kein Wunder, weil sie ihr Futter noch nicht bekommen haben."

Er überlegte, was als Erstes zu tun sei. „Eigentlich wäre es besser, wenn wir die normale Abfolge einhalten und erst mit der Reinigung der Boxen beginnen. Aber wir sind spät dran und außerdem bin ich noch immer allein. Die Pferde werden unruhig, wenn sie noch ein bis zwei Stunden auf ihr Futter warten müssen."

Er entschied sich, die normale Abfolge zu ändern und den Tag mit der Fütterung der Tiere zu beginnen.

„Mit etwas Glück ist dieser schläfrige Praktikant endlich zur Stelle, wenn ich die Pferde gefüttert habe."

Hans-Günter Fiebig machte sich sogleich an die Arbeit. 'Godot' polterte wie immer gegen die hölzernen Wände seiner Box und bekam das Futter selbstverständlich als Erster. Aber auch die anderen Hengste und Stuten waren froh, wieder Hafer und Roggen in ihrer Futtermulde vorzufinden.

Ursprünglich hatte Hans-Günter Fiebig gedacht, den Vormittag zu einem weiteren Ausritt nutzen zu können, doch daraus wurde nichts, denn der Praktikant war immer noch nicht im Stall erschienen.

„Der Tag ist eigentlich viel zu schön, um nur die Boxen zu reinigen", fluchte er leise, während er die erste Tür öffnete und in 'Klinkos' Box ging. Hastig reinigte er eine Box nach der anderen. Tim oder seinem Praktikanten hätte er eine derart nachlässige Arbeitsweise sicher nicht durchgehen lassen, doch heute drängte die Zeit und er war bereit, Abstriche von den strengen Anforderungen an sich selbst und die Sauberkeit seines Reit- und Turnierstalls zu machen.

Gegen Mittag konnte er endlich die letzte Box öffnen und es war diese Box, die ihn mehr als alle anderen daran erinnerte, wie sehr sich die Dinge in den letzten Tagen gewandelt hatten.

„Ich war etwas voreilig, als ich Hermann Hasthoff gestattet habe, seine 'Monica' bei mir unterzustellen", tadelte er sich leicht und lobte sich im nächsten Moment für seine kluge Voraussicht. „Ein Glück, dass ich ihm nur ein Pferd abgenommen habe. Nicht auszudenken, was hier heute los wäre, wenn auch noch zehn oder zwanzig andere Pferde aus Hasthoffs Stall bei mir versorgt werden müssten."

Er überlegte, wie er sich vom Olympiasieger angemessen für seine vielen Leistungen entschädigen lassen konnte. Schnell wurde ihm klar, dass Geld allein nicht die Kompensation war, die ihn befriedigen würde.

„Mit Geld allein ist meine Zeit eigentlich nicht zu bezahlen", schimpfte Hans-Günter Fiebig und ärgerte sich zugleich, denn er wusste, dass die Kompensation, die er vom Olympiasieger am Ende zu erwarten hatte, in erster Linie eine finanzielle sein würde. „Eine Stunde meiner kostbaren Zeit ist viel mehr wert als seine 'Monica', und bevor ich mich mit ihr abgebe, kümmere ich mich doch lieber um 'Godot' oder eines meiner eigenen Pferde", schimpfte er unablässig und bemerkte plötzlich, dass er bei der Reinigung von 'Monicas' Box noch viel unkonzentrierter und oberflächlicher zu Werke ging als bei seinen eigenen Pferden.

* * *

An einem Sonntag seinen eigenen Geschäften nicht nachzugehen, war für Direktor Hua schon immer eine befremdliche Vorstellung gewesen. Er hasste es, zu Hause auf der faulen Haut zu liegen oder seine knapp bemessene Zeit für andere Dinge als die Vergrößerung seines Betriebs und seines privaten Vermögens einzusetzen.

'Sonntage sind verlorene Tage, wenn man sie nicht auch zum Geldverdienen nutzt!' Sätze wie dieser waren schon immer seine feste Überzeugung gewesen und die Vorstellung, sein Vermögen an einem Tag abschmelzen und nicht wachsen zu sehen, war der blanke Horror für ihn.

So wollte er sich auch an diesem Tag aus reiner Gewohnheit wieder ins Bergwerk fahren lassen, um dort nach dem Rechten zu sehen. Er wählte die Nummer seines Fahrers, doch der hob das Telefon nicht ab.

„Ich werde ihm am Monatsende weniger Geld überweisen", schimpfte er verärgert, weil der Fahrer nicht erreichbar war und seine Pläne durcheinanderzubringen drohte.

Ungeduldig wartete Direktor Hua zehn Minuten, dann wählte er erneut die Nummer des Fahrers. Doch wie schon beim ersten Kontaktversuch wollte das Gespräch mit dem

Fahrer einfach nicht zustande kommen.

Er wiederholte seine Anrufversuche, zunächst nach zehn Minuten, dann in immer kürzeren Abständen. Für einen Moment überlegte er, selbst mit dem Wagen zum Bergwerk zu fahren. Eine offizielle Fahrerlaubnis hatte er zwar nicht, doch das war ihm im Zweifelsfall vollkommen egal.

„Ich habe genug Geld, um jeden Polizisten, der mir Ärger machen will, mit ihm zum Schweigen zu bringen."

Trotzdem zögerte er, sich selbst hinter das Steuer seines Wagens zu setzen.

„Was werden die Leute sagen, wenn ich ohne meinen Fahrer im Bergwerk vorfahre? Sie müssen denken, dass ich über Nacht verarmt bin. Vielleicht werden sie sich auch über meinen ungeübten Fahrstil lustig machen", malte er sich die Konsequenzen drastisch auf.

Schnell war ihm klar, dass er sich diesen Gesichtsverlust weder leisten konnte noch leisten wollte. Zu schwer lastete noch immer der Gesichtsverlust, den ihm Aiguo und Xiaotong bereitet hatten, auf seinen Schultern.

„Ich werde mir ein Taxi bestellen", entschied er, nachdem er lange über die Frage nachgedacht und einen für sich akzeptablen Weg gefunden zu haben glaubte.

Die Nummer der Taxizentrale kannte er nicht. Warum auch hätte er sie sich merken sollen? Jahrelang war er nur mit seinem eigenen Wagen gefahren worden. Er entschloss sich, hinunter auf die Straße zu gehen und dort ein freies Taxi mit dem ausgestreckten Arm einfach aus dem fließenden Verkehr herauszuwinken.

Als er die kleine Seitenstraße, in der er wohnte, verlassen hatte und in die breitere Hauptstraße eingebogen war, bemerkte er sogleich, dass der Verkehr spärlicher floss als an anderen Tagen. Auch Taxen waren nur wenige zu sehen und in den wenigen Wagen, die er entdeckte, saßen zumeist schon mehrere Fahrgäste.

Über eine halbe Stunde stand er am Straßenrand und bemühte sich vergeblich um eine Mitfahrgelegenheit. Dann gab er seinen ursprünglichen Plan auf und ging zurück in sein Haus. Er brauchte einige Zeit, bis er sich daran erinnerte, wo er den Zweitschlüssel zu seiner Garage und seinem Wagen finden würde.

Als er beide endlich in seiner Hand hatte, warf er die Bedenken vom Vormittag über Bord und stieg ein. Mit quietschenden Reifen schoss der Wagen aus der Garage und kam wenig später auf der breiten Einfahrt zum Stehen. Das schwere Tor hätte sich nun eigentlich von alleine schließen sollen, wenn er denn nur den Knopf gefunden hätte, auf den er zu drücken hatte, um den elektrischen Mechanismus in Gang zu setzen.

Direktor Hua drückte verschiedene Knöpfe. Er setzte den Rasenspenger in Gang und öffnete ungewollt die Verbindungstüre der Garage zum Keller. Nur das große Tor wollte sich partout nicht schließen lassen. Am Ende stieg er aus und schloss das Tor von Hand.

Die Fahrt zum Bergwerk war eine einzige Herausforderung. Entweder würgte er den Motor ab oder verpasste die Ausfahrten, die er zu nehmen hatte, weil ihm der Weg, obwohl er ihn zuvor schon unzählige Male gefahren war, seltsam fremd und unbekannt vorkam.

Zum Glück waren die Straßen frei. Nur wenige Wagen waren mit ihm unterwegs und ihre Fahrer hatten offensichtlich andere Sorgen, als sich mit ihrer Hupe über seinen ungeübten Fahrstil zu beschweren.

Schweißgebadet und um Jahre gealtert erreichte er gegen Mittag das Tor zum Eingang des Bergwerks. Die schwere Schranke, welche die Straße eigentlich hätte versperren sollen, war zur Hälfte hochgezogen. Wie eine schräggestellte Leiter ragte sie einsam in den Himmel.

Das kleine Häuschen neben der Schranke war leer und verwaist, vom Wachpersonal nichts zu sehen. Direktor Hua beschloss auszusteigen und seiner merkwürdigen Beobachtung genauer auf den Grund zu gehen.

Auf den Tischen im Pförtnerhäuschen standen gebrauchte Tassen. Der Tee in ihrem Innern war längst vertrocknet. Sie machten auf ihn den Eindruck, als hätte schon seit Stunden niemand mehr aus ihnen getrunken.

Nach und nach durchsuchte Direktor Hua die einzelnen Räume. Nicht einer war belegt, in nicht einem schien heute schon jemand vom Wachdienst seiner Arbeit nachgegangen zu sein.

„Was für eine unverschämte Schlamperei", fluchte der Direktor und beglückwünschte sich still dafür, dass er allen anfänglichen Schwierigkeiten zum Trotz dennoch zu seinem sonntäglichen Kontrollgang rechtzeitig aufgebrochen war und nun selbst Zeuge davon wurde, wie die Arbeitsmoral in seinem Bergwerk zunehmend verfiel.

„Das wird Konsequenzen haben", grollte er verärgert, während er das Gebäude wenig später wieder verließ und mit dem Wagen zum Verwaltungsgebäude weiterfuhr.

Er hatte nicht damit gerechnet, heute an einem Sonntag auf viele seiner Mitarbeiter zu treffen. Doch dass selbst die Leitstelle, in der die Bewegungen im Schacht und in den Stollen kontrolliert wurden, nur spärlich besetzt war, hätte er sich selbst in seinen kühnsten Träumen nicht vorstellen können. Nicht einmal die Hälfte der hier sonst eingesetzten Mitarbeiter verrichtete noch ihren Dienst.

„Wo sind all die anderen?", fragte er einen der Männer an den Schaltpulten entsetzt. „Werden sie unten im Stollen eingesetzt?"

Die Männer an den Steuerungspulten schüttelten ruhig die Köpfe. „Heute sind nur noch sehr wenige Kollegen zur Arbeit erschienen", antwortete der Mann, der die Steuerung für den Förderkorb bediente.

„Noch weniger als gestern?", konnte Direktor Hua kaum glauben, was er soeben gehört hatte.

„Gerade mal 150 Arbeiter sind heute in den Schacht eingefahren", berichtete der Mann ruhig.

„Was ist mit den anderen?"

Die Männer an den Schaltpulten zuckten unwissend mit den Schultern. „Der Rest ist einfach nicht gekommen", berichtete der für den Förderkorb zuständige Mitarbeiter.

„Und warum sagt mir keiner Bescheid, wenn mein

Bergwerk wieder einmal bestreikt wird?", ärgerte sich der Direktor.

„Wir wissen nicht, ob die Kollegen streiken", entgegnete ein anderer Mann. „Alles, was wir wissen, ist, dass heute Morgen nur 150 Männer von der Frühschicht in den Schacht einfahren sind. Vielleicht weiß man in der Personalabteilung, warum schon wieder so viele fehlen. Uns hat man jedenfalls nichts gesagt."

* * *

Noch tief in der Nacht war Abdalla mit seiner Frau Fahari aufgebrochen. Über mit Schlaglöchern übersäte, staubige Sandwege waren sie stundenlang gen Osten gefahren, immer der Sonne entgegen. Keine Pause hatten sie sich gegönnt. Jetzt stieg die Sonne langsam über den Horizont und ihre übermüdeten Körper sehnten sich nach Ruhe und ein wenig Schlaf.

„Vielleicht war es ein Fehler, Chimalsi und Jamila noch während der Nacht zu verlassen", sagte Fahari.

„Ein Fehler? Nein, ein Fehler war es ganz bestimmt nicht" widersprach ihr Mann. „Wenn wir gestern einen Fehler gemacht haben, dann war es der, überhaupt zu ihnen aufs Land hinauszufahren."

„Du meinst, wir wären besser in der Stadt geblieben?"

Abdalla nickte. „Wir und natürlich die anderen auch", entgegnete er verächtlich und schüttelte sich, als müsse er sich von einem schlechten Traum befreien. „Wer fährt schon gerne stundenlang durch Afrikas Wildnis, nur um die armen Verwandten auf dem Land zu besuchen?"

„Jamila und Chimalsi haben sich wirklich viel Mühe gegeben. Sie haben alles getan, um ihr Fest zu einem Erfolg werden zu lassen", gab Fahari zu bedenken.

„Ja, das haben sie. Aber Mühe allein reicht heutzutage nicht mehr und die Tage, in denen man fehlendes Geld durch verstärkte Mühe ersetzen konnte, sind inzwischen auch vorbei."

„Trotzdem habe ich nicht verstanden, warum wir so panikartig aufbrechen mussten", wunderte sich Fahari. „Du hast nicht einmal mir sagen wollen, warum plötzlich alles so schnell gehen musste."

„Weil wir alle in Gefahr waren", antwortet Abdalla mit immer noch leicht bebender Stimme. Er schaute für einen kurzen Moment zu seiner Frau herüber. „Hast du dich den ganzen Tag über nie gefragt, warum es weder Live-Musik gab, noch genügend helfende Hände zur Verfügung standen, um all die Fleischspieße zu drehen, die gedreht werden wollten, und um all die vielen Getränke zu servieren, die den Gästen gereicht werden mussten?"

„Ein wenig gewundert habe ich mich schon."

„Ich habe mich mehr als nur gewundert und bin der Frage im Laufe der Feier immer mehr auf den Grund gegangen und du glaubst nicht, was ich dabei herausgefunden habe." Abdalla brachte den Wagen zum Stehen und sah seine Frau für einen Moment herausfordernd an. „Haben Jamila und Chimalsi dir schon einmal von Doktor Kani und seiner Station erzählt?"

„Ich bin mir nicht ganz sicher, aber ich meine, sie hätten seinen Namen schon einmal erwähnt."

„Mir gegenüber haben Chimalsi und Jamila Doktor Kani schon oft erwähnt. Auch zu ihrer Feier sollen sie ihn ursprünglich eingeladen haben", wusste Abdalla weiter zu berichten.

„Hast du ihn gesehen?", fragte seine Frau interessiert.

„Nein, ich habe ihn auf der Feier nicht gesehen und ich habe mich zunächst auch ein wenig gewundert, warum Jamila und Chimalsi gestern so selten über ihn gesprochen haben." Das überlegene Lächeln auf seinen Lippen wandelte sich zu einem breiten, triumphierenden Lachen. „Inzwischen weiß ich auch warum und das ist auch der Grund, warum ich gestern so früh zum Aufbruch gedrängt habe."

„Du machst mir Angst, Abdalla."

„Dich ängstigen will ich nicht, Fahari. Ich will dich aber auch nicht unnötig in Gefahr bringen. Ob Gefahr bestand, weiß ich nicht. Aber etwas unheimlich ist mir die ganze Geschichte schon."

„Nun sag doch schon endlich, was los ist", drängte Fahari.

„Doktor Kani hat in dieser Woche ein entlegenes Dorf besucht. Dort gab es viele, die an einem schweren Fieber erkrankt waren. Die meisten von ihnen sollen inzwischen gestorben sein und auch in Doktor Kanis Station gab es nach seiner Rückkehr viele Tote."

„Aber was hat das alles mit Jamila und Chimalsi zu tun?", fragte Fahari.

„Sie hatten zu wenig Personal. Das wird dir sicher nicht entgangen sein."

„Nein, das ist mir natürlich nicht entgangen", entgegnete Fahari unsicher. „Aber ihr Personal war doch gesund, oder etwa nicht?"

„Auf den ersten Blick wirkten sie alle gesund und ungefährlich", bestätigte Abdalla den Eindruck seiner Frau. „Aber als ich von einem der Diener gehört habe, dass Chimalsi vom einen auf den anderen Tag mehr als ein Drittel seines Personals verloren hat, da wurde mir schlagartig ganz anders."

„Du fürchtest, dass sie sich ebenfalls mit diesem unheimlichen Fieber angesteckt haben?"

„Denkbar wäre es schon, und da ich für uns beide kein Risiko eingehen wollte, habe ich mich dazu entschlossen, noch in der Nacht wieder nach Hause zu fahren."

Fahari nickte bedächtig. „Ich denke, das war die richtige Entscheidung. Hast du auch den anderen gesagt, dass sie schnell aufbrechen sollen?"

„Ich habe es ihnen nahegelegt, auch wenn ich ihnen den wahren Grund für meine Sorge nicht ganz so klar und deutlich dargelegt habe wie dir jetzt."

„Verstehe. Was hast du ihnen erzählt?"

„Ich habe zu einem Trick gegriffen und durchblicken lassen, dass Chimalsi und Jamila uns finanziell nicht das Wasser reichen können. Sie haben einfach nicht unsere

Kragenweite und auch die anderen waren sehr schnell der Meinung, dass wir sie diesen kleinen, feinen Unterschied recht bald spüren lassen sollten."

„Eine Chance, in die gehobenen Kreise der Hauptstadt aufzusteigen, haben Jamila und Chimalsi damit nicht mehr", war Fahari sogleich klar.

„Von der haben sie zwar immer geträumt, doch realistisch betrachtet, hat diese Chance nie für die beiden bestanden. Sie sind einfach zu arm", bemerkte Abdalla kühl. „Außerdem, was hätte ich denn sonst tun sollen, um dich und die anderen möglichst schnell und geräuschlos von Chimalsis Farm zu bekommen? Hätte ich allen vom Ausbruch des Fiebers und den vielen Toten an der Krankenstation und unter Chimalsis Angestellten erzählen sollen?"

Fahari schüttelte den Kopf. „Nein, das hätte nur noch mehr Aufregung verbreitet. Es war schon richtig, das Fieber und die vielen Toten zu verschweigen, aber mich und die anderen Gäste schnell zur Heimreise zu bewegen."

Abdalla drehte den Zündschlüssel herum und startete den Wagen neu. „Komm, lass uns fahren. Wir müssen sehen, dass wir schnell wieder nach Hause kommen. Je schneller wir die offene Savanne verlassen, desto eher lassen wir den Bereich dieses tödlichen Fiebers hinter uns. Dieser Doktor Kani kann sich von mir aus für seine armen Patienten aufopfern, aber ich lebe viel zu gern und intensiv, als dass ich es ihm gleichtun möchte.

* * *

Müde und erschöpft sah der persönliche Referent des Agenturleiters von seinem Schreibtisch auf. „Raffael, kommen Sie ruhig herein. Ich hoffe, wenigstens Sie haben gute Nachrichten für mich."

„Lieder nicht", erwiderte Herr Raffael enttäuscht. „Ich glaube, ich bin heute jemand, der eher schlechte als gute Nachrichten übermittelt."

„Schlechte Nachrichten? Die wird der Chef nur höchst

ungern vernehmen. Er wird langsam unruhig, weil einfach keine neuen Verträge bei uns zur Tür hereinkommen."

„Wer kann es ihm verdenken? Die Situation ist auch ja auch geradezu verhext."

„Was ist denn mit unserer neuen Strategie? Schlägt die wenigstens an und führt zu kleineren oder größeren Erfolgen?", fragte Ezechiel.

Der für die USA zuständige Bereichsleiter schüttelte den Kopf. „Nein, leider nicht. Es hat sogar den Anschein, als würde unsere Strategie systematisch unterhöhlt."

„Unterhöhlt von wem, Raffael? Etwa schon wieder von diesen Verweigerern?"

„Nein, die scheinen dieses Mal nicht das Problem zu sein. Es sind eher die Reichen, die unsere Maßnahmen unterlaufen und unsere Schwerter damit schnell stumpf werden lassen."

„Was genau tun sie?", wollte der persönliche Referent des Agenturleiters wissen.

„Sie strengen im großen Stil Prozesse an."

„Gegen sich selbst?"

„Nein, nicht gegen sich selbst. Sie nehmen sich die Familien der Verweigerer vor. Das tun sie mit Vorliebe dann, wenn dort noch interessante Werte vorhanden sind, die sie unbedingt an sich bringen möchten", berichtete Herr Raffael und schüttelte sich kurz, als habe er reinen Essig getrunken.

„Was um alles in der Welt veranlasst die Reichen zu diesem ungewöhnlichen Schritt, Raffael?", fragte der Agenturleiter, der plötzlich in der Tür stand und den letzten Teil ihrer Unterhaltung zufällig mitbekommen hatte.

„Ich würde sagen, es ist die beständige Gier nach mehr", vermutete Raffael.

„Um was genau geht es ihnen?", vermochte auch Ezechiel das Gehörte zunächst kaum einzuschätzen.

„Es geht um alles, was irgendwo einen Wert hat und mag er auch noch so klein sein", berichtet der Bereichsleiter. „Schmuck, Gold, Silber, Aktien, einfach alles. Wie ich höre, sollen Grundstücke und Immobilien besonders beliebt sein."

„Und die reißt man sich einfach so unter den Nagel?", fragte Herr Gott schockiert.

„Nicht einfach so. Man konstruiert einen Schadensfall und fordert die Güter von den Angehörigen als Kompensation ein", berichtete Raffael weiter.

„Einen Schadensfall? Aber das ist doch absurd und vollkommen lächerlich", staunte Ezechiel nicht schlecht.

„Das amerikanische Rechtssystem ist immer wieder für Überraschungen gut. Meist läuft es so: Der Kunde macht einen Fehler, indem er sich zum Beispiel heißen Kaffee über die Hand schüttet, aber das Unternehmen ist schuld, weil es den Kunden nicht ausreichend vor dem heißen Kaffeewasser und den von ihm ausgehenden Gefahren gewarnt hat." Der Bereichsleiter schüttelte verständnislos den Kopf. „Man bekommt irgendwie den Eindruck, als würde die Verantwortung immer auf den abgewälzt, den man ausnehmen möchte."

„Raffael, Sie meinen, diese mit Geld überhäuften Millionäre und Milliardäre haben wirklich nichts Besseres zu tun, als den Armen noch einmal kräftig in die Tasche zu greifen?"

„So ist es", bestätigte der Bereichsleiter.

Herr Gott sah seinen persönlichen Referenten fassungslos an. „Was versprechen sich diese ohnehin steinreichen Leute von diesem Unsinn?"

„Ich würde sagen, sie versuchen auf diese Art und Weise, ihre unerfüllte Sehnsucht nach Anerkennung und Liebe zu stillen", deutete der Bereichsleiter das merkwürdige Verhalten.

„Das sollten Sie mir genauer erklären, Raffael", forderte Herr Gott.

„Dann lassen Sie mich es Ihnen an einem Beispiel verdeutlichen", hob Raffael an. „Henry Chaplin ist ein sehr erfolgreicher Architekt. Er gewinnt viele Ausschreibungen und wird mit Preisen immer wieder überhäuft. Auf den allerersten Blick sollte man meinen, er führt ein glückliches und zufriedenes Leben."

Ezechiel lächelte wissend. „Lassen Sie mich raten: Hinter der schönen Fassade sieht es ganz anders aus."

„Genau so ist es", bestätigte Raffael. „Die permanente Gier nach Anerkennung, Lob und Liebe zerfrisst ihn. Sie können ihm davon geben, soviel sie wollen. Es ist nie genug. Immer fehlt noch ein kleines Stück zum glücklich werden."

„Wenn das so ist, lebt dieser Mensch trotz seines vielen Geldes ein ausgesprochen armes Leben", entgegnete Herr Gott traurig.

Raffael nickte zustimmend. „Wie arm, das sieht man in diesen kritischen Tagen besonders deutlich. Dass viele seiner Angestellten die Verträge mit uns nicht mehr verlängert haben, betrachtet er als eine persönliche Niederlage."

„Eine persönliche Niederlage?", wiederholte Herr Gott zweifelnd die letzten Worte des Bereichsleiters. „Aber es sind doch wir, die diesen Vertrag verloren haben. Wir haben zunächst einmal den Schaden. Wir und nicht er."

„So könnte man es sehen und so sehen es sicher auch die meisten. Nur Henry Chaplin nicht", bestätigte Raffael. „Er sieht sich als Opfer dieser Entwicklung, weil die Leute, die jetzt nicht mehr leben wollen, ihm in Zukunft nicht mehr zur Verfügung stehen, um ihm zu sagen, was für ein toller Hecht er im Grunde doch ist. Deshalb verklagt er die Angehörigen nun auf Schadensersatz und versucht, ihren Besitz und ihre Güter an sich zu bringen."

„Ich habe schon davon gehört, dass man an amerikanischen Gerichten sehr viele Dinge einklagen kann, aber dass es auch möglich ist, Liebe einzufordern, das höre ich heute zum ersten Mal", wunderte sich Herr Gott.

„Offiziell wird nicht Liebe eingeklagt, sondern nur der vertraglich zugesicherte Service, der nun nicht mehr erbracht werden kann", umschrieb Raffael die vor Gericht gewählte Strategie.

„Sie fordern Kompensation für eine ausgefallene Dienstleistung, die sie zuvor nicht einmal bezahlt haben, weil das Gehalt für den nächsten Monat immer erst an dessen Ende bezahlt wird?", zeigte sich Ezechiel geschockt.

„So ist es. Sie stehen auf dem Standpunkt, dass ihnen hohe Gewinne entgehen, weil einzelne sich nicht mehr von ihnen ausbeuten lassen wollen und weil entgangene Gewinne prinzipiell einklagbar sind, wird das ganze Land seit Kurzem mit einer Welle von Schadensersatzklagen überzogen", berichtete Raffael.

Mit der Hand in seinem Rücken suchte der Agenturleiter Halt an Türrahmen und Wand. „Raffael, wenn ich Sie nicht schon seit Jahren kennen würde, müsste ich Sie fragen, was für ein furchtbares Zeug Sie heute geraucht haben."

„Ähnlich habe ich auch reagiert, als meine Mitarbeiter zum ersten Mal mit diesen Informationen zu mir gekommen sind. Sie hören sich an wie die verrückten Berichte eines Betrunkenen."

„Wenn ich das alles so höre, frage ich mich, ob diese geld- und machtbesessenen Millionäre und Milliardäre überhaupt noch als Menschen anzusprechen sind", sorgte sich Ezechiel. „Auf mich wirken sie eher wie überdimensionierte schwarze Löcher in Menschengestalt, die gefräßig, wie sie sind, alles und jedes anziehen und es in sich aufzunehmen suchen."

„Eine derartige Wirkung haben sie in der Tat", bestätigte Raffael.

„Ursprünglich hatte ich auf viele neue Verträge gehofft. Aber wenn ich das alles so höre, wächst meine Sympathie mit diesen Verweigerern von Stunde zu Stunde", bekannte Herr Gott schockiert. „Wer so konstant und so schamlos um seine Kraft, seine Energie und seinen geringen Besitz gebracht wird, der kann ab einem gewissen Punkt gar nicht mehr anders, als sich diesem perfiden System nur noch zu verweigern."

* * *

Erhaben und scheinbar schwerelos schwebte der Helikopter heran. Der Pilot drehte noch eine kurze Schleife über dem Anwesen und landete dann auf dem Hubschrauberlandeplatz direkt hinter dem Haus.

Nicht nur das Gras duckte sich im Strom der langsam zur Ruhe kommenden Rotorblätter vorsichtig zu Boden. Auch Michael Hobbs zog instinktiv den Kopf ein, als er seinen Platz am Rande des Rasens verließ und leicht gebückt auf den Hubschrauber zuging. Er wartete, bis der Pilot die Instrumente alle abgeschaltet und den Helm abgenommen hatte.

„Willkommen in meinem bescheidenen Heim", begrüßte er James West, nachdem dieser dem Hubschrauber entstiegen und freundlich lächelnd auf ihn zugegangen war.

Sie gingen über den gepflegten Rasen schweigend zum Haus. Mit dem Fuß strich der Gast nachdenklich durch das schon etwas tiefere Gras.

„In ein paar Tagen muss der Rasen wieder gemäht werden. Länger werden Sie kaum warten können. Haben Sie noch jemanden, der Ihnen den Rasen mäht, oder werden Sie selbst Hand anlegen müssen?"

„Wenn sich die Dinge nicht kurzfristig wieder einrenken, werde ich mich wohl selbst um den Rasen kümmern müssen oder ich werde schon bald durch eine besonders hochgewachsene Wiese schreiten", erwiderte Michael Hobbs unwillig.

„Ich habe inzwischen den Eindruck, dass wir alle von dieser Entwicklung überrascht und auf dem völlig falschen Fuß erwischt wurden", bekannte der Milliardär freimütig. Bei mir sieht es nicht viel anders aus als bei Ihnen oder jedem anderen in der Stadt. Wer früher einmal Bedienstete hatte, steht heute ohne da."

„Glauben Sie, dass sich die Lage bald wieder normalisieren wird?", fragte Michael Hobbs und wirkte dabei ein wenig verunsichert.

James West schüttelte entschieden den Kopf. „Nein, diese Hoffnung habe ich im Moment nicht. Ich bin sogar der

Meinung, dass es erst noch ein wenig schlimmer werden wird, bevor am Ende wieder bessere Zeiten anbrechen werden. Aber genau darüber möchte ich heute mit Ihnen sprechen."

„Sie haben eine Idee, wie wir die Krise überwinden können?"

James West lächelte überlegen. „Ich habe nicht nur eine Idee, wie wir diese Krise überwinden können, Michael. Ich habe sogar einen Plan, wie wir selbst aus diesem gigantischen Chaos noch unseren Profit schlagen können. Sie wüsste ich dabei gerne an meiner Seite."

„Beides höre ich sehr gern", freute sich der Gastgeber.

„Mit etwas Glück wird es uns auch gelingen, Ihrem alten Konkurrenten Alexander Parker einen freundlichen Gruß zu senden."

„Nur einen freundlichen Gruß?"

„Sie können es auch eine schallende Ohrfeige nennen", lachte James West vergnügt. „Wichtig ist nicht, wie Sie und ich das Projekt nennen, wichtig ist nur, dass wir am Ende unsere Ziele erreichen."

„Wenn es gegen meinen alten Freund Alexander Parker geht, bin ich gerne dabei", versicherte Michael Hobbs, ohne sich auch nur einen Moment Gedanken um die mögliche Stoßrichtung und die Folgen ihres Angriffs zu machen.

Mit Hand und Arm vollzog James West eine ausladende Geste. „Sie sehen ja selbst, wie schwer es inzwischen geworden ist, gutes Personal zu finden und es langfristig an sich zu binden. Aus diesem Grund habe ich mich entschlossen, kurzfristig in das Personalvermittlungsgeschäft einzusteigen."

„Sie wollen eine Zeitarbeitsfirma gründen?", fragte Michael Hobbs überrascht.

„Ach was, davon gibt es schon genug und ich fürchte, sie werden schon bald alle eines schnellen Todes sterben, weil sie ihre Mitarbeiter schlecht bezahlen und zu allem Überfluss auch noch vollkommen falsch führen."

„Was genau schwebt Ihnen vor?"

„Erst gestern habe ich mit einem Mitarbeiter der Agentur gesprochen. Er hat mir erzählt, dass viele Verträge nicht mehr verlängert worden sind. Viele unzufriedene Mitarbeiter sind schon aus dem Spiel ausgeschieden und es werden gewiss noch etliche dazukommen. Aber einige, Michael, werden sicher bleiben und die sollten wir beide mit attraktiven Löhnen an uns binden." Er sah seinen Gastgeber begeistert an. „Bislang haben wir unsere Leute wie Bettler bezahlt und sie auch entsprechend behandelt, aber jetzt werden wir sie zu Grafen und Fürsten machen, einige vielleicht sogar zu Königen und das alles nur, um selbst die Kaiser zu bleiben."

„Ich habe auch schon versucht, meine Bediensteten zu halten, indem ich ihnen fünf, zehn, einigen sogar zwanzig Prozent höhere Bezüge angeboten habe", berichtete Michael Hobbs. „Leider ohne Erfolg. Niemand wollte bleiben und nicht einen einzigen konnte ich zum Abschluss eines neuen Vertrages bei der Agentur bewegen."

„Vergessen Sie diese Einfaltspinsel, die Geld nicht zu schätzen wissen, Michael. Diese Leute zu halten, ist auch nicht meine Absicht."

„Wen wollen Sie dann akquirieren?"

Erneut lächelte James West überlegen. „Ansetzen möchte ich bei denen, die sich für wichtig halten, es aber gar nicht sind. Banker, Anwälte, Steuerberater, Lobbyisten, na Sie wissen schon, all diese Leute, die meinen, furchtbar wichtig zu sein und es im Grunde doch nicht sind, weil niemand sie und ihre Arbeit vermissen wird, wenn sie eines Tages nicht mehr da sind."

„Aber was wollen Sie ausgerechnet mit diesen Leuten, James? Sie sagen doch gerade selbst, dass mit ihnen und ihren Berufen nicht viel anzufangen ist."

„Michael, Sie sollten nicht davon ausgehen, dass ich sie in ihren angestammten Berufen einsetzen will. Ich will sie umschulen!"

„Sie wollen sie umschulen?", stotterte Michael Hobbs überrascht.

„Ja, warum nicht? Wenn heute die Kunden reihenweise aus dem Leben scheiden, was wollen wir dann noch mit den ganzen Marketingfachleuten, die den ganzen Tag nur angestrengt darüber nachdenken, wie man aus kaufunwilligen Menschen zufriedene Konsumenten machen kann? Ich sage es Ihnen, Michael: Wir wollen nichts, absolut nichts von ihnen und ihren aktuellen Fähigkeiten. Aber wir wollen, dass unser Rasen weiterhin gemäht wird und unsere Häuser in Ordnung gehalten werden. Deshalb wird es Zeit, dass wir das Projekt der Umschulung in Angriff nehmen, solange die noch da sind, die echtes Wissen zu vermitteln haben. Wenn der Gärtner den Lobbyisten mit den Feinheiten des Rasenmähens vertraut gemacht hat, kann er anschließend von mir aus gehen, wenn ihm danach zumute ist. Wichtig für uns ist allein, dass wenigstens einer zurückbleibt, um in Ihrem oder meinem Haus die anfallenden Gartenarbeiten zu erledigen."

„Ich bekomme langsam eine Ahnung, worauf Sie hinauswollen, James. Aber wie überzeugen wir die ganzen nicht mehr benötigten Typen davon, dass sie dringend eine Umschulung zum Gärtner, Koch oder Mechaniker machen sollen?"

„Wir beide werden sie nicht überzeugen. Das Leben selbst wird diese undankbare Aufgabe für uns übernehmen. Diese Herrschaften werden schon bald auf der Straße stehen, weil im Grunde niemand mehr ihrer Dienste bedarf. Am Anfang werden sie versuchen, in ihren angestammten Berufen wieder unterzukommen. Erst nach und nach werden sie erkennen, wie illusorisch diese Hoffnung ist. Diese Zeit, Michael, müssen wir beide geduldig abwarten. Wir dürfen uns nicht zu früh bewegen, sonst verspielen wir leichtfertig unsere Vorteile. Erst wenn die Hoffnung gestorben und von einem Übermaß an Verzweiflung abgelöst worden ist, werden wir unsere Angebote machen. Sie werden sehen, Michael. In all ihrer Verzweiflung und Panik greifen diese an sich nutzlosen Typen wie Schiffbrüchige nach unseren Strohhalmen. Da bin ich mir vollkommen sicher."

„Aber ihre Ausbilder werden bis dahin abgetreten oder in viel besser bezahlten Jobs untergekommen sein", fürchtete Michael Hobbs.

„Das genau ist die Gefahr, die wir beide unbedingt verhindern müssen", bekräftigte James West den Einwand seines Gastgebers. „Genau deshalb bin ich heute hier, denn Sie und ich, wir beide verfügen über etwas, was in den kommenden Wochen Gold wert sein wird: Wir haben den nötigen Weitblick und wir haben auch das nötige Kleingeld, das wir brauchen, um die Ausbilder für eine gewisse Zeit des Übergangs an uns binden zu können. In dieser Zeit bezahlen wir sie viel besser als sie je bezahlt wurden. Das ist wahr und das ist der teure Teil der Vorfinanzierung, den wir beide in den kommenden Wochen und Monaten stemmen müssen." Er sah seinen Gastgeber eindringlich an. „Aber ich frage Sie, Michael: Wenn nicht wir beide als Milliardäre, wer dann sollte in der Lage sein, diesen Vorlauf zu finanzieren?"

„Die Idee ist glänzend", sprang der Funke der Begeisterung langsam auf Michael Hobbs über. „Wer das Wissen hat, hat die Zukunft. Wenn wir uns das Wissen der wirklich benötigten Fachkräfte dauerhaft sichern, gehört uns über kurz oder lang die Zukunft und wer die Zukunft in seinen Händen hält, dem gehört über kurz oder lang am Ende die ganze Welt."

„Sie haben es erfasst", strahlte James West über das ganze Gesicht. „Sehen Sie, Michael, es war doch besser, mit dieser Idee zu einem verständigen Menschen wie Ihnen zu gehen. Sie haben das enorme Potential der neuen Geschäftsidee sogleich erfasst, während Leuten wie Alexander Parker der dazu nötige Weitblick fehlt."

* * *

304

„Du hast auch in Hans-Günter Fiebigs Stall gearbeitet?", fragte Tim überrascht, nachdem er zufällig mitbekommen hatte, dass der Praktikant aus der Buchhaltung unfreiwillig zu seinem Nachfolger erkoren worden war.

„Ja, der Mist ist mir leider nicht erspart geblieben", antwortete der Praktikant und spürte, dass noch immer Wut und Ärger in ihm aufstiegen, wenn er an seine Tage in Hans-Günter Fiebigs Reit- und Turnierstall zurückdachte. „Du kennst den Stall?"

„Ja, ich habe dort auch eine Zeit lang gearbeitet", berichtete Tim und lachte. „Ist noch gar nicht so lange her."

„Muss lang vor meiner Zeit gewesen sein, denn während ich dort war, habe ich nie jemanden gesehen."

Sie stellten sich einander vor und waren überrascht festzustellen, wie verwoben und eng verzahnt ihre Leben bereits waren, obwohl sie einander gerade zum ersten Mal begegneten.

„Warst du lange dort, Patrick?", fragte Tim neugierig.

Der Praktikant schüttelte schnell den Kopf. „Im Grunde nur zwei Tage, aber es waren schon drei zu viel."

„Dann hat es dir also auch nicht gefallen", schmunzelte Tim und konnte das Gehörte sogleich richtig einschätzen.

„Nein, überhaupt nicht. Ich kann mir Schöneres vorstellen, als den ganzen Tag nur Mist nach draußen zu fahren."

„Das ist wahr, diesen Teil der Arbeit habe ich auch nie gemocht. Aber 'Diego' ist doch ein ganz Lieber. Das musst du doch zugeben."

„'Diego'?", versuchte der Praktikant sich angestrengt zu erinnern.

„Der braune Wallach, gleich vorne am Eingang, links in der ersten Box", gab Tim ihm den entscheidenden Tipp.

„Der ist gleich auf mich losgegangen, wenn ich zu ihm in die Box bin", ängstigte sich Patrick noch immer ein wenig, wenn er einen Augenblick zu lang an die zahlreichen Annäherungsversuche des Pferdes dachte. „Ich war immer froh, wenn ich seine Box wieder verlassen konnte. Der war immer so furchtbar aufdringlich."

„'Diego' und aufdringlich? Nein, das passt nicht. Er hat sich sicher gefreut, dass du zu ihm in die Box gekommen bist und er nicht mehr allein war. Du hättest ihm einen Apfel spendieren sollen, dann wärt ihr schnell die besten Freunde geworden", lachte Tim und merkte plötzlich, dass ihm die sanften Stupser von 'Diegos' Nase doch irgendwie fehlten. „Ich hoffe, es geht ihm gut", sagte er mehr zu sich selbst als zu dem Praktikanten.

„Gut ist relativ", antwortete dieser ausweichend. „Ich verstehe nicht viel von der Arbeit im Stall und Erfahrung im Umgang mit Pferden habe ich auch nicht, aber an den beiden Tagen, an denen ich im Stall war, ging es den Tieren nicht so gut."

„Wurden sie nicht gefüttert?"

„Doch, gefüttert wurden sie, wenn auch immer recht spät. Aber niemand hatte von irgendwas einen Plan, ich schon gleich gar nicht und gemacht wurde immer nur das Allernötigste. Zu mehr war einfach nicht die Zeit."

„War der Fiebig nicht da? Der hätte doch wissen müssen, was zu tun ist und welche Arbeiten besonders dringlich sind."

„Er war da und er hat auch immer jede Menge Wind gemacht", bestätigte Patrick. „Aber viel besser war es, wenn er nicht im Stall war und keine Hektik verbreiten konnte."

„Das war zu meiner Zeit genauso, nur dass mit Martina und dem Reitlehrer noch zwei weitere Feldwebel im Haus waren", erinnerte sich Tim. „Meine Ruhe hatte ich nur, wenn ich ganz alleine war."

„Du kannst ja wieder hingehen", lachte Patrick übermütig. „Du wirst sicher mit offenen Armen empfangen werden."

„Mit offenen Armen?", zweifelte Tim. „Dann hätten sich die Dinge in den letzten Tagen aber deutlich verändert."

„Natürlich gibt es erst einmal einen ordentlichen Anpfiff und eine saftige Standpauke, bevor die Arme geöffnet werden", lachte Patrick. „Aber so, wie ich die Lage einschätze, braucht der Fiebig gerade jeden Mann."

„Dann soll der große Meister selbst Hand anlegen", forderte Tim unbeeindruckt. „Es wäre nicht schlecht, wenn er endlich merkt, dass sein teurer Sport mit viel Arbeit verbunden ist und diese sich nicht von alleine macht."

„Von alleine macht sie sich gewiss nicht. Aber inzwischen ist es wohl eher so, dass unser feiner Chef sich beständig die Finger schmutzig machen muss, weil die viele Arbeit an ihm ganz alleine hängen bleibt."

„Er ist wirklich ganz allein?", staunte Tim.

„Er wird sicher versuchen, aus der Firma Leute für die Arbeit im Stall abzuziehen", vermutete Patrick. „Aber damit reißt er nur an anderen Stellen neue Löcher."

„Ich will ja nicht gehässig sein, aber wenn ausgerechnet ein Hans-Günter Fiebig in Zukunft an Arbeit ersticken sollte, werde ich ganz gewiss kein Mitleid empfinden", erklärte Tim kalt.

„Ich sicher auch nicht", pflichtete ihm Patrick sofort bei. „Außerdem fände ich es gut, wenn er einen Chef bekommt, der ihn Tag für Tag ganz ordentlich durch die Gegend scheucht. Ich finde, den hat er sich irgendwie verdient."

* * *

Wie ein aufgescheuchtes Huhn lief Direktor Hua durch die Büros und Gänge des Verwaltungsgebäudes. In immer kürzeren Abständen fiel sein Blick auf die goldene Uhr an seinem Arm.

„In wenigen Minuten kommen die Männer der Spätschicht und hier weiß noch immer niemand, was eigentlich los ist", schimpfte er verärgert. Sein Blick fiel auf den für den Tag verantwortlichen Produktionsleiter. „Was machen Sie, wenn nicht genügend Männer zur Arbeit kommen?"

„Wir holen die Frühschicht aus dem Schacht nach oben und fahren die Kollegen, die zur Arbeit erschienen sind, in den Stollen hinunter. Was soll ich sonst tun, Direktor Hua? Ich kann mir weder neue Kollegen aus den Rippen schneiden, noch sie ganz kurzfristig herbeizaubern."

„Aber irgendetwas müssen Sie doch tun", forderte der Direktor.

„Wir bringen die vielen leeren Loren, die gerade hier oben herumstehen, nach und nach in die Stollen, damit sie zum Abtransport der Kohle zur Verfügung stehen, wenn wieder mehr Kollegen in den Schacht einfahren. Aber mehr kann ich nun wirklich nicht tun."

„Ich fordere von Ihnen aber, dass Sie mehr tun", schrie Direktor Hua.

Der Produktionsleiter sah auf die Uhr und strahlte. „Nur noch drei Fahrten, dann sind die Männer von der Frühschicht endlich alle wieder oben." Er stand auf und wies mit der offenen Hand auf seinen Stuhl. „Setzen Sie sich doch einfach mal hierher, Herr Direktor."

Zögerlich folgte der Direktor seiner Einladung.

„Das hier ist der Hebel für den Förderkorb. In dieser Stellung lassen Sie ihn nach oben fahren, und wenn Sie den Steuerknopf nach vorne drücken, fährt der Korb wieder abwärts."

Der Direktor probierte beide Einstellungen kurz aus. Einige Meter senkte sich der Förderkorb wieder ab, dann machte er Strecke in die entgegengesetzte Richtung. Eine Kontrollleuchte auf einer großen Schalttafel zeigte die Bewegungen an und wie ein kleines Kind erfreute sich Direktor Hua an den Bewegungen seiner leicht überdimensionierten Spielzeugeisenbahn.

„Das machen Sie schon ganz gut, Herr Direktor", lobte der Produktionsleiter. „Nun müssen wir noch auf Sohle drei die restlichen Männer abholen."

Sein Finger zeigte auf eine besonders tiefe Position auf der Schalttafel und noch bevor er eine entsprechende Anweisung erteilt hatte, brachte Direktor Hua den Hebel in die richtige Position und der Förderkorb glitt langsam in die Tiefe.

„Sie beladen ihn gerade. Das erkennen Sie hier an dieser Leuchte", erklärte der Mann und deutete mit dem Finger auf ein kleines Lämpchen. „Wenn dieses Licht wieder ausgeht, ist das Gitter im Fahrstuhl geschlossen und Sie können den Förderkorb wieder nach oben holen."

Bestrebt, den Männern um ihn herum zu zeigen, dass nur Leistungsbereitschaft und Disziplin ihrer angespannten Lage förderlich seien, drückte Direktor Hua den Hebel in die Aufwärtsposition, sobald die Kontrollleuchte erloschen war."

„Das machen Sie wirklich sehr gut, Herr Direktor", lobte der Produktionsleiter und wiederholte die Übung noch zweimal. Dann rieb er sich zufrieden die Hände und legte beruhigend eine Hand auf die Schulter des Direktors. „Das machen Sie jetzt die nächsten zwölf Stunden, Herr Direktor, und nicht nachlässig werden."

Entsetzt blickte Direktor Hua über seine Schulter hinweg zu dem hinter seinem Stuhl stehenden Produktionsleiter auf. „Die nächsten zwölf Stunden? Sind Sie toll?"

„Nein, nicht toll. Ich bin jetzt nur mit meiner Schicht und diesem Bergwerk durch", antwortete der Produktionsleiter ruhig.

Direktor Hua wirkte wie vom Bus überrollt. „Sie wollen mir sagen, dass Sie jetzt gehen und erst morgen früh wieder zurück sind?"

„Nein, ich will nur sagen, dass meine Schicht nun zu Ende ist und ich mit Ihnen und Ihrem Bergwerk fertig bin. Davon, dass ich morgen zurückkommen werde, war nie die Rede", entgegnete der Produktionsleiter ruhig und wandte sich an seine Kollegen. „Kommt Jungs, hier gibt es für uns nichts mehr zu tun. Was noch zu tun ist, macht Direktor Hua in Zukunft selbst."

* * *

Die Sonne stand schon recht tief und der Nachmittag war weit fortgeschritten, als Abdalla mit seiner Frau endlich in die Stadt zurückkehrte und die Zufahrt zu seinem Haus erreichte. Das schwere, schwarze Gitter vor dem Tor war geschlossen.

„Dass keiner kommt, um uns zu öffnen, ist ungewöhnlich", sagte er verwundert zu Fahari, nachdem er ein-, zweimal auf die Klingel am Tor gedrückt hatte.

„Sie rechnen sicher noch nicht mit uns", glaubte seine Frau im ersten Moment. „Schließlich hieß es gestern noch, dass wir über Nacht bei Chimalsi und Jamila bleiben würden."

„Ist das ein Grund, jetzt zu träumen und uns das Tor nicht aufzumachen, wenn wir überraschend einige Stunden früher zurück sind?", ärgerte sich Abdalla und schob das schwere Gitter selbst zur Seite, damit er den Wagen auf das Anwesen fahren konnte.

„Ich bin einfach nur müde. Ich möchte jetzt nicht über solche Belanglosigkeiten nachdenken", verzichtete Fahari darauf, der auch für sie ungewöhnlichen Situation weiter auf den Grund zu gehen.

Abdalla folgte seinem Beispiel. Er schloss das Tor, setzte sich wieder an das Steuer seines Wagens und fuhr diesen zum Eingang des Hauses. Als er es erreicht hatte, betätigte er ein-, zweimal kurz die Hupe.

Die anschließende Stille wurde ihm schnell unheimlich, denn wieder bemühte sich keiner der Angestellten aus dem Haus, um sie zu begrüßen und ihr Gepäck in Empfang zu nehmen.

„Wo sie nur alle sein mögen?", wunderte sich Fahari, nachdem sie die Haustüre aufgeschlossen hatte und in die große Eingangshalle getreten war.

„Sie sind alle ausgeflogen. Es ist keiner da", sagte Abdalla, nachdem er sich kurz in den angrenzenden Räumen umgesehen hatte. „Hast du ihnen gestern freigegeben?"

Fahari schüttelte nur den Kopf.

„Dann wird der Butler sie kurzfristig nach Hause geschickt haben", überlegte Abdalla und empfand die Entscheidung durchaus als clever, denn so konnte sich das Personal ein wenig Ruhe gönnen, während sie selbst außer Haus waren.

„Wir hätten von unterwegs anrufen und ihnen sagen sollen, dass wir etwas früher zurück sein werden", tadelte sich Fahari leicht.

„Ja, das hätten wir tun sollen", bestätigte Abdalla. „Aber wer kann schon an alles denken. Wichtig ist, dass wir Chimalsis Farm schnell verlassen haben und sicher wieder nach Hause gekommen sind." Er deutete mit der Hand zur Treppe. „Lass das Gepäck nur einfach hier unten stehen. Es wird schon jemandem auffallen, dass es noch nach oben getragen werden muss. Ich spring schnell noch unter die Dusche und dann gönne ich mir etwas Schlaf. Du solltest es ähnlich halten, Fahari. Die Ringe unter deinen Augen sind schon recht tief."

„Ich glaube, ich bin so müde, dass ich die ganze Nacht durchschlafen werde", vermutete Fahari und erntete ein zustimmendes Lächeln auf dem Gesicht ihres Mannes.

„Na und wenn schon. Unseren Schlaf haben wir uns verdient und Termine haben wir heute Abend auch keine mehr. Was spricht also dagegen, den Tag im Bett ausklingen zu lassen und uns erst morgen wieder der Welt und ihren Problemen zu widmen?", lachte Abdalla und stieg langsam die Stufen der dunklen Holztreppe empor.

Fahari folgte ihm Sekunden später.

Montag, 16. Juli

Noah bemühte sich nach Kräften, doch das Frühstück, das er an diesem Morgen für seine Eltern vorbereitete, erreichte längst nicht mehr das Niveau früherer Tage. Es bestach vor allem durch seine Lücken. Eier, frische Milch und Käse gab es nicht. Die Butter ging langsam zur Neige und das Brot bestrichen sie mit dem letzten Rest Marmelade, der ihnen noch verblieben war, um es nicht trocken essen zu müssen.

„Wir müssen heute unbedingt wieder in den Supermarkt fahren", forderte der Junge mit Nachdruck und auch sein Vater spürte, dass die Forderung nur zu berechtigt war.

„Charlotte, könntest du nachher mit dem Jungen in die Stadt fahren?"

Charlotte Parker brauchte gar nicht erst zu antworten. Ihr Mann erkannte schon am Ausdruck ihres Gesichts, wie unpassend und falsch es gewesen war, diese Frage überhaupt an sie zu richten.

„Alexander, ich fürchte, dazu wird mir heute die Zeit fehlen. Ich muss unbedingt zum Friseur. Meine Haare sehen unmöglich aus. So kann ich mich nirgendwo mehr sehen lassen."

„Du könntest das Angenehme mit dem Nützlichen verbinden und im Einkaufszentrum mit Noah zusammen zuerst die Dinge kaufen, die wir unbedingt benötigen, und dann zum Friseur gehen", versuchte Alexander Parker seiner Frau eine Brücke zu bauen.

Entschieden schüttelte Charlotte Parker den Kopf. „Das neue Einkaufszentrum in der 40. Straße macht sich zwar ganz gut. Aber die Friseure, die sich dort eingemietet haben, kannst du vergessen. Die sind zu nichts zu gebrauchen. Mit denen kann sich nicht einmal vernünftig unterhalten."

„Alle?", wunderte sich Alexander Parker und erinnerte sich daran, dass der Architekt des Centers ihm erst kurz vor der Eröffnung der Shopping Mall berichtet hatte, dass sich fünf renommierte Friseure im Center eingemietet hatten.

Charlotte Parker nickte enttäuscht. „Ja, alle. Nicht einer von ihnen ist in der Lage, meinen hohen Ansprüchen zu genügen. Von Kunst verstehen sie rein gar nichts und für mich und meine Haare sind sie die reinste Zumutung."

„Du hast dich und deinen Kopf schon wirklich jedem von ihnen anvertraut?", fragte ihr Mann fassungslos.

„Aber natürlich. Das neue Einkaufszentrum wurde immerhin schon vor vier Wochen eröffnet und ich will mir doch schließlich nicht nachsagen lassen, Alexander Parker könne der Stadt zwar den Ankauf eines teuren Rembrandts ermöglichen, aber seine Frau zum Friseur schicken, kann er nicht mehr, weil dazu inzwischen das Geld fehlt."

„Nein, so negativ sollten sie draußen in der Stadt wirklich nicht über uns reden", gab ihr Alexander Parker umgehend recht und war schon gewillt, das Problem einfach auf sich beruhen zu lassen.

„Aber wir brauchen trotzdem Eier, Milch und Käse", forderte Noah verständnislos.

„Die wirst du dann wohl mit deinem Vater zusammen besorgen müssen", sah sich seine Mutter außerstande, ihnen weiterzuhelfen. „Ich muss mich, wie gesagt, heute Vormittag erst einmal um meine Haare kümmern."

„Wir fahren nachher zusammen in den Supermarkt", entschied Alexander Parker und machte sich gleich nach dem Frühstück mit seinem Sohn auf den Weg.

Der erste Supermarkt, den sie ansteuerten, war geschlossen. Sie hielten sich nicht lange mit der Frage auf, warum er noch immer nicht seine Türen geöffnet hatte, sondern fuhren gleich weiter zum nächsten. Doch auch hier hatten sie keinen Erfolg. Die Türen waren geschlossen und ein Schild am Eingang informierte die Kunden, dass sie es auf unbestimmte Zeit noch bleiben würden.

„Hier kommen wir auch nicht weiter", ärgerte sich Alexander Parker und fuhr mit Noah zum dritten Supermarkt weiter.

Auch er war geschlossen und seine Regale leer und weitgehend ausgeräumt, wie Noah beim Blick durch die Scheiben enttäuscht feststellte.

„Wo kaufen wir jetzt unser Brot und woher bekommen wir die Milch und die Eier?", fragte er verzweifelt. „Wenn Marla noch da wäre, wüsste sie sicher einen Weg und helfen würde sie uns auch ganz bestimmt."

„Ich bin mir nicht sicher, ob unsere Marla jemals zu uns zurückkehren wird", erklärte Alexander Parker verbittert.

„Warum nicht? Ihre Pommes haben mir immer gut geschmeckt und außerdem muss sie mir noch so viel zeigen. Ich weiß gerade mal, wie man Kartoffeln schält."

„Ob ihre bescheidenen Kochkünste unseren gehobenen Ansprüchen auch weiterhin genügen werden, ist Ansichtssache. Diese Frage habe ich noch nicht endgültig entschieden", erklärte sein Vater kalt.

„Ich will, dass Marla schnell wieder zu uns zurückkommt", forderte Noah.

„Auf Marla selbst kommt es nicht an. Aber eine neue Köchin oder einen neuen Koch, den brauchen wir dringend. Da gebe ich dir vollkommen recht."

„Nein, wir brauchen Marla und wir brauchen sie schnell", widersprach Noah entschieden. „Ohne sie wissen wir gar nicht, was wir kochen sollen. Außerdem vermisse ich sie", fügte er ganz leise hinzu.

„Marla selbst ist unbedeutend", antwortete Alexander Parker ruhig. „Personen sind nicht wichtig. Allein auf die Funktionen kommt es an."

„Und wer besorgt uns dann die Milch und die Eier, die uns noch fehlen, wenn du Marla nicht mehr willst?", fragte Noah verständnislos.

„Das weiß ich noch nicht. Aber ich werde einen Weg finden", antwortete Alexander Parker gereizt und entschied sich, seinen Sohn schnell wieder nach Hause zu fahren.

Betreten schaute Noah zu Boden und wischte sich eine Träne aus dem Auge. Er wusste, dass es keinen Zweck hatte, mit seinem Vater zu diskutieren.

„Noah, ich muss jetzt in die Firma. Ich bin ohnehin

schon spät dran. Wenn ich im Büro bin, werde ich jemanden damit beauftragen, für uns all die Lebensmittel zu kaufen, die wir unbedingt brauchen. Du gehst am besten mit deiner Mutter in die Küche und stellst eine Liste mit den Dingen zusammen, die uns fehlen!"

„Aber Mum ist doch zum Friseur gegangen."

„Stimmt, das hatte ich ganz vergessen", ärgerte sich Alexander Parker. „Weißt du was, Noah? Dann stellst du die Liste einfach ganz alleine zusammen. Du wirst schon wissen, was uns fehlt", sagte er zuversichtlich und klopfte seinem Sohn aufmunternd auf die Schulter. „Ich lasse jemanden anrufen oder schicke ihn vorbei, um die Liste abzuholen. Sorge du nur dafür, dass die Liste fertig ist, wenn jemand aus der Firma vorbeikommt oder anruft."

Er ließ Noah vor dem Haus aussteigen und machte sich umgehend auf den Weg ins Büro. Unterwegs entschied er sich noch zu tanken, denn die Füllung in seinem Tank war nahezu aufgebraucht.

Als er in die Tankstelle eingefahren und aus dem Wagen gestiegen war, begrüßte ihn Doktor Watson. „Guten Morgen, Herr Parker. Sie versuchen auch noch, einen Tropfen Benzin zu ergattern?"

„Sagen Sie mir nicht, die Tankstellen werden auch alle bestreikt und bleiben heute geschlossen."

Doktor Watson verdrehte geziert die Augen. „Alles ist heute Morgen geschlossen, Herr Parker."

„Was denn? Diese Tankstelle auch?"

„Die Geschäfte, die Tankstellen, die Apotheken und Krankenhäuser natürlich auch, … nirgendwo mehr wird noch normal gearbeitet. Alles ist geschlossen, selbst auf dem Polizeirevier, der Feuerwache oder in der Stadtverwaltung werden sie keinen mehr antreffen, der irgendetwas für Sie erledigen kann."

„Ich habe heute noch kein Radio gehört", entschuldigte sich Alexander Parker für sein Unwissen. „Haben die Gewerkschaften den Generalstreik ausgerufen?"

„Nein, haben sie nicht, aber es ist trotzdem keiner mehr

da, der noch irgendetwas für Sie tun kann."

„Wenn ich hier fertig bin, muss ich sofort ins Büro", drängte Alexander Parker.

„Die Fahrt können Sie sich vermutlich sparen", sagte der Chef des städtischen Klinikums mit finsterem Blick.

„Woher wollen ausgerechnet Sie das wissen?", wurde Alexander Parker leicht ungehalten.

„Weil ich schon den ganzen Morgen im Einsatz bin und nur noch Totenscheine ausstelle", antwortete der Arzt trocken.

„Sie scherzen, Doktor Watson."

„Ich wünschte, ich würde scherzen, aber leider ist dem nicht so." Er öffnete eine der hinteren Türen seines Wagens, griff mit der Hand in die auf der Rückbank abgelegte Aktentasche und zog einen Schwung Zettel hervor. „Hier, das ist allein die Ausbeute der letzten halben Stunde."

„Was sind das für Zettel?", fragte Alexander Parker irritiert.

„Totenscheine natürlich, was sonst? Ich sagte Ihnen doch bereits, dass wir beide mehr oder weniger alleine in der Stadt sind. Deshalb ist diese Tankstelle heute auch geschlossen."

„Sie meinen, ich kann nicht einmal mehr tanken?", geriet Alexander Parker langsam in Panik.

„Tanken können Sie heute noch, aber bestimmt nicht mehr allzu lange. Das Tanken per Selbstbedienung funktioniert zum Glück noch. Aber irgendwann wird auch dieser Tank leer sein und dann stehen wir endgültig ohne Benzin da und gehen wieder nur noch zu Fuß", prophezeite der Arzt.

Spontan entschloss Alexander Parker sich, den Wagen besonders voll zu tanken und auch den Reservekanister bis zum Rand mit Benzin zu füllen. „Wo sind die ganzen Leute hin und warum stellen Sie so viele Totenscheine aus, Doktor?", fragte er, nachdem er den Zapfhahn in den Tankstutzen eingeführt hatte.

„Einige sind gestorben, weil ihnen keiner mehr geholfen

hat, aber die meisten sind freiwillig gegangen."

„Die Verträge mit der Lebensagentur?", erkundigte Alexander Parker sich vorsichtig.

Doktor Watson nickte betreten. „Es müssen sehr viele Verträge nicht mehr verlängert worden sein. Einige Gerüchte wollen sogar davon wissen, dass nur die Millionäre und Milliardäre ihre Verträge unterschrieben haben sollen."

„Bei diesem Gerede kann es sich nur um dummes Zeug handeln", lachte Alexander Parker überlegen. „Sie, Doktor Watson, leben ja schließlich auch noch."

„Stört Sie das, Herr Parker? Oder nehmen Sie etwa Anstoß daran, dass nicht nur Sie reich sind, sondern auch ein renommierter Arzt aus dem städtischen Klinikum mehr als eine Million Dollar auf dem Konto hat?"

Alexander Parker erschrak und das gleich in doppelter Hinsicht, einmal, weil er Doktor Watsons Vermögen zu niedrig eingeschätzt hatte, und zum anderen, weil er nun befürchten musste, dass das vermeintliche Gerücht doch mehr Wahrheit enthielt, als ihm lieb sein konnte.

* * *

Hans-Günter Fiebig schwankte zwischen ohnmächtiger Wut und purer Verzweiflung. Die ganze Welt schien sich gegen ihn verschworen zu haben. Nicht ein Mitarbeiter seiner Firma war an seinem Platz. Egal, wohin er an diesem Morgen auch schaute, die Büros waren leer und die Schreibtische verwaist. An die Zustände in seinem Stall mochte er unter diesen Umständen erst gar nicht denken.

Trotzdem bedurfte die angespannte Lage im Stall dringend seiner Aufmerksamkeit und der gedachte er, an diesem Morgen durch einen Anruf bei Hermann Hasthoff nachzukommen.

„Guten Morgen, Herr Fiebig, schön wieder von Ihnen zu hören. Ich wollte mich eigentlich schon gestern bei Ihnen melden und mich nach 'Monicas' Befinden erkundigen. Wie geht es der jungen Dame? Fühlt sie sich wohl in Ihrem Stall?"

„Wohl fühlt sie sich schon, aber Sie müssen sie trotzdem wieder zu sich nehmen", kam Hans-Günter Fiebig sogleich auf den Kern seines Anliegens zu sprechen.

„Warum soll ich sie wieder zu mir nehmen, wenn sie sich offensichtlich bei Ihnen wohlfühlt und es ihr gut geht?"

„Weil wir ihre Pflege nicht mehr übernehmen können", gab sich der Anrufer keine große Mühe, den Grund seines Anrufs zu verschleiern. „Wir kämpfen seit Tagen mit einem Engpass beim Personal. Ursprünglich hatte ich gehofft, die Lage würde sich zu Beginn der neuen Woche wieder entspannen. Leider ist eher das Gegenteil eingetreten. Alles ist noch viel schlimmer geworden und deshalb kann Ihre 'Monica' nicht mehr in meinem Stall bleiben."

„Ich verstehe Ihr Problem, aber zurücknehmen kann ich sie im Moment auch nicht. Nicht nur bei Ihnen ist akut Not am Mann. Hier bei uns ist die Lage genauso. Ich kann Ihnen nicht einmal jemand vorbeischicken, der 'Monica' abholt und sie wieder zu uns zurückbringt."

„Dann müssen Sie selbst kommen und sie holen. Aber hier bei mir bleiben kann die Stute auf gar keinen Fall."

„Lieber Herr Fiebig, nun versuchen Sie die Dinge mal etwas gelassener zu sehen. Sie sind es als Unternehmer doch gewohnt, flexibel zu sein und selbst auf unerwartete, außergewöhnliche Anforderungen angemessen zu reagieren."

„Das habe ich in den letzten Tagen getan. Nur deshalb haben Sie mich erst heute in der Leitung. Aber nun bin selbst ich mit meiner Flexibilität am Ende. Es tut mir leid, aber Sie müssen 'Monica' umgehend holen und sie wieder zu sich nehmen", forderte Hans-Günter Fiebig entschieden.

„Sie sollten Ihren Blick nicht nur auf die aktuellen Probleme richten", mahnte der Olympiasieger eindringlich. „Denken Sie bitte auch an die langfristigen Folgen für unsere geplante Zusammenarbeit. Wenn Sie mir jetzt sagen, dass meine 'Monica' unbedingt aus Ihrem Stall wieder verschwinden soll, dann sagen Sie mir damit indirekt auch, dass ich mich auf einen Partner wie Sie leider nicht verlassen kann. Ich kann mir nicht vorstellen, dass es in Ihrem Interesse ist, so einen Eindruck bei mir zu erzeugen."

„Wenn ich Sie nicht bitte, 'Monica' wieder zu sich zu nehmen, wird das Pferd nur leiden. Das kann weder in Ihrem noch in meinem Interesse sein", ließ sich Hans-Günter Fiebig nicht von seiner Forderung abbringen.

„Sie brauchen keine Sorge haben. Ich werde Ihnen für 'Monicas' Pflege einen guten Preis bezahlen. Ach was, einen guten Preis. Ich zahle Ihnen einen sehr guten Preis. Geld spielt unter guten Freunden doch keine Rolle. Deshalb nennen Sie mir einfach Ihren Preis und ich werde ihn ohne Wenn und Aber und natürlich auch ohne Abstriche bezahlen."

„Herr Hasthoff, Geld ist nicht mein Problem. Geld habe ich wie Sie mehr als genug. Die Zeit ist inzwischen das Problem."

„Also noch mal zum Mitdenken, Herr Fiebig. Ich zahle Ihnen das Doppelte, von mir aus auch das Dreifache Ihres normalen Satzes, und wenn Sie mich jetzt nicht hängen lassen, sondern aktiv weiter unterstützen, werden wir auch unsere Pläne für den gemeinsamen Olympiastützpunkt bald wieder kraftvoll vorantreiben. Das verspreche ich Ihnen. Darauf haben Sie mein Wort."

'Für dein Wort kann ich mir im Zweifelsfall überhaupt nichts kaufen. Meine Zeit ist mir wichtiger', ärgerte sich Hans-Günter Fiebig maßlos und suchte nach einem Weg, seine Arbeitsbelastung zu senken, ohne den erst vor Kurzem aufgebauten Kontakt zu Hermann Hasthoff gleich wieder zu gefährden. „Bei uns ist die Situation im Moment so angespannt, dass wir 'Monica' nur noch füttern können. Ihre Box zu reinigen, sie zu trainieren und sie am Abend zu waschen und zu bürsten, dazu fehlt augenblicklich die Zeit."

„Dann machen wir es so, wie Sie es soeben vorgeschlagen haben", entschied der Olympiasieger. „Geben Sie 'Monica' genug Futter und belassen Sie sie bis auf Weiteres in ihrer Box. Wir werden das Training wieder aufnehmen, sobald sich die Lage etwas beruhigt hat und wir beide wieder mehr Luft zum Atmen haben. Spätestens dann nehmen wir auch die Planungen für das Leistungszentrum erneut in Angriff. Aber jetzt entschuldigen Sie mich bitte. Meine Pflicht ruft schon wieder und auf dem Schreibtisch stapelt sich noch jede Menge Arbeit."

* * *

„Wir werden nicht in den Schacht einfahren, wenn hier oben keiner mehr ist, der uns nachher auch wieder heraufholt", schimpfte einer der wenigen, am Morgen zum Beginn der Frühschicht noch erschienen Mitarbeiter.

Schnell entwickelte sich eine hitzige Diskussion, die der überforderte Vorarbeiter nur noch dadurch in den Griff zu bekommen glaubte, dass er Direktor Hua herbeirief. „Direktor Hua, bitte sprechen Sie endlich ein Machtwort und sorgen Sie dafür, dass diese rebellischen Arbeiter endlich in den Schacht einfahren und wie gewohnt die Kohle an die Oberfläche fördern", forderte der Vorarbeiter verzweifelt.

Wie kaum anders zu erwarten, zögerte Direktor Hua nicht einen Moment, sich auf die Seite des Vorarbeiters zu schlagen. „Ihr faulen Missgeburten! Was bildet ihr euch eigentlich ein? Ihr habt gehört, was euer Kollege gesagt hat. Ihr sollt endlich zum Förderkorb gehen und mit eurer Arbeit beginnen. Nur dafür werdet ihr bezahlt. Für das Rumstehen und Diskutieren werdet ihr ganz bestimmt nicht von mir bezahlt."

„Warum sollen wir in den Schacht einfahren, wenn wir am Ende doch nur unten vergessen werden?", schimpfte einer der Bergleute verärgert.

Direktor Huas Gesichtsfarbe wandelte sich spontan in ein kräftiges Revolutionsrot. „Es hat gar keinen Zweck zu streiken. Wer streikt, der fliegt und ich werde ihm ganz gewiss keine Träne nachweinen", schrie er verärgert und deutete mit dem ausgestreckten Arm in Richtung Förderturm.

„Wir hätten auf Aiguo und Xiaotong hören und gleich mit ihnen dieses Bergwerk verlassen sollen", schimpfte einer der Männer und baute sich drohend vor seinem Direktor auf. „Wenn Sie so viel Wert darauf legen, dass hier weiter fleißig Kohle gefördert wird, dann sollten Sie sich schnell umziehen und selbst in die Grube einfahren."

„Was fällt Ihnen ein, so mit mir zu reden? Wissen Sie nicht mehr, wer ich bin?", schäumte der Direktor.

„Oh, ich weiß viel zu gut, wer Sie sind", erwiderte der Mann grimmig. „Sie sind dieser verlogene Typ, der beständig über Leichen geht, aber wenn hier in diesem Bergwerk auch weiterhin über Leichen gegangen werden soll, dann wäre ich schwer dafür, dass wir zur Abwechslung mal mit Ihrem Kadaver anfangen."

„Das ist unerhört. Ich gebe hier die Befehle. Mir gehört dieses Bergwerk und Sie werden die Abläufe in meiner Firma garantiert nicht mehr stören, denn Sie sind gefeuert." Sein ausgestreckter Arm wies Richtung Verwaltungsgebäude. „Holen Sie sich sofort Ihre Papiere und dann verschwinden Sie ganz schnell aus meinen Augen, und zwar endgültig!"

„Den Gefallen mit dem Verschwinden werde ich Ihnen gerne tun", erwiderte der Bergmann mit einem frechen Grinsen auf den Lippen. „Aber sagen Sie, Direktor Hua: Ist in der Verwaltung überhaupt noch jemand, der uns unsere Papiere geben könnte? Wir haben gehört, Sie arbeiten dort inzwischen allein."

Die Männer lachten. Der Vorabeiter wusste nicht, wie er mit der Situation umgehen sollte, und blickte verlegen zu Boden. Direktor Hua jedoch fühlte sich gedemütigt wie nie zuvor in seinem Leben.

Er raffte sich zu einer letzten überlegenen Pose auf und verwies die rebellischen Arbeiter vom Bergwerksgelände. Den Vorarbeiter entließ er gleich mit, weil dieser in seinen Augen ein doppelter Versager war. Weder hatte er seine Männer im Griff und vermochte sie zu führen, noch hatte er sich in der Stunde der Gefahr schützend vor ihn, seinen

Direktor, gestellt.

Als die Männer das Gelände des Bergwerks verlassen hatten, war Direktor Hua allein. Mit hängenden Schultern schlich er zurück in sein Büro und ließ sich kraftlos in den schweren Ledersessel hinter seinem Schreibtisch fallen.

„Vor einer Woche hatte ich noch weit über zehntausend Leute, die hier für mich gearbeitet haben", sagte er zornig und konnte das Geschehene immer noch nicht fassen. „Und jetzt? Jetzt bin ich nahezu alleine hier."

Er blieb noch eine gute Stunde in seinem Büro, obwohl er selbst nicht wusste, was ihn dort noch hielt. Anrufe konnte er keine tätigen, denn egal, welche Nummer er wählte, egal, wie oft er das Telefon klingeln ließ, nie nahm einer ab.

„Ich muss wieder ganz von vorne beginnen, sagte er verzweifelt zu sich selbst, als er die Türe seines Wagens aufschloss und sich hinter das Lenkrad setzte, um wieder zurück in die Stadt zu fahren.

Die Straßen auf dem Weg in die Stadt waren leer. Autos und Busse fuhren keine mehr, nicht einmal Fußgänger waren zu sehen. Herrenlose Hunde streunten durch die Straßen. Im Müll der Stadt suchten sie verzweifelt nach etwas Nahrung. Geschäfte waren geschlossen und die Schornsteine rauchten nicht mehr. Alles Leben schien die Stadt über Nacht verlassen zu haben. Nur die Vögel sangen wie gewohnt ihr Lied.

Sein Bergwerk, seine Stadt, die Provinz, ja beinahe das ganze Land schien ihm zu gehören. Sich an dieser Vorstellung zu erfreuen oder gar zu berauschen, vermochte Direktor Hua nicht. Er fühlte sich verloren im Meer des Nichts, das ihn umgab, und er fühlte sich verraten und verlassen von all denen, die er brauchte, um sich gut und wichtig zu fühlen.

* * *

„Chimalsi, hast du heute schon einen Blick aus dem Fenster geworfen?", wandte sich Jamila am Morgen besorgt an ihren Mann.

„Nein, noch nicht. Was ist denn los?"

„Nichts ist los. Alles ist so still und reglos. Es ist, als wären wir ganz allein auf der Farm", versuchte Jamila ihre Furcht in Worte zu fassen.

„Irgendjemand vom Personal wird schon da sein", machte sich Chimalsi zunächst keine großen Sorgen und folgte dem gewohnten Morgenritual.

Erst als das Frühstück auf dem Programm stand und er keines vorfand, wurde auch ihm die auffällige Stille im Haus zunehmend unheimlich. Er ging in die Küche und durchsuchte nacheinander verschiedene Räume im Haus. Seine Bediensteten fand er nicht.

„Sie sind alle weg", sagte er nach einigen Minuten verwundert zu seiner Frau. „Nicht einmal in ihren eigenen Zimmern sind sie zu finden."

„Glaubst du, dass sie zur Arbeit aufs Feld gegangen sind?", versuchte Jamila eine Antwort auf ihre vielen Fragen zu finden.

„Das könnte sein, obwohl ich es für eher unwahrscheinlich halte. Wir frühstücken jetzt erst einmal und setzen uns dann in den Wagen. Irgendwo da draußen werden wir schon jemanden finden, der uns sagen kann, was los ist", meinte Chimalsi.

Sie hatten sich ursprünglich vorgenommen, in Ruhe zu frühstücken. Trotzdem wurde es eher ein hastiges, schnelles Frühstück, denn ruhig am Kaffeetisch zu sitzen, während draußen in der Welt etwas vorzugehen schien, von dem sie nicht die Spur einer Ahnung hatten, machte sie nervös und unruhig.

In ihren Wagen zu steigen und sich auf die Suche nach einer Antwort auf ihre vielen Fragen zu machen, empfanden beide am Ende fast als Erlösung. Sie fuhren zunächst das Weideland ab. Die Herden grasten unbeaufsichtigt im Freien.

„Egal, ob Löwe, Leopard, Hyäne oder Dieb. Hier kann sich jeder nach Belieben selbst bedienen", schimpfte Chimalsi verärgert und fuhr die nächste größere Weide an. Auch hier war das Bild kaum ein anderes.

„Es passt niemand mehr auf unser Vieh auf", sagte Jamila schockiert.

„Dass es noch da ist, gleicht fast einem Wunder", bestätigte Chimalsi und entschied sich spontan, ins nächste Dorf zu fahren. Es lag verlassen und still in der Sonne, als sie es kurz vor Mittag endlich erreichten.

„Hier ist auch niemand", sagte Chimalsi verwundert, nachdem er einige Hütten betreten und vergeblich nach ihren Besitzern geforscht hatte.

„Lass uns zur Krankenstation von Doktor Kani fahren", regte Jamila an. „Vielleicht finden wir sie dort."

Chimalsi überlegte einen Augenblick. „Du hast recht, wenn mir heute Nacht etwas passiert wäre, würde ich die Station auch als Erstes aufsuchen. Dort müssen wir jemanden finden."

Sie stiegen ins Auto und jagten so schnell es ging über die buckelige Piste auf die rund fünfzig Meilen entfernte Station zu. Als sie das kleine Hospital nach zwei Stunden endlich erreichten, trafen sie auf zwei herrenlose Ziegen und eine Handvoll Hühner. Von Doktor Kani, den Schwestern, den Patienten und ihren Angehörigen fehlte jedoch jede Spur.

„Glaubst du, dass sie alle gestorben sind?" Mit zitternder Stimme hatte Jamila ihre Frage gestellt.

„Alle zur gleichen Zeit und alle, ohne dass jemand davon etwas mitbekommt?" Chimalsi schüttete kurz den Kopf. „Nein, das kann ich mir nicht vorstellen."

Sie gingen einmal um die Station herum. Vor dem Eingang fanden sie ein mit der Hand geschriebenes Plakat.

„Hier steht, dass die Station am Freitag aufgelöst wurde", wunderte sich Jamila und sah ihren Mann verstört an. „Ist Doktor Kani fortgegangen und deshalb am Wochenende nicht zu unserem Fest gekommen?"

„Schon möglich, aber warum hat er mich in den Tagen zuvor dann noch um ein Auto gebeten? Das macht doch alles keinen Sinn", überlegte Chimalsi angestrengt und ging, gefolgt von seiner Frau, in die Station hinein.

„Nicht ein Bett ist noch belegt", blieb Jamila vor Schreck fast der Atem stehen, während ihr Mann den Schreibtisch des Arztes untersuchte. Er nahm einige Akten zur Hand und blätterte uninteressiert in ihnen. Dann fiel sein Blick plötzlich auf einen noch nicht unterschriebenen Vertrag.

„Du, Jamila, schau doch mal. Hier ist der neue Vertrag von Doktor Kani. Er ist auf den vierzehnten Juli datiert und er ist immer noch nicht unterschrieben. Das würde doch bedeuten, dass ...“

Jamila trat schnell näher und griff nach dem Blatt, das ihr Mann ihr reichte. Zitternd legte sie es Augenblicke später wieder zurück auf den Tisch. „Warum hat er nicht unterschrieben?“, fragte sie schockiert.

„Vielleicht hat er doch unterschrieben, aber nicht diesen Vertrag, sondern einen viel vorteilhafteren. Wir beide kennen Doktor Kani. Er ist ein cleverer Fuchs und auf das Verhandeln versteht er sich.“

„Hier sind noch weitere Verträge und auch sie sind alle nicht unterschrieben", sagte Jamila, nachdem sie auf der anderen Seite des Zimmers einige Schubladen und Schränke durchsucht hatte. „Schau mal, der hier ist sogar von einem unserer Leute. Er hätte heute beginnen sollen.“

„Wie kommt dieses Krankenhaus an die Verträge unseres Personals?“, wunderte sich Chimalsi zunächst und setzte sich plötzlich kreidebleich auf einen der Stühle, die neben den Schreibtischen standen. „Jamila, jetzt weiß ich, was hier gespielt wird", sagte er so langsam, als fürchte er, eine schreckliche Wahrheit auszusprechen und Opfer ihres feinen Zaubers zu werden.

„Was? Chimalsi?“ Jamilas Stimmer klang schrill und bedrohlich.

„Sie sind alle fort. Doktor Kani, die Schwestern, seine Patienten und vermutlich auch unsere eigenen Leute sind alle gegangen."

„Du meinst, keiner hat wie wir seinen Vertrag verlängert?", fragte Jamila schockiert.

Chimalsis Kehlkopf bewegte sich unruhig auf und ab. „Ich würde mich freuen, wenn ich unrecht habe. Aber genau das befürchte ich gerade."

* * *

Die Stimmung im Raum war gedrückt. Blicke wichen einander aus und niemand sagte ein Wort. Wer nicht wusste, wie er die Zeit bis zum Beginn der Sitzung überbrücken sollte, blätterte geschäftig in den eigenen Unterlagen, wohl wissend, dass es vollkommen unnötig war, denn alle wichtigen Fakten lagen längst auf dem Tisch.

Als Herr Gott den Raum betrat und sich schweigend zu seinen Führungskräften an den Tisch setzte, wagte kaum einer der Bereichsleiter aufzusehen.

„Ich habe mir die letzten Zahlen gerade noch einmal angesehen", eröffnete Herr Gott ruhig und gefasst die Besprechung. „Über die Zahlen selbst brauchen wir wohl nicht lange zu sprechen. Ein jeder hier im Raum weiß, was sie bedeuten." Er blickte kurz auf und sah der Reihe nach in die Gesichter seiner engsten Mitarbeiter. „Mit unseren Plänen sind wir gescheitert, vielleicht sogar krachend gescheitert. Aber das Leben geht weiter und wir sollten uns nun Gedanken darüber machen, wie es weitergeht." Sein Blick fiel auf den neben ihm sitzenden persönlichen Referenten. „Ich habe mir mit Ezechiel in der letzten Stunde schon einige Gedanken gemacht. Wir haben beide den Eindruck, dass die grundsätzliche Frage, vor der wir nun stehen, die ist, ob wir weitermachen oder einen kompletten Neuanfang in Angriff nehmen sollen. Beide Varianten haben wie immer ihre Vor- und ihre Nachteile. Die gilt es nun sorgsam abzuwägen. Aber bevor wir das tun, möchte ich Ihnen versichern, dass ich nicht gewillt bin, diese Katastrophe irgendwem anzulasten oder in die Schuhe zu schieben. Ich weiß, dass wir alle in den letzten Tagen und Wochen gekämpft und unser Bestes gegeben haben. Mehr konnten wir nicht tun und ich glaube nicht, dass wir uns und der Agentur einen Gefallen tun, wenn wir jetzt in dieser schwierigen Situation nach Sündenböcken suchen und uns in gegenseitigen Schuldzuweisungen ergehen. Sie wissen, ich kann dieses heuchlerische Theater schon bei den Menschen absolut nicht ausstehen und deshalb will ich es hier auf gar keinen Fall auch noch selbst erleben müssen." Er bemühte sich um ein vorsichtiges Lächeln. „Aber genug der Vorrede, meine Herren. Lassen Sie uns nun besser über die Zukunft und unsere Möglichkeiten, sie zu gestalten, sprechen."

„Ich denke, wir müssen zunächst einmal klären, wie wir mit den noch laufenden Verträgen verfahren", meldete sich Ezechiel als Erster zu Wort. „Sie von unserer Seite zu kündigen, wäre eine Möglichkeit."

„Es wäre allerdings eine Möglichkeit, die uns auf Dauer unglaubwürdig macht, und die ich deshalb nicht wählen würde", schaltete sich Bereichsleiter Raffael in die beginnende Diskussion ein.

„Ich bin wie Raffael der gleichen Meinung", stimmte Herr Gabriel seinem Kollegen sofort zu. „Wir haben in unseren öffentlichen Verlautbarungen immer erklärt, dass ein 'Ja' ein 'Ja' und ein 'Nein' ein 'Nein' bleiben soll. Wenn wir nicht selbst unsere eigenen Worte Lügen strafen wollen, haben wir gar keine andere Wahl als die mit uns abgeschlossenen Verträge weiterlaufen zu lassen."

„Das ist ein sehr wichtiger Punkt und ich bin froh, dass Raffael und Gabriel ihn angesprochen haben", bemerkte Herr Gott anerkennend. „Wir haben immer erklärt, dass Zusagen einzuhalten sind und wir haben immer wieder unmissverständlich darauf hingewiesen, dass Vertrauen nicht getäuscht werden darf. Deshalb stimme ich den beiden Kollegen zu, wenn sie fordern, dass alle von uns in der vergangenen Woche abgeschlossenen Verträge respektiert werden müssen."

„Das bedeutet aber, dass die Welt faktisch leer ist", gab Ezechiel zu bedenken. „In Afrika standen die Nashörner jahrelang kurz vor dem Aussterben, weil die Menschen glaubten, ihre Hörner zur Steigerung der eigenen Potenz zu brauchen. Heute sind die bedrohten Nashörner zahlreicher als die Menschen selbst und in der Antarktis gibt es mehr Pinguine als in Asien, Europa und Amerika Menschen."

„Wir haben vor etlichen Jahren mit einem relativ kleinen Bestand begonnen, deshalb halte ich die reine Zahl der Menschen für weniger problematisch", brachte sich nun auch Michael in die Diskussion ein. „Schwerer wiegt für mich die Frage, welches Potential bringen diese Menschen mit."

„An das technische Potential meiner Kunden mag ich an dieser Stelle lieber nicht denken", lachte Herr Gabriel. „Ich fürchte, sie werden Mühe haben, sich in ihrer stark veränderten Umgebung zurechtzufinden."

„Viele werden scheitern", war sich Uriel sicher. „Sie können hervorragend rauben, stehlen und zerstören, nur mit dem langsamen Aufbauen haben sie es nicht so."

„Dann müssen sie es eben wieder lernen", sagte Herr Gott unbeeindruckt.

„Das werden sie nicht wollen", vermutete Raffael. „Ich kann mir nicht vorstellen, dass einer meiner reichen Kunden plötzlich wieder zum Gärtner oder Farmer wird, nur weil er Hunger hat."

„Was will er sonst tun?", fragte Ezechiel verständnislos. „Er muss doch einsehen, dass einfach niemand mehr da ist, der ihn rund um die Uhr bedienen könnte."

„An diese Einsicht zu glauben, fällt mir schwer", bekannte der für Nordamerika zuständige Bereichsleiter. „Sie sind mit ihrer alten Welt und dem Status, den sie ihnen gegeben hat, viel zu verwoben, als dass sie sie leichtfertig aufgeben werden."

„Sie glauben, man wird versuchen, die alten überkommenen Strukturen auf die neue Situation zu übertragen?", fragte Herr Gott verwundert.

„Eine solche Entwicklung erwarte ich und ich erwarte sie nicht nur bei uns in Nordamerika", bestätigte Raffael. „Ich denke, in allen anderen Teilen der Welt wird es ähnlich sein. Wenn die Armen weg sind und man nicht mehr von oben auf sie herabschauen kann und sie auch nicht mehr nach Belieben herumkommandieren kann, wird man sich schnell einen Ersatz suchen und das sind nach Lage der Dinge die Ärmsten der Reichen."

„Sie haben keinen Grund, diese Fußabtreter abzugeben und sich in die klassischen Strukturen hineinpressen zu lassen, wenn sie überlegene praktische Fähigkeiten mitbringen", überlegte Gabriel. „Ohne diese Fähigkeiten dürfte es allerdings schwer werden."

„Das mag sein, braucht uns aber im Moment nicht weiter zu interessieren", führte Herr Gott die Diskussion wieder auf den für ihn zentralen Punkt zurück. „Für uns ist allein wichtig, dass wir unsere gemachten Zusagen einhalten. Wenn wir fünf Jahre neues Leben als Millionär versprochen haben, dann müssen wir auch mindestens 1.825 Tage Zeit und einen Ausgangskontobestand von zumindest einer Million Dollar bieten."

„Bieten wir unseren Kunden beides, kann man uns nicht vorwerfen, dass die Agentur vertragsbrüchig geworden sei", stimmte Ezechiel seinem Chef zu.

„Gut, dann sind wir uns in diesem Punkt also schon mal einig und lassen die mit den Millionären und Milliardären abgeschlossenen Verträge unangetastet. Sie bekommen die Zeit, die wir ihnen vertraglich zugesichert haben und was sie am Ende daraus machen werden, ist allein ihre Angelegenheit und wir werden den Teufel tun, uns in ihre Belange einzumischen. Sie sind frei, zu tun und zu lassen, was sie wollen. Sie müssen nur die Konsequenzen ihres Tuns tragen."

„Die Konsequenzen tragen sie ja bereits jetzt schon", merkte Gabriel zufrieden an. „Bis sich die Erkenntnis allgemein durchgesetzt hat, wird wohl noch etwas Zeit vergehen, aber den Ersten scheint schon zu dämmern, dass sich ein grundlegender Wandel vollzogen hat."

„Noch fehlt den Reichen aber jedes Gespür dafür, dass sie selbst der Auslöser für diese beeindruckende Massenverweigerung waren", erklärte Uriel und dachte dabei an die vertraulichen Berichte, die ihm über einen Bergwerksdirektor namens Hua zu Ohren gekommen waren.

„Zeit haben wir genug und die Reichen an sich auch. Die neuen Verträge sind ja gerade erst abgeschlossen worden, da kann keiner behaupten, ihm renne die Zeit davon oder er habe nicht ausreichend Gelegenheit, sich auf die veränderte Situation einzustellen", erklärte Herr Gott ruhig und wandte sich einem Thema zu, das ihm noch wichtig erschien. „Wir sollten uns kurz mit den Armen beschäftigen und uns fragen, ob wir ihnen eine Rückkehr zu besseren Konditionen ermöglichen wollen?"

„Ihre Rückkehr wäre zwar grundsätzlich begrüßenswert, doch ich glaube nicht, dass einer von ihnen aus freien Stücken zurückgehen wird", stand Michael dem Plan eher ablehnend gegenüber.

„Ich wüsste auch nicht, was eine Marla Harper dazu bewegen sollte, sich noch einmal einen Chef wie Alexander Parker anzutun", schüttelte Raffael ungläubig den Kopf. „Sie hat genug von ihm und seinen Eskapaden und fehlendes Geld war bestimmt nicht der Grund, der sie zum Gehen veranlasst hat."

„Das heißt, es gibt nichts, was die Armen zur Rückkehr veranlassen könnte? Nichts, dass sie zurückgelassen haben und inzwischen schmerzlich vermissen?", fragte Herr Gott.

„Tim vermisst seinen 'Diego' ein wenig", erinnerte sich Gabriel. „Aber ich glaube nicht, dass das ausreicht, um ihn noch einmal umzustimmen."

Herr Gott hob interessiert den Kopf. „Gabriel, wie kommen Sie darauf, dass 'Diego' für diesen Tim so wichtig ist?"

„Bei den Gesprächen über seinen neuen Vertrag hat Tim plötzlich die Forderung erhoben, 'Diego' mit nach Hamburg nehmen zu dürfen." Der für Europa zuständige Bereichsleiter schmunzelte nachsichtig. „Ich glaube, er mag ihn wirklich sehr. Na ja, die beiden waren ja auch wirklich ein Herz und eine Seele."

„Ich dachte, auch in Europa hätten alle Armen das Feld verlassen", wunderte sich Herr Gott. „Warum vermisst dieser Tim seinen 'Diego' so sehr? Sind beide schwul und war der eine bettelarm, während der andere steinreich ist?"

Bereichsleiter Gabriel schüttelte schnell den Kopf. „'Diego' ist eines der Pferde aus dem Stall, in dem Tim zuletzt gearbeitet hat. Sehr sensibel, aber wie Tim auch auf seine Freiheit bedacht. Tim hat sich sofort mit dem Wallach solidarisiert, als 'Diego' zu Unrecht geschlagen wurde. Seitdem sind die beiden ein Herz und eine Seele gewesen."

„Nun, wenn das so ist, sollten wir eher überlegen, ob wir 'Diego' herausholen und zu Tim bringen", überlegte Herr Gott. „Das scheint mir sinnvoller zu sein, als Tim wieder in alte Strukturen zu schicken, die ihm weder gefallen noch glücklich machen."

„Das wäre in der Tat eine Lösung, die Tim sicher gefallen würde", war sich Gabriel sicher. „Aber zurückgehen wird er ganz bestimmt nicht wollen, nicht einmal wegen 'Diego'."

* * *

„Doktor Watson hat recht: Die Fahrt in die Firma hätte ich mir sparen können", stellte Alexander Parker entsetzt fest, als er die Zentrale seines Firmenimperiums erreichte und zunächst den leeren Parkplatz und kurz danach die vielen dunklen Bildschirme an den verlassenen Schreibtischen sah.

Außer ihm selbst war keiner mehr da. Niemand hatte den Weg in den Hauptsitz der Holding gefunden, niemand war da, um die vielen Dinge zu kaufen, die zu besorgen er Noah am Morgen versprochen hatte.

Ein Anflug von Panik befiel ihn, als ihm klar wurde, dass er nun selbst gefordert war und seine Frau ihm weder heute noch in den nächsten Tagen eine echte Hilfe sein würde. Für einen Moment fragte er sich, warum er vor Jahren gerade diese Frau geheiratet hatte.

„Charlotte hat damals eine große Mitgift in unsere Ehe mit eingebracht. Das war jahrelang von großem Vorteil. Jetzt wäre es besser, wenn ich eine Frau an meiner Seite hätte, die mit ihren Händen auch fest zupacken kann", sagte er nachdenklich.

Doch er zog es vor, dem Gedanken nicht weiter zu folgen, denn ihm war klar, dass er vielleicht ein wenig auf Noah, aber ganz gewiss nicht auf seine Charlotte würde zählen können, wenn es in den nächsten Tagen und Wochen darauf ankam, das Leben und seine Herausforderungen zu meistern.

Er versuchte, einige Telefonate zu führen, sah jedoch schnell ein, wie vergeblich sein Bemühen war, denn nie hob jemand ab. Die Welt hatte sich über Nacht geleert. Es gab keine Menschen mehr, die er für sich hätte arbeiten lassen können und wenn doch, wusste er nicht, wo und wie er sie finden konnte.

Am Ende verschloss er die Tür zu seinem Büro und machte sich wieder auf den Heimweg. Die Supermärkte, an denen er vorbeifuhr, waren wie am Morgen immer noch geschlossen.

„Sie werden auch weiterhin geschlossen bleiben, wenn Doktor Watson mit seiner Einschätzung recht hat", mahnte er sich und spürte zugleich die Gefahr, die von diesem Gedanken ausging.

Vor dem ersten Supermarkt drehte er noch um und versuchte anderswo sein Glück. Vor dem Zweiten griff er zum Wagenheber und schlug die Scheibe ein. Sofort heulte der Alarm los und Alexander Parkers Herz begann zu rasen.

Er nahm all seinen Mut zusammen und zog den einmal begonnenen Einbruch durch. Schnell griff er nach einem Wagen und füllte in ihn all die Dinge, die ihm nützlich erschienen. Am Anfang überlegte er noch, ob Waschpulver für ihn wichtig und nützlich sei, am Ende griff er nach beinahe allem, was für ihn erreichbar war.

Der heulende Ton der Alarmanlage machte ihn fast wahnsinnig. Jeden Augenblick rechnete er mit der Ankunft der Polizei. Doch niemand kam und mit einem schwer beladenen Wagen trat er schließlich die Rückfahrt an.

Für Noah war er im ersten Moment ein Held, denn er hatte es geschafft, all die Dinge zu besorgen, die sie am Morgen nicht hatten kaufen können und doch so dringend brauchten.

Ein ums andere Mal fragte Noah ihn, wie er es geschafft hatte, doch noch an die benötigten Lebensmittel zu kommen. Alexander Parker zog es vor, seinem Sohn die Antwort schuldig zu bleiben.

„Wir müssen nachher noch einmal in die Stadt zum Tanken", sagte er wie abwesend zu Noah und ging in die Garage, um dort nach Fässern und Kanistern zu suchen, in die er weiteres Benzin für sein Auto einlagern konnte.

Er fand nur wenige, lud sie alle in den Kofferraum seines Wagens und spürte, wie das Herz immer schneller schlug.

„Noah, wir brauchen Gefäße, viele Gefäße", sagte er mit einer Stimme, die schon fast Panikniveau erreicht hatte.

Zum Glück hatte Noah noch einige pfiffige Ideen und gemeinsam fuhren sie wenig später noch einmal zu der Tankstelle, an der er am Morgen auf Doktor Watson getroffen war. Sie war, wie Alexander Parker es nicht anders erwartet hatte, immer noch geschlossen, doch das Selbstbedienungsterminal funktionierte zum Glück noch.

Der Reihe nach füllten sie die Kanister und Kannen, die sie mitgebracht hatten. Dass er den gekauften Treibstoff mit seiner Kreditkarte bezahlen konnte und sich nicht wie ein Dieb davonschleichen musste, erleichterte ihn.

Die Vorstellung, dass der Tank der Tankstelle eines nicht mehr allzu fernen Tages leer sein werde und ihm auch selbst gegen Bezahlung kein Benzin mehr zur Verfügung stellen würde, ängstigte ihn.

Zuhause angekommen, füllten sie den gekauften Treibstoff in ein größeres Fass um und machten sich erneut auf den Weg zur Tankstelle. Als sie diese erreicht hatten, stellte Alexander Parker mit Schrecken fest, dass auch andere Millionäre zu einer intensiven Vorratshaltung übergegangen waren und der Kampf um die letzten verbliebenen Vorräte eröffnet war.

„Noah, wir sollten auch noch einmal in den Supermarkt fahren. Vielleicht finden wir dort etwas, das wir gebrauchen können", sagte Alexander Parker, als der den Wagen von der Einfahrt zur Tankstelle steuerte und Kurs auf den Supermarkt nahm, dessen Scheiben er Stunden zuvor eingeschlagen hatte.

Der Alarm war längst ausgegangen und die schrille Sirene endlich verstummt. Noah sah die Scherben auf dem Boden und deutete mit seinem Finger auf sie. „Schau mal Dad, hier hat jemand eingebrochen."

Die Erinnerung an seine Tat vom Morgen behagte Alexander Parker nicht. Noch weniger behagte ihm, dass der Markt offenbar weiter ausgeplündert worden war, denn die Regale erschienen ihm deutlich leerer als Stunden zuvor.

Lange in dem Geschäft verweilen und viel Zeit verbringen mit der Auswahl der Dinge, die sie mitnehmen wollten, gedachte Alexander Parker nicht. Doch dieses Mal war es nicht der heulende Ton der Alarmanlage, der ihn veranlasste, überhastet nach all den Dingen zu greifen, die er zu benötigen glaubte, sondern das Wissen, dass er schnell noch einmal wiederkommen musste, bevor andere es taten.

* * *

Hektisch versuchte Hans-Günter Fiebig an diesem Tag, sein Leben in den Griff zu bekommen, doch es gelang ihm mehr schlecht als recht. In der Firma lief nichts mehr, denn außer ihm selbst war niemand zur Arbeit erschienen.

Die obligatorischen Telefonate mit Kunden und Lieferanten erübrigten sich, denn den einen hatte er nichts mehr anzubieten und an den anderen selbst keinen Bedarf, denn es gab in seinem großen Firmenimperium niemanden mehr, der Rohstoffe und Vorprodukte zu verarbeiten wusste.

Besonders kritisch war die Lage im Stall. Hier fehlte es an frischem Stroh für die Boxen und Hafer und Roggen für die Pferde. Krampfhaft überlegte er, wie er mit dem Mangel umgehen und seine Vorräte strecken könnte.

„Das vorhandene Futter reicht gerade mal für zwei bis drei Tage", warnte er sich beim Blick in den nicht einmal mehr halb vollen Futterwagen und kam zu einer harten Entscheidung. „Am Ende werden immer die Besten und Fittesten überleben und bei mir wird es ebenso sein."

'Monica' hätte er am liebsten als Erste von der Fütterungsliste gestrichen, doch die Aussicht, am Ende vielleicht doch noch irgendwie mit Hermann Hasthoff ins Geschäft kommen zu können, ließ ihn zögern.

So traf es zunächst nur 'Klinko' und 'Diego'. Sie wurden als Erste auf volle Diät gesetzt, während 'Godot' noch seine normale Ration erhielt, 'Monica' musste mit der Hälfte vorlieb nehmen und der Rest wurde für einige kurze Stunden auf die Weide geführt.

Hastig machte er sich daran, einige Boxen zu reinigen, wobei ihm entgegenkam, dass einige Pferde mangels Futter bald deutlich weniger Arbeit verursachen würden.

Die Aussicht, einen nicht unerheblichen Teil seiner Pferde quasi auf natürliche Weise zu verlieren, hätte ihn eigentlich bestürzen sollen, doch Hans-Günter Fiebig empfand sie in diesem Moment eher wie eine Befreiung.

Er hielt sich nicht lange an Nebensächlichkeiten auf, sondern erinnerte sich daran, wie ungern 'Diego' ihn getragen und wie hölzern und ungelenk ein 'Klinko' sich auf dem Turnierplatz anzustellen pflegte.

„Ein 'Godot' ist mehr wert als sie alle zusammen. Er stellt sie alle in den Schatten und sie werden nie auch nur annähernd sein Niveau erreichen", hatte er schnell eine Begründung für seine neue Härte gegenüber sich selbst und seiner Leidenschaft für den Pferdesport gefunden.

Nach einer Stunde beendete er die Arbeit im Stall, zog

sich um, setzte sich in den Wagen und fuhr in die Stadt.

„Ich muss unbedingt neues Personal für die Firma und den Stall finden", rechtfertigte er seinen fluchtartigen Aufbruch, obwohl er längst ahnte, dass seine Bemühungen vergeblich und am Ende erfolglos bleiben würden.

* * *

„Können Sie mir sagen, wo Fang ist? Wissen Sie, wie es ihr geht?" Beschwörend hatte Aiguo seine Frage an Walter Seraphim gerichtet, doch der zuckte nur unwissend mit den Schultern.

„Tut mir leid. Ich kann Ihnen leider nicht sagen, was mit Ihrer Frau ist."

„Können sie mir denn wenigstens verraten, ob ich sie wiedersehen werde?"

„Auch dazu bin ich leider nicht befugt", antwortete der Mitarbeiter der Agentur ausweichend.

„Was können Sie mir dann überhaupt sagen?", wunderte sich Aiguo. „Warum suchen Sie das Gespräch mit mir, wenn es offensichtlich nichts zu bereden gibt und Sie über die Dinge, die mich interessieren, nicht sprechen dürfen?"

„Über Direktor Hua können wir gerne reden."

„Warum sollte ich mit Ihnen ausgerechnet über Direktor Hua reden?", wunderte sich Aiguo. „Sprechen Sie selbst mit ihm. Er wird Ihnen sicher erzählen, dass in seinem Bergwerk alles in bester Ordnung ist und für die Sicherheit seiner Arbeiter zu jeder Zeit Sorge getragen wird."

„Genau das sagt Direktor Hua heute nicht mehr", entgegnete der Agenturmitarbeiter mit einem feinen Lächeln auf den Lippen.

Ungläubig schüttelte Aiguo den Kopf. „Sie wollen mir sagen, dass Direktor Hua nicht mehr behauptet, die Sicherheitsvorkehrungen in seinen Stollen seien über jeden Zweifel erhaben?"

„Er sagt zumindest nicht mehr, dass in seinem Bergwerk

immer noch alles in bester Ordnung sei", schmunzelte Herr Seraphim.

„Ach, und was sagt er jetzt?"

„Dass Sie und Ihr Freund Xiaotong verantwortlich dafür seien, dass heute in seinem Bergwerk niemand mehr arbeitet."

Aiguos Züge hellten sich auf. „Es arbeitet wirklich niemand mehr in seinen dunklen Stollen? Das ist in der Tat bemerkenswert und es ist die beste Nachricht, die ich seit Tagen erhalten habe."

„Sie freuen sich über sein Missgeschick?"

„Nein, ich freue mich nicht über sein Missgeschick. Was mit Direktor Hua ist, das ist mir egal. Ich freue mich für Xiang und all die anderen Kollegen. Auch sie haben sich endlich von diesem dunklen Schatten befreit."

„Dafür liegt dieser Schatten jetzt auf Direktor Hua."

„Warum ist Direktor Hua nur so furchtbar wichtig für Sie?", ärgerte sich Aiguo. „Zählt er etwa mehr, als alle anderen?"

„Er ist immerhin der Leidtragende diese Entwicklung."

„Der Leittragende? Wollen Sie mich auf den Arm nehmen?", fragte Aiguo entrüstet. „Nicht Direktor Hua ist der Leidtragende dieser Entwicklung, sondern wir waren es und haben uns lange Zeit nicht angemessen dagegen gewehrt."

„Direktor Hua sieht das allerdings anders."

„Ich weiß, er sieht auch Stollen, die in sich zusammenbrechen, als ausgesprochen sicher an, solange es ihm und seinem Profit förderlich ist", schimpfte Aiguo.

„Finden Sie nicht, dass Sie etwas hart mit ihm ins Gericht gehen?"

„Gegenfrage: Finden Sie nicht, dass Ihre Agentur ihn viel zu lange hat gewähren lassen?" Aiguos Gesicht rötete sich und er sah den Mitarbeiter der Agentur verärgert an. „Warum haben Sie nicht jemanden wie Xiaotong, Direktor Huas Leben leben lassen? Warum haben Sie Xiaotong oder von mir aus auch Xiang nicht all das Geld und all den Besitz gegeben, den Direktor Hua hat? Ich kann Ihnen sagen warum: Weil Ihnen und Ihrer Agentur die Leute im Stollen im Grunde vollkommen egal sind."

„Sie tun mir und der Agentur unrecht, Aiguo."

„Mein Name ist Aiguo und ich lebe meinen Namen. Ich liebe mein Volk und meine Leute und Xiaotong und Xiang tun es auch. Bei ihnen wäre die Sicherheit nicht über Jahre hinweg so vernachlässigt worden. Bei ihnen hätte man das Geld in moderne Technik und zusätzliche Sicherheitsmaßnahmen gesteckt, aber Sie und die Agentur lieben Leute wie Direktor Hua, die davon träumen, in Geld zu baden und es für teure Autos auszugeben."

„Sie müssen ihn immer noch sehr hassen."

Aiguo schüttelte langsam den Kopf. „Ich hasse Direktor Hua nicht. Selbst ihn zu hassen bedeutet, dass ich ihm viel zu viel Aufmerksamkeit schenke. Er ist für mich nicht einmal Luft, denn die Luft brauche ich zum Atmen, aber einen Parasiten wie Direktor Hua brauche ich zu rein gar nichts." Er breitete die Arme weit aus und drehte sich einmal um die eigene Achse. „Schauen Sie mich an! Haben Sie den Eindruck, dass mir etwas fehlt, seit Direktor Hua nicht mehr über mich bestimmen kann? Sehe ich unglücklich aus, weil ich mich in einem seiner Stollen nicht mehr vor dem Zusammenbruch der Decke fürchten muss?"

Walter Seraphim schüttelte ganz leicht den Kopf. „Nein, unglücklich sehen Sie nicht aus."

„Ich bin es auch nicht", bestätigte Aiguo. „Im Gegenteil: Ich habe mich noch nie so frei und unbelastet gefühlt, wie seit dem Tag, an dem ich Direktor Hua, seiner Mine und dem ganzen verdammten System den Rücken gekehrt habe."

„Direktor Hua sagt, das war hinterhältig und feige."

„Was Direktor Hua sagt, ist mir egal. Es zählt für mich nicht", ließ Aiguo das Gehörte nicht gelten. „Feige war ich vorher, als ich dem System angehört und einfach, ohne groß nachzudenken, mitgemacht habe. Damals habe ich nicht nur mich verraten, sondern auch meine wahren Ziele und meine Freunde und Kollegen."

„Sie hätten länger leben können."

„Was soll's? Jetzt bin ich frei!"

„Sie hätten noch viele Jahre vor sich gehabt."

„Na und? Lieber einen einzigen Tag in Freiheit als tausend Jahre in Abhängigkeit und Knechtschaft."

„Sie werden sich für Ihren eigenmächtigen Schritt verantworten müssen", warnte der Mitarbeiter der Agentur.

„Vor wem? Vor Direktor Hua?" Aiguo schüttelte den Kopf. „Der steht nicht über mir. Vor der Regierung?" Er schüttelte wieder kurz den Kopf. „Die steht im Zweifelsfall nicht auf der Seite des Rechts, sondern der des Geldes." Aiguo schüttelte wieder den Kopf, ruhiger und länger als er es zuvor getan hatte. „Nein, vor diesen innerlich verfaulten Leuten und Institutionen muss ich mich nicht rechtfertigen. Vor mir selbst muss ich bestehen. Das ist wichtig und das kann ich, weil ich mir endlich die Freiheit nehme, mein Leben zu leben und nicht eines aus zweiter Hand, das nur Direktor Hua oder der Regierung gefällt, weil es ihnen nützt."

* * *

„Sie haben uns alle allein gelassen, Jamila", sagte Chimalsi mit zitternder Stimme. Ihm war endlich klar geworden, dass Doktor Kani, die Schwestern und Patienten des kleinen Hospitals und natürlich auch sein eigenes Personal nicht an unheilbaren Krankheiten gestorben waren, sondern eigenständig eine Entscheidung herbeigeführt hatten.

Eine Entscheidung, die er nach Lage der Dinge nur als einen Affront gegen sich selbst auffassen konnte und die ihn innerlich noch mehr erregte als die überstürzte Abreise seiner Gäste am Samstagabend.

Ihre Tragweite erfasste er sofort und schon im nächsten Moment suchte er nach Wegen, um sich und seine Frau vor ihren negativen Folgen zu schützen.

„Sie werden alle nicht wiederkommen. Niemand wird

wiederkommen und wir zwei stehen ab jetzt ganz alleine da. In der Stadt haben wir keine Freunde und die, die wir meinten, hier zu haben, sind inzwischen auch gegangen. Los komm, wir packen alles ein, was wir für uns und unsere Farm gebrauchen können", wandte er sich an seine Frau und trieb sie zur Eile.

„Die Medizin auch?", fragte Jamila verwundert.

„Die Medizin vor allen Dingen. Womit wollen wir uns behandeln, wenn wir demnächst mal krank sind und es hier weit und breit keinen Arzt gibt?"

Sie durchsuchten Räume, Schubladen und Schränke und nahmen an sich, was ihnen wichtig und hilfreich erschien. Ein ums andere Mal gingen sie hinaus zum Wagen und beluden dessen Ladefläche.

Zum Schluss griffen sie sich die beiden herrenlosen Ziegen und jagten die Hühner über den staubigen Platz vor dem kleinen Hospital, bis sie auch das Letzte gefangen hatten. Danach hatte Chimalsi es eilig, wieder nach Hause zu kommen.

„Wir müssen unsere Herden zurück in den Stall treiben, sonst gehören sie heute Nacht den Löwen", erklärte er, als Jamila ihn bat, mit Rücksicht auf sie und die Tiere hinten auf der Ladefläche etwas langsamer zu fahren.

Die erste Herde erreichten sie, kurz bevor die Dämmerung über die offene Savanne hereinbrach. In aller Eile begannen sie, die Herde wieder zurück Richtung Farm zu treiben.

„Einen Hund könnten wir jetzt gut gebrauchen und ein paar Männer mit Stöcken wären auch nicht schlecht", fluchte Chimalsi und machte sich an das schwierige Unterfangen, Wagen, Frau und Herde gleichzeitig zur Farm zurückzubringen.

Nach zwei Stunden war es endlich geschafft. Sie sperrten die Tiere in die für sie vorgesehenen Gatter und wiesen auch den vom Krankenhaus mitgebrachten Ziegen und Hühnern einen neuen Platz zu.

Dann überlegte Chimalsi, ob er auch noch die zweite

Herde zurück zur Farm holen sollte. Lust hatte er keine mehr, denn der Tag war anstrengend und er selbst müde und abgespannt. Trotzdem raffte er sich auf und stieg in den Wagen.

Jamila begleitete ihn. Auch sie hatte längst erkannt, dass harte Zeiten bevorstanden und sie selbst gefordert waren, wenn sie sich und ihren umfangreichen Besitz erhalten wollten.

Sie erreichten die Herde gerade zur rechten Zeit. Nächtliche Jäger durchstreiften die Gegend und die Tiere wurden zunehmend unruhig. Einige schwächere Jungtiere hoben sie auf die große Ladefläche des Wagens, doch der Rest musste laufen und setzte sich nur schwerfällig in Bewegung.

„Ich wäre jetzt auch lieber in meinem Bett", trieb Chimalsi die Leittiere immer wieder an und zwang sie Meile für Meile vorwärts.

Nach drei Stunden hatte sich die Mühe gelohnt. Auch die zweite Herde erreichte ohne Verluste die Farm und war vorläufig in Sicherheit. Müde und abgekämpft, aber auch etwas zufrieden mit sich und ihrer Leistung, fielen Jamila und Chimalsi ins Bett. Einer der längsten Tage ihres Lebens war zu Ende gegangen.

Dienstag, 17. Juli

Am Morgen hatte es Alexander Parker eilig. Die ganze Nacht über hatte er wach im Bett gelegen, sich unruhig von der einen auf die andere Bettseite gewälzt und über die vergangenen Tage und die veränderte Situation nachgedacht. Nun war er gewillt, zumindest einen Teil seiner nächtlichen Gedanken in die Tat umzusetzen. In aller Hast nahm er sein Frühstück ein und fuhr mit Noah zusammen wieder zum Supermarkt. Auch Charlotte Parker musste ihn dieses Mal begleiten, denn er war der Meinung, dass sie mit zwei Fahrzeugen wesentlich mehr Güter abtransportieren konnten als nur mit einem einzigen Wagen.

Widerspenstig folgte sie ihm, obwohl sie sich ursprünglich vorgenommen hatte, sich endlich um ihre Haare zu kümmern. Das schien ihr notwendiger und dringender denn je, da ihre aufwendige Suche vom Vortag ergebnislos verlaufen war. Stundenlang hatte sie ihren Wagen durch die Straßen Bostons gesteuert. Alle renommierten und weniger bekannten Friseure der Stadt hatte sie aufgesucht. Nicht einer von ihnen hatte seinen Salon geöffnet.

Vor dem aufgebrochenen Supermarkt trafen sie überraschend die Chaplins.

„Ihr versucht auch noch, etwas zum Essen zu finden?", fragte Olivia und zeigte stolz auf den prall gefüllten Einkaufswagen vor sich. „Butter ist leider keine mehr da. Die Letzte haben wir mitgenommen. Aber etwas Milch und Käse ist noch da. Ihr müsst euch aber beeilen. Die anderen werden auch bald hier sein."

„Die anderen?", fragte Alexander Parker beunruhigt.

„James West und seine Frau sind auch schon hierhin unterwegs und die Youngs werden sicher auch gleich kommen", berichtete Henry Chaplin von den geplanten Aktivitäten der übrigen Millionäre und Milliardäre in der Stadt.

Alexander Parker hatte genug gehört, um zu wissen, dass

er keine Zeit mehr zu verlieren hatte. „Los komm, Charlotte, lass uns gehen! Wir haben noch einen harten Tag vor uns."

„Ich weiß nicht, warum du heute so drängst?", beschwerte sich seine Frau, nachdem sie einige Schritte in den Markt hineingegangen und die Chaplins außer Hörweite gekommen waren.

„Hast du etwa noch immer nicht verstanden, was los ist?", sah Alexander Parker seine Frau fassungslos an. „Die Butter ist schon weg, und wenn wir hier noch länger warten, schnappen uns die Wests, Youngs und Hobbs dieser Welt auch noch die Milch und den Käse vor der Nase weg."

„Aber du hast doch auch sonst nur wenig Milch getrunken und ein Freund von Käse bist du auch nie gewesen", bemerkte Charlotte verständnislos.

Alexander Parker verdrehte geziert die Augen und warf einen Blick über die Schulter zurück zum Eingang. Was er sah, ließ ihn regelrecht erstarren: James West und seine Frau drangen soeben durch die zerbrochenen Scheiben in den Laden ein und schickten sich an, ihnen zuvorzukommen.

„Noah, lauf schon mal vor und hole uns Milch und Käse", bemühte er sich schnell Fakten zu schaffen und wandte sich wieder an seine Frau „Und du, Charlotte, gehst schon mal in die Wurst- und Fleischabteilung und schaust nach, was es dort noch gibt!"

„Aber ich weiß doch gar nicht, wo diese Abteilung ist."

Sein ausgestreckter Arm wies nach rechts. „Dann gehst du einfach in diese Richtung und nimmst mit, was du an Brauchbarem finden kannst."

So schnell er konnte, eilte er Noah mit dem großen Einkaufswagen hinterher und legte in ihn, was die nur noch spärlich gefüllten Regale hergaben. Wählerisch waren sie nicht. Sowohl Noah als auch Alexander Parker legten so viel in den Wagen, wie sie nur finden konnten.

Als sie Minuten später wieder auf Charlotte Parker trafen, stand diese noch immer unschlüssig vor einem fast leeren Regal.

„Hast du etwas gefunden, Schatz?"

„Nur einen kleinen Kosmetikspiegel. Ich denke, er würde sich im Schlafzimmer auf dem Nachttisch recht gut machen."

„Sonst hast du nichts gefunden?", fragte Alexander Parker entsetzt.

„Wie soll man hier noch etwas finden?", antwortete seine Frau mit einer Gegenfrage „Es gibt doch fast nicht mehr hier in diesem Laden und ich verstehe nicht, warum du uns ausgerechnet in diesen Supermarkt führst?"

„Weil die anderen inzwischen genauso leer sind", stöhnte Alexander Parker und wandte sich wieder an seinen Sohn. „Schnell zum Fleisch und zu den Nudeln und dann sollten wir an Konserven noch mitnehmen, was wir mitnehmen können."

Der Junge rannte sofort vor und Alexander Parker folgte ihm mit dem schweren Einkaufswagen, so schnell er konnte. Über die abstrusen Fragen seiner Frau konnte er sich nicht einmal mehr wundern. 'Sie lebt in einer anderen Welt und hat immer noch nicht bemerkt, dass die alte längst untergegangen ist. Ich hätte sie heute besser wieder zuhause lassen sollen.'

Kurz bevor sie den nun fast vollständig leergeräumten Supermarkt wieder verließen, trafen sie auf James West und seine Frau.

„Alexander, ist es nicht eine Schande, dass Leute wie wir nun auch noch zum Einkaufen in die Märkte müssen?", begrüßte ihn der Milliardär.

„Bleibt uns etwas anderes übrig, wenn keiner mehr seinen Vertrag bei der Agentur verlängert und nicht einmal das eigene Personal bleiben will?"

„Du hast recht. Die Zeiten sind hart und ungewöhnlich und sie erfordern besondere Maßnahmen von uns allen. Hast du schon einmal daran gedacht, dass es besser für uns alle ist, wenn wir unsere Kräfte bündeln und zusammenstehen?", fragte der Milliardär und wirkte, als habe er bereits einen Plan.

„Was genau schwebt dir vor, James? Wo willst du mit mir zusammenarbeiten und wie stellst du dir diese Kooperation im Einzelnen vor?"

„Wir können mit den kleinen Dingen des Lebens anfangen. Hier ein gemeinsames Frühstück, dort ein Abendessen, das wir zusammen einnehmen oder sogar anderen anbieten und sie damit in unsere Abhängigkeit bringen", schlug der einflussreiche Milliardär vor. „Alexander, wir sollten alles tun, um die, die nicht so viel Geld haben wie wir beide, nicht zu hoch steigen zu lassen. Bislang konnten sie sich dem Pöbel gegenüber überlegen fühlen, doch jetzt sind sie die unterste Stufe der Gesellschaft. Ich denke, es ist nicht verkehrt, wenn wir sie dies nicht nur spüren lassen, sondern sie es auch möglichst schnell spüren lassen."

„Grundsätzlich gebe ich dir recht, James. Nur wie willst du sie spüren lassen, dass sie nun auf der untersten Sprosse der Leiter stehen?"

„Ich denke, wir sollten gar nicht erst den Eindruck aufkommen lassen, dass sich irgendetwas Substanzielles geändert hat", forderte James West forsch.

„Das wird schwierig", entgegnete Alexander Parker kritisch, die Stirn in tiefe Falten gelegt.

„Schwierig oder nicht: Geld hat früher die Welt regiert, Geld regiert heute die Welt und Geld wird auch morgen noch die Welt regieren und wir beide, Alexander, wir hatten und wir haben im Gegensatz zu anderen genug davon."

„Nur dass wir uns für dieses viele Geld leider gerade nicht viel kaufen können", gab Alexander Parker kritisch zu bedenken. „Du siehst es ja hier. Hier bedient sich jeder, ohne zu bezahlen und geht wieder dahin, woher er gekommen ist."

„Das wird nicht ewig so bleiben", war James West sich sicher. „Schon bald werden die Gesetze von Angebot und Nachfrage wieder greifen."

„Das werden sie gewiss."

„Und wenn das passiert, sollten wir zuschlagen und uns wieder an die Spitze der Bewegung stellen. Dann werden wir wieder die sein, die bestimmen, wo der Hase langläuft und alle anderen werden uns folgen."

* * *

Die Fahrt in die Stadt glich für Hans-Günter Fiebig einem Albtraum der Extraklasse. Das Büro der Tageszeitung war geschlossen und das Arbeitsamt verwaist. Panik und eine ohnmächtige Wut bemächtigten sich seiner.

„Da hat man mal jede Menge neuer Jobs anzubieten und keiner hält es für nötig, die Vermittlung zu übernehmen."

Die Stände der Obst- und Gemüsehändler auf dem Markt standen noch immer. Niemand hatte sich die Mühe gemacht, sie zu beseitigen. Die Händler suchte er vergebens, doch das auf den Auslagen gestapelte Obst und Gemüse war noch dort.

„Sie sind gegangen, haben ihre Waren aber nicht mitgenommen?", wunderte er sich und erinnerte sich dann daran, dass die Auslagen während der Nacht immer bei den Ständen verblieben und von einem Wachdienst geschützt worden waren.

Vorsichtig trat er näher, betrachtete einen Apfel und hob ihn an. An der Unterseite war er bereits verschimmelt. Achtlos warf er die Frucht zu Boden und griff nach der nächsten. Auch sie wirkte alt und unappetitlich.

Er ging einen Schritt weiter und warf einen kritischen Blick auf das fein säuberlich gestapelte Gemüse. Als seine Hand nach ihm greifen wollte, verscheuchte sie als Erstes die Fliegen. Schnell kehrten sie wieder zurück.

„Roggen und Hafer gibt es hier keinen. Aber mit dem Obst und Gemüse lässt sich das Futter für ein paar Tage strecken und für mich selbst brauche ich schließlich auch irgendwas", überlegte er leise, fasste schnell einen Entschluss und holte den Wagen.

In ihm schien er nicht nur das teilweise angefaulte Obst und Gemüse zu sich in den Stall geholt zu haben. Auch die lästigen Fliegen hatte er mitgenommen. Sie gesellten sich gleich zu denen, die ohnehin schon dort waren.

Schnell sortierte er die Früchte und verfütterte sie an die Pferde. Sogar 'Diego' bekam einen Apfel, oder besser gesagt das, was die Fliegen von ihm übrig gelassen hatten.

Am Nachmittag sattelte er eines der Pferde und gönnte sich einen Ritt über Wiesen und Felder. Unterwegs traf er auf seinen Zahnarzt, Doktor Müller, und Bauer Jansen aus dem Nachbarort. Beide waren recht wohlhabend, aber nicht annähernd so reich und gut gestellt wie er selbst.

Sie diskutierten angeregt, wie es nun weitergehen sollte. Hans-Günter Fiebig nutzte die Gelegenheit, abzusteigen und sich zu ihnen zu gesellen.

„Der Doktor klagt gerade darüber, dass ihm fast alle seine Patienten verloren gegangen sind", berichtete Thomas Jansen.

„Dann hat er jetzt viel Zeit zum Müßiggang, aber kaum noch eine Möglichkeit, Geld zu verdienen", analysierte Hans-Günter Fiebig schnell die Situation.

„Ich habe ihm angeboten, dass er bei mir auf dem Hof arbeiten kann", erzählte der Landwirt.

„Arbeit gibt es gerade wie Sand am Meer", bemerkte der Zahnarzt nachdenklich. „Aber als Kieferchirurg auf einem normalen Bauernhof zu arbeiten, das ist nun wirklich nicht die Art von Karriere, die ich machen wollte"

Wie eines seiner Pferde spitzte Hans-Günter Fiebig sogleich die Ohren. „Er kann auch bei mir auf dem Reiterhof oder in der Firma arbeiten. Meine Arbeiter und Angestellten sind alle weg und Arbeit gibt es mehr als genug."

„Mit rassigen Pferden zu arbeiten, ist sicher interessanter, als mit dem Traktor Gülle aufs Feld zu fahren", bemerkte der Zahnarzt. „Aber ich würde trotzdem lieber in meiner Praxis arbeiten. Zahnärzte werden auch in Zukunft gebraucht."

„Um die Bezahlung machen Sie sich mal keine Sorgen, Doktor, die wird gut sein. So verarmt bin ich noch nicht, dass ich Ihnen für Ihre Arbeit nicht auch einen guten Lohn zahlen könnte", versuchte Hans-Günter Fiebig Werner Müllers Einwand schnell zu entkräften. „Sie können auch gerne halbtags bei mir arbeiten. Morgens kümmern Sie sich dann um die wenigen Patienten, die ihnen noch verblieben sind, und nachmittags um meine Pferde oder die Büroarbeit in meiner Firma, wenn die Ihnen lieber ist."

„Zunächst einmal werden vor allem Lebensmittel gebraucht und die werden nun mal nicht in Reitställen und Büros, sondern hier draußen auf den Feldern produziert", versuchte Thomas Jansen sich beim Ringen um die Arbeitskraft des Doktors wieder in eine günstigere Position zu bringen. „Ich kann nicht nur mit Geld bezahlen, für das sich am Ende unter Umständen gar nichts mehr kaufen lässt. Bei mir gibt es auch immer wieder mal Naturalien, einen Sack Kartoffeln zum Beispiel oder eine fette Martinsgans im November."

„Wie wollen Sie Ihre Felder bestellen, wenn uns schon bald das Benzin ausgehen wird?", fragte Doktor Müller und wies mit der Hand kurz auf Hans-Günter Fiebig. „Wollen Sie sich von ihm dann wieder ein paar Pferde leihen, um den Pflug doch irgendwie über die Felder zu ziehen?"

„Meine Pferde sind keine gewöhnlichen Ackergäule, Doktor Müller", war Hans-Günter Fiebig im ersten Moment entrüstet. „Mit denen gewinne ich schwere Springen und wichtige internationale Dressurwettkämpfe."

„Schön und wer braucht diese erlesenen Wettkämpfe jetzt noch?", wollte der Zahnarzt wissen.

„Mich, Herr Fiebig, würde auch brennend interessieren, wie Sie an den Hafer für Ihre teuren Vierbeiner kommen werden. Also nur für den Fall, dass ich auf meinen Feldern in Zukunft keinen mehr anbauen werde", ließ Bauer Jansen eine Frage anklingen, die dem Besitzer des Reitstalls in diesem Moment mehr als unangenehm war.

„Diese Feinheiten brauchen wir im Moment nicht weiter auszudiskutieren", bemühte sich Hans-Günter Fiebig die Diskussion schnell zu beenden, bevor sie sich für ihn zu einem totalen Fiasko ausweitete. „Wie gesagt, Doktor:

Wenn Ihre Praxis Sie nicht mehr ganz ausfüllt und Sie sich ein wenig Geld hinzuverdienen möchten, sind Sie bei mir auf dem Hof oder in der Firma immer herzlich willkommen."

* * *

„Wie kann es die Agentur nur zulassen, dass ich Tag für Tag mein Gesicht verliere?", schimpfte Direktor Hua, nachdem er am frühen Morgen erneut mit Walter Seraphim zusammengekommen war.

Der Mitarbeiter der Agentur schüttelte verständnislos den Kopf. „Ich verstehe nicht, warum ausgerechnet die Agentur für Ihren Gesichtsverlust verantwortlich sein soll. Diese Logik ist für mich absolut nicht nachvollziehbar."

„Dafür ist sie für mich aber umso klarer und leichter zu verstehen", ärgerte sich der Direktor. „Wenn die Agentur meinen Arbeitern vernünftige Verträge angeboten hätte, wäre die ganze Krise nie aufgekommen und wir hätten heute die Probleme nicht, mit denen ich mich jetzt die ganze Zeit herumschlagen muss."

„Die Agentur hat den Arbeitern die gleichen Verträge angeboten, die wir ihnen schon seit Jahren anbieten."

„Dann hätten Sie ihnen bessere Verträge anbieten müssen", forderte der Direktor ungehalten.

„Verträge mit längeren Laufzeiten? Ich glaube nicht, dass die das Problem gelöst hätten", war Walter Seraphim weiterhin anderer Meinung.

„Sie hätten Ihnen mehr Geld bieten können, dann wären sicher die meisten von ihnen geblieben", war sich Direktor Hua sicher.

„Für das Geld ist die Agentur eigentlich nicht zuständig. Wir verhandeln in der Regel nur die Laufzeit der Verträge mit unseren Kunden aus. Ganz selten, so wie in Ihrem Fall sprechen wir auch über den sozialen Status."

„Dann hätten Sie halt öfter über Geld und Status sprechen sollen", schimpfte Direktor Hua. „Was bei mir geht, muss doch auch bei anderen gehen. Aber weil die Agentur geschlafen hat, habe ich inzwischen keine Arbeiter und auch kein Gesicht mehr. Beides habe ich in den letzten Tagen tausendfach verloren."

„Warum haben Sie Ihren Mitarbeitern dann nicht das Geld gegeben, das ihnen gefehlt hat?", wunderte sich der Agenturvertreter. „Für Sie wäre es doch ein Leichtes gewesen, den Bergleuten höhere Löhne zu bezahlen."

„Ich soll diesen undankbaren Pöbel mit meinem Geld finanzieren? Ja sind Sie völlig übergeschnappt?", erwiderte der Bergwerksdirektor fassungslos. „Mein Geld ist viel zu hart verdient, als dass ich es leichtfertig wie Perlen vor die Säue werfen werde."

„Gut, wenn Sie die hohen Kosten scheuen, bleibt immer noch die Frage, warum Sie Ihre Leute nicht auch da besser behandelt haben, wo es Sie kein Geld gekostet hätte?"

„Wie meinen Sie das?"

„Na der Status zum Beispiel: Warum haben Sie die Männer Tag für Tag spüren lassen, dass sie im Grunde nur der letzte Dreck und das unwichtigste Rad im ganzen Getriebe sind? Warum wurden die einfachen Kumpel mit dem ältesten Zug zur Arbeit gefahren, während andere mit dem Bus gekommen sind und Sie selbst immer die feine Limousine mit den abgedunkelten Scheiben genommen haben?"

„Sie glauben doch nicht, dass ich einen dieser elenden Schmierfinken bei mir im Wagen mitfahren lasse. Der versaut mir doch die ganze Innenausstattung."

„Die Männer haben sich immer gewaschen, bevor sie den Zug genommen haben und wenn sie zur Arbeit gefahren sind, hatten sie vorher noch gar keine Chance, sich schmutzig zu machen", widersprach der Mitarbeiter der Agentur ruhig. „Wenn hier irgendetwas schmutzig ist, dann höchstens Sie und das System, das Sie hier über Jahre hinweg aufgezogen haben."

„Ihre Argumente sind absurd, Herr Seraphim. Ich führe nur eine Tradition fort, die bei uns schon seit Jahrhunderten besteht."

„Haben Sie nie daran gedacht, dass auch alte Traditionen und Gebräuche falsch sein könnten?"

„Ich bin viel zu beschäftigt, als dass ich mit derart unwichtigen Fragen meine Zeit vertrödeln könnte", erwiderte der Direktor kalt.

„Nun, Zeit haben Sie ja jetzt genug, zumindest mehr als Arbeiter."

„Die Agentur muss mir neue Arbeiter zur Verfügung stellen!"

„Das wird in der Führung der Lebensagentur anders gesehen", erwiderte Walter Seraphim ruhig. „In der Zentrale ist man eher der Meinung, dass Sie eine große Mitschuld an diesem Fiasko trifft."

„Mich eine Mitschuld? Dass ich nicht lache. Ich bin der Letzte, der sich hier etwas vorzuwerfen hat. Im Gegenteil: Ich habe immer für die Agentur gekämpft und bei den Männern dafür geworben, dass sie alle neue Verträge mit euch abschließen, ganz so, wie es zuvor abgesprochen war."

Entschieden schüttelte Walter Seraphim den Kopf. „Sie haben den Arbeitern die Fahrt im Bus verweigert, obwohl Sie wussten, dass die zum Neuabschluss der Verträge zur Verfügung stehende Zeit äußerst knapp bemessen war. Wenn Sie wirklich auf der Seite der Agentur gestanden hätten, dann hätten Sie alle Hebel in Bewegung gesetzt, um die Arbeiter möglichst schnell in die Stadt zu bringen. Aber Sie, Direktor Hua, haben den Status ganz klar über die neuen Verträge gestellt und jetzt erhalten Sie die Quittung für diese Entscheidung. Jetzt ist niemand mehr da, der für Leute wie Sie noch einen Finger krumm macht. Jetzt müssen Sie selbst sehen, wie Sie mit der veränderten Situation klarkommen." Er lächelte überlegen. „Aber an einem Punkt können Sie ganz unbesorgt sein: Ihr Gesicht werden Sie nicht noch einmal verlieren. Es ist keiner mehr da, der mitbekommen könnte, wie tief Sie in der letzten Woche gesunken sind."

* * *

„Chimalsi, ich würde gerne noch etwas liegen bleiben. Bist du wirklich der Meinung, dass wir unbedingt aufstehen sollen?"

„Ich bin auch noch müde, Jamila. Der gestrige Tag war lang und hart. Aber ab jetzt wird jeder Tag so sein", erwiderte Chimalsi verständnisvoll. „Wir beide haben nur noch uns selbst. Du weißt, es ist niemand mehr da und die ganze Arbeit wird in Zukunft an uns beiden hängen bleiben."

„Es fällt mir schwer, mich an diesen Gedanken zu gewöhnen."

„Leicht fällt es mir auch nicht", bestätigte Chimalsi. „Aber je schneller wir uns auf die veränderte Situation einlassen, umso besser für uns."

„Meinst du, dass wir es schaffen werden? Ich meine, wir beide sind ganz allein."

„Entweder wir schaffen es, oder diese Farm und uns wird es in Kürze nicht mehr geben."

„Womit fangen wir heute an?"

„Wir müssen das Vieh wieder auf die Weide bringen. Das werde ich übernehmen. Du solltest dich um das Haus und den Garten kümmern."

„Wirst du das Vieh wieder mit dem Wagen auf die Weide treiben?"

Chimalsi schüttelte den Kopf. „Wenn das Benzin im Tank aufgebraucht ist, können wir den Wagen nicht mehr benutzen. Wir müssen sehr vorsichtig und sparsam sein. Deshalb möchte ich unsere Fahrzeuge nur noch in Notfällen benutzen."

„Ein Glück, dass niemand von unseren Freunden aus der Stadt sieht, wie schlecht es uns nun geht."

„Ich bin mir nicht sicher, ob es ihnen nicht noch viel schlechter geht als uns. Wir haben wenigstens die Tiere und den Hof. Wir können uns selbst ernähren."

„Was werden sie machen, wenn ihre eigenen Vorräte aufgebraucht sind?", fragte Jamila.

„Möglicherweise kommen Sie vorbei und wollen von uns etwas kaufen."

„Wirst du es ihnen geben, wenn sie kommen, um Fleisch, Gemüse und Mais von uns zu kaufen?"

Unentschlossen wog Chimalsi den Kopf hin und her. „Das kommt darauf an, was sie uns im Gegenzug anzubieten haben."

„Sie werden sicher viel Geld bieten."

„Das Geld will ich nicht, denn was sollen wir hier draußen mit diesem nutzlosen Papier? Wir brauchen andere Dinge, einen neuen Pflug zum Beispiel. Alles, was für uns einen direkten praktischen Nutzen hat, können wir gut gebrauchen. Das werden wir als Gegenleistung sicher gerne annehmen. Aber mit ihrem Papiergeld, für das man sich hier draußen bei uns im Zweifelsfall nichts kaufen kann, können sie mir gestohlen bleiben."

Sie warfen die Bettdecken zurück und machten sich an die Arbeit. Jamila suchte im Hof nach den Eiern, die über Nacht von den Hühnern gelegt worden waren, und Chimalsi brachte einen Teil des Viehs auf die Weide.

„Für Jamila und mich ist die Herde eigentlich zu groß. Wir brauchen weder das ganze Fleisch noch die viele Milch", erkannte er schnell, während er wild hin- und herlief, um die Tiere auf dem Weg zusammenzuhalten und keines unterwegs zu verlieren.

Etwas Ruhe fand er erst, als die Herde das Weideland endlich erreicht hatte. Wie ein Schwarm Heuschrecken stürzten sich die Tiere auf das spärliche Gras, das die Sonne schon stark ausgedorrt hatte.

„Vor dem Haus können sie unmöglich alle weiden. Das Gras dort reicht für zwei oder drei genügsame Ziegen, aber ganz gewiss nicht für die ganze Herde."

Sein Blick strich über die ruhig grasenden Rinder und Ziegen. Die Vorstellung, einen Teil der Herde zu verlieren und Besitz abgeben zu müssen, behagte ihm im ersten Moment gar nicht. Doch Chimalsi war Realist genug, um zu wissen, was ihm und Jamila noch möglich war und von welchen Träumen sie sich besser verabschiedeten, weil sie inzwischen völlig außer Reichweite waren.

„Wir sollten bald in die Stadt fahren und einen Teil unserer Herde dort verkaufen, solange wir noch gute Preise für die Tiere bekommen", teilte er Jamila am Abend seinen Entschluss mit.

„Du willst die Herde doch in Geld tauschen?", fragte sie verwundert.

„Nicht in Geld", schüttelte Chimalsi schnell den Kopf. „Vielleicht in Gold. Das ist beständiger. Aber noch besser wäre, wir tauschen die Rinder und Ziegen gegen die Dinge, die wir hier draußen wirklich nötig haben."

* * *

„Komm, Michael, wir gehen einige Schritte durch den Park", sagte Raffael und legte freundlich den Arm um die Schulter des Kollegen.

„Gerne, vielleicht lenkt uns der Spaziergang etwas ab."

„Ablenkung und Zerstreuung finden bei der Ausgangslage, das ist wirklich eine kaum zu meisternde Herausforderung", lachte der für die USA zuständige Bereichsleiter. „Die neue Situation ist erst ein paar Tage alt, aber mir liegen meine Kunden schon jetzt mit ihren Klageliedern in den Ohren. Sie sagen, die Lage sei unhaltbar und sie selbst wären der Situation längst nicht mehr gewachsen."

„Bei uns in Afrika ist es ähnlich", berichtete Michael. „Aber nur in den großen Städten und den Metropolen. Dort machen die Reichen auf mich einen richtig verwahrlosten Eindruck."

„Das ist bei uns genauso", staunte Raffael. „Die Reichen auf dem Land kommen etwas besser mit der veränderten Situation zurecht als die Millionäre und Milliardäre in den großen Städten."

„Je reicher sie sind, umso mehr reagieren Sie wie verwöhnte Kinder, die mal ein paar Schritte selbst gehen müssen und nicht getragen werden."

„Verwöhnte Kinder, ja das sind sie in der Tat", ärgerte sich Raffael. „Kaum trägt sie niemand mehr mit einer Sänfte durchs Leben, ist das Geschrei groß und ein jeder meint, er würde zu kurz kommen. Dabei haben sie doch alles bekommen, was sie immer gewollt haben. Ganz Amerika gehört inzwischen ihnen. Sie brauchen es sich nur zu nehmen."

„Gibt es bei dir in Amerika auch so viele Leute, die allein durch Korruption und gute Beziehungen, nicht aber durch ihre eigenen Leistungen und Verdienste zum großen Geld gekommen sind?"

„Viele haben reich geerbt und schon als Kinder verlernt, was harte Arbeit ist", berichtete Raffael. „Aber das größte Problem sind für uns im Moment die vielen Stars und Sternchen."

„Warum das?", wunderte sich Michael.

„Weil die stark geschrumpfte Gesellschaft nichts mehr mit ihnen anzufangen weiß. Es werden Bäcker und Friseure gebraucht, aber nicht Leute, die meinen, schön singen zu können und den Sinn ihres Lebens darin sehen, jeden Tag zum Friseur zu gehen und am Nachmittag Kuchen zu essen", schimpfte Herr Raffael.

„Hat keiner mehr einen vernünftigen Beruf erlernt?"

Bereichsleiter Raffael verdrehte genervt die Augen. „Die meisten Stars haben zwei linke Hände. Die wissen beim Auto gerade mal, wo der Tankstutzen ist, aber den Motor warten oder ihn gar reparieren können sie nicht."

„Aber in Amerika sind doch nicht nur die Sport- und Hollywoodstars reich gewesen", wunderte sich Michael.

„Oh, wir haben noch jede Menge andere Berufe, in denen man früher viel Geld verdienen konnte, die aber im Grunde niemand wirklich braucht. Denk nur mal an die vielen Anwälte. Sie haben immer gut davon gelebt, dass Güter knapp waren und die Menschen sich vor Gericht um ihren Gebrauch gestritten haben. Jetzt kann jeder, wenn er will, fünfzehn Autos haben und eine ganze Stadt sein eigen nennen. Aber einen Grund zu streiten? Nein, den hat man eigentlich nicht mehr, denn es ist für alle mehr als genug da."

„Die Anwälte müssen sie umschulen und sie wieder an die wirklich wichtigen Aufgaben heranführen", regte Michael an.

„Sie müssen nicht nur die Anwälte umschulen", seufzte Raffael. „Das ganze Land muss wieder lernen, sich selbst die Schuhe zuzubinden."

„Ist das so schwer?", lachte Michael.

„Für die vielen Finanzakrobaten auf jeden Fall. Kannst du mir mal sagen, was wir mit denen noch anfangen sollen?", redete sich Raffael langsam in Rage. „Sie haben immer gut gelebt, weil sie dafür gesorgt haben, dass das Geld, das heute der eine hat, morgen bei einem ganz anderen landet."

„Das klingt schwer nach Beschäftigungstherapie für Fortgeschrittene. Aber heute brauchen wir Leute, die Nahrungsmittel produzieren, Kleidung und Schuhe herstellen und ein kleines Kraftwerk am Netz halten", überlegte Michael.

„Du sagst es. Aber erzähl das mal einem aufgeblasenen Investmentbanker, der sich und sein Tun für den Nabel der Welt hält", ärgerte sich Raffael.

„Was gedenkst du nun zu tun, Raffael?"

„Gar nichts. Ich werde den Dingen wohl einfach ihren Lauf lassen. Oder gehst du in Afrika mit dieser Frage wesentlich anders um?"

Michael schüttelte mehrmals den Kopf. „Nein, auch wir halten uns stark zurück."

„Ich habe sogar schon eine Idee, wie die Gesellschaft der Zukunft aussehen wird", verriet Raffael, nachdem sie eine Weile still den Weg entlanggegangen waren.

„Du machst mich neugierig, Raffael. Wird Amerika die erste wirklich klassenlose Gesellschaft, weil nur noch Millionäre und Milliardäre im Land herumgeistern?"

„Eine klassenlose Gesellschaft? Nein, die wird 'Gods own country' ganz bestimmt nicht. Die Gräben werden vermutlich sogar noch etwas tiefer ausfallen."

„Aber alle haben doch eigentlich schon genug Geld."

„Stimmt! Geld haben sie genug", pflichtete Raffael seinem Gesprächspartner bei. „Aber die Fähigkeiten sind höchst ungleich verteilt. Ich kann mich täuschen, aber ich rechne damit, dass die, die wirklich etwas können, am Ende die sein werden, die den vielen Schwätzern und Taugenichtsen zeigen werden, wo es langgeht."

„Hast du keine Angst, dass einige besonders clevere Leute sie wieder um ihre Finger wickeln werden?"

„Die Gefahr besteht. Das sehe ich auch. Aber dieses Mal ist das praktische Wissen höchst einseitig verteilt. Es gibt nicht mehr viele Fachleute, die die Cleveren gegeneinander ausspielen können. Von daher könnte es genau umgekehrt laufen und die wenigen Männer und Frauen, die über echtes, brauchbares Fachwissen verfügen, werden die vielen cleveren Schwätzer ganz elegant um ihre Finger wickeln."

„Eine wirklich interessante Vorstellung, dass ein reicher Milliardär einer Frau, die Nähen kann, den Rasen mäht und den Abwasch macht, nur weil er eine neue Hose braucht und das Hemd am Kragen auch schon verschlissen ist", lachte Michael vergnügt und erfreute sich an dem Bild, das in seiner Phantasie langsam Farben und Formen annahm. „Ich selbst hätte mit solch einer Welt nicht die geringsten Probleme und ich glaube, auch der Chef wäre nicht abgeneigt, es mal auf einen Versuch ankommen zu lassen."

∗ ∗ ∗

„Nicht genug damit, dass mir weder meine Marla noch sonst jemand mein Ei kocht, jetzt streckt auch noch James West seine Hand nach meinem nicht gekochten Frühstücksei aus, indem er sich mit zu mir an den Tisch setzten will. Was fällt dem eigentlich ein?", schimpfte Alexander Parker, nachdem er den Supermarkt verlassen und sich wieder auf den Weg zurück nach Hause gemacht hatte.

Er überlegte angestrengt, was zu tun sei und in einem Punkt musste er dem reichen Milliardär tatsächlich recht geben: Eine Chance, zu überleben und in der Gesellschaft der Zukunft vielleicht sogar wieder eine führende Position einzunehmen, hatte er nur, wenn es ihm gelang, sich frühzeitig mit den richtigen Leuten zu verbinden.

„Doch wer sind heute noch die richtigen Leute? Wer sie früher waren, das wissen wir alle nur zu gut. Aber ob sie es auch in Zukunft sein werden?"

Alexander Parker hatte seine Zweifel, und dass er sie hatte, lag primär an ihm selbst. „Geld habe ich wie Heu, aber an allem anderen mangelt es mir", ärgerte er sich mehr und mehr darüber, dass er nicht die Fähigkeiten besaß, die er in dieser Situation so dringend brauchte.

„Geld haben die anderen aber auch, und wenn an Geld kein Mangel ist, dann verliert es schnell seinen Wert."

In seinem Kopf entstand das Bild einer autarken Gemeinschaft, einer Gruppe von Fachleuten, die sich mit ihren Fähigkeiten gegenseitig unterstützten und einander das Leben erleichterten.

„Wir brauchen Farmer, Gärtner, Bäcker, Schneider und Köche. Jemand muss die Kinder unterrichten und für die Gesundheit muss auch Vorsorge getragen werden. Dann wäre es noch gut, wenn jemand sich um die technischen Belange kümmern würde."

Schnell war ihm klar, dass eine ganze Reihe von Fähigkeiten benötigt wurden und er nicht eine Einzige von ihnen besaß.

„Studierte Volkswirte, die den ganzen Tag nur über Theorien nachdenken, die am Ende ohnehin keiner überprüfen kann, weil der Gegenbeweis nie angetreten wird, braucht kein Mensch", sagte er und überlegte, wie er sich selbst für die anderen attraktiver machen konnte.

„Ich könnte mein Organisationstalent einbringen. So wie ich es in der Firma immer gemacht habe." Sicher, dass es in der Form gebraucht würde, war er nicht.

Lange über diesen wichtigen Punkt nachdenken konnte er nicht, denn am Abend fiel der Strom aus und Alexander Parkers Sorgen wuchsen spontan auf die Größe des Mount

Everests an.

Normalerweise hätte er nun William beauftragt, nach dem Rechten zu sehen und der hätte im Zweifelsfall den Elektriker gerufen, doch unglücklicherweise waren weder William noch der Elektriker kurzfristig greifbar.

Im Dunkeln schlich er die Treppe hinab zu der Stelle, wo er den Sicherungskasten vermutete. Unsicher tastete seine Hand an der Wand entlang. Dann fand er einen kleinen Knopf, den er drehen konnte.

Was hinter der geöffneten Türe lag, ahnte er mehr, als dass er es wusste. Wie ein Blinder versuchte er mit den Fingern zu sehen, während sich diese vorsichtig in den Bereich hinter der kleinen Türe vortasteten.

Er spürte einen Widerstand. Aber war das der Schalter, den er umlegen musste, um den Stromkreis wieder in Gang zu setzen? Unsicher tastete er sich weiter vor. Als er etwas spürte, das ihn spontan an den hohen Absatz eines Frauenschuhs erinnerte, wusste auch Alexander Parker, dass er an der falschen Stelle gesucht hatte. Was auch immer er geöffnet hatte, der Schrank mit den Sicherungen war es nicht.

„Im Wohnzimmer stehen Kerzen auf dem Tisch", kam ihm zum Glück ein rettender Einfall.

Vorsichtig machte er sich auf den Weg zurück. Dabei stolperte er beinahe über die Kante des teuren Perserteppichs, den er sich vor Jahren von einer Reise in den Orient mitgebracht hatte.

Mit seinem Knie stieß er Sekunden später gegen das Bein des Tisches, lehnte sich über ihn und war glücklich, als seine Hände etwas ertasteten, das sich wie ein Kerzenständer anfühlte.

„Jetzt müsste ich nur noch wissen, wo die Streichhölzer sind."

Wäre er ein Raucher gewesen, wäre die Frage sicher leicht zu beantworten gewesen. So tastete er weiter unsicher durch sein eigenes Wohnzimmer auf der Suche nach kleinen Hölzchen, die ihm die Erleuchtung bringen sollten, aber leider nicht brachten, weil er nicht wusste, wo in seinen vielen Schubladen sie zu finden waren.

Am Ende war es Noah, der die Situation entschärfte, indem er aus seinem Zimmer eine kleine Taschenlampe hervorholte. Mit dieser in der Hand machte sich Alexander Parker ein zweites Mal auf den Weg in den dunklen Keller.

Nach einigen Minuten hatte er endlich gefunden, wonach er lange gesucht hatte. Nun stand er vor dem Sicherungskasten und wusste nicht, ob er sich freuen oder ärgern sollte: Nicht eine einzige Sicherung in seinem Haus war herausgesprungen.

„Hast du den Fehler endlich finden können?", fragte Charlotte ungeduldig.

„Ja, habe ich."

„Und warum brennt dann das Licht noch nicht?"

„Weil das Kraftwerk keinen Strom mehr liefert. Ich kann es von hier aus nicht sehen, aber ich nehme an, dass inzwischen die ganze Stadt stockdunkel ist."

* * *

Wie ein Bettler fühlte sich Hans-Günter Fiebig, als er am späten Nachmittag vor Thomas Jansen stand und den Bauer um Stroh und Hafer für seine Pferde bat.

„Stroh habe ich noch genügend in meiner Scheune. Aber das brauche ich selber, um meine eigenen Tiere über den kommenden Winter zu bringen. Aber Hafer können Sie von mir bekommen. Einen Sack kann ich Ihnen sicher geben."

„Ein Sack Hafer wird nicht lange reichen. Ich brauche mehr für meine Tiere und das Stroh brauche ich auch unbedingt."

„Mag schon sein, aber für mich macht es keinen Sinn, Ihnen jetzt Hafer und Stroh zu geben, das mir und meinen eigenen Tieren im Winter vielleicht fehlen wird", zeigte Bauer Jansen keine Neigung, großzügig zu sein und mehr abzugeben als einen einzigen Sack Hafer.

„Sie sollten mir mindestens drei Sack Hafer geben. Das

reicht dann wenigstens für eine halbe Woche", forderte Hans-Günter Fiebig.

„Es gibt entweder einen Sack Hafer oder es gibt gar keinen Hafer. Rede ich plötzlich Chinesisch? Oder warum wollen Sie mich nicht verstehen?", erwiderte der Landwirt unwillig.

„Also gut, ich nehme schon mal den Sack Hafer. Milch, Eier und frisches Gemüse für mich selbst könnte ich auch gebrauchen", entschied Hans-Günter Fiebig und hoffte, in den kommenden Tagen weiteren Hafer kaufen zu können.

Sie gingen gemeinsam in Stall und Scheune und stellten die Dinge zusammen, die im Reitstall und Hans-Günter Fiebigs privater Küche fehlten.

„Nun zur spannendsten Frage des heutigen Tages: Was wollen Sie mir dafür geben?"

Hans-Günter Fiebig sah den Landwirt verständnislos an. „Den normalen Preis natürlich. Was sonst?"

„Der wird kaum reichen", schüttelte Bauer Jansen ablehnend den Kopf. „Aber eines Ihrer Pferde können Sie mir geben. Das kann ich sicher schon bald gebrauchen. Wer weiß, wie lange es noch Benzin für meinen Traktor gibt."

„Sie geben mir einen Sack Hafer, etwas Milch und ein paar Eier und wollen von mir im Gegenzug eines meiner Pferde?", fragte Hans-Günter Fiebig ungläubig. „Ja sind Sie von allen guten Geistern verlassen?"

„Nein, ich bin mir nur gerade bewusst geworden, dass Sie zu den Leuten gehören, die mir nicht mehr viel zu bieten haben."

„Ich gebe Ihnen Geld und zahle von mir aus auch den doppelten Preis, aber mehr auch nicht."

„Dann fahren Sie am besten noch einmal ohne Hafer, Milch und Eier nach Hause zurück und kommen wieder, wenn Sie es sich anders überlegt haben", erwiderte der Landwirt kalt. „Ich kann warten. Mir läuft der Hafer nicht weg."

„Aber die Milch wird schlecht."

„Die schütte ich lieber weg, als dass ich sie an Leute verschenke, die meine Arbeit nicht mehr zu schätzen wissen."

„Aber ich sagte Ihnen doch bereits, dass ich den doppelten Preis bezahlen werde. Damit ist doch wohl schon deutlich geworden, wie sehr ich Ihre Arbeit schätze", erwiderte Hans-Günter Fiebig unsicher.

Thomas Jansen zuckte gelangweilt mit den Schultern. „Wissen Sie, Herr Fiebig, als Bauer habe ich immer etwas zu tauschen. Das unterscheidet mich von Zahnärzten und anderen neureichen Emporkömmlingen, die außer viel warmen Wind nichts vorzuweisen haben."

„Also gut, ich biete Ihnen den dreifachen Preis."

Mit der Hand machte der Bauer eine fahrige Bewegung. „Ihr Geld können Sie sich sonst wo hinstecken. Ich will etwas Handfestes, etwas, das ich brauche und das mich auch selbst weiterbringt." Er sah ihn eindringlich an. „Sie scheinen es noch nicht bemerkt zu haben, Herr Fiebig, aber seit dem Wochenende hat Ihr Geld dramatisch an Wert verloren und ich bezweifle, dass es ihn schnell wieder zurückerlangen wird."

* * *

'Wenn Sie wirklich auf der Seite der Agentur gestanden hätten, dann hätten Sie alle Hebel in Bewegung gesetzt, um die Arbeiter schnell in die Stadt zu bringen.'

Wie eine scharfe Anklage, der er nicht entfliehen konnte, hallten Walter Seraphims Worte in seinem Kopf wider. Direktor Hua empfand sie als beleidigend, verlogen und unpassend und wusste zugleich nicht, wie er mit ihnen umgehen sollte.

Sie akzeptieren konnte er auf keinen Fall, denn nicht er, sondern rebellische Arbeiter wie Aiguo oder Xiaotong trugen die Schuld an diesem Desaster. Wäre Walter Seraphim ein Chinese wie er, er würde ihn gesellschaftlich zerstören. Wäre er nur ein arroganter Ausländer, er würde nicht mehr mit ihm sprechen, ihn mit Nichtachtung strafen und die

Geschäftsbeziehung sofort beenden.

Doch Walter Seraphim war weder gewöhnlicher Chinese noch ein leicht zu ignorierender Ausländer. Er arbeitete für die Agentur, und wenn ihm in diesen kritischen Tagen überhaupt noch jemand neue Arbeiter für sein Bergwerk vermitteln konnte, dann war es die Lebensagentur.

„Sie müssen mir neue Arbeiter zuführen, Sie müssen den Schaden ausgleichen, den ich durch diese verfluchten Rebellen erlitten habe. Aus dem Verkehr ziehen und für Jahre in ein Umerziehungslager schicken sollte man sie", forderte er und wusste zugleich, dass es zu spät war, seinen Wunsch noch Realität werden zu lassen.

„Trotzdem: Die Agentur muss mir Ersatz verschaffen! Sie muss dafür sorgen, dass die Städte endlich wieder voll sind, die Menschen wieder Kohle zum Heizen und zur Stromerzeugung benötigen und neue Männer in mein Bergwerk einfahren!"

Die Forderung war leicht und schnell formuliert. Schwieriger war ihre Umsetzung. Nicht nur, dass Direktor Hua wenig Lust verspürte, sich erneut mit Walter Seraphim zu treffen. Das letzte Gespräch mit dem Mitarbeiter der Agentur hatte ihm zudem gezeigt, wie wenig zugänglich man innerhalb der Agentur für seine an sich doch einleuchtenden Argumente war.

„Wenn Sie nur einen Moment auch mal an mich denken würden, stünden sie gleich morgen vor meiner Tür, würden sich bei mir entschuldigen und verschämt fragen, wie sie den Schaden wiedergutmachen und mir helfen könnten. Aber dazu sind sich diese Herrschaften zu fein. Sie machen lieber mit diesem Aiguo gemeinsame Sache. Ich möchte nicht wissen, was sie ihm dafür geboten haben, mich in der Öffentlichkeit bloßzustellen und zu Fall zu bringen."

Trotzig ballte er die Hand in der Tasche zur Faust. „Aber noch bin ich nicht gefallen. Noch haben Xiaotong und Aiguo nicht gesiegt." Er versuchte, seinen Groll zu zügeln und seine Gedanken auf die Zukunft zu richten, die ihn, wie sollte es auch anders sein, für das Elend der Gegenwart zu entschädigen hatte.

„Eigentlich wäre es jetzt an der Zeit, mit Jie zusammen die anderen Bergwerke in dieser Provinz an mich zu bringen. Sie kämpfen alle mit den gleichen Problemen. Auch ihnen fehlen die Arbeiter. Aber man könnte sie mithilfe der Kommission jetzt gut unter Druck setzen."

Ein zufriedenes Lächeln umspielte seine Lippen, während er den heimtückischen Plan langsam weiterentwickelte. „Der Leiter der Kommission muss ihnen erklären, dass die Bergleute alle nur gegangen sind, weil die Sicherheit in den Bergwerken nicht gut war."

Direktor Huas Gesicht hellte sich spürbar auf. „Er muss ihnen eigentlich nur das erzählen, was Walter Seraphim mir die ganze Zeit weiszumachen versucht. Das sollte reichen."

Eine Zeit lang überlegte er, wie realistisch der Plan wohl sei, und kam am Ende zu einem sehr erfreulichen Ergebnis. „Die Agentur kann schimpfen, so viel sie will, mir gefährlich werden kann sie nicht. Aber die Kommission kann mir und den anderen schnell sehr gefährlich werden. Sie droht ihnen mit der sofortigen Schließung oder der Enteignung ihrer Bergwerke und dann hilft nur noch ein schneller Verkauf an Jie und mich."

* * *

„Wie fühlst du dich? Du siehst so müde aus, Kani", sagte Sharifa sanft, während sie von hinten an seinen Stuhl herantrat.

„Müde? Ja, etwas müde bin ich schon noch, aber es wird von Tag zu Tag besser." Er versuchte zu lächeln. „So langsam fällt die ganze Belastung von mir ab und ich fühle mich endlich so frei, wie ich schon immer sein wollte."

Sharifa nickte verständnisvoll. „Ich habe auch das Gefühl, zu schweben, weil die ganze Last der Verantwortung nicht mehr auf meinen Schultern ruht."

„Und was in der Welt vorgeht, kümmert dich nicht

mehr?"

„Nicht wirklich", schüttelte Sharifa kurz den Kopf. „Nichts tun zu können, ohne das Gefühl zu haben, trotzdem schuldig zu sein, ist eine wunderbare Erfahrung."

„Ja, das ist wahr. Mir geht es genauso", bestätigte Kani und lächelte zufrieden. „Wie viele Jahre habe ich gekämpft und am Ende doch nichts erreicht. Jetzt ist der Kampf endgültig zu Ende und ich habe nicht das Gefühl, verloren zu haben, obwohl ich es war, der die Entscheidung getroffen hat, nicht mehr weiterzukämpfen."

„Hast du damit gerechnet, dass so viele mit uns gehen?"

Kani schüttelte kurz den Kopf. „Nein, gerechnet habe ich nicht damit. Du weißt, ich hatte nie die Absicht, eine Massenbewegung auszulösen."

„Trotzdem ist genau das passiert", lachte Sharifa.

„Ja, das ist wahr. Alle sind am Ende gegangen und das hat mir den Abschied sehr erleichtert, denn es ist niemand zurückgeblieben, um den ich mir ernsthaft Sorgen machen müsste."

„Was ist mit Chimalsi und Jamila?"

„Sie haben sich für einen Weg entschieden, der nicht der meine ist", sagte Kani leise. „Ich hätte mir eine andere Entwicklung gewünscht, aber es ist allein ihre Entscheidung, nicht meine oder deine."

„Vermisst du sie nicht?"

„Ich hätte sie sicher vermisst, wenn sie immer bedingungslos auf unserer Seite gestanden hätten. Doch das haben sie nicht."

„Sie haben stets nur ihren eigenen Vorteil gesucht, nie den der anderen", bestätigte Sharifa und blickte wie abwesend durch den Raum. „Jetzt sind sie ganz allein. Das hat viele Vorteile für sie."

„Der größte Vorteil ist, dass sie mit niemandem mehr teilen müssen. Egal, wohin sie ihre Hand ausstrecken, alles in der Savanne gehört seit dem Wochenende ihnen."

„Neidest du ihnen manchmal ihren Besitz?"

Kani schüttelte ruhig den Kopf. „Es gibt nichts, was ich

ihnen an ihrem Leben neide, schon gar nicht ihren Besitz. Ich kann mir Schöneres vorstellen, als tagein, tagaus darum zu kämpfen, diesen Besitz vor den Löwen zu schützen."

„Dass sie die Station quasi geplündert haben, stört dich nicht?"

Erneut schüttelte Kani den Kopf. „Was kümmert mich noch Besitz, den ich gerne dort zurückgelassen habe? Sie sollen sich nehmen, was sie brauchen, und ich wünsche ihnen, dass sie es gut gebrauchen können." Er lächelte milde. „Du darfst nie vergessen, Sharifa: Sie haben den mit Abstand schwereren Weg gewählt, nicht Afifa, Kadiri oder wir beide. Aber wo wir gerade von Kadiri sprechen: Wann hast du ihn zum letzten Mal gesehen?"

„Vor zwei Tagen. Er sagte, er warte noch auf seine Verhandlung."

„Hat er seine Frau schon wiedersehen können?"

Sharifa schüttelte kurz den Kopf. „Soviel ich weiß, noch nicht."

„Schade, dass wir sie und das Kind nicht retten konnten", seufzte Kani und wurde sich wieder einmal bewusst, wie oft er seine Kenntnisse und Fähigkeiten nicht so hatte einsetzen können, wie er es sich gewünscht hätte.

„Es wäre schön, wenn sie bald wieder vereint wären", wünschte sich Sharifa.

„Was das betrifft, bin ich guter Dinge", sagte Kani mit fester Stimme. „Die Agentur hat nichts davon, wenn sie beide dauerhaft trennt." Ein feines, zuversichtliches Lächeln huschte über seine Lippen. „Außerdem hat man uns auch nicht getrennt und wir sind nicht einmal Mann und Frau, sondern nur ein gut eingespieltes Team."

Mittwoch, 18. Juli

Resigniert folgte Alexander Parkers Hand den Gesetzen der Schwerkraft. Er warf einen letzten Blick auf die Tüte mit dem Fertiggericht, öffnete seine Finger und ließ die Packung zurück auf den Küchentisch fallen.

„Es sieht so aus, als hätten wir in den letzten Tagen im Supermarkt nur die falschen Dinge eingepackt, Noah."

„Aber warum denn? Marla hatte auch immer viele dieser Tüten im Eisschrank und sie hat oft eine herausgenommen und sie in die Mikrowelle gesteckt. Das sollten wir jetzt auch machen, Dad. Was bei Marla geklappt hat, muss doch auch bei uns beiden gelingen."

„Nicht ganz, Noah. Zu Marlas Zeiten gab es in dieser Küche noch etwas, das es heute hier nicht mehr gibt: elektrischen Strom für die Mikrowelle."

„Dann nehmen wir halt den Herd und machen das Essen dort warm."

„Du bist so herrlich unkompliziert", lachte sein Vater. „Dein Plan ist an und für sich gar nicht so schlecht. Er hat nur einen entscheidenden Nachteil: Der Herd braucht auch Strom und der ist gestern ausgefallen."

„Wann kommt er wieder?"

„Möglicherweise nie, es sei denn, Männer wie James West und Benjamin Young oder Frauen wie deine Mutter sind plötzlich in der Lage, ein Kraftwerk, das sich vermutlich selbst abgeschaltet hat oder gleich explodiert ist, wieder anzufahren und ans Netz zu bringen."

„Nein, das kann ich mir nicht vorstellen. Mum kann so etwas nicht", war sich Noah sicher.

„Mit der Einschätzung wirst du wohl recht haben", entgegnete Alexander Parker und fragte sich, ob der Verlust des elektrischen Stroms sie nur ins finstere Mittelalter oder gleich in die Steinzeit zurückkatapultiert hatte.

„Und was machen wir jetzt?"

„Das ist eine gute Frage, Noah. Wir müssen das Essen anders warm machen."

„Vielleicht mit einem kleinen Feuer, so wie die Cowboys in den Indianerfilmen das immer machen."

„Ein offenes Feuer hier in der Küche? Nein, das ist zu gefährlich. Außerdem gibt es hier keine Feuerstelle."

„Dann müssen wir das Feuer im Garten machen", sah Noah keine andere Lösung.

„Deine Mutter bringt uns um, wenn wir ihr ein Loch in ihren Zierrasen brennen, aber vermutlich hast du recht. Der Garten ist die einzige Lösung."

Für Noah war die Suche nach trockenem Holz ein kleines Abenteuer, für Alexander Parker der Aufbau einer Kochvorrichtung, die unter dem Gewicht des Topfes nicht gleich wieder in sich zusammenfiel, eine echte Herausforderung.

„So interessant war das Kochen bei Marla nie", sagte Noah begeistert, nachdem sie das Feuer endlich entfacht hatten.

„Dafür hat es bei ihr sicher besser geschmeckt", vermutete Alexander Parker und sehnte sich plötzlich nach einem der saftigen Steaks, die sie ihm immer gebraten hatte.

Charlotte Parker konnte dem Essen nicht viel abgewinnen. Sie beschwerte sich über den verbrannten Rasen und den nur durchschnittlichen Geschmack des Essens. „Du hättest das Angebot von James West nicht gleich ablehnen sollen", tadelte sie ihren Mann. „Dann hätten wir jetzt bei ihnen essen können und müssten nicht mit dieser Zumutung vorliebnehmen."

„Wenn bei uns der Strom ausgefallen ist, dann wird er auch bei einem James West ausgefallen sein", ärgerte sich Alexander Parker maßlos über die in seinen Augen unpassende Bemerkung seiner Frau.

„Willst du damit etwa davon ablenken, dass dein Krisenmanagement auch schon einmal besser war?", fragte Charlotte Parker schnippisch. „Keiner deiner großen Pläne hat noch Hand und Fuß und wir stolpern seit Tagen von einer Katastrophe in die nächste." Sie warf ihrem Mann einen vorwurfsvollen Blick zu. „Ich möchte wissen, wie das enden soll und wo das neue Museum gebaut wird, hast du mir auch noch nicht gesagt. Hast du diese wichtige Frage eigentlich schon entschieden? Also ich würde es sehr begrüßen, wenn wir es hier in Boston oder in Washington bauen würden."

„Das neue Museum?", fragte Alexander Parker wie abwesend. „Das wird vermutlich gar nicht mehr gebaut werden, weil es weder hier noch in Washington die Arbeiter gibt, die es für uns errichten könnten."

* * *

„Was soll ich mit diesem abgemagerten Knochengestell?", fragte Thomas Jansen entsetzt, als er das Pferd sah, das Hans-Günter Fiebig ihm als Gegenleistung für seinen Hafer zur Verfügung stellen wollte.

„'Diego' ist eines der besten Pferde in meinem Stall", lobte der Besitzer den Wallach über den grünen Klee. „Welche unbändige Kraft in ihm steckt, werden Sie schnell bemerken, wenn Sie ihn vor Ihren Wagen spannen."

„Wenn ich dieses Tier sehe, hätte ich Sie wohl besser um hundert Liter Diesel als Gegenleistung für meinen Hafer ersucht", schimpfte der Landwirt.

„Diesel ist ein Produkt vergangener Tage. Den gibt es heute nicht mehr. Pferde sind wieder die Zukunft und ich gebe Ihnen mit 'Diego' eines der neuen Prachtexemplare. Sie sollten sich freuen, dass Sie 'Diego' reiten können. Das spricht für Sie und Ihren gehobenen Status. Der Zahnarzt geht bekanntlich wieder zu Fuß."

Ein überlegenes Grinsen huschte über das Gesicht des Landwirts. „Der kann uns gar nicht so viele Zähne ziehen und plombieren, dass es für ihn noch zu einem erträglichen Auskommen reichen wird."

„Um die Arbeit bei mir im Stall wird er nicht mehr lange

herumkommen", war Hans-Günter Fiebig sich sicher.

„Sie glauben wirklich, dass er bei Ihnen arbeiten wird?"

„Natürlich glaube ich das."

Das freche Grinsen in Thomas Jansens Gesicht wurde noch eine Spur stärker. „Dann hat Ihnen Doktor Müller offenbar noch nicht erzählt, dass er am nächsten Montag hier auf dem Hof anfangen wird."

Busse fuhren schon seit Tagen nicht mehr, trotzdem wähnte sich Hans-Günter Fiebig gerade von einem überrollt. Ausgerechnet der Zahnarzt, den er schon mehr oder weniger in der Tasche zu haben glaubte, hatte ein doppeltes Spiel mit ihm getrieben und sich im letzten Moment für einen Sack Kartoffeln und eine fette Gans auf die Seite eines großen Rivalen geschlagen.

Er verließ den Hof des Landwirts mit dem aufrichtigen Wunsch, 'Diego' möge, wenn Thomas Jansen auf seinem Rücken saß, genauso unbeherrscht und bockig sein, wie er ihn immer erlebt hatte.

„Er hätte es mehr als verdient, wenn 'Diego' ihn inmitten einer großen Pfütze ablädt."

Das tagelange Ringen um die Arbeitskraft des Zahnarztes ausgerechnet gegen einen gewöhnlichen Landwirt wie Thomas Jansen verloren zu haben, war ein Stachel, der recht tief saß und mehr schmerzte, als es sich Hans-Günter Fiebig im ersten Moment eingestehen wollte.

„Ich könnte ihm anbieten, 'Monica' zu reiten, solange er bei mir im Stall arbeitet", überlegte Hans-Günter Fiebig angestrengt, wie er schnell ein Gegengewicht gegen die Vergütung in Naturalien schaffen konnte, mit der Thomas Jansen den Zahnarzt auf seine Seite gezogen hatte.

Ausgerechnet 'Monica' dem als Reiter recht unerfahrenen Zahnarzt zur Verfügung zu stellen war gefährlich und ungefährlich zugleich. „Wenn er beim Reiten Fehler macht und sie irritiert, könnte sie bei zukünftigen Wettkämpfen schwächer abschneiden." Da dieser Nachteil eher Hermann Hasthoff traf, ihn selbst aber nicht berührte, maß Hans-Günter Fiebig dem Argument keine besondere Bedeutung bei.

Unangenehmer war die Vorstellung, dass der Olympiasieger plötzlich unangemeldet im Stall auftauchen könnte und seine 'Monica' nicht da war, weil Werner Müller sie ritt. „Ich könnte ihm erklären, dass 'Monica' sonst keinen Auslauf bekommt und ich mich deshalb entschieden hätte, den Zahnarzt auf ihr reiten zu lassen."

Dass Hermann Hasthoff diesem Argument recht wohlwollend gegenüberstehen würde, war zu erwarten. Er musste nur sicherstellen, dass der Doktor sich nicht verplapperte und Geheimnisse ausplauderte, die der Olympiasieger besser nicht erfahren sollte.

„Wenn ich ihm die Situation erkläre und ihm auch zu verstehen gebe, wie wichtig sein Schweigen und seine Diskretion gegenüber Hermann Hasthoff für uns beide ist, könnte es klappen."

Schnell fasste er einen Entschluss und suchte anschließend den Zahnarzt auf. Doktor Müller war zwar überrascht, ihn zu sehen, doch sein Angebot hörte er sich gerne an. Nachdenklich wankte er von einem Bein aufs andere und rang mit sich um eine Entscheidung.

„Ich habe Herrn Jansen eigentlich schon fest zugesagt und ich bin ein Mann, der es gewohnt ist, seine Zusagen einzuhalten", erklärte Werner Müller sein Zögern.

„Das bin ich auch. Auch ich pflege Zusagen, die ich gemacht habe, einzuhalten. Von unserem gemeinsamen Bekannten kann man das leider nicht behaupten. Thomas Jansen verspricht viel, hält aber leider nur wenig. Mir hat er erst gestern ausreichend Stroh und Hafer für meine Pferde versprochen und mir heute erklärt, dass er beides für seine eigenen Tiere benötigt." Hans-Günter Fiebig sah den Zahnarzt eindringlich an. „Ich hoffe, das wird Ihnen mit Ihrer Martinsgans und den Kartoffeln nicht auch passieren."

Besorgt legte der Zahnarzt die Stirn in Falten. Das fein dosierte Gift, das Hans-Günter Fiebig ihm gezielt verabreicht hatte, schien zu wirken. „Das ist wirklich ein gewichtiges Argument. Bis die Kartoffeln vom Feld geholt werden und der November angebrochen ist, gehen noch viele Tage ins Land, an denen kann viel geschehen und Bauer Jansen hat viel Zeit, sich alles noch einmal anders zu überlegen."

Hans-Günter Fiebig nickte zustimmend. „Machen wir uns nichts vor: Thomas Jansen ist kein Mann von Format, sondern nur ein Bauer und ein bauernschlauer noch dazu. Für mich zählt er zu den Leuten, die sich heute bestimmt nicht mehr für ihr dummes Geschwätz von gestern interessieren. Deshalb sollten Sie vorsichtig sein."

„Das stimmt. Andererseits brauche ich die Lebensmittel."

„Ein Fortbewegungsmittel brauchen Sie allerdings auch oder wollen Sie bis ans Ende Ihrer Tage nur noch zu Fuß gehen?"

„Ein Pferd wäre wirklich eine große Erleichterung für mich", bekannte der Zahnarzt. „Und Sie sagen, ich kann Ihre 'Monica' ab morgen reiten?"

„Sie können Sie heute schon reiten, Doktor, denn ich vertraue Ihnen. Sie können sie weiterhin bei mir im Stall unterstellen oder sie zu sich nach Hause holen, dann können Sie immer gleich aufsteigen und sofort loslegen."

„Ein Pferd in der Garage oder im eigenen Garten?" Doktor Müller musste sich erst langsam an den neuen und für ihn befremdlichen Gedanken gewöhnen.

„Sie brauchen sich nicht sofort entscheiden, wo Sie 'Monica' zukünftig unterstellen wollen, ob bei mir im Stall oder bei Ihnen in der Garage. Das hat alles Zeit, weil Ihnen beide Möglichkeiten immer zur Verfügung stehen werden", versicherte Hans-Günter Fiebig schnell. „Aber nun kommen Sie am besten mal mit mir in den Stall. Ich würde Ihnen Monika gerne vorstellen, und wenn Sie wollen, drehen Sie in meiner Reithalle schon einmal ein paar Runden auf ihr und machen sich mit Ihrem neuen Begleiter vertraut."

* * *

Nervös rieb sich Direktor Hua die feuchten Hände an der Hose trocken und ging auf den Gast aus der Hauptstadt zu. „Schön, Sie hier bei uns in der Provinz begrüßen zu können. Es freut mich, dass Sie den weiten Weg gemacht haben und heute zu uns gekommen sind. Jie hat mir viel von Ihnen erzählt.

„Ich freue mich auch, dass ich gekommen bin", erwiderte der Leiter der nationalen Bergbaukommission die freundliche Begrüßung und schaute sich kurz um. „Es ist zwar eine kleine Herausforderung, den Weg von Beijing hierher anzutreten, denn es fahren keine Züge mehr und Benzin ist auch kaum noch welches aufzutreiben, aber wir wären nicht an leitender Stelle für die Regierung tätig, wenn wir nicht auch für solche Probleme schnell eine Lösung hätten."

„Wenn es um gute Geschäfte geht, bekommen weitsichtige Unternehmer wie wir schnell Flügel", lachte Jie zufrieden. „Und wenn es die Rotorblätter eines herrenlosen Armeehubschraubers sind."

Bevor sie in den großen Besprechungsraum gingen, in dem die Besitzer der anderen Bergwerke schon ungeduldig auf sie warteten, nahm Jie seinen Bruder und den Leiter der Kommission noch einmal kurz auf die Seite. „Wir machen alles so, wie gestern Abend noch besprochen. Sie, Herr Wu, drohen den Bergwerken mit Schließung und ihren Besitzern mit harten Strafen und wir beide werden sie in der Pause so lange bearbeiten, bis sie an uns verkaufen."

Mit höflichen Floskeln und einer langen Vorrede hielt sich Gang Wu nicht lange auf, nachdem er den Besprechungssaal einmal betreten und die Leitung der Veranstaltung übernommen hatte. „Meine Herren, ich gekommen, um Ihnen das Missfallen unserer Regierung auszudrücken. Wie Sie wissen, braucht unser Land Ihre Kohle, aber Sie haben es durch Unfähigkeit und Missmanagement geschafft, die Produktion auf null herunterzufahren. Seit Tagen fährt kein einziger Arbeiter mehr in die Bergwerke dieser Provinz ein und Sie sitzen untätig herum, als ginge sie das alles nichts an."

Er schleuderte strafende Blicke ins Publikum und nahm zufrieden zur Kenntnis, dass die meisten der anwesenden Bergwerksbesitzer schuldbewusst die Köpfe senkten.

„Dass die Regierung nicht gewillt ist, dieses Verhalten weiter zu tolerieren, brauche ich wohl nicht weiter auszuführen. In der Staats- und Parteiführung wird Ihr nicht entschuldbares Verhalten als hinterhältiger Angriff auf unser Land gewertet. Staat und Partei sind gewillt, mit aller Härte des Gesetzes gegen diese subtile Form der Sabotage vorzugehen und ich verrate Ihnen wohl nicht zu viel, wenn ich Ihnen sage, dass die Prozesse gegen Sie bereits vorbereitet werden und die meisten von Ihnen die nächsten Jahre sicherlich in einem Gefängnis oder Umerziehungslager verbringen werden."

Erneut blickte er vom Podium drohend ins Publikum hinab. „Zur Rechenschaft gezogen wird immer der aktuelle Besitzer des Bergwerks. Damit wird sichergestellt, dass niemand, der aktuell in Verantwortung ist, sich aus dieser stehlen kann und ich gehe davon aus, dass einige, wenn nicht sogar alle der hier Anwesenden Grund haben, den Tag zu verfluchen, an dem sie die Leitung ihres eigenen Bergwerks übernommen haben."

Seine Gesichtszüge hellten sich ein wenig auf. „Es gibt in dieser Provinz zum Glück nicht nur Schatten, sondern auch etwas Licht. Unserer Kommission und damit auch der Regierung ist aufgefallen, dass die Brüder Hua ihre Bergwerke in geradezu vorbildlicher Weise führen. Sie sollen deshalb in Zukunft weit mehr Verantwortung übernehmen. Die Regierung plant, ihnen die Minen zu übereignen, die wir den verurteilten Straftätern abnehmen werden, denn China braucht Kohle und China braucht seine Bergwerke, aber es braucht keine korrupten Eigentümer, die seine Gesetze brechen und die Politik der Regierung sabotieren. Ich gebe ihnen jetzt zehn Minuten Zeit, die Situation in Ruhe zu analysieren und miteinander zu besprechen. Danach legen Sie mir eine Liste vor, aus der hervorgeht, wem hier in dieser Provinz welches Bergwerk gehört."

Das vorsichtige Raunen im Saal wandelte sich schnell in ein wildes Geschnatter. Rasch bildeten sich kleine Grüppchen, in denen die noch zur Verfügung stehenden Alternativen aufgeregt diskutiert wurden.

Direktor Hua und sein Bruder standen zunächst etwas abseits. Erst als die vom Leiter der Kommission zur Verfügung gestellte Zeit langsam ablief und die allgemeine Nervosität stieg, wurden auch sie umlagert und in erregte Diskussionen verwickelt. In immer schnellerer Folge wurden Hände zur Besiegelung einer Absprache geschüttelt und vorbereitete Dokumente unterzeichnet und auf der Liste der Kommission, in der die Besitzer der Bergwerke in dieser Provinz einzutragen waren, fanden sich am Ende nur zwei Namen, der von Direktor Hua und der seines Bruders.

* * *

„Abdalla will heute aus der Stadt zu uns herauskommen", erklärte Chimalsi Jamila am Morgen und schien nicht so recht zu wissen, ob er sich über den Besuch freuen oder ärgern sollte.

„Hat er gesagt, was er will?"

„Er hat angedeutet, dass er uns einige Tiere, etwas Hirse und ein wenig Gemüse abkaufen will", berichtete Chimalsi.

„Das hört sich im ersten Moment nicht schlecht an", meinte Jamila zufrieden.

„Abdalla ist nie der Mann gewesen, der für irgendetwas einen hohen Preis bezahlt hat", erinnerte sich Chimalsi. „Das wird jetzt bei unseren Tieren kaum anders sein. Außerdem hat er mir nicht gesagt, wann er kommen will und ich will nicht den ganzen Tag auf ihn warten. Ich muss die Tiere zur Weide führen und je länger ich auf ihn warte, umso weniger haben unsere Ziegen zu fressen."

„Ich könnte hier auf ihn warten."

„Er wird dich über den Tisch ziehen, Jamila", fürchtete Chimalsi. „Frauen hat er noch nie besonders ernst genommen und du bist da keine Ausnahme."

„Dann werde ich ihn zu dir herausschicken, wenn er kommt."

„Du glaubst, dass er die Weide alleine finden wird?" Chimalsi schüttelte ungläubig den Kopf. „Ich will ihn hinterher nicht auch noch suchen müssen. Deshalb ist es besser, wenn du zu ihm in den Wagen steigst und mit ihm zu mir raus auf die Weide fährst. Dort kann er dann die Tiere kaufen, die er von uns haben möchte."

Mit einem Teil der Herde machte sich Chimalsi kurze Zeit später auf den Weg zur Weide. Besorgt sah er auf das Gras, das angesichts der immer intensiveren Nutzung bereits deutlich in Mitleidenschaft gezogen war.

„Wir müssten die Herde auf mehr Weiden verteilen und wir müssten sie zu Weiden bringen, die nicht so intensiv bewirtschaftet sind."

Wo diese Weiden zu finden waren, wusste er genau. Nur erreichbar waren sie kaum, denn er konnte die Tiere schlecht dort alleinlassen und für einen täglichen Gang zur Weide waren die Distanzen zu groß.

„Wir müssten wieder wie Nomaden von einer Weide zur anderen ziehen", sagte er und wusste sogleich, wie unrealistisch dieser Gedanke war. „Jamila wird das Haus nicht verlassen wollen. Für ihren Geschmack sind wir ohnehin schon viel zu weit draußen in der Wildnis."

Für einen Moment dachte er wieder an das gescheiterte Fest, das sie gegeben hatten. „Jamila hat so sehr gehofft, dass diese Party ihre Eintrittskarte in die kleine Welt der großen Stadt sein würde und nun sieht es fast so aus, als hätte uns ausgerechnet diese Feier noch weiter in die Wildnis hinausgetragen."

Er kam nicht dazu, diesem Gedanken noch länger nachzuhängen, denn eine dichte Staubwolke am Horizont zeigte, dass Abdalla die Piste zur Farm offenbar gefunden hatte und nun mit Jamila zusammen zu ihm auf dem Weg war. Minuten später standen beide vor ihm.

„In der Stadt geht uns langsam das Fleisch aus und ich

würde dir gerne ein Geschäft vorschlagen", eröffnete ihm Abdalla, nachdem sie sich freundlich begrüßt hatten.

„Ein Geschäft? Lohnen sich Geschäfte denn jetzt überhaupt noch?"

„Geschäfte lohnen sich immer, Chimalsi. Aber natürlich nur dann, wenn man sie mit den richtigen Leuten zusammen macht." Er lächelte überlegen. „Und genau deshalb bin ich heute hier."

„Was konkret schlägst du mir vor?"

„Eine Kooperation zum Fleischverkauf. Du produzierst das Fleisch, ich hole es hier ab und verkaufe es in der Stadt."

„Und den Gewinn teilen wir uns?", fragte Jamila.

Abdalla nickte. „Ihr würdet ein Drittel des Gewinns erhalten."

„Warum nur ein Drittel und nicht die Hälfte?", wunderte sich Chimalsi.

„Weil du kein Benzin hast, um die Tiere in die Stadt zum Markt zu fahren. Außerdem macht es eine Menge Arbeit, das Vieh hier abzuholen, es in die Stadt zu bringen und dort auf dem Markt zu verkaufen."

„Das Vieh jeden Tag auf die Weide zu führen, ist wohl keine Arbeit?", fragte Chimalsi verärgert.

„Es ist Arbeit, aber deutlich weniger Arbeit", lächelte Abdalla geschickt über den kritischen Einwand hinweg. „Außerdem gibt es noch genügend Farmer, die ihr Vieh zum Verkauf in die Stadt bringen."

„Warum fährst du dann bis zu mir raus? Andere Dörfer und Farmen liegen viel näher an der Stadt. Du könntest dir eine Menge Zeit und Kilometer sparen", erwiderte Chimalsi.

„Ja, das könnte ich. Aber ich bin dein Freund, Chimalsi. Ich will, dass ihr hier draußen auch etwas verdient und nicht am Hungertuch nagt", erklärte Abdalla selbstgefällig.

„Am Hungertuch nagen wir hier draußen ganz gewiss nicht. Die Weiden geben zwar nicht viel her, aber man kann auf ihnen Rinder und Ziegen immer noch besser weiden als auf Asphalt und Beton."

„Trotzdem lebt ihr am Ende der Welt und der Markt ist nun einmal der in der Stadt und zu dem habe ich den weitaus besseren Zugang als ihr", mahnte Abdalla.

„Was willst du mir für eine Ziege geben?", fragte Chimalsi nach einem Moment der Stille.

„Eine Ziege? - 50 Dollar bekommst du von mir für sie."

„Nur 50 Dollar? Das ist ein sehr tiefer Preis, wenn man bedenkt, dass es kaum noch jemanden gibt, der Rinder und Ziegen züchtet", fand Chimalsi.

„In der Stadt gibt es ein Überangebot an Fleisch. Die Preise sind in den letzten Tagen stark gefallen, und wenn ich dir immer noch 50 Dollar für eine dieser abgemagerten Ziegen gebe, dann ist das ein echter Freundschaftspreis, den du hoffentlich zu schätzen weißt."

„Was kostet ein Liter Benzin, Abdalla?", wollte Chimalsi wissen.

„Oh, Benzin ist kaum noch vorhanden. Der Preis für einen Liter ist auf über sieben Dollar gestiegen."

„Gut, dann bringst du mir morgen zehn Liter für eine Ziege", entschied Chimalsi knapp.

„Ich wollte die Ziegen eigentlich heute schon mitnehmen."

„Hast du Benzin dabei?"

„Nein, leider nicht", antwortete Abdalla verlegen. „Ich kann es dir beim nächsten Mal gerne mitbringen. Heute bezahle ich dich wie gewohnt in Dollar."

Chimalsi schüttelte entschieden den Kopf. „Meine Ziegen geben auch morgen noch ihre Milch. Aber deine vielen Dollars sind hier draußen inzwischen zu nichts mehr zu gebrauchen. Deshalb kannst du sie ruhig behalten. Ich will sie nicht, ich will das Benzin und nichts anderes."

* * *

„Meine Herren, ich weiß nicht, woran Sie die augenblicklichen Zustände auf der Erde erinnern, aber ich fühle mich derzeit sehr stark an unsere frühen Anfänge erinnert", erklärte Herr Gott den am Nachmittag wie immer im obersten Stockwerk der Zentrale zusammengekommenen Mitarbeitern aus dem inneren Führungskreis.

„Der Gedanke hat was. Den Reichen gehört die ganze Welt und für sie muss der aktuelle Zustand einfach nur paradiesisch sein. Es gibt nichts mehr, das ihnen noch vorenthalten wird. Die Welt und alle ihre Schätze stehen ihnen zu ihrer freien Verfügung."

„Ich hatte bei meiner Aussage nicht unbedingt die paradiesische Zeit von Adam und Eva im Sinn, sondern eher die Jahre der Steinzeit", korrigierte Herr Gott schnell den entstandenen Eindruck. „Damals war die Erde auch nur sehr schwach bevölkert und zwischen den einzelnen Siedlungen waren große, unbewohnte Flächen, in die nur wenige Menschen eingedrungen sind. Heute ist es ähnlich. Es gibt nur noch ein paar Reiche und sie alle leben weit voneinander entfernt."

„Aus Sicht der Biologie und der Nachhaltigkeit ist die aktuelle Entwicklung sehr zu begrüßen", befand Herr Michael. „Der allgemeine Verschmutzungsgrad der Erde ist sehr hoch und wir haben in den kommenden Jahren die Chance, ihn deutlich zu senken."

„Aber was ist der Sinn dieser Reduzierung, wenn es in Zukunft keine Menschen mehr gibt, die davon profitieren können?", fragte Bereichsleiter Uriel. „Eine saubere Erde ohne Menschen kann doch nicht das Ziel sein. Planeten dieser Art haben wir schon mehr als genug. Da kommt es auf einen mehr oder weniger nicht an."

„Die Erde ist nicht nur für den Menschen da", warf Ezechiel ein. „Es gibt auf ihr auch noch genügend andere Lebewesen, die ebenfalls auf sauberes Trinkwasser und eine unzerstörte Natur angewiesen sind. Sie sollten wir auf keinen Fall aus den Augen verlieren."

„Als ich vor Jahren einmal gesagt habe, dass der Mensch sich die Erde untertan machen soll, da war das wohl etwas missverständlich ausgedrückt", bekannte Herr Gott selbstkritisch. „Gemeint war, dass sich die Menschen auf der Erde so einrichten, dass diese sie optimal unterstützt. Aber wenn heute jeder meint, er müsse sich wie ein Raubritter an ihren Schätzen vergreifen und sich um rein gar nichts kümmern, dann fühle ich mich reichlich missverstanden."

„Insofern empfinde ich die aktuelle Befreiung der Erde vom Menschen durchaus als einen Segen", gab Herr Gabriel zu bedenken. „Es kann nicht jeder nach dem Motto: 'Nach mir die Sintflut' leben."

„Ich bin ebenfalls dieser Meinung", meldete sich Herr Raffael zu Wort. „Die Natur hat nun endlich die Möglichkeit, sich von den Wunden zu erholen, die der Mensch ihr die ganze über Zeit geschlagen hat."

„Ich weiß nicht, wie man jahrelang nur so unvernünftig sein konnte und immer nur nicht weiter als von zwölf bis Mittag gedacht hat?", ärgerte sich Herr Gott. „Es war ursprünglich anders geplant, aber langsam glaube ich, dass selbst die Kamele einen größeren Weitblick haben als die meisten Menschen."

„Wir sollten aber nicht vergessen, dass die größten Verschmutzer auf dem blauen Planeten zurückgeblieben sind", gab Herr Uriel zu bedenken. „Gerade die Reichen sind in den vergangenen Jahren nicht durch einen verantwortlichen Umgang mit den begrenzten Ressourcen der Erde aufgefallen."

„Dummerweise haben sich die Armen auch noch an ihrem Beispiel orientiert, sodass die Verschmutzung schnell außer Kontrolle geraten ist", schimpfte Ezechiel.

„Von daher wäre es jetzt nicht schlecht, wenn über eine längere Zeit mal etwas Ruhe eintritt und die Natur sich erholen kann", erklärte Michael.

„Die Natur ist recht robust. Sie wird sich schnell wieder erholen. Wir müssen ihr dazu nur einige Jahre oder Jahrzehnte Zeit geben", erklärte Herr Gott. „Schwieriger ist die Lage bei den Rohstoffen, die sind nämlich einfach nur weg und wir müssen uns überlegen, ob wir sie ersetzen wollen?"

„Ersetzen? Wozu ersetzen?", fragte Raffael entsetzt. „Ein Ersatz der Rohstoffe setzt doch letztlich voraus, dass wir die Weltbevölkerung später wieder ansteigen lassen. Aber dazu wurde noch gar kein endgültiger Beschluss gefasst."

„Die schwierige Frage, ob wir die Weltbevölkerung zu einem späteren Zeitpunkt wieder ansteigen lassen, möchte ich im Augenblick zurückstellen", erklärte Herr Gott. „Ich denke, wir sollten zunächst einmal in Ruhe abwarten, wie sich die Dinge weiterentwickeln, nun da die Reichen nur noch unter sich sind."

„Bei den nachwachsenden Rohstoffen sehe ich keinen Grund zur Beunruhigung", erklärte der persönliche Referent des Agenturleiters. „Die Natur hat sich immer wieder das zurückgeholt, was die Menschen ihr mühsam abgerungen haben. Das war bei den alten Azteken schon so und wird sich in den Urwäldern Brasiliens und auf den indonesischen Inseln sicher wiederholen."

„Nicht ganz so entspannt sehe ich die Lage bei den Wüsten und Halbwüsten", warf Bereichsleiter Uriel ein. „Hier wird es deutlich schwer werden, die einmal begonnenen Prozesse wieder umzukehren."

„Was ist mit den Pflanzen und Tieren?", fragte Herr Gott.

„Auch sie sollten wieder zu alter Stärke zurückfinden, sobald die Menschen aus ihren angestammten Lebensräumen wieder verschwunden sind", meinte Michael.

„Den positivsten Effekt werden wir vermutlich auf den Weltmeeren sehen", freute sich Herr Raffael. „Die Reichen verfügen zwar über den höchsten Anteil von Schiffen pro Person, aber sie selbst haben gar nicht die Kraft, diese riesige Flotte in Dienst zu halten. Ich rechne deshalb damit, dass die Ozeane in nächsten Jahren kaum noch befahren werden."

„Damit dürfte dann auch das leidige Problem der Überfischung der Vergangenheit angehören", seufzte Herr Gott erleichtert.

„Haben die Fischer, bevor sie abgetreten sind, ihre Treibnetze herausgeholt?", wollte Michael wissen.

„Die meisten Fischer haben es getan, aber leider nicht alle", antwortete Ezechiel. „Mit einem fortgesetzten Schwund bei einigen Arten muss daher wohl noch gerechnet werden."

„Kann die Lage bei den Walen damit auch als bereinigt angenommen werden?", erkundigte sich Herr Gott.

„Japans Milliardäre versuchen gerade, die Millionäre des Lands dazu zu bewegen, eine Jagd zu Forschungszwecken zu starten, damit sie auf das beliebte Sashimi nicht ganz verzichten müssen. Doch die Masse der Millionäre ist viel zu seekrank, als dass aus dieser Reise in die wilden Gewässer der Antarktis jemals etwas werden wird", berichtete Bereichsleiter Uriel.

„Dann bleibt nur noch das große Problem des Plastikmülls", schaute Herr Gott auf einen der letzten Punkte seiner Liste.

„Hier allein auf die Natur und ihre Selbstheilungskräfte zu hoffen, dürfte wohl ein Fehler sein", warnte Raffael. „Selbst wenn jetzt im großen Stil kein weiterer Müll mehr hinzukommen sollte, heißt das noch lange nicht, dass der schon vorhandene Müll sich in Luft auflöst. Mit diesem Problem werden wir wohl noch eine ganze Reihe von Jahren zu kämpfen haben."

„Als letzten Punkt auf meiner Liste habe ich die mineralischen Rohstoffe", sagte Herr Gott und schaute fragend in die Runde. „Wie kritisch ist die Lage hier?"

„Die einfach zu findenden und entsprechend leicht abzubauenden Lagerstätten haben die Menschen in den vergangenen Jahrzehnten alle erreicht und abgesehen von kleinen Restbeständen auch nahezu vollständig ausgebeutet. Jetzt müssen sie immer tiefer graben und in immer entferntere Regionen vordringen, um ihren Bedarf an Kupfer, Zink oder Nickel zu decken", erklärte Herr Gabriel. „Es ist aber damit zu rechnen, dass die Nachfrage spürbar einbrechen wird, weil die überlebenden Reichen gar nicht die Fähigkeit besitzen, Erz in großen Mengen zu fördern und aus ihm die jeweiligen Metalle zu gewinnen."

„Das heißt, die vorhandenen Reserven reichen noch aus?", fragte Herr Gott noch einmal kritisch nach.

„Die vorhandenen Reserven reichen in jedem Fall, um den Bedarf der Millionäre und Milliardäre zu decken", berichtete sein persönlicher Referent. „Sie würde auch für einen Neuanfang im kleineren Rahmen durchaus ausreichen. Problematisch wird die Situation erst, wenn wir uns entschließen sollten, die Weltbevölkerung später wieder auf mehr als sieben Milliarden Menschen ansteigen lassen und jeder sein Stück vom Kuchen haben möchte."

„Was müsste in diesem Fall geschehen, um allen gleichermaßen gerecht zu werden?", erkundigte sich Herr Gott.

„Wir müssten zu extremen Maßnahmen greifen. Wir könnten beispielsweise eine zweite Erde erschaffen und sie wie ein Raumschiff an die Bestehende heranführen und andocken lassen. Eine andere Möglichkeit wäre, sie in einer sehr erdnahen Umlaufbahn um die Erde kreisen zu lassen, damit die Menschen mit Raumschiffen zu ihr vorstoßen können und sich dort all die Rohstoffe besorgen, die sie auf ihrer Erde nicht mehr finden", erklärte Herr Michael.

„Nein, das kommt gar nicht infrage", lehnte Herr Gott den Vorschlag rundum ab. „Eine zweite Erde ist keine Lösung, sondern nur der Ausgangspunkt für weitere überflüssige Streitereien. Denken Sie nur mal einen Augenblick lang an die ganzen politischen Konsequenzen. Eine neue Erde bedeutet neue Territorien und damit neue Verteilungskämpfe. Die möchte ich auf meiner geliebten Erde nicht sehen. Wir müssen einen anderen Weg finden, um die kritische Lage bei den Mineralrohstoffen in den Griff zu bekommen."

„Wir könnten die Erde aus dem All massiv mit Meteoriten beschießen, die genau jene Elemente enthalten, die auf der Erde nicht mehr verfügbar sind oder langsam knapp werden", schlug Bereichsleiter Uriel vor. „Die chinesische Regierung hat bereits Interesse an derartigen Plänen und signalisiert, dass sie die Wüste Gobi für derartige Aktionen gerne zur Verfügung stellen würde."

„Aus Saudi-Arabien, Russland und den Vereinigten Staaten liegen bereits ähnliche Angebote vor", ergänzte Herr Gabriel. „In Europa sträubt man sich jedoch gegen den Plan, weil der eigene Kontinent für derartige Aktionen viel zu dicht besiedelt ist und man bei den Rohstoffen gegenüber Chinesen, Amerikanern und Russen nicht schon wieder ins Hintertreffen geraten will."

„Können wir sicherstellen, dass die Meteoriten genau dort einschlagen, wo wir ihren Einschlag geplant haben?", fragte Herr Gott besorgt.

„Leider nein. Wegen der Größe der Entfernungen ist immer wieder mit Abweichungen zu rechnen", erklärte Herr Gabriel.

„Nun, dann möchte ich von der Methode des Meteoritenbeschusses zunächst einmal Abstand nehmen", erklärte Herr Gott. „Stellen Sie sich nur einmal einen Moment lang vor, wir würden einen unbewohnten Punkt in Saudi-Arabien als Ziel auswählen, der Meteorit aber unterwegs vom Weg abkommen und zufällig genau in Jerusalem einschlagen. Dann würden wohlmöglich gleich drei große religiöse Gemeinschaften dies als eine 'Botschaft des Himmels' werten und in ihrem Sinn propagandistisch ausschlachten. Das kann nun wirklich nicht in unserem Sinn sein. Deshalb möchte ich derartige Differenzen schon im Keim ersticken und auf die Meteoritenpost aus dem All lieber verzichten."

„Auch wenn dadurch die Rohstofflage der Welt zunehmend kritisch wird?", fragte der persönliche Referent noch einmal nach.

„Jawohl, auch wenn dadurch massive Probleme bei der Rohstoffversorgung entstehen sollten", bekräftigte Herr Gott seinen Entschluss noch einmal. „Das friedliche Zusammenleben der Völker ist wichtiger und hat für mich Vorrang vor allen Fragen der Rohstoffversorgung."

* * *

„So geht das nun wirklich nicht weiter", schimpfte Alexander Parker und wandte sich wieder an den Repräsentanten der Lebensagentur. „Sie müssen endlich für klare Verhältnisse sorgen."

„Was soll an den aktuellen Verhältnissen so unklar sein?", erwiderte Egon Elohim.

„Alles ist an diesen Verhältnissen unklar. Niemand weiß mehr, an welchem Platz er steht und keiner weiß wirklich, wie es weitergeht. Ich habe den Eindruck, dass nicht einmal die Agentur selbst weiß, wie es weitergehen soll."

„An der Spitze der Agentur werden derzeit verschiedene Modelle diskutiert, das ist richtig", bestätigte der Repräsentant. „Aber das heißt noch lange nicht, dass die aktuelle Situation nicht klar sei. Aus meiner Sicht ist sie mehr als klar. Es ist eine Situation eingetreten, die sich viele Milliardäre und Millionäre immer gewünscht haben: Man ist endlich ganz unter sich."

„Herr Elohim, so war das doch nicht gemeint", fuhr Alexander Parker erregt auf.

„Wie dann, Herr Parker? Ich kann mich noch gut an unsere Gespräche erinnern, in denen Sie über die Staus auf den Straßen und die anmaßenden Forderungen Ihrer Angestellten heftig geklagt haben. Jetzt gehören die Straßen in voller Breite Ihnen und anmaßende Forderungen Ihrer Angestellten brauchen Sie sich auch nicht mehr anzuhören."

„Und wer macht heute noch die ganze Arbeit?"

Egon Elohim zuckte unbekümmert mit den Schultern. „Am besten der, der will, dass sie gemacht wird, oder haben Sie eine bessere Idee?"

„Natürlich habe ich eine bessere Idee", schimpfte Alexander Parker. „Sie sorgen dafür, dass endlich wieder billiges Personal zur Verfügung steht, damit all die Dinge gemacht werden können, die nun schon seit Tagen liegen bleiben."

„Ich sehe da eher Sie selbst in der Pflicht, Herr Parker. Das mit dem Kochen klappt dank Noahs Hilfe ja schon ganz gut, aber Ihre Frau könnte sich ruhig etwas stärker mit einbringen."

„Auf meine Frau brauche ich nicht zu zählen. Das wissen Sie genauso gut wie ich. Wir brauchen wieder vernünftige Strukturen, in denen jeder weiß, wo sein Platz ist und in denen jeder das tut, was er am besten kann."

„Wenn mich nicht alles täuscht, bilden sich diese Strukturen gerade wieder heraus", erwiderte der Repräsentant der Agentur unbekümmert.

„Das sind keine neuen Strukturen, sondern Zumutungen", schimpfte der Milliardär erregt. „Was hat ein Mann wie ich in der Küche zu suchen? Mein Platz ist im Büro, nicht in der Küche. Ich sollte wieder an der Spitze der Holding stehen und wichtige Entscheidungen treffen und nicht am Herd sinnlos meine knapp bemessene Zeit vergeuden."

„Nun, ich gebe zu, Herr Parker, die Lage ist ungewohnt und sicher auch eine große Herausforderung für Sie, aber ich bin mir sicher, dass Sie sie meistern werden", sagte Egon Elohim zuversichtlich.

„Herausforderung, Herr Elohim? Machen Sie bitte keine Witze. Wir stehen vor einem Problem, und zwar einem handfesten", erwiderte Alexander Parker verständnislos. „Sie wissen, ich selbst verstehe mich in erster Linie aufs Geldverdienen. Meine Frau versteht sich aufs Geldausgeben. Aber die harte körperliche Arbeit haben wir beide nun wirklich nicht erfunden. Das müssen Sie doch verstehen."

„Verstehen kann ich vieles, Herr Parker. Aber ändern kann ich Ihre aktuelle Situation leider nicht. Das können Sie nur selbst."

„Sie wollen mir sagen, dass sich an diesem Drama nichts ändern wird?", zeigte sich Alexander Parker schockiert.

„Die Lebensagentur wird die bestehenden Verträge nicht widerrufen und sie auch nicht an die veränderte Situation anpassen. Was wir gesagt haben gilt und auch die Leistungen, die wir unseren Kunden versprochen haben, werden wir ohne Abstriche erfüllen, denn wir stehen zu dem, wozu wir uns verpflichtet haben. Für Sie und Ihre Frau bedeutet dies, dass Ihnen nicht ein einziger der versprochenen Tage verloren gehen wird. Im Gegenteil: Aus Gründen der Kulanz überlegen wir sogar, ob wir nicht auf jeden Vertrag noch eine hohe Anzahl zusätzlicher Tage draufpacken, sodass Sie Ihren immensen Reichtum ungestört in vollen Zügen genießen können."

„Und was ist mit meinem Personal im Haus und den Angestellten in der Firma? Wann werden die endlich zurückkommen?", fragte Alexander Parker ungeduldig.

„Sie können jederzeit zurückkommen, wenn sie es wollen", erklärte Egon Elohim ruhig. „Aber bislang sieht es nicht so aus, als wenn auch nur einer zurückkommen wollte."

„Wenn sie nicht freiwillig zurückkommen wollen, müssen Sie sie eben zwingen. Das habe ich in meiner Firma auch oft genug so gehandhabt", hatte Alexander Parker wenig Verständnis für die zögerliche Vorgehensweise der Agentur.

Egon Elohim schüttelte langsam den Kopf. „Da wir die persönliche Freiheit dieser Kunden ebenso respektieren wie die Ihre, werden wir keinen Druck ausüben. Sie sollten sich deshalb besser darauf einstellen, noch einige Zeit länger alleine für alle anfallenden Arbeiten verantwortlich zu sein."

* * *

Die Hände tief in den Taschen seines neuen Sweatshirts vergraben und den Kopf müde gegen die Wand im Rücken gelehnt, schloss Tim für einen Moment die Augen. Er wartete, wie er schon die letzten Tage wartend hier in diesem Raum verbracht hatte, doch zu warten machte ihm nichts mehr aus. Er hatte Zeit, und ob sie schnell oder langsam verging, war längst bedeutungslos geworden.

Er schmunzelte über sich selbst, wenn er daran dachte, wie hektisch er noch vor Tagen bemüht war, keine Zeit zu verschenken und das Optimum aus sich und den ihm gegebenen Stunden zu machen. Das Bild einer ausgepressten

Zitrone kam ihm in den Sinn.

'Aus einer vollkommen ausgequetschten Zitrone doch noch den letzten Tropfen herauszuholen, das war mein Leben', tadelte er sich still. Inzwischen wusste er, wie nutzlos und vergeblich der Versuch gewesen war. 'Ich hatte geglaubt, dass mich 'mehr' glücklicher machen und jeder zusätzliche Tropfen Zitronensaft weiterbringen würde'. Er schüttelte fast unmerklich den Kopf, so, als wolle er sich von einer unpassenden Vorstellung endgültig befreien. 'Es war ein schlechter Traum.'

Ein weicher Klingelton ließ ihn kurz aufschrecken, die Augen öffnen und auf die große Anzeigetafel schauen. Doch ein kurzer Blick auf den kleinen Zettel in seiner Tasche bestätigte ihm: Es war nicht seine Nummer, die auf der Anzeigentafel gerade aufgerufen worden war.

Ein kaffeebrauner junger Mann erhob sich langsam aus seinem Sitz und ging auf die Ausgänge zu. Als er Tim passierte, lächelten beide einander zuversichtlich an. Tim hob kurz den Daumen.

„Wir sehen uns hinter der Schleuse, Bruder", sagte Kadiri und machte sich auf den Weg.

Tim sah ihm lange nach. Angst um den neuen Freund hatte er nicht. Im Gegenteil: Eine tiefe Vorfreude auf das, was Kadiri schon in Kürze erwarten würde, erfüllte ihn. 'Viel vorzuwerfen haben sie ihm nicht, und wenn er durch ist, sieht er hoffentlich Baya und das Kind wieder', sagte er still zu sich selbst und schloss wieder die Augen. 'Egal, wohin sie ihn dann bringen werden, ich hoffe, die Drei können dort für immer zusammen sein.'

Ob Zeit verging und wie viel Zeit verging, wusste Tim nicht. Es war ihm auch längst gleichgültig geworden. Nicht nur die Zeit, vieles hatte seine Bedeutung verloren, seit er seine kleine, überschaubare Welt verlassen hatte. Die Augen zu schließen, an nichts zu denken und nichts zu tun, war ihm jahrelang falsch und verwerflich vorgekommen. Jetzt erfreute er sich an der ungeahnten Freiheit, die das Nichts ihm brachte. Nichts war mehr so, wie er es kannte, nichts vorhanden und nichts wurde vermisst.

Als er die Augen das nächste Mal öffnete, war Tim überrascht, Theodor Aschim im Raum zu sehen. Der Mitarbeiter der Agentur schien mit seinen früheren Kunden zu sprechen. Er machte ihnen Mut, ging vom einen zum anderen und stand nach einiger Zeit auch vor ihm.

„Du kannst dir sicherlich Schöneres vorstellen, als tagelang hier zu warten", lachte er freundlich. „Aber bald wirst du es geschafft haben."

„Geschafft? Ich habe es schon längst geschafft. Und das Warten? Das Warten macht mir inzwischen auch nicht mehr viel aus. Es gibt Schlimmeres", entgegnete Tim zufrieden.

„Du vermisst dein altes Leben nicht?"

So schnell er konnte, schüttelte Tim den Kopf. „Nein, nicht eine Sekunde habe ich es vermisst. Warum sollte ich es auch vermissen? Jeden Tag nach Kräften schikaniert zu werden, das war nun wirklich nicht das Leben, das ich mir immer erträumt habe."

„Du hättest noch viel erreichen können."

Tim lachte, eher gekünstelt als entspannt. „Und wenn schon. Was ich habe, ist mir genug. Mehr brauche ich nicht."

„Wirklich nicht?"

„Nein, wirklich nicht", entgegnete Tim mit fester Stimme. „Mir fehlt nichts und ich finde es sogar schade, dass ich nicht schon ein wenig früher gehen konnte. Wissen Sie, wenn mein Vertrag schon vor zwei oder drei Jahren ausgelaufen wäre, ich glaube nicht, dass ich irgendetwas Wichtiges verpasst hätte."

„Du hättest wirklich früher gehen wollen? Das ist ungewöhnlich. Die meisten von euch wünschen sich immer nur, später gehen zu dürfen", wunderte sich Theodor Aschim.

„Ich habe Ihnen schon vor ein paar Tagen gesagt, dass ich nicht wie die anderen bin. Wenn die den ganzen faulen Zirkus zum glücklich werden brauchen, von mir aus. Sollen sie ihn sich reinziehen, so oft sie wollen, und so lange sie wollen. Ist alles nicht mehr meine Baustelle."

„Du bist immer noch ziemlich egoistisch", tadelte ihn der Mitarbeiter der Agentur und legte ein besorgtes Gesicht auf. „Das könnte nachher in der Verhandlung zu einem Problem für dich werden."

„Sparen Sie sich Ihre miesen Verkäufertricks. Ich bin nicht auf der Welt gewesen, um Leute wie Hans-Günter Fiebig glücklich zu machen, und wenn das doch die Aufgabe war, die die Agentur mir zugedacht hatte, dann freue ich mich umso mehr, dass dieses verlogene Theater endlich zu Ende ist."

„Freust du dich auch für 'Diego'?"

„Was hat 'Diego' mit meiner Entscheidung zu tun?", wunderte sich Tim. „Ich dachte, hier geht es um mein Leben und nicht um seines."

„Es geht selten nur um ein Leben allein", mahnte Theodor Aschim und schaute ihn traurig an. „Die Zeche dafür, dass es dir nun besser geht und du dich glücklich fühlst, die zahlt dein 'Diego'."

„Warum? Was ist mit ihm?", fragte Tim beunruhigt.

„Er bekommt kaum noch Futter, seit du den Stall verlassen hast", erklärte Theodor Aschim vorwurfsvoll. „Wenn du auf deinem Platz geblieben wärst, wäre das sicher nicht passiert."

„Warum sagen Sie das mir und nicht seinem Besitzer?"

„Weil es deine Aufgabe war, für ihn zu sorgen."

„Wenn ich ihn hätte mit nach Hamburg nehmen können, dann wäre es meine Aufgabe gewesen. Aber das wollten Sie und die Agentur ja nicht. Also muss sich Hans-Günter Fiebig um 'Diego' kümmern, nicht ich."

„Das tut er aber nicht."

„Dann sollten Sie ihn zur Rechenschaft ziehen und nicht mich", ärgerte sich Tim.

„Du weißt genau, dass er 'Diego' nicht mag und sich nicht viel um ihn kümmert. Trotzdem bist du gegangen und hast ihn einfach seinem Schicksal überlassen. Eine schöne Art von Freundschaft nenne ich das."

390

„Nun hören Sie endlich auf, dem Jungen Vorwürfe zu machen", griff Marla verärgert in die Diskussion ein. „Mein Noah hat auch schon seit Tagen nichts Vernünftiges mehr zu essen bekommen. Sie sollten mal mit seiner Mutter reden oder sich gleich besser selbst hinter den Herd stellen, wenn Ihnen so sehr daran gelegen ist, dass gewisse Leute immer genug zu essen haben."

„Ja, genau, gehen Sie doch zu 'Diego' und füttern ihn selbst", stichelte Tim und freute sich zugleich über die Unterstützung, die er unerwartet von Marla erhalten hatte. „Oder bringen sie ihn einfach zu uns. Wir werden uns gut um ihn kümmern. Bei uns wird es ihm sicher an nichts fehlen." Er hob den Kopf keck an und blickte dem Agenturmitarbeiter frech in die Augen. „Ja genau, bringen Sie ihn her, wenn sie wirklich um 'Diegos' Wohl so besorgt sind und sorgen Sie bei der Gelegenheit auch gleich dafür, dass wir immer genug Futter für ihn haben."

* * *

Zufrieden rieb sich Direktor Hua die Hände. „Das hat besser geklappt, als ich es erwartet hatte", sagte er zu seinem Bruder.

„Ja, der Leiter der Kommission hat genau die richtigen Worte gefunden", lachte Jie überlegen.

Direktor Huas Augen funkelten. „Hast du gesehen, wie sie alle gezittert haben?"

Jie nickte. „Ich möchte auch nicht gerne in einem Umerziehungslager landen und im Gefängnis meine Tage zu verbringen, das ist wirklich nicht meine Absicht."

„Wer will das schon? Uns soll egal sein, wo sie nun landen. Wichtig ist nur, dass wir die Bergwerke an uns gebracht haben und die haben wir alle bekommen."

„Nicht einer hat sein Bergwerk unter diesen Umständen behalten wollen", lächelte Jie zufrieden.

„Und dabei haben wir ihnen so gut wie nichts für ihre Minen gegeben."

„Geschluckt haben sie alle, als sie die Summen gehört haben. Doch unterschrieben hat am Ende jeder", ließ Jie die entscheidenden Minuten des Tages noch einmal an sich vorüberziehen. „Jetzt müssen wir nur noch neue Arbeiter finden und sie die Produktion wieder aufnehmen lassen. Danach fließt das Geld wie ein ruhiger, breiter Strom direkt zu uns ins Haus."

„Neue Arbeiter herbeizuschaffen, ist eigentlich die Aufgabe der Agentur", schimpfte Direktor Hua. „Aber das sehen diese Dummköpfe leider nicht ein."

Jie nickte zustimmend. „Wenn ich nur einen Weg wüsste, wie man sie zwingen könnte."

„Zwingen kann man sie leider nicht und auch der Leiter der Kommission dürfte uns in diesem Fall keine große Hilfe sein."

„Vor ihm fürchten braucht sich die Lebensagentur sicher nicht und mir ist auch nicht bekannt, dass Herr Wu über gute Verbindungen zur Agentur verfügt", erwiderte Jie und schien ein wenig ratlos zu sein. „Es wird also schwer, in irgendeiner Richtung Druck auszuüben."

„Ich glaube auch nicht, dass wir in diesem Fall mit Druck weiterkommen", unterstützte Direktor Hua die Ansicht seines Bruders. „Vor ein paar Tagen habe ich dem Repräsentanten schon gesagt, wie sehr mir das unkooperative Verhalten der Agentur schon geschadet hat. Es war ihm egal. Er hat sich nicht einmal meine Argumente richtig angehört. Kannst du dir das vorstellen? Er hat mich behandelt, als wenn ich Luft wäre. - Ausgerechnet ich, einer der wichtigsten Arbeitgeber in der Stadt."

„Wenn wir die Agentur weder rechtlich noch moralisch unter Druck setzen können, dann bleibt uns fast nur noch der Weg, sie mit ins Boot zu holen", sah Jie kaum einen anderen Ausweg aus ihrer Misere.

„Du willst sie auch noch dafür belohnen, dass sie uns immer so viele Schwierigkeiten bereiten? Die Idee finde ich gar nicht gut, Jie", war Direktor Hua alles andere als begeistert.

„Dann zeig mir einen besseren Weg, den wir gehen können", forderte Jie. „Ohne die Mithilfe der Agentur bleiben unsere Bergwerke leer und das viele Geld, das wir heute für die neuen Minen ausgegeben haben, ist vollkommen umsonst investiert. Ich für meinen Teil gebe den Blutsaugern von der Agentur lieber einen Teil meines Gewinns ab und behalte den größeren Teil für mich, als dass ich mich dazu entschließe, ihnen gar nichts zu geben und am Ende auch mit gar nichts nach Hause gehen."

„Trotzdem: Mir gefällt die Idee nicht."

„Gefallen tut sie mir auch nicht" bekannte Jie. „Aber an den Arbeitern führt nun mal kein Weg vorbei oder willst du selbst mit mir in die Stollen gehen und die Kohle dort abbauen?"

„Können wir keine neuen Arbeiter finden? Irgendwo auf dem Land, wo man von dem Streik der Arbeiter in den Städten noch nichts gehört hat und unser Geld noch zu schätzen weiß?"

Jie schüttelte den Kopf. „Das ganze Land ist inzwischen so gut wie ausgestorben. Wenn du heute noch jemandem begegnest, hat der entweder selbst zwei oder drei Unternehmen oder es ist einer dieser korrupten Kader aus der mittleren Führung, die ihre Hände immer schön aufhalten, sie sich aber nie schmutzig machen."

„Die sollten wir in unseren Bergwerken arbeiten lassen, das wäre genau der richtige Platz für sie. Aber den Gefallen werden sie uns leider nicht tun."

„Nein, das werden sie ganz bestimmt nicht", war Jie der gleichen Ansicht. „Deshalb sollten wir Walter Seraphim bald wieder zu uns bitten und ihm ein unwiderstehliches Angebot machen."

„Ich denke, es ist besser, wenn wir eine Stufe höher ansetzen und gleich mit seinem Chef reden", überlegte Direktor Hua.

„Der wird aber vermutlich eine höhere Beteiligung fordern", gab Jie zu bedenken.

„Mag sein. Er hat aber auch die Macht, mehr für uns zu

tun, als sein schleimiger Stellvertreter", erwiderte Direktor Hua und war gar nicht so unglücklich darüber, dass die von ihm vorgeschlagene Lösung zwar teurer, dafür aber auch schonender für sich und sein Gesicht war.

„Also gut, reden wir gleich mit seinem Chef", willigte Jie schließlich ein. „Lädst du ihn zu dir ein oder soll ich ihn bitten, dass er zu uns kommt?"

„Lade du ihn besser ein. Ich bin nicht so versessen darauf, Walter Seraphim dauernd anrufen zu müssen", stahl sich Direktor Hua vorsichtig aus der Affäre.

* * *

„Wie kann es sein, dass die Preise für Fleisch in der Stadt so stark gefallen sind?", wunderte sich Jamila, nachdem Abdalla wieder gefahren und sie allein mit Chimalsi auf der Farm zurückgeblieben war.

„Wer sagt dir, dass die Preise, die Abdalla uns genannt hat, die richtigen Preise sind?"

„Du glaubst ihm nicht?"

Chimalsi schüttelte langsam den Kopf. „Abdalla kann uns viel erzählen, aber er kann nicht verhindern, dass ich das, was er uns sagt, genau analysiere, und wenn ich das tue, dann fallen mir sehr schnell einige Ungereimtheiten auf."

„Mir ist nicht viel aufgefallen", bekannte Jamila verschämt. „Nur der Preis für Benzin kam mir sehr hoch vor."

„Er ist sicher gestiegen, das will ich Abdalla gerne glauben. Ob tatsächlich auf sieben Dollar pro Liter, das kann ich nicht überprüfen. Aber grundsätzlich gehe ich schon davon aus, dass der Preis für Benzin auch in Zukunft immer weiter steigen wird, weil nur noch vorhandene Vorräte aufgebraucht werden können und kein neues Öl mehr gefördert wird."

„Der Preis für unser Vieh müsste aber dann auch immer weiter steigen, weil es kaum noch Farmen gibt, die immer noch bewirtschaftet werden", meinte Jamila.

„Das ist einer der Gründe, warum ich Abdalla bei seinem Besuch heute nicht getraut habe. Ist dir aufgefallen, was er geantwortet hat, nachdem ich ihm gesagt hatte, er soll mir morgen sieben Liter Benzin für eine Ziege mitbringen?"

„Mir ist nicht aufgefallen, dass er etwas gesagt hat."

„Genau das ist der Punkt, Jamila. Er hat nichts gesagt und das sagt mir, dass mit den Preisen, die er uns genannt hat, irgendetwas nicht stimmt", ärgerte sich Chimalsi. „Wenn der Preis für Benzin wirklich so hoch und der für Ziegen so niedrig wäre, hätte er sich massiv gegen meinen Vorschlag stellen müssen, denn ich habe den Preis mal eben um 40 Prozent angehoben."

„Ja, du hast recht, er hätte deinen Vorschlag ablehnen müssen. Außerdem: Warum fährt er bis zu uns heraus, wenn es in der Stadt immer noch so viel Fleisch zu kaufen gibt und das Benzin so teuer geworden ist? Das macht auch keinen Sinn."

„Nein, das macht es wirklich nicht", bestätigte Chimalsi und sah seine Frau ernst und eindringlich an. „Ich glaube, er wollte uns übervorteilen."

Jamila schien nicht wirklich überrascht. „Das kann gut sein. Aber aus welchem Grund soll er das tun? Geld hat er doch eigentlich genug – zumindest mehr als wir."

„Stimmt! Geld hat er, aber Ziegen und Fleisch haben wir inzwischen weit mehr als er und vielleicht geht es ihm auch nicht in erster Linie um mehr Geld, sondern mehr Macht."

„Macht über wen? Doch nicht über uns."

„Über uns sicher auch, Jamila. Aber in erster Linie dürfte es für Abdalla interessant sein, in der Stadt weiterhin die erste Geige zu spielen. Das kann er, wenn er die Leute mit den Dingen versorgt, die plötzlich furchtbar knapp geworden sind, mit unserem Fleisch zum Beispiel."

„Er muss dazu nur uns von der Stadt und die anderen von unserer Farm fernhalten", überlegte Jamila und erschrak. „Vielleicht war das der Grund, warum er die Feier am Wochenende so schnell verlassen hat und alle anderen ihm anschließend umgehend gefolgt sind."

„Ob das der Grund war, wissen wir nicht. Aber du hast recht, wir sollten seinen Einfluss in der Stadt nicht unterschätzen."

„Willst du trotzdem mit ihm zusammenarbeiten?", erkundigte sich Jamila.

„Wenn es zu einer Zusammenarbeit kommt, dann nur zu meinen Konditionen. Wir werden ihm nicht den Gefallen tun, uns vor seinen Karren spannen zu lassen. Das haben wir nicht nötig, denn im Gegensatz zu den Leuten in der Stadt überleben wir beide hier draußen auch aus eigener Kraft."

„Ich bin gespannt, ob er wiederkommen wird."

„Wenn er wiederkommt und wenn er uns die geforderten sieben Liter Benzin pro Ziege mitbringt, dann wissen wir sofort, dass unser Fleisch viel mehr wert ist, als er uns gerade glauben machen will", erklärte Chimalsi.

„Wie wollen wir dann reagieren?"

„Wir werden das Benzin nehmen und damit selber in die Stadt fahren", erklärte Chimalsi trotzig. „Ich würde mich nicht wundern, wenn wir für unsere Ziegen und ihre Milch mehr erlösen können, als das, was Abdalla bereit ist, uns zu geben."

Donnerstag, 19. Juli

Matthew Carter warf einen Blick über die Felder am Rande der Stadt. Wie ein breites Band erstreckten sie sich in die Ferne und endeten erst vor dem großen Wald.

„Warum ist es für Sie so wichtig, gerade diese Felder zu kaufen? Es wird schwer sein, herauszufinden, wer der offizielle Besitzer dieser weiten Landflächen ist. Sie wissen, Herr Parker, die Verwaltung der Stadt arbeitet schon seit Tagen nicht mehr. Die vielen Angaben, die wir brauchen, um diesen Kauf offiziell abzuwickeln, sind zwar prinzipiell vorhanden, weil alles im Grundbuch steht. An sie heran kommen wir aber trotzdem nicht, weil im Rathaus seit Tagen kein Zugang zu den Grundbüchern mehr besteht."

„Verschonen Sie mich bitte mit Ihren Ausreden, Matthew, die mag ich im Moment nun wirklich nicht hören", erwiderte Alexander Parker gereizt. „Sie und Ihre Kanzlei sind nicht umsonst die teuerste juristische Adresse in der Stadt und irgendwie wird es Ihnen doch wohl möglich sein, schnell zu ermitteln, wem diese Felder und der Wald dort hinten gehören und was sie für sie haben möchten." Mit der Hand machte er eine unbestimmte Bewegung. „Ach, der Preis ist sowieso egal. Ich werde auf jeden Fall bezahlen, was gefordert wird. Hauptsache: Ich sichere mir den Wald und diese Felder."

„Mit landwirtschaftlich nutzbaren Flächen hatten Sie und Ihre Firma doch eigentlich nie viel zu tun. Warum kaufen Sie sich jetzt in dieser Situation nicht weitere noble Grundstücke in der Stadt? Warum wollen Sie Ihren Landbesitz gerade hier draußen erweitern?", fragte der renommierte Anwalt verständnislos.

„Matthew, wenn ich immer nur das tun würde, was die Hobbs, Wests und Youngs dieser Welt tun, dann wäre ich mit dieser Aufgabe gewiss nicht zu Ihnen gekommen. Ihre Aufgabe ist es, mir die interessanten landwirtschaftlich nutzbaren Grundstücke zu sichern. Um die guten Innenstadtlagen kümmere ich mich, wenn Zeit dazu ist."

„Das kann aber dauern. Sie wissen, auch unsere Kanzlei ist momentan schwach besetzt", warnte der Anwalt.

„Dann klemmen Sie sich halt selbst hinter den Fall und besorgen mir eigenhändig die Informationen, die ich unbedingt benötige. Das haben Sie als junger Anwalt doch auch gemacht."

„Ich werde Ihnen dafür aber ein saftiges Honorar in Rechnung stellen müssen."

„Ihre Arbeitszeit war nie besonders günstig", erinnerte sich Alexander Parker. „Aber seien Sie ganz beruhigt. Auf meinem Konto ist noch Geld vorhanden. Das werde ich auf Ihres buchen lassen und wenn ich dazu den Bankdirektor höchstpersönlich bemühen muss."

„Nun gut, aber dann verraten Sie mir noch, was Sie hier wirklich vorhaben. Dass Sie den Wald kaufen wollen, um in ihm Holz zu schlagen und dass Sie auf den Feldern hier rings um uns herum Mais und Kartoffel anbauen möchten, das können Sie Ihrem Hausmädchen erzählen, aber nicht mir."

„Mein Hausmädchen ist nicht mehr da. Deshalb erzähle ich Ihnen jetzt, dass ich genau diese Dinge hier vorhabe." Er wies mit dem weit ausgestreckten Arm in verschiedene Richtungen. „Dort werden die Kartoffeln gepflanzt, hier der Mais und der Salat dort drüben."

„Also gut, ich werde alles Notwendige veranlassen. Sie hören von mir", sagte der Anwalt, schüttelte verständnislos den Kopf und stieg in seinen Wagen.

„Ich weiß, dass er mich gerade für verrückt hält", sagte Alexander Parker zu Noah, während beide dem davonfahrenden Auto lange nachsahen. „Aber verrückt bin nicht ich, sondern höchstens er. Noch fährt er Auto, noch bekommt man von irgendwoher Benzin, aber bald kommt der Winter. Dann wird es nicht nur Schnee geben, sondern auch kalte Räume in den Häusern, weil keiner mehr heizen kann."

„Und was machen wir dann?", fragte Noah verängstigt.

Der ausgestreckte Arm seines Vaters zeigte auf den nahen Wald. „Dann werden wir in den Wald gehen und Holz holen und damit wir immer genügend haben, kaufe ich diesen Wald lieber, bevor es ein anderer tut."

„Und die Felder? Wofür brauchen wir die?"

„Für unsere Kartoffeln, den Salat und alles, was wir brauchen, um zu überleben."

„Aber unser eigener Garten ist doch groß genug", rebellierte Noah.

„Im Prinzip ist er das, da hast du vollkommen recht. Aber deine Mutter will nicht, dass wir die Kartoffeln und das Gemüse direkt bei uns anbauen. Sie träumt immer noch von dem großen Ziergarten mit Park, den wir bislang hatten. Mum hat immer noch nicht begriffen, dass dessen Zeit abgelaufen ist. Es gibt niemanden, der ihn pflegen wird, es sei denn, deine Mutter wird plötzlich selbst aktiv."

„Kaufen nur wir Felder und Gärten?"

Alexander Parker lächelte zufrieden. „Ja, im Moment kaufen nur wir diesen Blödsinn, während die anderen sich auf die teuren Lagen in der Innenstadt konzentrieren. Aber so dumm, wie es auf den ersten Blick erscheint, ist unser Plan gar nicht. Je mehr Boden wir uns sichern, umso schwieriger wird es für die anderen, sich zu ernähren."

„Du meinst also, dass Marla und der Gärtner nie mehr zurückkommen werden?"

Alexander Parker schüttelte den Kopf. „Nein, ich glaube nicht, dass sie noch einmal zu uns zurückkommen werden. Herr Elohim von der Agentur ist gestern relativ deutlich geworden. Er hat mir etwas gesagt, was ich ohnehin schon seit ein paar Tagen geahnt habe."

„Und was hat er dir gesagt?"

„Dass wir uns selbst helfen müssen und nicht mehr auf fremde Hilfe rechnen können", entgegnete Alexander Parker mit versteinertem Gesicht.

* * *

Die schwere Türe des Gerichtssaals öffnete sich. Tim betrat die große Lichtschleuse ein wenig so, wie er vor Jahren als Erstklässler das große Klassenzimmer betreten hatte: scheu und furchtbar aufgeregt. Helles, gleißendes Licht umgab ihn. Instinktiv führte er die Hand zum Kopf, um die Augen zu schützen und merkte im gleichen Moment, dass er den Schutz der Hand gar nicht mehr benötigte.

Das strahlende Licht, das ihn nun umgab, war anders als das grelle Licht der Sonne, das er bislang gekannt hatte. Es war heller und doch viel leichter auszuhalten als der Blick in die Mitte der Sonne. Eine angenehme Wärme umgab ihn. Sie ließ ihn nicht frieren, nicht schwitzen. Seine Beine fühlten sich im ersten Moment schwer und träge an und doch trug ihn eine feine Kraft unbeirrbar fort.

Um ihn herum war es taghell und doch fühlte sich Tim, als würde er aus einer tiefen, dunklen Höhle langsam auftauchen. Über sich sah er das noch hellere Licht. Wie ein starker Magnet zog es ihn an: kraftvoll, unablässig, bezaubernd und unwiderstehlich.

Er rechnete mit einem starken Druck auf den Ohren, er erwartete fremde Stimmen in seinen Ohren zu hören und spürte doch nur die befreiende Kraft des Nichts.

Was ihn immer bedrückt hatte, fiel von ihm ab, sank zu Boden wie Blei. Was ihm immer gefehlt hatte, vermisste er plötzlich nicht mehr, obwohl es immer noch nicht da war und über allem war dieses einmalige Gefühl des perfekten Nichts.

Nichts störte, nichts fehlte, nichts bremste ihn, nichts trieb ihn ängstlich vorwärts. Er schwebte, wie man nur schweben kann, elegant, wie ein Vogel in der Luft, lautlos und frei, wie ein Raumschiff im All. Instinktiv breitete er die Arme aus, genoss das Gefühl grenzenloser Freiheit und angenehmer Wärme.

Er wollte zurückschauen, wollte sehen, wie er flog und konnte es doch nicht. Nicht einen Moment konnte er seinen Blick von jenem fernen Licht lösen, das ihn mit aller Macht anzog und zu dem er schon längst aus vollem Herzen 'Ja' gesagt hatte.

Der Weg zu ihm schien unendlich zu sein und doch war alles zum Greifen nah. Angst verspürte er keine mehr, nur eine unbändige Freude. Je höher er glitt, desto ferner und bedeutungsloser wurde seine kleine, überschaubare Welt, die er endlich hatte verlassen dürfen.

Große, schwierige Zusammenhänge erschlossen sich ihm im Bruchteil einer einzigen Sekunde, in der er mehr lernte als in den zurückliegenden 19 langen Jahren.

Als der Auftrieb schwächer wurde, schien ein verwegener Traum Wirklichkeit zu werden. Wie oft hatte er sich gewünscht, einfach auszusteigen und in den dicken, weichen Wolken spazieren zu gehen, wenn er im Flugzeug unterwegs war und verträumt aus dem Fenster gesehen hatte. Jetzt hatte er das Gefühl, auf Wolken zu gehen und dennoch nicht einzusinken.

Er glaubte, über eine saftige Wiese zu gehen und in einem Meer duftender Blumen zu versinken und konnte doch nichts erkennen, denn das Licht, das ihn umgab, war so hell, dass es selbst die kräftigsten Farben überstrahlte.

Tim hatte kein Ziel und doch trieb ihn das Wissen um seinen Weg vorwärts. Aus dem nebligen Horizont sah er einen braunen Punkt langsam auf sich zukommen. Als er ihn erreicht hatte, füllten sich seine Augen mit Feuchtigkeit.

Der Stupser einer langen Pferdenase hieß ihn aufsteigen. Tim folgte der Aufforderung bereitwillig, schwang sich wie eine Feder empor und ließ sich einfach davontragen. Er war sich sicher, dass 'Diego' das Ziel kennen würde und wenn nicht, so war es auch egal. Sie waren wieder zusammen und niemand würde sie mehr trennen.

„Wir sind tagelang gemeinsam durch die Hölle gegangen, aber jetzt sind wir frei, endlich frei", flüstere er dem Wallach dankbar ins Ohr, richtete sich auf und fixierte mit den Augen den fernen Horizont.

„Hast du Albert und Patrick hier oben schon gesehen? Ja? Hast du? Dann bring mich schnell zu ihnen. Ich muss dich unbedingt mit Albert bekanntmachen und bei Patrick wird es Zeit, dass auch er dir endlich mal einen saftigen Apfel spendiert."

* * *

Freudig eilte Jie die Stufen der kleinen Treppe hinunter und ging auf den Wagen zu, der soeben vor seinem Haus zum Stehen gekommen war. „Herzlich willkommen in meinem Haus", begrüßte er die Vertreter der Agentur und bat sie herein.

Bereichsleiter Uriel und Walter Seraphim staunten nicht schlecht, als sie den Luxus der großen Eingangshalle bemerkten. Große Vasen aus Terrakotta und goldbestickte Kugeln, die wie mächtige Globen wirkten, empfingen sie.

„Die Kohleförderung scheint ein recht einträgliches Geschäft zu sein", bemerkte der Bereichsleiter anerkennend, nachdem er seine Augen kurz durch den Raum hatte schweifen lassen.

„Es kann in der Tat sehr einträglich sein, wenn die Bedingungen gut sind und alles fein aufeinander abgestimmt ist", erwiderte Jie vieldeutig. „Aber bitte, folgen Sie mir doch in den Salon, meine Herren."

Den Salon kennzeichnete ein brauner Farbton. Schwere, dunkle Möbel, mit feinen hellen Intarsien besetzt, gaben dem Raum Würde und Charakter. In den Regalen und Vitrinen entdeckten die Gäste weitere kostbare Vasen und Schnitzereien aus Holz hinter Plexiglas, die mit Gold und Goldstaub besetzt waren.

„Wir hatten noch nicht die Gelegenheit, uns bei Ihnen für die hervorragenden Verträge zu bedanken, die wir von der Agentur wieder erhalten haben", begann Jie das Gespräch und zog aus einer Schublade zwei kleine Schächtelchen hervor. „Das möchten wir heute nachholen und deshalb gestatten Sie uns, dass wir Ihnen diese kleine Aufmerksamkeit überreichen."

„Ein Geschenk?", fragte der Bereichsleiter irritiert, nachdem ihm Jie eines der kleinen Präsente in die Hand gedrückt hatte.

„Nur eine kleine Aufmerksamkeit von zwei dankbaren Kunden der Agentur", lächelte Jie bescheiden. „Aber bitte, nehmen Sie Platz."

„Jade?", fragte Walter Seraphim, nachdem er das kleine Schächtelchen geöffnet und seinen Inhalt eine Weile betrachte hatte.

„Echte Jade von höchster Qualität und nur von den besten Künstlern des Landes veredelt", beeilte sich Jie zu versichern.

Bereichsleiter Uriel stellte das kleine Präsent wieder zurück auf einen der noblen, runden Beistelltische neben seinem Sessel. „Ich nehme an, Sie wissen, dass die internen Richtlinien der Agentur die Annahme von Geschenken im Dienst nicht gestatten."

„Heute sind Sie nicht im Dienst, werter Herr Uriel", schaltete sich Direktor Hua in die Unterhaltung ein und wies mit dem Kopf auf das kleine Kästen mit der Jade auf dem Tisch. „Heute sind Sie privat hier und heute können Sie sich Freiheiten erlauben, die Ihnen sonst im Dienst nicht möglich sind."

Jie goss heißes Wasser in eine Kanne und servierte Augenblicke später seinen Gästen den frisch zubereiteten Tee.

„Der Tee ist wunderbar", bemerkte Walter Seraphim und zauberte mit seinen Worten erneut ein zufriedenes Lächeln auf die Gesichter seiner Gastgeber.

Mehr als eine Stunde lang übten sie sich in gepflegter Konversation, dann schien Jie und Direktor Hua der Zeitpunkt gekommen, die Aufmerksamkeit ihrer Gäste auf die angespannte Personallage in ihren Bergwerken zu richten.

„Ich gebe zu, dass Ihre Situation momentan nicht die einfachste ist, aber ich glaube kaum, dass wir vonseiten der Agentur kurzfristig daran etwas ändern können."

„Sie als Bereichsleiter werden bestimmt in der Lage sein, an der kritischen Situation etwas zu ändern", war Jie überzeugt und lächelte hintersinnig.

„Sie sind für ganz Asien zuständig und Sie werden sicher den einen oder anderen Kunden der Agentur zu einer Arbeit in unseren Bergwerken bewegen können", ergänzte Direktor Hua.

„Sie überschätzen unsere Einflussmöglichkeiten, meine Herren", erwiderte der Bereichsleiter.

„Mir ist durchaus bewusst, dass Sie nur in besonders wichtigen Fällen alle Ihnen zur Verfügung stehenden Möglichkeiten ausspielen werden", fuhr Direktor Hua unbeirrt fort. „Aber hier und jetzt ist einer dieser wichtigen Fälle gegeben und es wird ganz gewiss nicht zu Ihrem Nachteil sein, wenn Sie uns Ihre freundliche Unterstützung zukommen lassen."

„Die Agentur unterstützt jeden ihrer Kunden und ich weiß nicht, wo wir Ihnen und Ihrem Bruder noch mehr helfen sollen, als wir es nicht ohnehin schon getan haben", wunderte sich Walter Seraphim.

„Es geht eigentlich nur um einen kleinen Gefallen, den wir uns von Ihnen und der Agentur wünschen", erläuterte Jie und lächelte wieder hintersinnig. „In unseren Bergwerken fehlt weiterhin Personal. Es ist wichtig für uns und die gesicherte Kohleproduktion dieses Landes. Deshalb wäre es gut, wenn bald wieder Schichten in normaler Stärke in die Stollen einfahren könnten. Da Sie innerhalb der Agentur an leitender Stelle tätig sind und auch über weitreichende Verbindungen verfügen, haben wir gehofft, dass Sie uns interessierte Arbeiter vermitteln können."

„Das können wir gerne tun", erwiderte Herr Uriel unumwunden. „Allerdings sollten die Bedingungen für beide Seiten stimmen." Er lächelte vieldeutig. „Sie wissen, an einem guten Geschäft verdienen immer beide Seiten. Wenn die Vorteile allein auf einer Seite konzentriert sind, passt etwas nicht und die langfristige Zusammenarbeit nimmt schnell Schaden."

„Ganz mein Reden, Herr Uriel", freute sich Jie. „Ich habe schon immer betont, dass man gemeinsam stärker ist und Sie kennen unser Land und unsere Kultur inzwischen gut genug, um zu wissen, welchen hohen Stellenwert 'Guanxi' hier in China haben. Und wenn mein Bruder und ich eines haben, dann ist es 'Guanxi', hervorragende Verbindungen auf höchstem Niveau."

„Geld haben Sie nicht?", wunderte sich Walter Seraphim.

Jie biss sich kurz auf die Unterlippe und lächelte dann über den Einwand gekonnt hinweg. „Geld haben wir natürlich auch und in der Verbindung von Geld und 'Guanxi' liegt die Stärke unserer zukünftigen Zusammenarbeit."

„Wir würden Ihnen eine Beteiligung von fünf Prozent an den Gewinnen all unserer Bergwerke einräumen, wenn Sie uns die notwendigen Arbeiter verschaffen, die wir zum Wiederanfahren der Produktion benötigen", benannte Direktor Hua weitere Einzelheiten ihres Plans.

„So wenig Geld wollen Sie mir bieten?", wunderte sich Bereichsleiter Uriel.

„Wir können uns auch gerne auf zehn Prozent der Gewinne verständigen", beeilte sich Jie zu versichern. „Damit stellen wir Sie deutlich besser als den Leiter der nationalen Bergbaukommission."

„Ihre Freigiebigkeit ist allgemein bekannt, meine Herren, und die Großzügigkeit Ihres aufrichtigen Angebots spricht mal wieder für sich, aber leider nicht für Ihren Plan", entgegnete Bereichsleiter Uriel kühl. „Aber wir haben für Sie eine besonders gute Nachricht: Sie bekommen die Arbeiter von uns - sogar ganz ohne Gegenleistung."

Direktor Hua und sein Bruder sahen sich für einen Moment an. Der eine konnte sein Glück kaum fassen, der andere kaum glauben, was er soeben gehört hatte.

„Wie ich bereits sagte, helfen wir den Menschen gern, wenn die Bedingungen für beide Seiten stimmen. Der Kollege Seraphim und ich werden also nicht zögern, neue Arbeiter zu Ihnen zu schicken, wenn diese das tatsächlich wollen. Leider ist uns derzeit kein einziger Fall bekannt, bei dem diese Grundvoraussetzung gegeben ist. Ich muss Sie beide deshalb noch um etwas Geduld bitten."

„Wann werden die willigen Arbeiter endlich wieder zur

Verfügung stehen?", fragte Direktor Hua.

Der Bereichsleiter öffnete kurz die Arme. „Das kann ich Ihnen beim besten Willen nicht sagen. Momentan sieht es jedoch eher schlecht aus, weshalb ich Ihnen beiden empfehlen würde, selbst in Ihre Schächte einzufahren, wenn Sie wollen, dass auch weiterhin Kohle in Ihren Minen gefördert wird."

* * *

Den ganzen Tag hatte Kadiri geduldig gewartet. Nun wurde er zunehmend unruhig, denn ein seit Tagen heimlich gehegter Traum schien Wirklichkeit zu werden. Wann immer die Türe sich öffnete und Neuankömmlinge den Raum betraten, musterte er sie schnell der Reihe nach.

Bislang vergeblich, denn die meisten Gesichter waren ihm fremd und das eine, auf das er so sehnsüchtig wartete, war noch immer nicht durch die Türe gekommen.

„Sie wird es doch wohl schaffen?"

„Natürlich wird sie es schaffen, sei ganz unbesorgt", beruhigte ihn Tim.

„Was, wenn sie ihr Probleme machen?"

„Warum sollten sie das? Deine Baya ist eine gute Frau und Mutter, aber bestimmt keine Schwerverbrecherin."

Während Tim seinem neuen Bekannten, der längst ein guter Freund geworden war, beruhigend die Hand auf die Schulter legte, öffnete sich erneut die Türe und eine Gruppe von fünf bis sechs Personen betrat zögerlich den Raum.

Kadiri sprang sofort auf und stürmte auf die Türe zu.

„Baya, da bist du ja endlich", nahm er seine Frau liebevoll in den Arm.

„Hast du lange auf mich warten müssen?", fragte sie ihn vorsichtig.

„Nicht sehr lange, aber viel länger, als mir lieb war", lachte Kadiri und drückte sie fest an sich.

Eine Weile standen sie stumm in der Mitte des Raumes.

Ihre Zungen blieben still und regungslos. Worte waren überflüssig. Was zu sagen war, sagten die Arme, die in endlos kreisenden Bewegungen stumm über den Rücken des anderen glitten.

„Was ist mit unserem Kind?", fragte Kadiri nach einiger Zeit zögerlich.

„Es ist ein Mädchen."

„Ein Mädchen? Und so schön wie du?", fragte Kadiri überglücklich.

„Warte es ab. Sie wird sicher gleich rauskommen. Sie haben ihre Verhandlung kurz nach meiner eigenen angesetzt."

„Und wenn sie es nicht schafft?", fragte Kadiri besorgt.

„Oh, Kadiri, du kleiner Angsthase! Was sollen sie ihr schon zur Last legen können? Dass sie mich im Bauch zu oft getreten hat?" Baya schüttelte ruhig und gelassen den Kopf. „Sie hat ja nicht einmal richtig gelebt. Wie soll sie da etwas falsch gemacht haben können."

„Eigentlich hast du recht. Trotzdem bin ich gerade etwas unruhiger als sonst", bekannte Kadiri freimütig.

„Denk lieber über ihren Namen nach, Kadiri", lachte Baya verständnisvoll. „Wir beide hatten immer gedacht, dass es ein Junge wird, aber jetzt sollten wir wohl doch besser nach einem Mädchennamen für sie suchen."

Kadiri nickte und dachte kurz nach. „Warum nennen wir sie nicht Adila, genau wie deine Mutter?"

„Ich glaube, der Name würde zu ihr passen", stimmte Baya Sekunden später zu und sah Doktor Kani und Sharifa auf sich zukommen.

„Es tut mir leid, dass ich Sie vor ein paar Tagen nicht retten konnte", sagte Kani zu Baya und warf anschließend auch einen Blick auf Kadiri. „Aber es freut mich, dass Kadiri und Sie nun endlich wieder zusammen sind. Sie haben ihm sehr gefehlt. Nicht wahr, Sharifa?"

„Kadiri hat versucht, sich den Verlust nicht sehr anmerken zu lassen", bestätigte die Schwester mit einem Nicken. „Aber auf dem Weg zu Ihrem Dorf war schon deutlich zu spüren, wie sehr er Sie und das Kind vermisst." Sie schaute sich kurz um. „Wo ist denn das kleine Mädchen? Ich möchte sie endlich mal schreien hören."

„Über Adila wird noch verhandelt", antwortete Baya schnell. „Aber wir sind guter Dinge. Wenn sie uns schon den Kopf nicht abgerissen haben, dann werden sie bei ihr erst recht keinen Grund haben, böse mit ihr zu sein."

„Es hat mir damals richtig das Herz gebrochen, dass wir nicht einmal die kleine Adila retten konnten", bekannte Sharifa und wirkte immer noch etwas bekümmert, wenn sie an die zurückliegenden Ereignisse dachte.

„Wir haben beide gespürt, wie sehr Sie und Doktor Kani um uns gekämpft haben", versicherte Baya. „Ich war traurig, dass ich Kadiri allein zurücklassen musste, aber ich bin weder Ihnen noch Doktor Kani böse, weil ich gestorben bin." Sie sah einen Moment wie abwesend durch den Raum. „Wenn ich es mir recht überlege, bin ich am Ende sogar froh, dass Sie mit Ihren Bemühungen gescheitert sind. Hier geht es mir viel besser und jetzt, wo auch Kadiri wieder bei mir ist, habe ich erst recht keinen Grund, mein altes Leben zu vermissen."

„Sie vermissen nichts?", fragte Doktor Kani.

Baya schüttelte entschieden den Kopf. „Nein, ich vermisse nichts und ich möchte auch nicht wieder zurück. Ich hatte viele schöne Tage, weil Kadiri in meiner Nähe war und mir jeden Tag das Leben so angenehm wie möglich gemacht hat. Aber sagen Sie selbst, Doktor: Warum sollte ich jetzt noch zurückwollen, wo auch er hier ist, ich mit ihm und Adila zusammen bin und es uns allen an nichts fehlt?"

„Sie sind nicht die Einzige, Baya, die den Staub der Erde nicht mehr vermisst. Ich mag mich täuschen, aber ich würde mich nicht wundern, wenn der ganze Raum hier voll ist mit Leuten, die genau wie Sie und ich denken und die ihren alten Tagen nicht eine Sekunde lang hinterher trauern."

* * *

„Bei Gericht ist mir in den letzten Tagen eine ganze Reihe höchst interessanter Veränderungen aufgefallen", berichtete Herr Gott am frühen Nachmittag dem um ihn versammelten inneren Führungskreis. „Bislang waren die Menschen eher ängstlich und zurückhaltend, wenn sie zu den Verhandlungen kamen. Inzwischen gehen sie wesentlich entspannter an die Prozesse heran und ich bekomme im Gerichtssaal immer häufiger offene und zufriedene Gesichter zu sehen."

„Spontan würde ich sagen, das ist eine durchaus begrüßenswerte Entwicklung. Oder haben Sie den Eindruck, dass die Menschen die Gerichtsverhandlungen nicht mehr ernst nehmen?", fragte Ezechiel.

„Ernst werden die Prozesse immer noch genommen", erklärte Herr Gott. „Was anders ist, ist die Angst vor dem, was im Anschluss an die Verhandlung auf sie zukommen mag. Sie ist inzwischen deutlich gesunken."

„Diese Beobachtung deckt sich mit den Gesprächen, die ich in den letzten Tagen vor Ort selbst geführt habe", bestätigte Uriel. „An ihr altes Leben und die früheren Zeiten klammern sich eigentlich nur noch die Reichen. Sie wollen die Welt zurück, in der sie nichts tun mussten und nahezu alles bestimmen konnten."

„Diese Tage werden aber nicht wiederkommen", war Raffael überzeugt. „Die Armen haben inzwischen verstanden, welche Macht sie haben, wenn sie sich der konstanten Bevormundung und Ausbeutung entziehen. Sie haben eine wichtige Lektion gelernt und ich glaube nicht, dass sie diese Lehre schnell wieder vergessen werden."

„Früher haben sie Revolten gestartet und Revolutionen angezettelt. Genützt hat es ihnen nicht viel, weil sie nur an der Oberfläche gekratzt haben und neue Herrscher in alte Strukturen eingesetzt haben. Jetzt gehen sie einen anderen Weg", freute sich Michael. „Jetzt beseitigen sie die Strukturen, indem sie einfach fortgehen und die einst so starken Systeme wie Kartenhäuser in sich zusammenbrechen lassen."

„Das ist in der Tat eine ebenso interessante wie wirkungsvolle Strategie", bemerkte Herr Gott anerkennend. „Jedes System braucht Teilnehmer, die es tragen, und es ist immer nur so stark, wie die Systemagenten es machen. Wenn den Menschen das System egal wird und sie einfach fortgehen, bricht vieles zusammen. Denken Sie nur mal einen Augenblick an den Zusammenbruch der kommunistischen Staaten im ehemaligen Ostblock oder die vielen anderen Systeme, die plötzlich kollabieren, weil das Vertrauen, das sie lange getragen hat, nicht mehr da ist."

„Das bringt für uns die Frage mit sich, ob wir das alte System noch länger stützen wollen", gab Ezechiel zu bedenken.

„Ist das System es wert, dass es von uns noch gestützt wird?", antwortete Herr Gott mit einer Gegenfrage.

„Meine chinesischen und russischen Milliardäre sind schon ganz unruhig. Sie wollen, dass endlich etwas geschieht. Sie sagen, dass sie ihr Gesicht verlieren, wenn wir ihnen nicht bald jemanden vorbeischicken, dem sie ihre Überlegenheit und ihre finanzielle Stärke zeigen können", berichtete Bereichsleiter Uriel. „Sie wollen auf jeden Fall, dass wir das System stützen und es um jeden Preis erhalten."

„In den USA ist es genauso", klagte Raffael. „Es geht nur noch um Status und Besitz und jeder versucht, den anderen zu übervorteilen. Aber an das übergeordnete Ganze denkt inzwischen niemand mehr."

„Macht es dann noch Sinn, unser Experiment noch etwas länger laufen zu lassen?", fragte Herr Gott provozierend in die Runde. „Ich meine, wir haben ihnen schon sehr frühzeitig in unserer allgemeinen Betriebsanleitung dargelegt, wie sie am besten miteinander umgehen sollen. Zehn einfache Regeln, klar und präzise formuliert und auch noch recht leicht zu merken. Doch daran halten wollen sich nur die Wenigsten. Manchmal denke ich, wir sind auf der ganzen Linie gescheitert."

„Das System ist inzwischen vollkommen aus den Fugen

geraten", klagte Michael verbittert. „Reiche und Arme hat es schon immer gegeben, das ist wahr. Aber früher waren die Ungleichgewichte nicht so extrem ausgeprägt, wie sie es heute sind."

Herr Gott nickte traurig. „In früheren Zeiten wurden die Reichen von Krankheiten genauso oft dahingerafft wie die Armen und eine Grippe im Winter war für einen König in seinem Palast genauso gefährlich wie für den Bettler am Stadttor. Davon kann heute leider nicht mehr die Rede sein." Er wandte sich kurz an seinen persönlichen Referenten. „Ezechiel, Sie haben mir doch gestern erst die neuesten Zahlen präsentiert. Können Sie diese bitte für alle noch einmal wiederholen?"

„Momentan hat die Erde mehr als sieben Milliarden Einwohner. Von denen können 211.275 als extremreich gelten, weil sie über ein Vermögen von über 30 Millionen Dollar verfügen", referierte Herr Ezechiel, nachdem er kurz in seinen Unterlagen geblättert hatte.

„Das ist ein krasses Missverhältnis", schimpfte Bereichsleiter Raffael.

„Es kommt sogar noch schlimmer, wenn man nur auf die Gruppe der Milliardäre schaut", setzte Ezechiel seinen Bericht fort. „Von denen gibt es weltweit gerade mal 2.325."

„Zusammen mit Frauen und Kindern kommen wir auf nicht einmal 10.000 Leute, die alle nicht wissen, wohin mit ihrem vielen Geld. Aber der Rest kann sehen, wo er bleibt und hat, wenn es schlecht läuft, noch nicht einmal sauberes Trinkwasser und genug zu essen", ärgerte sich Michael.

„Außerdem ist die Arbeit sehr ungerecht verteilt. Die einen arbeiten bis zum Umfallen und die anderen wissen gar nicht, was sie mit sich und ihrer vielen Zeit anfangen sollen", gab Uriel entrüstet zu bedenken.

„Auch das war früher anders", erinnerte sich Herr Gott. „Es gab mehr Arbeit für alle und die Arbeit, die zu tun war, war sinnvoll und nützlich. Heute gibt es das meiste Geld für Tätigkeiten, die eigentlich kein Mensch braucht und die wirklich wichtigen und notwendigen Leistungen werden überall auf der Welt gering geschätzt und mit Hungerlöhnen abgespeist."

„Wenn wir den Wünschen der Millionäre und Milliardäre nachgeben und die Armen wieder dazu bringen, in diesem System mitzuspielen, machen wir uns schuldig und verraten genau die Ziele, für die wir eigentlich stehen", warnte Gabriel. „Ich würde es daher begrüßen, wenn wir dem Drängen der Reichen nicht länger nachgeben und auf die Armen keinen Druck mehr ausüben."

„Mit Druck zu führen, war noch nie eine gute Idee. Diese einfältige Strategie hat selten zu überzeugenden Ergebnissen geführt. Mir war immer lieber, wenn die Welt freiwillig und aus Überzeugung meinen Ratschlägen gefolgt ist", bestätigte Herr Gott. „Deshalb glaube ich nicht, dass es für uns jetzt eine Option ist, an irgendeiner Stelle Druck aufzubauen."

„Ich sehe aktuell nur drei Auswege aus unserem Dilemma, wobei zwei von ihnen mit einem hohen Maß an Druck und Unaufrichtigkeit von unserer Seite verbunden sind", erklärte der persönliche Referent des Agenturleiters. „Wir könnten das alte System wiederherstellen, indem wir die Armen zu einer Rückkehr zwingen. Der zweite Weg wäre das Experiment 'Lebensraum Erde' zu beenden. In diesem Fall würde die Agentur jedoch gegenüber den Reichen wortbrüchig werden, denn wir haben ihnen langlaufende Verträge versprochen und zu keinem Zeitpunkt angedeutet, dass das Experiment kurzfristig vor dem Aus stehen könnte."

„Mir gefällt weder die eine noch die andere Variante, Ezechiel", schüttelte Herr Gott ablehnend den Kopf. „Welche Möglichkeit haben wir noch."

„Wir könnten den gegenwärtigen Status für immer festschreiben, indem wir die Vertragslaufzeiten auf unendlich anpassen", schlug der persönliche Referent vor. „Damit würden wir gegenüber den Reichen nicht vertragsbrüchig werden, weil sie sogar wesentlich mehr Jahre geschenkt bekommen, als ursprünglich vereinbart war und die Armen setzen wir auch nicht unter Druck, weil sie dort bleiben können, wo sie im Moment sind, wenn sie sich dort wohler fühlen."

„Die Reichen werden diesen Zustand aber eher als Hölle denn als Paradies erleben", schmunzelte Gabriel.

„Wäre das so verkehrt?", fragte Herr Gott enttäuscht. „Sie wollten immer die ganze Welt für sich allein und sogar, wenn wir bereit sind, sie ihnen zu geben, beschweren sie sich."

* * *

„Wie geht es Ihnen, Marla?", erkundigte sich Herr Raffael, als er die Köchin kurz nach dem Ende der Sitzung in den Räumen der Agentur traf.

„Ich warte noch auf einen Termin für meine Verhandlung, aber das ist nicht so wild, weil es mir hier an nichts fehlt."

„Ihrem Prozess können Sie recht gelassen entgegenblicken. Der Chef ist für seine Nachsicht und Güte bekannt", erklärte der Bereichsleiter zuversichtlich.

„Nun, dann ist Ihr Chef offenbar ganz anders gestrickt, als meiner es war", erwiderte Marla mit einem feinen Schmunzeln auf den Lippen.

„Sie haben noch Sehnsucht nach Ihrem alten Chef?"

Marla schüttelte langsam aber bestimmt ihren Kopf. „Mein altes Leben, Herr Raffael, ist abgeschlossen. Es war eine Zeit, die für mich mit viel zu vielen negativen Tagen und Erlebnissen verbunden war, als dass ich ihm lange nachweinen werde."

„Sie können jederzeit zurück, wenn Sie etwas vermissen."

„Was soll ich denn vermissen, Herr Raffael?", fragte die Köchin. „Sie wissen, ich hatte früher schon nicht viel und das Wenige, das ich hatte, wollten sie mir auch die ganze

Zeit nehmen. Jetzt habe ich gar nichts mehr. Es gibt nichts mehr, um das ich mich kümmern müsste, nichts, um das ich mich sorgen muss, und nichts, was mir fehlt. Ich habe nichts und zugleich alles, was ich brauche. Mir fehlt nichts und ich vermisse nichts und ich werde auch ganz sicher nicht vermisst."

„Wenn Sie sich da mal nicht täuschen", widersprach der Regionalleiter. „Herr Parker und seine Frau vermissen sie sehr."

„Ach, wirklich?", entgegnete die Köchin ungläubig. „Während ich noch bei ihnen war, hatte ich nie dieses Gefühl."

„Doch, Sie werden vermisst. Sehr sogar."

Mit der rechten Hand machte die Köchin eine fahrige Bewegung. „Sie werden jemand anderes finden."

Der Regionalleiter schüttelte mehrmals den Kopf. „Sie bemühen sich, sehr intensiv sogar, finden aber keinen."

„Wahrscheinlich sind sie nur zu geizig. Geld haben sie eigentlich genug. Ich verstehe nicht, wo das Problem sein soll. Sie müssen die Stelle nur besser bezahlen und ihren Mitarbeitern endlich auch etwas Wertschätzung vermitteln. Dann findet sich schon wieder jemand, der für sie kochen wird."

„Marla, Sie scheinen noch nicht zu wissen, dass Sie nicht die Einzige sind, die sich in den vergangenen Tagen zum Gehen entschlossen hat", bemerkte der Bereichsleiter und wies mit der Hand auf die vielen Menschen um sie herum. „Sonst herrscht hier auf den Gängen nicht ganz so viel Betrieb wie heute und auch die Wartezeiten für die Verhandlungen sind deutlich kürzer."

„Das Warten macht mir nichts aus", erklärte Marla gelassen. „Ich erwarte mir auch nichts Großes oder Besonderes für meine Zukunft. Solange ich nicht weiter leiden muss, bin ich zufrieden."

„Glück als Abwesenheit von Leid. – Ist das alles, was Sie sich für Ihre Zukunft noch erhoffen?", fragte Raffael überrascht.

„Es ist genug, um nicht zu klagen und gemessen an der Hölle, aus der ich komme, ist es ein wahres Paradies."

* * *

Verächtlich sah Hans-Günter Fiebig auf den leblosen Körper am Boden der Box. „Ich hätte dich gestern besser zum Pferdemetzger gebracht", grollte er und hätte am liebsten wieder zur Peitsche gegriffen, um seinem Willen Nachdruck zu verleihen. „Wenn du wenigstens draußen krepiert wärst, dann hätte ich jetzt nicht das Problem, dich hier aus der engen Box wieder herauszubekommen."

Ärger und eine ohnmächtige Wut stiegen in ihm auf. „Alleine bekomme ich 'Diego' ganz bestimmt nicht zur Türe hinaus und selbst dann weiß ich nicht, wo ich den ollen Kadaver hinbringen soll."

Er überlegte, wen er um Hilfe bitten konnte und wusste sogleich, dass er sie nicht erhalten würde. „Der Zahnarzt zieht inzwischen nicht einmal mehr Zähne und schafft die ganze Zeit von früh bis Nacht auf dem Jansen-Hof, um sich abends wenigstens noch eine warme Kartoffelsuppe kochen zu können. Warum sollte ausgerechnet er mir helfen?"

Die Überlegung, Thomas Jansen selbst um Hilfe zu bitten, verwarf er auch sofort. „Der muss gespürt haben, dass 'Diego' in den letzten Zügen lag, sonst hätte er ihn gestern Abend nicht noch schnell zurückgebracht."

Einen Moment lang schwankte er zwischen Hochachtung und Verachtung für den bauernschlauen Landwirt. „Dieser alte Drecksack ist wirklich mit allen Wassern gewaschen und er nutzt seine überlegene Stellung gnadenlos aus. Den Zahnarzt hat er wie eine Marionette in der Hand und mich lässt er mit dem Hafer auch ganz schön zappeln und das nur, weil er der ungekrönte Herrscher der Kartoffeln und Feldfrüchte ist."

Er sehnte sich nach dem Tag der Rache und wartete ungeduldig auf den Beginn des nächsten Frühjahrs. „Einen harten Winter lang muss ich seine verdammte Tyrannei wohl noch ertragen, aber spätestens in einem Jahr bricht sein Kartoffel- und Hafermonopol und dann brechen auch für einen von der Sonne und vom Glück verwöhnten Thomas Jansen endlich wieder andere Zeiten an."

Unruhig ging er auf seinem Hof auf und ab. „Als Erstes werde ich ihm den Zahnarzt abspenstig machen. Doktor Müller hat das Rückgrat einer Schlange. Der hängt seine Fahne ohnehin nur nach dem Wind." Ein zuversichtliches Lächeln legte sich über seine Lippen. „Und ich werde ganz bestimmt dafür sorgen, dass der Wind im nächsten Jahr wieder aus einer anderen Richtung weht, vorzugsweise aus meiner eigenen Richtung."

Den Zahnarzt wieder auf seine Seite zu ziehen, erschien einfach. Schwieriger würde es sein, Thomas Jansen aus dem Feld zu schlagen und den gerissenen Bauern wieder auf das Maß zurechtzustutzen, das er für ihn vorgesehen hatte.

„Treibstoff für seinen Traktor wird er nicht ewig finden. Das ist meine große Chance. Ich muss dafür Sorge tragen, dass Bauer Jansen keine Pferde mehr erhält."

Die Vorstellung, dass Bauer Jansen seinen Pflug selbst ziehen würde, behagte ihm, doch Hans-Günter Fiebig war Realist genug, um zu sehen, dass dem Landwirt noch andere Wege offenstanden, den Mangel an Benzin und Treibstoff zu kompensieren.

„Er wird sicher zwei seiner Ochsen vor den Pflug spannen. Die muss ich ihm schon fast vergiften, damit sie seine verdammten Äcker nicht mehr bearbeiten."

Für einen Moment ärgerte er sich, dass der Tierarzt nicht mehr lebte. „Wenn der Veterinär seinem besten Zuchtbullen aus Versehen mal die falsche Spritze setzt, wäre das Problem Thomas Jansen schnell gelöst, nur hat sich der Tierarzt, wie alle anderen, leider auch aus dem Staub gemacht."

Einen funktionierenden Plan zu haben und dennoch vollkommen machtlos zu sein, raubte ihm beinahe den Verstand. „Ich muss einen Weg finden, seinem Vieh einige vergiftete Kräuter ins Futter zu mischen. Wenn die Rinder in seinem Stall erst einmal tot umgefallen sind, bricht auch Thomas Jansens Stellung hier in der Region schnell wie ein Kartenhaus in sich zusammen."

Einen Augenblick lang überlegte er, ob er sich Verbündete für seinen Plan suchen sollte, doch schnell wurde Hans-Günter Fiebig bewusst, dass er im Grunde nur sich selbst hatte und allein auf sich und seine eigenen Möglichkeiten vertrauen konnte.

„Nicht schlecht wäre, wenn auch Thomas Jansen selbst für längere Zeit ausfallen würde. Wenn er sich selbst nicht mehr richtig um seinen Hof kümmern kann, wird ihm auch der Zahnarzt keine allzu große Hilfe sein", überlegte er und fasste einen teuflischen Plan.

„Ich sollte Thomas Jansen anbieten, mal einige Zeit auf 'Godot' zu reiten. Am besten, wenn 'Godot' schon etwas ausgehungert ist und auf Futter besonders wild anspricht. Außerdem sollten sie über hartem Grund unterwegs sein, damit dieser hinterhältige Bauer nicht zu weich fällt, wenn 'Godot' ihn nach einiger Zeit abwirft", überlegte er und griff wenig später zum Telefon.

„Hallo, Herr Jansen. Hier ist Hans-Günter Fiebig. Ich will heute Nachmittag bei dem schönen Wetter mal wieder ausreiten und ich wollte Sie fragen, ob Sie nicht Lust hätten, mich zu begleiten."

„Lust hätte ich schon", antwortete der Angerufene. „Ein Pferd habe ich leider nicht."

„Das bekommen Sie von mir", erwiderte Hans-Günter Fiebig großzügig. „'Godot' wird sicher nichts dagegen haben, Sie ein paar Stunden auf seinem Rücken zu tragen. Sie müssen mir nur sagen, wann Sie Zeit haben."

„Heute Nachmittag um vier würde es gehen", überlegte der Landwirt. „Dann habe ich etwas Zeit. Später muss ich zum Melken wieder in den Stall."

„Dann kommen Sie einfach um vier Uhr bei mir vorbei", schlug Hans-Günter Fiebig vor. „Ich bereite 'Godot' bis dahin für Sie vor, und wenn die Bodenverhältnisse und das

Wetter mitspielen, werden Sie unseren kleinen Ausritt ganz sicher nicht so schnell vergessen."

* * *

Aiguo wusste nur zu gut, dass er nicht zuhause war und doch hatte er gerade das Gefühl heimzukommen, denn er blickte in die liebsten und leuchtendsten Augen, die er je gesehen hatte.

Einen Schritt vor ihr blieb er stehen. Schüchtern wie bei ihrer ersten Begegnung ergriff er ihre Hand, hob sie vorsichtig an und verringerte langsam den Abstand, der sie noch trennte.

„Wie schön, dass du endlich da bist", strahlte Fang über das ganze Gesicht. „Seit sie mir gesagt haben, dass du auch gegangen bist, finde ich keinen ruhigen Moment mehr." Sie lächelte nachsichtig. „Welch ein Glück, dass Zeit hier in der Agentur kein Problem mehr ist, ich glaube, ich wäre sonst gestorben vor Aufregung und Ungeduld."

„Nicht nur du wärst gestorben", entgegnete Aiguo glücklich. „Ich wäre bestimmt mit dir gestorben."

„Ich habe gehört, dass viele gegangen sind. Xiang, Xiaotong und Hong sollen auch hier sein", berichtete Fang.

„Soweit ich weiß, ist das ganze Bergwerk gegangen. Nicht einer der Kollegen ist dort zurückgeblieben."

„Und Direktor Hua?"

Aiguo zuckte unbekümmert mit den Schultern. „Er hatte seinen neuen Vertrag schon unterschrieben, als ich noch dort war. Wenn er ihn nicht widerrufen hat, holt er mit seinem Bruder die Kohle jetzt wohl alleine aus dem Berg."

„Das kann er gerne machen, das ist für mich nicht mehr wichtig. Wichtig ist allein, dass du wieder bei mir bist."

„Was ist mit dem Tumor?", fragte Aiguo vorsichtig.

„Er ist weg", antwortete Fang erleichtert. „Er hat den Lichtkanal nicht überlebt, durch den wir gehen mussten, um hierhin zu gelangen."

„Das heißt, alle unsere Sorgen sind weg und es gibt nichts mehr, vor dem wir uns fürchten oder Angst haben müssten", konnte Aiguo kaum glauben, wie grundlegend sich ihre Situation geändert hatte.

„Nein, die Zeit der Furcht ist endgültig vorbei. Sie wird uns nicht mehr belasten", sagte Fang und lächelte unbeschwert.

„Dann lass uns nicht weiter über sie reden. Was vorbei ist, ist vorbei!", forderte Aiguo und schaute sich um. „Hast du Xiaotong und Hong schon gesehen?"

Fang schüttelte den Kopf. „Nein, leider noch nicht. Ich habe nur gehört, dass sie angekommen sein sollen."

„Dann lass uns gemeinsam nach ihnen suchen", regte Aiguo an, löste eine Hand und zog mit der anderen Fang sanft hinter sich her.

Der große Raum im Erdgeschoss der Zentrale war dicht gefüllt. In kleinen Gruppen standen die Menschen zusammen, diskutierten, erzählten oder erfreuten sich einfach nur an ihrem Dasein.

Fremde unterhielten sich wie alte Freunde, und obwohl sie eigentlich längst alles vom anderen wussten, hatten alle viel zu erzählen.

„Sie suchen Ihren Freund Xiaotong? Ich habe ihn gerade auf der anderen Seite des Raumes gesehen", sprach sie unvermittelt jemand an.

„Danke, Doktor Kani, ich sehe ihn gerade selbst. Xiaotong ist hinten bei den Fenstern und winkt schon", lachte Aiguo und durchquerte mit Fang den weiten Raum.

„Mit deinem Augenstern an der Hand strahlst du heller als tausend Sonnen", begrüßte Xiaotong ihn lachend und war selbst froh, Fang wiedersehen zu dürfen.

„Wo ist Hong?", fragte Fang, nachdem Xiaotong auch sie willkommen geheißen hatte.

„Sie ist dort drüben am Fenster und schaut nach ihrer Mutter", erklärte Xiaotong und wies mit der Hand auf die große Scheibe, vor der das kleine Mädchen stand.

„Cai wollte dich nicht begleiten?", fragte Fang und wirkte ein wenig traurig.

„Sie hat sich für den Reichtum und das noble Leben entschieden", erklärte Xiaotong kurz und führte sie weiter ans Fenster heran. „Sie war der Meinung, dass der Bruder unseres Direktors die bessere Partie für sie sei."

„Ich habe gehört, er soll sehr reich sein", sagte Fang.

„Er ist sehr reich. Bevor wir alle gegangen sind, gehörten ihm schon zwei Bergwerke. Jetzt sollen es zwanzig sein."

„Wie schön für ihn, dann kann er jeden Tag einfahren und an anderer Stelle nach neuer Kohle suchen", schüttelte Aiguo verständnislos den Kopf. „Und deine Cai hilft ihm dabei?"

„Hong hat sie eben noch in der Küche gesehen. Der Strom ist ausgefallen und sie muss das schmutzige Geschirr mit der Hand spülen. Das scheint ihr irgendwie nicht so gut zu gefallen."

„Sie wird sich auch daran noch gewöhnen", war sich Xiaotong sicher. „Und sie wird die Letzte sein, die erklärt, dass sie sich nicht verbessert habe."

* * *

Den ganzen Tag hatten Jamila und Chimalsi das Gemüse und die Tiere, die sie mit in die Stadt gebracht hatten, auf dem Markt verkauft. Viele Kunden waren nicht auf den großen Platz im Zentrum der Stadt gekommen, doch die Wenigen kannten sie alle.

„Sie haben sich geschämt, bei uns einkaufen zu müssen", fasste Chimalsi am späten Nachmittag seine Eindrücke zusammen.

„Einige wären sicher gerne zu anderen Händlern gegangen, wenn überhaupt welche da gewesen wären, nur um uns nicht gegenübertreten zu müssen", schüttelte Jamila verständnislos den Kopf.

„Sie behandeln uns noch immer, als wenn wir Aussätzige wären, dabei sind sie es, die unser Fleisch und Gemüse so dringend brauchen", schimpfte Chimalsi verärgert. „Wir allein haben genug, um selbst über die Runden zu kommen."

„Seit ich hier bin, weiß ich den Wert unserer Rinder und Ziegen besonders gut zu schätzen", gestand Jamila.

„Wir haben frische Milch und genügend Fleisch und Brot zu essen. Nur echte Freunde haben wir keine mehr", sagte Chimalsi traurig.

Jamila schüttelte verständnislos den Kopf. „Dass auch Abdalla uns so hinterhältig betrügen würde, hätte ich nie gedacht."

„Was hast du erwartet? Ich habe in ihm nie den selbstlosen Wohltäter gesehen. Er war immer auf seinen Vorteil bedacht."

„Ein wenig Anstand hätte ich zumindest erwartet", erklärte Jamila traurig.

„Anstand? Warum Anstand? Der ist überflüssig, weil man sich dafür am Ende doch nichts kaufen kann", entgegnete Chimalsi verbittert.

„Wie wollen wir ihm nun gegenübertreten?"

„So wie draußen auf der Farm den Löwen und Leoparden. Wir wissen, dass sie nicht unseretwegen kommen, sondern nur auf das Vieh bedacht sind", entgegnete Chimalsi grimmig.

„Wirst du noch weitere Tiere an ihn verkaufen?"

„Vielleicht, wenn er mir den Preis bietet, den auch wir in der Stadt bekommen, wenn wir unsere Waren selbst auf dem Markt anbieten."

„Billiger sollten wir unsere Tiere nicht an ihn abgeben", war Jamila der gleichen Meinung.

„Wir hatten keine Ahnung von der Not in der Stadt und wir wussten nicht, wie tief man für Fleisch, frische Milch und Käse bereits in die Tasche greift. Das hat Abdalla schamlos ausgenutzt. Aber noch einmal lasse ich mich von ihm nicht an der Nase herumführen und mir meine Tiere für gerade mal ein Drittel des Preises abkaufen, den man hier in der Stadt mit Leichtigkeit erzielt, wenn man sich nur für eine halbe Stunde an einer gut besuchten Straße in die Sonne stellt", ärgerte sich Chimalsi.

„Dann kämpft ab jetzt jeder wieder für sich allein", erklärte Jamila enttäuscht.

„So wird es wohl sein", bestätigte Chimalsi illusionslos. „Wir beide haben nur noch uns selbst. Zusammenhalten wäre zwar für alle der bessere Weg, aber wenn sich diese noblen Herrschaften dafür zu fein sind, dann bleibt auch uns nichts anderes übrig, als uns gegen die Löwen und Hyänen zu wehren, ganz gleich, ob sie auf vier oder nur auf zwei Beinen daherkommen."

* * *

Die Sonne stand schon recht tief, als der innere Führungskreis der Lebensagentur noch einmal zu einer kurzfristig anberaumten Dringlichkeitssitzung zusammenkam.

„Meine Herren, ich will Ihre kostbare Zeit gar nicht zu lange in Anspruch nehmen, doch es gibt neue Entwicklungen, auf die wir reagieren sollten", eröffnete Herr Gott seinen Bereichsleitern. „Ich habe ja schon heute Morgen anklingen lassen, dass mich die fortlaufende Übertretung unserer 'Allgemeinen Betriebsanleitung' mächtig wurmt und vom Kollegen Michael habe ich gerade erfahren, dass es in Afrika schon die ersten neuen Betrugsfälle gibt. Da die neuesten Nachrichten aus Europa auch auf eine fortgesetzte Selbstzerfleischung hinauslaufen, denke ich, dass es an der Zeit ist, ein klares Zeichen zu setzten. Dies umso mehr, als zu befürchten ist, dass uns aus Asien und Amerika schon bald ähnliche Berichte vorliegen werden." Er schüttelte ungläubig den Kopf, obwohl er wusste, dass die Berichte, die er aus Europa und Afrika erhalten hatte, zutreffend waren. „Was ich höre, deutet darauf hin, dass die zehn grundlegenden Anstandsregeln, die wir den Menschen schon vor Jahren an die Hand gegeben haben, um ihnen ihr Zusammenleben zu erleichtern, auch weiterhin munter übertreten werden. Es wird weiter massiv gelogen, gestritten, geschädigt und hintergangen, obwohl die gesamte Welt inzwischen nur noch einer sehr kleinen und überschaubaren Anzahl an Personen zur Verfügung steht."

„Gibt es Anlass zu hoffen, dass sich die Dinge in Zukunft wieder einrenken und das Zusammenleben der Menschen bald wieder harmonischer vonstattengeht?", fragte Ezechiel.

Bereichsleiter Michael schüttelte den Kopf. „Ich lasse mich gerne eines Besseren belehren, aber ich glaube nicht, dass sich das grundlegende Verhalten noch ändert. Die Reichen sehen die Erde als eine Art Selbstbedienungsladen, der nur für sie angelegt wurde, und in dem sie ungeniert und ungehemmt zugreifen können. Entsprechend rücksichtslos und skrupellos agieren sie mittlerweile auch untereinander."

„Sie scheren sich einen Teufel um meine gut gemeinten Ratschläge und was wir augenblicklich sehen, ist vermutlich nur die Spitze des Eisbergs", ärgerte sich Herr Gott maßlos.

„Wollen Sie den Menschen noch einmal eine letzte Warnung zukommen lassen?", erkundigte sich Uriel.

Der Agenturleiter schüttelte entschieden den Kopf. „Warnungen und Mahnungen haben wir schon genug ausgesprochen. Genützt hat es wenig. Jetzt ist es an der Zeit, Konsequenzen zu ziehen, denn ich bin es satt, andauernd gegen Wände zu reden."

„An was für ein Zeichen hatten Sie gedacht?", fragte Raffael.

„Ich denke, ich sollte mich großzügig zeigen und den Reichen endlich das geben, was sie schon immer für sich allein gewollt haben: die ganze Welt."

„Das wäre in der Tat eine unmissverständliche Geste", sagte Uriel anerkennend.

Herr Gott nickte zustimmend. „Die Reichen wollten die Welt immer für sich. Vor ein paar Tagen haben sie endlich bekommen, was sie schon immer wollen."

„Zufrieden sind sie aber trotzdem nicht", gab Gabriel vorsichtig zu bedenken.

Herr Gott wandte sich um und sah seinen Europaleiter

mitleidig an. „Sind sie zuvor jemals zufrieden gewesen?"

Gabriel schüttelte traurig den Kopf und auch Uriel, Raffael und Ezechiel blickten betreten auf die Tischplatte vor ihnen.

„Sie wollten immer die Welt für sich und sie wollten nicht nur viel, sondern immer noch mehr, eigentlich alles. Jetzt haben sie endlich bekommen, was sie sich immer gewünscht haben. Die ganze Welt gehört ihnen und sie müssen sie nur noch unter sich aufteilen. Aber zufrieden sind sie dennoch nicht", erklärte der Agenturleiter verständnislos.

„Werden wir eingreifen?", fragte Ezechiel seinen Vorstand und schien sich ein wenig vor der Härte der zu erwartenden Antwort zu fürchten.

Herr Gott stand vom Konferenztisch auf. Er ging ein paar Schritte zum Fenster und blickte lange auf die unter ihm im Licht der vielen Sonnen schimmernden Planeten. Dann drehte er sich abrupt um. „Nein, wir brechen das Experiment an dieser Stelle ab und lassen alles so, wie es ist. Das 'Jüngste Gericht' schließt ab heute seine Tore. Wir verhandeln keine neuen Fälle mehr. Jeder bleibt dort, wo er ist."

Er sah der Reihe nach auf die Gesichter seiner engsten Mitarbeiter und dachte für einen kurzen Moment an die zu erwartenden Reaktionen.

„Die armen Seelen wird es sicher nicht stören", glaubte Raffael und dachte für einen Moment an sein letztes Gespräch mit Alexander Parkers ehemaliger Köchin. „Ihnen fehlt nichts und ich bin mir sicher, sie können mit der veränderten Situation gut leben. Für sie ist es das reinste Paradies."

„Ich sehe es genauso", stimmte Herr Gott ohne zu zögern zu. „Sie haben es sich verdient und für uns wird es Zeit, dass wir die vielen Gerichtsakten endlich schließen. Wir haben viel zu lange mit dem Schritt gewartet."

„Und was ist mit den Millionären und Milliardären auf der Erde?", fragte Gabriel entsetzt. „Was geschieht mit ihnen?"

„Auch die bleiben, wo sie sind", antwortete Herr Gott
ruhig. „Es gibt keinen Grund, an ihrer Situation noch etwas
zu ändern. Im Gegenteil: Wir fixieren den aktuellen Zustand
und schenken ihnen das, was sie schon immer gewollt haben: die ganze Erde."

„Dass die Reichen sich an diesem großzügigen Geschenk
verschlucken werden, fürchten Sie nicht?", sorgte sich Ezechiel.

„Oh, ich bin sicher, dass sie an diesem Brocken schwer
zu knabbern haben. Aber das soll nicht mehr unsere Sorge
sein. Sie bekommen die Erde und sie bekommen sie für alle
Zeit. Ab jetzt verhandeln wir nicht mehr in regelmäßigen
Abständen über neue Verträge, sondern fixieren den aktuellen Zustand auf immer und ewig", erklärte Herr Gott kategorisch.

„Das ist eine wirklich großzügige und den Wünschen der
Reichen sehr angemessene Entscheidung", pflichtete Uriel
seinem Chef bei.

„Es wird ein finaler Schlussstrich gezogen und alles
bleibt so, wie es ist. Wer in der letzten Woche noch einen
neuen Kontrakt über zehn oder fünfzehn Jahre mit uns
abgeschlossen hat, dem schenken wir gerne ein ewiges Leben, sodass sich sein aktueller Zustand nicht mehr verändern wird", antwortete Herr Gott ruhig.

„Und kein Reicher verlässt mehr die Welt?", wunderte
sich Gabriel.

„Nein, alles bleibt, wie es ist, und jeder bleibt, wo er jetzt
ist, auch die Reichen. Sie sind bereits reich und sie bleiben
es für immer", antwortete Herr Gott gelassen.

„Reich für immer?" Bereichsleiter Michael schüttelte verständnislos den Kopf. „'Er war sehr arm, er hatte nur Geld',
pflegen die Menschen bei uns in Afrika in solchen Situationen zu sagen", bemerkte er traurig.

Herr Gott nickte bedächtig. „Es gibt eine Armut, gegen
die auch wir vollkommen machtlos sind, und viele Reiche
wissen gar nicht, wie arm sie im Grunde sind. Aber ich res-
pektiere ihren Willen und wir überlassen ihnen endlich die

ganze Welt. Ab morgen gibt es nichts mehr, das ihnen nicht gehört, auch wenn sie ihren größten Triumph wahrscheinlich als die reinste Hölle auf Erden erleben werden."

Ende

*****

Hinweis

Liebe Leserin, lieber Leser,

gestatten Sie uns noch einen kurzen, abschließenden Hinweis. Diese Geschichte und die in ihr handelnden Personen sind frei erfunden. Insbesondere das Konzept der Lebensgesellschaft stimmt, wie Sie sicher sehr schnell bemerkt haben werden, nicht mit der Realität und unserer eigenen Lebenswirklichkeit überein. Es wurde gewählt, um ein plötzliches und überraschendes Ausscheiden der Unter- und Mittelschicht aus der Welt zu ermöglichen.

Wir wollen nicht dazu animieren, die Welt schnellstmöglich zu verlassen, schon gar nicht möchten wir zu kriminellen Handlungen oder gar zum Suizid aufrufen. Autor und Verlag distanzieren sich ausdrücklich von Nachahmungen jeglicher Art.

Uns ging es darum, den Wert eines jeden einzelnen Menschen zu verdeutlichen. Egal, ob klein ob groß, egal, ob jung oder alt, arm oder reich: Jeder Mensch ist wertvoll.

Oftmals erkennt man den Wert eines Menschen erst dann, wenn er fort ist. Allein um das zu verdeutlichen, sind die Armen in dieser Geschichte schlagartig aus dem Leben geschieden.

Zurück zur Realität

und unserm Leben

Aktuell ist die Mehrheit aller Menschen noch geblendet vom Geld. Doch die Wahrheit ist, dass das Geldverdienen ein anstrengender und mühseliger Umweg zum Glücklichsein ist. Es ist ein Irrtum, der sich durch nahezu alle Bereiche der Industrialisierung hindurchzieht und aktuell immer sichtbarer wird.

Wenn sie umblättern, werden Sie ein Buch finden, dessen Autor sich mit sehr vielen Umweltsünden beschäftigt hat und einfache und kostengünstige Lösungen parat hält.

Er erklärt z.b., wie man Energiegewinnungsfenster baut, anstatt nur Energiesparfenster oder welche Pflanzen man einsetzen kann, um Plastiksünden aus dem Boden zu entfernen und präsentiert noch viele andere wertvoll Tipps.

Unsere Umwelt kann damit in kürzester Zeit wieder vollständig hergestellt werden.

Geben Sie nicht auf und vor allem, bleiben Sie am Leben!

Es wird zwar niemand kommen, der uns rettet, wie in der vorangegangenen fiktiven Geschichte angedeutet, aber wir, wir Menschen können uns selbst retten, indem wir nun umdenken und danach handeln. Das haben wir schon immer getan und das werden wir auch diesmal tun. Unsere Befreiung durch uns selbst ist schon so weit fortgeschritten, sie kann gar nicht mehr verhindert werden, außer durch Nichts-Tun.

Deshalb lassen Sie sich nicht verführen von irgendwelchen neuen Machtstrukturen, sondern erkennen Sie, dass Sie ein Schöpfer sind. Sie sind der Schöpfer Ihres eigenen Lebens.

Jeder einzelne muss jetzt dafür sorgen, um sich herum ein friedliches und umweltfreundliches Umfeld zu schaffen und den Weltfrieden nicht nur in seinem Herzen leben.

Das soll jedoch nicht heißen, dass wir das Böse nicht anschauen brauchen oder gar für nicht existent erklären. Nein.

Denn in Wahrheit erreichen wir eine Abmilderung schlimmer Ereignisse nur, wenn wir hinschauen, und nicht umgekehrt.

Jeder muss sich jetzt fragen: „Was ist aktuell jetzt zu tun, was zum Wohle ALLER beitragen würde?" Und das, was dann als Antwort in Ihre Gedanken hineinströmt, das muss dann auch getan werden.

Wir wünschen Ihnen viel Kraft und Ausdauer bei diesen Taten.

***

Folgendes Buch können Sie gern vorbestellen, es wird voraussichtlich im Frühling/Sommer 2021 erhältlich sein. Bei Interesse senden Sie uns eine E-Mail an info@goldhouse-verlag.de mit Ihrem Namen und Ihrer Anschrift und im Betreff das Wort: „Reservierung".

Diese E-Mail bedeutet für Sie aber nicht, dass Sie bereits eine Kaufentscheidung getroffen haben, sondern sie bietet lediglich uns die Möglichkeit, Sie benachrichtigen zu können, sobald das Buch im Handel lieferbar ist und hilft uns bei der Entscheidung der Höhe der Druckauflage. Danach können Sie sich immer noch entscheiden, ob Sie das Buch endgültig kaufen möchten.

Auch werden wir keinerlei andere E-Mails an Sie senden, auch keine Newsletter.

Die Autoren und der Verlag wünschen Ihnen nun viel Kraft und Lebensfreude auf Ihrem und unserem gemeinsamen Weg in eine bessere und glücklichere Zukunft.

Bleiben Sie gesund und immer zuversichtlich.

Titel: Zurück zu unserem natürlichen Leben

ISBN: 978-3-946405-21-4

Preis: voraussichtlich ca. 30,- €

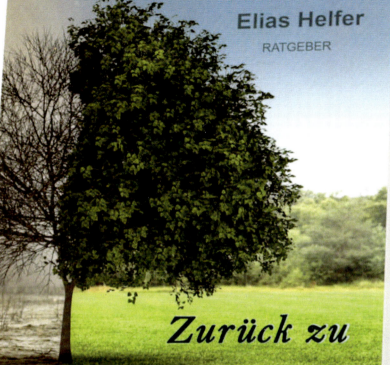

Elias Helfer

RATGEBER

Zurück zu unserem natürlichen **Leben**

Weitere Bücher im Verlag:

Manchmal solltest du den Alltag komplett beiseiteschieben. Sowas macht voll glücklich ☺
Wusstest du, dass es eine kalte Welt mit mehr Wärme als in unserem Wohlstandsleben gibt? Lu Kranich hat diese Welt kennengelernt. Durch eine Fügung ist sie mit Hilfe eines Mediums völlig unvorbereitet in ein Dasein geraten, das der begnadete Künstler Lars Carlson gebannt hat. Jede Mitternacht kann sie für eine Stunde dorthin. Aber nur für eine begrenzte Zeit. Dann muss sie sich entscheiden, ob sie für immer bei dem Winterjungen bleiben wird, den sie liebt, oder ihrem gewohnten Leben in der Ruhrmetropole den Vorzug gibt. Doch diese Entscheidung wird eine endgültige sein müssen, denn ihre Welt und die des Winterjungen sind unvereinbar …

Die Winterjunge-Saga:

- Blizzard – ISBN: 9783981609660
- Der seltsame Gefährte – ISBN: 9783946405009
- Eisfieber – ISBN: 9783946405016
- Rabenschwarz – ISBN: 9783946405153
- Das Ende der Winternacht – ISBN: 9783946405191

Kipp dich aus dem Alltag und lies dich weg …

Du kannst es auch lernen, das Glücklich sein!

Glück empfindet nicht derjenige, für den schon früh alle Hindernisse niedergemäht, die besten Lehrer engagiert und tonnenweise Geld bereitgestellt wurden.

Glücksempfinden ist ein Gedanke, und Gedanken sind Kräfte, die chemische Kontrollsubstanzen im Körper entstehen lassen. Hierdurch wird das zentrale Nervensystem angestoßen zu handeln.

Ob wir eher zu positiven oder negativen Gedanken neigen, bestimmt unsere Entwicklung. Wie eine biografische Landkarte wird von klein auf unser Gehirn strukturiert. Man nennt es *Lernen*. Du kannst dein Gehirn umstrukturieren und also *umlernen*.

Dann tritt er ein: Der GLÜCKSFALL.

ISBN: 978-3-946405-20-7